青石论丛

上册

张家鹏　著

北方联合出版传媒（集团）股份有限公司

万卷出版有限责任公司

图书在版编目（CIP）数据

青石论丛 / 张家鹏著. —沈阳：万卷出版有限责任公司，2023. 10

ISBN 978-7-5470-6327-9

Ⅰ. ①青… Ⅱ. ①张… Ⅲ. ①中国文学—古典文学研究—文集 Ⅳ. ① I206.2-53

中国版本图书馆 CIP 数据核字（2023）第 127331 号

出 品 人：王维良
出版发行：北方联合出版传媒（集团）股份有限公司
　　　　　万卷出版有限责任公司
　　　　　（地址：沈阳市和平区十一纬路 29 号　邮编：110003）
印 刷 者：辽宁新华印务有限公司
经 销 者：全国新华书店
幅面尺寸：170mm×240mm
字　　数：560 千字
印　　张：39
出版时间：2023 年 10 月第 1 版
印刷时间：2023 年 10 月第 1 次印刷
责任编辑：刘书吟
封面设计：琥珀视觉
版式设计：姿　兰
责任校对：张　莹
ISBN 978-7-5470-6327-9
定　　价：138.00 元
联系电话：024-23284090
邮购热线：024-23284448

观千剑而后识器

——读《青石论丛》有感（代序）

许志刚

张家鹏教授寄来他的《青石论丛》书稿，赐我先睹之快，并索序于我。我欣然受命。

家鹏教授是我大学同届学兄，几十年来，时通音问，切磋学术、道义，交谊甚笃。我深知其学识，钦敬其为人。

家鹏教授从教数十年，讲授、研究中国古代文学，起先秦，历汉唐，而至于明清，"操千曲而后晓声，观千剑而后识器。故圆照之象，务先博观"（《文心雕龙·知音》）。家鹏教授博览历代文学文献，精思萃取，汇为论丛。

家鹏教授教书、撰述不为稻粱谋，欲将己之道义融于文本阐释中，借古人文本，诉己之襟怀。

论丛第一部分，纵论儒家经典及孔子思想、视野宽广，遍及六经之删定、孔子思想、孔门教育、儒学传播等方面。关注孔子文本的本义与引申义，论及儒家学说在中国传统文化中的核心作用，更进而论述孔子学说海外传播，从人类文化历史建构视野，揭示孔子现象的广泛意义。

论丛的主要部分为唐宋文学研究。

文学之鉴赏、研究，自当以作家创作的文本为依据，同时又关乎阅读者、研究者的性格、才情。宋人极力推崇杜甫，强调其"一饭未尝忘君"的忠孝之情，批评李白识度甚浅，多咏女人与酒的洒脱不羁；钟嵘

许志刚，辽宁大学文学院教授、博士生导师。

谓陶潜"文体省净，殆无长语。笃意真古，辞兴婉惬"，而评为中品，苏轼却说，"吾于诗人，无所甚好，独好渊明之诗"。这类文学批评中的差异，自与评论者心性感受相关，也是文学文本蕴含丰富，艺术魅力幽深所致，是文学传播、文学研究的规律之一。

"夫缀文者情动而辞发，观文者披文以入情，沿波讨源，虽幽必显。世远莫见其面，觇文辄见其心。"前代作者之心，后世论者之情，或有时而通感。家鹏教授对刘禹锡的解读，颇欲跨越千年，直与自己景仰的诗人抵掌交谈，阐释刘宾客诗中梗概之气，且以释放自己胸中块垒。

书稿对刘禹锡二十四年放逐的坎坷沧桑深表同情。刘禹锡嘲讽声势煊赫的权贵、趋炎附势的新宠，创作了一系列佳作。家鹏教授盛赞其诗中豁达乐观、不畏强权的傲气和倔强，阐释其诗篇的艺术精蕴。

同时，书稿又关注刘禹锡身陷党争之中，却坚持独立的人格操守。不因政见相左而意气用事，与牛僧孺偶有诗文之会；也不因政见趋同而阿事攀附，同李德裕赋诗唱和，只叙其政声风范，无一语涉及私交。政见同异，皆出自公心。故其面对牛、李二权臣，不论其在朝在野，都不失为彬彬君子。

在这些论述中，既体现出对刘禹锡诗歌艺术的客观的历史的尊重，也融入了家鹏兄之自我情思。

家鹏教授重气尚义，每读古代志士节操精彩文字，未尝不击节慨叹。凡涉及世风震荡，民心向背，文化兴衰，无不魂牵梦绕，寝食为之不安。

因此，家鹏教授评价历史人物，关注其人文底色，赞誉古代作家人格的善与美，尤其对志士怀天下、济苍生、安社稷之类佳作，每每反复诵读，叹惋不已。他以此情怀烛照宋代文坛，对陆游颇多阐释。自硕士生起以至于今，历四十余年而对陆游热情不减。故书稿中，有关陆游的文字独多于其他作家，全方位、多视角地解析其心系中原、渴盼恢复的大量诗作，且对陆游的词、散文均有鞭辟入里的阐释。

家鹏教授在刘禹锡、陆游之研究中，注重文本细读，发人所未尝发。

论稿还注意将文学文本、历史文本同民间艺术文本交互比较。孔子论部分、《三国演义》部分都体现出这一特点。特别是对民间艺术文本的关注并用于传统文学之研究，这固然与他的学术理念有关，同时，他也独具这方面的素养。他在孩提时代，便经常聆听慈母吟唱戏文，进而受到家乡艺术辽南皮影戏的熏陶。这为他后来的研究思路乃至语言阐述，都增添了别样的色彩。

家鹏教授纵览古代文学，论题广博，对寒山、欧阳修乃至明清小说，都有所探讨。这些部分新见迭出，读者披览论丛自不难发现，此不赘述。

家鹏教授年逾八秩，书生意气，古道热肠，未曾稍减于当年，十分难得。

2023 年春日

目录

Contents

第一编

翘望孔子
门墙断想

1

简论原始儒家学说开创了
自觉建设中华文化的新时代

在人类历史上任何一种形态的文化，都曾有过"文化自觉"时期，也可理解为自觉建设文化时期。从大视域观览，研究者认为欧洲文化的自觉建设时期是以文艺复兴为标志的。彼时将弘扬、复兴古老的希腊、罗马文化为号角，赋予文化建设新的时代内涵，以至形成了近现代欧洲文化发展的平台。而在中国，从原始神本文化向早期人本文化的转化过程，就是文化自觉的过程。原始儒家学说的面世，恰是中华文化自觉建设新时期到来的标志，本文拟对此略谈浅见。

一、原始儒家学说的内涵

这里应追溯到孔子开创私人讲学的初始期，经过几十年的从教活动，相传有弟子三千、贤士七十二人，并于春秋末期出现了以孔子为核心的民间教育团体，这就是"百家"中的孔门学派。到了汉代才有"儒家"之称，司马谈《论六家之要指》和《汉书·艺文志》则有明确的表述。以此推知，始创学派的孔子及其春秋战国时期的传人，皆被视为原始儒家。而那些具有学术建树的，即普遍认定的代表人物，如孔子、颜回、曾参、子思、孟子、荀子等就构成了原始的儒家学派。

从原始儒家学说的内涵来看，孔子聚众授徒是有既定的人才培养目标和办学宗旨的。他的教育实践大体上是为培养人、教育人而讲学的，但如果深入分析，这样的说法未免笼统而粗略。务本求是地讲，也就是从本质上说，孔子教育人的目标有二：一是为统治者培养捍卫宗法制度的贤能精干之才，这是由其教育宗旨的政治属性决定的；二是培养受教育者遵照宗法社会所规定的立身处世准则做人，这是由其教育宗旨的道德属性决定的。我们知道，伦理道德是政治人才的必备条件，而不从政的社会成员，经受伦理道德的教化，也能知书达理，自觉守道，成为其所处时代立身处世的典范。

教育目的这两个方面，决定人才规格的两个标准。二者相辅相成，双向同宗。与此相匹配的教学内容，就是以《诗》《书》《礼》《乐》《易》为教材，同时，深入切实地接受社会实践的洗礼。坚持遵循孔门教育团体普遍认同的价值观念和学术标准，风陶鼓铸、不懈努力，最终建构起在学理层面具有中华文化特色与人性光辉的学说，即"六经"之学和社会人文之学。"六经"之学作为中华古代文献学，将上古哲学、宗教、政治、道德、历史、文学、艺术、自然等方面的知识、学问，不仅系统地保存下来，而且不断地吐故纳新。孔子整理和传承"六经"的过程，就是自觉坚持学术创新的过程。这其中包括文本的整理、文意的阐释、义理的挖掘、系统的编订，皆能赋予新的内涵，成为世代传承的、系统的文化经典。有关这方面的分析论证，请见本"论丛"收录的拙作《孔子整理"六经"臆说》一文，此处不再赘述。

二、原始儒家社会人文之学的质性

在自觉从事中华文化建设的大业中，原始儒家与众不同的高明之处，就是以人文理性去穿透纷纭迷乱的世相，精准地捕捉到了人类文化最基础、最核心、最具有本质特征和永恒性质的主题，这就是人性、人际关系、人文关怀和人生的终极意义。下面我们来具体地探讨原始儒家社会人文之学博大精深的内容。

（一）有力阐发了人类生命的自为创造精神

原始儒家认为，人类对宇宙自然存在着一种根源意识，一种根源的体悟。《周易·系辞传》说："天地之大德曰生"，"生生之谓易"。这很清楚，宇宙天地的根本质性是"生生不息"的。而人呢，在天地间作为主体性的存在，不能离开天地的生生之德而成就人性，也不能离开这生生之德来实现人的价值。只有不断接受天地的生德，秉承宇宙自然的内在生生秩序，这原本就是人性自身的固有之意。所以，宇宙自然界的天道流行，正如《周易·乾·象》指出的"天行健，君子以自强不息"。

人类具有刚健自强的主体意识，便会效法天地、德配天地、弘大天性，全面发挥人的禀赋蕴蓄的潜能，开拓进取，穷通变易，使人类的创造与天地相配合、相媲美。这正是原始儒家所标举的天道、地道、人道的观点，与天、地、人三才的思想，旨在肯定生命自为的创造精神，贯注天上、地下、人间。"唯天下至诚，为能尽其性。能尽其性，则能尽人之性；能尽人之性，则能尽物之性；能尽物之性，则可以赞天地之化育。可以赞天地之化育，则可以与天地参矣。"（《礼记·中庸》）这就是说，人能充分护持并开发其本性，尊重每一个人、每一个物的存在，使"各随其性"。如此就回应了天地的生命精神，提升了人的灵魂境界，在实践中立德、立功、立言，实现人生的价值和意义。

（二）提出了大同世界的社会理想

原始儒家的理想是多元的、丰富的，就社会理想而言是"天下为公"的"大同世界"。《礼记·礼运》篇是托名孔子的答问之作，记载"帝王礼乐之因革，及阴阳造化流通之理"（《儒家经典》上）。其篇首以孔子对子游谈话的方式，言简意赅地描述了大同社会的愿景："大道之行也，天下为公。选贤与能，讲信修睦，故人不独亲其亲，不独子其子。使老有所终，壮有所用，幼有所长，矜寡、孤独、废疾者，皆有所养。男有分，女有归。货，恶其弃于地也，不必藏于己。力，恶其不出于身也，不必为己。是故谋闭而不兴，盗窃乱贼而不作，故外户而不闭，是谓大同。"[①]

这里描述的社会愿景，是对传说中的原始文明予以理想的美化，也

---

① 《礼记·礼运》，《儒家经典》，团结出版社，1997年，第275页。

就是用理想化的社会责任与义务取代春秋战国时期社会的矛盾和弊端。其突出特征是社会家园的各个领域，尤其是人的精神世界，要"公"字挂帅，"私"字隐退，以确保社会运作由贤能的人执掌政事，使人们互相信任，和谐互助，团结一心，打破小家园的圈子、热爱善待所有人。老年人颐养天年，壮年人发挥所长，少年受到良好的教育，鳏寡孤独和残疾人得到社会的关怀、照顾。

需要说明的是，这种人人自觉奉献其才智、彼此合作关爱、和谐安定、幸福美满理想中的大同社会，是由小康社会转化和超越而来的，其转化、超越的条件即是原始儒家在《大学》中提出的要求，"自天子以至庶人"一个不缺地以"三纲"即"明德、亲人、止于至善"为导向，取径"八目"："格物、致知、诚意、正心、修身、齐家、治国、平天下"，参与学修实践，坚持攀登直至达到道德修养的最高境界。也就具备了实现政治上最终理想的条件，天下为公的大同世界便能够水到渠成。

（三）推崇"成仁取义"的道德升华，追求人生神圣的终极关怀

原始儒家对人生终极关怀的逻辑起点是"死生有命，富贵在天"（《论语·颜渊》）。这固然含有天命论思想，却并非孔子门徒愚弄奴隶和世人要听天由命，安分守己，做奴隶主的牛马。而是强调莫要被寿命的长短、物质生活的贫富所苦恼。衡量人生的意义、生命价值的标准，是以道德修养和灵魂修为的程度为本位的。因此，当子路向老师请教祭祀鬼神的事，孔子表白："未能事人，焉能事鬼？"子路又说："敢问死。"孔子回答："未知生，焉知死？"（《论语·先进》）老师与弟子的两次对话，意在强调要珍惜生命存在的每一天。生命存在一天，就尽自己一天的责任，努力创造一种超越有限生命的价值。这种价值将会永驻人间，成为不朽人生而光耀史册。

不难想象，孔子关于"志士仁人，无求生以害人，有杀生以成仁"（《论语·卫灵公》），"朝闻道，夕死可矣"（《论语·里仁》）的人生见解与孟子主张的"生，亦我所欲也；义，亦我所欲也，二者不可得兼，舍生而取义者也"（《孟子·告子上》），两者思想一脉相承，深刻

揭示了原始儒家生死观的内涵，赞许道德超越的终极意义比只为活在世上更重大。事实上，历代志士仁人都深受其鼓舞和激励，当他们为实现伟大理想、捍卫正义事业而奋斗的时候，都能奋不顾身，乃至献出宝贵的生命。例如，文天祥就义时写在衣带上："孔曰成仁，孟曰取义，惟其尽义，所以至仁。读圣贤书，所学何事，而今而后庶几无愧。"这就是我们理解的那种与天地并久、与日月并明的终极意义最真切、最感人的写照。

（四）主张"正己正人，成己成物"的对待社会关系的准则

人的本质是社会关系的总和。人一旦离开了社会关系的大坐标，便丧失了在社会上应有的位置，人的本性也就不复存在了。所谓"正人正己"，是指先端正自己的思想品质，规范自己的举止行为，以此影响他人，使其自我约束、恪守大义做人。而"成己成物"是说自己精神和物质上得到满足，不可以损害他人的利益为代价。这个话题是原始儒家社会人文学的重要内容，孔、孟皆有论述。其说理育人施教的立足点，是人的主体意识支配其思想行为，如若注重能动性的发挥，就能够以身作则，带动他人，推及整个社会心理、世态风气的崇德向善。

如《论语》在"里仁""公冶长""述而""颜渊""子路""宪问""卫灵公"等篇章里都记载了孔子这方面的言论。他说："为仁由己"，"修己以安人"；"其身正，不令而行；其身不正，虽令不从"，"不能正其身，如正人何？"孔子认为"正己"是做官人的为政之道，是社会和谐的前提。他要求"躬自厚而薄责于人""成人之美，而不成人之恶"。他指出子产是郑国重臣，在施政和处理各种社会关系方面，表现出高尚的君子之德，"其行己也恭，其事上也敬，其养民也惠，其使民也义"。总之，据我们理解，做人的最高境界是"己欲立而立人，己欲达而达人"，其底线表现为"己所不欲，勿施于人"。这就是曾参由衷赞佩老师一生为人的风范，"夫子之道，忠恕而已矣"。

孟子关于"正己正人，成己成物"的为人之道，讲得比孔子又进了一层，能够将"正己""成己"更多地联系社会效应，他阐发见解、论述道理的逻辑脉络，大体上是从人的自身切入，对己提出明确而严格的

要求。然后推己及人，最终成就匡时济世的大业，虽说强调主观作用有些过头，但是律己律人从我做起，进而由己及人的思维形式和方法是非常可取的。例如在《孟子·公孙丑上》中谈论如何修养人心时，援引了人人皆知的事例："仁者如射，射者正己而后发；发而不中，不怨胜己者，反求诸己而已矣。"这就是对孔子"为仁由己"（《论语·颜渊》）、"我欲仁斯仁至矣"（《论语·述而》），富有创意地解读。

在孟子看来，人的一切人际交往，一切事情的得失成败，主要责任皆在于自身。怨天尤人非但无济于事，反而只能证明自己无知可笑。正如《孟子·离娄上》所说："爱人不亲，反其仁；治人不治，反其智；礼人不答，反其敬——行有不得者皆反求诸己，其身正而天下归之。"前三句是说怀有善心好意干了三件事儿，结果全都没得好报。究竟问题出在哪里呢？行文接连出现了三个"反其……"的句式，指出了求解的唯一办法就是"反求诸己"。应该承认，孟子的独见是"天下之本在国，国之本在家，家之本在身"（同前），显然，每个人做好自己，现实存在的所有关系都会理顺，大小群体都能消解不安定因素，其结果是天下和谐太平，国祚安定长久，家庭自然美满幸福。

但孟子思想的卓然非凡之处并没有把做人的标准仅仅定格在"其身正"，而是要求世人，特别是为政者，应该"亲亲而仁民，仁民而爱物"（《孟子·尽心上》）。在回答齐宣王关于治国理政问题时又说："老吾老以及人之老，幼吾幼以及人之幼，天下可运于掌"（《孟子·梁惠王上》）。可见孟子把人对待社会关系的准则，由道德层面以经验直观类推的手法与政治层面连成一气。

（五）阐明了穷独达兼的人生态度

原始儒家对人生的态度是积极进取、充满希望的，倡导用有限的生命投入践行仁义的伟大事业，创造无限的人生价值，建树永不泯灭的精神丰碑。所以曾参表示："士不可以不弘毅，任重而道远。仁以为己任，不亦重乎？死而后已，不亦远乎？"（《论语·泰伯》）这是要求士君子应该挺身而出、理直气壮地把实现仁德于天下视为己任。以孔子为代表的原始儒家，正是怀着这种历史责任感，竭力寻求机会从事政治活动，甚至知其不可为而为之，就是豁出性命，也要为实现仁德理想而奋斗到底。

然而，面对宗法制的黑暗世道，一心要参政施政，推行仁义教化，以德治国，那只能是白日做梦。孔子及门徒对此再清楚不过了。《论语·微子》中记载"楚狂接舆歌而过孔子"；"子路问津"，与去长沮、桀溺的对话；还有子路遇到"以杖荷蓧"的乡居隐士。这三章内容集中反映了奴隶制崩溃之际，天下到处似洪水滔滔，混乱得目不忍睹。"君子之仕也，行其义也"，已经是一去不复返了。眼睁睁的现实，"道之不行，已知之矣"（《论语·微子》）。

在社会的大背景下，原始儒家的知识群体只有两条路可走，或是走仕途助纣为虐，为虎作伥；或是像伯夷、叔齐、柳下惠等（同前），全身自保，避祸隐退，乃至立名节、全高尚，保持自己的善性。孔子对此告诫弟子："危邦不入，乱邦不居，天下有道则见，无道则隐。"（《论语·泰伯》）又说："道不行，乘桴浮于海。"（《论语·公冶长》）孔子最得意的学生颜渊因深谙老师穷独达兼的人生态度，所以孔子引他为唯一的同调。"子谓颜渊曰：'用之则行，舍之则藏。惟我与尔有是夫！'"（《论语·述而》）

恰是这位好学不倦、善于思索、聪明颖悟、"闻一而知十"（《论语·公冶长》），又以德行著称，努力践行孔子倡导的仁礼统一精神，达到了其心"三月不违仁"（《论语·雍也》）的杰出弟子，一个德才兼备的孔门十哲之首，却一生未仕。然而，他对于贫寒家境，居陋巷，箪食瓢饮，安之若素，以至博得孔子的赞叹。"人不堪其忧，回也不改其乐。贤哉，回也！"（《论语·雍也》）须再强调一次，孔子绝非对隐居赋闲有兴趣，倘若一旦得志抓住从政的机会，必定要克己复礼，贯彻匡时济世的政治纲领。

孟子在先哲理念的基础上，从一个人的心理上详申细诉了对穷独达兼应持的态度，力求树立矢志不渝的信念："尊德乐义"就可以不计任何得失。"故士穷不失义，达不离道。穷不失义，故士得已焉；达不离道，故民不失望焉。古之人，得志，泽加于民，不得志，修身见于世。

穷则独善其身，达则兼善天下。"（《孟子·尽心上》）直白地说，原始儒家这种不因宠幸加身而忘乎所以，也不因失意潦倒而心怀不满的人生态度，进而形成了中国知识分子的人格心理和文化心态。北宋理学家张载在《西铭》中说："富贵福泽，将厚吾之生也；贫贱忧戚，庸玉汝于成也。存，吾顺事；没，吾宁也。"这便是对从容进退做人原则最精当的概括。人既要有所作为，又能洁身自好；既应建功立业，还要保持人格独立。今天，从一个人情操陶冶和精神境界的独立上看，依然有着积极的意义。

（六）肯定中庸方法论是立身处世的尺度

所谓中庸方法论，是指以中庸思想涵盖的道德标准、价值理念、行为尺度来指导社会实践活动的理论方法。这是一个颇有争议的学术难题，笔者只能犯难探赜来催发自己深入学习。大家晓得，鲁迅先生的《论"费厄泼赖"应该缓行》和蔡尚思的《中国传统思想总批判》痛斥了中庸思想及其方法论。说它像骡子，非驴非马；像蝙蝠，亦禽亦兽；像两栖动物，可水可陆。但在漫长的中国古代社会，原始儒家对中庸思想及其方法论的解读与阐释，充分肯定了它是至善至美的德性："中庸之为德也，其至矣乎！民鲜久矣。"（《论语·雍也》）在《礼记·中庸》篇里又指出"君子中庸，小人反中庸"，进而概括为"君子尊德性而道问学，致广大而尽精微，极高明而道中庸"。很清楚，认为"君子中庸"的根据是有极大的德、极高的道，通过勤奋学习，不耻下问，达到了广大的境地并且能深入到精细处。即使高明到极点，也坚定不移地践行中庸之道。

用今天的话说，原始儒家创生的中庸观念可与世界观和方法论对接起来叩问。虽然多用唯心主义哲学语言阐述中庸所涵容儒家的政治纲领和思想纲领，但其方法论却是古代社会处理社会矛盾，协调社会关系，完善道德修养，强化灵魂修为的文化积淀，充满着深厚的政治经验和立德树人的智慧。譬如讲，中庸观念承认事物对立的两端是客观存在的，对此应持"和而不同"的原则。孔子强调"执两用中"，防止"过犹不及"。（《论语·先进》）就是看到了事物变化超过一定限度，就将转向反面，所以其方法论对待自然、社会、人生的广阔领域，均具有很强的实践性。

毋庸讳言，缘于春秋战国时期把中庸观念限定在尊尊亲亲的礼教上等级森严的宗法制，奴隶主和封建阶级不断变换统治术，使之扭曲为追风赶潮、和稀泥、老滑头、似是而非的丑八怪。可知上文提及鲁迅与蔡尚思两先生痛斥的中庸丑恶，断非空穴来风。而今不可不开掘内蕴的大智慧、真精神，令其小则使做人行止得体，进退有度，大则有助于避免施政方针策略畸重畸轻，忽左忽右。难怪古希腊哲学家毕达哥拉斯指出："在一切事情中，中庸是最好的。"（《金言》）稍后的亚里士多德于《尼各马可伦理学》中也表明了"美德乃是一种中庸之道"。

综上所述，原始儒家学说，无论是"六经之学"还是"社会人文之学"，都是以孔子为代表的精通"六艺"、富有文化修养的中国早期知识分子群体自觉创建民族文化的结晶。此看法的依据是：

其一，这个被汉代始称"儒家"的知识分子群体是以教育活动起家，而教育活动有着鲜明的时代特征，把教养贵族"学子"的教育内容，主动自觉地进行新的转化，实现带有开创性的教育和学术下移民间，建立起以礼乐文明为特色的中华文化新体系。

其二，原始儒家学说初始面世期，恰逢"百家争鸣"的战国时代。当此之际，各个学术团体倾其全力标宗立派，张扬自家学术建树和文化气象。孔门学派被列为"九流十家"之首，占居显要地位，称其为显学。（《韩非子·显学》）此派对待夏、商、西周存世的文化遗产和学术经典，不像黑格尔批评的"传统管家婆"那样，如经管古董和文物，"只是把它所接受过来的忠实地保存着，然后毫不改变地保持着并传给后代"[1]。正是与此相反，在整理诠释经典过程中，阐发己见，自由进行思想创造，发挥了文化建设的自觉、开放的榜样作用。

其三，如果说欧洲文艺复兴是文化建设的一面自觉旗帜，其动力则

---

[1] 黑格尔：《哲学史讲演录》第一卷，上海三联书店出版社，1956年，第8页。

是从破除宗教禁锢、解放思想束缚的变革中释放出来的。而原始儒家学说得以自觉建构的创造活力，则是在西周以人配天的理念基础上不断地发酵，直至从神本文化的笼罩中破茧而出，一种具有人本性质新的文化形态诞生了。它以强大的生命力推动了中华文化自觉建设新时期的到来，它把道德作为建设社会新秩序的必要条件，使人的自我意识和人格观念的光彩始照人寰。

2

孔子整理"六经"臆说

多年教学中，每谈及孔子文化功业，必说他整理"六经"，为建设与发展中华民族传统文化做出了不朽的贡献。然而，如进一步叩问，孔子是怎样整理"六经"的？他与"六经"究竟有何关系？则必定瞠目结舌，不知所云。近期讲授《中国文化概论》，翻阅资料，好似略微通了窍，能勉强地说出少许的体会，又远不敢断言是或非，只配称为臆说，深冀藉此引来方家赐教以释久惑悬猜的疑窦。

所谓"六经"，凡人皆知是儒家的六部经典，即《诗》《书》《礼》《乐》《易》《春秋》。不过"六经"之名却于儒家学派创始人孔子之前早已有之，今人普遍地接受了古代文献的有关记载，认为西周官府垄断教育，其学制分为小学、大学两级，大学的教学内容即是"六经"。将"六经"与儒家挂钩的肇始者是战国晚期庄子的后学，因为出自其手的《庄子·天运》说："孔子谓老聃曰：'丘治《诗》《书》《礼》《乐》《易》《春秋》"六经"，自以为久矣。'"很遗憾，这里的话委实经不起推敲。《史记·孔子世家》《礼记·曾子问》《家语·观周解》等古籍均有孔子至周问礼于老聃的记载，清代学者阎若璩考证，事当在鲁"昭公二十四年（前518）夏五月乙未朔"。（阎若璩《先圣生卒年月考》）这年孔子仅34岁，恭谨自重的孔子怎会在老聃面前标榜治"六经"，"自以为久矣"？更何况他明确表示过"加我数年，五十以学《易》，可以无大过矣"。（《论语·述而》）稍加体味，便不难想见，34岁前的孔子绝不能向人倾吐如此的看法。那么，连《易》还没学完，又谈何治"六经"呢？《庄子·天运》的话只能说明"六经"原本非专称儒家经典。

撇开这些不谈，"六经"也不是像汉代学者指出的那样，只属孔子所著的典籍。研究者已经查知，把著述称作"经"，并不起自孔子，而很可能来源于《墨经》。《庄子·天下》说墨学弟子徒孙皆读《墨经》，而且"经"非谓经典之意，似指提纲，与汉代之后赋予的内涵大相径庭。我们亦不能据此否认从孔子用"六经"做教材传授弟子以后，降至战国时期已有儒家"六经"的称谓，而到了汉武帝时，"卓然罢黜百家，表章'六经'"（《汉书·武帝纪赞》），从此封建时代官方公认"六经"为儒家经典。"六经"次序的排列，古籍里不尽相同，《庄子》的《天运》《天下》等篇章，《荀子·儒效》《商君书·农战》《淮南子·泰族训》，董仲舒《春秋繁露·玉杯》《礼记·经解》篇，司马迁《史记·儒林列传》，皆为《诗》《书》《礼》《乐》《易》《春秋》（《荀子》《商君书》没提及《易》）。但班固《汉书·艺文志》、许慎《说文解字序》和现在的《十三经》把《易》调放在首位，产生更动的因由似以经书编著的年代使然。这对我们思考孔子整理"六经"的问题无甚紧要。随后，分别讨论孔子与各种经书的关系，及其究竟做了哪些投入：

钟肇鹏《孔子系年》引《论语·子罕》："吾自卫返鲁，然后乐正，《雅》《颂》各得其所。"以之推断孔子69岁从事"正乐"工作，继而进行文献整理（《孔子研究》）。"正乐"指订正乐章。由于《乐经》亡佚，人们料想它是曲调乐谱性质的书籍，周公制礼作乐两者并举，以乐辅礼强化礼治效果。后来又将诗与乐结合，《诗经》三百篇每首皆配乐歌唱。古人惯言礼乐、诗乐，恰好印证《乐经》的功能用途。春秋时期周王室日趋衰微，社会关系发生了新变化，原来繁文缛节的周礼逐渐为社会生活所裁汰，而依附于礼的乐也与时代情绪和社会心理很不合拍，避免不了遭到冲击。诗乐的变化尤甚，新兴流行歌曲为人喜闻愿唱，非但在民间传播，上层贵族统治阶层亦不乏有爱好者。如《礼记·乐记》载魏文侯"端冕而听古乐，则唯恐卧；听郑卫之音，则不知倦"。《国语·晋语八》亦有"平公悦新声"之说，等等。此处提到的"郑卫之音"和"新声"就是与古典乐曲相对而言的新兴流行歌曲，孔子正乐便是纠正因流行乐曲的干扰，导致古典礼乐和诗乐出现的混乱现象，他强调"郑声淫"(《论语·卫灵公》),意指"烦乎淫声"(清·刘宝楠《论语正义》),把传统的高雅古典乐曲都给搞乱套了,所以要"放郑声"(《论语·卫灵公》)。经过正本清源,理顺"礼""诗"与古典乐曲的关系,以正乐促礼教、完善诗教。关于正乐,毛奇龄《四书改错》曾说过这样的意见:

"正乐,正乐章也。正雅颂之入乐部者也。部者,所也。如《鹿鸣》一雅诗,奏于乡饮酒礼,则乡饮酒礼,其所也。又用之乡射礼、燕礼,则乡射,燕礼,亦其所也。然此三所,不止《鹿鸣》,又有《四牡》、《皇皇者华》两诗,则以一雅分数所,与联数雅合一所,总谓之'各得其所'。"(刘宝楠《论语正义》)

显然,孔子正乐是订正乐章,梳理乐曲、"诗""礼"三者的关系,清除其乖乱之弊。具体地说,则是把西周以来保存于世的古典乐曲,遵照周公制作乐谱的旨意,结合时代的变迁适当加以"损益",将它们整理成若干部曲调,每部曲调又包括若干支乐谱。一支乐谱与具体诗篇结合为固定的乐章,依据礼制的要求,来安排何种礼仪场合使用哪部曲调、演奏哪几个乐章。这可视为毛氏所说的"正雅颂之入乐部"的旨意,《子罕》中"乐正,雅、颂各得其所"亦可做如是解。

任何有生命力的文化都将在自身的演进中经受连续选择而吐故纳新。战国时代"礼""诗"的作用有了巨大变化,依附二者的曲调乐谱便丧失其原本的意义,遭致被废弃的命运,《乐经》早亡便不令人费解了。马克思主义认识事物的一个带有普遍性的方法论是,评价历史问题需要提到往昔的环境背景进行分析。孔子正乐不是孤立的文化选择,而是把诗、礼、乐三位一体地通盘考虑,捆在一起整理。《乐经》虽亡,存世的《诗》《礼》还在,孔子的文化精神积淀于其中,并未泯灭。《史记·孔子世家》说孔子晚年专心致志"追迹三代之礼","序书传,上起唐虞之际,下至秦穆,编次其事,故书、传、礼、记自孔氏"。可见,孔子"删诗书,定礼乐"是一揽子工程,几乎同步推进。

那么孔子对定礼何功之有?简括地说,他修礼是为了维护宗法贵族等级制,但具体方法是顺应社会发展和文化进步,不保守法古,而进取师今，这是人生观与方法论的对立统一，似与黑格尔的庞大的客观唯心主义体系里还有辩证法思想的合理内核，有点相通的意味。为了说明此处提法的道理所在，有必要先回顾一下上古时期礼文化演进的足迹：

上古时期的礼文化发展到孔子生活的年代，大致说来经历了三段行程。初始阶段是礼的形成期，原始氏族社会先民祭祀祖先，敬天事神，年复一年，相沿成习，逐步充实、规范，构建起具有全民意向的同一活动仪式，即为中华民族跨入文明门坎时的氏族社会的礼。奴隶制社会降临之后，礼文化也随着转型，奴隶主统治者将来自远古意识形态的礼，加工改造成神权与政权合一的统治工具，礼的原始本义嵌入了阶级观念。神主宰人间事务，而落实神的意旨，在人世中办事的则是政治上的统治者，他们于祀神的礼仪活动中担当祭司，成为与神的联络员和它的代理者，礼是地道的神化统治者的手段。殷商之后的周公非常精明，他巧妙地利用拖着氏族社会"脐带"的礼，铸造成"亲亲""尊尊"的规则，把礼文化推进到新的里程。他在人神的关系上虽然没有彻底否认殷商神的观念，却演化为以德配天、敬天保民的新思想。他把政治视线由天国里的神转移到地上的人，在调整人的社会关系上大做文章。他主张的"亲亲"是指爱自己的亲属，以自身为起点，上溯父、祖，下延子、孙，绕着嫡长子为中心连为一脉，进而生发为宗法制、分封制。"尊尊"是指尊崇政治地位高的当权者，尊奉辈分高的长者。确立了按着尊卑贵贱分配物质权益和交往方式的基本框架，深入锤炼成系统完备的典章制度。这就是古籍中所说的"大礼三百""小礼三千"，一部《周礼》类如周代社会的百科全书。

伴随生产力的发展，西周社会的经济基础发生了巨大变化，形成于周初的意识形态面临着严重危机，周公所制定的礼乐陷于崩坏的阶段。孔子以深邃的思想家眼光，洞察礼对维系宗法制贵族等级统治的意义及其愈趋瓦解的演变征兆，主动自觉地担负起复兴周礼的使命，表现出社会政治家的极大气魄。孔子定礼与周公制礼的原则性差异在于，孔子竭力淡化周礼的人神与人际交往形态的内容，深化亲亲、尊尊的内涵，拉动礼治视野的再次转移，把周礼的血缘纽带化为爱人的情感灵魂。孔子思路的创新处在于，认为规定上下等级、尊卑长幼社会生活秩序的礼，其存在的理由是人性的内在欲求，是具备道德之人的一种天赋属性，而这种天赋属性透发出现实的效用，必须经过主观的修养和锻炼。所以只有加强伦理道德建设，提高精神境界，才会自觉地维护和执行礼的规定，而感到满足和快乐。由此可知，礼的生命线不是其外在形态，而是施礼者的道德觉悟，潜在的天赋属性的实现。基于此，他提出了仁的命题，仁是一个人最完美的伦理道德修养准则，礼乃是实现"仁"的标志，即"克己复礼为仁"（《论语·颜渊》）。孔子用仁释礼，勇敢地对周礼重新改造，为其注入新质，焕发礼的活力，使礼成了求仁、为仁、达仁的保障机制。礼也是人人须学、人人可学的行为道德规范，不论门第出身、职位高低，谁能克己求仁，谁就具有复礼的条件。

不言而喻，孔子认为礼的真正价值取向，不在于施礼的物质交易性，而是建设新的礼乐文明。在他的"礼云礼云，玉帛云乎哉"的慨叹中，我们能够体会到孔子呼唤人文精神的深情及其推动文明进步的强烈的历史责任感。经过孔子对周礼的改造，把原来礼治的施政途径，引导至诲人自省自砺、坚持道德修养的教化之路。后经荀子沟通礼与法，合铸成儒家政治思想的核心内容。总之，孔子改造后的礼在知识层面上，变重在礼仪形式规定和物质交易内容为旨在建设礼乐文明的社会精神。在价值层面上变学礼谋生求食为追求道德完善和治国安民之术，那种认为孔子定礼促进了儒家学派诞生的说法，是颇有道理的。

孔子与《诗经》的关系，凭借他的正乐活动便会看得明白。《左传·襄公二十九年》记载了吴公子季札在鲁观乐的史实，清楚地证明了《诗经》作品皆是可配乐舞的曲辞，整理乐章无法丢开诗作孤立进行。司马迁也说："古者《诗》三千余篇，及至孔子，去其重，取可施于礼义……三百五篇，孔子皆弦歌之，以求合《韶》《武》《雅》《颂》之音。"（《史记·孔子世家》）班固《汉书·艺文志》指出："孔子纯取周诗，上采殷、下取鲁，凡三百五篇。"但是吴公子季札观乐过程中，鲁乐工为之所奏十五国风及雅、颂的分类、次序，和今世《诗经》传本基本相同。这表明《诗经》早在春秋之际已经成型。况且季札观乐时孔子年方 8 岁，绝不可能品评久存于世的诗作，乃至大刀阔斧地去粗取精，一锤定音。难怪汉代孔安国、唐代孔颖达、宋代朱熹都曾对孔子删诗说提出异议。然而也不能因为孔子删诗说不可信，便一笔抹杀孔子整理《诗》的成绩。《论语》中关于诗教及引《诗经》的语句，多达 20 余处，稍事分析可知，孔子影响《诗经》最突出的地方是使其着上了伦理道德的色彩，提高了诗教的意义和地位。春秋时代人们常以典礼、讽谏、赋诗、言语与礼乐相关的形式，用《诗经》表达思想感情。孔子时或将诗礼并列，"兴于诗，立于礼，成于乐"（《论语·泰伯》），似可反映他定礼乐的过程始终伴随着整理《诗经》。"诗，可以兴，可以观，可以群，可以怨。迩之事父，远之事君；多识于鸟兽草木之名"（《论语·阳货》）。"诗三百，一言以蔽之，曰：'思无邪。'"（《论语·为政》）"诵诗三百，授之以政，不达；使于四方，不能专对；虽多，亦奚以为？"（《论语·子路》）这些评述完全证实了孔子在肯定《诗经》表情达意作用的同时，着力强化诗教的美善结合。后世儒家把《诗经》看作伦理、美育的教科书，是孔子首开先河。

汉代司马迁和班固都认为孔子还曾经删订编纂了《尚书》，他从虞、夏、商、周以来史官所藏的重要典诰中严择精选，上起《尧典》，下讫《秦誓》，相传共百篇，遭秦火后仅存 28 篇，用汉代通行的隶书抄写，称之为《今文尚书》。在汉武帝时鲁恭王刘馀从孔子故宅壁中发现《尚书》的先秦古文籀书写本共 45 篇，称《古文尚书》，但流传不久即亡逸。东晋出现的《古文尚书》，经考订是王肃或梅赜所伪造的。现在一般学者的看法是《尚书》为各代史家的著述，在流传过程中，经过一些修改与增益，孔子可能是参与其事的一位，却不一定是最终的定稿人。况且典册于先秦乃是单篇流行，此为通例，推测《尚书》是战国末期合编成定本的。《尚书》有"垂世立教"的性质，多讲为政得失和经验教训。特别是《周书》以殷鉴为戒，改变一味迷信神鬼，眼睛转向人世，重视保民，这对孔子民本思想意识的形成产生过积极影响。《论语》《礼记》均载孔子曾用"六经"施教，《尚书》可谓难得的"政治课本"。

孔子对"六经"中的《易》教，亦有明确的态度，《礼记·经解》

说："孔子曰：'入其国，其教可知也。其为人也……洁静精微，《易》教也。'"意指《易》的教育目的是使受教育者能掌握事物变化规律，以趋吉避凶，决定行止。《史记·孔子世家》也称："孔子晚而喜《易》，序《彖》《系》《象》《说卦》《文言》。读《易》，韦编三绝。"这里的"韦编"指用皮带串起的书简，"三绝"是说贯串书简的皮带断了多次，生动地反映了孔子晚年喜欢读《易》的程度。司马迁认为《易》最早的注释是孔子作的，而后人却指出非为一人所作，最终完成于战国晚期。然而人们用《易》占卜论事是孔子生活年代习见的现象，凭着他的学识和阅历，学《易》、阐发《易》的意蕴则在情理之内。他自己还说过："加我数年，五十以学《易》，可以无大过矣。"（《论语·述而》）孔子又把《易》传授给弟子（《史记·仲尼弟子列传》），马王堆汉墓出土的帛书《周易》残卷附录，记有孔子师徒研讨《易》理的问答。孔子与《易》的密切关系也毋庸置疑了。

孔子晚年整理文献直到年逾古稀，笔耕不辍，《孟子》《史记》等书都提到他于鲁哀公十四年（前481）仍作《春秋》之事。"春秋"原是孔子时代史书的通称，墨子曾指出：有周之《春秋》，燕之《春秋》，宋之《春秋》，齐之《春秋》。（《墨子·明鬼》）又说："吾见《百国春秋》。"[1]孔子依据鲁国史官所修的《春秋》，参考其他诸侯国的史籍编撰而成《春秋》一书，我国古代私人修史肇始于此。孔子写作《春秋》的目的，司马迁讲得清楚："据鲁亲周。"（《史记·孔子世家》）展开一点说，则是通过编著鲁史来尊崇周王室的地位，并贯串夏、商、周的史事，以强调王道的一贯性。全书以简省的文辞、严格的标准，正名分、寓褒贬，劝善惩恶，为天下推行礼义制造舆论。孔子编写体例是逐年纪事，并标明事情发生的日期。孔子所著《春秋》即成为流传至今的我国古代第一部编年体史书。

孔子以前，修史由官府专人负责，史书则是收藏在政府内的典册。春秋后期许多诸侯与周室同步衰落，列国史籍材料日益散佚。孔子敢为

---

[1]《墨子全译·墨子佚文》，贵州人民出版社，1995年，第767页。

人先，破天荒地私人撰史，遭逢动荡时局主动把历史文献存亡继绝的责任承担在身。他本人庄重声明："我欲载之空言，不如见之行事之深切著明也。"（《史记·太史公自序》）今日观之，孔子保全上古史料建功于史学事业，有利于民族文化的发展。近人章太炎说得好："令仲尼不次《春秋》，今虽欲观定、哀之世，求五伯之迹，尚荒忽如草昧。夫发金匮之藏，被之萌庶，令人不忘前王，自仲尼、左丘明始。"（章太炎《国故论衡·原经》）连同孔子整理过的《诗》《书》《礼》《易》等典籍，其不可磨灭的伟绩，不只被后代儒家世代相传，奉为经典，更重要的是率先垂范以保存民族文化遗产为己任，引发了后来者从事民族文化建设，发扬民族文化精神的自觉性和使命感。"追惟仲尼闻望之隆，则在六籍。""令人人知前世废兴，中夏所以创业垂统者，孔氏也。""微孔子则学皆在官，民不知古。"（章太炎《检讨·订孔上》）踵武孔氏，在中华民族的历史上才有刘向父子的《别录》《七略》，班固的《汉书·艺文志》，直到《四库全书总目提要》，对这些前后相映生辉的古籍整理的文化学术硕果，历史做出了公正的裁判。孔子是我们民族文化的骄傲，是人类文明的光荣。

3

孔子仁学多元性论析

　　仁学是中国古代儒家思想体系的理论核心。在儒家学派创始人孔子那里就已把"仁"作为自己学说的最高范畴。我们在研究孔子思想的主要著作《论语》中可以看到，"仁"这一概念先后出现在该书58章之内，高达109次，居全书各个概念所使用频率的首位。当孔子与其弟子们谈及礼、乐、道、德、义、孝、悌、忠、恕等内容时，无不直接或间接地本乎仁，而又往往归结于"仁"。"仁"成为联结孔子思想学说各个范畴的纽带，支撑各个范畴的总纲。足见，仁学是孔子思想的底色，亦是最富有穿透力和辐射效能的人本理论。今天，全国各族人民在党的领导下，同心同德全面建成小康社会，因此，保障经济社会和人的全面发展，便成为实现奋斗目标的前提条件。不言而喻，儒家仁学自身的社会性和人文关怀，仍然有着不可抹杀的现代意义。基于此，我们有必要用与时俱进的眼光，对其进行重新解读。

　　马克思主义者认为，理论体系中的范畴是人的思维对客观事物普遍本质的概括和反映，它的形成与不断充实、新变的过程，始终伴随着人在社会实践中获取并逐渐深化的认识。儒家体系中的"仁"，当然也不例外。查"仁"的原始字义，许慎释为"亲也"，清代段玉裁《说文解字注》追溯其本义之源为："独则无耦，耦则相亲，故字从人从二。"由此可知，就文字而言，"仁"是造字者根据上古时期两人各持一耜并肩耕地的农事活动而创造出来的，意味着人与人的一种合作关系，是其本身的固有之义。在儒家经典里人们发现，孔子之前周公等人已赋予了"仁"新的内涵，如《尚书·金縢》中"予仁若考"就是把"仁"引入了伦理道德领域的例证，以表达人的美好品德。类此用法，也表现在《诗经·郑风·叔于田》中"洵美且仁"的诗句里。孔子在前人的基础上，继续丰富仁的内涵，进而发展为孔学的主要范畴。其基本内容和本质就是"爱人"，就是肯定人存在的社会价值与人性的独特意义。它关涉着多方面的情感原则，构成了人的复杂心理要素，而且在各种关系的交织中展现其多面性。不妨在此稍事剖析，以利于我们对孔子仁学有更科学全面的认识。

第一，在仁与礼的关系中，反映出仁维护宗法制社会制度的政治属性。儒家学说的礼与仁相似，在孔子之前曾有过阶段性变化。殷商统治者把原始氏族社会先民祭祀祖先、敬天事神的礼，加工改造成神权与政权合而为一的统治工具。殷商之后的周公非常精明，利用拖着氏族社会"脐带"的礼，熔铸为"亲亲""尊尊"的规则，打造成系统完备的典章制度。降至春秋时代，周公制定的礼乐陷于崩解的阶段，孔子为复兴周礼勇敢地以仁释礼，为其注入新质，力图通过施礼者道德觉悟的作用，以及天赋人性的实现来焕发礼的活力，使礼成为"求仁""为仁""达仁"的保障机制。显而易见，孔学视域的仁礼关系，从某种意义上说颇似道德与政治的关系。仁是礼的精神支柱，礼是仁的外在行为准则；礼不具备仁的观念和品质，就会走样、变质；仁没有礼的规范和表现形式，则因丧失其载体而成为一种潜在的东西。换句话说，礼是带有强制性的客观制度与规范，是实现主观道德的制约机制，它能催发人们内心的自觉、自律。而仁的道德本质属性决定着一个人只要具备了仁的品质，即能使自己的视、听、言、动都符合礼。

一言以蔽之，仁的精神境界在觉悟者身上出现之日，自然是他实践礼的完美之时。《论语·颜渊》记载，颜回向老师请教仁的问题，孔子答道："克己复礼为仁，一日克己复礼，天下归仁焉。为仁由己，而由人乎哉?"（《论语·颜渊》）颜回继而询问实行仁的具体要求，孔子果断地指出："非礼勿视，非礼勿听，非礼勿言，非礼勿动。"（《论语·颜渊》）《论语》中《八佾》《阳货》篇还分别载有孔子这样的言论："人而不仁，如礼何? 人而不仁，如乐何?"（《论语·八佾》）"礼云礼云，玉帛云乎哉？乐云乐云，钟鼓云乎哉？"（《论语·阳货》）我们将孔子的话语两相参照，其观点则不难理解。礼与仁两者合则双赢，离则两伤。如车之轮、鸟之翼，缺一不可，唯其相辅相成、互为依托，才能行之有效地为维护宗法等级制度服务。

第二，从仁与德的关系中，展示出仁的伦理性。"德"的概念老子在《道德经》里就曾运用过，如："道生之，德畜之，物形之，势成之。是以万物莫不尊道而贵德。"老子认为，德是物类的禀性，是自然赋予物类的使之生存、成长的本性。德之于万物，生而不失，利而无害，以保障物类各具独有的品性，存在于自然的怀抱。孔子转化老子学说中德的指意，用它表达人性中的美好品质。同时，孔子又认为人身上的德性是多元的综合体，有着相对固定的含义与不同的外观形态。《论语》中的温、良、恭、俭、让、宽、信、敏、惠等概念都包容在德的范畴之内。如果站在伦理的角度审视，孔子则将仁看作人的总体品德。这在孔子与子张的一次对话中可以得到证明："子张问仁于孔子。孔子曰：'能行五者于天下为仁矣。'请问之。曰：'恭、宽、信、敏、惠。恭则不侮，宽则得众，信则人任焉，敏则有功，惠则足以使人。'"（《论语·阳货》）

显然，仁与德的关系，通常叠印在一起，时或又呈现出总体与部分的关系。就像一个人在其中的某方面表现突出，可称其有德，却不能说他是仁人。无须赘言，孔子这样锁定仁与德的关系，其目的在于彰显仁的特征是以伦理为本位。而不同的德目都是以仁为轴心的伦理道德的具体内容与具体体现，是健全人格的构成要素。明白了这个道理，则完全能够推知，实现仁不是可望而不可即的目标，只要自觉、主动地去体验和实践伦理规范，积极开发潜在的美质，从点滴起步，不断地自我完善和超越，跻身仁人的行列就会水到渠成，如愿以偿。所谓"仁远乎哉？我欲仁，斯仁至矣"（《论语·述而》），就含有这层意蕴。

第三，在仁与孝悌的关系中透发出人性的色彩。孔子把仁的出发点定位于孝悌之上，按其主观愿望而论，他是力图用"亲亲"的宗法情感，巩固"尊尊"的周代社会等级制。孔子深谙周王朝的统治之术，是利用宗统来维护君统，凭借族权来巩固政权，使国家家族化、家族政治化，以铸就家国同构模式。为了复兴日趋衰微的王朝国势，孔学首先着眼于安定统治秩序，把仁直接与家庭内部关系联结起来，深究两者间的缘分，于是提出了"孝悌也者，其为仁之本与"（《论语·学而》），"君子笃于亲，则民兴于仁"（《论语·泰伯》）的见解。这是将个人、家庭、国家圈定在一个同心圆内，坐实在血缘关系基础上，逐步外延、扩展来考虑和处理人际关系、社会的诸多事物。不过，孔学认为孝悌是发生仁的根源，并非单纯狭隘地用宗法血缘关系规定仁的属性，而是在更深广的层面上去揭示仁学的人性本质。因为孔子十分重视孝道，他对建树我们民族的孝文明立下了泽被后世的功勋。

　　孝的观念最早产生于原始氏族社会，用文字表达孝的内容却在西周时期。其中含有祭祀活动对祖宗神的敬服之情与祈求祖宗神灵降福给后代子孙之意，亦有子女对在世父母承担奉养之责。孔子提升了孝的人文性，把它视为伦理的重要范畴，《论语》中孝的概念出现过10余次。孔子认为孝不仅仅限于赡养父母，更为重要的是对父母和长辈有感情的投入，真诚地尊重他们，使其有欣慰、幸福之感。《论语·为政》篇记有子夏问孝于孔子的事，孔子告诉他："色难。有事，弟子服其劳；有酒食，先生馔，曾是以为孝乎？"（《论语·为政》）在孔子看来，以一颗无比敬爱之心侍奉父母、长辈，要比在物质衣食上满足他们的需求更有难度，也更有价值。所以，孔子又曾对弟子言偃说："今之孝者，是谓能养。至于犬马，皆能有养。不敬，何以别乎？"（《论语·为政》）传说言偃为人爱有余而敬不足，老师乘他问孝的机会，有针对性地启发他为孝用敬。无疑，养亲必敬是孔子对孝道的界定。

　　凡人皆知，美化人的心灵，提高道德品质，绝不可能抛开人际关系。而家庭是社会的细胞，身边的父母是人际关系的内核，社会则是家庭的扩大，同学、同事和生活中交往的各类人，年长者似父母，同辈人犹如兄弟姐妹，与之相处，也应跟在家里一样，敬长爱幼。孔子正是从人性的高度看待仁与孝悌的关系，唯有如此，只要是血肉之躯的人谁也割不断仁学与家庭、社会的联系。自孔子之后，迄今两千余年，孝德孝行一直被看作诸德百行之首，是个人身心修养的根本，是社会秩序的一块基石。

第四，在仁与忠恕的关系中，仁所容含的主体实践性与紧密关联的社会性，两相映发，一清二楚。仁的美德如能保持在每个独立的人身上，家庭、社会中的人必然和谐沟通，使仁爱精神充满人间。那么，彼此沟通的桥梁是什么？孔学认为就是忠恕。孔子向曾参明确地表白过自己的这种思想，曾参抓住老师学说的精髓，一语破的，说出"夫子之道忠恕而矣"。其实，忠、恕是处理人际关系的两种态度，是社会群体里个人间和谐共存、共同发展的保障。《论语·雍也》有孔子告诫子贡的话："夫仁者，己欲立而立人，己欲达而达人。能近取譬，可谓仁之方也已。"这种将心比心、推己及人的实行仁的方法，可谓忠的态度。与此相比，"己所不欲，勿施于人"，便是恕的真实心态的写照。《卫灵公》篇有子贡请教老师的话："有一言而可以终身行之乎？"孔子回答说："其恕也。己所不欲，勿施于人。"坚持恕的原则，摆正人我的位置，就是子贡理解的"我不欲人之加诸我也，吾亦欲无加诸人"（《论语·公冶长》）。实践仁须忠恕结合，但没有主体的愿望和行动，忠恕断不能实现。而离开社会的主体，忠恕与仁更无从谈起。

总之，仁的本质特征是在与孔学多范畴的交融中呈现出来的。这也有力地说明了仁贯串孔子思想体系的始终，是孔学的关纽，酷似"寸辖制轮，尺枢运关"（《文心雕龙·事类》）。现在，建设社会主义先进文化是我们的历史使命，但文化的长河是不能截断的，因为文化的生命力总是在改造旧的、营造新的过程中得以产生和强化。文化的历史本质总是后人对传统文化的转化和出新，前人留下的文化资源对于具有创造力的民族来说，是一笔永恒的财富。先进文化与传统文化肉血相联，那些属于精魂的东西，在新的时代条件下，继续闪光。这也正是我们从多元性向度来考辨、解析仁内蕴的价值之所在。

4

《论语》是世代同心乐读的儒家经典

一本世代相传的好书，是先辈留下的丰厚财富，沾溉后人，历久不衰。我国古代第一部语录体的散文集——《论语》，就是孔子门人整理并遗存下来的一份珍贵精神遗产。自它问世以后饮誉古今中外，受益者不只是中华儿女，已成为世代同心乐读的儒家经典。

一、读书引言

翻阅齐鲁出版社1992年版南宋朱熹的《论语集注》，书中蕴意深邃的至理名言，接连浮漾纸上，犹如人类智慧之花，闪烁着生命之光。虽然创建非凡思想的原始儒家已经远离了我们，但是人类将永远地珍视那不平凡的思想。正如李大钊所言，设使有人"投一石子于时代潮流里面，所激起的波澜声响，都向永远流动传播，不能消灭"(《李大钊文集·今》)。人类文化的历史本质，即在于后来者对前人酿就的精神遗产进行不断地转化，令其超越时空，惠及千秋万代。人类文明的生命力总是在熔铸业已存在的思想文化、创建新的思想文化进程中得以产生与强化。因此说，无论时代如何久远，先哲不平凡的思想断不是沉重的包袱，而是一笔永恒的财富。我们从世人皆知的《论语》传播流布的事实，便可深深地领悟到这个历史的辩证法。

二、《论语》是识孔评儒的第一手资料

　　《论语》是记载孔子及其弟子言行的，并且较为集中地表现孔子思想体系的书，是构建儒家学说的奠基之作，亦是后人研究儒家思想文化的一部主要经典。《论语》之名的含义历史上有不同的解释，今天普遍认同《汉书·艺文志》的说法："《论语》者，孔子应答弟子、时人及弟子相与言，而接闻于夫子之语也。当时弟子各有所记，夫子既卒，门人相与辑而论纂，故谓之《论语》。"可见，《论语》是孔子和弟子及其弟子之间讨论各种问题的记录汇编，至于是谁编辑成书的，说法也莫衷一是，通常概括为由孔子弟子和再传弟子编纂而成的。但是张岱年先生采纳了唐代柳宗元、北宋程颐的看法，认为《论语》"是有若、曾参的门人编纂的"（《中国哲学史史料学》）。杨伯峻先生于《论语译注·导言》中亦指出，《论语》"由曾参的学生所编定"之说"很有道理"。其依据是曾参、有若两人是孔子学生里年龄较小者，分别少其师长46岁与33岁，更为有力的证据是《论语》书内唯独以"子"称之曾参、有若。不过，《论语》编撰者究竟是泛指孔子门人，还是落实在某个具体孔子学生的头上，这都不会影响我们对《论语》的认识与评价。因为就思想资料而言，《论语》是研究孔子及儒家学说当之无愧的第一手材料。尽管当初结集成《论语》原始本的模样，研究者仍在探索、推断，然而孔子身后包括儒门弟子在内的世人，如果压根儿撇开《论语》来估价评说孔子及儒家思想，那只能是蹈空虚说的游谈臆语，未免滑稽可笑。换言之，凡以严谨认真的态度识孔评儒，其中无不包含对《论语》的态度和意见。

　　这里先从古人探索书名《论语》的指意说起。汉代刘熙在《释名·释典艺》中说："论也，伦也，有伦理也。"刘氏认为《论语》的"论"通"伦"字，当"有伦理"讲。所谓"有伦理"，"则指事物本身的条理"。《礼记·乐记》中"乐者，通伦理也"，就是得力的注脚。可见，"论"表示书中记载孔子及其弟子的话语是有条理的。唐代陆德明《经

典释义》援引了汉代郑玄的说法："论，如字，纶也、轮也，理也，次也，撰也。"陆氏，借重东汉经学家郑玄之见，来解释《论语》，颇益拓展接武者思路。宋代刑昺《论语集解序·疏》便于前人基础上发挥："以此书《论语》可以经纶事物，故曰纶也；圆转无穷，故曰轮也。"显而易见，经纶事物是针对书中内容而言，"圆转无穷"是强调书中深蕴的义理能与时偕行。而今我们把《论语》的"论"字读作"lún"，正是先贤们不断探索和认识《论语》价值的一种文化成果，亦说明来之不易的开拓中华文化宝藏的动力业已存在，根深蒂固。

因为《论语》与别的古籍相比有着特殊际遇，虽然它于秦代也没能逃脱遭焚之祸，但儒家学派已经形成广泛深厚的社会基础，孔门传人遍及海内，秦统治者的一把火和"挟书律"，很难在短暂的年头里将儒学的基本读本一网打尽。汉随秦后，骑在马背上得到天下的刘邦，早有陆贾这样的儒者向他吹风，针对刘邦自我标榜"乃公居马上得之（天下），安事诗书！"陆贾绝不打顺风旗，指出："居马上得之，宁可以马上治之乎？且汤武逆取而以顺守之，文武并用，长久之术也。""向使秦已并天下，行仁义，法先王，陛下安得而有之？"刘邦听了颇感茫无头绪，令陆贾"试为我著秦所以失天下、吾所以得之者何，及古成败之国"（《史记·陆贾列传》）的大文章。

处于这种政治思想氛围，西汉朝廷废除了秦的"挟书律"，明令"大收篇籍、广开献书之路"。汉文帝时就把《论语》列于学宫，曾置《论语》博士，以之传授。景帝继位，大倡民间献书，于是鲁人所学的《鲁论语》、齐人所学的《齐论语》和得之于孔壁的《古论语》，三种《论语》版本面世了。其中《鲁论语》20篇，《齐论语》22篇，比前者多出《问王》《知道》二篇，其余各篇的章句亦较《鲁论语》为多；《古论语》21篇，无《问王》《知道》篇，却将《尧曰》篇由"子张问何如斯可以从政"以下行文分割为独立一篇，形成了两个《子张》篇，在篇次和文字上与前二者均有差异。武帝独尊儒学之后，三种《论语》传本皆在官府有人讲授。元帝时经学博士张禹授太子《论语》，曾以《鲁论语》为底本，兼采《齐论语》，编成《论语章句》，因张被汉成帝封为安昌侯，故时人称其书曰《张侯论》。至此，《论语》地位极高，被尊为"五经之辖辖，六艺之喉衿"（赵歧《孟子题辞》）。东汉熹平年间蔡邕书"六经"，刻石立在太学前，号称"熹平石经"（残留部分现存西安碑林），《论语》经文即用《张侯论》。东汉末经学大师郑玄依据《张侯论》兼取《古论语》，并为之作注，合成郑注本《论语》，遂即流行于今。其间南宋朱熹把《论语》《大学》《中庸》《孟子》合为"四书"刊印。元代延祐年间恢复科举制度，《四书集注》定为考试科目，明清沿袭不改。

由此可知，《论语》原始本来自孔子弟子与再传弟子的笔墨，而秦前已有定型的版本，入汉之后置于官府传授，上升为国家意识形态的有机组成部分，增删篡改视为非法行为。这样，基本上确保了孔子和弟子们言行的原貌，使后人能够凭借真实资料叩问、思索，发议论、抒感想。而见仁见智、获益受害，那是接受者的德、才、识、胆和时代条件多种因素使然，不属于《论语》作为资料的可信度与识孔评儒的关系问题。

三、继往开来不断创生学习《论语》新境界，提高人生的终极意义

众所周知，浩如烟海的儒家典籍承载着厚重如山的中华文化的累积。而孔子作为儒家文化的宗师，他所崇尚的"仁义""忠恕""中庸""礼乐"，以及政治上的"仁政""德治""王道"等主张，在《论语》中都有经典式的阐述。这不仅成为儒者尊奉不移的圭臬，而且世代传习，风陶鼓铸，不断升华为传统文化的精魂，内化为人们心灵家园的财富，提高人生价值和终极关怀的意义。

如果从文化创造者的角度来审视，儒家学派在亟待完成自我，消融异端、争取信众的情势下，孔子卒后，其弟子们必然急切地要把各自记录师长生前的言行汇编成册。凭《汉书·艺文志》的说法，我们就能够想见，《论语》成书是一项艰难的文化建设工程，将弟子各有所记的内容汇总起来，锤炼成有条理，并能呈现出孔子"一以贯之"思想体系的

语录体文集，非但不是一时所成，而且凝聚着孔子弟子与其门人的群体智慧。事实上，自汉以后，历代都把《论语》当作诠释儒经的活教材。按前文援引赵歧的观点，《论语》竟然达到确保"五经"运行的地步，这就是我国历史上不同时期都会出现学人为之作注，发表对《论语》诠释与解读研究成果的根本原因。

我们仅以继汉学、宋学之后的清代为例，注疏、解读《论语》的学人嗣响而来，或宗汉学如毛奇龄《论语稽求篇》，专为攻驳朱熹《章句》而作；或宗宋学以朱熹所注为指归，如李光地《读〈论语〉札记》；或不拘泥于前人见解而独辟蹊径，如宋在诗《论语赘言》，它在书中指出，凡是别人说过的，我不再说了，因为《论语》一书是"孔子传道之书"，是"教人为君子之书"，读《论语》不是为了科举弋取功名，而是触目有所感发，并融会贯通，务求其有益于自我的成长。坦率地说，我曾翻阅过清人研读《论语》而存世的读本，不下几十种，大都各有所宗，却能发挥己见又言之成理，读了颇获开卷有益之效。尤其刘宝楠与其子恭冕的《论语正义》，能于学术层面消融门户之见，打破汉学、宋学的樊篱，不为专己之学，不守一家之言，广泛征引，择善而从。在编写体例上敢于不恪守疏不破注的积习，对旧书注义略者，则依经以补疏，对注义有错误的，则先疏经义，然后重新注之。对注义有不同说法却言之成理者，悉为收录。终于，在花烂映发、各展风采的清人《论语》注本中成为最有创意、最为完备的读本，为后学者解读《论语》开拓了新境界。

如果从文化受众的角度看，《论语》作为诠释儒家经典的活教材，在百家争鸣的战国时代，儒学所以能赢得显学的地位，和《论语》对社会心理的穿透力、吸引力而形成庞大的受众群不无关系。因此《论语》虽遭秦火戕贼，却迎来了浴火重生的新气象。这里且不说在西汉《论语》三种传本，无论官学或私学各有传习；在东汉《论语》始被列为儒学"六经"之一，（后《孝经》也列为经，则是"七经"之一），成为士人必读之书。就是学童有阅读能力，不管家境富贵还是贫贱，《孝经》《论语》皆是首选的读本。

例如《汉书·疏广传》载，宣帝皇太子年十二，通《论语》《孝经》；《后汉书·马援列传》载，其侄孙马续七岁，通《论语》《孝经》；《后汉书·范生列传》说他九岁通《论语》《孝经》。王充《论衡·自纪篇》说他八岁进书馆学识字、写字，然后学《论语》《尚书》，每天能背诵千来字。因家贫无钱买书，就到市肆上卖书摊处阅读，并"一见辄能诵忆，遂博通众流百家之言"（《后汉书·本传》）。类此，史书记载汉代学童读《论语》、通《论语》的事例夥矣，不必一一列举。其实，民间不见史书记载的广大学童，他们不仅学习《论语》，而且所用的读本、资料也不限于官、私学校通用的教材。清代段玉裁把那些流传民间的孔子言论资料称为《逸论语》。

汉代以后，魏晋南北朝时期，学童识字之后，开始接受阅读教育，而《孝经》《论语》则是诵读学习环节的必读教材。为适应阅读教育发展的新形势，此际产生了新的注释形式，如集解、义疏、注音等，陶弘景《论语集注》、皇侃《论语义疏》则是代表。不难推知，这为自学《论语》更为普及创造了条件。《北史》卷八一记载，徐遵明曾居蚕舍，读《孝经》《论语》《毛诗》《尚书》《三礼》，不出门院，凡经六年。就是这位自学成才的遵明先生，后来成为海内"莫不宗仰"的著名学者。南北朝时期的大学者、文学家颜之推，身世际遇极为复杂，三为亡国之人，性命几乎不保，他在《颜氏家训·勉学》中恳切告诫子孙学习《论语》的重要。

他说当下士大夫子弟"数岁已上，莫不被教，多者或至《礼》《传》（指《春秋三传》），少者不失《诗》《论》（指《论语》）"。因为即在兵荒马乱之时，就是平民百姓如果"知读《论语》《孝经》者，尚为人师"，不至于给他人耕田养马，甚者抛尸于荒沟野壑。由此可知，南北朝之时普通民众已经把学习《论语》和生活实用挂钩，视为全身免祸的求生本事。颜氏进一步强调学童精神专注敏锐，及早学习务失良机。然而，早年即使失去求学机会，亦不可自弃。他列举汉代朱云"四十始学《易》《论语》"，"晋代皇甫谧二十始受《孝经》《论语》，皆成大儒"。

还应看到，南北朝时期，北朝政权掌握在鲜卑贵族手里。学徒广泛接受"双语"教育。鲜卑人和其他民族人既要学本民族母语，还要学习汉语；汉人除学母语外，还要学习鲜卑语。为满足鲜卑和其他族人学习《论语》的需要，于是《论语》出现了其他族语的译本。《论语》的受众超越了汉族范围，就像滚雪球似的，接受《论语》教育和影响的人越来越多且广。时至隋唐，科举制度逐渐完备，唐朝设有常科和制科考试外。还有童子科，十岁以下儿童应试，要求通一经及《孝经》《论语》，成绩卓异也可得官。唐代学校教育特别重视学生对《论语》的学习。如归属国子监的国子学设有"三礼"、《毛诗》《左传》五个专业，每个专业的学生除学本专业的经书外，《孝经》《论语》则是共同必修的课程，并限一年业成。因此，曾在官学任过教的韩愈，就有《注论语》十卷，柳宗元虽没有从教官学的经历，却公开教授私学门人，在《报袁君陈书》中告诫青年读书取经，"当先读《六经》，次《论语》、孟轲书，皆经言"。

综观唐代受众治《论语》、学《论语》的价值观与成就，已与南北朝时期发生了明显的变化，超越了以往多为修身养性，乃至安身立命之目的，而是在与佛老思想意识的碰撞交流中，注重对其义理的开掘，并在改善思维逻辑、认知创新上颇见兴趣，士子们更期待在科考中收获功效。

于是，到了儒家理学期的宋代，便创生了学习《论语》的新境界、哲学阐释的新内容、终极关怀的新高度。如程颐说读《论语》后，"直有不知手之舞足之蹈之者"。如此兴奋、激动的原因，用他自己的话说："颐自十七八读《论语》，当时已晓文义。读之愈久，但觉意味深长。"（《儒家经典·〈论语〉集注》）他的四传弟子朱熹的《四书集注》是集历代受众学《论语》、治《论语》的大成，而以义理解经，并重训诂考据，提炼微言大义，登上了《论语》学发展进程的新高度。元明清三代定其为科考必读书，不是一点儿道理没有的。

明清之际，封建统治面临日薄西山，统治者把程朱理学作为强化专制集权的官方哲学思想，并在各个领域贯彻执行。士子们读《论语》为的是科考，考试内容主要是"四书""五经"。看似尊经崇儒，结果社会风气败坏，变得腐朽、空疏。此外，还应看到社会文化教育普及的程度前所未有，私学、义学、社学使城乡贫寒子弟获得启蒙教育，书院、讲会日益昌盛，往往集中名师讲学，教学内容、教学方法、研究风气打破墨守成规的陋习。加之西学东渐，多民族的文化交流又给汉族本体文化注入新活力。《论语》受众的精神家园大为改观，冲决封建传统的愿望，渐成山雨欲来之势。终于，《论语》学经受了五四新文化运动巨大的锻炼与洗礼，旧貌换新颜。

今天，我们能够清楚地感受到，由历代儒学受众参与建构的中国文化史、教育史、思想史都打上了《论语》的烙印。而《论语》"圆转无穷"的义理，涵容着今人称谓的思想内容、思维方式、人文关怀和价值取向，仍在影响着中华民族的心理素质。甚至《论语》文句结构和表达方法也将关涉中国语言和文学的发展。不妨信手拈来一件事实来做上述看法的注脚：

1995 年 8 月，《光明日报》与高等教育出版社举行了这样的问卷："在下列四部古代经典中，你最爱读哪一部？《论语》《孟子》《老子》《庄子》。"《光明日报》9 月 7 日第七版刊登了《当代读者在古代经典中最爱读〈论语〉》的报道："由此可见，古今一脉，人同此心，儒家思想在中国深入人心，优秀传统文化魅力不减。"

不消说，《论语》是中华民族先哲、以孔子为代表的原始儒家所创生的精神文化的积淀，历代的儒学受众在学习、研究《论语》的文化实践中，完全能够、也一定能够继往开来，提升灵魂境界，铸就新的精神财富，增益人生的终极意义。

5

孔夫子超胜人品与学品的成因

　　知人论世是我国古代治学的一种被广为接受的方法，今天欲认清历史人物的真面目，它仍不失为得力的途径。为了较全面正确地认识理解《论语》的思想内容，很有必要进一步探赜孔夫子超胜人品和学品的成因，这就该联系本人的生平及其生活时代的环境。这里拟将孔子成长阶段性的特征简述如下。

一、贵族基因的劫后孑遗

　　孔子名丘，字仲尼，春秋时期鲁国人。其先世是宋国的贵族，殷王室的后裔。史载商纣王无道，国势濒危，其庶兄微子启屡次劝谏纣王要励精图治，挽救亡国的厄运。纣王从不理睬，微子启愤然出走，周武王灭掉殷商，他投奔到周的怀抱。不久，周公铲除了纣王的儿子武庚，周成王便封微子启于商朝的故都商丘（河南商丘南）周围地区，国号为宋。微子启死后，其弟微仲衍继位。微仲衍就是孔子的先祖，所以孔子自称："丘也，殷人也。"（《礼记·檀弓上》）微仲衍的四世孙弗父何，本该继位为宋公，但其父湣公共死后，却由弗父何的弟弟炀公继立。湣公共的次子鲋祀杀死了炀公，拥戴兄长弗父何，而弗父何坚持把公位让给鲋祀。从此，孔子的先世便由诸侯之家降为公卿之家，其采邑为栗（河南夏邑）。延至孔子的六代祖孔父嘉时，家庭发生了一场悲剧。宋国太宰华父督因孔父嘉的妻子"美而艳"，借故害死了孔父嘉霸占了其妻，并杀害了在位的宋殇公（《左传·桓公二年》）。从此以后，孔氏家道中衰，因华氏逼迫，孔子的曾祖父孔防叔始离宋奔鲁。因孔子六世祖字孔父，名曰嘉，从而孔父嘉的后人改为孔姓。孔防叔到鲁后，做鲁贵族臧孙氏的家臣，担任防邑（山东曲阜以东30里）宰。孔子的父亲叔梁纥是鲁国驰名的武士，曾担任陬邑（陬，亦作鄹，山东曲阜东南）大夫，故叔梁纥又叫鄹梁纥。孔子也被称为"陬人之子"（《论语·八佾》）。叔梁纥在婚姻生活上出现过麻烦，先娶施氏，无子，另说施氏生九女而无子。其妾生了一个男孩，叫孟皮，因有足疾，不适合继嗣。晚年再娶年轻女子颜征在。颜氏生孔子。《史记·孔子世家》记载，孔子出生时头顶中间呈凹陷状。相传孔子母亲颜征在怀有身孕时曾到尼丘山祈祷而生了孔子，因此给孩子起名叫丘，而孔子的兄长孟皮字伯尼，顺理成章，排行老二的孔子，其字就为仲尼，其传说可见《孔子家语·本姓解》。关于孔子生年存在不同观点，一般依据《史记·孔子世家》的说法为鲁襄公二十二年（前551）。但《史记》没载出生的月份和日子，按《榖梁传》所记"十月庚子孔子生"，换算为今之公历，应为公元前551年9月28日是孔子的诞辰。

依常理推想，孔子父亲叔梁纥身任鲁国陬邑的大夫，相当于一个县官，家境维持温饱不会成问题。何况父亲勇武过人，鲁襄公十年（前563），他跟从晋国率领的诸侯联军去讨伐偪阳（江苏邳县西北）这个坛姓小国。"偪阳人启门，诸侯之士门焉。县门发，陬人纥抉之，以出门者。"（《左传·襄公十年》）足可见得叔梁纥强健勇猛，自己在激烈的战斗中支撑着城门，功劳委实不小。鲁襄公十七年，齐国侵犯鲁国，把鲁大夫臧纥围困在他的采邑防邑城内。消息传来，叔梁纥与臧纥的两个弟弟，率领"甲士三百"，冒难而进，左冲右突，杀出重围救出了臧纥。叔梁纥在地方的声望、口碑当然不错。但是天有不测风云，鲁襄公二十四年（前549），孔子两周岁的时候，父亲病故，家庭状况发生巨变，由官宦的地位骤然跌落为平民，孔子的人生也因具有贵族基因孑遗的特征，生发出多少罕见的世间故事啊！

孔子母亲与丈夫叔梁纥年岁相差甚远，年纪很轻的寡母抚养着黄口乳童，其含辛茹苦之境是不难想见的。然而孔子的母亲非常刚强、能干，也是很有见识的慈母良师。她为了把孩子抚教成人，不惜放弃原有的家当，携子离开陬邑，迁居到文化环境有益孩子成长的鲁国都城曲阜。家世的盛衰、贫富的起伏跌宕、世态炎凉冷暖的酸甜苦辣，幼童虽然感受不到，但母子相依为命的艰苦岁月，必定于幼小的心灵里打上了永不磨灭的烙印。难怪他曾对弟子感叹道："吾少也贱，故多能鄙事"（《论语·子罕》）。不过，贫贱也是一种特殊的财富，母亲独立门户与生活抗争的高大形象，无疑在孔子的灵魂深处化为立志图强、发奋进取、永动不衰的内驱力。

二、苦难少年酿就青年发奋之资

孔子少年时期跟母亲生活在鲁国都城曲阜，这是春秋时代人文环境十分优越的地方。鲁国原为周公的儿子伯禽的封地，周代文物典籍在这里保存完好无缺。不然，晋国大夫韩宣子访问鲁国，看过存档的典册，就不会发出"周礼尽在鲁矣"的赞叹。吴公子季札观乐于鲁，同样不能不表示看过这里表演的舞乐，就没必要再去欣赏别的舞乐了！称鲁国是"礼乐之邦"确实话出有因。联系得天独厚的文化空间，再来考察童年孔子的表现，就不必大惊小怪了。《史记·孔子世家》说："为儿嬉戏，常陈俎豆，设礼容。"俎和豆是古代祭礼用的器具。这里是说孔子幼小时常常喜欢演习礼仪，模仿大人的样子学习祭祀礼仪的活动。俗语说"三岁看到老"，话倒是有些主观臆断，却不算呓语。孔子玩乐的方式反映他对礼仪的兴趣，头脑中的兴奋点和结伴交往、嗜好效仿庄重仪式相关。这是他日后具备组织能力，关注培养社会规范行为的胚胎。

孔子"设礼容"的儿戏，一般认为是发生在他5岁到10岁的事，究竟是何时的故事却无关紧要。问题在于礼仪活动需世代相袭，才能深深扎根在民间生活的土壤。大家知道，周代礼制内容繁复。大到朝聘会盟、田猎戎师，小至冠婚丧祭、饮食起居，几乎囊括当时社会生活各个领域。周代统治者建立礼制的初衷是令人人安分守己，不做僭越的事情，以达到"君令臣共，父慈子孝，兄爱弟敬，夫和妻柔"（《左传·

昭公二十六年》）的境地。孔子之时，周礼渐趋崩解，其维系奴隶制度的灵魂逐渐丧失，而它的外在形式继续衣钵相传。民间婚丧嫁娶老一套规矩成为民俗风情，强大的习惯势力谁也无力改变。家庭贫寒、生活窘迫的孔子，为求衣食，谋得生计，在婚、丧、祭、冠等礼仪中主动找些事做是情理之中的事情，不是乖巧伶俐、懂章法、守规矩的少年肯定谋不得这等差事。从儒的概念起源看，始为周代学校中的教师，而当时的制度官师一体、政教合一，所谓"学在官府"就是官府办学，官吏掌管学校的一切活动。中央直属的国学，学校中的教师由大司乐、乐师、师氏、保氏、大胥、小胥等官吏担任。地方乡学的教师由大师徒、乡师、乡大夫、州长、党正、父师、少师等官吏担任。

　　学校不光是教育、教学的场所，也时常在国学内举行祭神祀祖、军事会议、献俘庆功、练武奏乐等社会活动。周室衰微，官失其守，学术下移，儒者流散各地。他们到民间主持操办各种礼仪，人们不再称呼他们为"师儒"，而唤为"小人儒"。少年孔子便是给这些人当帮手，所干的事情繁杂、劳累，须听指使调遣。大概聪明好学的孔子，正是从这些身价不高，却有一定学识的小人儒身上学得了不少知识，掌握了各式礼仪中的基本技能技巧，为少年孔子练就为一个多才多艺的人，提供了不可缺少的条件。早有孔子做过吹鼓手一说，此话应是属实。非但吹鼓手，婚、丧、祭、冠的礼仪牵连着许多的具体活动，涉及多方面的关系和礼节，有一样做得不严密周到都将招惹麻烦和指责。经过一段时间的锻炼，孔子对社会各阶层的认识在逐渐深化，办事的本领、吃苦耐劳的品质、面对挫折打击的心理承受力和心理调适的能力，也将在逐步提高与增强，鄙事使孔子吃了说不尽的苦头，鄙事也成就了孔子。

　　《论语·为政》篇清楚地记着孔子晚年追忆一生成长的过程，他说"吾十有五而志于学"，意指自己立志、有明确的追求目标、终生孜孜矻矻为之奋斗的理想，是在15岁的时候树立确定下来的。关于孔子决定选择的学习内容是什么，到何处学习，怎样进行学习，至今人们仍在猜测，看法莫衷一是。经学家解释，15岁正是春秋时代男孩子入大学的年龄，不言而喻，自然要进学校读书了。但孔子不是贵族子弟，他没有进大学里读书的资格。所以近人杨树达提出"十五岁才立志学习，不是过于迟了吗"？查《论语·述而》篇内还有"志于道"的提法，证明"此独言志学，不言志道者，孔子之谦辞，实则志学即志道也"（《论语·疏证》）。然而如此解释还是有打不开的闷葫芦。《论语·述而》篇里孔子在说"志于道"之时，接下来又讲："据于德，依于仁，游于艺。"孔子把道、德、仁三者结为一体，表示"以道为志向，以德为根据，以仁为凭借"。这是做人立世的大原则，与学习内容有关联，却贴得不紧。蔡尚思先生引《说文》："仕，学也"；"宦，仕也"。进而引出结论是所谓志于学，即是说15岁那年"立志要做官"（蔡尚恩《孔子思想体系》）。

另外的推想是与孔子为谋生做杂役，当各种礼仪活动的帮差有关，而且孔子11岁时曾向鲁太师学过内容庞杂的周礼。随着年龄的增长、阅历见闻的开阔，孔子深切地体会到人间生活、地位的差距。整天五更起、半夜眠，风吹雨打烈日晒的劳苦百姓，食不饱腹、衣不蔽体。而仕宦贵族则是另一番景况，两两相较，何啻天壤之别。那么该怎样改变自己的处境呢？看来只有学习知识，掌握和礼乐相关的学问才艺，方能有出路。然而做吹鼓手在干活中学习，不是也能有长进，获得本领吗？孔子内心明白，那最终顶好的结果是成为一个小人儒，混饭吃没问题，想大有作为，等于白日做梦。还有另一层意思，孔子先世非同寻常百姓家可比，在人文关怀中贵族基因不断发酵，"学而优则仕"，往大处想可远绍先祖鸿志，向近处看亦能复兴邑大夫的家业。在"耕也，馁在其中矣；学也，禄在其中矣"（《论语·卫灵公》）的二者选择上，孔子决心走后一条人生之路。学成可以入世为官，倘若没机遇，也有别的用场，归根结底，是"不必担忧贫困了"（《论语·卫灵公》）。总而言之，假设把15岁视为孔子由少年步入青年时代的门槛，其主要标志是他在艰辛贫困的生活挣扎过程中，选择了人生未来之路，进入了自觉学习的岁月。换言之，少年苦难的磨炼，为青春岁月的发奋有为，积淀了可资进取的能量。这也是他最终成为伟大的思想家、教育家和儒家学派创始者而迈出的第一步。

三、发愤图强、自学成才的青年时期

《史记·孔子世家》的说法是孔子17岁之前，他的母亲就离开了人世，其身后孤苦伶仃的孩子，将要遭到怎样的生活熬煎是不必展开叙述了。但有件事让孔子尝到了孤儿的辛酸滋味，打击之重，使他终生难忘。旧时代民间流传着这样的话，"人生前三十年看父敬子，后三十年看子敬父"。未满17岁的孩子父母双亡，靠什么立世呢？人们又将如何对待他呢？季氏飨士的事则是这个问题的标准答案。鲁国执政的大夫季武子，是权倾当朝的显赫人物，鲁昭公七年（前535），他举行了盛大的招待身份为士者的宴会，孔子自以为是邑大夫的儿子，有资格赴宴，没料到竟吃了闭门羹。当孔子动身前往时，季氏家臣阳虎拦路贬斥说："我家主人是宴飨士者，你算得什么，盛宴的美味佳肴，你不配吃！"（据蔡尚思《孔子思想体系》）孔子碰了一鼻子灰，顿感万箭穿心，清醒地认识到自己于世人心里的位置。一个人发愤图强，犯难勇进，没有深厚的思想感情基础，那是不可思议的。阳虎蛮横地奚落孔子，反而成了催其向上奋进的动力。《孟子·万章下》说孔子大约18岁那年初秋的季节，寻得了一个为贵族家看管粮草仓库的"委吏"差事。他忠于职守、认真精细，做到会计准确无误，博得信任和好评。

后来还做过饲养牛羊家畜，管理牧业的"乘田"职务。养牛放羊、负责畜牧工作非同保管仓库可比。有生命的牛羊其生长繁殖的规律不会因饲养者的主观愿望而改变，它要求人须不辞劳苦地认识和把握其中的奥秘，顺应规律调理喂养、繁育增产。孔子是切实地做得样样到位，牛羊繁殖成群，个个膘肥体壮，用孟子的话来形容："牛羊茁壮长而已矣。"年轻的孔子真是干一行专一行，执着踏实，毫无年轻人常患的心浮气躁的毛病。他以后还用这种做事做人的态度教诲自己的弟子："在家能恭敬规矩，办事能认真谨慎，对人能忠实诚恳，无论到哪里，绝对不可抛弃这三种德行。"（《论语·子路》）像孔子这样的青年人，乡里的百姓肯定是喜欢他、夸奖他。孔子19岁时与亓官氏结婚成家。亓官

氏的家庭也是从宋国迁徙到鲁国的移民，这对青年夫妇生活得很和谐。婚后第二年，亓官氏生下了一个男孩，正巧鲁昭公赐给身为委吏的孔子一条大鲤鱼，于是给孩子起名叫鲤。衣暖腹饱、夫妻和睦的小家庭，并没有窒息孔子曾立下的志向，《左传·昭公十七年》记载了青年孔子向郯子问学的事，反映了孔子不改初衷、持之以恒的治学精神。郯子是郯国的君主少昊之后。他访鲁期间，鲁大夫叔孙昭子问他："少昊氏鸟名官，何故也？"郯子用自黄帝、颛顼以来的远古传说详尽解释官职命名的历史演变轨迹。孔子得知消息后，大为振奋与钦佩，特地拜见郯子，谦恭请教。事后向人们表示："吾闻之，'天子失官，学在四夷'，犹信。"

《洙泗考信录》还记有孔子向鲁乐官师襄子学鼓琴的逸事。师襄子是位声望很高的鲁国击磬的官吏，他精通音乐，尤善弹琴。孔子神交已久，投拜他学习鼓琴。师徒相处一段时间，师襄子发觉孔子的学习精神非常可贵。一次，孔子对一支乐曲反复弹奏，十天工夫坚持不易。师长听过觉得乐曲弹得已够准确熟练，就让孔子更弹别的曲调。万没想到孔子回禀老师说："丘已习其曲矣，未得其数也。"（《史记·孔子世家》）孔子话中的"数"表层意思是指弹奏的技巧，所以过了一段时间，老师发现这个任性的学生还没更换弹奏的乐曲，便换了口气赞许地说："你已经掌握弹琴的妙道了！"孔子怅然叹曰："丘未得其志也。"（同上）又过了些时候，老师还劝他换曲，孔子应答："丘未得其为人也。"几天过去了，孔子在演奏此曲时，表情神态判若两人，"有所穆然深思"，"有所怡然高望而远志"。他惊喜地逼真似肖地感受到曲中有位鲜活的人物，"黯然而黑，几然而长，眼如望羊，如王四国，非文王其谁能为此也"（同上）。孔子到此算是全部领悟了乐曲的底蕴，曲调中的音乐形象在孔子专注的审美活动过程中，栩栩如生，再现眼前。师襄子对此慨叹不已，敬佩地说："这支乐曲正是《文王操》。"

知识与能力不是从天上掉下来的，只能是在不畏艰苦地努力学习中获得，如同不播种的地方，永远不会得到果实一样。孔子经受少年坎坷不平的人生之路，在凄楚痛苦的磨砺中催发他早慧，而自觉选定了求知识、长本领的奋斗方向，并且能够矢志不移地开拓前进，致使其学问似百川汇流，聚为江河。他30岁左右以非凡的勇气和胆略首创私学，授徒育人，从事教育实践。往昔为小人儒做帮差的吹鼓手，现在踏上荆棘丛生的道路向君子儒走来。孔子自己宣称我"三十而立"（《论语·为政》）。在他看来私办学校，传授学业是独自立世的壮举。他充满信心与希望，打破官学的清规戒律，不论弟子等级出身，实行面向社会的开放教育，广收弟子，来者不拒。讲学内容也灵活主动，礼、乐、射、御、书、数六艺之外，还讨论时事政治和丰富多彩的社会现象。

大约历时三五年时间，办学声誉越来越大，于是出现了孟僖子诫子事孔的动人故事。鲁国颇有威信的贵族出身的大夫孟僖子（《史记》作"孟釐子"）临终之前，把他的两个儿子孟懿子和南宫敬叔叫到身边，嘱咐说："礼，人之干也。无礼，无以立。吾闻将有达者曰孔丘，圣人之后也。"（《左传·昭公七年》）并说："孔丘的祖先有讲'礼让'的，曾把君位让给弟弟，也有辅佐过三个君朝，遵照'克己复礼'精神撰写了'三命'铭文铸在宗庙传国之鼎上的。前人说过：圣人的后代，虽不当权也必通达事理。现在孔丘年少，好礼，我死以后，你们一定要拜孔丘为师。"（《史记·孔子世家》）孟僖子死后，他的两个儿子遵父遗嘱，就教于孔子，成为孔门弟子中仅有的三位贵族子弟中的两个。有人说"青年是人生之王"，可以用顽强的毅力、可贵的创造精神开拓未来，"资以乐其无涯之生"。据孔学研究者的意见，孔子授徒讲学的第一阶段，大体说是30—35岁，他用青春之光照耀了弟子的人生之路，他用结结实实的步子迈进了光彩照人的壮年。

四、壮岁际遇催发人生之路的改辙

孔子授徒讲学总与评议时政、探讨历史文化相伴而行，办学活动与社会交往始终捆绑在一起。不久鲁国朝野上下皆有人艳羡孔子令名，贵族季氏也特聘孔子为本家族的史官。可是孔子35岁时鲁国发生内乱，他带着一些弟子离开鲁国来到邻域齐国，做了贵族高昭子的家臣。此际齐国君主景公是一个昏聩爱财贪色之徒，厚赋敛、施重刑，不立太子又不听贤臣晏婴的劝谏，把国内政局搞得一片混乱。正逢举步维艰的时候，听说孔子来齐，经高昭子推荐，景公向孔子咨询治国之术。孔子坦率地谈了自己的意见："君要像君的样子，臣要像臣的样子，父亲要像父亲的样子，儿子要像儿子的样子。"齐景公听罢拍手称赞，表示"君臣父子全都变态、走样，国家虽物丰粮足，我还能得到应有的享受吗"。但是这个口是心非的景公根本不想采纳实行孔子的谏言，很快被权臣陈氏篡夺了君位。齐国政变之前，孔子便对弟子们感慨："如能把齐国改变一下，则能达到鲁国这样，若将鲁国改变一下，就会实现先王之道了。"孔子在齐国另一件使他铭刻在心的事是欣赏了韶乐。"韶"传说是上古虞舜时的一组乐舞，也称大韶，其主题表现了"舜绍尧之道德"，洋溢着一种和谐优美的情调，意境深邃，动人心弦。《论语·述而》中写道："子在齐，闻《韶》，三月不知肉味。"孔子对音乐的鉴赏力从一个侧面表现了他的思维品质。孔子客居齐国仅二年，因齐大夫中有人欲谋害他们，遂去齐返鲁，继续开坛设教，兴办教育，开始着手整理《诗》《书》《礼》《乐》《易》等文化典籍。

孔子的人生价值取向与闭起门来教书的儒生绝不可同日而语。他自齐返鲁，也想得到实施仁政德治的实践机会。但是鲁国的政治形势使他失望。他认为社会潜伏的最大危机是各国统治集团内部大权旁落，统治秩序混乱，政出多门，百姓无所适从，严重地破坏了传统的宗法等级制。因此，他评论道："天下有道，则礼乐征伐自天子出；天下无道，则礼乐征伐自诸侯出。自诸侯出，盖十世希不失矣；自大夫出，五世希不失矣；陪臣执国命，三世希不失矣。"（《论语·季氏》）孔子的议论虽说符合当时各国政权变动的实际情况，可是还含有具体的针对性。事情发生在季孙氏的家里，春秋后期鲁国政权执掌在孟孙氏、叔孙氏、季孙氏，即所谓"三桓"手中，其中季孙氏势力最强、执政最久。季孙氏有位家臣叫阳虎，他玩弄权术，挟持主子季桓子，占据阳关（山东泰安东南）之地，野心膨胀，扩张权势。曾与季桓子的另一位家臣仲梁怀闹矛盾，借故囚禁季桓子，迫使主子与他结盟，驱逐仲梁怀等人。鲁定公六年（前504）阳虎又跟定公、三桓在周社缔约联盟，从而执掌国政。

这期间阳虎为培植党羽，巩固权位，想方设法拉笼孔子结帮入伙。阳虎还制造舆论指责鲁统治者"为富不仁"（《孟子·滕文公上》），竭力宣扬"主贤明，则悉心以事之，不肖则饰奸而试之"（《韩非子·外储》）。看起来阳虎的观点和孔子仁政思想较为贴近，而孔子认为阳虎的所作所为是"名不正，言不顺"，"陪臣执国命"，属于犯上作乱之举。阳虎乘孔子外出之机，立即派人送给孔子蒸豚。按古代人际交往的礼节，国中大夫赐给士礼品，士者需拜受，并得亲自到大夫家回拜致谢。孔子本来就打算远离阳虎集团的政治旋涡，也采取同样方式，探听阳虎不在家，马上往拜还礼。不巧，在返回的路上两人相遇。阳虎抢先对孔子做了攻心战，开口直说："一个怀有治国安民政治才干的人，却无视鲁国大好的政治形势，不参与政事，可以称得上仁人吗？"孔子答道："当然算不得了。"阳虎就势紧逼说："喜欢参与政事而又屡次错过机会，能称得上智吗？"孔子继续表示："那怎么能算有头脑呢！"阳虎故作惋叹道："时间无情地在流逝啊，年岁也不等待人啊！"孔子答道："好吧，我将要去做官了。"孔子和阳虎不意而遇间的对话，在孔子应付的话语里流露出内心深处的矛盾和苦闷。

他一贯反对统治者残酷地鱼肉百姓、腐化堕落，又不赞成打破奴隶主贵族所依赖的宗法制而推行的统治秩序。这也可从鲁昭公二十九年（前513）冬孔子对晋国铸刑鼎的态度上得到反映。孔子站在捍卫礼治的立场上，坚决反对把维护贵族权益的秩礼与统治庶民的刑法打成一片、合而不分。孔子因而长叹："晋其亡乎，失其度矣。"（《左传·昭公二十九年》）孔子一心想要在西周的物质和精神文明成果中，寻绎提炼出改革当时政治、整合动荡社会的方略，以之安定社会生产、生活秩序，用《中庸》里的话说，即为"仲尼祖述尧舜，宪章文武"。时代形势发展的趋向是不以个人的主观意愿为转移的，年已48岁的孔子仍然没有等来实现政治理想的机遇。他鄙视阳虎的为人，而阳虎的话确可撩拨孔子的心境。三年以后阳虎谋除三桓势力没有得手，被迫逃亡，辗转奔晋，成了赵简子的谋臣。鲁国政局并未因阳虎的逃离而平静下来，伙同阳虎共谋剪除三桓的公山弗扰，在费邑造反公开反对季氏，派人往召孔子，欲请他来襄助其事。孔子原本准备应召去见公山弗扰，心里犹豫，终未动身。子路对老师的表现不满，发出怨言："没从政的地方就等待好啦，为什么偏偏想去公山弗扰那里呢？"由此引出了孔子蕴藏心底的参政思想："盖周文、武起丰、镐而王，今费虽小，傥庶几乎。"（《史记·孔子世家》）原来孔子梦寐以求的是再创西周的辉煌！

鲁定公九年（前501），51岁的孔子终于等来了从政的机会。公山弗扰造反被平息后，定公派遣孔子做中都（山东汶上西）宰，掌管一方政事。他大刀阔斧推行有利于发展生产、整治社会秩序、改善百姓生活的一系列举措，政绩显著。一年后孔子则被提拔为司空，主管建筑工程。旋即调任为鲁国司寇，主持司法工作。当年夏季，齐侯与鲁侯在夹谷这个地方会盟，齐国预谋用莱人以武力劫持鲁定公。孔子有所觉察，事先做好了预防，顺利粉碎了齐国的阴谋。事后齐国把侵占的郓、讙、龟阴之田归还鲁国，以表示赔礼道歉。据《荀子·宥坐篇》载："孔子为鲁摄相，朝七日而诛少正卯。"《史记·孔子世家》沿用了此说，云："定公十四年，孔子年五十六，由大司寇行摄相事……于是诛鲁大夫乱政者少正卯。"清代毛奇龄《经问》考证："宰相为秦官，周无是也"，所谓代理宰相，其"相"字是傧相之相，是盟会中的诏礼之官，而孔子在齐鲁"夹谷之会"曾担任此职。且《史记·卫世家》说卫灵公三十八年"孔子来，禄如鲁"，而这年正是鲁定公十三年（前497），与《孔子世家》所记年代抵牾，特作要录，以资读者认定。孔子55岁继任鲁国司空，或说代理宰相，能于短期内把国家治理得条理井然，面貌一新，引起了齐国的恐惧。齐国采取对策，用糖衣炮弹腐蚀鲁统治集团，送给鲁国许多歌姬舞女、骏马、华车，果然打中了鲁国君臣，君侯、上卿贪恋女乐竟三日不朝。孔子见此景况，深感在鲁为官前途迷茫。与其滞留官场，无力回天，不如珍惜时光，改辙人生之路，开辟新的未来。于是毅然卸任带领弟子踏上了风尘仆仆的周游列国之途。从孔子由齐返鲁，到辞官去鲁奔卫，取其整数应为故国20载，从政近5年。

6

余晖壮行色，足迹写人生

　　人生须立志，志当存高远。心志是事业之门，实践是创业之旅。旅程的尽头不管在哪里，总是会有果实等待跋涉不止的人去摘取。孔夫子晚年的盛事伟业，可以简概为一句话：为赓续西周礼制文明，应时代所需补偏救弊、欲求实现仁政德治的社会理想。其中对中华民族精神文明建设与发展影响最为显著者，一是孔夫子率领弟子寻求大展宏图的机遇而周游列国；二是桑榆之年胼胝矻矻整理"六经"，揭开了自觉建设民族文化的新篇章。此项内容于本书"孔子整理'六经'臆说"篇中多有论及，所以这里以"余晖壮行色，足迹写人生"为题，集中述说前者故事：

　　年逾半百、生活优裕而地位尊宠的孔子，不甘虚掷年华壮志成空，迎着艰难险阻，在漫漫征程中周游列国14年，罄其全力先后游说72位公侯权要，宣传仁政德治。尽管连续碰壁，饱尝了人间的屈辱与患忧，最终的结局也没能如愿以偿。然而他周游列国的征程却闪烁着生命的余晖，用坚忍的足迹谱写了壮丽的人生，并为整理"六经"典籍，保存中华民族创造的文明之光，提供了巨大的支持力量。

　　孔子及弟子出游的目标首选卫国，而且前后客居卫国达10年，这其中自有缘由。卫国是姬姓，始封周武王弟康叔，也是周公之弟，鲁为周公的封地。鲁卫两国的关系，孔子说："兄弟也。"（《论语·子路》）春秋后期两国同步衰落，孔子奔卫志在"冀道之一行而得施其德，使民生于全育，烝庶安土，万物熙熙，各乐其终"（《说苑·贵德》）。孔子推行德治仁政需要实践活动的天地，他希望卫国能成为实现理想的政治舞台。孔子的抱负也如久旱之后人们企盼的甘霖雨露，所以孔子与弟子进入卫国边地仪（河南兰考县境内）这个城邑之时，镇守边界的官员立刻要见孔子，叙谈衷肠："你们几位弟子不必担心师长没有官做，天下黑暗无道，时间已经太长了，上天必将以你们的师长孔子作为发布政令的木铎"，好叫天下百姓听点福音，得点安慰（《论语·八佾》）。师生听了这番话备受鼓舞，在通往卫国都城的路上奏起了畅想曲。

冉有驾车鞭马飞驰，师生望着坐落在平原上较为稠密的村落，孔子惊叹道："这儿人真多啊！！"冉有接话茬问："人已经多了，又该怎么办呢？"老师顺口应答："先让他们富起来。"冉有追着问："已经富裕了，又该怎么办？"老师斩钉截铁地说："要把教育紧紧地跟上，使他们懂得礼义廉耻。"（《论语·子路》）卫灵公得知孔子师徒远道而来，特别高兴，款待了孔子师徒，却没有谈及国计民生的大事，更没向孔子请教治国为政之道。弟子顿感一瓢冷水泼头，凉了半截。孔子倒很坦然自若，广泛与人接触，了解和熟悉社会各阶层人的精神状态。一天，孔子向公明贾打听卫国大夫公叔文子的为人风度，说："听说老先生不说、不笑、不取财。"公明贾回禀道："这话传得过分了。老先生是该说的说，别人也就不讨厌他讲的话了；该笑时就笑，别人也不讨厌他笑了；符合礼义的财就拿，别人就不讨厌他贪了。"孔子信服地点头称是："原来是这样，怎么传走样了呢？"卫国上下凡与孔子打过交道的人都会觉得他是一个可亲近的宽厚长者，胸怀坦荡，心气和平，没有一丝的愁容。

有时老夫子独自一人敲起磬来，在音乐的审美中遥想深思，使自己灵动的心弦和乐曲的旋律合拍共鸣。一天，老夫子又沉浸在磬乐美妙的意境中，他敲着敲着，有位挑着草筐的人从门口经过，意味深长地叹道："有忧世的心思啊！"过一会儿又说："轻轻的声音，好像表白没有人了解自己。既然没人了解，干脆停止算了吧。人生好像蹚水过河，水深就穿着衣服蹚过去，水浅就撩起衣服蹚过去。"孔子听了，跟着评说道："讲得真果断坚决啊！如果真像蹚水那样就没什么困难可言了。"孔子在困境中，对渺茫的前景从容等待。挫折临头也似寻常，毫无凄凄惶惶。时光如流，十个月过去了，卫国朝廷仍无一点儿任用孔子师徒的消息。于是孔子带着弟子由卫国向陈国进发。

卫陈两国间，夹着一个匡地，昔日鲁国季孙氏家臣阳虎得势的时候，曾欺凌过匡人，一股怨气总憋在匡人心里，伺机报仇。孔子长相有类阳虎，而弟子中名叫颜克的人曾参与阳虎侵扰匡地的暴虐行径。当师徒进入匡地，颜克被匡人认出，又误认孔子是阳虎，师徒立即被围攻拘禁，有人提议杀掉貌如阳虎的孔子。子路怒不可遏，操起戟打算与匡人拼个死活。孔子立刻制止子路莽撞无礼的举动，宽慰弟子们说："周文王死了以后，过去的文化遗产还保存在我这里。天如果要废弃这种文化，那我也不会掌握它了。"最后充满自信道："天之未丧斯文也，匡人其如予何？"（《论语·子罕》）为安定弟子情绪，化解因误会导致的冲突，孔子叫大家随着他唱歌。子路遵师长的嘱咐，弹琴而歌，孔子和弟子和之，同支歌曲，反复唱了三遍，围攻的匡人被感化得醒悟过来，纷纷自动撤离。一场生死搏斗的灾祸，化险为夷，老师处变不惊、临事从容不迫的表现给弟子们留下了深深的印象。

孔子师徒脱离匡人的拘禁威逼，仅仅走出15里，到了蒲地突然再遭拦截。恰逢这时卫国贵族公叔戌被卫驱逐出境，在蒲地叛乱。公叔戌指派了五辆战车跟随孔子的弟子公良孺。公良孺长得魁梧、有勇力，率先与蒲人搏斗，经过弟子勇猛的斗争，蒲人恐惧起来。主动与孔子谈判，条件是"苟毋适卫"，"我们就放过你们"。孔子接受了蒲人的条件，订下了盟约。师徒一离蒲，孔子又带弟子返卫。子贡颇感疑惑问老师："盟可负邪？"老师解释说："胁迫所订的盟约，连神都不接受，何况人呢！"（《孔子世家》）师徒又回到了卫国。这次住在卫国大夫蘧伯玉的家里，蘧伯玉是远近闻名的贤德之士，对孔子师徒自然体贴关心。

卫灵公知得孔子返回卫国，委派自己的夫人南子接见孔子。南子虽然持国政，但生活作风不好，名声狼藉，出于礼节规定孔子还是应邀会见了南子。子路大为不满，认为有失体面又误大事。孔子解释不成，发誓说："假如我做了什么不正当的事，叫上天厌弃我！叫上天厌弃我！"

（《论语·雍也》）孔子内心对卫灵公的这种接待方式也很不满意，见到南子的举止行为，愈觉得灵公年老昏庸，特别失望地叹道："算了吧，我没见过爱慕德行像爱慕美色那样热切的人啊！"（《论语·卫灵公》）他很快率领弟子去卫直接回到鲁国。这期间一个不幸的消息传来，让孔子悲痛不已。春秋时代著名的政治家、思想家，郑国重臣子产病逝。孔子亟称子产为政、为人高风亮节，惠及百姓美名不泯。《论语》多处记孔子颂赞子产的话。子产思想曾对孔子的心灵世界产生过深刻影响。孔子即闻耗音，便潸然泪下，边哭泣边叙说："子产啊，子产，'古之遗爱也'。"（《左传·昭公二十年》）

孔子居鲁近一年时间，又率弟子到卫国，灵公立即热情地接见了孔子，虚心向孔子请教战略战术的内容。这对孔子如当头一棒，十分懊恼，明确表示："礼节仪式方面的事，我还略知一二，军队布阵打仗的事，我压根就没学过。"（《论语·卫灵公》）第二天孔子赶快领着弟子离开了卫国。这回师徒的走向是经曹奔宋。路上年近花甲的孔子显得轻松活跃，看见一群被他们惊飞的野鸡没有一只离伴独翔的，油然生慨："山梁雌雉，时哉时哉！"意味着我们团结紧密的师徒，好似山中野鸡，奔波不止，何处是归宿呢？孔子始终不渝的达观生活态度，深深感染着弟子，使他们身处逆境亦不沮丧颓靡。路过曹国便到了宋国。孔子和弟子们选在一棵大树下演习礼仪，引起了宋国司马桓魋的强烈不满，马上纠集一伙人把树砍掉，拉开架势，大打出手，决心杀死孔子。司马桓魋的无名烈火从哪儿燎起来的，《礼记·檀弓》称：孔子"见桓司马自为石椁，三年而不成"，便说："若是其靡也，死不如速朽之愈也"。孔子对造石棺椁费人力、耗时日、没意义的愚蠢做法很不赞同，因而招来了不小的麻烦。孔子急中生智，迅速换了便服，悄悄走过宋国。（《孟子·万章上》）行进间，弟子们不断催促老师加速前行，孔子不慌不忙地说："天生德于予，桓魋其如予何？"（《论语·述而》）可见孔子这位教书先生，应变能力非同寻常，而处变不忧、不惧的精神，尤令人钦佩。

师徒赶路，疲惫不堪，进入郑国都城熙熙攘攘的行人，把师徒一行人冲散了。孔子劳累得站在城东门旁歇息，弟子们一时慌了手脚，到处寻找老师。子贡在询问中，有位经过东门的人看见过孔子失意潦倒的样子，所以告诉子贡说，见过一个老头，"累累若丧家之犬"。子贡找到老师，把原话如实转告孔子，孔子欣然自喜，高兴地笑着说："我形貌倒不像狗，但的的确确像一条丧家的狗，是这样呀，是这样呀！"（《史记·孔子世家》）孔子师徒没在郑国停留，就辗转来到陈国，孔子同弟子暂时栖息在司城贞子的家里。为了缓解眼前生活的窘境，孔子出仕做了陈滑公的宰臣。（《孟子·万章上》）过了不久，楚派兵伐陈，陈都城西门在战火中烧毁。楚人靠当地陈国人修复城门。孔子离开陈国经过西门时，特意面对众多的陈民在车上不俯ови、手扶车前横木来示敬意。子路纳闷，问老师为什么失礼，孔子解释说："丘闻之，国亡而不知，不智；知而不争，不忠；忠而不死，不廉。今陈修门者，不行一于此，丘故不轼也。"（《说苑·立节》）孔子学行一致，言传身教的师德与育人途径，为后人树立了典范。孔子在陈时，鲁国季桓子病故，季康子继立，欲召61岁的孔子回到鲁国。孔子在外未曾忘怀故园，闻知消息，当着弟子叹道："回去吧！回去吧！我们家乡的学生们，志向远大，心气很盛，而行为粗率简单，虽文采都有可观的成就，我却不知道该怎样去节制、指导他们。"（《论语·公冶长》）

　　孔子师徒没动身返鲁，就自陈迁蔡。（《孔子世家》）时逢有位楚国大夫叫沈诸梁，他的封邑在叶城（河南叶县南），人们称他为叶公，他新得蔡地，听孔子一行奔蔡，闻讯拜访孔子问政。孔子告诉他：为政的关键就在于"使近处的人民感到喜悦，远处的人民来投奔归附"。孔子的话引发了叶公想起了另一件事。他说："我的家乡有一个正直的人，他的父亲偷了羊，便去告发了。"孔子就事论事，告诉叶公："我们家乡的正直的人和你所讲的不一样。父亲为儿子隐瞒，儿子为父亲隐瞒，正直的品德就在其中了。"（《论语·子路》）叶公觉察这位博学多闻的道德家，与自己谈话不够融洽，总是隔靴搔痒，于是产生不少疑窦，叶公找个机会去访子路欲探孔子底细。子路给叶公吃了闭门羹，闭口不答叶公的问题，叶公只好讪讪走开。事后孔子知道了则对子路说，你怎能不搭理人家呢？你为什么不说"那老先生做人处世呵，发愤时竟忘记了吃饭；快乐时，则忘记了忧愁；简直连自己衰老就会到来也不知道，说这些就足够了"。（《论语·述而》）子路听了颇觉得自己憨直。

正当孔子师徒准备考虑下一步到哪儿落脚之际，孔子过去的弟子佛肸，在晋国做了大夫范中行的家臣，身任中牟城（河北邢台和邯郸市之间）的行政长官。鲁哀公五年（前490）晋国赵简子攻打范氏，包围中牟，佛肸奋力抵抗。危难当头，急召老师相助。（《左传·哀公五年》）孔子闻讯计划起身驰援，子路挡驾，直冲老师说："从前我听老师说过：'亲身做坏事的人那里，君子是不去的。现在佛肸据中牟叛变，你倒偏要去，为什么呢？'孔子说：'是的，我说过这话。然而不是也有这样说法吗，坚硬的东西磨也磨不薄，洁白的东西染也染不黑吗？我难道是一个匏瓜吗？怎么能只挂在那里而不给人吃呢？"孔子执意想去的心理是时刻寻求实施政治主张的机会，表现出至老不倦、竭力行道的顽强精神，但因战事阻路，计划告吹。

孔子率领弟子则往还于陈蔡之间。在去蔡国路中孔子见到唤作长沮、桀溺的两个人一起耕田，孔子很欣慰，以为不必走冤枉路了，就让子路前去打探渡口在何处。长沮问："那驾车的人是谁？"子路答："是我的老师孔丘。"长沮惊讶地说："是大名鼎鼎的鲁国孔丘吗？"子路答："是的。"长沮不耐烦了，说："那他自己该知道渡口在哪里。"子路没招了，转去问桀溺。桀溺没好气地问："你是谁？"子路答："是仲由。"桀溺说："是孔丘的徒弟喽。"子路应答后，桀溺长叹一声道："世上纷纷乱乱，礼坏乐崩，如滔滔大水弥漫，天下都是一个样子，你们和谁去改变这种现状呢？你与其跟随躲避人的人，倒不如跟随避开整个社会的人呢。"边说边干他的农活。子路怏怏不乐地赶到孔子前，实话实说，孔子怅惘若失，自叹道："人与鸟兽是不可同群的，我不同世人一起生活又同谁呢？假若天下有道，我孔丘就不参与变革现实的活动了。"（《论语·微子》）孔子之叹，弟子们无不动容，深深被老师强烈的社会责任感和浓重的忧患意识所打动。而孔子积极入世的人生价值观和知其不可为而为之的百折不挠的奋斗精神，愈加令弟子们肃然起敬。诚然，孔子一再碰壁，他也感到孤独、迷惘和悲哀，长沮、桀溺的话，触发了他的酸楚情绪。孔子是人不是神，唯其迷惘和戚楚，那玉石般的坚贞才显得真实可信。《论语》里短短的一段记录，使孔子为理想而奋斗的胸襟与壮志，将永远铭记在中华儿女的心里。

更糟糕的情境是正当师徒行进在陈蔡之间时，吴国兴兵攻打陈国，战火连绵，陈国一片混乱，粮食严重乏匮。（从孔安国注《论语》说）碰巧楚昭王得知孔子游学陈、蔡，特派专使来聘孔子，不料激怒了陈、蔡国中的大夫们，趁机将孔子师徒围困在郊野（《孔子世家》）。置身他乡，厄运骤临，困顿危难之际，真是叫天不应、叫地不灵。师徒一连"七日不火食，藜羹不糁，弟子皆有饥色"。（《荀子·宥坐》）有的弟子饿得爬都爬不动了，子路目睹此景愤怒异常，心里委实想不通。难道行仁义之道，为苍生百姓、天下国家的兴旺发达而奔波劳碌，还不得善报吗？他满脸恼怒来见孔子说："君子也有困厄的时候吗？"孔子耐心地告诉他："君子困厄的时候尚能安分守己。小人困厄了就不约束自己而胡作非为了。"（《论语·卫灵公》）老师没有正面回答子路的话，他的用心是提醒学生应持怎样的心态对待困难。厄运临头尚能泰然处之，如同刀剑在经受砥砺，人的意志和品质会在困难的磨刀石上得到锻炼。具有无限精神的有限人，就是在痛苦与灾难考验中成长为优秀的人、有利于苍生社稷的人。相反，惧怕困苦和艰辛的有限人，他的精神则会枯竭，成为行尸走肉、人世间多余的人、丑陋可厌的人。孔子借用遭塞遇难的境况，和弟子们谈起人生哲理了。

《庄子·让王》《吕氏春秋·慎人》等古籍的章节里均记有这些传说。如孔子跟弟子们讲："君子通于道之谓通，穷于道之谓穷。今丘抱仁义之道以遭乱世之患，其何穷之为？"他还运用《诗经》的内容和子路、子贡、颜回等讨论："吾道非邪？吾何为于此？"弟子们各发表自己的意见，而颜回的见解最让老师满意。颜回答曰："夫道既已大修而不用，是有国者之丑也。"（《孔子世家》）孔子本人在非常的条件下也增长了不少人生识见。《吕氏春秋·任叔》写有：一天，孔子体力不支，大白天睡着了，颜回费了九牛二虎的气力弄得点米，赶快趁老师困睡把饭煮熟了。正好老师一睁开眼，看见颜回从甑中攫取一块饭，塞进口里。然后捧起甑中的饭送到老师跟前，请趁热进食。老师装作没看见颜回攫取一块饭的事，撑起身体谎称："今者梦见先君，食洁而后馈。"聪明的颜回当即意识到老师的话外音，平静地解释说："向者，煤炱入甑中，弃食不祥，回攫而饭之。"孔子听了感愧交加，噙着眼泪叹息道："所信者目也，而目犹不可信；所恃者心也，而心犹不足恃。弟子记之，知人固不易矣。"老师现身说法，剖白自己的心得，较有悟性的弟子一下子就懂得了现象与本质之间、谬误与真理之间，两端存在一条相互连通的路。即需要抛弃主观成见的时候，勇敢地否定己见，就能达到认识真理和事物本质的这一端。

按照《史记·孔子世家》的说法，孔子派子贡冲出险境到楚国联系，楚昭王即刻兴兵解除了对孔子师徒的围困。继而楚王又派来使者用金币聘请孔子，并准备以书社之地七百里封孔子。眨眼之间，师徒由山穷水尽无路走的窘况，转变为柳暗花明又一村的新境。宰予、冉有兴奋地说："夫子之道，至是行矣。"他们主动问老师："太公勤身苦志，八十而遇文王，孰与许由（传说尧时隐者）之贤？"孔子告诉他们："许由独善其身者也；太公兼利天下者也。然今世无文王，虽有太公，孰能识之？"于是孔子放声歌唱，其大意为：尧时天下为公的政治如今无影无踪了，仁与礼却是我们坚定不移的政治主张！贤能的人啊到处流浪奔波，待到时来运转，天下统一安定，我们何须这样的奔走游说呢？（《孔丛子》）传说孔子师徒至楚后倍受尊敬，有位渔夫把新鲜的鱼赠送给孔子，孔子坚持不受。渔夫说大热的暑天，市场离我这又很远，想卖也不可能。若把鱼扔掉了还不如送给人。孔子向渔夫拜了又拜，收下了鱼回到居处，命弟子们打扫院庭，用鱼来祭神。弟子中有人说，渔夫将要扔的鱼，老师还要用它祭神，真滑稽。孔子严肃地说："吾闻之，'务施而不腐余财者，圣人也'，今受圣人之赐，可无祭乎。"（《说苑·贵德》）

昭王亦非常器重孔子，对他寄予厚望，准备将书社这七百里做孔子封地。楚令尹子西这个妒贤忌能之辈表示反对，向昭王进谗曰："楚之祖封于周，号为子男五十里。今孔丘述三王之法，明周召之业，王若用之，则楚安得世世堂堂方数千里乎？夫文王在丰、武王在镐，百里之君卒王天下。今孔丘得据土壤，贤弟子为佐，非楚之福也。"昭王从而放弃了起用孔子的打算。孔子一天外出，在途中遇到了楚国一位狂人叫接舆，唱着歌走过孔子的车旁。歌词为："凤凰呀，凤凰呀！为什么道德这样沦丧？过去的事不可挽回了，将来的事还来得及改正呀。算了吧，算了吧，如今从政的人危险啊。"（《论语·微子》）孔子大为惊异，赶忙下车，欲和他交谈，哪知狂人连跑带颠避开得老远老远。孔子黯然神伤，理解狂人在给他敲警钟，叫他避世隐居。暑去寒来、光阴似箭，孔子师徒居楚几个月很快过去了，欲展政治抱负的希望化为云烟，孔子清醒地带领弟子又来到了卫国。

卫国的政局发生了很大变化，卫灵公死后由其孙辄辄继立君位，称为出公。长期客居在外的辄之父亲蒯聩闻讯回国争位，舆论对卫出公产生很大压力。子路猜想出公可能请求老师为他出谋划策，所以先向老师讨教治国大策。孔子详细分析了名分、礼乐、刑罚和社会秩序的关系。（《论语·子路》）孔子虽没正面对蒯聩父子的矛盾表态，但从治国方针的主张上已经能够感受到了。不过弟子们还要刨根问底，后经子贡、冉有的咨询，大家基本上摸到了老师思想的脉搏。孔子冷静地观察了一段卫国政治发展的态势，目睹国君刚愎自用，不是恤民体国的贤明之主，耐心等待四年之后，决意离卫返鲁。同时传来了冉有率鲁国军队打败了齐侵略军进攻的好消息。鲁季康子高兴地问冉有说："子之于军旅，学之乎？性之乎？"冉有回答："是跟老师孔子学来的。"（《孔子世家》）随后季康子"以币迎孔子归鲁"（同上）。自鲁定公十三年（前497）孔子55岁去卫，至鲁哀公十一年（前484）孔子68岁从卫返鲁，他以14年的光阴在晚年的生活中进行了一次圆圈运动。在圆圈的每个点上没有留下丰功伟业，而是实实在在的生活足迹。但把每个点串联起来却是一个彪炳史册的人文理性的光环、民族性格与民族精神的光环！

7

我国历代评孔概况管窥

一、先秦时期孔子及其学说的地位

深得孔学精髓并直接为其精神风范、人格修养耳濡目染者，首属孔门弟子。《论语》产生的本身已充分地向世人昭示了孔子在其弟子内心的地位和形象，这也是我国历代评孔的基础。《论语·子罕》篇记下了古代山东滋阳县那里的人称颂孔子的赞语："大哉孔子！博学而无所成名。"孔子是伟大的学问家这在他生前就深入人心了，而他的学生颜渊要比世人看得深刻："老师的道德品格、学问思想，我抬头仰望，越望越觉得高；努力去钻研，越钻研越觉得艰深；看着好像在前面，忽然又像是在后面。老师善于一步一步地诱导人，用文化典籍来丰富我的知识，用礼节来约束我的行动，使我想停止前进也不可能，直到竭尽了我的才力，也无法停止学习。总好像有一个非常高大的东西立在前面，虽然很想要攀登上，却没有途径。"（据徐志刚译《子罕》）颜渊是孔子的得意高足，聪颖敏慧，孜孜求进，不知疲倦。孔子独赞其"好学"。被公认悟性过人的子贡也称颂他"夙兴夜寐，讽诵崇礼"（《大戴记·卫将军文子》）。他品德高卓，努力实践老师力倡的仁礼统一的精神，是孔学的登堂入室者。

说这些的目的，旨在证明颜渊的话涉及三个问题。首先，他的话很有代表性，反映了弟子们的共同心声，可谓语中肯綮，令人心悦诚服。其次，是凭其颜渊为人当不会是即兴吹捧师长，自我标榜卖弄，拉大旗作虎皮，抬高自己，蒙骗同窗学友。再次，凭颜渊言谈语气，纯系发自心底的喟叹，如水满自溢，花开自妍，积虑萦怀不吐不快，生香真色，造假再巧亦是雪里藏不住赃物的。子贡颂美老师远过颜渊，"夫子之不可及，犹天之不可阶而升也"（《论语·子张》），还把老师比作日月、木铎，凡人永远不可企及，简直是天人。

先秦儒家学派的大师孟子、荀子都有鲜明的态度，思孟学派的著作《中庸》颂扬孔子"祖述尧舜，宪章文武，上律天时，下袭水土"，堪称顶天立地的精神巨人，他的思想是"大哉圣人之道，洋洋乎发育万物，峻极于天"。依价值取向来认定，儒家评孔的立足点是他推行"圣人之道"，其影响已遍及自然界和社会生活，成为维系人心世道的至高无上的准则。所以孟子说"自生民以来，未有盛于孔子也"（《孟子·公孙丑》）。荀子认为孔子盛德学识"天不能死，地不能埋，桀跖之世不能污"（《荀子·儒效》）。荀子生活在战国后期，他的话语格外有味道，其中可嗅到褒贬并存的复杂味道，"桀跖之世不能污"则透发了这个消息。

事实上处于中国古代文化盛世的战国时期，诸家学说争强斗胜、碰撞激荡，儒学虽占显要的一席之地，却尚未定于一尊。与之齐名的墨家对其颇多非议，在《墨子》的《耕柱》《非儒》篇中批评孔子"述而不作"，（《论语·述而》）和以"古言服"的"君子"标准。墨家指责"述而不作"的治学态度，是保守僵死的，不具备创新的活力，最多算作学识上的"二道贩子"。因为只传旧，即"述"；不创新，即"不作"，和拿谈论旧学说、穿着古代服装充作君子，无疑是开历史的倒车，背离时代前进的大趋势。墨家的意见虽说有违事实，倒是对儒家的另种反响。道家崇尚自然无为，蔑视儒家建树的礼义道德。法家早期代表人物商鞅贬斥礼乐、诗书、孝悌、诚信、仁义、贞廉为"六虱"。法家集大成者韩非批评孔子学说宣扬"先王之仁义，无益于治"（《韩非子·显学》）。

综观先秦议孔评《论语》，毁誉褒贬，众口交鸣、各持己见，反映出孔子学说已是思想学术界和社会舆论的焦点、热点。不妨以博采战国时期诸家之说的《吕氏春秋》为例，来支持这里的看法。《吕氏春秋》称引人物频率最高的是孔子，引述多达50余次，稍差者为管仲30次、墨子20次，更差者惠施15次、老子5次。另外，《庄子》一书内容庞杂，作者不一，"寓言十九，重言十七"，惯以古人之口表述深识妙见。孔子是该书涉及的主要对象之一，经常借重他杜撰故事，宣扬道家思想。《盗跖》篇大肆訾议孔子，现在已是家喻户晓的解颐笑谈。这就从不同侧面证实了孔子在先秦时代影响之大、名望之高，于诸子中莫能及也。

二、秦代两汉孔学新貌

以孔子为代表的儒家在自身的发展演变过程中，由于封建专制政治力量的驱动，出现过波澜起伏的态势。春秋战国时期孔子学说为人接受，获得尊重，非为政坛权要人物和行政手段强迫所致。秦王朝凭借武力军功统一天下，法家之言上升为社会统治思想，儒家学说作为政敌备遭排斥打击，"诸生皆诵法孔子，今上皆重法绳之"（《史记·秦始皇本纪》）。更有甚者，"始皇既坑儒焚典，乃发孔子墓，欲取诸经传"（《御览》八十六引《异苑》）。不过秦代对孔子的伦理思想，譬如君臣、父子、夫妇之道，始终未废，就连二世篡改始皇帝的遗诏，也以不忠不孝的罪名，迫使公子扶苏、大将蒙恬自杀，孔子的忠孝观点在秦代依然根深蒂固。

汉代孔学复苏，作为学术幸得官方庇护，虽然文景之世以黄老无为思想补救法家严苛峻急之弊，却逐步酿成权力分散、诸侯专恣的社会危机。贾谊、晁错等人力主削枝强干，加强君主集权。贾谊以儒学为中心兼融道、法，主张重礼轻刑。礼法并用，他强调："礼云者，贵绝恶于未萌，而起教于微眇，使民日迁善远罪而不自知也"。他援引孔子的话"听讼吾犹人也，必也使无讼乎"，提醒帝王"刑罚积而民怨背，礼义积而民和亲"。①

武帝一改"无为而治"的政策，中国历史上又一次再现了鼓吹君主专制的高潮，儒学应时代之需取代了黄老的地位，而被"独尊"。当时大儒董仲舒为独尊儒术的实现，立下汗马功劳。董仲舒以儒学为底垫，融摄阴阳、法术、名家、道家等思想资料，构建起以神学目的论为核心的庞大儒学体系。其理论形态远离孔学的原貌，把德治同法治，明教化、施仁义同正法度、严刑赏，等级名分的礼治同君权至上、君主独裁捆绑在一起，标举一种以"三纲五常"为准则的政治理论。董仲舒牢牢握住孔子的招牌，把阴阳五行说同《易》糅合在一起，形成宣传灾异祥瑞、天人感应的神学。董仲舒的儒学体系又被称为"经学"，在儒学发展史上具有划时代的意义，孔子的地位亦由圣一跃为神了。尤其在汉代谶纬之学里，神化孔子的言论，纯属一派荒诞不经的乱说八道。

就在谶纬神学猖狂之际，东汉思想家王充虽也尊孔，认为他"圣于尧舜"（《论衡·知实》），"孔子道德之祖，诸子之中最卓者也"（《论衡·本性》），他却敢反潮流，批判神化孔子。他在《问孔》篇内，针对孔子是人而非神，提出十几个问难，明白表示尊重圣人但不迷信，展露了独立思考的求实精神。汉末黄巾起义，王朝濒颓、名存实亡。封建军阀乘机逐鹿海内，遂有魏、吴、蜀鼎足而三。西晋统一后短暂小康，恰如昙花一现。随后有中原"五胡十六国"的大混战，江左各朝皆是来去匆匆的历史过客。大分裂、大改组的时代，经学威严被统治阶级的腐败与丑恶搞得焦头烂额，经学一统天下的格局骤然崩解。代之而起的是玄学勃兴、佛教输入、道教问世，波斯、希腊文化渗入中国，儒学在思想学术的激荡中变形，孔子的形象和地位在争议中变态。

三、魏晋隋唐评孔略述

魏晋之际正统儒学家们，仍以孔子相夸耀，玄学化的儒学，也喊

---

① 《汉书·贾谊传》，中华书局，1999年，第1729页。

"老不及圣"，何晏、王弼等玄学大家在不同程度上肯定孔子在老子之上，继续推崇孔子为圣人。自西晋后期始，出于玄学对封建政权的腐蚀瓦解，掀起了对道家玄学的批判。东晋儒家学者孙盛、戴逵等人继起，抨击玄、佛、道，力图恢复儒学正统地位。然而，在相互冲撞中，儒道联手展开了抵制异质文化佛教的斗争。一大批反佛的思想家引证孔子学说仁义、忠孝、纲常、伦理的传统观念，有时孔老并论，借助道家以对抗佛教。范缜《神灭论》、刘峻《辨命论》等尽管固守儒家人文传统，亦吸纳玄学、道家的某些理论。儒、道、佛经过长期反复的较量，则出现了既互相排斥又互相吸取、同步发展的走势。

降至隋末王通聚徒讲学，首倡重振孔学雄风，自谓"余小子获睹成训勤九载矣，服先人之义，稽仲尼之心，天人之事，帝王之道，昭昭乎"（《中说·王道第一》）。王通维护儒家正统的地位，但主张吸佛、道二教之长，以补儒所短，"三教于是乎可一矣"（《中说·问易第五》）。尽管这只是反映出统治者的一种愿望，没能从理论上进行融合，但为儒学的哲理化透发出一点儿声息。入唐以后，孔颖达修《五经正义》，颜师古考订"五经"文字，皆沿汉学训诂的路子走，并没有新突破。但是初、盛唐时统治者一面强调"尧舜之道，周孔之教"是治国之本，"如鸟有翼，如鱼依水，失之必死，不可暂无"（《贞观政要》卷六）；一面推许老子为李氏之祖，宣扬佛教"深尚仁慈""灭怨障之心，趣菩提之道"（《为战亡人设斋行道诏》）。这便形成了松弛的文禁，学术思想活跃的气氛。儒生讲习佛、道哲理，蔚然成风，僧人而通儒学，司空见惯不足为奇，展现出儒、道、佛相互融合的新的文化景观。需要提及的是对孔学发展较有影响的人物，前有刘知几自称是继承孔子之志，倡言"无夫子之名，而辄行夫子之事"（《史通·自叙》）。但他有独见，虽不怀疑孔子的历史成就，却不盲目崇拜。针对《论语》中的"君子成人之美，不成人之恶"提出质疑，认为评价人物应持实事求是的态度，"不掩恶，不虚美"（《杂说下》）。后有韩愈接踵而来，慨然以承继儒家"道统"自任，提出："尧以是（圣人之道）传之舜，舜以是传之禹，禹以是传之汤，汤以是传之文、武、周公，文、武、周公传之孔子，孔子传之孟轲，轲之死不得其传焉，荀（况）与扬（雄）也，择焉而不精，语焉而不详。"[1]他自称是儒家道统中的一位，"盖上天之生余，亦有期于下地，盖求配于古人，独怊怅无位"。[2]不可讳言，他矢志恢复旧道统，并非裹足不前，而是注入了一定的新血液。概括孔孟之道的根本内容为："博爱之谓仁，行而宜之之谓义，由是而之焉之谓道，足乎己无待于外之谓德。"[3]人性论上主张"性三品说"，阐发《大学》《中庸》义理，对儒家学说解释开宋代理学的先河。韩愈尊崇孔孟之道，并没有一味地摒弃诸子百家，提出只要"伸其所长"，"黜其奇邪"，皆可"与孔子同道"。他的学生李翱承传师业，构建以传授《中庸》为中心的一套道统说。李翱主动吸取佛理，充实儒家性命之学内容，以增强儒学与佛教斗争的理论力量。这种援佛入儒的做法为后世儒家所效仿，其阐扬性命之学成为北宋理学开疆拓域的门径。与韩愈齐光并耀唐代文化园地的柳宗元，竭力推崇"尧舜孔子之道"，说自己"勤勤勉励，唯以中正信义为志，以兴尧、舜、孔子之道，利安元元为务"（《寄许京兆孟容书》）。然而他旗帜鲜明地否定圣人决定论和天命论，反对神化孔孟，"圣人之道，不穷异以为神，不引天以为高。利于人，备于事，如斯而已矣"[4]。他的孔子观，无疑是有进步意义的。同时，他不标榜自己是纯儒，直接主张儒、佛、道合一，把它们"通而同之，搜择融液"[5]，令其符合圣人之道，公开宣传"浮图诚有不可斥者，往往与《易》《论语》合"[6]。

---

① 韩愈：《杂著一·原道》，《唐宋八大家全集》，国际文化出版公司，1997年，第121页。

②《感二鸟赋》，同上，第17页。

③ 同注①，第120页。

④ 柳宗元：《时令论上》，《唐宋八家全集》，国际文化出版公司，1997年，第406页。

⑤《送元十八山人南游序》，同上，第556页。

⑥《送僧浩初序》，同上，第558页。

四、宋明评孔再添新质

宋代是儒家学说创新的时代，也是儒学实现哲理化的历史时期。始经周敦颐、邵雍、程颢、程颐，终至南宋集其大成者朱熹，把哲理化的儒学铸就成一个精致而深邃的新儒思想体系，因其论学多言天地万物之理，故称理学，亦常谓之道学。理学创始人周敦颐着力发挥《周易》哲学和《中庸》关于"诚"的观念，引道入儒，改造道教《无极图》为《太极图》，著作中提出的太极、阴阳、五行、动静、性命等概念，逐渐衍为理学的基本范畴。程颢与弟程颐是周敦颐的学生，也称"二程"。程颢崇尚儒家，发挥孔子"仁"的思想，重主观内心修养，在不否定有生知的同时，更强调学知的重要性，"纵使孔子是生知，亦何害于学？如何礼于老聃，访官名于郯子，何害于孔子"（《遗书》卷十五）。其弟程颐要求夯实孔学的基本观念，强调仁义为一切言行的准则。他说："《论语》为书，传道立言，深得圣人之学者矣。"（《二程遗书》卷二上）"学者先须读《论语》《孟子》。穷得《论语》《孟子》，自有个要约处，以此观他经，甚省力。《论语》《孟子》如丈尺权衡相似，以此去量度事物，自然见得长短轻重。"（《二程遗书》卷十八）如果"外仲尼之道而由径，则是冒险阻，犯荆棘而已"（《二程遗书》卷四）。二程在理学建树上，继承张载的"天地之性"和"气质之性"说，指明天地之性就是仁义礼智，而仁义即为封建伦理纲常，便是天理。世界万事万物，社会所有关系，在二程心目里"皆只是一个天理"（《二程遗书》卷二）。

南宋朱熹以儒家道统人物自诩，尊孔子说："天不生仲尼，万古长如夜。"（《朱子语类》卷九十三）奉圣人之言为绝对真理，"圣人千言万语，只是说个当然之理，恐人不晓，又笔之于书。自书契以来……周公、孔、孟都只是如此，可谓圣矣。只就文字间求之，句句皆是"（同上，卷十一）。不过朱熹不愧为杰出的学者，他勇于改变汉唐以字义训诂方式解释儒家经典，对《论语》独抒己见，如释"温故而知新"，他指出倘若照搬书本里的话，那只是呆子读书，"不知新只是记得个硬本子，更不解去里面搜寻得道理"（同上，卷二十四）。相反，"温故而知新是活底，故可以为人师，记问之学只是死底，故不足以为人师"（同上）。这与今人讲的"作学问、须学问，问记答、非学问"，何其相似！朱熹好学、会学、活学、创造性地学习，"博极群书，自经史著述而外，凡夫诸子、佛老、天文、地理之学，无不涉猎而讲究也"（《宋元学案·晦翁学案》）。《四书章句集注》是他积学40年之功夫，精心推敲钻研，呕心沥血编订成书的。朱熹对理学思想体系的完备功不可泯。他与孔、孟、董仲舒不同之处是，把道德论上升到本体论的高度，将人性善恶、理欲之辨纳入"理一分殊"的思维范畴。这是发展了先辈们的儒家学说，构建起富有思辨、哲理化的理论框架，这也是儒佛道合流的必然结果，是儒家思想的新体系。它统治了中国封建后期达700年之久，其触角伸进社会生活的各个领域，成为扼杀新生事物、窒息新思想的沉重精神桎梏，吞噬无辜生灵的吃人礼教，但也不应漠视其在我国思想文化演变进程中的作用。其中强调道德自觉来实现理想人格的建树，一定程度上强化了中华民族注重气节情操、关注社会责任和历史使命的文化性格。

宋代理学另派代表人物陆九渊，虽然维护儒家道统，承认孔子在思想学术界的独尊地位。但是他从"心即理"的观点出发，要求对古代儒家经典应以"吾心"反省内求。认为要达到孔子的仁之境界，全在于"发明本心"的自我主观上的扩充和超越。"仁，人心也，从心所欲，不逾矩，此圣人之尽仁。"（《象山全集》卷二十一）他怀疑包括《论语》在内的儒家经典，指出《论语》中亦有"无头柄的说话"，"如学而时习之，不知时习者何事"（同上，卷三十四）。标举生疑、有疑是学习长进的必备条件，"为学患无疑，疑则有进，孔门如子贡即无所疑，所以不至于道"（同上，卷三十五）。陆九渊的儒学理论可以说是明代王阳明学派的先导。

王阳明被称作明代心学集大成者。他创"致良知"说，解说良知为人先天俱来，"个个人心有仲尼"，"人人自有定盘针"（《咏良知四首示诸生》）。他告诫弟子说孔老夫子的"一以贯之"即是"致其良知"（《传习录》中卷）。他坚持以自己的观念化用孔子的思想，把孔子"吾有知乎哉？无知也"解释为"良知之外别无知也"，"良知不由见闻而有，而见闻莫非良知之用。故良知不滞于见闻，而亦不离于见闻"（同上）。他创建"知行合一"说，联系孔子"温故知新"阐述知行的关系，"惟夫知新，必由于温故，而温故乃所以知新，亦可以验知行之两节矣"（同上）。和前人对照，王阳明知行合一论更强调"行"的重要性，他说："知之真切笃实处即是行，行之明觉精察处即是知。"其目的在于敦促受教育者把学得的知识付诸实践，为统治者服务。王学的知与行和今天理论与实践的关系问题不能等同，其错误是他误认为知行只是一体。他接受孟子的性善论，进而补充说，在外界事物的诱惑下，人性也会昏蔽，只能借助"存天理，去人欲"才可复得良知。他赞同孔子的"正名"等级名分主张和礼治教化思想，十分欣赏孔子"三军可夺帅也，匹夫不可夺志也"（《论语·子罕》）。

他的可贵处是大胆倡言人心本身宜为是非的标准，孔子之言未必是绝对权威。"虽其言之出于孔子，不敢以为是也，而况其未及孔子者乎。求之于心而是也，虽其言之出于庸常，不敢以为非也，而况其出于孔子者乎。"（《传习录》中卷）王阳明的学说为后人留下了广阔的空间，自身的矛盾处经弟子们进一步解析，抽绎出不少的生长点，于是形成了以王艮为代表的王学左派。王艮素有雄心伟抱，否定"不在其位，不谋其政"，"君子思不出其位"（《论语·宪问》）的消极思想，表白"某草莽匹夫，而尧舜君民之心，未尝一日忘"（《心斋王先生全集》卷五）。他的再传弟子李贽（师事王艮之子王襞），对孔子及儒学持批判态度。赞美关心农事的樊迟，讽刺轻视农业劳动的孔子，反对"咸以孔子之是非为是非"（《藏书·世纪列传总目前论》），非议把孔子偶像化，"余自幼读圣教，不知圣教；尊孔子，不知孔子何自可尊"（《续焚书·圣教小引》）。李贽的思想明显地带有中国古代早期反封建的启蒙主义色彩，对明清之际的思想家产生了深刻的影响。

五、入清以来评孔略述

明末清初三大思想家顾炎武、黄宗羲、王夫之，以及一些具有进步思想的学者，他们曾尖锐批判宋明理学"明心见性"的空言是亡国误国之祸端，是陷于禅学而不自知。他们普遍地主张经世致用之学，抵制空疏虚浮的说教；然而却无力创建新的儒学体系。乾隆嘉庆年间，学者们慑于封建专制的高压，转向考据学，在儒学研究理论上显得贫乏无力。当古老的中国伴随着列强坚船利炮践踏民族世代生息之地的灾难，开始步入近代社会，一些进步的有识之士，虽提倡学习西方先进的资产阶级文明，但对儒家学说怀着不同的目的，仍在颂扬、赞美，从先行者的龚自珍、魏源，到戊戌变法的领导者康有为、梁启超皆有可稽的言论。话讲得情深意切的应推康有为的《孔子》，其云："自我神州赤县，乃至西尽流沙，北极穷发，东迄扶桑日出之邦，南暨椎结骏舌之域，二千年间所自产者，何一不受赐于孔子，其有学问，孔子之学问也，其有伦理，孔子之伦理也，其有政治，孔子之政治也。其人才皆由得孔子之一体以兴，其历史皆演孔子之一节而成。苟无孔子，则中国当非复二千年来之中国。中国非复二千年来之中国，则世界亦非二千年来之世界也。"这番话是五四新文化运动兴起的第二年发表的，作者笔端的感情完全可以理解。

其实，五四运动的主将并没有反对孔子学说和儒家思想的全部，其矛头所向多是针对儒家文化中的纲常名教，其中可能有偏激的成分和某些片面性，这是任何一种革命风暴来临时对待传统的规律性现象。现在翻检几位代表者的言论，有利于我们反思历史，"站在时代的高峰看遥远的过去"[①]。如陈独秀发表于1917年8月《新青年》的文章《复辟与尊孔》："我们反对孔教，并不是反对孔子个人，也不是说他在古代社会无价值"，而是因为现在"还有一班人硬要拿他出来压迫现代人心，抵

---

① 此处高尔基语转引 1995 年 4 月 24 日《光明日报》第 5 版。

抗现代潮流，成了我们社会进化的最大障碍"。同年2月李大钊在《甲寅》日刊上撰写了《自然的伦理观与孔子》，揭露孔子为"数千年前之残骸枯骨""历代帝王专制之护符"。同时又以历史主义的态度对孔子学说的某些积极因素，与历代封建统治者利用孔子学说的反动性，加以区别，指出："余之掊击孔子，非掊击孔子之本身，乃掊击孔子为历代君王之所塑造之偶像的权威也；非掊击孔子，乃掊击专制政治之灵魂也。"

又是这一年元月，胡适以《先秦诸子进化论》为题，在中国科学社年会上演讲时说："孔子把'动静'作变化的原因，可算得为中国古代科学打下了一个基础，后来战国时代的科学家，如公输般、墨翟，都出在鲁国，或是孔子学说的影响，也未可知呢？""孔子的进化论与他的历史哲学很有关系"，"孔子既知文化由'穴居野处'变为今日的文明，决不致主张'复古'，因为文化由简而繁，所以从前简单社会的制度生活决不合今日复杂的社会"。他还以钦佩的心情推断："孔子因为知道温故可以知新，彰往可以察来，所以他注意史学，修诗、书，订礼、乐，作《春秋》，遂替中国开历史一门学问，又替中国创文学，这种事业，全从他的进化论生出来。"以上这些话就是高喊"打孔家店"的人说出的，可见历史上的人和事不宜草率鲁莽地臧否。剥离说话、写文章的时间、地点和有关背景，很容易歪曲原意，横生枝叶，添油加醋使之面目皆非。即使忠于原貌，掐头去尾孤立割裂出来的话，多半和蒸馏的水一样，都是无味的东西。重温五四先驱者评价孔子及儒家学说的意见，反倒提醒我们，人类要发展就必须用自处时代的社会进步为尺度，重新审视传统。传统不单纯是历史的遗产，而是继续融会在现实中。这就决定了传统的双重特性，它是现实社会前进的不可缺少的基础，同是现实发展肩负的重荷。今天重新审视包括五四精神在内的传统，旨在确立与新制度相适应的思想文化形态，不可能全部肯定或抛弃以往的传统，而是要在批判和继承之间，寻求合理的结合点。五四评孔是这个过程的序幕，鲜活动人的演出正等待着如今的青年一代。

8

海外传播孔子学说文化景观扫描

一、话题的由来

国家教育科学出版社于 1987 年将杨焕英编著的《孔子思想在国外的传播与影响》一书推向社会，以飨读者。此著填补了孔学研究的空白，对于全面认识中国历史上孔子这位伟大的教育家、思想家、政治家，打开了新的视域，裨益之大是其他探讨孔学途径所难以取代的。这里无计撷精录要，以免弄巧成拙，贻笑大方。只想参照中华孔子研究所在京成立后，召开了首届孔子学术讨论会，随之《北京政协报》发表了评介的文章，介绍了世界上曾出现过三次学习孔子思想的浪潮。这里只略加转述已经公布于世的话题，以利于引发读者对异质文化相互碰撞、交流的复杂现象做出深刻的思索和带有规律性的认识。

早在 14 世纪，孔子学说就远播欧洲，延至文艺复兴运动，西方学者汲取孔子思想转化为近代精神武器，批判封建制度，对文艺复兴运动的不断深化起过积极的作用，这是首次学孔的战绩。第一次世界大战后，世人惊醒过来，发现只凭科技进步，根本不能解决社会人际关系的矛盾，工具理性文化无法代替人文文化的独特功能。世人的目光再次瞄准了孔子，他的大同思想和人文学说应运传播流布，此为学孔的二次浪潮。当今世界经济高速发展，为数不少的国家和地区进入了后现代化，一系列始料未及的社会综合征，似成痼疾。心怀忧患意识的学人达士又把注意力转向了以孔子为代表的儒家学说。英国著名学者汤因比在《展望21世纪》一书中说："自从人类在大自然中的地位处于优势以来，人类的生存没有比今天再危险的时代了。"他指出："不道德的程度已近似悲剧，而且社会管理也很糟糕。"矫革痼疾的灵丹妙药当然不会有，而汤因比认为中国古代儒家的仁爱"是今天社会所必需"，这样精神的滋养过去只是属于中国的，"而现在应作为世界性的理论去理解"（《展望21世纪——汤因比与池田大作对话录》）。这种想法能否经得住未来实践和时间的检验，暂不断言为妥。可是它告诉我们孔子的伦理观和社会学说再次风行，成了"地球村"一枝"三度梅花"。下面顺着三次学孔的脉路，进行粗放的扫描。

二、从孔学走出国门到世界学孔的前奏

孔学一离开故土家园，走向邻国外域就带上了传奇的色彩。《史记·秦始皇本纪》《汉书·郊祀志第五（下）》皆有记载徐福泛海东渡的事情。相传秦代齐地琅琊有位方士名曰徐福，亦叫徐市，字君房。秦始皇喜神仙法术之说，梦想长生不老，特派徐福率童男童女各三千人，东渡蓬莱仙岛访求不死之药。徐福内心明白，世间仙药纯属子虚乌有，为避始皇暴政，逃之夭夭来到日本。在日籍《神皇正统志》《异称日本传》《同文通考》《和歌山县史迹名胜志》《日本名胜记》等书里都有记载。日本近畿、九州等地如今还存留许多追怀徐福的纪念地。日本学者研究徐福的不少专著，也认为这位方士曾两次漂洋过海，东到日本。很可惜这件推测发生于公元前219年或公元前210年的史事，染上了浓郁的神仙情调。据此断定孔子思想最先由徐福传入日本，也不宜视为信史。而有确凿不移的史料证明是汉武帝时代曾在朝鲜半岛设置郡县，自此汉人官吏赴任，商贾做生意和民间往来必定是寻常现象，孔学最迟是这时或更早一些，伴随邻域之间人民互相走动迁移，传入朝鲜的。公元前1世纪中叶，朝鲜半岛形成了高句丽、百济、新罗三国分立的局面，到4世纪末期三国鼎足之势进一步得到巩固，孔子及其学派的思想在朝鲜广为流传。公元285年百济国儒学博士王仁，由百济使者推荐，到日

本献《论语》十卷、《千字文》一卷（非梁周兴嗣所撰者）。王仁也博得了相当的敬重，被聘为太子的老师。

孔学在朝鲜的传播有一个较长的发展阶段，犹如一颗种子落到地上，需要萌生的过程。在唐代，孔子思想对朝鲜文化的影响日渐深广，7世纪后期新罗神文王统治初期，首仿唐制在首都设立国学，8世纪中叶景德王将其改为大学监，置博士、助教等教学人员，讲授课程有《尚书》《左传》《论语》《文选》和儒家经典，且规定《论语》《孝经》为各科学生的共同必修课。新罗几代国王先后亲临国学听课，以促进儒学教育的发展。除中央设国学外，地方学校也学习儒家经典，孔子思想产生广泛的社会影响。新罗地处朝鲜半岛南端，与中国往来晚于高句丽和百济，孔学在新罗的地位尚且如此，其余两国自不必赘述。同时三国弟子前来孔子思想故乡的求学者，也从没间断，有的参加中国科举考试，并中榜登第，成为有声望的儒者。明代初年，半岛上建立李氏朝鲜，朱熹之学被尊为正统思想，孔子被称为"素王"，儒教演为"国教"，孔学空前普及，儒家思想在朝鲜的发展达到了鼎盛期。

与我国隔海相望的近邻日本，从3世纪《论语》传入之日始，很快落脚生根，育为枝繁叶茂的常青树。继王仁之后的二百年间，孔学以百济为桥梁，向日本不断拓展传播的范围。《日本书纪》载，6世纪初，百济五经博士段杨尔首渡日本，传授《诗》《书》《礼》《易》《春秋》，接续40年又两派五经博士和《易经》博士赴日，五经之学便立足于日本之境。大化改新后，日本大力吸纳唐文化，推动儒学教育，传播孔子思想，7世纪中叶，始仿唐朝设立大学寮，以尊孔读经为立教之本，培养精通儒术的官吏。全国各地学校林立，讲授儒家经典。710年在大学寮里开始实行祀孔活动。《大宝律令》中"学令"规定：大学寮设有大学头，置博士、助教，讲授儒家经典，以《周易》《尚书》《周礼》《仪礼》《礼记》《毛诗》《左传》《孝经》《论语》为教材，分为选修、必修两类课程，其中前七经为选修，后两经为学者兼习的必修课。使用教材特定哪一家的注本，不准随意择用。大学生的考课、奖惩和出校做官全凭通经多少为尺度，分别对待。后来大学寮虽然代有扩充，而培养目标和尊孔读经的施教原则，始终没变。

7世纪初年，日本制定了官吏守则，即《十七条宪法》，其中一些条目运用儒家思想，宪法行文有的直接引用儒家经典的语句，如"以和为贵"（《礼记·儒行》）、"上和下睦"（《孝经》）、"使民以时"（《论语·学而》）等。从中看出儒家思想对日本飞鸟时代治国经邦的作用。奈良朝统治者为整顿封建秩序，改善世道人心，加大推崇孔子伦理道德的强度，特别用力宣传"三纲五常"、忠孝观念，乃至形成了普遍的社会心理，扎根于人的头脑之中。《大日本史·孝子列传》收记了一个感人的故事，说是美浓当耆郡有位打柴的樵夫，他扶养父亲十分孝顺，家贫如洗只靠卖柴糊口。可是他父亲嗜酒成癖，打柴为生的穷儿子只好到市面赊账购酒。万没料到，某日在山上砍柴，劳累紧张之中一脚误踩在滚动的石头上，立刻扑跌倒地，疼痛难忍之际，忽闻酒香四溢，沁人心脾。穷孩子愣住了，左顾右盼找到谜底；忽然，望见水涌出岩石缝中间，色泽似酒。于是不顾疼痛连爬带滚地扑过去，亲口一尝，甜美醇正不可比拟。穷孩子欢喜雀跃，汲装瓠内，天天如故送给父亲。事后元正帝视察美浓，车过当耆郡，观赏这名闻遐迩的"甜酒泉"，认为是孝情感天动地所致，赐泉名为"养老瀑"，因改元"养老"，授予打柴穷孩子官职，使其家丰衣足食。故事听起来颇觉荒诞不经，但它却是孔子思想为人信仰的心态写照。孔子学说在日本传播的全盛期是德川幕府时代，当时宣扬儒家思想，标宗立派，争奇斗艳。声势显赫、名振一时者是朱子学派，后分为京都、海西、海南、大阪、水户诸多朱子学派。还有朱子学的反对派，如阳明学派、古学派、考证学派等，亦能自立儒学之林。儒家思想在日本兴盛，孔子也愈受人尊奉，起始称之为"先圣文宣父"，继之奉为"文宣王"，特建孔庙，年年岁岁举行隆重的祭祀活动。

与我国南疆山水毗连的友邻越南，远在秦汉时期孔学就无胫而入其域。秦始皇统一中国，在越南北、中两部设置象郡。秦末汉初，南海地方的朝廷命官赵佗，拥兵自重割据南海、桂林、象三郡，建立南越国。越南史家称赵佗"武功慑乎蚕丛，文教振乎象郡，以诗书而化训国俗，以仁义而固结人心"（黎嵩《越鉴通考总论》），足以印证孔学和儒家经典流传于越南的事实。两汉之交，孔学在越南早期驰名的传播者有任延、锡光及士燮等人。任氏自幼钻研儒学，造诣极深，《玉海》说是汉哀帝时京都太学里出类拔萃的生员，尤精《诗》《易》《春秋》。东汉刘秀建国初期，授他九真太守之职（辖区为今越南河内以南、顺化以北地区），他在任期间大力兴学倡儒，以儒家思想开展社会性的文教德化活动，感召民心，增强远人的凝聚力，提高边陲地区的文明程度。锡光是今陕西南郑县人，东汉初年任交趾（今越南北部地区）太守，《三国志·吴志·薛综传》云，他于太守任上"教其耕犁，使之冠履，为设媒官，始知聘娶。建立学校，导之礼义"。这些举措体现了儒家倡导的王道仁政，使民治田产、改变陋俗旧习，推行学校教育，引导百姓懂得儒家的礼义规范。通过生产实践和移风易俗、普及教育等活动传播儒家文化，效果要比单纯舆论说教扎实得多。士燮是兼通今、古文《尚书》和精研《左传》的学者，为避王莽之乱，客居越南，后任交州（辖区今越南一部分及我国广西钦州地区、广东雷州半岛）太守长达40余年，坚持推行儒家的为政原则，以仁德礼义教化民心，整肃社会风气，使孔子思想和儒家学说在越南的影响收到了不小的成效。

不过，上述三人仅仅是在越南传播孔学做了些先行者事业，儒家思想传播的长足发展期大体是在北宋真宗到明宣宗朝这个历史的段限内。其间越南李朝圣宗皇帝首次于京都"修建文庙，塑造孔子、周公及四配像。画七十二贤像，四时享祀"（《大越史记全书·本纪全书》卷之三），此为越南修庙祀孔的最早记录，也是越南儒教化、孔子偶像化的发端。李朝仁宗首次以科举取士，推行以儒学成绩来选拔人才。接替李朝的陈朝继续贯彻儒学教育，完善以儒学为内容的科考制度，修庙祀孔、增其旧制，积极输入儒家经典，创造中越两国交流儒家文化的条件，为其后儒学在后黎跃居统治地位奠定了坚实的基础。儒家思想在越南传播的鼎盛时代，直到14世纪才成为现实，持续400余年。中法战争的刀光剑影加速了孔子学说在越南的衰落。

孔学远渡重洋，踏上欧洲大陆的时间，由于史料匮乏，不能主观臆断。如从东西文化交流的历史来推测，有些线索启人联想。公元前200年，相当于我国古代战国末秦代初年，希腊人斯托拉坡，他第一个记载中国事①。古罗马史学家佛罗鲁斯的《史记》，梅拉、白里内的《博物志》都记有中国人、中国的事②，从这以后介绍中国未曾中断过。如魏晋时希腊人马赛里奴斯的《史记》、隋唐时东罗马席摩喀塔的《陶格斯国记》、宋代西班牙人班哲明的《游记》，直到元代《马可·波罗游记》等，均就中国的地理、文字、习俗、风情和寓言故事作了大量的介绍。特别是《马可·波罗游记》在欧洲文艺复兴时期，几乎成为认识东方的唯一材料，甚至有人称它是与但丁《神曲》、托马斯·阿奎那《神学大全》齐名的中世纪文化的三大"总结"之一。

但很遗憾，上面介绍古代中国的诸作，都没有谈及孔子学说和儒家文化的内容。现只能依据刘曼仙的《欧美搜集汉籍记略》中的看法，推断汉籍输入欧洲，当在13世纪。而孔学正式被翻译介绍到西方的（《东方杂志》1936年33卷24期），则是从来华的传教士起步的。1594年（明代万历中期）利玛窦出版了"四书"的拉丁文译本，此为有据可考的儒家经典用西方文字翻译的本子。1622年耶稣会士郭司达用拉丁文译的《大学》出版。其后四载，利玛窦弟子法国传教士金尼阁把"五经"译成拉丁文。1673年耶稣会士殷铎泽以拉丁文译的《中庸》问世。1687年耶稣会士柏应理用拉丁文译的《论语》面世。其间利玛窦所著《基督教传入中国》《利玛窦日记》先后以拉丁文、意文、法文、德文和西班牙文出版。于是孔子及儒家学说对西方人来说作为一种全新的思想体系出现在他们面前，东方的意识形态好像新鲜血液注入了西方异质文化的有机体内，在欧洲社会和思想界引起了强烈的反响。

---

① 张星烺：《中西交通史料汇编》第一册，中华书局，1977年，第17—18页。
② 张星烺：《中西交通史料汇编》第一册，中华书局，1977年，第19—22页。

三、东西方两次学孔高潮典型事例

这里先从法国天主教耶稣会士，法国科学院院士白晋说起。17世纪后期，他奉国王路易十四之命来华。客居北京，曾做康熙侍读讲授几何学，得到信任和重用。在华期间极力宣传天主教和儒教并不矛盾，积极寻求"四书""五经"与天主教义的共同点，提出儒家学说和天主教的根本意义，别无二致。他曾著《古今敬天鉴》，引用许多儒家典籍。他的儒学研究对西欧启蒙运动的前驱者之一莱布尼茨产生过深刻影响。从1697年到1703年，两人一直保持通信联系，探讨《易经》等儒家经典。

这位当代中国人并不陌生的莱布尼茨，是近代德国著名哲学家、数学家。他在及时地接受西欧先进的资产阶级思想的同时，又从中国古代儒家学说中不断吸取有益的营养，使他成为费尔巴哈所描述的那样人："在学识渊博方面无与伦比的天才，是求知欲的化身，是他那个时代的文化中心"①，是名副其实的一位从17世纪末到18世纪初德国思想界的先导。他在对学识的追求中，怀着特殊的兴趣，孜孜不倦地研究分析来华耶稣会士介绍给欧洲的儒家思想和中国传统文化。他与几位来华的传教士长期保持通信联系和直接交谈，并把在华耶稣会士有关中国的报道和信函编辑成《中国近事》一书。他满怀激情地评说："全人类最伟大的文化和最发达的文明仿佛今天汇集在我们大陆的两端，即汇集在欧洲和位于地球另一端的东方的欧洲——中国。我相信，这是命运的特殊安排。大概是天意要使得这两个文明程度最高（同时又是地域相隔最为遥远的）民族携起手来，逐渐地使位于它们两者之间的各个民族都过上一种更为合乎理性的生活。"（《致德雷蒙的信：论中国哲学》）他的见解不是无根的游谈，而是出自理性的分析和判断。

---

① ［德］路德维希·费尔巴哈：《费尔巴哈哲学史著作选》第二卷，商务印书馆，1978年，第15页。

在数学上，他作为数理逻辑的前驱者，提出了与中国"先天八卦"相吻合的二进制。哲学上，他研究过孔子，1687年传教士殷铎泽等人撰写的《中国之哲人孔子》出版后，莱布尼茨研读后于《致爱伦斯特的一封信》中说："今年巴黎曾发行孔子的著述，彼可称为中国哲学者之王。"他认为儒家的道德及政治理论和实践，对西方思想和社会是极有意义的精神资助，"在实践哲学方面，即在生活与人类实际方面的伦理以及治国学说方面，我们实在是相形见绌了。承认这点几乎令我感到惭愧"。他从《论语》中得出的看法是，"儒家的学说是最富于社会意识和人道主义精神的，这是世界上任何地域的哲学思想所不能比拟的"。他称赞孔子是全中国的"无冕皇帝"。他在比较神学与中国古代哲学时感慨道："假使推举一位智者来裁定哪个民族最杰出，而不是裁定哪个女神最美貌，那么他将会把金苹果交给中国人。"（莱布尼茨《中国新论·序》）他斥责高傲自大的欧洲学者轻视中国古代文化的错误态度，认为"真是狂妄之极"（《致德雷蒙先生的信：论中国哲学》）。由此，日本学者五来欣造评述道："儒教不仅使莱布尼茨蒙受了影响，也使德意志蒙受了影响。"（《儒教对于德国政治思想的影响》）这话言之有理，继莱布尼茨之后的德国哲学家、科学家沃尔弗，用德语把孔子及其学派的思想传播于欧洲知识界。著名诗人、思想家歌德，年逾花甲开始钻研中国古代文化，当他品味到我国古代文化的魅力时说："中国人在思想、行为和感情方面几乎和我们一样……只是在他们那里一切都比我们这里更明朗，更纯洁，也更合乎道德。"（《歌德谈话录》）可能因他宣传孔子和儒家忠、孝、节、义一类的道德观念，在德国他竟获得了一个"魏玛孔夫子"的雅号。

后于莱布尼茨约半个世纪的法国思想界、学术界的佼佼者，尊崇孔子更为深入。举世闻名的伏尔泰曾精读各种儒家经典和关于孔子思想论著的译文，写赞美诗称孔子是"真理的解释者"，他颂扬道："孔子所言者惟理性，天下不惑心则明；实乃贤者非先知，国人世人俱笃信"①。

---

① 《孔子大辞典》，上海辞书出版社，第1023页。

还在自己的礼拜堂挂起孔子画像，以示由衷的钦佩敬仰。他以关怀人类进步的角度评估孔学的分量，认为孔子哲学是一套完整的伦理学说，教人以德，使普遍的理性抑制人们利己的欲望，从而建立起和平与幸福的社会。他站在启蒙主义哲学高度审视孔子"不语怪力乱神"，评价是不讲鬼神只讲道德，比基督高明得多。基督只禁人行恶，孔子则劝人行善，他"所说的只是极纯粹的道德，既不谈奇迹，也不涉及玄虚"（朱谦之《中国思想对于欧洲文化之影响》）。对于当代人类生活出现的林林总总不惬人意的社会现象，老伏尔泰富有前瞻性的话语，令有良知的人作何感想！

号称"欧洲孔子"、法国古典经济学家、重农学派的创始人魁奈，认为希腊哲学大大不如中国，一部《论语》完全能打倒"希腊七贤"。他把孔子及儒家学派的经济思想，当作可酿蜜的花朵，从中采撷不少的养料，他接受出于有若之口的孔子经济思想："百姓足，君孰与不足？百姓不足，君孰与足？"（《论语·颜渊》）他嗣响生发曰："农人穷困，则国家穷困；国家穷困，则国王穷困。"他于1758年刊行的《经济表》，其弟认为是深受孔子思想影响的学术产品。法国启蒙思想家中的百科全书派的主要代表人物狄德罗，接武前贤，继续研究儒学。他介绍中国哲学，从孔子四书五经直到明末儒家思想体系的发展演变过程，颂扬孔子学说的简洁，服膺儒教的"理性"或"真理"治国、平天下的理论。

另一位百科全书派的重要代表、无神论者霍尔巴赫说："建立于真理之永久基础上的圣人孔子的道德"，能抵抗狂风暴雨，使野蛮的征服者亦为之所征服。（朱谦之《十七八世纪西方哲学家的孔子观》）他肯定"国家的繁荣，须依靠道德"，"欧洲政府非学中国不可"。法国资产阶级革命家罗伯斯庇尔在起草《人权和公民权宣言》中引用孔子"己所不欲，勿施于人"的话，激励人们恪守正义与道德的原则，去争得人的自由与权利。孔子的学说超越了时空的限制，在欧洲诸国薪火不息。英国汉学家理雅各用20多年翻译、注释的《四书》和儒家典籍，至今被公认为标准译本。俄国的文学巨擘托尔斯泰，其创作曾受孔子思想的熏陶，或直接运用儒家学说论证自己的观点，曾编著《孔子的生平和学说》《中国哲人格言》，布朗热指出托尔斯泰准确地把握了孔子学说，从"纯化心灵"开始牢牢抓住自我修养的核心。

20世纪初，第一次世界大战的硝烟吞噬了人类的精神家园，失掉的东西让人追怀眷念。许多人不约而同，又把目光投放在孔学上，彼时国联副秘书长斯佩丁女士撰文提出要用东方文明思想——儒家学说来发展人际关系，保持世界和平。一战结束之际，日本由儒学家组织成立了"斯文会"，这是日本明治维新后，国内外各种思潮冲击儒家学说的文化环境中，而崭新出世的社会学术团体。该会在《设立趣意书》中指出："自明治维新以来，西洋文化流入，国民之知识技能虽获进步，然却轻视精神性文明，以至古来道德观念断而浅弱，已见动摇之兆。"而社团组成本身的宗旨是，"以儒道鼓吹本邦固有之道德，努力振兴精神文明，以得于彼利用厚生之关系，求物质文明之发达相陪伴"。"斯文会"存在的旨意有一点值得寻味的是，社团内的成员意识到了科技带来的物质繁荣和富有，不能填补精神的空虚、挽救道德的滑坡。联系一战的国际风云，"趣意书"的宣言，还是确有见地的。

日本儒学家井上哲次郎曾致力于将德国古典唯心论哲学和中国儒学、印度佛教相糅合，创建其唯心论哲学体系，被称为日本近代唯心论哲学的先驱、日本学院哲学的奠基人，是日本儒学复苏思潮中的代表人物。他也曾较早地认识到东西方不同质文化的差异，西方的物质文明断不可对传统儒学的人文价值取而代之，应互为补充，焕发一种新型的文化精神。他在研究日本儒学主要学派的论著中强调，正统儒学之朱子学为日本立国之本，而西欧功利主义在强化伦理实践的条件下，可以与儒学统一。要立足于儒学，用道德论衍化西洋近代文化而又回归于儒学思想。首次爆发的世界大战，让人惊醒地看到，人世间某些群体和集团为满足一己的利益与贪欲，竟以凶残野蛮的狠毒手段把人类拖进痛苦与死亡的深渊，而儒家的大同思想与此恰成鲜明对照。

《礼记·礼运》篇指出大同世界是："选贤与能，讲信修睦，故人不独亲其亲，不独子其子，使老有所终，壮有所用，幼有所长，矜寡、孤独、废疾者，皆有所养。"这是一个相互信任、团结合作、热爱社会、关心人类，没盗贼、没暴徒、没战争的"三无"世界。大同是儒家的理想世界，尽管带有浪漫的空想色彩，毕竟是对暴力残忍、剥削压迫的抗议，是对美好世界的追求与向往。大战后人们关注这种大同思想，希望它会来到世间。德国汉学家卫礼贤 1923 年任北京大学教授，翌年回国创建中国学院，又办汉学杂志。曾把四书、《易经》《礼记》《孔子家语》等儒家典籍译成德文，研究孔子有相当功力。他反复强调孔子学说较之西方思想有许多优越性，所以能够世代扩充丰富而统治中国数千年。西方的一些"经济学说、社会学说，皆不如孔教"。他在《孔教可致大同》中继续论证说："西国一哲学家兴，即推倒前之学说而代之，中国则以孔教通贯数千年"，"今后惟孔教中和之道，可致大同！"因他尊孔崇儒，有人送给他一个绰号，曰"儒教徒"。

正当国际上在一战后寻求人类文化生机的时候，我国近代思想界的一位代表人物梁启超，他也不能不思索这种严肃而重大的问题。一战结束后访欧考察，心得颇多、感慨不少。1920 年撰写《欧游心影录》，没想到这就成了他蜕化为文化保守主义者的标牌。不过，此处绝无意为梁氏翻案，只想说他看到了战争血的代价换得了从未有过的新思考，也就是人类应当怎样经营安身立命的家园。他在《科学万能之梦》一书内惊呼，"欧洲人做了一场科学万能的大梦，到如今却叫起科学破产来"。为避免引起误解，他特加"自注"曰："读者勿误会，因此菲薄科学，我绝不承认科学破产，不过也不承认科学万能罢了。"借此证明，一战后有人希望运用儒家思想的精华，通过"百年积德而后可兴"的途径，建设未来美好家园的探索是正常的，非为胡思乱想，更不可动辄妄自菲薄我们先贤的深思远虑。说老实话，如能认真考察现实社会，严肃不苟反思历史，便可断言，再不会冒傻气，贻笑子孙。

四、儒家学说在当今地球村的际遇

马克思和恩格斯在《共产党宣言》中指出："资产阶级，由于开拓了世界市场，使一切国家的生产和消费都成为世界性的了。""新的工业的建立已经成为一切文明民族的生命攸关的问题；这些工业所加工的，已经不是本地的原料，而是来自极其遥远的地区的原料；它们的产品不仅供本国消费，而且同时供世界各地消费。"过去那种地方的和民族的自给自足和闭关自守状态，被各民族的各方面的互相往来和各方面的互相依赖所代替了。物质的生产是如此，精神的生产也是如此。各民族的精神产品成了公共的财产。"①几百年来孔学及儒家思想成为全球遍地的游子，这个事实本身就有力地证明了马克思、恩格斯论断的科学性。以孔子为代表的儒家学说是中华民族传统文化的重要组成部分，而孔子其人成了中华民族古代思想文化的象征。正似《新大英百科全书》称："如果有人要问，中国人民的传统的生活与文化可用一个词来表示，其答案只能是'孔子'。"孔子及儒家思想阅尽人间沧桑，却历久弥新。现仍以很大的活力迎接新世纪的知识经济和数字经济的到来。近些年来有许多人在不停地议论，认为东亚国家和地区经济腾飞，儒家文化是其重要的推动力量和宝贵的精神因素。在没有条件进行实地调查研究之前，只能说儒家思想体系中确实含着精华和糟粕两个难以分割又时常转化的部分。例如：杀身成仁、舍生取义、先义后利的价值观；忧天下、利天下、以天下为重的爱国恤民精神；修身积德、克己奉公的高贵品质；重人轻神、人贵物贱的人文观念；重视气节、人格，敬老抚幼、父慈子孝、兄友弟恭的人伦道德；"协和万邦"、各族一家的共处主张；"天下为公"、世界"大同"的社会理想；自强不息、刚健进取的人生态度；等等。这些观念蕴含的人文持力和合力，可能有益于包括日本、韩国、新加坡等东亚国家在内的世界各国，形成保障经济发展的较好的文化、道德氛围，促进消解日常生活中的矛盾和人际关系的纠葛，以及对物欲无止境的追求。与此同时，对腐败现象的滋生也有遏制作用。基于类似的考虑，当代许多学人贤达关注儒家思想文化，渴望从中摄取良药与营养疗救后现代化社会出现的种种病患，也就不足为怪了。

1988年1月8日，西方一批著名的自然科学家，包括76位诺贝尔奖

①《马克思恩格斯选集》第一卷，人民出版社，1972年，第254-255页。

金获得者，聚集巴黎举行会议，发表宣言指出："如果人类社会要在21世纪继续生存下去，必须回首2500年，到孔夫子那里寻找智慧。"据此足知当今世界，人类不能只到爱因斯坦、牛顿那里寻找智慧。无须赘言，人类的智慧者已经在为现实的文化、道德、社会危机担忧，也正在劳神焦虑寻求避免地球村混乱的行之有效的方略。1989年的《温哥华宣言》指出：为了改善21世纪科学、文化和人类的生存发展，要更新思想、更新观念，要展示一个不受机械规律硬性制约的、具有持续创造力的宇宙形象。如何展示这种形象呢？人们仍然求助于悠久的中华传统文化，求助于其"天人合一""天人相应"这一宇宙生命观所包含的积极因素。中华传统文化与传统教育标榜和追求的是人自身的身与心、人与人、人与社会、人与自然的统一和谐。（顾冠华《中国传统文化论略》）

再稍前溯，1984年美国出版的《人民年鉴手册》列举世界十大思想家，孔子被排于榜首。自20世纪60年代之后，美国为适应世界形势的变化及对华新政策的需要，研究孔子学说日趋升温。在研究队伍、图书资料和传播媒介等诸多方面，着力建设和完善。1982年美国在旧金山举行纪念孔子诞辰2533年的活动，里根总统亲自过问此事，他在祭典前致筹备委员会有关负责人的信中表示："我们尤应缅怀与推崇这位思想家的贡献。"因为"孔子高贵的行谊与伟大的伦理道德思想不仅影响他的国人，也影响了全人类，孔子学说世代相传，提示全世界人类丰富的做人处世原则"（杨焕英《孔子思想在国外的传播与影响》）。美国研究孔子所涉领域也逐渐拓展，对孔子的哲学思想、政治学说、伦理道德观念、教育理论、孔学在人类的传播与影响等问题都有相当深入的探索。美国成立有四大思想体系研究中心，孔子和儒学是其中的一个。美、英两国对中国学的研究联系紧密，第二次世界大战之后，英国研究儒学的投入明显加大，人力、物力和规模虽远不如美国，代表性成果仍处于世界领先地位。英国生物化学家、中国科学技术史专家李约瑟，在他的《中国科学技术史》中，对儒家阐述了系统的看法，肯定了孔学在西方思想意识近代化进程中的影响，强调从《论语》中可以认识"儒家的学说是最富于社会意识和人道主义精神的，这是世界上任何地域的哲学思想所不能比拟的"。

在亚洲的日本，孔学得到极大的重视和应用，研究队伍力量的雄厚，研究机构数目的可观，研究内容范围的深广，只要翻阅一下严绍璗先生的著作《日本的中国学家》，便可一目了然。此处仅就日本中国哲学史专家高桥进的理论见解来管窥日本学术前沿的概况。他认为东方的社会伦理在今天仍有较强的生命力，西方知识界对建立于个人主义基础上的现代文明持有危机感，忧心忡忡，亟待出路，希望复活东方的传统精神文化，以解决现代所面临的问题。他得出的结论是："孔子学说的真髓，才真正是对人类21世纪有着重要意义的事。"（《从现代伦理学看〈论语〉道德论的构造》）他断言，东方思想将会领导新世纪的世界文化。因之，联想起北京大学朱德生教授《世纪之交的哲学与中国文化》一文中的一段耐人寻味的话："半个世纪以来，中国哲学进步不大，在世界哲学舞台上也没有地位。但这种情况正在成为过去。"他认为我们应当把握高扬马克思主义哲学的大好时机，我们有着欧洲人没有的特殊的悠久的文化传统，当前的经济建设也要求我们发扬祖国优秀文化传统，并总结人类近世纪创造的新经验。在东西方文化的广泛交流中哲学一定能做出世界性的贡献。最后他指出："在近代史上，每一个世纪，似乎总有一个民族的哲学思想影响着世界历史的进程。如果说17世纪是英国，18世纪是法国，19世纪是德国，20世纪是俄国，21世纪将是中国。""我们不是曾经是的，但我们是将要是的。"这里的态度很明确，坚持运用马克思主义理论重新评价和认识以儒家为主的传统文化，则是高扬马克思主义哲学一项应有的研究工作。

9
孔子思想是人类永恒的精神财富

一、孔子哲学思想的特征

哲学，作为系统的世界观的学问，首先应该回答世界的本原问题，即世界的本原是物质还是精神。人们根据如何回答这样的问题而划分成唯物主义和唯心主义两大阵营。凡认为自然界是世界本原的，则属于唯物主义的学派；凡是断定精神对自然界而言为本原者，便组成了唯心主义阵营。孔子是中国古代最有影响的哲学家。但由于他比较注重社会实际，对社会现实生活问题曾进行过多方面的探讨研究，而对宇宙本体则很少涉及，所以，很长时间以来许多人对孔子的哲学归属持存疑态度，甚至对他是不是一个哲学家也表示怀疑。这就需要我们对孔子留下的材料进行一番去粗取精、去伪存真的详细考究。孔子虽然没有给我们留下直接的关于本体论的论述，却留下了关于自然观方面的思想材料，通过对其自然观的透析，我们同样可以洞悉他对宇宙本体看法的基本倾向，并进而划定孔子的哲学分野。

在孔子的哲学中，天是最高范畴，天是人事的最高决定者。而这个天是有意志、有智慧的，具有生杀予夺的大权，从这个角度来看，孔子哲学是唯心主义的。但孔子对天的认识又不同于商周传统观念中的天。孔子说："大哉，尧之为君也，巍巍乎！唯天为大，唯尧则之。"（《论语·泰伯》）又说："天何言哉？四时行焉，百物生焉，天何言哉？"（《论语·阳货》）这里的"天"是广大的自然界，它按着自身发展变化的规律，四时运行，百物生长，带给人们无限丰富多样的自然现象，从这个意义上说，孔子的自然观又是闪烁着辩证法光芒的唯物主义。此外，他还对周围的自然现象作了客观的、实际的分析。《论语·子罕》记载："子在川上曰：'逝者如斯夫，不舍昼夜。'"在孔子看来，时光如流水，日夜不停地流淌着，这是不以人的意志为转移的客观规律。万事如川流，动转不息，其唯物辩证法的倾向是显而易见的。如果说孔子承认天还有一定的唯心主义倾向，那么他对鬼神的怀疑，则完全是唯物主义的了。他曾说："务民之义，敬鬼神而远之，可谓知矣。"（《论语·雍也》）对于鬼神，虽然仍需敬，却须远之，《论语》还记载："子不语怪、力、乱、神"（《论语·述而》），还对问鬼神的季路说："未能事人，焉能事鬼"（《论语·先进》）。甚至他生了病，也不赞成别人为其祈祷。在两千多年前，人们被造物主的权威所威慑，被鬼神迷信所笼照的时代环境中，孔子却能对天地鬼神持存疑甚至变相否定的态度，这实在是难能可贵的了。到孔门后学公孟子就明确宣称"无鬼神"（《墨子·公孟篇》）了。这是孔子自然观合乎逻辑的发展。

在认识论方面，孔子哲学思想中唯物主义倾向首先表现在他超脱生死，主张为理想道德而献出生命。从这个意义上看，反映出人生终极关怀的人文高度，是人类历史上具有里程碑标记的卓见。子路曾问孔子："敢问死？"孔子回答说："未知生，焉知死？"（《论语·先进》）意思是说，连生的事还未搞清楚，何以去知道死后的事情，而且生也是可以舍弃的。孔子曾说："志士仁人，无求生以害仁，有杀身以成仁。"（《论语·卫灵公》）为了理想、道德、人生目标，置生死于度外，孔子这种积极的人生态度对后世产生了深远的影响。无数志士仁人正是在这种精神的鼓舞下，为国家民族的振兴，前仆后继，视死如归，并随着中华民族历史的发展形成了爱国主义的光荣革命传统。

其次，孔子对人生的认识也是符合规律的。他说："三十而立，四十而不惑，五十而知天命，六十而耳顺，七十而随心所欲，不逾矩。"（《论语·为政》）这是他总结人生社会的经验之谈。进而言之，当一个人30岁左右的时候，世界观基本成熟，能够以独立的人格立于世上。

40 岁以后，可以凭借积累的直接或间接的生活经验所形成的知识结构与智能结构，对人生社会感悟更深、更成熟，很少有疑惑不解的幼稚的问题了。五十而知天命，有人认为这是孔子信命的铁证，这自然有一定道理。因为孔子说过："不知命，无以为君子也。"（《论语·尧曰》）但这只是问题的一面。联系"六十而耳顺，七十而随心所欲，不逾矩"，我们有理由相信，这是孔子对人生真谛的深切觉醒，即真正懂得了一个人活在人世间，绝对不可能只靠异想天开为人处世。所以人们不管做什么都必须考虑到身外的客观条件。小事小预谋，大事大预谋。不顾客观存在的，包括必然或偶然的无法逾越的障碍（天命），一味地蛮干胡来，小干小受挫，大干地动山摇、粉身碎骨。这样的社会现象，难道世人见到的还不够多吗？

到 60 岁时，人们对听到的话，不仅能理解表面的意思，而且能够认识事物的本质，体会其更深的内涵，达到了心中有数，不必大惊小怪、怨天尤人，而能够淡然处之的程度了。一句话，对矛盾的消解能力出现了飞跃。到 70 岁时，随着人生阅历的增加，他的世界观、是非观、价值观，都已定格，即使随心所欲，也不会超越社会的道德规范了。必须强调一点，随心所欲不等于凭着自己的欲望，任情驰想，肆意地追求，而是在尊重事物规律和社会的行为规范的前提下，敞开思想去探索、去刨根问底。要知道，孔夫子的话是很有分量的人生经验之谈。在封建专制的社会环境下，它包含了太多的潜台词。由于对人生这种积极真切的认识，所以孔子无论遇到什么艰难都不屈不挠，好学而不厌，诲人且能不倦，发愤忘食，甚至不知老之将至。这种乐观的精神、积极向上的生活态度，堪称人世楷模。

再次，孔子在认识论方面的卓越贡献是提出了学知说。他说："吾尝终日不食，终夜不寝，以思，无益，不如学也。"（《论语·卫灵公》）在他看来，人生下来，头脑是空空的，什么知识也没有。人的知识、聪明才智并非头脑中所固有，离开了学，凭自己的头脑去冥思苦想，是徒劳无益的。只有学习才能使自己有省悟、长知识，变得聪明起来。他老老实实地说："吾非生而知之者，好古敏以求之者也"（《论语·述而》）。更为可贵的是，他特别看重多闻多见。他说："盖有不知而作之者，我无是也。多闻，择其善者而从之；多见而识之，知之次也。"（《论语·述而》）他把多闻多见看成摄取知识的主要渠道，但又不以多闻多见为满足，更要求融会贯通，从而达到学思结合，使自己的思想水平跃上一个新台阶。孔子关于学思关系的阐述是符合唯物主义认识论的。

当然，孔子在认识论方面也有一些唯心主义倾向，如宣扬"生而知之者上也""惟上智下愚不移"等，看来孔子的认识论是摇摆在唯物论与唯心论之间的，在后世哲学思想发展史上也曾有着正、负两方面的影响。

孔子的方法论，在他的中庸学说中得到了基本的体现。有关内容在《简论原始儒家学说开创了自觉建设中华文化的新时代》一文中已有提及，不再重复。总而言之，孔子所留给我们朴素的辩证思维方式至今仍闪耀着真理的光芒。

二、色彩斑驳的孔子政治思想

在孔子生活的年代，由于奴隶社会经济基础的崩溃，引起了政治结构的变化。天子与诸侯间、诸侯与诸侯间、诸侯与大夫间的激烈斗争，不可避免出现了奴隶主贵族权益势力再分配的新格局。在各种势力此消彼长的过程中，政治上导致了两种新的情况：一是部分掌权的奴隶主贵族，为了缓和阶级矛盾，维护他们的统治，选贤任能，进行了自上而下的一些改革，使他们的统治逐渐转化为封建贵族的统治。另一种情况是一些卿大夫之家，从诸侯国内部蛀蚀着公室统治的大厦。他们以自己的政治经济实力，减轻或改变剥削方式，为夺取政权创造条件。在这种激烈的社会动荡中，孔子阐发了他色彩斑驳的政治思想。

（一）尊君而不主张独裁

孔子由于强调君臣之义而为历代统治者所推崇。但是，孔子主张尊君、忠君，却并不主张君主个人独裁。《论语》有这样的记载："定公问：'一言可以兴邦，有诸？'孔子对曰：'言不可以若是，其几也，人之言曰：为君难，为臣不易。如知为君之难也，不几乎一言而兴邦乎？'曰：'一言而丧邦，有诸？'孔子对曰：'言不可以若是；其几也，人之言曰：予无乐乎为君，唯其言而莫予违也。如其善而莫之违也，不亦善乎？如不善而莫之违也，不几乎一言而丧邦乎？'"（《论语·子路》）这里，孔子特别强调的是：做君主难，做臣子的也不容易。如果君主仅仅是高兴他说话没人敢违抗，那和一言以丧邦不是同样的意思吗？如果君主说的话正确，而没有人违抗，那自然好，如果说的话不正确，而没有人违抗，这就是臣子的责任了。孔子认为，人臣事君，要有原则，人君有过失，要敢于谏净，所谓犯颜直谏，才是忠臣贤士。这样看来，孔子是不主张君主专制独裁的。他要求君臣各守法度。"君使臣以礼，臣事君以忠"（《论语·八佾》），对于君的行为也要有一定的约束，这是孔子超出同时代思想家的真知灼见。

（二）爱民而主张贵贱有序

从根本上说，孔子是王权主义者，他的基本的政治观点是百姓顺从统治阶级，下级统治者服从上级统治者，权力集中于上。但是，为了维护统治阶级的统治秩序，他又特别强调爱民，所谓"仁者，爱人"即是他的治国纲领。那么，应该如何"爱人"呢？孔子认为，百姓太穷必然造成社会动乱，"贫而无怨难"（《论语·宪问》），"好勇疾贫，乱也。"（《论语·泰伯》）所以，作为执政者，不能过于残酷地剥削人民，要养富于民，节用爱民。他说："百姓足，君孰与不足？百姓不足，君孰与足？"（《论语·颜渊》）同时，他劝告统治者不要过分奢靡，应不违农时，使老百姓安于农耕，养家糊口。与此同时，孔子还提出重民的思想，当马厩失火的时候，他关心的是马夫的安全，足见他对民的重视。他要求统治者治理百姓要像对待祭祀一样的重视。孔子爱民的思想还表现在他主张实行"贤人政治"。他赞赏祁黄羊"外举不避仇，内举不避子"（《吕氏春秋·去私》），对臧文仲不用贤才柳下惠则十分反感，他甚至还主张多用非公卿子弟为官。但是孔子的爱民也是有原则的，这就是要"贵贱有序"。不同阶层、不同地位、不同身份，要有不同的爱。

如张岱年先生所说："在统治阶级内部"要立人达人；对于劳动人民，则要求实行"宽、惠"（《孔子哲学解析》）。而要达到这个目标，就要在民富的基础上，对人民百姓进行教化，"道之以德，齐之以礼"，让百姓有廉耻之心，各守其礼，安居乐业。

（三）宽猛相济、德刑结合的政治手段

人们都知道孔子是主张施仁政、行德治的，但他也不反对用刑。他说："礼乐不兴，则刑罚不中，刑罚不中，则民无所措手足。"（《论语·子路》）因此他极力赞扬郑国的改革家子产宽猛相济的为政原则。子产是春秋后期进步的思想家，他是在向封建贵族转化过程中奴隶主贵族利益的代表者。鲁襄公三十年（前543），子产接受了郑国执政的重任，并进行了一系列的重大改革。为缓和贵族与平民的矛盾，他整顿遭到破坏的井田制，使"都鄙有章、上下有服、田有封洫、庐井有伍"。（《左传·襄公三十年》）为了把他的改革以法律形式固定下来，鲁哀公六年铸刑书公布实行。在政治方面，子产又选贤任能、改良政治、加强外交，使郑国有了很大发展。各国贵族保守人物纷纷攻击子产。而孔子基本上是全面肯定子产的，他说子产"有君子之道四焉：其行己也恭，其事上也敬，其养民也惠，其使民也义"（《论语·公冶长》）。特别是对子产宽猛相济的为政原则大加赞赏。《左传·昭公二十年》有如下记载："郑子产有疾，谓子大叔曰：'我死，子必为政。唯有德者能以宽服民，其次莫如猛。夫火烈，民望而畏之，故鲜死焉。水懦弱，民狎而玩之，则多死焉，故宽难'……仲尼曰：'善哉！政宽则民慢，慢者纠之以猛。猛则民残，残则施之以宽。宽以济猛，猛以济宽政是以和。'"这说明孔子对宽猛相济、德刑结合的政治手段是极为赞成的，正是从这个意义上他把子产看成"完人"，许他以"仁"。子产死后，孔子痛哭流涕，说他是"古之遗爱也"。

（四）重德教而卑农稼

孔子论政治，着重道德教化，他说"道之以德，齐之以礼"，把道德教化置于政治方略的首位。这和后来的商鞅、韩非专重刑罚，以道德教化为无用是截然相反的。商鞅和韩非讲究法治，其进步意义不容忽

视，但完全忽视道德教化，甚至与人民为敌，就陷于谬妄了。

孔子重德教首先强调"正己"。他认为，要使百姓安分守己，必须统治者首先做出表率，他说："其身正，不令而行；其身不正，虽令不从（《论语·子路》）。"意思是说，作为统治者自己本身品行端正，就是不发号施令，人民也会照着去做；本身品行不正，即使发布命令，人民也不会听从。他的学生子路问孔子怎样为政，孔子回答说："先之，劳之。"（《论语·子路》）子路请他多讲一些，孔子说，永远也不要倦怠；其次是教育百姓预防犯罪。在现实的社会生活中，道德与法律是相辅相成的。有一次，季康子询问孔子如何为政，是不是可以杀掉作恶的坏人，去亲近为善的好人。孔子回答说："子为政，焉用杀！子欲善，而民善矣。君子之德风，小人之德草，草上之风必偃。"（《论语·颜渊》）意思是说，您为政怎么还用杀人呢？君子的品德就像风，小人的品德就像草，草如经风必然随之倒下。这样看来，只要对人民"道之以德，齐之以礼"，进行道德教化，防患于未然，禁犯罪于未萌生之时，社会就能少些犯罪的恶人，而多一些奉公守法的好人。

此外，孔子还强调"民可使由之，不可使知之"。该让老百姓知道的，如法令、制度等，特别是对如何惩处庶民的刑法，要让百姓明明白白，使他们不能犯上作乱。而不该让他们知道的，就不能向庶民公布，以防"贵贱无序"，亡国亡家。他明确地说："天下有道，则庶人不议。"（《论语·季氏》）如果因此就断定孔子搞愚民政策，那也不尽然。《左传·襄公三十一年》有如下记载："郑人游于乡校，以论执政，然明谓子产曰：'毁乡校何如？'子产曰：'何为？夫人朝夕退而游焉，以议执政之善否。其所善者，吾则行之；所恶者，吾则改之，是吾师也。若之何毁之'……仲尼闻是语也，曰：'以是观之，人谓子产不仁，吾不信也。'"对此，张岱年先生这样评述："子产不毁乡校，孔子加以赞扬，可见孔子也同意庶人议政。"朱熹解释"庶人不议"说："上无失政，则下无私议，非钳其口使不敢言也。"（《孔子哲学论析》）看来孔子也不完全是搞愚民政策。

必须指出的是，孔子政治方略重视道德教化，却看不起劳动生产。

樊迟曾向孔子请教农稼之事,孔子说:"吾不如老农。"又请教如何种菜,孔子说:"吾不如老圃。"(《论语·子路》)对这样一个关心农稼的学生,孔子对他十分鄙视,称他为"小人"。他说:"上好礼,则民莫敢不敬;上好义,则民莫敢不服。上好信,则民莫敢不用情。夫如是,则四方之民,襁负其子而至矣,焉用稼?"(《论语·子路》)这是孔子忽视了一个最基本的道理:"民以食为天",吃饭第一。如果不重视农业生产,百姓不富足,怎会有四方百姓来投奔。特别是他把知识分子和劳动人民武断分离甚至对立起来,让劳动人民俯首劳动,为统治阶级服务的知识分子只讲究礼仪就行了,这是孔子政治思想极大的缺陷。战国时代,"为神农之言者"许行,就对孔子的这种观点提出了批判,但这种错误观点对后世的影响仍是不可低估的。

三、孔子伦理道德思想的当代意义

孔子伦理道德思想是以仁为核心,涉及社会生活各个方面的道德规范和行为准则,其主要内容有忠、孝、信、恕、悌、恭、宽、敏、惠等。在今天仍有强大生命力的有如下几方面:

(一)义利观

孔子的义利观是义与利的统一。他说:"富与贵,是人之所欲也;不以其道得之,不处也。贫与贱,是人之所恶也;不以其道得之,不去也。君子去仁,恶乎成名?君子无终食之间违仁,造次必于是,颠沛必于是。"(《论语·里仁》)在孔子看来,追求富贵利益是人的共性。但是在任何时候、任何情况下都不能忘记道义,符合道义的富贵可取、利益可求,不合道义的富贵、利益决不可取。人为道义而活,非为富贵权益而生,这样的人生才是有价值的人生。在颠沛流离危难之际,往往更能真切地展示人的灵魂和道德水准。所以,孔子特别强调,君子对于天下事情的处理,没有一定要做的,也没有一定不要做的,而是服从"义"的要求。而那些只关心自家田宅和其他物质利益讲求实惠的人,孔子称他们是小人,不值得与他们交往和交流。孔子还警告这些人:

"放于利而行，多怨。"（《论语·里仁》）太过分地追求私利，那会招来周围人的怨恨。孔子强调"见得思义"，反对"见利忘义"以及"因民之所利而利之"的义利观，对后代产生了巨大的影响，成为今天社会主义精神文明建设重要的思想材料。

（二）是非观

在孔子的价值体系中，以"仁"和"礼"为标准，是非观念是十分鲜明的。他曾说："乡愿，德之贼也。"（《论语·阳货》）乡愿是指当时社会上那种不分是非、同于流俗、言行不一、伪善欺世、处处讨好，谁也不得罪的好好先生。孔子尖锐地指出，这种好好先生，实际上是似德非德的人，实乃德之贼也。孔子身后卓有建树的儒家继承人孟子对此有更深刻的认识，认为这种人乃"同乎流俗、合乎污世。居之似忠信，行之似廉洁，众皆悦之，自以为是，而不可与入尧舜之道"（《孟子·尽心下》）。其实，这种人就是抹杀了是非，混淆了善恶，不主持正义，不抵制坏人坏事，是地地道道的伪君子。孔子反对那种老好人，他自己也决不做老好人。有一次子贡问他："君子亦有恶乎？"孔子回答说："有恶。恶称人之恶者，恶居下流而讪上者，恶勇而无礼者，恶果敢而窒者。"他厌恶的是专好传播、煽扬别人过错的人，厌恶身居下位而诽谤上位的人，厌恶恃强斗勇而无视礼义的人，厌恶莽撞、固执不通事理的人。子贡也说，他厌恶窃取别人的知识成果却自以为聪明的人，厌恶不谦虚却自以为勇敢的人，厌恶揭发攻击别人却自以为正直的人。孔子师徒对是非曲直的褒贬，亦是我们今天价值取向的重要组成部分。

（三）人际观

孔子的伦理道德观念，强调人自觉的理性精神，在人际关系方面，表现为待人宽厚、关怀老幼、周济急难、处事得当。孔子一向主张智者仁人应该有博大的胸怀，以能问于不能、以多问于寡，以有若无、以实若虚，犯而不校、既往不咎，他认为他的学生颜渊就是这样的人，虚怀若谷，待人宽厚。到今天仍流传的"有容德乃大，无欺心自安"的嘉言，就源于孔子的道德观念。孔子常说"君子怀德，小人怀土"（《论语·里仁》），仁德的人想的是如何积德，为社会谋福利，为他人造幸福。而小人想的是求田问舍，侵吞他人土地财产，为自家、为个人谋利益。孔子这样宣传，而且自己也这样做，并教导他的学生也这样做。孝敬老人，周济贫困，办事公道，为人处世得当，所以被称为"圣人"。

孔子伦理道德思想最大的特点是重实践，讲实效，强调"知行合一"。孔子最憎恶的是那种花言巧语而无实德的人。他说："巧言令色，鲜矣仁。"（《论语·学而》）又说："巧言乱德。"（《论语·卫灵公》）孔子认为德行是立身的根本，言论是德行的体现。"有德者必有言，有言者不必有德。"（《论语·宪问》）还应该注意，孔子要求言行一致，必须合乎当时的道德规范和实际情况。如果不顾大义，只讲个人间的诚信，发现错误还要做下去，那便是"硁硁然，小人哉"。（《论语·子路》）孔子在周游列国的途中，有一次病得很重。这时孔子的身份仅是一名士，早已不是鲁国的大司寇了。而子路为了尊荣孔子，派其门徒装作家臣，以便负责料理后事。按当时的礼仪，只有受了封的大夫才有家臣，而孔子本没有家臣却以假冒真，摆排场。孔子病愈后知道了这件事，十分生气地说："久矣哉，由之行诈也！无臣而为有臣。吾谁欺？欺天乎？且予与其死于臣之手也，无宁死于二三子之手乎？且予纵不得大葬，予死于道路乎？"（《论语·子罕》）从这里我们清楚地看到，孔子不仅要人们知道做人的道德准则和行为规范，更重要的是反复表示希望人们自觉地去做，自省、自察、自律、自责等，严格要求自我，如此构成了我们中华民族自觉的理性精神，至今仍发挥着重要的作用。

四、孔子教育思想光耀古今

孔子是我国古代著名的教育家。他的教育思想、教育理论、教学方法给我们留下了许多宝贵的财富，他的许多教育理念和教育方法至今仍有较高的实用价值。

（一）教育宗旨和教育指导思想

孔子是带着改造社会的伟大理想而开门设教的。他"祖述尧舜，宪章文武"，要革新春秋末期各诸侯国的强暴政治，改变人民"耕也馁在其中"的悲苦命运，创立一个保留宗法传统的，既有氏族社会民主平等性质、又有西周时期物质文化基础的"小康"社会。他为这一政治理想历尽艰辛、周游列国，到处碰壁，几乎丢掉性命，由此促使他产生了"学之不用，道之不行"（《史记·太史公自序》）的强烈危机感。于是步入青壮年后，他广收弟子，开创了私人讲学的一代新风。他的教育目的有两方面：一是为统治阶级培养捍卫宗法制度、贤能精干的政治人才。这种人才应当是志于道、谋于道，乃至能为实现道而杀身成仁的。只有具备这种品质的人，才配辅佐国君推行德政。"学而优则仕"是这一办学宗旨的真实体现，这是孔子教育宗旨的政治属性。二是培养受教育者如何做人，即立身处世的准则。这是孔子教育宗旨的伦理道德属性。就是说不从政的社会成员也要受教育，知书达礼，做一个忠顺的臣民。这二者是相辅相成、双向同宗的。从培养改治人才来说，伦理道德是政治人才必备的条件；从做人及其立身处世来说，伦理道德的教化又具有独立意义，所以孔子的教育思想是面向社会各个领域、各个阶层的。正因为如此，他自三十岁从教到七十三岁故去，相传有弟子三千、贤士七十二人，为我国古代教育事业的发展做出了筚路蓝缕的巨大贡献。

（二）办学原则和方针

为了使教育充分发挥调和社会矛盾的作用，使人与人关系保持差等的稳定，人民安居乐业，统治阶级以礼治天下，孔子提出了"有教无类"的办学原则和指导方针。所谓有教无类，就是不分种族、不分贵贱、不分贫富、不分地区、不分国别、不分阶层，"宜同资教"。也就是说，无论谁来求教，都要对他进行教育。孔子说："自行束脩以上，吾未尝无海焉。"（《论语·述而》）在孔门的三千弟子中，既有拥有很大权力和财富的贵族子弟，又有家境贫寒的平民百姓，既有商贾之人，又有劳动者，甚至还有曾经为盗者。真是愿从学者，来者不拒。《吕氏春秋·劝学》云："故师之教也，不争轻重、尊卑、贫富，而争于道，其人苟可，其事无不可。"此即有教无类的真正含义。

孔子提出"有教无类"的办学原则和方针，对当时和后世其意义十分重大。其一，它扩大了教育的对象，适应了当时统治阶级对知识分子的需要。其二，它大大地普及了教育，打破了贵族对教育文化知识的垄断。过去旧的传统制度是"学在官府"，现在称为"学在四夷"，使教育文化走向社会不同层面，使文化教育"博施于民而能济众"，提高了社会各阶层人们的文化素养，这对社会的进步和发展无疑起到了巨大的推动作用。其三，是在孔子"有教无类"思想的带动下，私人讲学蔚然成风，使各行各业、各个阶层受教育的人大大增加，广泛地开发了当时人们的心智，而这种智能必将转化为生产力，又极大地促进了社会生产的发展，在某种意义上说增加了社会财富，推动了文化的传播与繁荣，对封建文化教育和学术事业的发展是难能可贵的加速器。其四，"有教无类"的教育方针和原则为贫寒子弟进入仕途蹚开了一条路。如子路、冉求等以一介寒儒当了一个地区的官吏。这就吸引了千百万有志者走学而优则仕的道路，放弃勇斗而务德教，在一定程度上缓和了当时的社会矛盾，稳定了社会秩序，在某种意义上说，"有教无类"是实现社会安定的教育革命、政治革命。

（三）教学方法

孔子的教学方法与教学理念是一座富矿，在当时和对后世都有极广泛的影响，择其要者有如下几方面。

其一，启发诱导。教学作为教师与学生共同参与的双边活动，教师不能不考虑学生的积极反应和主动配合，孔子在这方面有独到见解和成功的实践。他说："不愤不启，不悱不发，举一隅不以三隅反，则不复也。"（《论语·述而》）意思是说，当学生苦思苦想领会不了，想说又不能明确表达的时候，教师不要越俎代庖，而应以适当的话题，激发学生主动思维，以达到举一反三的效果。当然，启发式教学并不仅仅存在于学生"心愤口悱"的时候，在整个教学过程中，孔子都十分重视利用各种方式激发学生的灵感心智，如，创造轻松活泼的气氛、平等的谈话方式、幽默风趣的语言艺术，等等。

其二，因材施教。此语是朱熹对孔子教学方法的概括。也就是从学生的实际出发，施与恰当的教育内容和教育方法以实现优化的教学效果。因材施教的关键在于对学生的性格资质有一个准确的了解，然后"视其所以，观其所由，察其所安"（《论语·为政》），给予不同的诱导。孔子对其弟子性格差异十分了解，"柴也愚，参也鲁，师也辟，由也喭……"（《论语·先进》）正是在这个基础上采取不同的诱导方法，孔子才培养出各类贤能之士。有德行高尚的，如颜回、闵损、冉耕等；有善于辞令、外交的，如宰予、端木赐等；有长于政事的，如冉求、仲由等；有熟谙文献的，如言偃、卜商等。其弟子人才济济，盛极一时，充分展示了因材施教的教育成果。

其三，学思结合。学与思是一对矛盾的对立统一体。离开思考的学习只能是知识的堆砌，脱离学习的思考则无异于虚妄的空想，而孔子在这方面的记述是十分精要的。他说："学而不思则罔，思而不学则殆。"即是说，只学习而不思考，必然消化不良，只思考不学习，必流于空幻。如何处理学思关系呢？孔子认为学是第一位的。"吾尝终日不食，终夜不寝，以思，无益，不如学也。"（《论语·卫灵公》）有生命力的知识是能力的载体，而思是学的继续，不经过独立思考，就得不到对知识深刻的认识，甚至会上当受骗，迷失方向。所以要想学得真本事，既要勤学，又要多疑多想，在理顺各种矛盾的过程中认识事物的本质及规律。

其四，循序渐进。人们认识事物总是由浅入深、由近及远、由表及里、由具体到抽象地层层推进的过程。孔子根据人们的认识规律提出了循序渐进的教学原则。对此，他的学生深有感触地说："夫子循循然善诱人，博我以文，约我以礼，欲罢不能。"（《论语·子罕》）意思是说，老师善于一步一步地诱导人，用文化典籍来丰富我的知识，用礼节来约束我的行动，使我想停止前进也不可能，直到竭尽了我的才力，也不能停止学习。后代贤哲继承了这种学习方法，脚踏实地、级级攀登，博而有要，约而不孤。儒家继承人朱熹把循循善诱列入其著名的"读书法"。他说，读书之法，莫贵乎循序渐进。可见该法对后世教育工作影响之广泛。

其五，学而时习与温故而知新。《论语》的第一句话就是"学而时习之，不亦说乎"，表达了孔子对日常学习和复习课业的极端重视。"学而时习"和"温故知新"揭示了人们学习知识的客观规律。这里第一步是学，即了解新知识、吸纳新事物。习是对已学过知识的温习和巩固，从而为学习新知识打好基础。用现代脑科学来理解，则是将接受的新信息，经过一番加工、运作，与头脑中原已存在的知识结构、智能结构对接起来，实现了对已有结构的充实和改善，增强了进一步接纳新信息的能力和活力。温故而知新，是一个思想飞跃的过程。新旧知识之间往往有着密切的联系，只有对学得知识的温习和思索，才能找到学习、了解、掌握新知识的切入点，并在巩固旧知识的基础上，通过思考、感悟，加深对已学知识的认识，并不断地拓宽、辐射，从而组合成新的知识结构。学而时习、温故知新讲的是学习，但也蕴含着不同层次上的实践环节。孔子认为，由知到行，学以致用，是学习的目的和归宿，他说："诵诗三百，授之以政，不达，使于四方，不能专对；虽多，亦奚以为？"（《论语·子路》）可见，一个人的学习不仅要认真读、记，还要常常地复习，在复习中思索、琢磨，以求新的突破与超越，然后在实践中灵活运用，这才叫学到真知识。

此外，孔子还对审美教育、体育教育、心理情感教育等方面都有过精辟的见解，皆为后人继承和发展，并形成了具有中国特色的教育理论体系，为人类的文明与进步做出了我们民族的独自贡献。

孔子曾经说过，进入一个国家只要考察一下它的教育状况，其余即可推知了。用当代的话语表述，则是教育决定着综合国力，教育是国计民生的灵魂。孔子的教育思想于我国历史进程中早已化为生命的甘泉，一直滋润着民族的未来和希望，焕发出了民族智慧之光，铸就了举世瞩目的优秀传统文化。孔子的教育思想是民族传统教育之魂，孔子其人是中华民族的精英。

第二编

唐宋文学研究

DIERBIAN

1

鸟瞰唐代文学稀世创获

　　唐代文学是我国古代文学发展进程中一个光辉灿烂的鼎盛期。文苑诗林百花齐放，争奇斗艳。巨匠大师群英荟萃，名篇佳什浩如烟海。体制繁富完备，风格多姿多彩，题材内容博大深厚，前所未有。诗歌代表了唐代文学的最高成就，清康熙年间彭定求等人编纂的《全唐诗》及后人辑录的《全唐诗续拾》《全唐诗外编》共收录了近52000首诗，有姓名的作者达2300多人。散文与诗歌相辉映，功在新变，为其持续发展开辟了广阔的空间。清嘉庆年间董浩等人编纂的《全唐文》收罗了唐、五代作家3035人，文20025篇。小说演进至唐代，迈入了一个崭新阶段，今天尚可见到的唐人小说还有220多种。词与变文是唐代出现的新文体，它们有着自身的艺术特质，对繁荣后世文学发挥了作用。

　　文学植根于社会生活的土壤，又与宗教哲学、其他艺术门类相互联系、相互渗透。唐代文学的空前昌隆，首先与李唐王朝国力强盛，经济繁荣密切关联。唐（618—907）继隋（581—618）后，在汲取前朝速亡教训的同时，对文帝所创隋制多有遵循。初、盛唐时期，由"贞观之治"到"开元盛世"，励精图治长达百余年，唐朝渐臻于极盛，成为当时世界上最强大的封建帝国。中、晚唐虽有战乱，却因开发南方，维护了南北交通，凭借前期奠定的基础，经济和文化仍有一定发展，王朝在国外的声威依旧很高，这是文学兴盛的前提条件。

　　其次，强大的综合国力铸就了唐人恢宏的胸怀气度，对异质文化持有兼容的心态。唐太宗"一视华夷"的思想，不仅保障了国内各民族间的文化融合，也促进了对外文化的交流。异国的物质产品与精神产品畅通无阻地涌进国门，丰富了境内的生活内容。更应指出的是，终唐一代传统儒学虽为国家意识形态的根本，但思想领域儒、释、道并存却是不争的事实。多元文化的碰撞与激荡，对文人认知结构和创作心理的形成，产生了深刻的影响，为文学创作增添了新鲜的活力，创作方法、题材与风格都出现了明显的变化。

再次，文学创作队伍的整体文化素养，非先前各朝可比。科举制度为庶族士人和寒门弟子入仕提供了机会，而朝野重视的进士科考试，以诗赋取士，有力地激发了天下士子研练诗文的积极性。文化积累和交流的结果，使唐代士子接受音乐、舞蹈、书法、绘画等多种艺术的培养和熏陶成为可能。士子入仕前漫游山川都邑、隐居林下、寄读庙观等风尚，以及仕进路上经历入幕或贬谪生活的历练，均是唐前不能相提并论的。特别是封建社会极盛期的壮观景象，安史之乱后社会大悲剧的惨状，力图中兴的风发意气，大帝国崩解前的凄风苦雨，更是唐代士子们独有的阅历和体验。具有高度文化素养的大批中下层文人，一旦入主文坛，便形成了足以冲垮豪门士族垄断文学的进步势力。他们创造性地借鉴前贤，奋力驰骋才华，自由发抒性灵，勇敢开拓新题材，刻苦提高艺术技巧，留下了后难为继、泽被千古的文学业绩。

唐诗是一代文学的标志，是我国古典诗歌之冠冕。唐朝是当之无愧的诗国，杰出诗人数以百计。而参与歌吟者，上自帝王将相，下至社会底层的平民，如伶工、歌伎、婢妾、商贾、医卜、渔樵、僧道等，既是诗歌的作者群，又是诗歌的欣赏者，这是我国历史上诗歌勃兴的罕见气象。唐人传承和创新的精神十分饱满，全面发展汉魏六朝出现的各种诗体，"三、四、五言，六、七杂言，乐府、歌行，近体、绝句，靡不备矣"（《诗薮·外编》卷三），尤将五、七言古今体诗的创作推向了巅峰，可谓"诗至有唐，菁华极盛，体制大备"（《唐诗凡例》）。

唐诗的发展呈波浪式态势。初唐前三四十年，诗坛梁陈宫掖之风仍较强劲，后五十年，"四杰"、沈宋、陈子昂继起，对诗歌形式美不断探索的结果使律诗定型，而对六朝文风的深入批判，则使风骨逐渐复归，为唐诗的繁荣做了重要的准备。从玄宗即位到代宗大历初年的半个世纪，整个诗苑如花木逢春欣欣向荣。每种诗体均有革新变化，题材开发也呈现出了新貌，以孟浩然、王维为代表的诗人群，因描绘田园的风情意趣、山水的壮美清幽而大展风采；以高适、岑参为代表的边塞诗人，因把征戍军旅生活和边陲风光写得慷慨激壮、瑰奇俊迈而独占一席之地。伟大诗人李白与杜甫的创作，如双峰并峙，是今昔认同的古典诗歌成就的高标。自大历到贞元中，唐诗滑坡，出现了高潮后的低谷。大历诗人的作品虽有个性，总体上格调卑弱，气骨顿衰。从贞元后期至长庆年间，唐诗再度兴盛。元、白诗派远绍《诗经》美刺传统，近嗣杜甫正视现实精神，他们风格平易的乐府诗新人耳目。韩、孟诗派受杜甫刻意求新、富于创造性的影响，以奇崛险峭的诗风，另辟蹊径。两派之外的刘禹锡、柳宗元独自树立，各有贡献。长庆以后，中兴梦破，士人生活走向平庸。其间志高才俊的"小李杜"竭力开新，杜的七绝清新俊爽，李的七律深情绵邈，二者超胜前辈，但唐诗盛极而衰的大趋势却无计挽回。唐季濒亡的五六十年，诗人不少，成就不大。皮日休、聂夷中、杜荀鹤追踪元、白，反映民生疾苦的幽愤之作，是震古烁今唐音的最后呐喊。

唐代散文是在骈散两体之争中不断发展的，始终带有政治功利的色彩。早在隋代，李谔等人为适应新兴王朝的政治需要，提出改革文风，激烈批评骈文，却因缺乏取而代之的新文体，文坛照旧是骈文的世界。入唐后，陈子昂大量采用古文写作，"时人欹之"（《旧唐书·文苑传》），引起震动。然骈文积习甚久，主导地位并无动摇。天宝晚年，萧颖士、李华、独孤及、梁肃、柳冕，踵武前修，要求建立尚简古、切实用的散文取代骈文，以利政教之用。由于才力匮乏，空言明道，少有传世名篇。只有元结记叙山水园亭、表现愤世嫉俗的佳作，影响后人，不可漠视。贞元、元和之间，韩愈、柳宗元崛起，打着复古旗帜，志在革新政治。刘禹锡、吕温、白居易等人响应，古文创作大张旗鼓。其历史功绩，在于针对文体、文风、文学语言的变革，提出了一系列理论主张，推出了一大批古文精品，广为流传效法，并且奖掖后生，形成了队伍。古文创作焕然一新，抨击时弊，鞭挞丑恶，抒发不平之鸣，表现天地显得格外开阔。新的文体、文风，非复秦汉古文旧貌，而是充分吸纳和转化骈散两体已取得的成就，创造出了一种可以自由表达思想内容、展示个性风格的新的散体文。韩、柳之后，古文压倒骈文的优势渐趋削弱，骈文重新风行。直至晚唐，罗隐、皮日休、陆龟蒙等小品文作家异军突起，批判现实尖锐深切，被誉为"一塌糊涂的泥塘里的光彩和锋芒"（鲁迅《小品文的危机》）。纵观唐代散文，无论初、盛唐时的骈文，还是中唐古文、晚唐小品文，都有千古传诵的佳作。唐代是诗的国度，亦是文的国度。

唐代传奇的面世，标志着中国古代文言小说的成熟。传奇源出六朝志怪，却有新的飞跃。其明显的不同之处，在于洗涤了志怪宗教色彩，旨在表现人事，对现实或历史的素材进行艺术加工，开始有意识地写小说。在诗歌、古文、史传等多种文学体裁的滋润中，传奇的娱乐性增强，作品的情节结构较为完整，刻画人物细致、生动，提高了艺术形象的审美意义。初盛唐是传奇的发育期，还带有六朝志怪的胎记。中唐传奇创作进入成熟和高潮阶段，《霍小玉传》《柳毅传》《李娃传》《莺莺传》等优秀作品，足以代表唐传奇的风貌和水平。

与传奇有一定关系的变文，产生于寺庙讲唱佛经故事。它是散韵结合的新文体，对后世说唱一类通俗文学的发展有过影响。

词是一种合乐歌唱的新诗体，它萌芽于隋唐之际，与燕乐的兴盛相关。现存的敦煌曲子词，大都出自民间艺人之手，写于天宝年间的作品为数不少。中唐始有文人词出现，题材与技法皆带模拟痕迹。晚唐五代文人词逐渐发展，艺术的创造性日趋增益，在西蜀和南唐两地先后繁荣。西蜀有温庭筠、韦庄为代表的花间词派，多写绮罗香泽之词。南唐有冯延巳和李璟、李煜父子，常常以词抒发缠绵深婉之情。而国灭沦为囚徒的李煜，词作宣泄故国之思、亡国之痛，洗尽脂粉气息，扩大词的境界，提升情感的表现力，推动了词的发展。

总之，有唐文学的创举难以罄言，此篇只能鸟瞰其概貌，以引起读者深入探赜之趣。

2

说寒山诗

　　寒山是唐代诗坛上以王梵志为首的通俗诗派的重要成员。他的诗作以自家气象拓展了这派诗歌的表现题材和艺术技巧，对形成唐诗中这一创作群的特点及由此产生的实际影响，有着不容忽视的贡献。这个事实，近些年来开始引起人们的关注，不过，尚缺探讨之工。如能深入地研读其作品，"把问题提到一定的历史范围之内"，[①]进行客观仔细的分析，就不难发现这位"貌不起人目，身唯布裘缠"[②]的贫僧，其诗歌的内容却是那么富有，笔涉生活和思想的深度与广度，远非禅门诗僧和一般文人士子所能匹敌。本文想就此略谈浅识。

　　据《四库全书总目提要》记载，寒山是唐贞观年间天台广兴县的僧徒，他留下的诗歌，相传是当时台州刺史闾丘胤责令僧人道翘"寻寒山平日于竹木石壁上及人家厅壁所书偈言，并纂集成卷"。从此，宋、明、清三代各有刊本流传，《全唐诗》卷八〇六辑寒诗三百十一首。关于寒山创作活动的时期历来说法不一，但其上限大都认为始自初唐。当时，以描写贵妇少女容姿娇态为主的宫体艳情诗，美化皇权、恭维统治者的应制诗盛极一时，而出自和尚之手的寒山诗，却有相当多的作品触及现实生活，大谈人生问题，[③]从农业生产、社会道德，到婚姻家庭、子女教育，几乎触及了农村社会生活的各个角落。这部分诗歌不仅在绮靡软

---

① 《列宁选集》第二卷，人民出版社，1961年，第440页。

② 《全唐诗》第二十三册，中华书局，1979年，第9090页。下文仅标页数。

③ 蔡尚思：《中国文化史要论》，湖南人民出版社，1979年，第15页。

媚的初唐诗风笼罩下面使人感到清新可爱，就是在高亢激越盛唐之音回荡的时代里，也掩盖不了它的蓬勃生机和朴爽之美。今天，我们仍然要肯定其思想意义与认识价值。试看：

> 丈夫莫守困，无钱须经纪。养得一牸牛，生得五犊子。犊子又生儿，积数无穷已。寄语陶朱公，富与君相似。（9079页）

诗中的"养得一牸牛，生得五犊子"是作者依据民谚"牸牛产牸牛，三年五头牛"加工凝缩而成的诗句。全诗以畜牧业生产经验来议论由穷变富的可能性，向农民提供开辟财源的门路，鼓励他们靠双手、动脑筋、多经纪，发家致富。诗的末尾把《史记·越王勾践世家》中范蠡治产积居"赀累巨万"的故事顺手拈来，展示了努力生产的美好前景，倾吐了诗人要求改善农民生活的社会思想。可以想见，在我国封建社会比较罕见的"民物蕃息"的初、盛唐时期，庄稼人于居住周围的"竹木石壁"，院墙厅壁上看见这样的诗，心底真像浸在蜜糖罐里，该是何等的甜啊！诗人一方面热心肠地指点农民摆脱贫困的办法，另一方面大声警励农民不可游手好闲、得过且过，否则，苦不堪言。

面对现实生活，他语重心长地指出："妇女慵经织，男夫懒耨田。轻浮耽挟弹，跕躠拈抹弦，冻骨衣应急，充肠食在先。今谁念于汝，苦痛哭苍天。"（9072页）"劳动是财富之父，土地是财富之母"，[1]吃饭穿衣是人们生存的基本条件。而初、盛唐的多数统治者能从地主阶级立场记取历史教训，常常推行某些救偏补弊的措施，将农民安顿在土地上劳动，防止他们因"赋繁役重，官吏贪求"而丧失"衣食父母"，以致"不暇顾廉耻"而起义作乱。[2]这种较为清明的封建政治，有益于缓和阶级矛盾，发展生产。寒山敏锐地感受到时代的脉搏，洞察了当时农村社会的现实和千百万农民的迫切愿望，为出现男耕女织、安居乐业的太平

---

[1]《马克思恩格斯全集》第二十三卷，人民出版社，1986年，第57页。

[2] 司马光：《资治通鉴》，中华书局，1982年，第6026页。

生活热情地歌唱。因之，对那些好逸恶劳、无心务农的轻狂浮华子弟时敲警钟，要他们改邪归正，用勤劳换取足衣足食的日子。尤其对扰乱安定生活的害群之马则是无情地嘲讽和鞭笞。在《世有一等愚》（9072页）和《有汉姓傲慢》（9072页）中，斥责他们"一身无所解，百事被他嫌"，寡廉鲜耻，贪婪阴损，猪驴不如。这是社会上流氓恶棍的丑相，读了这些诗会立刻激起人们的义愤。当然，寒山痛斥丑恶，支持正气，鼓舞农民建设安定富庶的生活，正如在《琴书须自随》（9064页）、《父母读经多》（9065页）、《茅栋野人居》（9066页）等诗里所表现的，只是追求妇贤子孝、自食其力、恬适安静的桃花源式的生活，他根本没有提出超越前人的社会思想。

　　然而，就诗歌创作的题材内容而言，应当承认，寒山具有冲破传统的开拓精神。被他选择、提炼并展现在作品中的这部分生活材料，在初、盛唐的田园农家诗里是绝少见到的。人们熟知，王绩独能于相沿成习的南朝诗风之外，古调别弹，写下了归隐后目睹农村生活的诗章，可谓首开盛唐田园诗派的先河。而他仅以田家山乡环境为背景，刻画醉酒疏放，悠闲自娱的隐士形象，其名篇《野望》为人叫好，被视为"犹如从浑身裹着绸缎的珠光宝气的贵妇堆里走出来的一位荆钗布裙的村姑"。[①]可惜这位姑娘眼望村景却"相顾无相识"，身在农村，心眷古代的狂生逸人。[②]田园诗派大师王维的十余首反映农村生活的诗作，那"羡闲逸"的情趣也没能改变他心境的孤高和冷漠。至于庄稼人的温饱贫富，村民中的善恶是非，他们这类超凡的文人是不屑一顾的。可是身披袈裟，脱离尘俗生活的寒山，反而这样心系现实，关怀民生，委实难能可贵。况且，鼓吹生财之道也是佛门一戒，释家经典竟把财富说是酿成祸患的根源。今辑僧人王梵志三百四十八首诗，非但无一首劝勉农民治产求富，反倒在《富儿少男女》《一岁与百年》《良田收百顷》等连篇

---

　　① 赵齐平：《中国文学史纲要》第二册，北京大学出版社，1984年，第120页。
　　②《全唐诗》第二册，中华书局，1979年，《里望》第483页，《田家三首》第478页。

累牍咒骂财富的罪孽①。

封建社会里地主统治阶级鲸吞蚕食劳动人民的财富，又凭借财富的力量任意宰割人民。因此，同情劳动人民疾苦的诗人，通常看到了这一层，并摄入笔底，发为愤怒的呼声。对此，寒山也不例外。尽管属于这类主题的不少篇章带有唯心主义的宗教劝诫，但多数作品大旨鲜明，深切坦白，对现实社会阶级剥削的认识远非当时迂腐文人那些虚词滥说、肤廓之言的诗文所能比拟的。不妨引首代表作：

> 富儿多輓掌，触事难祇承。仓米已赫赤，不贷人斗升。转怀钩距意，买绢先拣绫。若至临终日，吊客有苍蝇。（9068页）

这是一幅幽默的讽刺画。作者用对比的手法寥寥几笔，活现了贪鄙悭吝的地主富商的可憎嘴脸。他们为了个人发家不顾贫民死活，守财聚敛，囤积居奇。这里只抓住"仓米已赫赤，不贷人斗升"和"买绢先拣绫"两件习见的事情，以小见大，就使巧取豪夺不义之财的富儿形象带有典型意义。他的《新谷尚未熟》（9079页）、《贤士不贪婪》（9075页）等诗篇，亦运用生活细节描写出富翁财主的狰狞丑态。寒山抨击富绅的私欲还常常与怜悯贫者的不幸结合起来。他写道："富儿会高堂，华灯何炜煌。此时无烛者，心愿处其傍。不意遭排遣，还归暗处藏。益人明讵损，顿讶惜余光。"（9076页）浇薄的世风是封建社会剥削制度的先天痼疾。穷富差别的背后存在着深刻的阶级矛盾，这不是用良心发现的说教所能调和的。虽然寒山认识不到这点，但是普遍存在的不合理的社会现象，却成为他的诗歌创作题材。如《精神殊爽爽》（6908页）描述了位"经眠虎头枕，昔坐象牙床"出身高贵，又"能射穿七札，读书览五行"精文习武的俊才。这样的人一旦经济破产，穷困潦倒，也要遭人白眼，尝到"不啻冷如霜"的滋味。而《笑我田舍儿》（9086页）则写一个穷汉，平日穿着捉襟见肘，洋相出尽。不料和"赵

---

① 张锡厚：《王梵志诗校辑》，中华书局，1983年，第161、167、191页。

公元帅"交了运，成为暴发户，于是平步青云，"浮图顶上立"，凌驾于贫民之上。诗人特别痛心的是，本来过从甚密的乡亲友邻，也免不了"一阔脸就变"。所以，他苦口婆心地告诉人们："汝今既饱暖，见我不分张。须忆汝欲得，似我今承望。"（9082页）诗人关注社会问题，揭露形形色色秽迹病态，强调道德观念，是有一定意义的。但作为一个志切说教的僧人，禅理教义长期灌输他的头脑，必然在他暴露黑暗、批判丑恶、宣传道德的时候，要捧出佛家的理论武器，散布宗教迷信的邪说。

这里暂不讨论寒山散布释典佛理的偈诗，而要进一步阐发他敢于跳出佛家樊篱的现实主义之作。我们知道，禅门寺院是戒条森严的地方，释氏文僧亦须恪守清规戒律，他们"除了研磨佛赞偈颂等谨严文字外，不可随意纵情于歌咏性灵、优游山水之间"①。尤其把谈论夫妻生活、家庭婚姻、养儿育女等事情视为淫邪之念，违反了起码的"心性清净"的禅定原则。（《唐高僧传》卷二十一）寒山超出其他僧徒的明显之处，不仅以诗肆意地啸咏山水，吟唱性情，并且公开宣达尘心俗念。其表现相思念远之篇最见情韵，如："垂柳暗如烟，飞花飘似霰。夫居离妇州，妇住思夫县。各在天一涯，何时得相见。寄语明月楼，莫贮双飞燕。"（9069页）春老花残，杨柳依依。诗人因物感怀，联想起天各一方的伉俪夫妻，他们在孤独和期待中白白地逝去了旖旎的春光，而眼前这暗淡凄寂的景色，又不知激增了他们几多的惆怅。更何况当他们各自登楼眺望之际，还有那双双起舞的飞燕牵动绵绵的情思。通首语语有脉，字不空下，表现了夫妇间眷爱深情。诗人抛离亲属，身进寺院，以山林为家，卜居寒岩。这不但没能熄灭他心中的感情，反而使他深切体会到已经失掉的爱情是多么的珍贵。

再如，他的《鸟语情不堪》《昨夜梦还家》等诗篇，用思深、措辞巧、含情无限、笔墨动人。进而言之，寒山对如何处理婚姻恋爱问题也大胆地发表意见。他直言不讳地说："老翁娶少妇，发白妇不耐。老婆

---

① 张锡厚：《王梵志诗校辑》，《前言》，中华书局，1983年。

嫁少夫，面黄夫不爱。老翁娶老婆，一一无弃背。少妇嫁少夫，两两相怜态。"（9079页）表面看诗未免粗俗，但真实暴露了封建社会婚姻家庭生活中的诸多弊端。与婚姻家庭有着密切联系的是生育教养子女这个关系到社会发展的大事情。寒山结合当时农民的"朝朝为衣食，岁岁愁租调"（9072页）的经济困境，从同情他们出发，提出了节制生育的看法："我见一痴汉，仍居三两妇。养得八九儿，总是随宜手。丁防是新差，资财非旧有。黄蘖作驴鞯，始知苦在后。"（9078页）他提倡做父母的应该加强子女教育，反对养而不教、放任自流。针对农村生活实际，要求女孩子学会"乘机杼""事箕帚"，举家度日的一套本领，以防"大不如母"、丢掉前辈勤俭能事的好传统。男孩子需读书识字，安身立业，他以自己特有的方式幽默风趣地谈论教育的意义。在《读书岂免死》（9089页）等诗里，指出了读书学习与求长生、讨富贵根本沾不上边。只会影响一个人的道德修养，提高他的生活本领。譬如：

> 养子不经师，不及都亭鼠。何曾见好人，岂闻长者语。为染在薰莸，应须择朋侣。五月贩鲜鱼，莫教人笑汝。（9090页）

拒绝师长培养教育的青少年子弟，其愚昧无知的程度连城中亭台阁楼里的老鼠都不如。这种辛辣朴拙的比喻，乍看起来有些荒诞，稍事推敲就可理解寒山是在力撞警钟，以引起世人对教育后代的重视。类似这样的诗，王梵志亦有一首"养子莫徒使，先教勤读书。一朝乘驷马，还得似相如"[①]。两诗相较，王作俗气逼人。可见，于通俗诗派中前者几成绝响，即使置于唐代诗苑里也可称为奇花异草。

寒山是一位思想非常复杂的诗僧。上面所涉及的问题不是他诗歌的全部内容，只是从那些我们认为能反映时代生活和情绪的作品中概括出来的。如果论及全貌，就篇目的数量讲，其描写贫僧生活、宣扬禅心佛力，以及杂有方士道术的宿命论、因果报应等宗教迷信的篇章占三分之

---

① 张锡厚：《王梵志诗校辑》，中华书局，1983年，第117页。

一左右。这些是唯心主义思想在特定历史条件下的表现，是时代的伤疤，也是某些研究者把寒山诗指为佛家偈言的依据。然而，我们评价古代作家的立足点是要站在历史唯物主义角度，首先研究他比相同历史条件下其他作家有些什么独特的东西。寒山的僧友拾得，《全唐诗》收录他的五十三首诗歌，而思想内容能够突破僧侣生活和宗教说教题材范围的，只有十来首摹山范水的写景咏物诗。再拿《全唐诗》载寒山以下的释家作品看，能谈世情、写人生，再现丰富多彩社会生活图景的也应首推寒山了。不仅如此，就是在唐初著名诗人王绩、"四友"、沈宋、"四杰"和陈子昂的创作里，也很难找到诸如寒山那样向农民劝耕织、斥傲惰，骂富绅、说道德，以及谈论爱情婚姻、子女教育等诗篇。

需要强调的是，我们研究描写田园生活题材的古代诗歌，对凡是揭露阶级剥削和压迫，反映天灾人祸、关心民瘼的作品，无一例外地给予现实主义的评价。但对描述乡村农家中某些富有生活意义的内容，则降调估价。若像寒山这样为农民勤劳治富歌唱，因憎恶懒汉痞子赋诗，那就更无人敢问津了。现在要正确认识寒山诗的思想意义，就必须全面考察其作品表现的对象。这并不够，还应了解这些作品在长期流传于民间、僧人之中，如何影响着人们的思想意识，乃至作为一种精神材料被吸收利用。如南宋诗人陆游晚岁罢官归隐，蛰居山阴故园，重新投身到农村天地里的时候，在酬答诗友范成大的《次韵范参政书怀》中表示，离开仕路之后并不寂寞，乡间有"水牯"、山雉做伴，更可自慰的是"掩关未必浑无事，拟遍寒山百首诗"。时隔八年，在《醉中题民家壁》中又得意地说："吾诗戏用寒山例，小市人家到处题。"①一位深悟诗家三昧的老歌手为什么偏偏对寒山的作品如此爱好和推重呢？这个事实清楚地告诉我们，要恰如其分地指出寒山诗的思想价值和文学地位，仍待不断地探讨。

---

① 《陆游集》，中华书局，1976年，第575、1099页。

3

再说寒山诗

　　说及唐代诗僧寒山诗歌的艺术成就，很容易联想到他对自己作品估价的两联诗："不恨会人稀，只为知音寡。""忽遇明眼人，即自流天下。"寒山诗究竟贵在何处，能使他如此自信？这需要做具体的分析。因为构成诗歌思想意义和艺术形象的基础，取决于作者理解所讴歌题材的深浅程度及艺术处理的巧与拙。"所谓写得好，就是同时又想得好，又觉得好，又表达得好。"①而寒山诗艺术表达手法的突出之点，即能积极地追求一种为下层民众容易接受的技巧，诸如形式灵活的表意手法、明朗机趣的议论和通俗泼辣的语言运用。以自创为工，戛戛独造，对丰富唐代通俗诗派的创作艺术，有着很大的意义。这里拟就有关问题再叙浅识，以求教于方家。

　　寒山诗表情达意的手段有一个明显的特点，就是在固定的形式之中能灵巧善变，不拘一格。从寒山诗的全貌看，现存三百零九首，有三言六篇，七言二十篇，还有个别的杂言，余者均为五言，这多样的体制在通俗诗派僧友的作品里是找不到的②，即使初唐大家陈子昂的诗集中不也是"竟没有一首七言诗"③吗？如果按寒山的记录，他说自己曾创作

---

　　① ［法］布封：《布封文钞·论文笔》，任典译，人民文学出版社，1958年，第9页。

　　②《王梵志诗校辑》共收诗三四八首，仅有七言九篇，六言一篇，余皆为五言。《全唐诗》卷八百七收拾得诗五三首，除有四首七言确认拾作外，剩下均是五言诗。中华书局，1983年。

　　③ 唯有蜀刻本《陈子昂先生全集》有《杨柳枝》七绝一首，尚真伪难定。

了"五言五百篇，七字七十九。三字二十一，都来六百首。一例书岩石，自夸云好手"（中华书局版《全唐诗》第二十三册，第9097页。以下简标页数）。可惜这些写于"竹木石壁"和"民家厅壁"上的诗歌散佚过半，否则该是多么壮观。然而，若对其诗字声用韵略加剖析，便能进一步认识寒山驾驭诗歌形式格律的本领。他的诗卷里有近体，亦存古风，放在唐音内不足为奇；但将其还原于寒山生活的"七世纪末至八世纪初"①的年代里，就会清楚这在唐诗发展史上是值得称道的。

譬如近体诗："岁去换愁年，春来物色鲜。山花笑渌水，岩岫舞青烟。蜂蝶自云乐，禽鱼更可怜。朋游情未已，彻晓不能眠。"（9065页）此篇是首句入韵的五律，其中只有"笑""岩""蜂""自""禽"五字不合平仄，却与每句节奏点和触犯孤平的音节无涉。像这种诗例于七言中也屡见不鲜，《久住寒山凡几秋》（9087页）。原诗无题，举首句以标之。下同）即是证据。显然，在沈、宋完成律体定型的时候，寒山就已经能熟练地掌握这种新兴的体裁了。但需要注意的是，诗人的创作不是单纯地为追求形式美，而是一贯坚守形式服务于内容这条创作原则。对此，他甚至不惧人家的讽刺挖苦。他说："有个王秀才，笑我诗多失。云不识蜂腰，仍不会鹤膝。平侧不解压，凡言取次出。我笑你作诗，如盲徒咏日。"（9099页）寒山的反击，言切中肯，诗的结句一下子打中了形式主义的要害。正是出于这样的信条，寒山诗的大量篇章是不古不近，非古非近，自由调弄平仄的作品，它的主要特征表现在平仄字声的安排。如：

> 白云高嵯峨，渌水荡潭波。此处闻渔父，时时鼓棹歌。声声不可听，令我愁思多。谁谓雀无角，其如穿屋何。（9067页）

这类诗是古风还是近体，靠用韵无法辨识，唯一尺度只能看其下字的平仄是否入律。所谓入律，是指字声平仄变换合乎近体诗的格律。

---

① 任继愈：《宗教词典》，上海辞书出版社，1983年，第1041页。

"综览全唐诗，五古及一韵到底的七古入律的最少。"①寒山的不近不古的诗作，标志就在于有入律的诗句，尤其以五言八句的篇什居多。本来，唐代之前，人们写诗，字声平仄任其自然，律诗产生并形成独立的体裁之后，诗人便在古体中有意避免出现律句，更忌讳律联了。而上面征引的寒山诗，除掉一、六两句，余皆入律，而三、四两句竟成地道的律联。这种诗于寒山作品里俯拾即是，如《一向寒山坐》（9069页）顶联与腹联双双入律。不仅押平韵的诗歌是这样，用仄韵的篇章亦不爽，像《垂柳暗如烟》（9069页）的例子并不难找到。既然寒山能写出工稳的律诗，那么有人再来指责他的不近不古的诗作是"平侧不解压"就未免失之偏颇，而忽视了诗人的创作苦心。可以断想，寒山笔下出现很多非古非近诗歌的原因，是他能够汲取新诗的特点来改造旧体诗，但又不愿囿于近体诗森严格律的结果。这恰好说明，在新旧两种诗体还没彻底分道扬镳之际，寒山力求在一定的形式里灵活巧变，把二者杂糅起来。这样的尝试，对于今天诗歌的革新，不也有一点儿借鉴作用吗？

寒山诗摅情表意的灵活多变在艺术风格上亦有所体现，这点前人早已谈到，"其诗有工语，有率语，有庄语，有谐语"②，花烂映发，蔚为奇观。其实，这讲的就是艺术风貌的多样性。不妨以他的四十余首吟啸自然景物的诗章为据，试看其多具姿态的诗风。寒山部分写景诗和陶渊明恬淡自然的田园诗相似。如："可笑寒山道，而无车马踪。联溪难记曲，叠嶂不知重。泣露千般草，吟风一样松。此时迷径处，形问影何从。"（9063页）读这首诗，很容易联想到陶诗《饮酒（其六）》，互相对照，尽管陶诗巧以景语释意，把主观情思感受与客观画面统一起来，比寒山偏重描绘寂历之境，情隐景后，景中寻意的诗有区别，但是，闲远冲和的风神却是双方的共性。

寒山有的写景之作则是典雅工致，琢语平帖，佳句迭出。诸如"白云朝影静，明月夜光浮"，"涧底松常翠，溪边石自斑"，"凋梅雪作花，

---

① 王力：《汉语诗律学》，上海教育出版社，1961年，第438页。

② 《四库全书总目提要》第三册，第3114页。

杌木云充叶"，"旭日衔青嶂，晴云洗渌潭"，等等，假若放在盛唐王、孟山水诗里也不为逊色。寒山诗中不啻有上述的清词丽句，还有典型之章。"丹丘迥耸与云齐，空里五峰遥望低。雁塔高排出青嶂，禅林古殿入虹霓。风摇松叶赤城秀，雾吐中岩仙路迷。碧落千山万仞现，藤萝相接次连溪。"（9087页）八句一气写景，体势未免平直。但与《可笑寒山道》相较，彼为放笔泻出的"率语"，此是藻绘雕饰的"工语"。二者之外另有以"谐语"吟景之歌。"独卧重岩下，蒸云昼不消。室中虽暡曃，心里绝喧嚣。梦去游金阙，魂归度石桥。抛除闹我者，历历树间瓢。"（9068页）诗中荒山寒岩，僧房云烟，以及抒情主人公的复杂心境，皆用零畸落侣的士子口气吐出，寓真于诞，虚实变幻，自成家数。寒山说他："野情便山水，本志慕道伦。"不错，他的写景和说理之作确能随境设藻，因意造言，姿态横生，可见本色。

但是，自严羽论诗"不涉理路，不落言筌"（严羽《沧浪诗话》）以后，明、清不少学者把说理之诗贬为"诗家旁门"。其实，诗歌功能，言情叙志，论理讽谕不可偏执。对寒山的议论诗也要权衡利弊得失，不宜妄做褒贬。具体说，寒山这类诗有以下几种形态。

第一，起笔点破题旨，通首集中议论一个道理。凡属此类诗写得较有特色的，多是用比兴寄托，笔意生新，却说理鲜明。比方讲，民本思想是儒家的传统理论，人所共知，而寒山对此问题的阐述倒很新颖。

国以人为本，犹如树因地。地厚树扶疏，地薄树憔悴。不得露其根，枝枯子先坠。决陂以取鱼，是取一期利。（9091页）

诗人通过树木生长状态与地力关系进行议论，旨在证明"民为邦本"的道理。可谓"称名也小，取类也大"（《文心雕龙》），使抽象的思想变为具体可感的形象。诗词尾联又化用《吕氏春秋·义赏》关于"竭泽而渔"的喻义，警告统治者搜刮百姓财富要留有余地。短章小诗接连设比，事浅言深，避免了单纯说教的枯燥之感。像《夫物有所用》《养子不经师》等篇，都是以比兴技法展开论理的成功之作。当然，有的说理诗缺乏形象和感情，尤其劝世警俗的偈诗，满纸讲经论道，千篇一律，令人生厌。

第二，把自己的观点寄寓在艺术形象或具体事物的描写中，既不直说，又理趣明畅。沈德潜认为"杜诗'江山如有待，花柳自无私'，'水深鱼极乐，林茂鸟知归'，'水流心不竞，云在意俱迟'"是以诗讲理，深得意趣的样板①。这样的诗歌在寒山作品里也不乏其例，而且艺术处理的方法不尽相同。一些诗篇用叙事或咏物做铺垫，结穴处轻点一笔，其理豁然呈露，卒章显意。如："我见百十狗，个个毛鬇鬡。卧者渠自卧，行者渠自行。投之一块骨，相与哩喋争。良由为骨少，狗多分不平。"（9070页）这首诗堪称一则风趣的寓言。成群结伙身毛蓬乱的饥犬，在寻觅不到食物的时候相安无事，各守本分。一旦见到少许食物便个个张牙舞爪，咬作一团。由此，诗人得出了骨少狗多是导致争斗的缘由。稍想可知，诗人托狗争食，来说明较为深刻的社会道理。正似《贫驴欠一尺》中以贫驴富狗的差别，表白财富不均容易引起社会矛盾的观点。另些诗作是在咏物和叙事过程中流露出一定的思想倾向，使读者从中领悟一定的道理。就像"有树先林生，计年逾一倍。根遭陵谷变，叶被风霜改。咸笑外凋零，不怜内文采。皮肤脱落尽，唯有贞实在"（9082页），一株年深时久，历尽风霜的老树，因它失却当年的柔嫩枝叶和婀娜风姿而遭致后生见笑。诗人驰骋艺术想象，运用拟人手法塑造了一个朴老质直的古树形象，旨在说明论人论事不宜表面化，特别对见多识广、怀有内美的长辈，更不该妄加菲薄。

形象是诗歌艺术的生命，寒山的具有理趣的议论诗，其可贵处主要是能把理念融入物象之内，将"理难言馨"者，"托物连类以形之"②，读者可以借助形象体味出诗作的立意，这比直言说教更会铭诸肺腑。至于大家熟知的道理，经诗人通过具体事物或形象的描写来发表自己独特的体会，同样能令人耳目一新，使之提高认识能力。例如，生长在河边

---

① 丁福保：《清诗话》，上海古籍出版社，1978年，第555页。
② 丁福保：《清诗话》，上海古籍出版社，1978年，第523页。

的树木身遭斧凿刀砍，霜打水冲，寒山就这种现象来证明封建社会人的出身、地位决定了他一生的命运。一幢墙倾瓦落、朽烂不堪的老屋，诗人认为"狂风吹蕟榻，再竖卒难成"，以此告诉人们陈旧的事物倘若丧失了元气，将不可复振。竹篮提水，随装随流，最终必然两手空空，他提醒大家这就是一切骗子的可悲下场。概言之，寒山真像一位下层民众的教员，"经处"多留心，"凡事"善思量，就物推理，因事立言，以诗为舆论工具，孜孜不倦地宣传"道伦"，评说是非，劝世化俗。

毋庸讳言，寒山的说理诗虽然不同于那些直露浅率的说教语录，亦区别于讲经说法的佛家偈言，甚至远比他的前辈、通俗诗派代表人物王梵志的作品表现方法更富色彩，诗的形象、诗的意趣更隽永。但在标举以"兴象"论诗的唐代[1]，寒山诗的新巧机趣的议论也不会为人推许和赏爱。到了宋人的手里情形却发生了变化，王安石留下十九首《拟寒山拾得诗》，其说理招数或如《我曾为牛马》诸章，结合具体事物和生活现象，叙议兼施，从中引出某种理念，或如《若言梦是空》者，[2]入笔擒题，然后逐句展开议论，不离说理，两者表意形式与寒山诗相差无几。可惜介甫诗在内容上选用晦词谮语谈虚说玄，宣扬佛道神秘窈深的义理，散发着宗教气味，抛弃了寒山诗具有积极意义的机趣哲理。

南宋朱熹文学造诣颇深，论诗以《三百篇》和《离骚》为圭臬，重汉魏而轻齐梁，主张创作不忘义理这一根本。他对寒山诗也特别感兴趣，淳熙年间，曾与天台国清寺僧人志南书简，祈求他择善本为底样，用大字重新刊刻寒山诗，若书成，"幸早见寄"，先睹为快。后来，绍定时问世的东皋寺本寒山诗，附有陆游与另位和尚可明的束帖[3]，其内容我们不得而知，但从放翁诗里一再表示的要"拟遍寒山诗""戏用寒山例"[4]来推想，陆游又是多么地喜爱它啊。如"牺象荐清庙，余材弃沟中。二者虽甚远，残生其实同。人当贵其身，岂复论穷通。宁为原上

①　殷璠：《河岳英灵集·序》，中华书局上海编辑所，1958年。
②《王文公文集》，上海人民出版社，1974年，第565页。
③　万曼：《唐集叙录》，中华书局，1980年，第9-10页。
④《陆游集》，中华书局，1976年，第675、1099页。

草，一寸摇春风"（《古风》，《陆游集》第 1882 页），类此放进寒山集里可以乱真的诗篇，在陆游晚归山林的作品之中并不稀罕。不言而喻，寒山诗的议论体裁连同它的通俗化倾向，声响远绍，为后人所发扬。另外，这位禅林中的诗僧，免不了时常要空议佛性禅心，破坏了诗的形象和应有的美感，对后世亦产生了消极的影响。

语言浅畅活泼，诙谐幽默，熔雅俗于一炉是寒山诗艺的又一特色。首先，应指出寒山诗文字浅近，通俗平易，多数篇章提炼口语入诗，如同白话。但是，它并不是那种直言浅意、庸俗不堪，缺乏诗歌应有意境和理趣的语体韵文，而是语浅意远，寻常话写出深刻的思想感情，有弹性、耐品味，朴实遒劲。因此说，读寒山诗如同漫步在山乡间的溪流旁，举目所见，觉得一切都很熟悉；然而步移景变，一路常新，于眼底风光的背后，包含着尤其丰富的内容。例如："我在村中住，众推无比方。昨日到城下，却被狗形相。或嫌裤太窄，或说衫太长。擘却鹞子眼，雀儿舞堂堂。"（9090 页）诗中不论白描或是比喻全用口语，生动形象地勾画了小市民在乡下人面前评头品足，骄满自大的俗态，深刺了封建社会不合理的人情世风，意溢言外，状呈墨中，启人联想无穷。这样作品其通俗易懂的程度，绝不比"老妪能解"的白乐天诗差些。不过，寒山诗的通俗有着自己的家数。

其一，在寒山诗的语汇里大量的词与短语都是农民的口头话，生动质朴，充满乡村生活气息。像"昔时可可贫，今朝最贫冻。作事不谐和，触途成俭偬。行泥屡脚屈，坐社频腹痛。失却斑猫儿，老鼠围饭瓮"（9083 页），诗语不避俚俗，几乎全用农夫家常话。直到今天，在口语中人们表达坏运气，还可听到"走平地把脚崴了""不受老猫气，反挨老鼠欺"。可见，寒山诗朝大众化的方向迈出了多远。再如："寒山有一宅，宅中无阑隔。六门左右通，堂中见天碧。房房虚索索，东壁打西壁。"（9084 页）"瓮里长无饭，甑中屡生尘。蓬庵不免雨，漏榻劣容身。"（9085 页）以衡门陋室、炊具空闲的情状来描述贫寒生活，这是农家叙谈唠叨的话题，三言两语，景况活现，给人留下很深的印记。特别引起读者注目的是，诗人善用童叟皆晓的飞禽走兽、花草树木，以及身边自然现象来喻证某些事理。他的诗竟有十多处，以狗的意态借题发挥，见解独到。如前文提及的《我见百十狗》《贫驴欠一尺》两诗，企图用动物的生存竞争来解释社会矛盾。还有"狗咬枯骨头，虚自舐唇齿"比喻枉费心机的追求。以沦落诗人之作"题安馓饼上，乞狗也不吃"抨击"糠秕养贤才"的黑暗现实。这比李白的"吟诗作赋北窗里，万言不值一杯水"（《答王十二寒夜独酌有怀》）要泼辣、激愤得多。至于猪、驴、狐、鼠之类在寒山笔下成了被无情鞭挞的丑类。

寒山诗的语汇里还有一种属于群众口头上固定的传言。它高度概括了劳动人民生活斗争里各种知识和经验，闪烁着哲理的光芒，仅摘数句，足可管窥一斑："蚊子叮铁牛，无渠下嘴处"，"土牛耕石田，未有得稻日"，"黄连搵蒜酱，忘计是苦辛"，"岁月如流水，须臾作老翁"，"老鼠入饭瓮，虽饱难出头"，"骅骝将捕鼠，不及跛猫儿"，"凿墙植蓬蒿，若此非有益"，等等。这些可能是当时辗转流传于民间的俚谚和歇后语，它们为寒山诗带来了浓郁的生活气息。这是诗人勤苦学习和吸取下层民众语言的结果。高尔基讲过："一般说来，朴素的保姆、赶车的、渔夫、乡村的猎人和其他生活穷苦的人，对文学语言的发展，都有过一定的影响，但文学家从日常口语这一自发性的巨流中，严格挑选了最准确、最恰当和最有意义的字眼。"总体衡量，寒山炉冶群众口语的功力是较深的，在唐代通俗诗派作家中首屈一指。可是，时而缺乏文学家那种严格的态度，仍和其他僧众一样，喜以通俗语言宣传佛门教义。这同他由浩瀚的日常口语巨流中锤炼出鲜明生动的词句、丰富诗的语言，应该区别开来。

其二，寒山诗用典亦能口语出之，黜贬文饰，变雅为俗，看似简朴活泼的诗句，又往往都有出处。它不同于摭拾典故、雕章琢句的闲士文人诗，也异于"不守经典，皆陈俗语"的民间歌谣。当时，这是新奇的表现手法，招致了书呆子们的非难。因之寒山表白："有人笑我诗，我诗合典雅。不烦郑氏笺，岂用毛公解。不恨会人稀，只为知音寡。"（9101）这说明，诗人作品里即使是人们熟悉的俗语常谈，有的也是从典章故实中运化而来的，我们透过简朴语言的外表，还可感受到它古雅的一面。试用"感士不遇"诗为例。"极目兮长望，白云四茫茫。鸱鸦饱腰腰，鸾凤饥彷徨。骏马放石碛，骞驴能至堂。天高不可问，鹡鸰在沧浪。"（9070页）征引宋玉《九辩》的一段话："却骐骥而不乘兮，策驽骀而取路。当世岂无骐骥兮？诚莫之能善御……故骃跳而远去。凫雁皆唼夫梁藻兮，凤愈飘翔而高举。"两相比照可查，前者多数词句取熔于后者。像这样摄自典籍材料，变艰深奥衍为平易自然，并能根据自己的认识赋予新的意思，其例证比比皆是。《富儿会高堂》就是由《战国策·秦策》中甘茂当着苏代讲的"江上处女"的故事化来的。《庄子说送终》抽取了《庄子·至乐》《三国志·吴志·虞翻传》、裴松之注引《虞翻别传》和《史记·伯夷传》里的互不相关故实，以切近的语体，表达了超然物外、傲岸不屈的人生态度。

以上例举犹如旧瓶装新酒，一看便知出典。有的则似水中着盐，把出典融于词句当中。如"圆凿而方枘，悲哉空尔为"是化用《九辩》中的"圆凿而方枘兮，吾固知其龃龉而难入"。又如"为染在薰莸，应须择朋侣"化用了《墨子·所染》中的"染于苍则苍，染于黄则黄"与《左传·僖公四年》中的"一薰一莸，十年尚犹有臭"。另有"决陂以取鱼，是取一期利"，"谁谓雀无角，其如穿屋何"，"人生不满百，常怀千载忧"，"涧底松常翠"，"脉脉不能语"，等等，从字面看不易觉察使事，而出典的用意已含蕴在诗句当中。总之，这样下俗语、用熟词，却又讲究出处的诗法，为寒山的创作展示了既通俗亦"合典雅"的独特面貌。尽管有人奚落嘲讽，但是他的出经入史，驱遣佛老"涉猎广博"（《困学纪闻》卷十八），兼带风趣谐谑的诗歌，得到了"以学问为诗"的宋代歌手的推许。

文学创作来自作家对社会生活的深刻感受，而这感受又往往与其人生道路、世界观、心理结构有着直接关系。据《寒山子诗集序》说，寒山出家为僧，贫苦不堪。身上衣着服饰是"桦皮为冠，布裘破敝，木屐履地"。日常食物是"残余菜滓""山蔬野果"。这样令人难以忍受的生活，他倒觉得"逍遥快乐""自乐其性"。其实，这是表面文章，从寒山诗歌可窥见他内心是矛盾的、痛苦的。原来，他是有着传奇色彩的人物，嘴上说自己是"从生是农夫，立身既质直"，实则，他并非一个地道的庄稼汉，而是"一生慵懒作，憎重只便轻。他家学事业，余持一卷经"（9094页）。远在隋朝，科举制度就进行了重大改革，废九品中正，设进士、明经二科取士。唐承隋制，仍以进士、明经二科为主。这对寒山想必有相当的吸引力。因他的努力，与其尚未弄清的背景条件，也曾踏上了仕途，得到"明君"礼遇，"东守""西征"，还染上了文人的积习，登山临水，到处浪游。丰富的阅历、爽朗的性格和大自然的陶冶，为他的诗歌创作打下了深厚的基础。我们不晓得什么缘故使寒山从仕进的道路上摔下来，竟成了一个落拓失意者。他在很多诗里为自己的遭际喊冤叫屈。"一人好头肚，六艺尽皆通。南见驱归北，西风趁向东。长漂如泛萍，不息似飞蓬。问是何等色，姓贫名曰穷。"（9081页）人生际遇潜在变数，统治集团内斗，个人奋斗受挫，经济日益贫困，跟踪而来的便是社会的冷遇。朋友离散，亲戚疏远，就连自己的骨肉也嫌弃他，"贫贱骨肉离，非关少兄弟。急须归去来，招贤阁未启"，"缘遭他辈责，剩被自妻疏"。在世俗上想混下去是太难了，于是产生了"抛绝红尘境"的思想，迈进沙门。不料，等待他的是寒岩土室，冻馁迫身。寺院内的闲杂活计又压在他的肩上。与此相反，上层僧侣身居高门深院，碧砌丹楹，食用山珍海味，呼童使仆，过着骄奢淫逸的寄生生活。如果说寒山出家为了逃避现实社会对他的歧视和压迫，那么佛教寺庙内的阶级对立和差别，一定在他的心灵上造成新的创伤与痛苦。"月尽愁难尽，年新愁更新"，"莫怪今憔悴，多愁定损人"。

本来在以往经历就饱谙了生活艰辛的寒山，比一般封建士大夫文人更有条件和可能深入农村社会，接触农民群众，了解他们的思想情绪，心理上有更多一些相通之处。加之，宦游和求佛路上遇到的坎坷波折，使他对现实社会，特别是农村天地的认识，具有相当的深度。所以，他能够不同于那些向上爬的封建文人把自己的作品当作进身之阶，也不同于视野狭窄的诗僧局限于禅林生活。这就是他在诗歌创作方面，冲破时尚及佛家的束缚，别调自弹，以通俗易懂的诗篇干预生活，反映广大民众的某些愿望和要求的基本因素，也是他在诗艺方面积极追求广大民众喜闻乐见的表现技法的原动力。列宁指出："……浅薄同通俗化相差很远。"①写好通俗诗同样需要深邃的思想，老练的诗笔。就后一点说，寒山青年时期曾发奋读书，"三史""五经"爱不释手，后来专心攻诗，夜以继日。"满卷才子诗，溢壶圣人酒……霜落入茅檐，月华明瓮牖。此时吸两瓯，吟诗五百首。"学习前人，寒山不辞辛苦，而独自的创作活动更得耗费心血。他深有感触地说："闲居好作诗，札札用心力。"我们在寒山诗里可以找到他借鉴《诗经》《楚辞》、乐府民歌等许多地方，还须承认庄老著作和佛教文学对他说理诗、通俗诗的影响。正是寒山的特殊文学修养和他敢于标新立异的艺术实践，才会在万紫千红的唐代诗苑中培植了一株清秀的山花。虽然它比不上巨匠大师光彩照人的硕果，但它独自成格的风貌和美学情趣却赢得了辛勤艺术探索者的喜爱。

---

① 《列宁全集》第五卷，人民出版社，1984年，第278页。

4

李颀诗艺术略论

　　诗人李颀是盛唐名家，他的诗作为时人推重。其后代有评者，明清诗家更是常常称誉，其至将他与高适、岑参、王维并提，号称"高岑王李"。（胡应麟《诗薮》）然而，从他存世的120余首诗歌所反映的题材内容来看，较有影响的部分是边塞诗、赠答送别诗，及其表现隐姿逸态的闲适诗和几篇描写音乐的作品。如果跟"高岑王"的同类题材诗歌相比较，李颀诗的思想内容很难说有过人之处，而且有些为诗人共同关注的社会问题，他的诗笔却没触及。可见，决定他诗史地位的，不是其作品取得的思想成就，而是艺术上展露的自家气象。对此，至今没人做过深入的探讨，本文拟就这个问题略谈浅识，以求方家见教。

一、意象的选择和组接，匠心独运，创造出丰采动人的艺术境界

　　选择与组接审美意象是诗人创作心理运行机制的重要部分，"独照之匠，窥意象而运斤。此盖驭文之首术，谋篇之大端"。① 从中可知作者的审美情趣及巧思熔裁的艺术功力。不妨以李颀的边塞诗为例，看看他是怎样选择与组合诗歌意象的。如《古意》：

　　　　男儿事长征，少小幽燕客。赌胜马蹄下，由来轻七尺。杀

____

① 刘勰：《文心雕龙·神思篇》，贵州人民出版社，1992年，第327页。

人莫敢前，须如猬毛磔。黄云陇底白雪飞，未得报恩不能归。辽东小妇年十五，惯弹琵琶解歌舞。今为羌笛出塞声，使我三军泪如雨。（《全唐诗》第1355页，以下凡与之出处相同者皆简标页数。）

诗章前半，充满阳刚之气的意象联翩而至，从征男儿、幽燕侠少、翻滚腾踔的骑士、凶猛剽悍的剑客、状如猬刺裂张的胡须，好似个个电影镜头，以跳跃的方式组接起来，一位栩栩如生的侠客形象浮现在读者眼前。不过，粗犷的意象仅仅反映了人物的身世和性格的豪侠，这和一般描写侠少内容的诗歌没有什么两样。李颀不满足单调的审美评价，他透过一层，看到了人的精神世界的丰富性。诗的后半，用另组意象再展一境。塞上黄云、荒野飞雪、妙龄歌女、琵琶羌笛、泪水洗面的三军将士，这些互为关联的意象揭示了军旅生活的另一侧面。性格豪侠的边庭将士并非一味地铁石心肠，他们中间普遍地存在着恋土眷乡的离愁别怨。诗的前后部分安排了对照鲜明的两组意象，刚柔相济，把军中特有的生活情绪表现得非常生动。李颀抽取与组合意象的审美创造力亦因之获得了发挥。

从创作心理的角度说，意象是外在事物经过主体心灵改造创作的产物。清代章学诚讲："有天地自然之象，有人心营构之象"，"心之营构，则情之变易为之也；情之变易，感于人世之接构，而乘于阴阳倚伏为之也。是则人心营构之象，亦出天地自然之象也"。①足见，人们心中意象熔铸和选择的方式、能力是与本人的生活经验、学习与艺术实践息息相通的。李颀平生既没有岑参久佐戎幕的经历，也没像高适那样曾三次奔赴塞外，体验过戎马生活。我们在他仅有的5首边塞诗里见不到"高岑"边塞诸作所展观的风雨争飞、鱼龙百变的意象世界。有的倒是凭着学识和才情创造出的诗歌意象，其艺术想象的成分特别突出。这就是说，他选择、组接意象的特点往往是据命意之需，于想象中造境，显示

---

① 章学诚：《文史通义校注》，中华书局，1985年，第18页。

很大的灵活性和独具的艺术匠心。他的边塞名篇《古从军行》，其主旨是抨击玄宗穷兵黩武，大肆开边弊政。但他笔下的行军出征图却是遥想汉武帝兴兵西征的场景。尽管也用时空交错的意象，或昼或夜，或风或雪，又山又河，力求给人以真实的感受，比起高适《塞下曲》、岑参《轮台歌》等有关景况的描写，还是不难体味到李颀诗的空灵。他驱遣意象的奥妙就在于从史料中挹取"公主琵琶""玉门被遮""葡萄入汉"的事象，进而推衍、生发，创造出具有现实意义的诗情画境，使意蕴性获得艺术生气，既能实现托古讽今之愿，又有震撼人心的感染力。

应该说李颀写诗得力于他深厚的学识和艺术修养，在他描写音乐的诗里，这种看法将会进一步得到证实。因为音乐形象是以声响的强弱、疾徐、节奏、旋律、和声等有规律的运动反映出来的。人们从音乐中捕捉意象不同于视觉的直观形式，越是有艺术修养的人就越有可能在欣赏音乐时，发生视听联觉，即听到了音乐的声响便产生视觉形象。如"伯牙鼓琴，志在高山，钟子期曰：'善哉，峨峨兮若泰山！'志在流水，钟子期曰：'善哉，洋洋兮若江河'……伯牙乃舍琴而叹曰：'善哉，善哉！子之听夫志，想象犹吾心也，吾于何逃声哉！'"①李颀《听董大弹胡笳声兼寄语弄房给事》恰是巧将听觉形象转化为视觉形象，用形绘声，意象玲珑，精彩绝伦：

> ……董夫子，通神明，深松窃听来妖精。言迟更速皆应手，将往复旋如有情。空山百鸟散还合，万里浮云阴且晴。嘶酸雏雁失群夜，断绝胡儿恋母声。川为净其波，鸟亦罢其鸣。乌孙部落家乡远，逻娑沙尘哀怨生。幽音变调忽飘洒，长风吹林雨坠瓦。迸泉飒飒飞木末，野鹿呦呦走堂下……（1357页）

诗人驱遣意象巧智百生，特色明显。第一，以幻为真，把超现实的意象和生活中常见之景糅合起来，形容音乐的美妙神奇。"董夫子，通

---

① 语出《列子》:《诸子集成》第3册，上海书店，1986年，第61页。

神明，深松窃听来妖精"以虚境幻觉表达对音乐的感受。"空山百鸟散还合，万里浮云阴且晴"则是用常见景把"师襄奏《畅》""秦青悲歌"的故事加以典化，强调音乐的奇妙美听。第二，突破主客体的限制，于视野内外广阔无垠的范围里驰骋飞腾的想象，摄制空间意象，构建艺术灵境。音乐是时间艺术，其形象稍纵即逝，要表现它的神韵更非易事。李颀却用对空间意象感受的变化来暗示时间的推移，乐曲的演奏过程极具惊人的效果。试想，身边纷落的秋叶忽而为远处的深松密林所替代。顷刻间，又出现了山中的群鸟、天际的浮云。接着，笔涉万里，异域的风尘也成了观照的对象。诗人灵动的笔墨在宏深的天地里自如调度，把远近、高下之景绘为绚丽的画幅。巨细杂陈，动静映衬，逼真地表现了乐声的势态。第三，在视觉和听觉的结合上摹音设喻，由多种感觉的相互作用唤起欣赏者丰富的审美意象，使之深刻地领略乐曲的风骨。诗中以失群雏雁的哀鸣、别母幼儿的啼哭、山泉洒扫林木、野鹿嘶叫堂下等新颖多样的比拟，用声喻乐，催发读者借助生活经验在更深的层次上去感受艺术。李颀另一首写音乐的诗《听安万善吹觱篥歌》也采用相同手法，由一个知音者的体受神会，放开想象，借助博喻，以多姿多彩的意象，精妙地传达出音乐的美感。

更为有趣的是占李颀诗半数以上的送行赠答之作，其审美意象的表现方法亦带有诗人的艺术特征。例如《送刘昱》，诗人畅想朋友水旅舟行的游程，借秋江引发，句不离水，意象迭出，仿佛身临其境，耳闻目击实地风光似的。《送从弟游江淮兼谒鄱阳刘太守》则临途说远，历数或许行经的名区胜景，无中生有，言之凿凿，把诗人心中的虚境写得历历在目。像这类作品俯拾即是。他的《送郝判官》起笔虚写，通首幻景，简直就是诗人的神游图。然而那落叶、青山、鸿雁、枫林、水驿、夜火、行人、大江……种种意象从诗笔泄出，似风发泉涌，妙语天成。由此观之，李颀不论写哪类题材的诗歌，都能在想象力的推动下，思接千载，视通万里，把古今、未来的空间境界和山川风物与自己的心灵融成一体，并按着诗作的旨趣从中撷取意象材料，创作出个性鲜明的艺术作品。显然，李颀诗的意象虽说绝大多数不是超现实的，但它的生成、筛选和组接，乃至锤炼成丰采动人的艺术品，同样离不开诗人独特的想象力、渊博的学识和精深的诗艺。

二、刻画人物，善于抓住与其性格密切关联的外在表现，取貌传神，生气奋出

我国古代关于诗歌本质及其功能的问题，远在《尚书·虞书·舜典》中就提出了"诗言志，歌永言，声依永，律和声"的看法。其后诗论家将此奉为圭臬，认为这是"千古言诗之妙谛真诠"。那么，"何谓志？'石韫玉而山以辉，水怀珠而川以媚'是也……何谓诗？既'缘情而绮靡'，亦'体物而浏亮'，'播芬蕤之馥馥，发青条之森森'是也"[1]。这里透露了一个消息，就是李颀诗歌大量地刻画人物形象，不但在当时具有创新意义，而且在诗史上也占有一席之地。当然，他所描写的人物都是和自己交往的朋友，多为落拓的封建士子画像。如天宝年间的梁锽，他个性突出，交际广泛，岑参、钱起均有诗相赠。岑参的《题梁锽城中高居》："居住最高处，千家恒眼前。题诗饮酒后，只对诸峰眠。"（2120页）以他的作息环境表现其孤高脱俗的情怀，客观叙述之笔偶带物象，人物的面影却深隐不现。钱起的《秋夕与梁锽文宴》更是全篇写景，用"秋水翻荷影，晴光脆柳枝。留欢美清夜，宁觉晓钟迟"（2626页）来写旷士的清兴及林下生活之趣，无一语正面写人。

与岑、钱诗相较，李颀《别梁锽》出手不凡，笔笔皆是对人的写照，勾形取神，令读者激赏。诗篇在总写人物气概和逐层详叙身世的过程中，插入他的行为举止："回头转盼似雕鹗，有志飞鸣人岂知"，"一言不合龙额侯，击剑拂衣从此弃"，"朝朝饮酒黄公垆，脱帽露顶争叫呼"，"忽然遣跃紫骝马，还是昂藏一丈夫"，等等（1352页）。摹状写态，贯穿前后，相互映带，形成了一种动势，使梁锽的形象浮雕似的凸现纸上。诗人观察对象能机敏地把握住最易反映人物心灵的顷刻间的行

---

① 丁福保：《清诗话》上册，中华书局上海编辑所，1963年，第142页。

为表现，嵌入诗中得貌传神，使人物情态活灵活现。这正是李颀写人技巧的筋力所在，此与画理吻合。清人沈宗骞说："竹垞老人谓沈尔调曰：'观人之神如飞鸟之过目，其去愈速，其神愈全。'故当瞥见之时，神乃全而真，作者能以数笔勾出，脱手而神活现。"（沈宗骞《芥舟学画编》）

综观李颀描写人物的诗歌，大体上可分为三种情况。一类是写隐者高士的形象，如《送裴腾》《同张员外諲酬答之作》《送刘十》诸作，不直接描绘人的肖像、心理，而是在人物的所好、特长、身世际遇和生活习惯等方面用力着墨。作品以叙笔为主，形式板滞一些，但能时时引进活生生的事象和醒目的景语来造境示意，有别于直白的说议而径情流露。另一类像《送刘四赴夏县》《郑樱桃歌》这种诗歌，或写贤友循良，或写宫娥优伶，表现技法却大致相似。从人物的外貌、意态到他们的名声、本色都做了淋漓尽致的描述，有着六朝小赋的一点儿影子。最能代表李颀刻画人物诗歌水平的，自然是《别梁锽》《送陈章甫》《送刘方平》《赠张旭》等这类写侘傺失意朋友的篇章。如诗人为"草圣"张旭的画像：

张公性嗜酒，豁达无所营。皓首穷草隶，时称太湖精。露顶据胡床，长叫三五声。兴来洒素壁，挥笔如流星。下舍风萧条，寒草满户庭。问家何所有，生事如浮萍。左手持蟹螯，右手执丹经。瞪目视霄汉，不知醉与醒。诸宾且方坐，旭日临东城。荷叶裹江鱼，白瓯贮香秔。微禄心不屑，放神于八纮。时人不识者，即是安期生。（1340页）

诗首概写"太湖精"豁达、嗜酒、不理生计、终生酷爱草书的性格特征，构成人物的筋骨。然后围绕这几点纵向延伸，相互穿插交错，用一个个细节动作为人物充血添肉，使其形完神聚。一位倜傥阔达、姿性颠逸的狂生奇人如现眼前。杜甫《饮中八仙歌》说："张旭三杯草圣传，脱帽露顶王公前，挥毫落纸如云烟。"（2260页）和杜诗简笔点画比，李颀惟妙惟肖的特写镜头愈加显得可贵。高适也曾写过《醉后赠张旭》的诗，针对其性格着笔："兴来书自圣，醉后语尤颠。白发老闲事，青云在目前。床头一壶酒，能更几回眠。"（2225页）高诗语工意切，同情之心溢于言表，却没写出人物的风神气度、逸姿奇态。李白《猛虎行》中亦赞美张旭，说他"心藏风云世莫知，三吴邦伯皆顾盼，四海雄侠两追随"（1713页），纯用侧笔议论，只是云龙见爪，并非完人。毋庸置疑，像李颀那样对不同气质、不同性格的人物，分别进行逼真肖似的描摹，尤其以形貌举止揭示内藏之神，刻画血肉丰满的艺术形象，委实是一种独辟蹊径的尝试。这对拓宽诗境，扩大诗歌体裁的表现范围，增强诗歌艺术生命力是有很大意义的。

三、诗歌体裁，古律兼备，尤以驾驭古体的能力见长

李颀从事诗歌创作的年代，正是盛唐诗苑各体大备，百花争艳的繁荣时期。他的诗集中古律两类皆具，近体有五、七言律绝和五排，古体有五言、七言及杂言数种。其中五古数量最多，占他存诗的三分之一。与他同时代的殷璠编《河岳英灵集》，选诗"既闲新声，复晓古体"，以"声律风骨"齐备为准则①，而收录李颀诗14首，内含五古5篇。这说明他的五古已引起盛唐诗家的重视。然而后世评诗者认为"作古诗先须辩体"，即使唐人古体亦"不可杂入唐音"②，甚至提出"唐无五言古"的说法。偏见所囿，很少有人评品李颀五古诗。其实，在近体已臻成熟的条件下，他的五古写作既能顺应时代风尚，汲取律诗中的艺术养分，又保持了自身的体制特点，对推动五古诗的发展进行了可贵的探索。

首先，在用韵上唐前五古大都一韵到底，李颀基本遵守传统，也能应宜生变，突破常规格套。他41首五古而通篇严守本韵的就有38首，包括平声韵31首、仄声韵7首。只有长达40句的《与诸公游济渎泛舟》

---

① 《唐人选唐诗十种》，中华书局，1958年，第40页。

② 何文焕：《历代诗话》下册，中华书局，1981年，第775页。

诗，本用"东韵"而出现属于"冬韵"的"茏"字。这种偶尔出韵的现象在杜甫诗里也不可免，况且"东、冬"通韵是诗家认同的法式，此足证明他守法的严肃性。但这并不能束缚他的创新精神。在《赠张旭》中为了多侧面地表现"草圣"复杂性格，揭示他颠狂姿性的生活内涵和思想基础，他打破了"庚、青"两韵较少通押的惯例，在诗中间楔入了"青韵"，构成了适于表现兀傲怪特形象的声情类型。《临别送张谞入蜀》诗的转韵是和内容的层折相配合的。始八句用仄声"御韵"表达临歧怅惘；次八句变平声"侵韵"，音调沉缓，为友吐愁，声情互洽；尾四句转"轸、吻"仄韵，写盼归之意，期待中含有焦虑。全诗韵脚平仄交替，因声达情，于转韵中见委婉层折之妙。其次，字声安排受到近体影响，律化倾向明显。他的五古诗有的如《古塞下曲》，平仄格式和律诗十分贴近，其诗除第四句"万里别吾乡"与尾联"琵琶出塞曲，横笛断吾肠"之外，全部入律。《题合欢》诗：

> 开花复卷叶，艳眼又惊心。蝶饶西枝露，风披东干阴。黄
> 衫漂细蕊，时拂女郎砧。（1347页）

整首三个律联而居中者对仗，若非五律有字句限定，则不会将它归为古体。遍检李颀五古诗便能明白，他的古诗不避律句、律联只是一种表象，而他追求的目标则是与当时诗人共同构建五古的格律。这里有两点可资佐证，一是他的仄韵五古各联出句的末字都严格遵循平仄相间的规则，就是在平仄转韵的诗里，仄声韵部分也无一处犯规。二是无论平、仄韵的五古大都依据古风式的粘对下字用声。如《龙门西峰晓望刘十八不至》："春台临永路，跂足望行子。片片云触峰，离离鸟渡水。丛林远山上，雾景杂花里。不见携手人，下山采绿芷。"（1345页）这篇五古完全符合上述两点要求。类此现象在王维、王昌龄、孟浩然诸人的五古里也不难找到。

诚然，诗歌格律上的特点不能反映作品的艺术全貌，而各种诗体却因形式格律的不同，判断审美价值的标准亦应各有其内容。个中差异明

代胡应麟早已指出："七言古差易于五言古，七言律顾难于五言律。何也？五言古意象浑融，非造诣深者，难于凑泊。七言古体裁磊落，稍才情赡者，辄易发舒。五言律规模简重，即家数小者，结构易工。七言律字句繁靡，纵才具宏者，推敲难合。"（胡震亨《唐音癸签》）拿胡氏品诗的标尺来衡量李颀的五古，同样会得出公允的评价。清人贺贻孙就认为他的《送王昌龄》是"一意浑融，前后互映"的典型作品。"因第二句有'暮情'二字，自此后，不独夕阳微波，月上鸟鸣，夜来花界，梦里金陵，种种暮景，而满篇幽澹悲凉，字字皆'暮情'也。暮景易写，暮情难描，此为独绝"。①和此对比，《登首阳山谒夷齐庙》更是浑而不露。那怀慕先贤的幽思深情始由寂历之境逗出，便戛然而止，转把难用诗语馨尽的复杂思绪全部隐藏在更为广阔的空间画面里。诗人的吊古情、历史感，经几度旋曲最终由景物映托出之，意境浑成，古调犹存，难怪为《河岳英灵集》所选。总之，李颀五古不管抒情绘景，还是写人状物都有完美的形象、深厚的意蕴，并能融入近体声律的某些因素，"气骨沉壮坚老"，②清响可诵，给人以丰富的审美享受。

李颀还是创作律诗和歌行体的高手。五律五排多参拗句，只有像《国秀集》选录的《望秦川》《塞下曲》等少数篇章是个例外，可是虽拗而秀，几成定论。30余首歌行体诗殷璠誉之为"杂歌咸善"，明清诗家连同他的7首七律皆每每称颂，今评者也无异议，故暂不赘述。

诗歌是人们把握生活的一种方式，作品的艺术特征总是与诗人的审美心理和文学修养直接联系的。从现存资料看，李颀平生阅历没有高适、岑参等人丰富，他更需要"读书以厚诗资"来支持其创作（《诗学指南》），因之，在现实美的表现领域里，他不同于高适对社会美有浓厚的兴趣，亦不像岑参那样以大量的诗篇突出地表现对自然界的审美体验。他介乎两者之间，倾向性不够明显，他所喜欢描写的对象却很广泛，艺术手法也自有家数。我们指出他作品的题材，描述其艺术特征这

---

① 丁福保：《清诗话续编》上册，上海古籍出版社，1983年，第173页。
② 丁福保：《清诗话续编》上册，上海古籍出版社，1983年，第175页。

不算难事，而要推知形成他艺术品格的成因，倒是一个棘手的问题。这里只谈谈两点想法：

其一，李颀受益于书卷，书卷为他的创作提供了选择的审美意象，而道教文化对他创作心理机制的形成存在着深刻影响。李颀是道教虔诚的信仰者，他和道教人士过从甚密，其《谒张果先生》《送王道士还山》《寄焦炼师》等诗就是明证。在朋友眼里他已经是一个修炼有方、得道有望的人。"闻君饵丹砂，甚为好颜色。不知从今去，几时生羽翼。王母翳华芝，望尔昆仑侧。文螭从赤豹，万里方一息。"（1237页）王维的话不是无根之谈，寻仙访道确实是他渴求之事，"愿闻素女事，去采山花丛。诱我为弟子，逍遥寻葛洪"（1340页）。我们姑且不论他的道教热情，只想说他作为道教信众里的成员，必定参加诸如斋醮、符咒、行气、炼丹等活动，亲自接受各种修道方术的训练和道教艺术的熏陶。而那种"内观于心，存思诸神"的修炼方法①，竭力引导人们想象光怪陆离的神仙世界，让五彩缤纷的道教意象出现在心灵之中。

这样的思维方式有力地催发了人的想象力，与创作心理活动也不无相似之处。道教文化对李颀诗歌写作究竟有哪些影响，我们不好臆断，但他驱遣文学意象的匠心不能说和道教美学没有关系。他对音乐精深的鉴赏力及其刻画音乐形象的卓越能力，就特别值得研究。在他之前的唐代诗人描写音乐的作品有十几篇存世，却无一首似李颀那样用视觉形象写乐。号称音乐家的王维，在唐诗中也没留下他对音乐的独特感受。唯有李颀不同凡响，展示了表现音乐美的新技巧。叩问其因，可以断言，斋醮科仪上摇撼人心灵的道教音乐和进入迷狂状态信众的妙想奇思相结合，恰是引发视听联觉的好契机。音乐家海顿就有过类似的体会，他说："当我默想上帝的时候，我的内心充满了欢乐，音乐源源不绝地像纱一样从纱锭上流下来。"②有着相当艺术修养的李颀在美学上的收获要比一般的信众多得很，经过艺术的转型，终于绽开了诗艺的绚烂之花，

---

① 《道教》，中国大百科全书版，第63页。

② 刘智强、韩梅：《世界音乐家名言录》，中国华侨出版社，1989年，第164页。

这恐怕是李颀创作现象的一个迷吧。

其二，任侠精神扩大了他的审美视野，影响着他的诗歌创作。在《缓歌行》里他曾表示："小来托身攀贵游，倾财破产无所忧。暮拟经过石渠署，朝将出入铜龙楼。结交杜陵轻薄子，谓言可生复可死。"（1348页）从青少年始就沾染游侠轻狂习气，这在侠风盛行的中、晚唐之前不是个别的、偶然的现象。因为植根于特定时代沃土里的任侠精神具有丰富的内涵和强大的活力。它不仅仅是指张扬个性、豪荡使气、蔑视现存秩序和礼法传统，也包含为人排忧解难、重义轻财、甘愿牺牲的襟怀，以及好勇尚武、追求功业的抱负。所以盛唐儒林不因侠行为耻，反以任侠自命。豪侠之士竟成了时代的人伦风范和诗歌颂扬的对象。虽然李颀的思想发生过变化，认为"早知今日读书是，悔作从前任侠非"（同上）。但是，他早岁崇侠的激情和少侠活动的体验，在其思想深处打上了烙印，使他对人的审美观照又多了一层感受。他写高适"五十无产业，心轻百万资。屠酤亦与群，不问君是谁"（1343页）。说梁锽"抗辞请刃诛部曲，作色论兵犯二帅。一言不合龙额侯，击剑拂衣从此弃"（1352页）。这些表现慷慨好施、豪荡使气的描写都是他以侠为美的心理反映。在此思想基础上，他比较推尊独立人格，看重人的主观精神，对特立独行、奇操异节的人物非常欣赏。因而，他才能与之亲密地交往，观察他们的言行举止，深刻理解他们的气质、禀性和内心世界。这就是李颀诗笔能够成功地刻画出像张旭、梁锽、陈章甫等一批个性鲜明的人物形象的原因。当然，影响李颀的诗歌创作，形成他艺术品格的因素是多方面的，但上述两项却是很少有人论及的问题。

5

李白诗歌创作多维评说

　　李白是中国诗歌史上与屈原、杜甫并称的伟大诗人。他的"壮浪纵恣，摆去拘束"的诗歌，[①]不仅形象地表现了昌隆兴旺时期封建帝国的精神面貌，也反映了存在着矛盾与丑恶的社会现实，又是诗人为实现生命价值而不断追求和奋斗的人生写照。李白诗歌代表了盛唐的诗风，他天才的创作为唐代诗歌的发展和繁荣立下了开创性的功绩，并对后世诗歌创作产生了深远的影响。他的人格魅力和不朽的文学成就一直被视为我们民族文化的一份珍贵遗产。

一、李白人生之路及诗歌创作的思想基础

　　李白主要生活在唐王朝由全盛转向衰落的玄宗、肃宗两朝。他的思想是复杂的，而且在其人生历程中又有着阶段性的变化，但贯穿一生的主导方面，则是儒家"兼济天下"的思想。

（一）李白的人生之路

　　李白（701—762），字太白，号青莲居士，出生在西域碎叶（今中亚吉尔吉斯共和国的托克马克附近），[②]幼时随父移居四川绵州昌隆（今江油县）青莲乡。他的一生大致可分为五个时期：

---

　　① 仇兆鳌：《杜诗详注》，中华书局，1979年，第2236页。
　　② 李白的出生地问题有不同说法，今从郭沫若关于李白出生于中亚碎叶说。《李白与杜甫》，人民文学出版社，1971年，第3页。

1. 青少年的蜀中生活：李白在蜀中接受启蒙教育，开始的读本是用天干地支编写的教材《六甲》。十岁学习诸子百家，模拟《文选》进行写作练习，十五岁已能写出鸿篇巨制的大赋（《上安州裴长史书》）。他有了一定的文学修养之后，又转向学剑术、结交豪侠和访道求仙，曾与"逸人东严子隐于岷山之阳"（《上安州裴长史书》）数年。二十岁以诗文干谒益州长史、文学家苏颋，受到称美。在蜀中也去过青城、峨嵋等名山漫游，还往渝州拜谒了才高行直的刺史李邕。这些生活对李白豪荡任侠性格和恣肆奔放诗风的形成有一定关系。

2. 首次漫游与"酒隐安陆"：开元十三年（725），李白离开蜀地，游洞庭、登庐山，下襄阳、过金陵，东至扬州、汝海（今河南临汝），足迹遍及半个中国。开元十五年（727），李白来到安陆（今属湖北），不久和前宰相许圉师的孙女结婚。开元二十二年（734）秋，他告别安陆，先来洛阳，再移家东鲁，与栖隐在那里的孔巢父等五人交往甚密，时号"竹溪六逸"。自此到开元末的数年间，他又北上太原，南达扬州，西至随州，奔走数郡，以期得到援引。虽然仕进之路仍无希望，但他却饱览了祖国的名山大川，凭吊了历史古迹，结识了道士司马承祯、诗人孟浩然、地方官吏韩朝宗等社会上不同身份的名流。丰富的生活积累催发了他的诗歌写作，而持续不断的各地游说投谒，使得他文名远播，耸动京师。

3. 长安三年：短暂的岁月，竟成了李白人生和诗歌创作的重要转折期。天宝元年（742）秋季，李白获悉地方州县已有向朝廷举荐自己的消息，他告别了居住东鲁的亲人，欣喜入京。①天宝二年（743）春天玄宗召见，命他待诏翰林院以备顾问。身为布衣而充任翰林，"置于金銮殿"，"问以国政，潜草诏诰"（李阳冰《草堂集序》），看似备受礼遇和重用。不久，李白在京城太清宫与身任太子宾客的前辈诗人贺知章相遇，年逾八十的老人为其飘逸倜傥的风度所倾倒，直呼李白为"谪仙"。

---

① 李白入长安问题，学术界有一入长安说、二入长安说、三入长安说。今从天宝初李白首次入长安的说法。

然而唐玄宗只是赏识李白的文才，要他做一个宫廷文人，对他"遭逢圣明主，敢进兴亡言"（《书情赠蔡舍人雄》），主动议政、谈论国事则不感兴趣。他蔑视权贵、傲岸放达的性格，更成了权贵们进谗诽谤的口实。从李白当时写下的《惧谗》《设辟邪伎鼓吹雉子斑曲辞》《鞠歌行》及《古风》其三十九等诗看，他已感到继续留在朝廷的艰危，玄宗也以其非廊庙之器而赐金放还。李白在天宝三年（744）夏以放达自慰的态度离朝出京，不足三载的长安生活使其思想发生了深刻变化，他认识到封建统治集团的腐败和丑恶，也意识到封建帝国存在的矛盾和潜在的危机。长安三年又是李白诗歌创作旺盛期，除部分应制诗外，主要写了大量的旧题乐府和组诗《古风》中的一些篇什，内容广泛，诗艺创新，不乏千古传诵之作。

4."十载客梁园"的再度漫游：李白自出京之后，便以梁园（今开封）和东鲁为中心，南达吴越，北抵燕赵，进入了新的漫游生涯。其间他未忘怀国事，更未放弃对理想的追求，时而也按捺不住对世道不平的愤怒。天宝四年（745）初夏，李白在洛阳和杜甫相会，至汴州又遇到高适，三人同游梁宋，寻幽探胜，抵掌论文，把酒赋诗，真诚的友谊、创作的雅趣，使他们感到未曾有过的快乐。其后李、杜携游东鲁，成了莫逆之交。与杜甫分手后，李白于天宝十年（751）秋天北上塞垣，游历燕赵近两年，觉察了安禄山的反迹，《赠江夏韦太守》诗中真实地反映了他当时焦灼、忧虑的心情。当他怀着为国运而不安的幽绪，往来于宣城与金陵、广陵之间，徜徉于清溪、南浦的胜景之时，一场波及全国、长达八年的安史之乱发生了。这个时期，李白诗歌有了新发展，如《将进酒》《梦游天姥吟留别》《答王十二寒夜独酌有怀》《陪侍御叔华登楼歌》《书怀赠南陵常赞府》等作，表明诗人傲骨弥坚，抨击时弊、关怀民生之情愈深。

5. 安史之乱时期：祸乱爆发之初，诗人即遭奔亡之苦，由梁园随流民逃往江南，奔走在宣城、溧阳一带，复避地剡中，后西上庐山，隐居屏风叠。李白不甘心在天下扰攘之际，成为一个无济于世的人，于是他应永王李璘之邀入其幕府，准备为国效命。不料肃宗将永王视为异己势力，仅两个月就消灭了李璘集团，李白被俘投浔阳狱治罪。至德二年（757）岁暮，判处他长流夜郎（今贵州正安），西行至奉节时遇大赦而返。放归途中仍关心现实，写了不少感时念乱之作。上元二年（761）秋，诗人已六十一岁，还打算前往临淮（今江苏泗洪）入李光弼幕府讨贼，不幸中途因病折回，往依族叔当涂令李阳冰处，宝应元年（762）十一月病逝。诗人生命末了的一段旅程，拳拳报国赤忱之心在作品中表现得仍十分鲜明，而其写景、抒情和自叙身世之诗，则是他最后为唐诗抹上的一道亮丽色彩。

唐人李阳冰所编《草堂集》二十卷，已佚。今存宋刻本《李白诗文集》，《四部丛刊》本《李翰林集》二十五卷。清王琦注《李太白文集》三十六卷，是李白诗文集中最完善的注本。中华书局出版的《李太白全集》是以王琦注本为底本校点、整理后面世的。

（二）李白诗歌创作的思想基础

李白的思想是斑驳复杂的，很久以来人们从他的存世诗文及同时或稍后人所留下的文字材料中，抽绎出了较为明确的看法。普遍认为李白的思想既有儒家积极用世、为国建功立业、名垂青史的价值观念，又有道家隐逸放达，追求遗世独立、精神自由的人生态度，还有任侠仗义、兀立傲岸的游侠意识和自负自夸、游说干谒的纵横家色彩，以及道教的求仙、修炼、长生不老的幻想。总之，李白的思想直接受到初、盛唐时期流行的儒、道、侠等各种社会思潮的影响，可谓是民族传统文化精神铸成的一块合金。其中，终身未曾蜕变的主要成分是济苍生、安社稷、"兼善天下"的儒家思想，以及自我设计的"一生欲报主，百代期荣亲"（《赠张相镐》），大展宏图，做一番事业，然后功成身退的人生之路。不过，在他人生的不同阶段里，还有着不尽相同的表现。

在蜀中和第一次漫游初期（即青少年阶段），李白仗义任侠、求仙隐逸的思想较突出。他不仅说"十五好剑术"（《上韩荆州书》），而且跟"任侠有气，善为纵横术"的逸人节士赵蕤"从学岁余"（《唐诗纪事》卷十八引《彰明逸事》）。他还说："十五游神仙，仙游未曾歇。"（《感兴》其五）在二十岁之前和"逸人东严子隐于岷山之阳"，"养高忘机"，就连广汉太守的举荐都不接受。出蜀后，"东游维扬，不逾一年，散金三十余万，有落魄公子，悉皆济之，此则是白之轻财好施也"（《上安州裴长史书》）。魏颢《李翰林集序》和刘全《李君碣记》都指出了李白少年"以侠自任"，"不事产业"。值得注意的是李白把任侠和隐逸统一起来，认为像战国时鲁仲连一类的高士替人排难解纷，"事了拂衣去，深藏身与名"（《侠客行》），是自己学习的榜样。其目的是结交豪雄，博得声誉，或由隐而仕，走"终南捷径"①，实现其政治抱负。

李白在安陆娶故相许圉师孙女之后，他"兼济天下"的儒家思想便公诸于世人，要"申管晏之谈，谋帝王之术，奋其智能，愿为辅弼，使寰区大定，海县清一"（《代寿山答孟少府移文书》）。此后，直到进京入翰林，他不断游说投谒，就是要成为卿相，一佐明主建立功业。当他被谗见疏，离开长安再度漫游期间，他以求仙访道来排遣政治失意的苦闷，尽管内心儒家用世的情结未泯，可是道家与道教的出世思想却占主导地位。

安史之乱前，李白看到唐王朝政治危机日趋深重，出于对国运的关心和"怀恩欲报主"的感情，"投佩向北燕"（《赠宣城宇文太守兼呈崔侍御》），深入虎穴观察安禄山动静。对杨国忠发动征南诏战争给人民带来的灾祸予以揭露，"将无七擒略，鲁女惜园葵"（《书怀赠南陵常赞府》）。安史之乱后到诗人逝世，其报国济世的思想十分强烈，即使蒙冤受罪，心灵深处仍是"过江誓流水，志在清中原。拔剑击前柱，悲歌难重论"（《南奔书怀》），"中夜四五叹，常为大国忧"（《赠江夏韦太守》），他时刻想着为苍生、社稷施展自己的才能。在壮志成空的临终之时，还唱出了"大鹏飞兮振八裔，中天摧兮力不济。余风激兮万世，游扶桑兮挂左袂。后人得之传此，仲尼亡兮谁为出涕！"②（《临终

---

① 终南捷径之说，出自《新唐书·卢藏用传》，中华书局，2000年，第3458页。卢藏用入仕前曾隐居终南山，后来被召授左拾遗。有一次，他指着终南山对道士司马承祯说："此中大有嘉处。"承祯徐曰："以仆视之，仕宦之捷径耳！"

②《全唐诗》卷一六七，中华书局，1979年，第1728页。因"终"与"路"字形近而致讹，故书中题为《临路歌》。

歌》）诗人在弥留之际以孔子自况，为未能实践积极用世的儒家人生观而遗恨终身。

二、李白诗歌题材内容的多元取向

如果将李白现存的近千首诗歌放入古代诗史中与前人的作品进行比较，便不难发现李白是继初唐陈子昂之后，能够自觉地发扬从《诗经》、屈赋到建安文学所形成的古典诗歌关心政治、反映现实优良传统的诗人。[①]李白又是生活在中国封建社会由盛转衰的历史时期，有着复杂思想、强烈个性和创新意识的诗人，因此，他的创作开拓了诗歌的表现领域，在盛唐诗坛上他与杜甫一起成为弘扬传统、奋力创新的卓越代表。其诗歌题材内容的多元取向，就是对此看法最有力的支撑。

第一，李白诗歌关心国运民生，自觉描写社会现实生活，表现了忧国忧民的情怀。李白在组诗《古风》（其一）中明确地宣告了自己肩负着文化建设的历史重任：“《大雅》久不作，吾衰竟谁陈。”“我志在删述，垂辉映千春。希圣如有立，绝笔于获麟。”《古风》（其三十五）辛辣讽刺了无视诗教功能，而用心于欺世盗名的写作态度。李白诗集中因事命笔、逼真写实却旨意遥深的作品俯拾即是。《古风》（其四十六）展示出这样一幅图画：

> 一百四十年，国容何赫然！隐隐五凤楼，峨峨横三川。王侯象星月，宾客如云烟。斗鸡金宫里，蹴鞠瑶台边。举动摇白日，指挥回青天。当途何翕忽，失路长弃捐。

王琦注《李太白全集》引《唐书·五行志》云：“玄宗好斗鸡，贵臣外戚皆尚之。”又以萧士赟的话揭示诗的蕴意：“白日青天以比其君，

---

① 详见王运熙、杨明《李白》一文，收入《中国历代著名文学家评传》第二卷，山东教育出版社，1983年。

斗鸡蹴鞠，明皇所好。此等得志用事，举动指挥，足以动摇主听。"繁盛强大的唐帝国，朝中宠臣是在逸豫玩乐中讨得君主的信任和重用的，国家的前景怎能不令人担忧。

实际上，李白诗歌对唐王朝存在的各种严重政治问题与社会弊端都有一定程度的反映和批判。首先，诗人较早地揭露了盛唐时期统治集团的昏庸与腐败。《古风》（其二十四）云："中贵多黄金，连云开甲宅。路逢斗鸡者，冠盖何辉赫。鼻息干虹蜺，行人皆怵惕。"宦官得势，气焰熏天，诗中勾勒的这副丑态，对了解后来宦官为害唐代社会的原因，有着难得的认识价值。在《乌栖曲》中以吴王夫差荒淫耽色而招亡国之祸为史鉴，向玄宗后期荒淫误政敲了警钟，寓意高远。据《本事诗》载贺知章见此，叹赏苦吟曰："此诗可以泣鬼神矣！"《古风》组诗的许多篇章斥责奸佞当道、贤路阻塞的社会现象，"奈何青云士，弃我如尘埃。珠玉买歌笑，糟糠养贤才"（其十五）、"白日掩徂晖，浮云无定端。梧桐巢燕雀，积棘栖鸳鸾"（其三十九）、"苍榛蔽层丘，琼草隐深谷。凤鸟鸣西海，欲集无珍木"（其五十四），诗人运用比兴和对照的方法大胆鞭笞了朝政乖谬、是非颠倒的黑暗现实。天宝五载（746）李林甫制造陷害韦坚的冤狱，借机排除异己，李白好友崔成甫等遭迫害，北海太守李邕、淄川太守裴敦复被杖杀。诗人愤然为之喊冤叫屈，"比干谏而死，屈平窜湘源。虎口何婉娈，女嬃空婵娟"（其五十一），又在《答王十二寒夜独酌有怀》《梁甫吟》诗中表示对权奸的愤恨，对蒙冤者的同情。

其次，李白诗歌犹如政治风云的晴雨表，反映了重大的时局变化。《留别于十一兄逖》记录了对安禄山发动叛乱阴谋的警惕，而《远别离》提醒玄宗不可纵容贼臣、姑息养奸，倘若大权旁落，则下场可悲。在安史之乱前玄宗与杨国忠君臣屡起边衅，数征南诏，使无辜人民惨遭战争灾祸，王朝国势也因之削弱。李白以诗歌形式表达了强烈的反对态度，指出："乃知兵者是凶器，圣人不得已而用之。"（《战城南》）他的《古风》（其三十四）痛斥黩武之非，体贴征夫之悲，"与杜甫《兵车行》《出塞》等作，工力悉敌，不可轩轾。宋人罗大经《鹤林玉露》乃谓（李）白作为歌诗，不过狂醉于花月之间，社稷苍生曾不系其心膂，视

（杜）甫之忧国忧民，不可同年语。此种识见真蚍蜉撼大树，多见其不知量也"。（《唐宋诗醇》卷一）此论真可谓知李白者。另一首《书怀赠南陵常赞府》诗，确与杜甫《兵车行》《出塞》为同时之作，其系念国运民生之情如出一辙，爱国精神与人道主义充溢于字里行间。安史之乱以后李白写下的诗歌流传至今的还有二百余首。战乱期间，李白虽没有在水深火热的兵燹之灾中挣扎，但是他的《古风》（其十九）、《奔亡道中五首》《扶风豪士歌》《猛虎行》等诗，能以独特的视角反映叛军暴行、百姓罹难，以及社会动乱的惨状、天下有心人的家国之忧；而《赠韦秘书子春》《永王东巡歌十一首》《南奔书怀》诸作，又为认识肃宗兄弟同室操戈，殃及国计民生这些历史真相提供了值得思索的信息。乾元二年（759）唐军九节度之师溃于安阳，李白写了《豫章行》，它与杜甫《新婚别》可以相互发明，使人懂得时代的灾难一旦降临，无辜的人民需要付出多大的牺牲。同时还写了集中最长的一首诗《赠江夏韦太守》，详述自己人生经历和国难民艰萦怀的思绪，愤怒声讨了叛军的罪恶。"通篇以交情时势互为经纬，汪洋浩瀚，如百川之灌河，如长江之赴海，卓乎大篇，可与（杜甫）《北征》并峙。"（《唐宋诗醇》卷五）

再次，李白直接写普通劳动人民生活题材的作品，尽管数量不多，但是表现的思想内容却给人别开生面之感。如《丁都护歌》中纤夫的艰辛与悲苦，组诗《秋浦歌》（其十四）描绘冶炼工人的劳动场面，（其十六）叙述田舍翁夫妻夜以继日的渔猎情景。这种题材不只开元、天宝诗坛罕见，就是在我国古代诗史上亦属凤毛麟角。《宿五松山下荀媪家》以诗人的感激之情突出山里老人的古道热肠、淳厚善良，简单的特写镜头给人留下了丰富联想。诗人的心里有着普通百姓的位置，绝非那些酸腐骄矜的封建文人可比。

表现妇女生活和命运是古代诗歌的传统题材，但是李白的诗却突破了闺怨、宫怨的范围，在更广阔的生活背景下为妇女们写心画像。《子夜吴歌》（其三、其四）描写月下捣衣、彻夜絮袍的思妇，她们没有对辛苦和孤独的怨恨，而对和平生活的企盼成了她们的精神支柱。《北风行》写被战争夺走丈夫生命的孀妇无限悲怆的感情。《长干行》和《江夏行》写商妇对正常家庭生活的渴望，揭示其复杂的忧怀，在思恋苦闷之外又多了一层"愁水复愁风"的担惊受怕。《东海有勇妇》描述女侠的刚勇和豪气，她高强的武艺、为夫报仇的义举，可谓巾帼之杰。《采莲曲》《秋浦歌》（其十三）简笔素描少女劳动的欢快和开朗活泼的性格，具有民俗风情之美。这些篇什很大程度上丰富了妇女题材诗歌的内容。当然，李白诗集中还有相当数量的作品，如《独不见》《玉阶怨》《妾薄命》《怨歌行》《白纻辞》《寒女吟》《春思》《秋思》等，旨趣、命意未超出宫怨闺情诗的传统内容，只能说另有技巧而已。

第二，高唱理想壮志，宣泄悲愤怨怒，张扬个性、展示自我，表现了蔑视权贵和桀骜不驯的叛逆性格，以及自负独立、不肯屈己下人的抗争精神，为诗歌创作开辟了前无古人的新境界。①联系其具体作品，可以充分地证实这一点：

其一，抒发雄心抱负及主观理想与客观现实的矛盾所引起的悲愤，是李白诗歌的主要内容，也是区别于同时代其他诗人的显著标志。在国力强大的盛唐，文人才士都有着极为相似的人生价值取向，由此产生了普遍存在的远大抱负和强烈的自负心理。而李白非同寻常的是以不世之才自居，以彪炳史册的人物自许，宣扬要建树惊世骇俗的功业。《梁甫吟》诗中表示自己迟早会像吕尚、郦食其那样得遇明主，一施政治长才，大展动人风采："逢时壮气思经纶"，"风期暗与文王亲"；"东下齐城七十二，指挥楚汉如旋蓬。"《赠长安崔少府叔封昆季》又吐露了对诸葛亮的艳羡："鱼水三顾合，风云四海生。"希冀君臣相得，以成就不亚于管仲辅佐齐桓公称霸春秋的伟业："无令管与鲍，千载独知名。"《书情赠蔡舍人雄》和《永王东巡歌》（其二）将自己与谢安联系起来。"暂因苍生起，谈笑安黎元。余亦爱此人，丹霄冀飞翻。""但用东山谢安石，为君谈笑静胡沙。"有时李白或许觉得历史人物还不足以比方壮怀，所以径自取来寓言里的意象，托物言志。"大鹏一日同风起，抟摇直上

---

① 日本著名学者松浦友久先生《李白诗歌抒情艺术研究》"中文版序"，刘维治译，上海古籍出版社，1996年。

九万里。假令风歇时下来，犹能簸却沧溟水。"（《上李邕》）真是神思飞跃，想落天外。如李白这样极富浪漫气质，大胆驱遣诗歌意象，标举宏图远志，完全称得上前无古人。

然而，当他夙愿受挫，心灵承受冷酷打击时，表现理想与现实的矛盾、执着的追求与失意的痛苦，就成了他开拓诗歌题材内容的又一新途径。如《行路难》三首、《将进酒》《陪侍御叔华登楼歌》《梁园吟》等，这些篇章都是诗人离开翰林，赐金放还后的作品，展示了充满矛盾的时代环境里封建士子复杂的精神世界，以及主客观冲突在其心灵深处碰撞所迸发的声光，为诗歌艺术带来了惊心动魄的感人力量。就是在同篇诗内，一面愤然疾呼："大道如青天，我独不得出"；一面倾吐衷曲："剧辛、乐毅感恩分，输肝剖胆效英才。"由于壮志未酬，李白奋斗了一生，也痛苦了一生。类此交织着希望与失望、进取与颓放、忧喜俱来的作品，从诗人早年投谒地方官吏遭冷遇始，直到长流夜郎获赦后，贯穿一生。可以说李白在表现内心世界波澜壮阔的矛盾斗争及张扬个性展示自我方面，是屈原之后最杰出的代表。

其二，在描写对权贵的态度和追求个人自由的内容上，所表现的狂放不羁的性格及兀傲不驯的抗争精神，远超当时与前代诗人。同封建文人士子比较，他的拔俗不群之处，在于不为求取恩宠而向权势屈膝逢迎。相反，他处理人际关系，坚持"出则以平交王侯，遁则以俯视巢、许"（《送烟子元演隐仙城山序》）的态度，在王侯权门和荣华富贵面前不丧失独立的人格："安能摧眉折腰事权贵，使我不得开心颜"（《梦游天姥吟留别》），"黄金白璧买歌笑，一醉累月轻王侯"（《忆旧游寄谯郡元参军》），"乍向草中耿介死，不求黄金笼下生"（《设辟邪伎鼓吹雉子斑曲辞》），是诗人不同流俗、刚正不阿品格的表露。李白并不是鄙视和抨击一切权要高官，而是反对上层贵族的腐朽势力，"羞逐长安社中儿，赤鸡白狗赌梨栗"。（《行路难》其二）其集中表现反权贵思想的作品《答王十二寒夜独酌有怀》能够突破个人得失的局限，把权贵的罪孽和整个政治形势对接，暴露现实社会的黑暗和丑恶，批判尖锐而带有普遍的认识价值。

与反权贵、轻王侯、傲岸不屈的抗争精神密切关联的，是追求个人自由的狂放不羁的性格。他在青年时遇到司马承祯，特地写了一篇《大鹏赋》，反映了诗人向往无拘无束的自由生活。直到晚年豪兴未减，还要"我且为君捶碎黄鹤楼，君亦为吾倒却鹦鹉洲"（《江夏赠韦南陵冰》）。孤立地看这类诗似乎无甚意义，如果放在森严的封建礼法和庸俗的社会关系使人窒息的时代背景下去思考，便觉得李白诗的可贵。"摧残槛中虎，羁绁韝上鹰，何时腾风云，搏击申所能？"（《赠新平少年》）诗人渴望挣脱礼法的羁绁，以便腾风凌云，得到个人的自由。但是，这种愿望只能到幻境中去找出路，到梦里醉乡、山林、神仙世界寻求精神的寄托。实际上，李白诗歌的乐观进取、豪迈自信和时而流露的悲观厌世、消极颓废，是潜伏着矛盾和危机的盛唐社会"五色迷离"的一种折光。

第三，李白描写山水题材的诗歌不拘一格、千姿百态，于盛唐山水诗人群体中自成一派，展示了山水诗创作的新变化。诗人一生多半是在漫游中度过的，而道家、道教思想的熏染，使他更是"五岳寻仙不辞远，一生好入名山游"（《庐山谣》），足迹遍及祖国的许多名山大川，饱览了各种优美风光。充满韵律的山水景物成为诗人寄情与审美的重要对象，是诗人生活的组成部分。因此在李白大量的山水诗中寄情之作有着明显的开拓性，如《蜀道难》纯凭想象描绘出蜀道奇险峻危的山川，是诗人积郁的满怀愁绪和人生艰难之感，借自然界的山高路险，喷薄而出。作品反复惊叹："蜀道之难，难于上青天！"成为全诗的主旋律，将诗人心中之难和笔底的蜀道之难融为一体。诗中的山水图画是人化的自然风貌，或者说是主观精神境界的自然化。

再品《梦游天姥吟留别》，从写湖月的幽美、海日的壮观、山径层巅的惊奇到洞天福地的金碧辉煌，旨在梦破述志。抒发对光明、自由的渴求，对黑暗现实和权贵恶势力的愤懑。陈沆《诗比兴笺》云："太白被放以后，回首蓬莱宫殿，有若梦游，故托天姥以寄意。"《庐山谣》被评为"天马行空，不可羁绁"（《唐宋诗醇》卷六），《西岳云台歌》磅礴的气势如黄河落天冲向大海，奔腾无阻。不仅这些长篇山水诗打破了传统的写实手法，将胸中豪情流泻笔端，描绘出伟丽惊人的山水奇观，有的短章小诗如《望庐山瀑布》（其二）、《望庐山五老峰》《横江词六首》等也有着强烈的主观感情色彩，虚摹山水，神驰象外。总之，无论巨制还是短篇，诗人笔下的自然景观都显示了一种对非凡事业的向往，透发出一股冲决束缚、追求自由的热情。这部分诗歌为我国古代山水诗的发展，做出了巨大的贡献。

李白另一类山水诗偏重开掘自然景物的内蕴。祖国的锦绣河山，一经诗人形诸笔墨，便异彩纷呈地展现出独特的美感：有的清新秀朗，如《峨嵋山月歌》《清溪行》《秋登宣州谢朓北楼》《东鲁门泛舟》（其一）、《访戴天山道士不遇》《金陵城西楼月下吟》等；有的浑阔开张，如《望天门山》《渡荆门送别》《早发白帝城》《宿鰕湖》《荆门浮舟望蜀江》《丹阳湖》《天门山》等；还有的如《独坐敬亭山》《谢公亭》《山中问答》等，或因地起意，或即景生情，写景、议论一笔双绘，静趣中深含超迈之神。总而言之，李白山水诗创作，能于盛唐偏精独诣的山水诗人群体之外，眼路一新，别辟疆域，取得了后人难以企及的成就。

三、李白诗艺的创新之举高妙无匹

诗歌艺术的创新是推动诗歌持续发展的必备条件。李白以自己的审美个性对前人积累的创作经验进行超常的筛滤熔铸，在传承与创新过程中提升了古代诗歌的艺术品位，在塑造形象、抒情表意、驾驭诗体、驱遣语言和构建风格诸多方面声光大耀，开辟了诗歌创作的恢宏新境，有力地催发了诗苑盛唐气象的到来。

第一，李白的诗歌创作深受屈原、曹植、鲍照等人诗美的浸润，无论抒情还是叙事、写景之作，通常带有强烈的主体精神，生动地展示出个性鲜明的诗人自我形象。杜甫称赞他的诗篇有"笔落惊风雨，诗成泣鬼神"（《寄李十二白二十韵》）的艺术感染力。其中的一个奥秘是作品的艺术形象融贯着诗人的灵魂，使之产生宛如狂飙回旋、火山喷发震撼人心的强大力量。例如世人熟知的抒情名篇《陪侍御叔华登楼歌》，以起落无端、断续无迹的笔墨，勾勒了飞动矫健的形象，逼真地呈露出李白忧愤郁悒和豪情逸兴两相瞬变的复杂心境，以及他高洁的理想和豪放天真的性格。

在李白之前，将人的主体精神和心灵境界以诗歌为载体外化为艺术形象，有屈原的《离骚》和《九章》早已成为现实。三国时代的曹植感应屈赋中诸多符合"自我"的因素，继往开来，凭借诗歌创作，艺术地反映了他的复杂身世和内心世界。南朝刘宋时的鲍照，逢世不平，壮志成空，屈原、曹植的诗作，时或引起他的共鸣，促发了这位才士用笔写心，其诗章浸透着浓郁的主观感情色彩。

李白接武前人，嗣响而来，则能技法独出，塑造自我形象，展示个性品格，既不同于屈原《离骚》以综合性自述体和《九章》用片段的生活实录表现自我苦斗与求索的人生，也不像曹植对人物情态动作、内心世界进行细腻刻画，更有别于鲍照"字字炼，步步留，以涩为厚，无一步滑"（方东树《昭昧詹言》）的表现手法。李白诗歌重在突出自己的生活感受与波澜起伏的情绪，就是写景咏物也当作抒情的依托。他笔下的山："太白与我语，为我开天关。愿乘泠风去，直出浮云间。"（《登太白峰》）他眼中的水："黄河落天走东海，万里泻入胸怀间。"（《赠裴十四》）他描绘的天马："嘶青云，振绿发，兰筋权奇走灭没。腾昆仑，历西极，四足无一蹶。"（《天马歌》）在这些宏伟巨大、气势非凡的物象之中，始终跳跃着诗人鲜活的灵魂。

与诗人自由浪漫的精神气质及追求表现自我的意识相联系，李白诗歌的抒情方式也独具一格。他精于用诗表达豪迈气概和激昂情怀，常将彩笔纵横驰骋，取得了意气挥斥、矫健逼人的艺术效果。他的代表作《江上吟》，开端以遨游江上起兴，顺势推宕，"如骏马蓦坡，可以一往称快"（《古今词论》）。全诗读过只觉得一片神行，其旷达的胸襟、忘机的理趣，随自然声调表露无遗。煞尾情调激扬，酣畅恣肆，显出扛鼎之力。《将进酒》的诗情忽翕忽张，一气盘旋，雄放中有深远宕逸之神。清代徐增认为"太白此歌最为豪放，才气千古无双"（《而庵说唐诗》）。李白的诗是性格的诗，他洒脱不羁的秉性最易点燃似火的激情。

有的诗篇开端起情，若雷鸣电闪："大道如青天，我独不得出"（《行路难》其二），"噫吁嚱，危乎高哉！蜀道之难，难于上青天"（《蜀道难》）；有的结尾似重槌擂鼓，把感情抒发推向高潮："苍梧山崩湘水绝，竹上之泪乃可灭"（《远别离》），"黄河捧土尚可塞，北风雨雪恨难裁"（《北风行》）；有的多种感情交织在一首诗中，如《行路难》（其一）、《梦游天姥吟留别》《赠从甥高五》等，通篇感情色彩不断变化，风神弥漫，使得诗人笔下的自我形象充满了生命的无限活力和光彩。

第二，李白传承庄子的美学精神，突破常人思维模式的束缚，展开丰富而奇幻的想象，打破物我界限，赋予天地万物以人的意志和情感，创造出云谲波诡的诗境。诗人寄情于自然万象，物我融洽，诡谲纵逸，以诙谐风趣的笔调抒发了豁达超脱的情怀，这就是李白对想象的妙用。自然界的山水、风月一经他的观照，铸为诗中意象便能生发出灵性："相看两不厌，只有敬亭山"（《独坐敬亭山》），山成了审美的知己；"且就洞庭赊月色，将船买酒白云边"（《游洞庭五首》其二），湖水成了富翁；"举杯邀明月，对影成三人"（《月下独酌》），明月变为生活里的伙伴；"春风知别苦，不遣柳条青"（《劳劳亭》），风则是善解人意的好友。李白凭着想象对社会与自然现象进行艺术加工，使之产生诱人的魅力。

还应指出，李白神奇莫测、出人意表的想象，又常常是利用描述神话传说、历史故事、虚幻之境来实现的。在广阔的空间里捕捉超越现实的意象，构成了李白诗恣肆宏丽的艺术特征。他的《蜀道难》《梦游天姥吟留别》《梁甫吟》等都是很典型的例证。李白接受了庄子哲学思想和文学创作经验的熏陶，在盛唐精神的培育下形成了高昂豪迈、自由进取的个性。当黑暗腐朽的社会现实打击他时，他没有学庄子只追求逍遥自由、超脱于尘世之外的人生态度，而与屈原相似，不忘情世事，在理想与现实的矛盾冲突里奋斗。因而李白艺术想象的天地比庄子多了人世心态的亮色，龚自珍说："庄屈实二，不可以并，并之以为心，自白始。"（《最录李白集》）可谓卓识。

第三，李白注重从前辈诗人的创作及绚丽多姿的民歌作品中汲取丰富的艺术滋养，坚持因革出新，表现了自如驾驭多种诗体的娴熟技巧。尤其对乐府、歌行和五、七言绝句用力最专，颇有独创性。据统计，在李白诗集中，被普遍认同的乐府诗和歌行体诗，约占全集的四分之一，仅乐府诗就有一百四十九首，约占全部作品的六分之一。李白继承了乐府民歌反映社会现实生活的传统，学习其比兴的表现方法，深受其纯真质朴的情感陶冶，他的创作实践充分地证明了这一点。李白不少乐府诗的声情神貌，与汉乐府多有相通之处，如《荆州歌》以盎然真趣再现了民间古风。李白拟六朝或沿用六朝旧题的乐府达五十余篇，大都继承了民歌清新健康、明朗婉媚的情韵，又融合了唐音的风味。总体上说，乐府诗在李白手中或被赋予时代精神，如《丁都护歌》《出自蓟北门行》《侠客行》等，或用以抒写自我情怀，如《将进酒》《梁甫吟》《行路难》等。李白对文人乐府诗亦能博采综取其特长，拓宽创作门径。他曾表示服膺南朝宋之鲍照、齐之谢朓，其《行路难》颇受鲍照同题之诗的启发，而乐府小诗《玉阶怨》又从谢朓同题之作脱化而来，皆嵌入太白诗的个性特征。清代李慈铭提出"乐府自太白创新意，以变古调"（《越缦堂读书记·白氏长庆集》）的看法是有道理的。

李白歌行的长短，素无定体，句式以七言为主，或间以杂言，乐府诗也有属于此体者。李白诗集内以歌、行、吟为题的七古长篇，均可视作歌行体的代表篇章。这类体裁篇幅较长，容量也大，句式因情而定，长句畅达奔放，短句简洁急促，特别适于表达矛盾冲突的思绪和狂放不羁的豪情。如《襄阳歌》《陪侍御叔华登楼歌》《少年行》《猛虎行》《江上吟》《梁园吟》《梦游天姥吟留别》等，都表现出李白的诗才富赡，把歌行创作推向了新高峰。

李白五、七言绝句共一百五十九首，写得语浅情深，意味隽永。脍炙人口的佳作俯拾即是、超群逸伦，为后人奉为唐代绝句的典范。胡应麟说："太白五、七言绝，字字神境，篇篇神物。"（《诗薮·内编》卷六）沈德潜认为："五言绝右丞、供奉；七言绝龙标、供奉，妙绝古今，别有天地。"（《唐诗别裁》卷二十）五绝如《静夜思》《独坐敬亭山》

《劳劳亭》等被誉为"妙绝古今""奇警无伦"的佳作。七绝如《望庐山瀑布》《早发白帝城》《黄鹤楼送孟浩然之广陵》《赠汪伦》等，这类兴会神到、自然天成的名篇，不胜枚举。

第四，李白诗歌的语言风格呈现出多样化的特色。其中雄奇飘逸、豪迈奔放者有之，清新俊爽、明丽精美者亦有之。前者主要体现在乐府、歌行体诗中，后者与五、七言绝句相吻合。然而不同风格却出于相同的美学原则，这就是庄子独标的自然朴素之美在我国古代形成的艺术精神。"清水出芙蓉，天然去雕饰"（《赠江夏韦太守良宰》），李白的诗句形象地表达了对先哲美学思想的传承，以及对自己的语言风格的概括。进一步说，李白驱遣语言创造诗美，不雕琢、不拘泥，用笔写人生、写性格，一任天真本色。杜甫评价其诗的风格魅力时说："白也诗无敌，飘然思不群"（《春日忆李白》），"笔落惊风雨，诗成泣鬼神"（《寄李十二白》），以及李白自我描述进入创作境界的豪兴："兴酣落笔摇五岳，诗成笑傲凌沧州"（《江上吟》），都含有这层意思。

李白在诗歌语言风格上所取得的创新硕果，是靠他认真学习汉魏六朝乐府民歌，有选择地吸纳前代优秀诗人的语言技巧，采来百花酿成了蜜。他的《长干行》《子夜吴歌》《乌栖曲》《襄阳曲》《大堤曲》等都不同程度接受了吴声歌曲和西洲曲的营养。即使他自己立题创作的许多诗，如《越女词五首》等，天真活泼、清新自然的语言风格也酷似来自民间的歌声。李白在批判错彩镂金、华靡文风的同时，继承和发扬了从屈原到庾信等人的语言艺术成就。他的《远别离》是学习楚辞的见证，《古风》组诗中的"美人出南国""燕赵有秀色"和《东海有勇妇》与曹植的《杂诗·南国有佳人》《美女篇·媒氏何所营》《精卫篇》的风格、韵调接近。清代牟愿相说："曹子建气骨奇高，词采华茂，左思得其气骨，陆机摹其词采。左思传而为鲍照，再传而为李白。"（《小獬草堂杂论诗》）话虽武断却有根据，李白对谢朓的倾慕屡见于诗作，而其语言风格的形成也受庾信的影响。"清新庾开府，俊逸鲍参军"（杜南《春日忆李白》）的品评，是最好的注脚。李白传承前人遗产，不是一味学古、泥古、失却本真，而是淘漉出符合"自我"的因素，熔铸成具有个性的语言风格。在丰厚的历史文化积淀中提升诗歌艺术，登上了一般诗人难以企及的高度。

四、李白诗歌的深远影响

郭沫若先生曾将李白与杜甫称誉为诗国天幕上的"双子星座"，光耀千秋，泽及后人。可见，李白诗歌在我国文学史上不仅具有崇高的地位，享有不朽的盛名，而且产生了深远的影响。它不仅是永不贬值的民族精神财富，亦成为世界文学闪光的组成部分。

在我国文学发展的进程中，李白是融合屈原和庄子艺术精神的杰出代表。屈原吸纳先秦文化、创作楚辞新体诗的非凡创举，及其作品表现出的追求理想、坚守节操、不与邪恶势力同流合污、忧国忧民的主人公形象，以及通过幻想、神话、象征手法结合身世创造诗美的艺术开拓精神，令李白倾心仰慕。庄子崇尚自然朴素之美，提倡"法天贵真，不拘于俗"的美学思想，李白亦与之共鸣。李白以这种开放心理，采撷六朝优秀诗人的精华，打下了坚实而深厚的创作基础。他跻身诗坛，就能以惊世的艺术功力，不断扩大诗歌题材，丰富诗歌的表现技法，开创了诗歌艺术的新境界："往往风雨争飞，鱼龙百变。又如大江无风，波浪自涌、白云从空，随风变灭，诚可谓怪伟奇绝者矣"（《唐宋诗醇》卷六)，很快赢得了同时代的苏颋、贺知章、杜甫、任华诸人的推许。

李白以诗歌创作的理论和实践，清除了六朝诗风引发的积弊，完成了陈子昂诗歌革新的伟业。李阳冰《草堂集序》说："卢黄门云：'陈拾遗横制颓波，天下质文翕然一变。'至今朝诗体，尚有梁、陈宫掖之风，至公大变，扫地并尽。"这充分反映李白对繁荣和发展唐诗的巨大功绩，早在当时已被普遍认同。李白身后其诗歌"集无定卷，家家有之"（刘全白《碣记》），影响更为广泛和深远。韩愈说："李杜文章在，光焰万丈长。"（《调张籍》）中唐之后李杜成了文士心中的明灯，引导着诗歌创作的方向。李贺、杜牧、苏轼、陆游、辛弃疾、高启、杨慎、黄景仁、龚自珍等诗苑名家，无不从李白诗中获得灵感和启迪。"明窗数编在，长与物华新"（陆游《读李杜诗》），李白诗歌的生命力，在后人建设新文学的过程中不断强化。

李白的诗歌很早就走出国门，他的《哭晁卿衡》已载入日本史典。像"李白这样一位在世界文学史中也占有一席之地的优秀诗人"，在日本、新加坡、韩国等亚洲邻邦，从翻译他的作品到进行专题研究，已有很长的历史。现在正"拥有各种各样的研究者"，"各种各样研究方法"，①取得了丰硕的成果。在欧洲、美国和澳大利亚等地，参与李白研究的学者有增无减。在德国从19世纪末人们接触到李白的诗歌始，至今出现了不少著名的汉学家，有的在研究中提出了深刻的见解。②20世纪初美国的意象派作家十分崇尚李白。而俄罗斯在1911年就开始以俄文翻译李白的诗，随后对李白创作的研究逐渐深入。1999年在浙江新昌召开的"李白与天姥"国际学术会议，参加者有中国、日本、韩国、俄罗斯、美国、德国、加拿大、澳大利亚等十几个国家的学者。可见，李白是世界诗人，他的诗歌是世界文学闪光的组成部分，这是今天地球村的共识。

---

① 详见日本著名学者松浦友久先生《李白诗歌抒情艺术研究》"中文版序"，刘维治译，上海古籍出版社，1996年。

② 德国科隆大学教授吕福克在《西方人眼中的李白》文中称："若无中国文人在文学史上的努力及辉煌成就，我们在西方的艺术爱好者，就不会意识到世界文学的存在。而李白则不仅仅是个人名，而且是世界文学史上一个来自古老中国文化的宝贵遗产。"详见《中国李白研究》1999年集，安徽文艺出版社，2000年。

6

杜甫"七律入圣"说浅识

　　杜甫诗歌众体兼备，各体皆工。清人仇兆鳌《杜诗详注》"凡例"说："昔人谓（杜诗）五古七律入圣，五律七古入神。"这里"入圣"与"入神"两个概念的含义，人们很难截然地将二者区分开来。南宋严羽在《沧浪诗话》里提出这样的看法："诗之极致有一：曰入神"，"诗而入神，至矣，尽矣，蔑以加矣！惟李（白）、杜（甫）得之。"严羽把"入神"视为诗歌的最高境界和标准，恰好透露了诗家对"入神"如何理解的消息，即认为它是诗作兴象、造境、本色等艺术特色的表现。"入圣"的内涵则更为丰富，它应包括诗歌思想与艺术两方面的独具成就，也就是在诗人群体中超越他人，出类拔萃。我理解此为人们称誉杜甫"七律入圣"的依据。

　　就七律这种诗歌形式或所表现的思想内容而言，杜甫的创作有开疆拓土之功。有学者按《全唐诗》和《全唐诗外编》编排顺序做过统计，在杜甫之前的初、盛唐诗人，今存七律共计246首，仅有8首涉及边塞战事、百姓疾苦的社会政治内容，余者不外乎颂圣唱酬、流连光景、抒写闲情逸趣。而杜甫个人存世的151首七律中就有43首反映社会政治内容，其触及现实生活的深广度也是同时代的其他诗人不能与之相提并论的。① 如他的较早体现政治内涵的作品《蜀相》，借讴歌诸葛亮为蜀汉开创大业，"鞠躬尽瘁"、忠贞不渝的崇高品质，呼唤有志之士，以天下为己任，挽救时局，安邦兴国。这种深沉的思想，有着历久不衰的感人力

---

　　① 程千帆、张宏生：《七言律诗中的政治内涵》，《文艺理论研究》1988年，第五期。

量，难怪永贞革新的核心人物王叔文，在革新事业受挫夭折之际，于中书堂痛吟"出师未捷身先死，长使英雄泪满襟"。宋代抗金名将宗泽正准备收复大河南北失地，不幸病危，临终前也口诵这两句诗，大呼"渡河"，三声气绝。由此证明，《蜀相》所蕴爱国之情是多么明显。

其实，我们在杜甫七律的很多篇章里，都可以看到这位现实主义诗人笔下摄录的国事民情、时代风云和社会积弊，充分彰显了他那忧国忧民的伟大情怀。在《恨别》《野老》《送韩十四江东觐省》等诗作中，杜甫因安史之乱平定无期而忧愁。当唐军收复洛阳、河阳，安史叛军滚出河北老巢的喜讯传来之时，漂泊他乡的诗人欢喜欲狂，"纵酒放歌"，庆贺国运出现了转机。于是，奔涌的激情驰逐笔端，写下了"平生第一首快诗"：《闻官军收河南河北》。杜甫不仅以七律抒怀吐情，并且用之评论时政，发表意见，直议国计民生的大事情，表现了对政治积极主动的参与精神。

他有感于代宗广德元年（763）10月吐蕃攻陷京城，立帝、改元，旋而破灭之事，以及年底吐蕃侵占四川西北松、维、保三州的边祸，便赋《登楼》一诗，意味深长地评说："北极朝廷终不改，西山寇盗莫相侵！"《杜臆》云："曰'终不改'，亦幸而不改也；曰'莫相侵'，亦难保其不相侵也。'终''莫'二字有微意在。"那时"代宗任用程元振、鱼朝恩，犹后主之信黄皓，故借词托讽"，"其词微婉而其意深切矣"。[1]诗人面对朝政日非，国势日蹙，社会动荡不安的现实，时而痛心疾首，悲愤交集，时而沉思凝想，苦寻王朝衰微、百姓罹难的根源。他的《九日》真实地反映了这种情状，"酒阑却忆十年事，肠断骊山清路尘"。如果说8年前杜甫在《咏怀五百字》里揭露统治集团荒淫奢靡给社稷苍生带来灾难的严重罪行，预感到山雨欲来、大厦将倾的时局，证明了他敏锐的政治头脑；那么，在这里他反思历史，把安史之乱后兵连祸结、生灵涂炭的社会现状与唐玄宗荒淫无度联系起来，"推原祸本"，警醒世人，以记取惨痛的历史教训，足见他深邃的思想和济世的怀抱。

---

[1]　［清］仇兆鳌：《杜诗详注》卷13，中华书局，1979年，第1131页。

从《九日》到《秋兴八首》，我们只看他流寓西南时期的七律创作，亦能够把握诗人晚年思想发展的轨迹。他身为野老，但强烈的社会责任感、炽热的爱国爱民之心却始终没有泯灭。在日常生活中，他遇到了阴暗的天气，耳听风雨之声，随即联想起倍受战乱摧残、赋役压榨的百姓的痛哭声，"哀哀寡妇诛求尽，恸哭秋原何处村"（《白帝》）。他对邻里"无食无儿"的孀居老妇关心备至，体贴入微，因她的不幸而念及社会积弊对百姓的毒害，"已诉征求贫到骨，正思戎马泪盈巾"（《又呈吴郎》）。像这样的诗篇，与其说是同情人民思想的自然流露，倒不如看作为民请命而发出的呼声。因此，杜甫能凭借在技巧上运用自如的七律这种艺术形式，写时事、议国政，说民瘼、刺百弊。为利民兴国立言，鞭挞各种丑恶。以至创作出《咏怀古迹五首》《诸将五首》《秋兴八首》等光耀诗坛的不朽名篇，使七律诗的思想成就远超前人及同辈歌手。这就是杜诗博得"七律入圣"之誉重要原因的一个方面。

当然，人们是根据杜甫七律的独创性而称引其"入圣"的，但是文学作品的独创性应包括思想与艺术两者的创新，舍诸其一，即非完璧。就杜诗七律在艺术方面来看，属于开拓的东西为数可观，择其要者，首推对沉郁浑厚、顿挫雄健诗风的熔铸。我们知道，诗歌作品风格是诗人创作个性的反映，是诗作表现出来的一种个人的情调与风貌，构成它的因素是复杂的。杜甫七律与他别的诗体一样，沉郁顿挫是其主要特征。如果没有诗人博大深广的忧国忧民思想，沉着蕴藉的表现手法和运用语言、格律、声韵等精湛技巧相配合，形成这种诗风是不可能的，一旦它展其丰采，对后世的影响也是深远的。盛唐之前的七律风格，多带有应制诗的特色，绚丽秀雅，富贵气十足，被视为七律"正鹄"的"王、岑、高、李"四家，他们的诗风虽自具面貌，如岑参的壮丽、高适的情致缠绵、李颀的风神清朗、王维的富丽秀赡，一变初唐气象，使七律"风格大备"（胡应麟：《诗薮·内编》卷五）。然而他们创作七律用力不及杜甫专注，存世数量，王维20余首，岑参11首，高适、李颀皆7首，较之杜甫相差甚远。至于风格的创新意义，前人亦有定评。明胡震亨《唐音癸签》一针见血地指出："王风调正似云卿，岑茂采堪追廷硕，李存藻不多，既同考功，高裁体欲变，亦类左相。以盛配初，约略不远。"由此可见，他们七律的诗风只是在沈佺期、苏颋、宋之问、张说诸人应制之作的基础上，有所变化而略展自家风神罢了。

明代另位诗论家胡应麟在肯定他们特点的同时，也指出其风格未臻成熟的毛病。"嘉州词胜意，句格壮丽而神韵未扬；常侍意胜词，情致缠绵而筋骨不逮。王、李二家和平而不累气，深厚而不伤格，秾丽而不乏情，几于色相俱空，风雅备极，然制作不多，未足以尽其变。"（胡应麟：《诗薮·内编》卷五）王维是四子中的佼佼者，与李颀同被看作开创七言律体神韵派的先导，但是王维所开七律新风之功，也远逊于杜甫，清沈德潜说得很明确："王摩诘七言律风格最高，复饶远韵，为唐代正宗。然遇杜《秋兴》《诸将》《咏怀古迹》等篇，恐瞠乎其后，以杜能包王，王不能包杜也。"（沈德潜：《唐诗别裁集》卷十三）

杜甫七律诗艺的创造性是多维的，风格是其整体上的反映，却不是各方面的简单组合，这里有必要进一步加以说明。其一，在表情达意的手法上，杜甫七律加大了议论的成分，颇助于诗人感情的宣泄和艺术形象的塑造。例如《将赴成都草堂途中作先寄严郑公》就"新松""恶竹"大发议论，抨击危害社会的恶势力，一吐忧时之叹。诗人议论不是直露浅说、以文布道，而是巧用物象和画面发表见解，意蕴深永。《咏怀古迹之五》是以赋法写七律的代表作，通首议论，诗笔灵活，"起手用突兀之笔，中段用翻腾之笔，收处用逸宕之笔"，写情生动，感人肺腑，如吴汝纶说："每咏武侯辄怅触不能自已。"还有，他的《登楼》《望野》《又呈吴郎》等诗篇里的议论，都与描写形象水乳交融、浑然一体。而且于形象化的议论中跳动着时代的脉搏，诗味盎然，启人联想，历久不忘。

其二，抑扬并用、虚实对照，静动互衬、疏密相间的艺术辩证法，于杜甫七律中得以充分体现。王安石的《遁斋闲览》谈到了他读杜诗的体会："悲欢穷态，发敛抑扬，疾徐纵横，无施不可。故其诗有平淡简易者，有绵丽精确者，有严重威武若三军之帅者，有奋迅驰骤若泛驾之马者，有淡泊闲静若山谷隐士者，有风流蕴藉若贵介公子者。盖其诗绪密而思深，观者苟不能臻其阃奥，未易识其妙处。"这"阃奥"的秘密就是艺术的辩证法，也可以说是杜诗七律表现技巧的基础。像《闻官军收河南河北》首句实写大好消息，诗人非但不乐，反而次句以涕泪沾衣继之。接下来不说妻子何等高兴，偏偏故设疑词，追问往昔愁容，一来吸引读者思索回味，另则为下文蓄势，可获一箭双雕的艺术效果。全诗虚实两全，抑扬兼备。实，使得诗歌形象鲜明、逼真；虚，造成诗歌感情含蓄蕴藉。抑扬交并可使作品具有"玩之者无穷，味之者不厌"的艺术魅力。又如《昼梦》用梦的形式表达当时人民深切而遥远的希望。前两联细针密线，紧凑绵密，不露痕迹地映射黑暗现实。后两联疏放挥洒、纵笔自如，让梦境天地广阔，由家至国，包举现实。这样，煞尾处提出天下人民的心愿，就觉得顺理成章，十分熨帖。杜甫晚年的七律作品多能成功地运用艺术的辩证法，所以不论写景写物，还是叙事说理，皆在严格规法之中穷极笔力，创造出五光十色的艺术珍品。

其三，自创七言拗律。所谓拗律，即在句中出现不合乎平仄格式的字，或应仄而平，或当平而仄，有的以拗救拗，成为一种特殊的声律。这不仅是音节问题，而且与锤炼语言、摄象造境密切关涉。如《白帝城最高楼》：

> 城尖径仄旌旆愁，独立缥缈之飞楼。峡坼云霾龙虎卧，江清日抱鼋鼍游。扶桑西枝对断石，弱水东影随长流。杖藜叹世者谁子？泣血迸空回白头。

严格说来，这首诗除颔联出句外，余者都可看作拗句。不过，首、项、尾三联或本句自救，或本句自救而对句又相救。拗而得救，并不为病。这个平起首句入韵的格式，经过如此变动形成自己声律上的特点，加之用语惊人，感情激越，使全篇充满郁勃不平之气。前人看到了这种声、情、辞的相互关系，因评说："城尖径仄，以泣血而微见其辞。"

"微见其辞，翻成激楚悲壮之响"。[①]据元方回统计，杜甫七律称拗体者计有19首。(《瀛奎律髓》) 杜甫精熟音律，驾驭各类诗体得心应手。而他为了以独特的方式传达自己的思想感情，故此不肯苟守绳墨，俯仰随人，于正格之外别创一体，以峻峭奇崛之姿为七律增添异彩。

胡应麟感叹："古诗之难，莫难于五言古。近体之难，莫难于七言律。(胡应麟:《诗薮·内编》卷五) 然而杜甫笔下的七律竟达到了无言不可入，无事不可写的"抟捥自如"的程度。尤其是把重要的政治内容引进七律中来，扩大其表意功能，赋予七律以"诗史"的含义。诗歌艺术又表现出"雄深浩荡，超忽纵横"的才能，开新风、创拗体、写组诗。如《诸将》《秋兴》那样的联章诗，概括繁复的客观景物和现实的军国大事，首首脉络相通，连篇迭唱，博大精深，力能扛鼎。可见，杜甫在七律创作上的独具成就，即使古今名家也是罕有与之比肩的，他的七律就"圣"在这里。杜甫为七律创作树立了不可磨灭的丰碑，其碑文当然须镌"入圣"二字。

---

① 仇兆鳌:《杜诗详注》卷十五，中华书局，1979年，第1277页。

7

杜甫诗歌创作说要

在我国古代灿若繁星的诗人中，杜甫以其杰出而独特的贡献，博得了"诗史"和"诗圣"的美誉。他辉煌的诗歌创作成就，为生生不息的民族文化建设提供了宝贵的思想资料和艺术生产的经验。他在唐王朝从兴盛到衰败的转折期，以苍凉悲壮、波澜壮阔、不同凡响的诗歌创作，为反映特定时代生活找到了恰当的艺术形式，出色地把握了时代的脉搏和灵魂。一部杜诗便成了时代的镜子，并和李白一起，成为诗国盛唐气象的化身，犹如天幕上的"双子星座"，齐光并耀，震古烁今。

一、杜甫的人生道路与诗歌创作的思想基础

杜甫一生经历了睿宗、玄宗、肃宗、代宗四朝，他亲眼看到了国家由盛而衰的急剧变化。在告别满怀理想、裘马轻狂的青年时代之后，饱尝了仕途坎坷、饥寒跋涉的游子漂泊的人间苦楚。在儒、道、佛三家并存的社会环境里，他的思想是矛盾复杂的，而忠君忧国、仁民爱物始终是其主导。

（一）充满变数的人生之旅

杜甫（712—770），字子美，是西晋名将、京兆杜陵（今西安市西南）人杜预十三世孙，故自称京兆人。其十世祖南迁襄阳，史书称杜甫为襄阳人。自曾祖父杜依艺定居巩县（今河南巩义市），杜甫生于此地。祖父杜审言，初唐著名诗人。父亲曾任奉天（今陕西乾县）县令。其家世为"奉儒守官，未坠素业"（《进雕赋表》）。杜甫遵循家族的传统踏

上了人生之路，其一生大致可划分为四个时期。

1. 早年读书与漫游：杜甫接受过很好的蒙学教育，作诗与练字是重要的内容。他在《壮游》诗中说："七龄思即壮，开口咏凤凰。九龄书大字，有作成一囊。"少年良好的教育对培育他的文学艺术素养，起到了重要的作用。他的青春年华正逢开元盛世，二十岁南下吴越游览佳山丽水，凭吊名胜古迹。四年后返回洛阳参加进士科考试落榜。次年又兴致勃勃东游齐、赵。从他的《壮游》诗中可知，这次近五年的漫游生活，轻松愉快，富有浪漫色彩。三十岁再返洛阳，历时三年，巧遇"赐金放还"的李白，两位诗坛巨星相逢，为文苑留下了千古美谈。

杜甫自弱冠走出书斋，前后三次漫游，饱览神州河山，接触祖国文化遗产，陶冶了性情，开阔了视野，成为诗人一生创作的准备期。从他流传的《望岳》《房兵曹胡马》《画鹰》等近三十首早期作品看，已具备了巨大的创作潜力。

2. 长安求仕的十载风霜：天宝五年（746），三十五岁的杜甫怀着"致君尧舜上，再使风俗淳"的政治理想，来到长安。次年，他参加了玄宗特诏选拔一艺之长人才的考试，李林甫玩弄诡计，令应试者全部落第，还上表称贺"野无遗贤"。杜甫大为失望，困境中投诗权门，拜谒达官，向皇帝献《雕赋》《进雕赋表》，结果如石沉大海。这位高门世族的杜家后代，开始尝到了人间的辛酸，发出了"纨绔不饿死，儒冠多误身"的愤怨，倾吐"朝扣富儿门，暮随肥马尘。残杯与冷炙，到处潜悲辛"的牢骚。但他不放弃出仕的机会，天宝十年（751）又献三篇"礼赋"，获玄宗赏识，令其待制集贤院，命宰相考其文章，拖延四年授予他右卫率府兵曹参军八品小官。十载风霜、穷困潦倒使杜甫的思想发生了变化，他逐渐认识到了现实政治的黑暗，黎民生计的艰难，人间世道的不平。他用手中的笔揭露现实的丑恶，抒发内心的郁闷之气。今存这个时期的杰作如《兵车行》《丽人行》《出塞》《咏怀五百字》等共百十余首诗，是他当时精神面貌的真实反映。

3. 战乱中陷贼与仕途坎坷：天宝十四年（755），杜甫得官，十一月去奉先县探望家室。此际，波及全国、长达八年之久的安史之乱爆发了。这是大唐帝国由盛而衰的转折点，亦是杜甫人生与创作的转折点。次年五月，杜甫带领全家避难白水。潼关失守，玄宗逃亡成都，杜甫一家随难民逃亡，到达鄜州羌村，得知肃宗于灵武即位，孤身投奔新皇帝，不料途中被俘，押送长安。他陷贼八九个月，亲眼目睹京城百姓惨遭蹂躏，感受了国破家亡的悲痛，写下了《哀江头》《悲陈陶》《悲青坂》《月夜》《春望》等著名诗篇，伤时爱国之心，彰灼于字里行间。至德二年（757）四月，杜甫逃离长安，抵达肃宗行在凤翔，官拜左拾遗。旋因疏救房琯触怒肃宗，许他去鄜州探家。他怀着复杂的心情抵家后创作了《北征》《羌村三首》等名篇。仲秋两京相继收复，肃宗回长安，杜甫携家眷入京复任原职。次年贬为华州司功参军。仕途蹭蹬，理想受挫，遭受沉重打击之后，杜甫的创作更加直面现实。如《洗兵马》、"三吏""三别"，就是离开宫廷不久创作的反映社会面貌和民生实况的大放异彩之作。杜甫在司功参军任上不足一年，乾元二年（759）七月，离华州西往秦州（今甘肃天水），经同谷（今甘肃成县）于岁末来到成都。他在"万里饥驱"的秦蜀道上，历时五个多月，写下了《秦州杂诗》二十首、《同谷七歌》等组诗。他的诗歌创作进入了高峰期，题材扩大了，思想内涵厚重了，赢得了"图经""诗史"的称号。①

4. 晚年漂泊西南的生活之旅：上元元年（760）春，靠亲友资助于成都西郊浣花溪畔营建了草堂。在《堂成》诗里以"飞鸟""语燕"寄托携妻儿定居的欢乐。但好景不长，代宗宝应元年（762）七月，杜甫送成都尹严武还朝，至绵州遇西川兵马使徐知道叛。为了避乱他辗转于梓州、阆州等地。广德二年（764）春，严武再镇蜀，他才回成都。经严武举荐杜甫出任节度参谋检校工部员外郎，不足半年卸任。永泰元年（765）严武卒，杜甫失去依靠，于是离蜀沿江东下。大历元年（766）春由云安迁居夔州（今四川奉节），仅两年又乘舟出峡，欲返洛阳。孤舟为家，漂泊水上。大历五年（770）冬，伟大的诗人在由潭州往岳阳途中的舟内，永远离开了人间，终年五十九岁。杜甫晚年是诗歌

---

① ［清］仇兆鳌：《杜诗详注》卷七，中华书局，1979年，第589页。

创作的丰收期，现存杜诗的绝大部分是这个时期面世的，尤以七律精妙绝伦、炉火纯青。如《秋兴》八首、《登高》《蜀相》《诸将》《闻官军收河南河北》等诗，久咏不衰。

（二）杜甫思想的主旋律

杜甫思想的底色在其创作实践和生活道路上，表现出较为斑驳的特征，但占有主导地位、称得上主旋律的仍与"奉儒守官，未坠素业"的家族文化传统息息相通。作为祖祖辈辈从政为官的后代，杜甫深知欲施展自己的才能，实现政治理想，首先必须摆正自己的位置，对君王要忠贞不渝。在封建社会最高统治者被视为国家的象征，君与国很难剥离，忠君和爱国总是交织在一起的。他关心国家命运，渴望时局安定、社稷中兴的爱国之情，自然也是对君王的悃诚之心。从早岁"致君尧舜上，再使风俗淳"（《奉赠韦左丞丈二十二韵》），到晚年"安得覆八溟，为君洗乾坤"（《客居》），诗人忠君爱国、匡时济世的思想，无论入朝在野还是境遇穷达，都没有改变。而且因社会动乱、生活困顿，诗人逐步接近平民百姓，更多地认识社会底层的生活，所以儒家的仁民爱物、民为邦本的观念，很容易成为诗歌创作的思想基础。至于诗人曾揭露皇帝的罪过，批评其政治失误。这正是封建士子忠君的一种表现。

毋庸讳言，杜甫思想也有佛、道二教及道家学说的烙印。人们不难在杜甫的诗歌里找到反映他对佛、道颇有情趣的作品，如《巳上人茅斋》《和裴迪登新津寺寄王侍郎》《丈人山》《赠李白》《写怀》二首等。在他留给人间最后的一首诗里还说："葛洪尸定解，许靖力难任。家事丹砂诀，无成涕作霖。"（《风疾舟中伏枕书怀三十六韵奉呈湖南亲友》）儒、佛、道三者并存，是盛唐社会开放心态的产物，即使是忠君忧国、仁民爱物思想浸透灵魂深处的杜甫，接受一定的佛、道思想影响也是不足为怪的。

二、杜甫诗歌题材内容的新开拓

杜甫作为我国诗史上承前启后的集大成者，他把自己全部心血都倾注到诗歌创作之中。他现存的一千四百多首诗，犹如巨大的历史画卷，广泛而深刻地描绘了诗人生活时代的社会面貌，形象地表达了诗人生活之旅的真情实感。一部杜诗，题材内容宏阔厚重，展示出非凡的开拓创新精神。这里举其要者，简述以下四点：

其一，感时念乱的忧患意识，心怀天下的爱国情结。杜甫的创作活动，主要在安史之乱前后。他与一般诗人的区别就在于能够正视现实，关注时局的动向，透过五光十色的生活表象，敏锐地觉察到社会潜伏的危机，预感可能降临的灾殃。天宝十一年（752）秋，诗人与高适、岑参、储光羲等人同登慈恩寺塔，每人以同题赋诗。杜甫《同诸公登慈恩寺塔》与诗友们的作品命意完全不同，他将深邃的思考与独自的感受一气贯融，发出了警世之语。如钱谦益所释："高标烈风，登兹百忧，岌岌乎有飘摇崩析之恐，正起兴也。泾渭不可求，长安不可辨，所以回首而思叫虞舜"，"瑶池日晏，言天下将乱，而宴乐之不可以为常也。"①时隔三年，在著名的纪行抒情诗《咏怀五百字》里，杜甫再次表达了对时局的忧虑："群冰从西下，极目高崒兀。疑是崆峒来，恐触天柱折。"联系全篇描写的途中见闻和感受，明显透露出"山雨欲来风满楼"，天下动乱的信息。诗人的描写直观形象，涵纳着深忧远虑的理性意念，而心怀天下的爱国之情是杜甫创作心理启动的契机。

天宝后期玄宗好大喜功，东征西讨，战事频繁。杜甫对此举引起的恶果，以诗歌形式向统治者敲了警钟："边庭流血成海水，武皇开边意未已！"（《兵车行》）"君已富土境，开边一何多？"（《前出塞》其一）杜甫之前的诗人写边塞战争题材，要么抒发从戎尚武豪情、描绘风光景物；要么围绕参战将士的各种情况驰纵诗笔。而杜甫在他开拓的题材新疆域中，发表了忧国的意绪和政治预见。安史之乱中，诗人的许多作品生动地反映了爱国的赤诚、救国的识力。他的《悲陈陶》《悲青坂》《哀江头》等诗，直吐平叛势态恶化的怆痛，而《塞芦子》提出了捍卫复兴根据地灵武的军事部署："芦关扼两寇，深意实在此。谁能叫帝阍，

---

① 钱谦益：《钱注杜诗》卷一，上海古籍出版社，1958年，第19页。

胡行速如鬼！"诗人为了防御贼将史思明、高秀岩乘灵武空虚合军进犯而未雨绸缪。前人评："此篇直作筹时条议，剀切敷陈，灼见情势，真可运筹决胜，若徒以诗词目之，则犹文人之见也。"①

时局危殆，诗人心系国运，竭虑铲除祸根之策。形势大好，依然不忘国事，力求消弭隐患。在两京收复，朝野上下出现一派熙治气象之时，杜甫忧怀未释，警惕平叛举措失当可能酿成的弊端："京师皆骑汗血马，回纥喂肉葡萄宫"，"攀龙附凤势莫当，天下尽化为侯王。汝等岂知蒙帝力，时来不得夸身强"（《洗兵马》）。杜甫的忧虑后来变成了事实，回纥劫长安是国家的阵痛，藩镇拥兵自重、割据地方却是唐王朝无法根治的毒瘤。总之，"有关国家兴亡的大事，在杜甫同时代的诗人中却绝少反映"②，而"杜甫之诗，随举其一篇，篇举其一句，无处不可见其忧国爱君，悯时伤乱"（叶燮《原诗》外篇上）。杜诗所以能有这种境界，关键是诗人不管自身境遇如何，志在兼济天下："其穷也未尝无志于国与民，其达也未尝不抗其易退之节。早谋先定，出处一致矣！"（《杜诗详注》卷四引《庚溪诗话》）

其二，揭露统治者罪恶的批判精神，反映百姓苦难的爱民情怀。我国古代诗歌从《诗经》《楚辞》到唐前的文人作品里，揭露统治者罪恶、反映平民百姓疾苦的内容屡见不鲜。但像杜甫那样从维护国家利益出发，自觉地站在"邦以民为本"（《送顾八分文学适洪吉州》）的立场上，抨击上自皇帝、下到各级官吏种种罪行，表现同情百姓苦难的爱民情怀，还是找不到先例的。杜甫的创作扩展了这类重大社会题材的表现领域，深化了作品内容的意蕴，使人们从诗文中认识封建社会本质的视野更加开阔了。他的《咏怀五百字》大段描绘玄宗君臣在骊山行宫的荒淫生活，转而反振一笔，惊呼"朱门酒肉臭，路有冻死骨"。诗人写统治者穷奢极欲和人民饥寒交迫，深层的旨意是强调由此产生的社会政治

---

① 仇兆鳌：《杜诗详注》第一册第四卷，中华书局，1979年，第329页。

② 肖涤非、郑庆笃：《中国历代著名文学家评传》第二卷，山东教育出版社，1983年，第251页。

危机严重威胁了国家的命运，以致引发了诗人"忧端齐终南，澒洞不可掇"的深广愁思。

杜甫晚年在夔州看到了元结《舂陵行》和《贼退示官吏》这两首顾恤百姓苦难，反对官吏横征暴敛、残民邀功的作品之后，激赏之余写了《同元使君舂陵行》，肯定了元结诗勇于批判官吏的罪责，称赞其为灿若秋月华星的不朽之作。杜甫在他的诗前小序里说："今盗贼未息，知民疾苦，得结辈十数公，落落然参错天下为邦伯，万物吐气，天下小安可待矣。"这里把百姓、官吏、国家三者的关系讲得明明白白，诗人谴责统治者罪恶的批判精神，同情苍生苦难的爱民情怀，其思想基础正根系于此。"万姓疮痍合，群凶嗜欲肥"（《送卢十四侍御》），"必若救疮痍，先应去蝥贼"（《送韦讽上阆州录事参军》），诗人的爱与憎来自理性的自觉。他见到一棵病橘，就联想到玄宗荒淫生活给唐王朝造成的恶果："忆昔南海使，奔腾献荔支。百马死山谷，到今耆旧悲。"（《病橘》）目睹肃宗、代宗纵令宦官执掌兵权，祸及国运，则怒斥："关中小儿坏纪纲！"（《忆昔》）诗人对宰割百姓的地方军阀、贪官污吏，同样恨之入骨，认为他们狠如狼、凶似虎："群盗相随剧虎狼，食人更肯留妻子？"（《三绝句》）"哀哀寡妇诛求尽，恸哭秋原何处村？"（《白帝》）诗人在《遭遇》《岁晏行》等作品里尖锐地控诉统治者腐化堕落、鱼肉百姓，最终把整个社会搞得千疮百孔。杜甫的脉搏是和国家、人民的安危苦乐一起跳动的。

杜甫之前，曹操的《苦寒行》《蒿里行》提到了百姓，曹植的《泰山梁甫行》笔涉边地海民，陶渊明的田园诗写了农民。但是还没有哪一位诗人像杜甫那样，把批判统治者罪恶的愤怒、同情人民疾苦的爱心、关心国家利益的精神打成一片，在更为广阔、真实的社会背景下描写广大人民群众的生活和精神面貌，揭示他们苦难的根源。

其三，反映战乱的社会悲剧，表达复杂的战争观点，是杜甫拓展诗歌题材内容的又一个重要方面。安史乱作，杜甫与盛唐其他的著名诗人不同，他很快沦为战火中的难民，饱尝逃亡的艰危。自身陷贼后，敌人暴戾恣睢的滔天罪行，百姓惨遭蹂躏与祸辱的情状，经过浩劫到处留下兵燹之灾的伤痕，所有这一切，杜甫都历历在目。往昔国家富强兴盛之时，"稻米流脂粟米白，公私仓廪俱丰实。九州道路无豺虎，远行不劳吉日出"（《忆昔二首》其二）。今昔巨大的反差必然引起忧国忧民诗人的震撼和巨痛。与黎民百姓同呼吸、共患难，这就是杜甫在同时代的诗人中最早把目光投向战乱之灾，最全面而深刻地反映战乱造成社会大悲剧的原因。在《彭衙行》里能看到诗人举家逃难而牢记终生的感受，《悲陈陶》则是战乱屠杀生灵罪行的纪实。他的《述怀》暴露了安史叛军嗜杀成性的凶相："比闻同罹祸，杀戮到鸡狗"，"几人全性命，尽室岂相偶？"五古长篇《北征》摄录了战乱后的悲惨景象，触物有感，缘感生情，其愤然震怒之气，令人同仇敌忾。

杜甫不仅通过揭露战争的残酷性和破坏性来声讨安史之乱，而且对地方大小军阀钩心斗角挑起的战祸，以及党项、羌、吐蕃、回纥的进犯侵扰，亦表示非常痛恨。如他的《草堂》《光禄坂行》《天边行》《阁夜》《三绝句》《逃难》等诗，从不同侧面对祸国害民的战乱进行控诉。另一方面，杜甫不是一概地反对战争，对讨伐叛离朝廷的战争，抗击外敌入侵、保卫国家安全的军事斗争均采取拥护和赞同的态度。他客居蜀地得知官军在河阳打了胜仗，于《恨别》中激动地说："闻道河阳近乘胜，司徒急为破幽燕。"盼望李光弼一鼓作气，彻底摧毁敌人的巢穴。代宗广德元年（763）春，诗人听到史朝义兵败自杀，部将相继归降，河北州郡悉平的消息，惊喜若狂，写下了被赞为老杜"平生第一快诗"（浦起龙《读杜心解》）的《闻官军收河南河北》。

杜甫对战争的态度是复杂的。他旗帜鲜明地反对玄宗末年穷兵黩武、开边扩土，反对安史叛乱、地方军阀混战，以及吐蕃、党项等统治集团挑起的侵扰唐王朝的战争。他是从国家、百姓的利益出发，认定战争的性质的。诗人曾说"蜀道兵戈有是非"（《草堂》），表明杜甫注意到各种战事的复杂性。虽然他受到历史和阶级的局限，对被压迫阶级反剥削、反暴政的武装斗争也是反对的，但能注意到战争具有不同性质，其中包含复杂的是非因素，已是难能可贵了。著名组诗"三吏""三别"反映了杜甫战争观的复杂性。组诗创作背景是乾元二年（759）春，邺城一役官军大败，唐王朝为挽回败局，大肆抓丁拉夫补充兵源，广大人民承受着灾难的摧残，杜甫把这血泪现实化为不朽的诗篇，成为战乱造成的社会悲剧的剪影。"三吏""三别"展示了战乱把人民推进苦难的深渊，毁掉了人民的生存家园，农村社会一片荒芜凋敝的景象。为了平叛、挽救危难的国家，天下百姓需要不惜一切代价消灭敌人，保卫王朝统一。然而官吏蛮横凶狠强行抓人拉夫，连孩子和老人都不放过，幕幕惨不忍睹的悲剧，又让诗人痛心不已。组诗深刻而真实地表现出矛盾纠缠的社会现实和诗人内心多种感情交织的精神世界。人们在《新安吏》中看到了"中男绝短小，何以守王城"与"送行勿泣血，仆射如父兄"自相矛盾的诗句。类此，《石壕吏》的老妪，已是家破人亡，还要"急应河阳役，犹得备晨炊"。《新婚别》的年轻夫妇，被逼"暮婚晨告别"，新娘倒劝勉丈夫，"勿为新婚念，努力事戎行"。《垂老别》中"子孙阵亡尽"的老人，还是抛下老妻，奔赴战场，表示"安敢尚盘桓"。足见"三吏""三别"既有揭露兵役残酷、同情人民疾苦之意，又有歌颂人民爱国精神之旨，这是时代特征和诗人矛盾心理的投影。[①]

其四，咏物、题画、论诗，取材独辟新径；叙友情、谈亲情，内容别开生面。写景咏物是我国诗歌的传统题材，杜甫以灵动的诗笔，摄取新的诗料，给人触处生辉之感。例如，春雨是众多诗人笔涉的对象，杜甫写它则采用了略貌取神的处理手段，在心物相交时，抓住猝然迸发的审美感受，"随风潜入夜，润物细无声"（《春夜喜雨》），突出其滋润万物毫不声张的高尚品质。《水槛遣心二首》（其一）是歌咏自然风光的短章名作，诗人审美视野中的物质世界由澄江、幽树、晚花、细雨、微风、游鱼、飞燕、房舍等构成。但诗人写物淡墨轻勾，只是作为遣心的触媒，旨趣所在是抒发优游闲适的心情。大自然的景物人人可见，杜甫以独特的视角熔裁铸合，丰富了传统题材的表现内容。他惯常运用的方法是将身世之感、仁民爱物的精神寓于笔下之景，极大地丰富了写景咏物诗的意蕴。诗人越到晚年，转化景语为情语的妙笔开发题材内涵的技

---

① 仇兆鳌：《杜诗详注》卷七，第二册，中华书局，1979年，第537页。

巧越成熟。如《江汉》《客亭》《宿江边阁》《宿府》《登楼》《登高》等皆是情、景交融的精品，而七律杰作《秋兴八首》的开篇，把人生况味、国运之叹糅进自然之秋的描写中，联系密洽，浑然一体。后人评说"子美《秋兴》八篇，可抵庾子山一篇《哀江南赋》"（杨伦《杜诗镜铨》卷一三引王梦楼语），可知话出有据。

杜甫的咏物诗发扬了托物言志的传统，钟惺认为杜甫的咏物诗：

> 于诸物有赞美者，有悲悯者，有痛惜者，有怀思者，有慰藉者，有嗔怪者，有嘲笑者，有劝诫者，有计议者……咏物至此，神佛圣贤帝王豪杰具此，难着手矣。（《杜诗详注》卷七引）

杜甫是唐代诗人中创作题画诗数量最多、成就最著、影响最深者。[①]因他的《杨监又出画鹰十二扇》《题壁上韦偃画马歌》表现了爱国思想；《天育骠骑歌》抨击黑暗势力，为忠良之士遭迫害而鸣不平；《丹青引赠曹将军霸》则是以题画诗评品人物、阐述艺术理论的先导。杜甫这类诗的内容远远突破了他之前题咏山水、翎毛、走兽等的局限，提升了题画诗的品位。

杜甫是以绝句论诗的开创者。谈艺论文引入诗中，李白《古风》（其一）"大雅久不作"，应比杜甫《戏为六绝句》要早许多。但杜甫能"别开异径"（李重华《贞一斋诗话》），用一首绝句谈一个诗论观点，把多首连缀成组诗，阐发完整的艺术见解。这种创体也是元好问《论诗绝句》的滥觞，成为我国古代诗歌理论的载体。另外杜甫《解闷十二首》《江上值水如海势聊短述》《偶题》等篇，亦是为人乐道的论诗作品。

古代文士用赠送酬答之诗表达情谊，是普遍的交往方式。杜甫与众不同的是把怀亲念友和忧国忧民之情结合起来，写得十分深挚，呈现出

---

① 朱明伦：《唐诗纵论》，辽宁大学出版社，1995年，第173页。

高尚的人性美。他一生酬赠和追怀李白的诗共有十一首，而《梦李白二首》怀人中深寓时代感愤，动人心弦。《奉送严公入朝十韵》对世交朋友表示"四海犹多难，中原忆旧臣"，"公若登台辅，临危莫爱身"，别情厚望与匡时报国之心，水乳交融。《送郑十八虔贬台州》描写诗人心目中"才过屈宋""道出羲皇""德尊一代"的挚友郑虔的不幸遭际，实则为时代的悲剧。诗人作品里表现的骨肉亲情、伉俪之爱，也无不浸染着时代的特征。陷贼长安时的《月夜》在兵荒马乱、两地分离的境遇下，倾吐怀念爱妻、儿女的沉挚深厚的感情，格外催人泪下。在《彭衙行》《北征》《羌村三首》（其一）等诗里，父爱与亲情都展示得那样的纯真美好。他的《怀弟二首》《得舍弟消息》《月夜忆舍弟》等皆是写战乱中的兄弟之情："露从今夜白，月是故乡明。有弟皆分散，无家问死生。寄书长不达，况乃未休兵！"骨肉相思和感时伤乱的浩叹，一笔两出。杜甫为表现友情与亲情的人性美，又开了新生面。

一部杜诗所以能具有"浑涵汪洋，千汇万状"（《新唐书·本传》）的大气象，是和诗人在创作过程中不断开拓题材相联系的。那些反映当时社会重大问题和人民生活内容的作品，无疑是杜诗的精华。诗集中有此，如屋有柱，如人有骨。而日常生活存在的一思一事，哪怕是闪现的愿景与希望、过眼的云烟与浪花，只要诗人发现了美，一经点化，无不诗意盎然，成为杜甫诗歌不可分割的一部分。正因如此，杜诗才是血肉丰满的一代诗史，并因能与中华文化现时性建构生发出一种张力关系，必将成为具有永恒价值的民族遗产。

三、杜甫诗歌精深技艺略评

杜甫运用丰富多彩的艺术技法，表现包罗万汇的题材内容，达到了珠联璧合、完美无缺的境界。其诗赋法的妙用、律诗的新变、语言的锤炼、风格的打造诸多方面，为文苑诗家高扬了创新的旗帜。

第一，杜甫在叙事诗里妙用赋笔，舒卷随心，艺术效果显著。赋笔写诗肇始于《诗经》"雅""颂"两类作品，汉魏六朝乐府与文人创作中的叙事诗，赋笔则是基本的表现手段。从诗歌艺术的实践考察，凡是铺陈叙事，不以比、兴描摹景物而抒情议论皆可看作赋笔。杜甫发扬传统，提高了赋笔的表现功能，首开"即事名篇"创作之路，把叙事诗的写作推向了一个新阶段。

一是杜甫叙事诗的对话和细节描写，远超前人赋笔的技巧。例如《兵车行》创造了代人述言的对话方式，借役夫的血泪控诉，强烈谴责了开边政策的罪恶。《石壕吏》中差吏与老妇的一段对话，首创藏问于答法。《新婚别》以初嫁新娘口吻道出的泣别语，塑造了一位内心世界复杂的"贫家女"形象。这些形式灵活而个性鲜明的对话，惟妙惟肖地刻画了不同身份人物的神貌，增强了反映社会现实的深度。

以赋笔描写细节，叙事诗《北征》《羌村三首》是典型的篇章。前者写自凤翔回鄜州探家，归途中的见闻，与亲人相聚悲喜交集的情境，多是工笔细描。后者是"连章体"的组诗，从诗人还家的情节中抽选三个生活片段，以细节组接，为读者留下联想的空间。如"妻孥怪我在，惊定还拭泪"，反常的心态、恐怖时代的阴影，连同惊喜与伤感之情，一笔泄出。"娇儿不离膝，畏我复却去"，语含父子亲情和战乱期间惧怕亲人离散之意，又暗点诗人不能匡济国难的悒郁心理。金圣叹说娇儿很精灵，"早见此归不是本意，于是绕膝慰留"。[1]杜甫诗的细节描写带有浓郁的生活气息，并在实写中曲包深意，从特定视角展现广阔的历史生活画面，揭示社会本质。

二是如李重华《贞一斋诗话》里所说的："作诗善用赋笔，惟杜老为然。其间微婉顿挫，总非平直。"他的《北征》《昔游》《壮游》《茅屋为秋风所破歌》等诗，以伏笔照应、转折层进、交错摹景抒情来掀起波澜，改变前人赋笔平板滞直的毛病。而将爱憎和评判寓于客观叙述、描写之中，以获得"微婉顿挫"的艺术效果，也是杜诗善用赋笔的表现。如《丽人行》严格写实，把杨氏姐妹的"美人相""富贵相""妖淫相""罗刹相"自然串联起来，似无诗情摇曳，却是"无一刺讥语，描摹处

---

① 详见《金圣叹选批杜诗》，成都古籍书店，1983年，第45页。

语语刺机。无一慨叹声，点逗处声声慨叹"（浦起龙《读杜心解》）。《石壕吏》《三绝句》等，将诗人强烈的思想倾向，凭着冷静描述不动声色地流露出来，非同平直乏味的赋笔毫无余韵。

三是杜甫有时将叙事与议论、抒情结合，间或穿插写景，有效地扩大了赋法的表现功能和应用范围，甚至使叙事诗和抒情诗对接起来。《咏怀五百字》是最有代表性的作品，"诗凡五百字，而篇中叙发京师，过骊山，就泾渭，抵奉先，不过数十字耳。余皆议论，感慨成文"（《杜诗详注》卷四引胡夏客语）。其实，篇内也间有描写途中景物。再如《述怀》《瘦马行》《自京窜至凤翔喜达行在所》等，无不把叙、议、情、景融于一体，对社会生活作典型的艺术概括。这是杜甫诗歌创作对前人的超越。

第二，杜甫律诗的新变，成就卓著，贡献巨大。杜诗众体兼备，各体皆工。仇兆鳌《杜诗详注》"凡例"说："昔人谓五古、七律入圣，五律、七古入神"，五、七言绝句，"与太白、少伯分道而驱"。律诗在唐代是一种新兴的诗体，杜甫的律诗有开疆拓土之功。据浦起龙《读杜心解》统计，五、七律诗占现存杜诗二分之一以上，其中五律六百二十六首。胡应麟在评论初、盛唐五律名家各自的功绩时说："唯杜工部（五律）诸作，气象嵬峨，规模宏远，当其神来境诣，错综幻化，不可端倪。千古以还，一人而已。"（《诗薮·内编》卷四）杜甫旅食长安之前，五律的写作技巧几近成熟。安史之乱后，诗人五律反映社会现实生活的深广程度，与其五古、七古同步迈上了创作的高峰。《春望》《月夜》《对雪》等吟咏，堪称五律绝调，而《秦州杂诗二十首》是杜甫五律最高成就的代表作。晚年的《旅夜书怀》与李白《渡荆门送别》对照，可谓"青出于蓝，而胜于蓝"。①

杜甫七律在唐代诗人中独树一帜，他的创作实现了对七律的革新。

---

① 仇兆鳌：《杜诗详注》第三册，中华书局，1979年，第1229页。

杜甫之前，诗人多用七律颂圣唱酬流连光景，抒写闲情逸趣。[①]杜甫改造了七律的应制诗性质，赋予它深刻的现实性。在《蜀相》《恨别》《野花》《闻官军收河南河北》《九日》《白帝》《又呈吴郎》《登楼》等诗中，杜甫采用七律的艺术形式，写时事、议国政，诉民瘼、刺百弊，为利民兴国立言，鞭挞各种丑恶。黄子云《野鸿诗的》评杜诗说："七律则上下千百年无伦比。其意之精密，法之变化，句之沉雄，字之整练，气之浩瀚，神之摇曳，非一时笔舌所能罄。"

　　杜甫七律艺术手法的独到之处确实不少。本书于《杜甫"七律入圣"说浅识》篇中多有论及。这里只概要归纳其要点，不展开论证，以免前后文内容重复。举其要者，如在表情达意上，加大了议论的成分；在严整的格律之内，运用抑扬交错、虚实对照、动静互衬、疏密相间的技法，充分体现了艺术辩证法。再者为自创七律拗律，即在诗语声调平仄的组合上，打破固定的匀称音节格式，成为一种特殊的声律。有时在拗律中插入古体诗的句式，形成"律中带古"。随着音节和词语的变化，摄象造境变得情深意远。此外，诗人的传承与创新精神，还表现在七律组诗上。"连章体"组诗的渊源可追溯到曹植的《杂诗》《赠白马王彪》，而对杜甫有直接影响的是庾信的《拟咏怀》二十七首和其祖父杜审言的《和韦承庆过义阳公主山池》五首。杜甫能以格律森严的七律体联篇咏唱，是诗坛上的创举。黄庭坚说"杜之诗法出审言，句法出庾信，但过之耳"（陈师道《后山诗话》引），一语道破了杜诗传承与创新的事实。

　　第三，千锤百炼与丰富多彩的诗歌语言，是杜诗艺术传承与创新的重要组成部分。诗歌语言是诗人审美心理的图像。杜甫表示"为人性僻耽佳句，语不惊人死不休"（《江上值水如海势聊短述》），说明诗人自觉地追求语言美，把创作与生命价值取向紧紧联系起来。为了达到诗歌语言"毫发无遗憾"（《赠郑谏议十韵》）的目标，认准了重要的途径

---

① 程千帆、张宏生：《七言律诗中的政治内涵》，《文艺理论研究》1988年第2期，第81页。

在于学习。"新诗改罢自长吟","颇学阴何苦用心"(《解闷十二首》其七),坦率自述学习语言所下的苦功和选择的对象。宋代范晞文和杨万里早就举出很多例证,求索杜甫向六朝诗人学习语言的经验。①杜甫正是以"读书破万卷"(《奉赠韦左丞丈二十二韵》)的惊人毅力,才形成诗歌语言千锤百炼、丰富多彩的特征。具体表现为:

其一,语言鲜明、精当,具有高度概括力。如写人间世道黑暗,贫富反差,惨不忍睹,则曰:"朱门酒肉臭,路有冻死骨"(《自京赴奉先县咏怀五百字》),"富家厨肉臭,战地骸骨白"(《驱竖子摘苍耳》),"高马达官厌酒肉,此辈杼柚茅茨空"(《岁晏行》);写社会动乱,人心惶恐,到处阴森可怖,便说:"天下郡国向万城,无有一城无甲兵"(《蚕谷行》),"野哭千家闻战伐,夷歌几处起渔樵"(《阁夜》),"豺狼塞路人断绝,烽火照夜尸纵横"(《释闷》)。强烈的对比,触目惊心的现实景况,浓重的感情色彩,催人泪下。

其二,遣词造句生动形象,色彩斑斓,富有表现力。清代贺裳《载酒园诗话又编》指出杜甫笔底的明妃:"'一去紫台连朔漠,独留青冢向黄昏。画图省识春风面,环珮空归月夜魂。'生前寥落,死后悲凉,一一在目。"而《丽人行》写贵妃姊妹,语言色彩却与此截然不同:"态浓意远淑且真,肌理细腻骨肉匀。绣罗衣裳照暮春,蹙金孔雀银麒麟。"人物的妆饰、神态,备受恩宠的娇贵相,和盘托出,活灵活现。诗人讴歌大自然的钟秀妩媚,则用清词丽句:"泥融飞燕子,沙暖睡鸳鸯"(《绝句二首》其一),"留连戏蝶时时舞,自在娇莺恰恰啼"(《江畔独步寻花》其六),"桤林碍日吟风叶,笼竹和烟滴露梢"(《堂成》),设色亮丽,鲜艳如画。当赞叹雄伟壮丽的山川形胜时,诗语也变得奇崛峭拔,横放杰出:"白帝高为三峡镇,瞿塘险过百牢关"(《夔州歌十绝句》其一),"吴楚东南坼,乾坤日夜浮"(《登岳阳楼》)。可见,不论林林总总的社会现象,还是千姿百态的自然景观,诗人凭借高超精湛的

---

① 《历代诗话续编》(上),中华书局,1983年,第439页。另见《古典文学研究资料汇编·杜甫卷》(上编)第三册,中华书局,1964年,第647页。

语言功力，做到了意到墨随，即物赋形，诗笔经处情貌无遗。

其三，筛选口语、俗语入诗，明白晓畅，通俗自然。如："挽弓当挽强，用箭当用长。射人先射马，擒贼先擒王"（《前出塞九首》其六），这是浅近的谣谚体句式，像军中流行的作战歌诀。"父母养我时，日夜令我藏。生女有所归，鸡狗亦得将"（《新婚别》），无人不知的俗语，从新娘子口中说出，分外亲切，令人特别觉得其人心灵的纯真高洁。《兵车行》、"三吏""三别"、《茅屋为秋风所破歌》等作品中，都有来自当时口语的诗句，具有闻声临境的审美感受。

杜诗语言如地负海涵般的蕴意，天机云锦似的美妙，敲金戛玉一样的美听，字字工绝，句句千钧。其原因就在于，诗人依据词性、色彩、声调等特殊功能，多方炼字、炼句，以获神韵取胜。工深力专，千古独步。正像人们经常乐道的那样，诗人锤炼的精彩处，一字有神，境界全出。①

第四，在传承与创新中打造诗风。元稹是最早评述杜诗风格成因与特征的诗论家。他在《杜工部墓志铭》中指出，杜诗"上薄风雅，下该沈宋，言夺苏李，气吞曹刘，掩颜谢之孤高，杂徐庾之流丽，尽得古今之体势，而兼人人之所独专"，"诗人以来未有如子美者"。诗歌风格是作品内容与形式二者高度统一所彰显的特色，杜甫过人的地方，就是在充分吸纳和转化前人思想成果和艺术经验的前提下，熔铸自家的诗风，所以杜诗风格的内涵非常厚重深邃。

杜诗风格的主要特征是沉郁顿挫，这里首先蕴含着抚时伤乱、心系天下安危的忧患意识，仁民爱物、忠君恋阙的情结。其次是作品以苍劲有力的笔触，描绘出广阔真实的时代生活画面，形成雄浑绵邈的意境，充溢着凝重深沉的忧郁色彩和悲剧气氛。再次，采用千回百折、深曲跌宕、反复低回、吞吐含情的表现手段，还有与作品思想兴味相适应的谨严格律、铿锵声韵，以及低昂相济、洪细相依的音调节奏。在总体上，

---

① 《原诗·一瓢诗话·说诗晬语》"老杜善用'自'字"条目的内容，人民文学出版社，1979年，第141页。

作品给人以一种沉雄浑厚、苍莽悲壮、博大精深之感，这就是对沉郁顿挫风格特征的概要诠解。如杜甫五古《咏怀五百字》《北征》《无家别》《八哀诗》《壮游》，七古《悲陈陶》《哀江头》《同谷七歌》《岁晏行》，五律《春望》《对雪》《秦州杂诗二十首》《登岳阳楼》，七律《阁夜》《登高》《秋兴八首》《咏怀古迹五首》等，均可看出杜诗主要风格特征。

诗歌风格作为一个美学范畴，它带有综合性。风格的形成是由诗人气质禀性、身世际遇、思想情绪、时代环境，以及作品描写的题材内容、表现方法等因素熔炼而成。诗歌创作伴随着杜甫的一生，他的诗风也不是一成不变，而呈现出多样化的特点。如《洗兵马》的热烈奔放，《瞿塘两崖》的雄浑苍劲，《春夜喜雨》的清圆工致，《卜居》的明快质朴，《江畔独步寻花七绝句》的萧散自然，等等。杜诗风格的多样化与其传承和创新的艺术实践是分不开的。叶燮曾说："杜甫之诗，包源流，综正变。自甫以前，如汉魏之浑朴古雅，六朝之藻丽秾纤，澹远韶秀，甫诗无一不备。然出于甫，皆甫之诗，无一字句为前人之诗也。"（《原诗·内篇》上）联系形成风格的各种因素来考虑，诗人旅食京华期间的创作，是沉郁顿挫风格由发轫到成熟的阶段；从陷贼到奔蜀的诗歌，这种风格得到充分发挥而大放异彩，出川之后的诗风亦大体如此。而诗人少壮时代和成都草堂稍为安定的岁月，其诗风自有别调。

四、杜甫诗歌深远影响综述

杜甫在我国诗歌发展史上是一位承前启后，继往开来的伟大诗人。中唐白居易称美杜诗"贯穿古今，缛缕格律，尽工尽善"（《与元九书》），元稹在《杜工部墓志铭》中高度评价杜甫在文学史上的地位，得到宋、明学者广泛的认同。黄庭坚曾强调过，如要真正体味杜诗的真髓，"非广之以《国风》《雅》《颂》，深之以《离骚》《九歌》，安能咀嚼其意味，闯然入其门耶？"（《大雅堂石刻杜诗记》）秦观谓杜甫是"集诗之大成者"（《淮海集·韩愈论》）。陆游的《读杜》诗也说："千载诗亡不复删，少陵谈笑即追还。尝憎晚辈言诗史，《清庙》《生民》伯仲间。"从不同角度告知世人，杜甫的创作继承和发扬了古代诗歌的优良传统，特别值得珍惜和学习。明代诗论家胡应麟进一步赞扬了杜甫推动诗歌发展的辉煌业绩："大概杜有三难：极盛难继，首创难工，遭衰难挽。子建以至太白，诗家能事都尽，杜后起集其大成，一也；排律近体，前人未备，伐山道源，为百世师，二也；开元既往，大历继兴，砥柱其间，唐以复振，三也。"（《诗薮·内编》卷五）实际上杜诗对后世的影响是多方面的、极为深远的。

诗人自创"即事名篇"的新题乐府诗，直接催发了中唐元稹、白居易等人的新乐府创作，以至蔚为大国。杜甫劈山开路的独创品格，培育了韩愈、孟郊等人刻意求新的精神。晚唐皮日休、聂夷中、杜荀鹤等人，沿着杜诗紧密联系生活的道路继续迈进。入宋之后，杜诗受到更为广泛的重视，宋人不仅被杜诗仁民爱物、伤时忧国的精神境界所感染，也为其诗艺的创新所倾倒。宋初较早把眼光投向现实的诗人王禹偁，他的追求是："本与乐天为后进，敢期子美是前身。"（《喜诗句类杜》）欧阳修慨叹："风雅久寂寞，吾思见其人。杜君诗之豪，来者孰比伦。"（《子美画像》）王安石、苏轼等北宋诗坛大家多有颂美之语。爱国名臣李纲在抗金御侮的斗争中深切体会到：读杜诗"犁然有当于人心，然后知为古今绝唱。"（《校定杜工部集序》）宋末民族英雄文天祥在狱中诵杜诗、集杜句，蓄养浩然正气。从北宋到清末广大的仁人志士，多从杜诗里汲取精神力量。

杜诗艺术的独创性和巨大的审美价值，在后世一直引起强烈的反响。白居易早就断言杜诗将"吟咏流千古，声名动四夷"（《读李杜诗集因题卷后》）。杜诗对创作的导向作用在中晚唐即有体现，"（杜）公之诗，支而为六家：孟郊得其气焰，张籍得其简丽，姚合得其清雅，贾岛得其奇僻，杜牧、薛能得其豪健，陆龟蒙得其赡博"（《杜诗详注·附编》引孙仅言），虽提法有些离谱，影响却不可勾销。晚唐李商隐学习杜甫律诗的写作技巧卓有成效，宋代江西诗派尊杜甫为祖师，效法杜诗形成风气。宋人蔡梦弼说："自唐迄今，余五百年，为诗学宗师，家传而人诵之。"（《杜诗详注·附编》引）明、清两代李梦阳、李攀龙、沈德潜等人研习杜诗技巧，仍是乐此不倦。

随着杜诗影响的不断扩大，杜诗的搜集、整理和研究，千余年来未曾间断。《新唐书·艺文志》载有《杜甫集》六十卷，另有唐人樊晃所编《小集》六卷。至宋六十卷本已散佚，学子对杜诗的辑佚和编纂做了大量工作，许多笺注或集注本先后问世。元明时期还出现了大量的批选杜本。清代研究杜诗的收获成果空前，其中流行较广的注本有钱谦益《笺注杜工部集》、浦起龙《读杜心解》、仇兆鳌《杜诗详注》、杨伦《杜诗镜铨》。今天，杜甫诗歌已经成为中华民族乃至世界人民的一份珍贵的文化遗产。

8

评析刘禹锡创作成果系列论题

一、刘禹锡面对的时代风云

刘禹锡是唐代著名的文学家、进步的思想家，一位富有才情的士子。他擅长散文，雅爱书法和音乐，对医学、天文亦有研究，尤以诗歌卓然成家，宛如诗国天幕上一颗璀璨的明星，光耀千秋。他的创作不仅为唐音增添了异彩，也为我们留下了一份珍贵的文学遗产。别林斯基曾说："诗人比任何人都更应该是自己时代的产儿。"刘禹锡当然不会例外。任何诗人的成长都要经受社会风雨的洗礼和传统文化的滋养，诗人自身展现的社会历史范式与文化范式，总是被一定的社会经济和具体的社会特点所制约，每个时代的歌手无疑是个体特性与社会普遍性的合金。因此，我们要正确地认识诗人，评价其文学创作的成就，必须从了解他所处的时代入手。

刘禹锡生活在唐中叶后，一生经历了代、德、顺、宪、穆、敬、文、武宗八朝。他来到世上，几经沧桑的唐帝国已度过了它的一百五十三个春秋，而使帝国由盛转衰的安史之乱，刚刚过去了十六年。他离开人间六十五年后，李唐王朝的国祚便不复存在了。这段历史正是封建社会多种矛盾日趋尖锐、交错并发的苦难岁月，也是仁人志士直面现实，多方探索，渴望帝国中兴的年代。

（一）藩镇割据是中唐社会机体的痼弊

跋扈的藩镇称雄割据是刘禹锡所处的时代无计根除的社会痼疾。藩镇的原义本来是形容地方军政机构屏藩王室，镇守一方的美称。唐代天宝初年，缘边曾置十个节镇辖区，其长官只有一个称为经略使，余者皆称节度使，总揽区内军、民、财政，经营边事。内地则设有十五道，其长官称为采访使，负责举劾所属州县官吏，后来改称观察使，兼理民政。在中央政权相对稳定时期，还未发生武夫悍将的公然挑战，不仅节度使、采访使的辖区广大，而且常用重臣兼任几镇节帅，委以方面重托。安史乱中及其平定之后，中央集权大为削弱，出现了特殊的政治、军事形势。在各种矛盾互相制约下，中原内地亦屯重兵，对掌兵的刺史多加节度使称号，于是形成了"方镇相望于内地，大者连州十余，小者犹兼三四"（《新唐书》卷五十《兵志》），所谓藩镇林立的格局。

唐中后期的藩镇稳定在四五十个，藩帅握有一支独立的地方部队，执掌军政合一的大权，强藩重镇拥兵坐大，雄据地方，俨然独立王国。以魏博、成德、卢龙三镇为代表的河朔地区，算是这类的典型。因其节度使大都出于安史降将，唐廷又对他们采取姑息迁就的态度，使之有恃无恐。表面上"虽奉事朝廷而不用其法令，官爵、甲兵、租赋、刑杀皆自专之"（《通鉴》卷二二五），甚至藩帅都由本镇拥立，赋税由将士瓜分。他们"虽称藩臣，实非王臣也"（《旧唐书·李怀仙传》），动辄互相勾结，反叛中央，或彼此攻打，战争不断。从代宗到德宗，藩镇之祸愈演愈烈。在刘禹锡十岁那年，成德节度使李宝臣之子李惟岳，趁父死去擅自袭职，自称留后，并与魏博、淄青、山南东道节度使串通一气，联合反唐。起始，朝廷派卢龙节度使朱滔等人率军讨伐，旋即平叛者与作乱者狼狈为奸。翌年，叛镇以朱滔为盟主，纷纷称王。他们进而勾结淮西节度使李希烈，反唐势力从河北扩大到河南。

德宗建中四年（783），李希烈陷汝州，进围襄城，朝廷急调泾原节度使姚令言讨伐。军经长安，因政府不给犒赏，发生兵变，德宗逃往奉天（陕西乾县），朱泚据长安称帝。第二年唐军在李晟率领下收复长安，朱泚败走、被杀。贞元二年（786）李希烈为部将陈仙奇所杀，至此两河地区的战乱暂息。当时十五岁的刘禹锡尽管在江南吴地习文攻诗，想必大混战的消息不会没有耳闻。宪宗朝继续对藩镇进行斗争，趁剿灭淮西节度使吴元济的有利时机，更换了三十六个藩镇首领，全国获得了暂时的统一。然而唐王朝并没有消除藩镇在经济、政治和军事上的割据基础，短时间的统一过后，唐廷再失河朔，各地藩镇时起作乱。据统计，自代宗广德元年（763）到僖宗乾符元年（874）的百余年里，共发生藩镇动乱一百七十一起。由于唐廷没有一支控摄全国的武装，中央讨叛主要依靠政府控制下的藩镇，利用藩镇间的相互牵制，维持王朝统治。接连不断的征伐平乱，使国家元气大伤，战区经济惨遭破坏，生灵涂炭，千里萧条，社会财源产生危机，军费开支日趋膨胀。

史载元和时期中央财赋收入，"每岁赋税倚办止于浙江东、西、宣歙、淮南、江西、鄂岳、福建、湖南八道四十九州，一百四十四万户，比天宝税户四分减三。天下兵仰给县官者八十三万余人，比天宝三分增一，大率二户资一兵。"①这种局面把社会推向了恶性循环的轨道，即使没有殃及兵燹的农民，也逃脱不了土地兼并的魔掌和徭役、兵役、租税的重重盘剥。被逼破产的农民为了谋生，有的应募参军，当了雇佣兵，成为藩帅进行割据的工具。出于笼络军心的需要，藩帅常常对将士施以恩惠，日久天长，藩镇兵士嗜利成性，骄横凶蛮，就是这些没有归耕条件的骄兵，将投身行伍当作活命的饭碗。一旦出现藩帅的行动意愿不符合他们的利益，便会立即做出反应，轻则拒绝调遣，重则置节度使于死地，包括藩帅表示归服朝廷这样堂皇正大的事情也不能例外。总之，唐廷只能依赖藩镇势力之间的平衡关系，来维持它的虚弱政权，绝无良策去根治藩镇尾大不掉带来的一连串的灾祸。

（二）宦官专权、朋党争斗并发是难治的两大绝症

宦官专权与朋党争斗是刘禹锡时代政治腐朽的产物，酷似植根在王朝机体上的两个无法剥离的毒瘤。宦官是古代贵族和君王蓄养的近侍随从。汉代以前，帝王们开始逐渐选用阉割过的人做宫内的家奴，自东汉起就全用施以宫刑的阉人负责侍奉皇帝和"三宫六院"的生活起居。因而，宦官被铸造成不男不女的特殊形象，到了明朝又把宦官称作太监。

---

① 《资治通鉴》卷二三七，中华书局，1956年，第7647—7648页。

《西游记》中猪八戒将太监误认作老太婆，还矢口咬定是别人"反了阴阳"，看来并不是闭着眼睛说瞎话。然而，这身为奴隶的"刑余之人"，在中国封建社会中央高度集权的朝代，扮演着重要角色，成为政治舞台上左右时局、动荡社会的很大力量，如秦、汉、唐、宋、明等莫不如此。

然而，唐代宦官专权独具特色，不但其权柄重、势焰凶、时间长、影响大为古史所罕见，而且握有军权，或统领神策军，或出任地方监军，在中晚唐的军事上起着举足轻重的作用，这是宦官势力颇为猖獗的东汉与明王朝亦未曾有过的。究其原因，问题又回到了藩镇身上。玄宗始置节度使于边塞，远离京都，控制重兵，专制的君王对此自然放心不下。认为自己眼皮底下的家奴，身份低贱，依靠他们难以构成严重威胁，因之首开了宦官到节镇监军的先例。肃宗在讨伐安史叛乱的严峻时刻，在朔方军的保护下慌乱中于灵武登基，新政权的产生底气不足，十分软弱，必然要采取制约以朔方军为首的各地作战部队的新举措。扶植宦官势力就是一项重要内容，于是由宦官专掌的神策军便应运而生。

神策军最初是陇右节度使管辖下的临洮之西的军镇名称，这里的部队在参加讨伐安史叛军和与吐蕃作战时，归高级监军大宦官鱼朝恩指挥，及本军旧将领调走后，鱼朝恩就成了这支神策军的统帅。当代宗避难陕州，鱼"举在陕兵与神策军迎扈，悉号神策军"。代宗返京，"朝恩遂以军归禁军，自将之"（《新唐书·兵志》）。从此神策军成为一支新的禁军，其职权除拱卫京师外，还驻防京西北的大片地方，可以说是直属皇帝的野战部队。德宗贞元十二年（796），以宦官窦文场和霍仙鸣为左右神策军护军中尉，自此出任中尉的宦官成了名正言顺的神策军长官。敬宗时又正式设立了两员由宦官充任的枢密使，掌管机密，宣传诏旨，乃至和宰相"共参国政"。中尉独掌兵权，枢密使分掌政权，气势咄咄逼人，时有"内大臣"之称。

诚然，由皇帝扶植起来的宦官势力在阻遏新兴军阀搞山头、闹地震的斗争中有过功绩。但是宦官与士大夫相比，其素质总差了一大截，他们得势便坑国害民，贪赃枉法，破坏社会安定，比士大夫更凶狂露骨。

代宗时宦官李辅国竟提出让皇帝只"坐禁中，外事听老奴处分"。宦官鱼朝恩作势，得意夸口说"天下事有不由我乎"。德宗自贞元以后，"（宦官）威权日炽，兰锜将臣，率皆子蓄，藩方戎帅，必以贿成"，"万机之与夺任情，九重之废立由己"（《旧唐书·宦官传序》）。非但卖官鬻爵，公求贿赂下及商贾，有的商贩挂名神策军籍，身不宿卫，以钱代行，接受给赐，仍在市场上从事贩鬻。他们依仗宦官权势，广置资产，很少输税，并免除各种差役。德宗还用宦官为宫市使，掠夺市上货物。对宦官专横暴恣的种种行径，各级官吏只能徒唤奈何，就是皇帝自身也受到要挟。

刘禹锡参与的永贞革新失败后，宦官擅权变本加厉。文宗大和九年（835）的"甘露之变"，宦官仇士良指挥神策军大杀宰相朝臣，"诸司从吏死者六七百人"（《旧唐书·李训传》）。帝王的鹰犬反倒掌握了主子的废立权柄，从穆宗到昭宗相继七帝皆是宦官所立，而宪、敬二帝竟被宦官杀害。列宁说："历史喜欢作弄人，喜欢同人们开玩笑，本来要到这个房间，结果却走进了另一个房间。"[1]专制君主在各种势力面前搞平衡，不惜违背王朝的吏治法规，让宦官干政，破坏封建政治正常的结构和秩序，最终引发官僚与宦官的对立，直接动摇了皇权。丢掉法制求稳定，结果得到的是永不休止的动乱。

在刘禹锡生活的时代里，朋党争斗是统治集团内部错综复杂矛盾的又一表现形式。身陷争斗旋涡的李德裕是这样勾勒它的脸谱的：今天的朋党，在位当权者就诬善害能，欺上瞒下；下野丢官的则四处串联钻营，惟务权势，朝夜密谋于私室，以致"清美之官，尽须其党，华要之选，不在他人"（《会昌一品集》卷十）。朋党为祸严重地腐蚀了统治集团，瓦解了中央集权，邦国黎民深受其害。流毒所致，宦官权幸、聚货富豪、机要朝臣、贾人污吏，形成了一个牢固的关系网，受贿复行贿，上引及下攀，互相利用，沆瀣一气。谋高官、渔厚利、拉大帮、结死党，使财归其室，权操其手，酿就了"国用日蹙，生人日困"（李德裕

---

① 《列宁全集》卷二十，人民出版社，1984年，第459页。

《食货论》）的深重灾难。概言之，这些都是封建社会朋党争斗的共性问题。而刘禹锡在仕途中遇到的所谓"牛李（德裕）党争"，与藩镇、宦官势力有着掰不开、扯不断的牵连，伴随着更多的曲折与是非，笼罩着更多的迷雾和阴谋。剥掉其表面的假象，才能窥见历史党争的真相。

事情的缘起是元和年间朝臣对如何处理藩镇叛离的政见之争。其时身居相位的李吉甫在削藩的事业上建树颇著，对于讨平剑南西川节度使刘辟与镇海节度使李锜的谋反，他出谋划策，非常得力。淮西节度使吴少阳卒，其子元济请袭父位。李认为淮西不同河朔，处内地而无党援，国家有重兵守御，应该因时而取之，帮助宪宗下定了讨贼的决心。吉甫死于元和九年（814），次年裴度拜相，继续致力削藩。在用兵淮西的重大国事上，另位宰相李逢吉妒贤伤善，暗中阻挠而被罢相，从此深恨裴度并追怨吉甫。李逢吉不顾大局，不恤国事，首结朋党，历宪、穆、敬三朝，排陷裴度不遗余力。穆宗长庆二年（822）三月，裴自太原入朝拜相，逢吉密结宦官，引为内援，挑拨裴度与元稹的矛盾，令裴、元两人落职，逢吉代度为相。李逢吉排斥裴度的同时，又拉牛僧孺入相，把很有声望的吉甫之子李德裕挤出朝廷。"逢吉以恩惠结交朝臣奸佞之徒"，勾结宦官贬逐名士，朝臣张又新等八人"代逢吉鸣吠"，"时号'八关十六子'"（《旧唐书·李逢吉传》）。

敬宗末年，逢吉诬陷裴度的丑迹大白于天下，旋被罢黜，其子李宗闵和牛僧孺接过逢吉衣钵遂成党魁。文宗器重德裕，"召为兵部侍郎，裴度荐以为相"，而宗闵有宦官支持当了宰相，又汲引僧孺同知政事，"二憾相结，凡德裕之善者皆斥之于外"（《旧唐书·李德裕》），此际牛李（宗闵）权势显赫于朝野。可见逢吉结党在先，肇始裴度入相，僧孺、宗闵入伙于后，直至宣宗初年德裕死，这就是"牛李党争"的基本面貌。朋党倾轧是封建社会普遍存在的现象，但如中晚唐时期这样尖锐激烈是不多见的。刘禹锡后半生和"牛李两党"的官僚有过广泛的交往，他却幸免了非牛即李的归属，然而唐王朝倒是无法避免党争惹来的祸患。

（三）文化软实力与变革思潮点燃了中唐社会复兴之望

兴利除弊、革新图强是刘禹锡时代一种十分活跃的社会思潮。大家知道，唐王朝是在安史叛乱的浩劫中步履艰难地迈入了它的"中年期"。昔日的强盛帝国，陡然间从开、天时代的高峰上跌落下来，人们在惊惧惶恐之余，睁眼环顾，一切都变了模样。遭受干戈蹂躏的中原，满眼是"居无尺椽，人无烟爨，萧条凄惨，兽游鬼哭"（《旧唐书·刘晏传》）。而没遭兵燹的江南，承担着交纳国赋的重荷，已被搜刮殆空，"吴越征徭非旧日，秣陵凋敝不宜秋"（《全唐诗》第二一六四页）。遍体鳞伤的王朝又遭到新的打击，吐蕃入寇，直逼京畿，强蕃叛服不定，内乱不息。肃宗、代宗平庸昏聩，亲信宦官，依重奸佞，招致政出多门，朝纲混乱，几乎堕落到国将不国的惨局。

　　在这严峻的历史时期，统治集团内部的有识之士和怀有参政报国热忱的知识分子，关心国运、蒿目时艰，针对现实的诸种弊端，力图革新自强。当时李泌对改革朝政就提出了不少意见。著名的理财家刘晏，被任为度支、铸钱、盐铁及转运、常平等使职以来，改进税法，调剂物价，兴盐利，运漕米，活跃市场，利国利民，同时培养了像刘禹锡父亲刘绪及其舅氏卢征那样一批善掌财赋的官员。德宗即位伊始，施行了许多值得称道的善政，如以刘晏总领天下财赋，加郭子仪尚父号，罢诸道岁贡若干种，令止不合时宜的奢侈用度等。对外与吐蕃修好，通使聘问，"西戎畏威，底贡内附"①，边燧火息。特别是在均田制被破坏，租庸调无法征收和庄田经济大规模发展的形势下，朝廷采用了宰相杨炎的建议，在建中元年（780）实行了"两税法"。这是按土地、资产多少为标准的征税制度。其征收对象和办法，简要地说，即按现居地点立户籍，不分主客户，包括行居不定的商贾，依贫富程度定等级，不分丁男中男，纳税分夏、秋两次完成。它适应了彼时的经济结构，稳定了封建统治秩序，增加国家收入，也能为赋税主要承担者——广大农民所接受，这颇有力度的税制变革，至宋、元各朝仍在沿用。

　　然而，唐王朝转折时期刚露面的一点中兴气象，跟着刘晏被害、奸邪窃权、两河藩镇迭叛等诱发的时弊，转瞬间成了过眼云烟。陆贽指

---

　　① 瞿蜕园：《刘禹锡集笺证》，上海古籍出版社，1989年，第62页。

出：大历中非法赋敛者，"既并入两税矣，今于两税之外，非法之事复又并存，此则人益困穷"（《陆宣公翰苑集》卷二十二），从皇帝到县官，长吏大贪，小吏也沾，官场上下都在钻政治腐败的空子捞便宜。顺宗时王叔文等人的革新集团就是在这种背景下产生的。不料，宪宗急于接班当皇帝，很快把王叔文等人打下去，但他没有闭眼无视现实，鼎新的步子迈出一些，局面有了好转，国力相对恢复。总的看来，革新势力还是相当薄弱的，在朝廷中没有占主导地位，改革举措常因干扰而流产。

不过，革新思潮的历史作用和影响却不可低估。与政治经济改革活动相联系，思想文化领域也有积极的反映。振兴儒学，把它当作改造现实的武器，便是突出的表现。贞元年间太常博士施士丐则以经学注疏的方式表达了变革思想，韩愈、刘禹锡等青年士子受益匪浅。韩愈进一步创立儒家道统来抵制佛老泛滥，又同柳宗元掀起"古文运动"，用古文载儒道，蔚为壮观。白居易等人弘扬儒家诗教精神，注重诗歌的社会教育功效，发动了"新乐府运动"，声势很大。二者竟同频共振，形成文学创新的合力。追求审美推陈出新，立足民本，已成时代的心理诉求，为整个文坛带来新貌。其遗风余响，代有回声，亦为革新思潮注入了活力。

综上所述，可知刘禹锡是生活在一个很有特色的时代。唐王朝经历了百多年的风雨岁月，在自身运作的历史进程中所积淀下来的消极因素，终于恶性发作，导致了社会动荡，挣扎在窘境中。但是曾经强盛的帝国，凭借长期建设的物质文明与精神文明的基础，凭借着雄厚的人才资源，不断地整治和调养疮痍遍布的机体。刘禹锡作为转折时期的一介书生，他满怀功业思想和报国之志，踏上仕途不久，即投身到社会变革的激流中。而变幻不定的政治力量把他无情地推进了不幸的渊海。他渴望李唐重振国威，寻求弭除社会赘疣和帝国中兴的出路。他的许多文章是在坎坷中与社会、百姓接触后的思考，有着很高的现实性和认识价值。

二、刘禹锡的坎坷人生评述

（一）刘禹锡的坎坷人生评述（上）

刘禹锡，字梦得，唐代宗大历七年（772）生，唐武宗会昌二年（842）卒。晚年曾任太子宾客，后世称刘宾客。刘禹锡自说是汉代中山王刘胜的后人，依其封地，刘胜的子孙皆被称作中山人，韩愈、柳宗元文中都曾以此称之。实际上不独刘禹锡未曾一日生活在中山之地，即使他的先辈也与此地无涉。说他是中山人的依据确系世数久远，不足为证。白居易的诗文和《旧唐书本传》均称他为彭城人，这是以刘氏的郡望言之，唐人郡望与其家居所在地并无必然联系。

刘禹锡原来是北方匈奴族的后裔，其先世为北朝豪族。他《自传》里所说的七代祖刘亮，就在北朝做官，为冀州刺史、散骑常侍。北魏远在孝文帝时已把国都由平城（山西大同）迁到了洛阳，因而刘亮才随宦辙把家定居在洛阳北部都昌里。刘家的墓葬亦选在洛阳北山，后以墓地狭小，又改在荥阳檀山原。这样，洛阳便是刘禹锡的籍贯。他的曾祖父刘凯、祖父刘锽都曾仕宦于唐。父亲刘绪遭逢安史之乱，为了避难，举族东迁，寓居苏州，并出任浙西观察使幕的从事，随后提升为盐铁副使、殿中侍御史，在埇桥主管转运业务。埇桥在安徽宿县城南古汴水上，是由淮河通往泗、汴二水的枢纽。当年刘晏在此设置了巡院，选拔勤廉干练的士人负责管理工作，故可推知刘绪是一位专于盐务，又通于理财的人。刘禹锡出生于其父东迁之后，在江南吴地迈出了人生旅途的第一步。

1. 人生的起步

谈起江南吴地，就会令人感受到那里的神奇魅力。位居东南形胜之地，是与中原接触的前沿，土肥美，物丰饶，山清水秀、风光妩媚，传统文明历史悠久，具有发展经济和文化的有利条件。《史记·货殖列传》指出："夫吴自阖庐、春申、王濞三人招致天下之喜游子弟，东有海盐之饶，章山之铜，三江五湖之利，亦江东一都会也。"经过春秋到汉代的探索与开发，吴地已形成了不同于中原内地仅限于农业耕作的经济架构。尤其是中原地区每次动乱，大量人才南迁，客观上促进了吴文化与中原文化的融合，以及地域文化的积累和人才的培养。到了中唐，吴地经济文化的发展，显示了历史的奇迹，人文荟萃，富甲天下。恰逢此际，刘禹锡的人生便从这里起步了。

在他现存诗文的某些篇章里，我们尚可了解到他童年生活的大致情形。童年的他不像封建社会农民家的孩子，没有经受过放牛、打柴的劳累，没有在田间尝过吹风淋雨、烈日炙烤的滋味，更没有穷困与饿寒给他留下痛苦的记忆。在他的《送裴处士应制举》诗里，笔涉孩童时期却情不自禁地写道："忆得童年识君处，嘉禾驿后联墙住。垂钩斗得王余鱼，踏芳共登苏小墓。此事今同梦想间，相看一笑且开颜。"嘉禾之名始于三国吴黄龙三年（231），有嘉禾生于野，遂将县名始改曰禾兴，旋改称嘉兴。王余鱼是一种形貌较为特殊的鱼。《文选·吴都赋》注云："王余鱼，其身半也。俗云：'越王脍鱼未尽，因以残半弃水中为鱼，遂无其一面，故曰王余也。'"其又名鲽，是比目鱼中的一种，两目在右侧，此侧为灰褐或黑色，左侧向下而呈白色。苏小，《方舆胜览》说是晋代歌伎，其"墓在嘉兴县西南六十步"，这是文人喜欢歌咏的题材。可见，诗人笔下的意象抹上了一层吴文化所具有的浪漫色彩，也流露了对童年愉快生活的眷爱之情。

当然，与小伙伴嬉游玩耍不是刘禹锡儿童生活的主要内容。他在诗文里不止一次地说过："臣家本儒素。"这种家庭大都要求后代治举业、入仕途，成就功名，对其子弟的教育与训练是比较认真和严格的。儒家经典、诗文辞赋则是陪伴刘禹锡成长的教科书，他与达官显贵、高门世宦家的纨绔子弟是判然有别的，而表现出一种黾勉刻苦、自励奋进的精神。正如他自己讲的"清白家传远，诗书志所敦"（《武陵书怀五十韵》），"纷吾本孤贱，世业在逢掖。九流宗指归，百氏旁捃摭"（《游桃源一韵》）。"逢掖"是书生的代名词，刘禹锡这位读书人自幼为学读书的态度则非寻常人可比。他立志坚定，敦不可移。知识视野宽阔，诸子百家兼收并蓄，却能宗其"指归"，把握诸家学说的精髓，做到博而不杂，专而不陋。特别是他对学习诗歌写作的爱好与努力，尤为突出。

他在《刘氏集略说》里自述："始余为童儿，居江湖间，喜与属词者游，谬以为可教。视长者所行止，必操觚从之。"他在十多岁的时候就曾离开过父母，跟随中唐前期诗坛上方外宗主皎然与灵彻学诗。他年纪不大，勤奋聪敏，常常捧着笔砚，陪侍在老师身边，与之吟咏唱和，并赢得了两位诗僧的称赞，"皆曰孺子可教"。这段学诗的经历，对刘禹锡的诗歌创作和文学理论的形成产生了深远的影响。

在历史上，江南吴地的人才密度大、辐射度广、知名度高，而且多出全能型的才士，刘禹锡就是这个群体中的佼佼者。他在文学、哲学、书法、音乐，乃至医道、天文诸方面表现出高超的全能性，都与他接受的早期教育和智力开发直接关联。显而易见，刘禹锡的人生起点是幸运的。吴地深厚的文化渊源，家庭奉儒的遗风余绪，严父良师的训导培养，则是催发他迅速成长的温床。而个人的资质禀赋和"厚自淬琢，靡遗分阴"（《刘禹锡集笺笺证·献权舍人书》）的毅力，以及科举体制的刺激所产生的特定心态，诱发出一种不辱家声、不堕门风的宿志和丰厚的才识学力，这些构筑起使他成才的内在基础。因而，当他十九岁离开江南，北游长安，投身士林的时候，便大展风采。

2. 科举入仕

科举是自隋代以来，我国封建社会分科考选官吏后备人员的制度，是封建士子通往官场、参与国家政治、实现人生价值的主要门路。虽说"唐人入仕之途甚多"（《十七史商榷》卷八十一），诸如流外入流、门荫、战功、上书言事、大臣奏荐等，但科举取士是社会影响最大的一种选官手段。它包括名目繁杂的取士科目，《唐六典》《通典》将常贡之科大要分为六项，即秀才、明经、进士、明法、明书、明算。王鸣盛简单归纳为："大约终唐世为常选之最盛者，不过明经、进士两科而已。"（同前）唐德宗之后，宰相和朝廷内外要职主要由进士科出身的人来担任。换言之，考取进士不仅是应试举子个人的升沉得失，也关系到国家未来政局、社会前景的大问题。中进士是中唐普遍的社会心理，人们把进士登科称为登龙门。《封氏闻见记·贡举》卷三里讲述了一个故事，说有个叫张繟的书生，是"汉阳王柬之曾孙也，时初落第，两手捧《登科记》（登记进士擢第的名册），顶戴之曰：'此千佛名经也。'"可见人们对进士是何等的企羡。然而考取进士绝非易事，据徐松《登科记考》载，进士及第者，贞观时每年平均约九人，中唐稍多，也超不出三十人。参加进士科考的人必须是学馆里选举的"生徒"，否则必得由乡里保荐，州县甄选，获得"乡贡"的资格以后，才能进京赴考。刘禹锡却在未出茅庐之时就曾得到前辈权德舆等人的延誉。正如他在给权的信中说："禹锡在儿童时已蒙见器，终荷荐宠，始见知名。众之指目，忝阁下门客。"（《献权舍人书》）权德舆和刘禹锡的父亲是僚友，两人过从较密。因此，孩童时的刘禹锡有机会与他接触，从而才可能博得权的赏爱。如今我们在权的文集中尚能看到刘禹锡给他的第一个印象："始予见其丱，已习《诗》《书》，佩觿韘，恭敬详雅，异乎其伦。"（《全唐文》卷四九一）

"丱"是儿童头发束成两个小角的样子，"觿韘"是指衣服上佩带的象骨制作的装饰品。在权的眼里刘禹锡这个孩子不只是意态端庄文雅，而且早慧，小小的年纪就已经啃起艰深的儒家经典《诗经》与《尚书》，确实是个出类拔萃的儿童。刘禹锡被权赏识，好似千里驹幸遇伯乐，为刘禹锡的早期成长增加了助力。而他也没有辜负前辈的奖掖，未满二十岁即临长安，信心百倍地迎接场屋间的较量。事隔十几年后他在《谒枉山会禅师》诗中颇感自豪地说："弱冠游咸京，上书金马外。结交当世贤，驰声溢四塞。""金马"是汉代宫门名，此处借汉指唐。"四塞"意指四面八方。刘禹锡向皇帝上书是唐代士子求得晋身的方式，不足为奇。而凭借自己的饱学与风采进行社交活动，在上层社会产生了轰动效应，倒是很难得的。不过，还有更大的喜讯等待着这位场屋的竞争者。

唐代进士科考试每年一次，由礼部掌管。贞元九年（793），由户部侍郎顾少连代行礼部侍郎的职权，主持考试，录取了三十二名。刘禹锡和柳宗元同榜登第。因考试成绩优异，备受考官的嘉许，一时消息传开，竟成为长安中的美谈。刘禹锡此时的欣喜之情，我们可从他三十年后写的《送张盥赴举》中的诗句窥得："永怀同年友，追想出谷晨。三十二君子，齐飞凌烟旻。"其春风得意之态，不言而喻。刘禹锡没有一味地陶醉在"一幸而中试"（《自传》）的欢悦中，他乘胜前进，紧接着参加了博学宏词科的考试。这属制举科目里的一种选拔人才的考试，在唐代不同常科定期举行，每次入选的人数也不超三五名。制科出身的人在宦途上升迁尤易，美官可期。但刘禹锡荣登宏词科后没有立即求官，而是回到埇桥与父同去洛阳旧居，探望在那里生活的祖母（依瞿蜕园说，见《刘集笺证·附录一》）。临行前权德舆为他们父子写了赠序文，称颂刘禹锡的长进和前途，兼为其家喜庆祝贺。

贞元十年（794）权擢任起居舍人，刘禹锡有书相投，表达了希望其汲引之意，第二年他在吏部拔萃科考试中获选。至此，他连登三科，敲开仕宦之门，正以"丈夫无特达，虽贵犹碌碌"（《华山歌》）的豪言壮语鞭策自己。既而，授予他太子校书。这是一个正九品的东宫属官，负责校理崇文馆的图书，职位虽低，却有机会博览群书，接触一些朝臣官僚，开阔眼界。大约一年的时间，已罢埇桥巡院之职的父亲在扬州病故。于是他南下奔丧，葬父于荥阳，在洛阳附近陪同母亲，丁忧家居。刘禹锡从应进士举到丁父忧期间所创作的诗文，仍存于其集子里的只有高唱理想的《华山歌》，缘事而发、微带讽意且有辩证思想的一组小品文《因论》及二三首赠答诗。寥寥数篇展露了他的学力器识和风发的书生意气，自然会引得同辈的青睐。

3. 从幕僚到监察御史

刘禹锡《自传》云："既免丧，相国扬州节度使杜公领徐泗，素相知，遂请为掌书记"，这是贞元十六年（800）的事情。当年五月，徐泗濠节度使张封建病死，徐州军乱，不接受行军司马韦夏卿的节制，拥立张封建的儿子张愔为留后，朝廷没有答应。六月，诏淮南节度使杜佑兼任徐泗濠节度使，令其兴兵讨伐。杜佑与刘禹锡的父亲曾有同僚之谊，又很欣赏故人之子的文才，特征召他入幕，任徐泗濠节度掌书记。刘禹锡立刻投身于戎马征战的军旅生活，数月之中"恒磨墨于楯鼻上，或寝止群书中"（《刘氏集略说》），紧张辛劳的军务使他得到了锻炼，也耳闻目见藩镇之祸给国计民生带来的危害。不料，杜佑部将进讨接连失利，九月，朝廷被迫承认张愔为留后，罢去杜佑兼领徐泗濠三州之职，仍任淮南节度使，刘禹锡改任淮南藩幕的掌书记。

扬州是淮南节镇的治所，他在那里工作一年多，为杜佑撰写表、状甚多，现存者二十余件，很受府主杜佑的器重。从另一方面看，杜佑是位著名学者，有着长期宦游经历，他谙悉财赋与政务的管理，所撰《通典》，记载历代典章制度的沿革，就在贞元十七年（801）十月，全书二百卷编成。可想而知，刘禹锡受其熏陶是深刻的，对促进他立志经邦、通晓吏事是大有裨补的。他确实也期待府主的栽培，使自己将来能有建树。他《上杜司徒书》里说："小人自居门下，仅逾十年，未尝信宿而不侍坐，率性所履，固无遁逃，言行之间，足见真态。"这说明宾主相得，既专且久，而刘禹锡事功理想的深化过程亦可一目了然。在扬州藩幕他时有吟咏，在今存一篇作品的诗题中，记下了他与中唐著名诗人李益等春夜对酒联句的雅趣，可惜这一年多的诗歌存篇无几。

贞元十八年（802）刘禹锡调补京兆府渭南县主簿，渭南属于畿县，凡畿县的主簿和县尉，那时唯有进士出身的人才能得以调任，这个位置是内迁升朝的捷径。上一年，他的好友柳宗元由集贤殿书院正字调任畿县兰田尉，两人自进士登第分手后，将近十年才有了重逢的机缘。从此常有往来，并会同韩泰等去听经学大师施士丐讲授《诗经》。第二年闰十月，刘禹锡升任监察御史，柳宗元也入朝任监察御史里行。他们的品级不高，却职掌着巡察监督、纠举官吏过失之权，有责任过问民政、财政、军事、刑狱等事情，还能与上层官僚相处交游，洞察吏道、朝政的黑暗和腐败。这职务成了他们要求改革现政的催化剂。正巧同一年，韩愈由四门博士迁为监察御史，三位锐意进取的才士同事察院。他们思想活跃，壮心高而学识深，议时政、论学术，互相辩难，求同存异，畅所欲言，成为我国古代文学史上的一段佳话。

这年冬末，韩愈因关中旱饥，京畿灾重，官吏急征暴敛，上疏朝廷请求"宽民徭而免田租"（洪兴祖《韩子年谱》）和极论罢宫市（《新、旧唐书·本传》），而被贬为阳山（广东阳山）县令。韩愈被迫离京远赴贬所，他与刘、柳一起共事的短暂光阴消失了，他们的友情却在动荡不已的政局中接受着检验。当不幸的迫害落到韩愈头上的时候，在风言风语里他对刘、柳的信任和友谊终未动摇。他表示："同官尽才俊，偏善柳与刘。或虑语言泄，传之落冤仇。二子不宜尔，将疑断还不。"（《江陵途寄王李李三学士》）其实，韩愈奏疏的内容与随后出台的永贞新政是一致的。权贵打击韩愈必然强化了刘、柳对丑恶朝政的认识以及力求改革的决心。永贞政治风波出现后，韩愈同刘、柳唱了反调，取媚宦官与诋毁革新派的首领。但对刘、柳遭贬则说："数君匪亲岂其朋，郎官清要为世称。荒郡迫野嗟可矜，湖波连天日相腾"，"吾曾同僚情可胜"（《永贞行》）。刘禹锡于贬窜途中见到了谪居江陵的韩愈，两人仍能珍重友情，诗酒酬唱。刘在和韩的《岳阳楼诗》里写道："联袂登高楼，临轩笑相视"，"契阔话凉温，壶觞慰迁徙"（《刘集笺证》第一二九二页）。观刘、柳在谪籍中对韩愈皆无一句怨言，柳宗元病逝后，刘禹锡视韩为柳的至交，柳的碑文墓志皆出自韩愈之手，对柳的评价亦能说出自己的真实看法。像三位文学家这样，不因政见而影响友情，在事业的共同点上不断地合作，一如既往互尊互助，真可谓士林学人中的表率，其人品风致千百年后依然令人钦佩。

4. 参与永贞革新

德宗晚年国家积弊深重，如果恪守陋政，不能因时鼎新，这本身就是致乱之源。然而要铲除弊端必须有一定的政治力量，基于这种认识，刘禹锡任监察御史期间与太子侍读王叔文建立了密切的关系。王叔文是越州山阴（浙江绍兴）人，出身寒微，早年曾做苏州司功小官，贞元间任翰林待诏、太子侍读，于太子李诵身边十八年。他来自下层，了解民情和社会矛盾，素有改革之志，"乘间常为太子言人间疾苦"[1]，深受太子的倚重。李诵对社会弊端丛生也很痛恶，常与王叔文等议论革新事宜。《旧唐书·王叔文传》载，太子曾跟王叔文等评议时政，"因言宫市之弊，太子曰：'寡人见上当极言之。'诸生称赞其美，叔文独无言"。事后，他提醒太子言行须应持重，以防德宗怀疑收买人心，而误了未来

---

[1]《韩愈集·外集》卷十，《顺宗实录》卷五，《唐宋八大家全集》，国际文化出版公司，1997年，第342页。

的大事。王叔文的才干品德早为时人推许，柳宗元说他具有济世经邦之才，文韬武略之能，洞悉利弊之智，是辅佐帝王的庙堂栋梁（《王侍郎母刘氏志》）。太子侍书王伾与王叔文志同道合，他们很有凝聚力，刘禹锡等一批要求革新图强的朝中才士逐渐团结在他们周围，形成以王叔文、王伾、刘禹锡、柳宗元为核心的政治势力。

贞元二十一年（805）正月德宗死去，做了二十多年太子的李诵抱病即位，是为顺宗。他决心依赖进步力量重振朝纲，二月以韦执谊为相，王叔文为起居舍人、翰林学士，稍后又任度支盐铁副使、户部侍郎。柳宗元被任命为礼部员外郎，负责礼部起草政令文件，掌管尚书笺表。刘禹锡被提升为屯田员外郎，判度支盐铁案，二者皆为事权重要的官职，可以充分发挥他的作用。因为他久在宰相兼度支盐铁使杜佑的身边，其家世又长期接触盐铁事务，所以既可协调杜佑与王叔文之间的工作，又能成为加强中央管理财政、控制盐铁的得力助手。刘禹锡的好友吕温、李景俭、韩泰、韩晔、陈谏、凌准、程异等人也积极支持和参与除旧布新的活动。顿时朝政一新，在政治舞台上革新派与宦官、军阀、豪族大官僚形成了对立的局面，展开了激烈的斗争。刘禹锡凌厉直前，勇于任事，"尤为叔文知奖，以宰相器待之"。遇有重大决策，"引禹锡及柳宗元入禁中，与之图议，言无不从"，时号"二王、刘、柳"（《旧唐书·本传》）。可见，刘禹锡和他的好友柳宗元均成为永贞革新的骨干。

王叔文等人推行新政的内容，主要有：一、禁宫市和五坊小儿（为皇宫饲养鹰犬的人）张捕鸟雀横暴闾里；二、罢选乳母，出宫女及教坊女妓；三、罢羡余（地方以赋税盈余名义进贡皇室）、月进，停贡珍玩和时新物；四、禁绝各种杂税，免除德宗贞元二十一年（805）前"百姓所欠诸色课利租赋、钱帛"；五、贬斥出身皇族宗室的贪暴京兆尹李实，起用忠耿正直而遭迫害的官吏陆贽、阳城等人；六、整顿财政，把管理盐铁的职权归属中央。这些见诸实施、明载史册的新政，即便《顺宗实录》也不得不承认使"人情大悦"，"欢呼大喜"。

然而，在落实裁抑地方军阀和削夺宦官兵权这两项变革力度很大的措施时，一下子触动了腐朽势力的要害，他们立刻顽固地抵制与反扑。

先是西川节度使韦皋派其副使刘辟来京，以总领三川（东、西川及山南西道）之地为条件，要挟王叔文。王怒斥刘辟，欲斩之以打击割据势力的反动气焰。随后，以神策军老将范希朝任京西诸城镇行营兵马节度使，用最富干才的韩泰为神策行营行军司马，欲在不动声色中接管中央禁军。大宦官俱文珍等长期怙势擅权，闻风自危，急忙"密令其使归告诸将曰'无以兵属人'"①，革新派夺宦官兵权之谋遂告流产。而西川韦皋、荆南裴均、河东严绶三个藩镇节帅，以顺宗患病为借口请求太子李纯监国。不多日，宦官、藩镇与朝中反对派串通一气，趁王叔文居家守母丧之际，演出一幕顺宗"内禅"的政治丑剧。李纯登基是为宪宗，政变既成，立刻反攻倒算，对王叔文等革新派人物进行残酷打击，一百八十余天的永贞新政便告失败。

"二王、刘、柳"的革新活动，是出现在封建制社会还有发展余地的中唐，是为扭转日渐严重的社会危机而兴利除弊，以加强中央集权，维护国家统一，减轻对劳动人民的剥夺。应当说他们的革新适应生产力进一步提高的要求，符合社会进步的趋势，其意义是不能抹杀的。清人王鸣盛认为这次革新"本欲内抑宦官，外制方镇，摄天下之财赋兵力而尽归之朝廷"。从而，"上利于国，下利于民，独不利于弄权之阉官，跋扈之强藩"（《十七史商榷》卷七十四），王氏的观点颇有见地。值得玩味的是，扼杀革新的原因固然是腐朽势力的联盟所致，但宪宗急于嗣位，与父争权亦是不可忽视的症结。他凭着伎俩得到了皇权，连顺宗之死也给人留下了重重疑窦。他要维持自己的统治，又不能不接受革新派的某些举措，以至使王朝有了一度的中兴。他最终被宦官杀害，也是作茧自缚者的可悲下场。

（二）刘禹锡的坎坷人生评述（中）

5. 贬官朗州

永贞元年（805）八月五日宪宗上台，第二天急忙下诏，首贬王伾

---

① 《韩愈集·外集》卷十，《顺宗实录》卷五，《唐宋八大家全集》，国际文化出版公司，1997年，第343页。

为开州（四川开县）司马，王叔文为渝州（四川巴县）司户。九月，对革新派人物接连下手，贬刘禹锡为连州（广东连县）刺史，至十一月，他还在窜途中，又加贬为朗州（湖南常德）司马。当时除守母丧而居家的李景俭、出使吐蕃的吕温外，一概贬为远州司马：柳宗元为永州（湖南零陵）司马、韩泰为虔州（江西赣县）司马、陈谏为台州（浙江临海）司马、韩晔为饶州（江西鄱阳）司马、凌准为连州司马、程异为彬州（湖南郴县）司马、韦执谊为崖州（广东琼山）司马。王伾到开州不久病故，翌年正月王叔文赐死。史称这桩政治迫害案为"二王、八司马事件"。封建社会的官场，政海暗潮震荡不已是习见的事情，莫足为怪。然而永贞政变的前后，还有着不太为人注意的背景因素。《资治通鉴》载有德宗初年因人谗毁太子李诵，曾引起德宗对太子的不满而欲废黜，另立他认为"孝友温仁"的侄儿舒王李谊为储君。幸有李泌的强谏，易储之事才得以平息（卷二三三）。待到德宗临死之际，"仓猝召翰林学士郑絪、卫次公等至金銮殿，草遗诏，宦官或曰'禁中议所立尚未定'，众莫敢对。次公遽言曰：'太子（李诵）虽有疾，地居冢嫡，中外属心，必不得已，犹应立广陵王（李纯），不然必大乱。'絪等从而和之，议始定"（卷二三六）。

《资治通鉴》里的这两个情节完全能够证明，宪宗李纯急于抢班夺权的缘起：一是其父顺宗之立，不是"禁中"（宦官俱文珍等）的主意，这在顺宗久染风疾、人心不安，宦官操纵皇室废立权柄的情势下，宪宗便可勾结宦官迫使顺宗逊位。二是舒王李谊对他威胁的影子还在，谁又能逆料宦官、朝臣会变幻出什么样的把戏。毋庸置疑，只要拥戴顺宗必然为李纯所切齿，更何况王叔文等人推行革新，又直接侵犯了宦官、军阀和官僚贵族们的利益呢。知此，便能清楚宪宗亟贬王叔文等人的内心隐秘。那么又为何在八、九月间已贬过了王叔文、刘禹锡等，到了十一月还要加贬呢？原来就在十月，有个叫罗令则的山人，自长安到秦州，向刺史刘澭游说，称他持有已被幽囚的太上皇（顺宗）的诰命，责令刘澭征兵，等在月内安葬德宗时伺机起事。刘澭将罗押送京师惩办（《新、旧唐书·刘澭传》）。此事肯定使宪宗震撼，觉察人心犹附顺宗，有死灰复燃之险。于是，接连出现了舒王李谊之死，加贬刘禹锡等八人，顺宗病殁，杀害王叔文，再下诏书云：刘禹锡等八人"纵逢恩赦，不在量移（酌量移近内地）之限"这一系列的骇人听闻的政变余波。

襟怀坦白的刘禹锡，遵循着"信道不从时"（《学阮公体》其一）的做人原则，在一帆风顺的仕进中高唱"感时江海思，报国松筠心"（《刘集笺注》第一二八三页），满以为凭借自己的才干与忠贞立功立德。但是弹指之间，卑鄙的阴谋，无情的打击，严酷的现实，一股脑儿地向他袭来，使他在万分忧愤与震惊中开始重新审视这世道人心，反思政局骤变自己所身历目见的往事。他的思想认识产生了一次飞跃，进入了开始彻悟的新境界。在朗州流放的十年里，他对贬谪生活采取了不同流俗的态度，不断地观察思索自然与社会现象，勤奋地从事创作，在文学与哲学的领域内摘取了丰硕果实。

朗州在唐代归属荆南道统辖，是个有着浓郁的荆楚文化气息的地区。春秋战国时期乃为楚地，"汉兴，更名曰武陵"，"山川风物皆骚人所赋"（《刘集笺证》第六〇五页），历史岁月为这里留下了丰富的人文景观。依着唐制，州司马是个闲差，不得与闻公事，只是给贬谪的官员或"仕久资高耄昏的官员或软弱不任事而时不忍弃者"保留个领取俸禄的职位。上司对其态度是"进不课其能，退不殿其不能，才不才一也"（白居易《江州司马厅记》）。刘禹锡来到州府，照例没有官舍供他居住，他便选择了郡镇东南城楼下面对招屈亭附近的一块高地，筑楼而居。此地，又处于沅水之滨，四野平旷，可眺万景。每年端午节州民们"以角黍饲饭，扬桴中流，竞渡以济"（《舆地纪胜》），进行传统式的悼念屈原活动。与中原相比，州内是汉族和少数民族错居，民俗风情开化的程度较为落后。

刘禹锡承受着政治高压，久做投闲置散的迁客，在困厄中他却能探索新的人生价值，打开精神世界里的另一片天地。

首先表现为：遭逢政治失败，舆论的攻击，生活条件的改变，离别挚友的孤独，依然信念坚定，不改初衷。他明确表示，恶势力压迫革新人物，如同把千里马缠住头脚，不能跨越半步。这类反常的行径不会总能得逞，"于是蹈道之心一，而俟时之志坚"（《何卜赋》），郑重申明自己的作为是竭忠尽智、光明正大的，招致罪罚是由于不顾个人得失，热衷公事的结果。（《上杜司徒书》）失败没有使他一蹶不振，反倒认识了挫折对人生的意义，"百胜难虑敌，三折乃良医。人生不失意，焉能慕知己？"（《学阮公体》其一），这正是他的过人之处。

其次，从特定的心态出发，在新的层面上理解屈原精神的价值，利用才识的个体属性实现灵魂的自由，树立自尊自爱的人格。屈原是士人观念里忠贞的楷模，却因谗诐蔽贤不容于人主，无法实现报国的功业。但他对才华的张扬、词赋的创作，倒赢得了与日月同辉的士人的生命意义。刘禹锡在这被谗蒙冤之时，以屈原为榜样，在保持忠贞、高洁操守的同时，拿起笔来追索新的价值取向。他在《刘氏集略说》中指出："及谪于沅、湘间，为江山风物之所荡，往往指事成歌诗，或读书有所感，辄立评议，穷愁著书，古儒者之大同，非高冠长剑之比耳。"这个阶段是他人生经历的转折期，更是诗文创作的丰收季节，数量大、名篇多。无论题材内容的开拓、艺术技巧的锤炼，还是对民间歌谣的重视、文学理论的形成都向前迈出了具有决定性的一步。

再次，刘禹锡是站在永贞革新激烈斗争前沿的士子。一般来讲，他的心理、行为乃至思想情绪最易受到政治现实的影响，随着政治情势的走向而变化。然而政治剧变的阴影笼罩了他的人生道路，他却没因仕途受挫、理想失落而感到空虚和幻灭。相反，他在学习和探索中把实践活动的政治，转化为精神活动的政治，于思想文化领域坚持斗争。他的《天论》三篇是在朗州所写的哲学力作，是他参加社会政治斗争实践的总结，是对政治改革的理论思考。他提出的"天人交相胜，还相用"的命题，把荀子的"人定胜天"的哲学思想提高到一个新的高度。他谪居朗州期间进行着一定的人际交往，他与挚友柳宗元互通诗书，两相切磋与勉励，在思想文化方面二人同有建树。他向遭到宦官欺侮而被贬官的元稹馈物赠诗，颇有声应气求之感。又同白居易唱和，诗友之情至迟是从这时发展起来的。迁谪之中刘禹锡的用世之心仍然是强烈的，他幽愤怨怒的感情在诗文中多有流露，为了寻求心灵的慰藉，他和僧人常有接触。他对禅理佛性的兴趣正反映了思想深处的矛盾和痛苦。不过，他更多的还是运用与政界故交的联系，以等待新的机遇。从他写给杜佑、李吉甫、李绛等人的书信里，就会看出希望再次得到重用的迫切心情。

6. 再贬后三任刺史

元和九年（814）冬，刘禹锡果真盼到了召他还京的圣旨。永贞年遭贬的"八司马"，除死于贬所的凌准、韦执谊与元和四年（809）已经起用的程异外，还有柳宗元等四人同期征还。饱尝远窜况味的刘禹锡，"十年憔悴"（《刘集笺证》第七〇一页），已添白发，承召此行恰是新春二月到京。当时他的心境，由短歌"雷雨江湖起卧龙，武陵樵客蹑仙踪。十年楚水枫林下，今夜初闻长乐钟"（《刘集笺证》第六九八页）里宣泄出来。刘禹锡以武陵樵客自喻，把相继来京的同君迁客比作卧龙，内心充满着对未来的憧憬。昔日生活在荒林野水之畔，备受冷遇，如今耳闻宫殿的夜钟，足将踏入"仙踪"（中央尚书省诸曹郎官进出的地方），真是悲喜交集，不胜感慨。刘禹锡正欲趁时再起，却没想到朝廷旨意翻云覆雨，变得这样突然。三月初又下诏书，再贬刘禹锡为播州（贵州遵义地区）刺史，柳宗元为柳州（广西壮族自治区柳州）刺史，韩泰为漳州（福建龙溪）刺史，韩晔为汀州（福建长汀）刺史，陈谏为封州（广东封开）刺史。唐代播州为蛮荒僻远之地，赵璘《因话录》说它是"最为恶处"。而刘禹锡尚有八十多岁的老母需要随身奉养，诏命始下，他惊诧不已，"吞声咋舌"（《谢门下武相公启》），呼告无门。柳宗元出于义愤和同情，表示愿意与刘禹锡对换两人贬地，并拟奏疏将以力争。幸赖御史中丞裴度向宪宗苦谏，才得改命刘禹锡为连州（广东连县）刺史。

这次再贬永贞革新诸人，他特遭嫉恨，独被推到播州最恶处。孟棨《本事诗》说其中的原因是刘禹锡春游玄都观，写了《戏赠看花诸君子》一诗："紫陌红尘拂面来，无人不道看花回。玄都观里桃千树，尽是刘郎去后栽。"势利小人们向执政的权贵告了刁状，诬蔑其诗语带讽刺，发泄不满朝廷的怨愤，因而触怒了当局。如果把这与他的《谢上连州刺史表》联系起来推究，就会发现以诗得罪是借口，问题的根子还是在于，上有皇帝和武元衡等权贵心怀遗恨，下有嫉贤妒能的投机钻营者争先谗毁，"广肆加诬"，所以狠加斥逐。那时遭贬官员不许逗留，他带着老母与柳宗元结伴，赶忙上路同行。遥途跋涉十分辛苦，到了郴州刘禹锡又害了疟疾，"扶策在道"，旅途艰难。行至衡阳必得和患难与共的挚友柳宗元分手，临别时刻，友情宦况千种滋味一齐涌来。我们在柳的《衡阳与梦得分路赠别》和刘的《再授连州至衡阳酬柳柳州赠别》相互咏唱的诗歌里，可以深切地体会到两情依依的动人场景。他们更没有料想，这次分离竟成永诀！

元和十年（815）夏天，刘禹锡来到了连州，担任了十年前他首次遭贬所授予的本州刺史官，他说这是"重领连山郡印绶"（《问大均赋》），可知话语中包孕着多少仕途蹭蹬的苦味。但是身为一州的行政长官，毕竟不同于谪居朗州时的员外司马，能够在有限的职权范围内，做出一些有益于地方和百姓的事情。在任一年后，他写了《连州刺史厅壁记》，备述了郡域沿革、山川地貌、物产职贡和气候特征，字里行间流露了喜爱之情。对于"或久于其治，功利存乎人民；或不之厌官，翘颙载于歌谣"的前贤深表景仰。以此证明刘禹锡治理州郡，心目中有追随的样板，行动上有注重调查、把握全局的表现。他的《插田歌》写农民劳动的生活情趣和计吏吹嘘行贿买官的无耻嘴脸，两两对照，反映了刘禹锡作为刺史对世风民情十分清楚，这是为官一方、政通人和的必备条件。连州也是多民族错居之地，在少数民族中莫徭即今瑶族占多数，刘禹锡与他们保持着联系，关心他们的生活状况和生产劳动。他的《莫徭歌》和《连州腊日观莫徭猎西山》诗，是对瑶族人民友好感情的真实记录。

刘禹锡谪守连州，远离乡园和京师，却能承受着委屈，获罪亦不忘忧国，把自己的忧喜与黎民社稷的命运紧紧地挂靠在一起。当平定淮西叛乱的消息传来时，他写了《贺收蔡州表》倾吐了不胜"踊跃庆快之至"的激情，称颂这次胜利的重大意义是"重见天宝承平时"（《平蔡州》其二）。未及两年，唐王朝消灭了平卢淄青节度使李师道，两河地区军阀分裂割据的反动势力受到致命的一击。他欢欣鼓舞，赞美唐军"兵威神速，旬月之内，鲸鲵就诛"（《贺平淄青表》），高唱《平齐行》两首颂歌。刘禹锡是一位清正的官吏、爱国的士子，更是精于审美的诗人。连州地区的青山秀水、海风鲜云等优美景色和海阳湖畔赏心悦目的胜迹，使刘禹锡心旷神怡。他增设景点，美化环境，以彩笔绘景记事，为我们留下了《海阳十咏》和《吏隐亭述》这样的佳诗美文。他仍然和柳宗元密切地联系，探讨文学、书法、医道、禅理等问题。与薛景晦论证医药处方，薛将所著《古今集验方》赠给了刘禹锡，他以自己编的《传信方》回报了对方。他又同广州刺史马总、衡州刺史吕温等互有诗札往还，以相互交流拓宽知识视野，提高艺术与学术的水平。

然而，不管何时何地刘禹锡是不会忘怀功业的社会价值的。以儒业治国、平天下的追求，永远是他精神家园里无法消失的情结。他左迁连州、时过三年，依旧未获量移，光阴不驻，"常惧废死荒服，永辜愿言"（《上门下裴相公启》）。他这时写的《问大钧赋》充分表露了满腔的抑塞幽怨之情。在他对功业等待无期、悲伤不遇之际，元和十四年（819）冬，将近九旬的老母去世了。按照当时的礼俗法规，官吏丁忧须卸任辞职居家守丧。在护送母枢前往洛阳原籍的途中，十一月经衡阳，突然传来了柳宗元病故的噩耗。刘禹锡既丧慈母，又失良朋挚友，悲痛交加，不可名状。他在《祭柳员外文》中说："忽承讣书，惊号大叫，如得狂病。""百哀攻中"，"凄怆彻骨"。柳宗元临终有写给刘禹锡的遗书，希望帮助他抚养子女和编纂遗稿。刘禹锡按照嘱托，妥善地处理了后事，而且三写祭文、两度吟歌，抒发对知己凋落的"千哀万恨"。

刘禹锡在家居丧两年多，其间政局又发生了变动。元和十五年（820）正月，宦官杀害宪宗，拥立太子李恒，即为穆宗。八月，宰相令狐楚复贬衡州刺史，赴任南行，途经洛阳，始得与有十几年文字交往的朋友刘禹锡会面，此后近二十年两人交契益深。令狐楚是朋党斗争中的牛党要员，而刘禹锡终生把他视为亲密的文友，自己却能远离朋党间的争斗，并为时人所认同，可见刘禹锡风操品格的高尚。穆宗长庆元年（821）三月，永贞左迁的韩泰、韩晔、陈谏均获量移，稍得近郡，刘禹锡因守丧直到冬天才授夔州刺史。

次年正月初二到任，按唐制，照例要向朝廷谢上一表。由于宪宗已死，永贞政治风波在最高统治集团内部有所淡化，而朋党争斗日渐抬头。刘禹锡被派往夔州，虽说那里不是上郡名区，但已经比永贞同贬诸人所获量移的程度要好些，他那久被压抑和摧残的心绪开始有所缓解。在《夔州谢上表》里就透露了他心情变化的消息。如果将他到连州的谢上表拿来比较，很容易发现，两篇表文都有对获罪因由的辩白，而夔州的表文多了几句特别值得玩味的话。他说德宗擢他为御史是"知无党援"，颂赞穆宗"大明御宇，照烛无私"，自己到任后颇觉"峡水千里，巴山万重。空怀向日之心，未有朝天之路"的感慨。这几句话真是动了感情，非同官样文章。言外之意，表白自己无辜受贬，希望新君不要像宪宗那样以私怨而斥贤才，更何况自己报国忠君之心是多么的情真意切呵。只要看看刘禹锡在夔州为官论奏的内容，就会知晓他勤政务实的作风与深虑卓识的政见及其坚持革新的精神。

他的第一篇《夔州论利害表》明确说出愿效马周等人，勇于进谏，陈述"当州公务"的利病得失，不甘因循旧章，以尽刺史之责。此表所指利害的具体对象，即是《奏记丞相府论学事》的内容，其中严谨周密地论证了振兴教育的出路。他一针见血地指出，国家人才短缺是教育荒废所致，而教育不振之病在于资金匮乏，使学校"不闻弦歌，室庐圮废，生徒衰少"。强调应革除州县每年祀孔的陋习，节约资金，增加办学投入。经过调查研究，他确切说明："谨按本州四县，一岁释奠物之值缗钱十六万有奇。举天下之郡县，当千七百不啻，羁縻者不在数中。凡岁中所出于经费过四千万。"他大胆揭露这巨额资金均被经办祀孔的官吏所捞取，对兴办教育毫无意义。他建议如能把这些资金一分为二，用作州郡与国家两级办学的经费，那么教育的兴旺景象将会与"贞观之风粲然不殊"。然而朝中当权者庸暗无能，把这振兴教育的改革措施束之高阁。刘禹锡《夔州论利害表二》所表示的"详求利病，谨具奏闻"，究竟针对什么事情，因陈奏的文章不传，已不得而知。但他在第二表里引玄宗朝裴耀卿论江淮漕运诸弊一事为证，表明自己进谏的必要性，可以推知所陈奏的事情绝非一般问题。

刘禹锡在夔州时期，他的故友韦执谊的儿子韦绚"自襄阳负书笈"、跋山涉水来到郡府所在地白帝城，投谒刘禹锡，生活在他身边，从师求学。刘禹锡时常把所闻旧事讲给他听，后来经韦绚整理，编写成《刘宾客嘉话录》一书。刘禹锡的诗歌创作在朗州出现新貌的基础上，到了夔州又有了重大的突破。这主要表现在他那富有鲜明艺术个性的《竹枝词》《杨柳枝词》《浪淘沙》等作品，成为唐诗百花园中令人瞩目的鲜葩，散发着沁人心脾的芳香，是卓然不朽的文学精品，也是诗人经受了生活与艺术实践的"千淘万漉"之后，始能产生出的珍贵的精神成果。

刘禹锡的逐臣生活为他提供了接近劳动人民、了解民间淳美厚朴生活习俗的机会，以及对"呕谣俚音"这种随处可闻的民歌发生兴趣的可能。《旧唐书·本传》记载朗州"蛮俗好巫，每淫祠鼓舞，必歌俚辞。禹锡或从事于其间，乃依骚人之作，为新词以教巫祝。故武陵谿洞间夷歌，率多禹锡之辞也"。这是他继承骚人传统，学习民歌，从事创作的佐证。他为巫祝写的新词可惜都已亡佚，而他在朗州写的《采菱行》《竞渡曲》亦能显示汲取民歌营养的成效。还应提及的是他的《阳山庙观赛神》等篇已有了描写"竹枝"的诗句，它表明了诗人谪居朗州就把竹枝歌当作审美的对象。在连州，刘禹锡学习民歌的热情有增无减，他称自己的《插田歌》为"俚歌"，意在点破以民歌的形式真实地再现农家生活与个人的真切感受，所以作品有供给采风者保留的价值。篇中"齐唱田中歌，嘤咛如竹枝"的诗句，说明他早已熟谙竹歌曲调。

巴、渝一带是竹枝调的故乡，刘禹锡称夔州或叫巴子国与巴城，这里"民俗聚会则击鼓、踏木牙，唱竹枝歌为乐"（《太平寰宇记》卷一三七）。明代正德年间《夔州府志》也记有此处"渔樵耕牧，好唱竹枝歌"。由刘禹锡写于夔州的《畲田行》可以看出，他在僻州远郡不断深入山庄农村，熟悉百姓生产劳动和乡土民情。他本人历经的磨炼、得到的民歌艺术的滋养，以及现实的政治处境都与往日有所不同了。因而夔州地区欢快悦耳的竹枝歌，会触发诗人依声制词、用其语写其事的创作激情。这样，刘禹锡代巴人而歌的《竹枝词》，和在他之前的顾况、元積、白居易诸人效仿竹枝歌而自咏的诗篇，则判然有别了。诗人其他的民歌体作品《浪淘沙》九首、《杨柳枝词二首》《纥那曲二首》等，也都是这一时期写作的。他与友朋间的唱和，至此更为活跃，同元稹、李德裕、白居易等人诗札往还尤多。

长庆四年（824）秋，刘禹锡离夔州转任和州（安徽和县）刺史。《旧唐书·职官志》指出，凡州郡户满四万者为上州，户不满二万者为下州。元和六年（811）九月和州始自下郡升为上郡（《唐会要》七十），其地望财赋皆优于夔州。刘禹锡这次被迁调是免除谪籍的标志，露出了渐获重用的苗头。他告别夔州之际游览了神女庙，巫山峡水寄寓了诗人无限的情思。使他不能忘怀的还有为官的责任，他谦言自愧地说："唯有九歌词数首，里中留与赛蛮神"，虽然他"白头俯伛"（《别夔州官吏》），看上去是衰老了，但他不满足诗人的美誉，更要在德政上做出后人铭念的业绩。他沿江东下，在赴任和州的途中遍览山川胜色，俯仰生情，吟咏成篇。他的七律名作《自江陵沿流道中》《西塞山怀古》和古体诗《武昌老人说笛歌》《九华山》《秋江早发》等，真实反映了其一路上的思想活动和精神面貌。

刘禹锡来到和州，正逢旱灾之后，出于对黎民百姓的关心，他把赈灾济贫当作头等大事来抓。接受了前任刺史的交代，他随即巡视境内，安顿灾民。他在《历阳书事七十韵》里叙述了有关情况："分庭展宾主，望阙拜恩荣。比屋茕嫠辈，连年水旱并。遐思常后已，下令必先庚。"灾情是严重的，受害时间长、地域广，到处是凄苦无依的孤儿寡母。百姓嗷嗷待哺，燃眉之急是下令开仓放粮赈济难民。他一面办好实事，一面向朝廷奏明灾害实情，"灾旱之后，绥抚诚难"，请求救援，"慰彼黎庶"（《和州谢上表》）。刘禹锡这种忧时爱民、公而后己、务本求实的品质，在封建士大夫中是难能可贵的。因系自然灾害的教训，主持州郡政务的长官必须考虑百姓吃饭穿衣的大问题。于是他在《和州刺史厅壁记》中写下一段发人深思的话。他以连州、夔州与和州比较，指出："考前二邦之籍与版图，才什五六，而地征三之。究其所从来，生植有本。女工尚完坚，一经一纬，无文章交错之奇。男夫尚垦辟，功苦恋本，无即山近盐之逸。市无嗤眩，工无雕彤。无游人异物以迁其志。副征令者率非外求。凡百为一出于农桑故也。由是而言，瘠天下者其在多巧乎!"这些话不能简单地看作重农轻商封闭意识的流露，而是提醒当政者发展多种副业，不要冲击关系人们生存的耕织生产，否则国家经济就会伤元气。

在政务之暇，刘禹锡不忘以诗遣怀写志。他的《金陵五题》这组不朽的怀古诗写于和州，显示了日趋老辣遒劲的诗笔。同期七绝《望夫石》："终日望夫夫不归，化为孤石苦相思。望来已是几千载，只似当时初望时。"言浅味永，道出了"素蓄所长，效用无日"（《和州谢上表》），报国无门的怆痛。诗人这时唱出的"望夫人化石，梦帝日环营"（《历阳书事七十韵》）和"恋阙心同在羁旅"（《刘集笺证》第一三九页），可作此诗注脚。然而新机遇的到来，或许比诗人预料的更快些，宝历二年（826）时贤裴度再次执掌朝政，冬天召刘禹锡回洛阳，准备授他要职。

7. 再回京师

刘禹锡少年生活在江南，却因没能往游六朝旧都建康（江苏南京）而曾怀遗憾。这次征还卸职，得以"官闲不计程，遍上南朝寺"（《罢和州游建康》），访古览胜，饱赏山水风光，以偿夙愿。并写有《经檀道济故垒》《金陵怀古》等诗，表达了深沉的忧患意识。北上归途，经过扬州恰逢因病罢苏州刺史而返往洛阳的白居易。刘、白两人年齿相同，宦途踪迹相近，交谊之情又不限于诗朋文友。白居易早年曾撰《论太原事状》，揭露拥立宪宗的宦官头目俱文珍的劣迹，义愤之态见于言词。据此可证，他对永贞政变遭受迫害的八司马是深感同情的，而他中年也因权贵嫉恨备尝了沦落失意的苦味。所以，老朋友见面，在诗酒道情之外，更多了一层世路艰难之慨。谈心宴饮席间，白居易悲歌淋漓，唱叹：

为我引杯添酒饮，与君把箸击盘歌。诗称国手徒为尔，命压人头不奈何。举眼风光长寂寞，满朝官职独蹉跎。亦知合被

才名折，二十三年折太多。（《醉赠刘二十八使君》）

为慰藉多才而遭不幸的朋僚，刘禹锡走笔成章，写了七律《酬乐天扬州初逢席上见赠》的应答诗，其中力重千钧、境界深邃、久咏不衰的警句"沉舟侧畔千帆过，病树前头万木春"展露了哲人坦荡的胸怀和志士俊伟的气度。从此两人情谊之笃、过从之密罕与伦比，相互唱和几无虚日。刘、白二人还在北归路上，年末敬宗为宦官所害，其弟李昂即位，是为文宗。大和元年（827）春两人一起抵达洛阳。时当文宗初立，重用了一些名臣，稍露出一点儿渴望励精图治的志向。三月授白居易为秘书监，刘禹锡闲居待命，故地重游自然有流年空逝、万事蹉跎之叹。但他不是回头只看过去，而是抬头多往前看，心里期待未来的事业。"闻说功名事，依前惜寸阴"是《罢郡归洛阳闲居》诗中的话，是他思想情绪主导方面的反映。

六月，朝廷任命他为东都尚书省主客郎中，这是对他用世的热情又泼了瓢冷水。只要读读他的《洛下初冬拜表有怀上京故人》《为郎分司寄上都同舍》便一目了然，东都分司官更别无职事，只是参加诸如拜表一类走过场、搞形式的无聊活动。刘禹锡对这种消磨意志的闲差大为不满，连白居易诗里亦说："谢守归为秘监，冯公老作郎官。"（《临都驿答梦得》其二）把自己的朋友比作老不得志的汉代冯唐，为他发抒不平之鸣。秋天，"永贞八司马"中的韩泰由长安赴任湖州（浙江湖州），路过洛阳，刘禹锡以《洛中逢韩七中丞之吴兴口号五首》相赠，把多年积郁心底的愤懑与悲伤，直率坦白地倾诉出来，在昔盛今衰的感慨中深含着对永贞革新志士的赞美，及宦官乱政、国事日非的殷忧。刘禹锡屡挫不馁的斗志和为国分忧的衷情，从顺宗到文宗，时历五朝而始终不渝，老来弥笃。

因宰相裴度汲引，刘禹锡于次年春被调往长安，任主客郎中。此官为礼部属官，负责接待宾客等项事务。封建官场的险风恶浪使他做了二十三年的逐臣之后，又回到了朝廷郎官的位置上，政治生命的圆圈运动不知需要刘禹锡付出多少代价。他在《初至长安》中叹道："老大归朝客"，"重见帝城春"，只有终南山的景色依旧，其余的事情都今非昔比了。阳春三月，京都花木争芳斗艳，诗人乘游春赏花的兴会又写了《再游玄都观绝句并引》："百亩庭中半是苔，桃花净尽菜花开。种桃道士归何处，前度刘郎今又来。"诗歌语带讽意是客观存在的，而备受打击的才士缘景抒发感慨也是情理之常，况且不肯折节献媚的诗人呢。但在朝廷这是非之地就不免要有麻烦。《旧唐书·本传》曰："太和中，（裴）度在中书，欲令知制诰，执政又闻诗序，兹不悦，累转礼部郎中、集贤院学士。"裴度想重用刘禹锡的打算又告吹了，不得已，退而求其次，授他为集贤殿学士。其官职为掌管校理经籍，考辨邦国大典，征求逸书，承旨撰集文章。颇具才识的刘禹锡很胜任这些工作，又非常勤于职事，"在集贤院四换星霜，供进新书二千余卷"（《苏州谢上表》）。

起初他还是等待着大展宏图的机遇，"早岁忝华省，再来成白头。幸依群玉府，有路向瀛洲"（《早秋集贤院即事》）。唐人用群玉府喻书殿，把登瀛洲比作儒臣受到推崇和重用。但是大和三年（829）刘禹锡改任礼部郎中，兼做集贤殿学士以来，朝政发生了微妙的变化。惯于和宦官勾结的李宗闵当了宰相，接过其父李逢吉的衣钵大搞朋党，排斥裴度与李德裕等人。次年秋天裴度离朝外任，刘禹锡借《与歌者米嘉荣》一诗说出了"近来时世轻先辈，好染髭须事后生"这种意在言外的话，表达了对朝中新贵专横乱政的愤激之情。黑暗的政治环境让刘禹锡很不自安，加上白居易已在大和三年春称疾罢刑部侍郎，去洛阳做太子宾客分司的闲官；而裴度自李宗闵、牛僧孺入相，痛恶其奸谋秽行，为避祸求安，以年高体弱为由，连上三章用刘禹锡代撰的让官疏表，坚辞机务，请求退休。这些来自刘禹锡身边的变动，对他产生了一定的消极影响。他主动要求分司东都，朝廷未准，却久处书殿，无缘晋升。"除书每下皆先看，唯有刘郎无姓名"（令狐楚《寄礼部刘郎中》），就连朋友也在为他叹惋。不过刘禹锡仍然没有绝望，他回答说："群玉山头住四年，每闻笙鹤看诸仙。何时得把浮丘袂，白日将升第九天。"（《酬令狐相公见寄》）诗里语涉神仙皆是指代仕宦，视其诗意则知诗人仍没有放弃知己者提挈的一丝希望。大和五年（831）十月，他等来了除为苏州刺史的诏书，从此他又经历了四年半的外官生活。

（三）刘禹锡的坎坷人生评述（下）

8. 外放上州刺史

当时苏州号称名郡，由郎官出任本州刺史，特别是在地方上连年遭受水灾之后去就职，下一步如能善政救灾，业绩突出，犹不失为提拔重用的阶梯。可是刘禹锡则不然，他是资历较深的正郎官职，于短期之内进身公卿之列，参与机要，为国家负起重担是顺理成章的事。白居易就说："暂留春殿多称屈，合入纶闱即可知。"（《和集贤刘学士早朝》）这种情况下刘禹锡重赴外官，必定事出有因。在《苏州谢上表》里，他是这样说的："臣本书生，素无党援"，"唯守职业，实无朋附"，"分忧诚重，恋阙滋深"。那么，朝廷为什么不对忠于职守、光明正大又深爱君国的能臣委以重任，却将他外放，弄得"本末可明，申雪无路"呢？谜底在表文里即可找到："臣闻有味之物，蠹虫必生；有才之人，谗言必至。""了然辨之，唯在明圣。"可惜这位"明圣"文宗"勤于听政，然浮于决断"（《旧唐书·韦处厚传》），因缺乏主见常常为流言蜚语所迷惑。权贵们这次仍是利用制造谗言击中了刘禹锡。他很清楚，当年贬刺连州尚有东山再起的可能，不足以决定他一生仕进的升沉、荣枯，而今年逾花甲出牧苏州，这意味着将来执掌政要的希望太渺茫了。

然而，刘禹锡不愧是一个由儒家进取思想培养起来的贤能才士，他要做国家的官，更想办天下的事，心里承受着委屈，却不忘黎民的痛痒。他上任碰到的最紧要也是最棘手的问题，即为如何改善连年水灾给苏州地区的经济与人民生活造成的严重后果。他高于一般封建官吏的一个重要方面，也体现在这种实绩上。苏州属江南吴地，是富庶之区。安史乱后唐王朝加剧了对江南的搜刮，到中唐时形成了"赋出天下，而江南居十九"（韩愈语）的局面。地方经济与人民生活在困境中挣扎，一经水灾的危害，如雪上加霜，惨象环生。百业萧条，"物力索空"（《苏州谢上表》），"肌寒殒仆，相枕于野"（《苏州上后谢宰相状》），黎民生存的基本条件丧失殆尽。刘禹锡吸收了和州任上的赈灾经验，首先深入灾区，躬自"询访里闾，备知凋瘵"（《苏州谢振赐表)》）。掌握了详情，马上又"方具事实"上疏朝廷，争得了十二万石救济粮，"遂令管见，得及疾黎"（《苏州加章服谢宰相状》）。

为了防止贪官污吏在经办过程中捞取油水，他认真监督将抚恤粮落实到灾户。对事关社会安定、百姓生死的重任，他一丝不苟，"昼夜苦心，寝食忘味"。在救灾的各个环节上做到"每事防虑"，严谨而有条理，工作收效显著，百姓"幸免流离"，社会秩序"渐臻完复"，"使人心获安"（《苏州谢恩赐加章服表》）。经历了近两年的时间，他依靠本州吏民"忧劳并深"的苦战，并辅以"减其征徭，颁以赈赐"（《汝州谢上表》）和招抚流亡的应急措施，整个大局有了好转，生产与生活得到全面的恢复，户口亦渐有增加，灾后终于呈现出一点儿新气象。刘禹锡以"政最"获得朝廷"赐紫金鱼袋"的嘉勉，朋友们也以诗札相贺。他在《酬乐天见贻贺金紫之什》里激动地说："欲因政事赐金鱼，郡人未识闻谣咏"，看来他在民间已是有口皆碑了。民心是摄像机，官吏的善政与劣迹无不在那里留下底片，或迟或速总要曝光于世的。后人就曾把有德于民的苏州刺史韦应物、白居易与刘禹锡誉称"三贤"，建造祠堂，岁时致祭。

苏州任上繁重辛劳的政务没有使刘禹锡搁置诗笔，与诗朋歌侣的赠答之作，多写生活中的偶感即兴，有的篇章尚能迸发出思想的火花。如《乐天重寄和"晚达冬青"一篇因成再答》这首七律，以鹰击长空自期，表达老迈之年不堕的凌云之志，并能正视现实，"东隅有失谁能免？北叟之言岂便无"！岁月流逝，生命垂老是自然法则，不可避免，而九十岁的北山愚公不是还在带领他的子孙，去完成前人未曾有过的伟大事业吗？诗人矢志不移的奋斗精神委实可佩。诚然，他的好友相继谢世，也叫他觉得凄凉零落、叹逝伤怀，"世上空惊故人少，集中惟觉祭文多。芳林新叶催陈叶，流水前波让后波"（《刘集笺证》第一一四八页），悲痛之中却映现出豪健豁达的襟抱。苏州秀丽的风光和闻名的古迹更是诗人观照的对象，如《题报恩寺》《姑苏台》等诗篇，因景而发怀古幽情，以之觉世警俗。其中"宫馆贮娇娃，当时意太夸。艳倾吴国尽，笑入楚王家"（（刘集笺证》第一四四九页）在追求个人安逸和世俗生活享乐既成风气的中唐后期，无疑是有讽意的。

刘禹锡的文学创作活动，在苏州期间出现了新的气象，他把唱和之诗的阶段性成果汇编成集。大和六年（832）底，将与李德裕从长庆四年（824）以来的赠答篇什，合为《吴蜀集》；事隔两个月后，又将与令狐楚酬唱的作品"辑缀凡百有余篇"，名曰《彭阳唱和集》。接着，从自己四十卷诗文作品中，选出十卷为《刘氏集略》。在这些集子前都撰有序文，如能以此与同期所写的《澈上人文集纪》《唐故相国李公集纪》两相参互阅读，则可了解刘禹锡文学创作发展的大体脉络及其文学主张的某些方面。

刘禹锡守苏州两度春秋稍后，于大和八年（834）七月中旬，接到了朝廷任命他为汝州刺史、兼领御史中丞、本道防御使的诏令。汝州在唐代是个望郡，地位高于苏州，辖区管有七个县，又近临东都洛阳。刘禹锡这次移迁不仅是提升，而且来到了故乡的身旁，"病辞江干，老见乡树。荣感之至，实倍常情"（《汝州上后谢宰相状》），心里自然会很高兴。但是潜在思想中还有另一种情绪，当他和曾经倾注过心血的苏州这块土地，以及共度时艰的广大吏民离别之际，情不能禁地吟唱道："流水阊门外，秋风吹柳条。从来送客处，今日自魂销"（《别苏州》其二），临途依依之意油然而生。他离开苏州心绪难平，而不能内召入朝，只得前赴汝州上任更是令他遗憾，"临汝水之波，朝宗尚阻；望秦城之日，回照何时"。他明知那回朝之路阻隔重重，却从不放弃自己的努力、丢掉终生的理想。当时牛、李两党的势力迭为消长，互相排斥。刘禹锡心有是非，又十分谨慎，不去介入二者的争斗，也不能不与之委曲周旋。

他转往汝州的行踪和其表现则是有力的证明。过扬州与夙有微嫌的牛僧孺相会，在《酬淮南牛相公述旧见贻》诗中，他以谦恭的面貌出现。经开封和没有陷入党争的老朋友李程见面，交杯倾谈非常惬意，觉得"一笑一言真可贵"（《刘集笺证》第九一五页）。刚到任，牛党的对头亦是刘禹锡的好友李德裕罢相赴任镇海军（江苏镇江）节度使，他礼节周到，亲自相送，两写赠别诗只歌其政声、风范，无一语涉及私交。别有味道的是刘禹锡在写给三人的诗中皆有欢声笑语，而赠牛之诗是看着主人赏脸的笑，会李程之作是两人欢快的笑，送德裕之章则是写别人的笑。由此观之，封建士子欲求功业，在仕途上跋涉如履薄冰、左顾右盼、战战兢兢实在是难啊！

刘禹锡居汝州一年多的刺史生活是比较平静的，他与诗友们的啸咏吟唱也不外乎官闲日永的优游乐趣，但他不甘心就这样画个句号，退出官场。大和九年（835）九月朝廷任白居易为同州（陕西大荔县）刺史，白谢病不就。翌月，刘禹锡移任同州，代白居易做刺史。大约这时老朋友以《闲卧寄刘同州》诗劝他相伴归隐，他表示"同年未同隐，缘欠买山钱"（《酬乐天闲卧见寄》）。刘禹锡固然不像白居易在两京都有园宅可供隐卧，更主要的是他认为自己的前面还有征程。他自汝州前往同州顺便到洛阳拜见了裴度，他面告这位已退居的元老，"终期大冶再熔炼，愿托扶摇翔碧虚"（《刘集笺证》第一二二〇页），这不只预祝裴度重新出山再创辉煌，也是他此行本身固有之义。谁曾料到，他还未抵任，朝中突发"甘露之变"，政局愈加紊乱不堪。

所谓"甘露之变"，可以说是一次反对宦官而未遂的政变。文宗称帝之后想铲除宦官集团为祖宗雪耻，经过与他宠信李训、郑注一番密谋，欲于十一月二十日在紫宸殿朝见百官。使左金吾大将军韩约入奏，诈称金吾左仗院后面的石榴树上夜降甘露，请文宗去看。以此引诱宦官跟随皇帝往观，待宦官进入金吾左仗院内，准备由事先埋伏的甲兵一举杀尽他们。但机泄事败，宦官仇士良调动禁军大肆屠杀朝官，李训、郑注及舒元舆、王涯、贾悚等及其亲族，一律被斩，受株连而丧生的多达六七百人。刘禹锡对于甘露之变毫无关涉，有关事情的始末只能得到为宦官控制的官报消息。在这非常时刻他十分审慎，对遭诛夷的僚友默无一言，虽心有隐痛、又愤恨宦官，但他的态度却与当局的政令保持着同步反应。朝廷下令斩郑注，七天后他一到任目见诏书，立刻奉上《贺枭斩郑注表》。跟着，朝廷为事变中受牵连的人颁发了特赦令，他又赶忙呈进了《贺德音表》，这种唯当局马首是瞻的表现，也是头戴乌纱帽者的稳妥选择。

不过甘露祸起的巨大冲击波使刘禹锡的宦情迅速地冷却了，他最后的等待不再是准备"抟扶摇"而振翅腾飞了。刘禹锡在同州未满一年，开成元年（836）秋，以患足疾去官，迁太子宾客分司东都。他在退下来之前的几个月里，还在替国分忧，为本郡百姓做些力所能及的事情。他针对同州"四年以来，连遭旱损。闾阎凋瘵"，"物力困涸"（《同州谢上表》），和民瘼深重、负债累累的实际状况，积极为民请命。先争得了放免开成元年夏季的青苗钱和六万石粟麦的救济粮，以解燃眉之急。随后又获准放免多年积欠的钱粮债务，收到了"去其旧弊，众已获安"（《谢恩放先贷斛斗表》）的良好效果。这是他在宦辙上留下的最后的惠民印记。

9. 退居洛阳

刘禹锡六十五岁那年秋天，以正三品的虚职头衔退居洛阳，开始了他的晚年生活。我们在《谢分司东都表》里，可从一个侧面了解他当时的心态："列名宾护之职，分司河洛之都。老马沾束帛之恩，枯株蒙雨露之泽。获居荣秩，以毕余年。"这个结果与他追求的志业尚有相当的距离，所以他表示"虽迫桑榆之景，犹倾葵藿之心"，如果朝廷用得着，情愿效力。但是他承认自己老了，现实的朝政和自己的努力也不合拍。自己能够满载殊荣、享受优厚的待遇，平稳离开充满风险的政坛，再想到与自己比肩的宦游者已是"零落将尽"，他感到幸运，越发觉得余生的珍贵。在这种态度的支配下，刘禹锡把晚年的时光装点得多姿多彩。"正像垂暮的斜阳，曲终的余奏和最后一口啜下的美酒给人们温馨的回忆一样"①，他的垂暮之年格外引人注目。

刘禹锡回到洛阳，立刻找到了自己的生活位置，他兴高采烈地加入了裴度与白居易经常举行的"文酒之会"。三位志趣相投的老人，有了自己支配的时间，走到一起来，共同创造和品尝暮年生活的美，这该是何等的愉快！裴度拟了这样的诗题：《予自到洛中与乐天为文酒之会、

---

① 《莎士比亚全集·理查二世》第四册，人民文学出版社，1978年，第326页。

时时构咏、乐不可支、则慨然共忆梦得、而梦得亦分司至此、欢惬可知、因为联句》，以之表达他们的情分及其生活的韵味。在这长篇的联句中，白居易逼真地叙述了乍见梦得的情境，"欲迎先倒屣，入座便倾杯。饮许伯伦右，诗推公干才"，诗篇特地自注"并以本事"。呼之欲出的场面多么动人，听到朋友来了，赶忙迎接竟把鞋穿倒了；见了面先碰杯，端起杯便诗兴大发；早就知道老朋友能像"竹林七贤"中的刘伶那样豪饮，更有"建安七子"中负有重名的刘桢那样的诗才。有了伙伴，他们驱散了老年人的孤独感，也不会产生被人遗忘的错觉和叹老嗟卑的哀怨。他们反倒认为自己是社会上不可缺少的角色，相互间有说不尽的共同语言，有浓得化不开的真情，"昼话墙阴转，宵欢斗柄回"。

他们的唱和鼓起了对人生未来的信心，正如刘禹锡在联句中唱道："洪炉思哲匠，大厦要群材。他日登龙路，应知免曝鳃。"诗语里的"曝鳃"是指鱼跳不上龙门后的困顿处境，话外之音是国家需要时他们仍能发挥余热，把事情办好。可以说，吟诗唱和成为刘禹锡及其伙伴们生活的重要组成部分，而他们又能以唱和之作照见自己的灵魂，看到自我的形象，进一步激发了对生活的热爱。第二年春三月三日，刘禹锡与裴度、白居易等十六人应河南尹李珏之邀，参加了在洛滨的修禊活动，大家欢宴舟中，"各赋十二韵"的诗章。刘禹锡的作品生动描绘了这个历史上少有的韵事，激动地把它比作东晋永和年间有谢安、王羲之、孙绰等四十一位名士参加的会稽（浙江绍兴）兰亭盛会。五月，裴度出任河东节度使，牛僧孺来洛阳做东都留守，他替代裴度成了梦得在洛唱和的新伙伴。十一月，与刘禹锡有三十多年文友之雅的令狐楚死于兴元（陕西汉中）任所，他接到讣书和其临终前写给他的书信及诗篇，"寝门长恸"，"收泪握管"写了悼亡诗（《刘集笺证》第一二一一页）。又将大和五年（831）以后，与令狐楚唱和篇什续编入《彭阳唱和集》中，还撰写了《后引》。开成三年（838）秋末牛僧孺离开洛阳，冬季裴度返回东都，不久病逝。此后只剩刘、白两人友善如故，"诗笔文章，时无出其右者"（《旧唐书·刘禹锡传》）。

读刘禹锡在洛的唱和诗，很容易发现他的晚年一直保持着很高的创作激情，他几乎无时不在寻求蕴藏于生活中的可以入诗的材料。春天来了，他兴奋地告诉伙伴："春来自何处，无迹日以深"，"花意已含蓄，鸟言尚沈吟。期君当此时，与我恣追寻"（《洛中早春赠乐天》）。夏天，他偏爱"新竹开粉奁，初莲爇香炷"（《牛相公林亭雨后偶成》）。诗人对秋的信息分外敏感，他在《酬乐天感秋凉见寄》里欣然描写了秋光的美好，"槿衰犹强笑，莲迥却多情。檐燕归心动，韝鹰俊气生"。冬天的雪在他眼里是那么的令人赏心悦目，"琼林映旗竿""玉树满眼新""风雪相和"则预示着新春的临近。

刘禹锡晚年不仅陶醉于自然界的美，更不忘追求生活中的真与善。牛僧孺在洛阳大造园墅，夸富斗豪。苏州官吏为了讨好他，劳民役众给他备办珍木怪石，刘禹锡写了《和牛相公题姑苏所寄太湖石，兼寄李苏州》与《和牛相公南溪醉歌见寄》，予以委婉而严肃的讽刺。牛僧孺是文宗大和、开成年间搞朋党争斗的头面人物，刘禹锡借唱和机会写了《和牛相公雨后寓怀见示》，其中有"金火交争正抑扬""晓看纨扇恩情薄""庭中百草已无光"等语，以景喻理，表现了党争的洋相和深恶之意。刘禹锡晚年并非只跟老伙伴唱和，他亦用诗和在任的各级僚友保持着联系。如《寄和东川杨尚书慕巢、兼寄西川继之二公近从弟兄、情分偏睦、早忝游旧、因成是诗》是酬答东、西川节度使杨汝士和杨嗣复的，作品的思想意义尽管不大，但是以诗对话，"各抛笔砚夸旄钺，莫遣文星让将星"，也能互相慰勉，提高精神生活的格调。他在《述旧贺迁、寄陕虢孙常侍》中鼓励这位接替他任过同州刺史，又得到升迁为陕虢观察使的孙简，要轻徭薄赋，为百姓排忧解难。雪莱曾说过，诗歌是美好的灵魂对美妙时刻的记载①。

诗歌也像精神世界的灯，在照亮自己的同时亦能照亮别人。白居易的一个朋友叫皇甫曙，曾把自己写的一首《暮秋久雨喜晴有怀》赠给六十九岁的老人刘禹锡，老诗人答道："雨余独坐卷帘帷，便得诗人喜霁

---

① 汪培基译：《英国作家论文学》，生活·读书·新知三联书店，1985年，第118页。

诗。摇落从来长年感，惨舒偏是病身知。扫开云雾呈光景，流尽潢污见路歧。何况菊香新酒熟，神州司马好狂时。"（《刘集笺证》第一三八八页）诗人这是在激励朋友，更是在鞭策自己，亦可知诗人创作的过程就是自我鼓舞斗志、不断深化对宇宙人生思考的过程。他的《酬乐天咏老见示》和《始闻秋风》等诗篇，与曹操《步出夏门行·神龟虽寿》相较，确系豪气不减而理趣过之，堪称垂世不朽的佳作。

当然，刘禹锡晚年内心的用世情结还在，思想中的矛盾也没有消逝，由此引发的哀怨与痛苦在他的诗文里时有流露。像"弥年不得意，新岁又如何？""以闲为自在，将寿补蹉跎"（《岁夜咏怀》），"至闲似隐逸，过老不悲伤"（《刘集笺证》第一二三五页）等诗语皆为见证。但是他处于衰病日增的老迈之年，对功名的态度要冷淡得多了。文宗开成末年改任他为秘书监、分司东都，武宗会昌元年（841）春，又加检校礼部尚书。他明白这只是一种安慰，他已断无复起出任的可能。诗文成为他精神的主要寄托，他将自大和八年（834）以来与白居易唱和诗篇，编为《汝洛集》并撰《集引》，直至他七十岁，还与老伙伴联句。

次年，他身体骤衰，自己预感到生命的终点不会很远了。他抱病挥动着一生未曾离开过的笔，为后世留下了《子刘子自传》这篇短隽谨严、事切情深、声如金石的传记文，把久埋胸中的话语公诸于世，千古寸心，让后人去评说！这篇《自传》是刘禹锡的绝笔，是了解他的生平和永贞革新史实的最可珍贵的资料。特别引人思索的是不足千字的自传，却用了三分之一的篇幅，字斟句酌地叙写王叔文的身世和美德。着重点明他出身寒微而才华出众，深得时贤推许："实工言治道，能以口辨移人。既得用，自春至秋，其所施为，人不以为当非。"显然，刘禹锡的用心是为王叔文辩诬雪冤，为永贞革新的八司马恢复名誉。

人生是短暂的，而刘禹锡的人生选择却是面对世道艰难的中唐，志在完成不平凡的革新事业。他备遭挫折而不断挣扎，奋斗了一生也无力解决理想与现实的矛盾。因此他不可能没有遗憾："重屯累厄，数之奇兮。天与所长，不使施兮。人或加讪，心无疵兮。"人格的高尚并非在于一个人幸运地成就了什么，而是体现在他对真善美的至死不渝的追求，对人类进步事业无所保留的奉献！初秋，刘禹锡离开了使他留恋和叹惋不已的人间，享年七十一岁，死后赠户部尚书。

三、刘禹锡诗歌创作成就概览

刘禹锡从事诗歌创作的年代，正是唐诗衰而复兴的时期，诗坛上出现了百花齐放、争芳斗艳的繁荣局面。以白居易为代表的新乐府诗派发扬杜甫的传统，反映民生疾苦，抨击各种弊政，掀起了又一个现实主义创作高潮。韩愈为首的深险怪僻派于艺术上刻意求新，别开生面，为诗歌发展探索新的出路。刘禹锡振作人文精神，与柳宗元相呼应，卓然特立，才华出众，成为白、韩两派之间的一支异军。下面仅就他的诗歌内容、艺术特色和诗论主张，简要地予以评述。

（一）诗歌内容评析

现存刘禹锡的诗歌达八百余篇，题材广泛，内蕴丰富，多以自创见工。其中托兴幽远的讽刺诗、气韵沉雄的怀古诗、情辞激扬的咏怀诗、清新俊朗的竹枝词，是刘禹锡诗歌中的杰出部分，反映了他诗歌创作内容的基本面貌。

他的讽刺诗是永贞革新失败后的重要精神产品，有着鲜明的政治色彩。作为一名革新集团的骨干，他招致了官僚统治阶级内部的攻击和诬谤，也充分认识了顽固保守的新旧权贵扼杀革新、陷害忠良的狰狞面孔和卑鄙手段。在贬谪流寓的生活中，遭谗被诬的愤怨与不平，时或驱动他的诗笔，一首首具有强烈批判精神的讥刺之作，像离弦的箭射向了形形色色的丑恶势力。如《百舌吟》：

晓星寥落春云低，初闻百舌间关啼。
花柳满空迷处所，摇动繁英坠红雨。
笙簧百啭音韵多，黄鹂吞声燕无语。
东方朝日迟迟升，迎风弄景如自矜。
数声不尽又飞去，何许相逢绿杨路。

> 绵蛮宛转似娱人，一心百舌何纷纷。
> 酡颜侠少停歌听，坠珥妖姬和睡闻。
> 可怜光景何时尽，谁能低回避鹰隼。
> 廷尉张罗自不关，潘郎挟弹无情损。
> 天生羽族尔何微，舌端万变乘春辉。
> 南方朱鸟一朝见，索寞无言蒿下飞。

百舌鸟犹如摇舌鼓唇、曲意奉承的谗夫幸臣。他们没有信仰，不想苍生、天下之事，更无自尊自立的本领，只靠舌端万变、花言巧语取媚于权贵，得势于一时。然而终不能改变他们那弄臣玩物的角色，只要环境气候稍有变化，他们的可悲下场便无法避免。诗人嘲笑幸臣奸佞的无耻表演，"笙簧百啭音韵多"，"绵蛮宛转似娱人，一心百舌何纷纷"；鞭挞他们破坏革新事业的罪行，"摇动繁英坠红雨"，"黄鹂吞声燕无语"；正告他们想用舆论欺骗愚弄世人，完全是痴心妄想。因为鹰隼和朱鸟已经对百舌鸟构成了致命的威胁，而且廷尉的张网、潘郎的弹弓亦决不容许它为所欲为。

刘禹锡的《聚蚊谣》和《百舌吟》主旨相近，形式相同，以聚蚊成雷的古谚喻指造谣生事的群小，无情揭露他们的丑态和凶狠的本性：

> 喧腾鼓舞喜昏黑，昧者不分聪者惑。
> 露花滴沥月上天，利嘴迎人看不得。
> 我躯七尺尔如芒，我孤尔众能我伤。

喜欢昏暗的蚊子在夏夜里鼓翅飞舞，喧声如雷，利嘴伤人，这恰是对乘时猖狂、借机害人的群小形象的艺术写照。诗人痛切地感到，永贞革新中刚刚出现的月悬中天、露花滴沥的政治清明气象，却因聚蚊似的群小大吵大闹而搞得是非混淆、黑白颠倒，势孤力单的革新者竟遭迫害。但是诗人坚信，"天生有时不可遏，为尔设幄潜匡床。清商一来秋日晓，羞尔微形饲丹鸟"，邪恶的势力总是短命的，就如暂时肆虐的飞蚁一样，不会很久必将灭亡。

刘禹锡的讽刺诗多数写于朗州，大都是以寓言的形式进行冷嘲热讽。把寓言与诗融为一体，作品自然具备了生新泼辣、形象幽默的特点。这既能穷形尽相地暴露讽刺对象，增强批判力度，又能防止被罗织政治罪名，实现有效的自我保护。从内容分析，刘禹锡讽刺诗主要分为两类。一是抨击阴险腐朽的政敌，表达革新志士百折不挠的斗争精神及不向恶势力折腰的贞操劲节，如《百舌吟》《聚蚊谣》《飞鸢操》《昏镜词》《姜兮吟》，以及其离开朗州之后写作的《戏赠看花诸君子》《再游玄都观》《与歌者米嘉荣》等；二是针砭时弊，揭露中唐社会各种黑暗丑恶的现象，表现了诗人心怀天下、忧国忧民的政治家品格和对社会现实敏锐的洞察力。如《养鸷词》《调瑟词》《蒲桃歌》《武夫词》《华清词》《昼居池上亭独吟》等，类此诗篇与元稹、白居易等人的新乐府讽谕诗旨趣相符，大有异曲同工之妙。试读《贾客词·并引》：

> 五方之贾以财相雄，而盐贾尤炽。或曰："贾雄则农伤。"
> 余感之作是词。
> 贾客无定游，所游唯利并。
> 眩俗杂良苦，乘时取重轻。
> 心计析秋毫，捶钩侔悬衡。
> 锥刀既无弃，转化日已盈。
> 徼福祷波神，施财游化城。
> 妻约雕金钏，女垂贯珠缨。
> 高资比封君，奇货通幸卿。
> 趋时鸷鸟思，藏镞盘龙形。
> 大艑浮通川，高楼次旗亭。
> 行止皆有乐，关梁自无征。
> 农夫何为者？辛苦事寒耕。

这首诗可视为中唐社会的实录，富商巨贾的丑态与罪恶在诗人笔底暴露无遗。他们以弄虚作假、巧取豪夺的手段积累财富，又凭借金帛贿赂勾结宦官、藩镇和各级官吏，谋得经济政治利益。财势加官势竟使商贾有恃无恐，奢靡挥霍，无恶不作，给国家造成严重危害。从宪宗到武宗各朝屡下诏书严禁商贾在禁军、藩镇与官府"影庇"下免除赋役（《册府元龟》卷四十一）。但是官僚腐败透顶，诏书只是一纸空文，最后把社会负担全部转嫁在农民头上，所谓"贾雄则农伤"，真是一语破的。

此诗写法亦如新乐府，诗前小序点明主旨，作品结穴处以重笔写浓情，在鲜明的对比中控诉社会的积弊。讽刺诗《养鸷词》是作者有感于朝廷用高官厚禄笼络藩镇所造成的社会问题，而写的富有现实性的作品。诗人以鸷鸟象征藩镇，借议论少年不明养鸷之理，讥消朝廷昏庸无能，表达了抑制军阀豪强的政治主张。在《武夫词》中极写武臣恣纵骄横之状，深刺宦官武装神策军对社会的危害。《调瑟词》则以诙谐之笔，冷峻地嘲讽剥削阶级用竭泽而渔的愚蠢做法压榨百姓，搜刮民脂民膏。统而观之，刘禹锡的讽刺诗都有很强的针对性，参阅他的有关文章和史书，每事均可征信。所以说他的讽刺诗是与邪恶势力交锋的武器，具有充实的社会内容和深刻的思想性，体现了作者政治家兼诗人的才识。

刘禹锡的咏史怀古诗在他的集子里占有不小的比重，名篇佳作独标风韵，脍炙人口，历来为人乐道。刘禹锡之前的唐朝诗人，在晋代左思开创的"名为咏史，实为咏怀"基础上，又拓展了新疆域。他们不但由读史观古来抒写怀抱，而且往往在游览名胜古迹之际，触物起情，遥想遐思，把古与今、情和景扭结起来，使笔触从个人的情怀引向现实社会生活的各个层面。刘禹锡踵武前贤，写咏史怀古之作，能站在时代的制高点上，以自己的史识灼见对古人往事或叙或评，有褒有贬，立意高远，情致深浓。按内容划分，可归为三个方面。

第一，凭吊古迹、讲史论事，在总结历史经验教训中表明自己的社会历史观。其足可扛鼎之诗为《西塞山怀古》：

王濬楼船下益州，金陵王气黯然收。

千寻铁锁沉江底，一片降幡出石头。
人世几回伤往事，山形依旧枕寒流。
今逢四海为家日，故垒萧萧芦荻秋。

西塞山在今湖北大冶县东，是六朝的江防要地。诗人来到这里目睹岚横秋塞、山锁洪流、形势险峻，油然而生兴亡之叹。诗篇从远处落笔、大处着眼，形象概括了当年晋吴水军在此激战的一幕。排山倒海、摧枯拉朽的雄师与闻风丧胆、举旗投降的溃军，双方胜败相形，突出"金陵王气"、天然地形、"千寻铁锁"皆不可恃，而六朝的统治者偏偏不记取这样的教训。眼前荒凉残破的六朝陈迹就是分裂割据总归失败的象征，四海为家、江山一统是历史发展的大趋势。西塞山这块巨大的回音壁警醒后人，权者的乖违、世事的舛误，是历代王朝无法挣脱的造成自身覆灭的怪圈。诗人在纵横开阖、酣畅流利的风调中，寄寓了深刻的社会历史观。据说元稹、白居易等人与刘禹锡同时吟咏这一题材，刘诗既成，居易读后叹曰"大家探骊龙，他已先得龙珠，其余所得，不过鳞爪罢了"，于是全都搁笔。此诗产生后的第二年，刘禹锡又写了它的姊妹篇《金陵怀古》：

潮满冶城渚，日斜征虏亭。
蔡州新草绿，幕府旧烟青。
兴废由人事，山川空地形。
后庭花一曲，幽怨不堪听。

诗人以千钧之笔揭开了天下兴亡、社稷盛衰的秘密："兴废由人事，山川空地形。"确似洪钟巨响，示警当世，垂诫来者。他的《台城怀古》和《姑苏台》都是由昔盛今衰触发了沧桑之感，意在提醒主宰国家命运的统治者，切不可忘记历史上新旧王朝更替的内在原因。还有《金陵五题》《登司马错故城》等亦属于借评往事来表露自己的政治及社会观点的。

第二，评史论人、微言深旨，通过臧否历史人物表现自己的志节和政治理想。刘禹锡的《咏史》（其一）称颂西汉任少卿立身处世的高尚情操："骠骑非无势，少卿终不去。"骠骑将军霍去病权势显赫，炙手可热，其身边少不了拍马求宠的人。可是任少卿却能保持独立人格，不为功名富贵所诱惑而出卖灵魂，诗人将他作为自己效法的楷模。在世风日下、士大夫气节沦丧的混浊环境里，傲然自尊，决不同流合污，"世道剧颓波，我心如砥柱"。《咏史》（其二）讥评汉文帝用人失策，把擅长表演弄车之技的卫绾封以高官，而将精于治国之道的贤臣贾谊放逐在外。"同遇汉文时，何人居贵位？"诗人激问的背后是用卫绾隐喻谄幸之徒，而以才调无伦的贾谊自况。刘禹锡的《蜀先主庙》诗则讴歌了知人善任的刘备：

> 天下英雄气，千秋尚凛然。
> 势分三足鼎，业复五铢钱。
> 得相能开国，生儿不象贤。
> 凄凉蜀故妓，来舞魏宫前。

刘备能于乱世之中礼贤下士，得到诸葛亮辅佐振兴汉室，成为叱咤风云的一代英雄。他的嗣子不肖，狎近小人而葬送了先帝的基业，堕落为不知羞耻的可怜虫。诗中父与子正反相形，鞭挞了时政的荒唐，表露了治国的主张。再如《馆娃宫》以咏吴王夫差敲响"前事不忘，后事之师"的鸣钟，《经伏波神祠》倾诉了诗人"自负霸王略，安知恩泽侯"的宏图大志。

第三，以史讽今、触及时事，在宣泄思古幽情凄意之中暴露现实的丑恶。例如《韩信庙》和《经檀道济故垒》两诗表现同一旨意，功高盖世的名将，双双无辜被害，人们从历史英杰的冤枉中仿佛看见了现实统治者的刻薄寡恩。联系两诗的写作时间，均可看作因中唐名相裴度屡遭排挤而致慨，故称其为深"寓时事"之作（《刘集笺证》第五七七、七一七页）。《华清词》《马嵬行》《翠微寺有感》等是咏唐玄宗的篇章，或讥其志在升仙得道，或讽其穷奢极欲的最终结局。参照当朝帝王图享乐、好神仙，荒弃国政的史实，来解读这些诗歌就会体味到其中的良苦用心。刘禹锡赴任连州途经岳州（湖南岳阳），写了《君山怀古》短章：

> 属车八十一，此地阻长风。
> 千载威灵尽，赭山寒水中。

《史记·秦始皇本纪》载：这位帝王"浮江至湘山祠，逢大风，几不得渡，使刑徒三千人皆伐湘山树，赭其山"。诗人据史生发，简笔勾勒始皇南巡的浩大声势，以凸显他遇风赭山的残暴与骄横。转而陡折，感叹不可一世的皇帝连同他的威风和权力，统统荡然无存了，犹如赭山默默地消失在寒水中。诗篇的弦外之音及矛头所向也不言自明了。此外，《咏古二首》《古调二首》等诗的创意亦与此类作品有相似处。

刘禹锡集中的咏怀言志诗具有独特的价值，闪烁着作者思想性格的光芒，包括炽热的爱国感情、发扬踔厉的斗志和对人生的精辟见解等，均是内心世界"亮色"外化的缤纷彩带，令人感奋和鼓舞。他的爱国之诗时代烙印鲜明，是与中唐社会的国运直接关联的。当时野心膨胀的强藩节帅动辄搞分裂、闹地震，严重破坏国家的安定统一。刘禹锡非常痛恨那些不轨的藩帅，怒斥他们为"瘈狗"（即疯狗），揭露藩镇割据之区，大小官吏全都由节度使的亲信爪牙充任。

与此相形，对待百姓则像老虎一样的残暴、鸷鸟一样的凶猛，征收农民赋税像蝼蛄似的贪婪，逼得百姓家破人亡。（《讯甿》）甚者挑起战祸，蔓延开来，搅得国无宁日。他在《捣衣曲》里反映了征夫家里日子的凄凉，主妇日夜辛劳又无限忧伤，沙场上亲人的安危始终悬挂心头，无计摆脱："天狼正芒角，虎落定相攻。盈箧寄何处？征人如转蓬。"这个不幸的家庭实际上是广大百姓共同命运的一个缩影。刘禹锡的爱国之心和忧民之情同出一源，是他入世精神的组成部分。元和十二年（817）十月，李愬雪夜袭取蔡州（河南汝南），生擒吴元济，捣毁淮西贼穴。他对此写了三首《平蔡州》，连篇迭唱平叛的重大胜利：

蔡州城中众心死，妖星夜落照壕水。

汉家飞将下天来，马箠一挥门洞开。

贼徒崩腾望旗拜，有若群蛰惊春雷。

狂童面缚登槛车，太白夭矫垂捷书。

相公从容来镇抚，常侍郊迎负文弩。

四人归业间里闲，小儿跳踉健儿舞。

诗人颂扬李愬为善于奇袭的汉代飞将军李广，他所率领的王师如从天降，而盘踞巢穴的敌人就像一群被春雷震惊的冬眠动物，四处逃窜，狂妄的匪首也乖乖就擒。宰相裴度前来抚慰，李愬戎装出城郊迎，朝廷的尊严顿时倍增，万民欢腾，到处是一片升平景象。这篇总写蔡州大捷。第二首反映人民喜庆国家统一的激情，诗人为了"以见平蔡之年"（《唐诗纪事》卷三十九），像史家那样把"元和十二载"庄重地著之竹帛。第三首描述平叛的巨大影响，末尾表达了人民的厚望："策勋礼毕天下泰，猛士按剑看常山。"诗人自注"时唯常山不廷"，即指河北一带的割据势力有待肃清。三篇诗作互有联系，爱国之情，浩然之气，感人肺腑，清人翁方纲认为"叙淮西事当以梦得此诗为第一"（《石洲诗话》）。在同年内诗人又写了《城西行》，为吴地李锜、蜀地刘辟和蔡州吴元济三个叛镇头目被正法而拍手称快。后来诗人在《平齐行二首》中对唐王朝削平割据六十年之久的淄青镇，表示无限的欣喜，"妖氛扫尽河水清，日观杲杲卿云见"。诗人还写了《春日寄杨八唐州三首》《重寄绝句》等诗，反映广大人民向往江山一统、安居乐业的共同心愿。

在刘禹锡的身上，人们能够明显地看见一位政治家的经济之志，也可真切地感受到富于个性诗人的气质。他秉性刚毅，执着坚韧。永贞以前，他用世心烈，锐意兴革。失败之后，遇挫而不馁，沉重的压力反倒激起他奋发的勇气、斗争的豪情，他被放逐朗州时期的许多诗歌则充分显示了这种气度和襟怀，《学阮公体三首》可视为一例。第一首说身经忧患的积极效应，指出人事的得失成败是相互依存和转化的。第二首其壮心豪气足可振刷人之精神：

> 朔风悲老骥，秋霜动鸷禽。
> 出门有远道，平野多层阴。
> 灭没驰绝塞，振迅拂华林。
> 不因感衰节，安能激壮心。

诗以肃杀的衰节能激励鹰骥壮心，来表达自己于困境中磨炼意志，决计效法老骥不惧朔风而奔驰在遥远的边塞上；也要学苍鹰不畏霜寒展翅穿飞密林之间。第三首表明自己追慕古贤，"忧国不谋身"；而且崇尚高洁，"不学腰如磬，徒使甑生尘"。也就是说宁使自己断米绝炊，誓不阿谀逢迎权贵，求得一点儿肮脏的利禄。诗人不听任命运摆布，保持自我振拔的斗志，在他描写对秋日气象的审美感受中表现得最为鲜明。秋在他的作品里特别让人神往。如《秋词》（其一）：

> 自古逢秋悲寂寥，我言秋日胜春朝。
> 晴空一鹤排云上，便引诗情到碧霄。

这里一反封建文人悲秋的老调，唱出高亢雄健之声。如同在《壮士行》《自江陵沿流道中》《秋中暑退赠乐天》《始闻秋风》等诗里，都能见到诗人未曾磨灭的锐气和终不动摇的信念。刘禹锡的这类抒情诗与一般浪漫主义诗人的豪言壮语不同，他的政治实践和执着冷静的理论探索是他思想性格的基石，他的人生观里积淀着理性的能量，以资开涤灵襟，转酿为他的人生导向及其对生活的理解。这在他的诗里，哲人的雅度、俊杰的识力，跌宕昭彰，一笔泻出。

> 巴山楚水凄凉地，二十三年弃置身。
> 怀旧空吟闻笛赋，到乡翻似烂柯人。
> 沉舟侧畔千帆过，病树前头万木春。

今日听君歌一曲，暂凭杯酒长精神。

——《酬乐天扬州初逢席上见赠》

白居易在宴席上写的《醉赠刘二十八使君》，骤然引出了刘禹锡对世事变迁、仕宦升沉的慨叹。然而那明达豁朗的怀抱使他摆脱了自伤的束缚，理性的火炬又把他带进了更为高远的思想境界。"沉舟"一联启示人们：历史不该成为负担，陈腐也遏阻不了新生；事物要发展、社会要前进；应当满腔热忱迎接春天，拥抱未来！难怪白居易赞叹它为"神妙"。

时代与个人的诸多因素使刘禹锡把理性与哲学当作"最珍爱的安身立命之所"，因此，反映他理解人生的诗句格外精警动人。譬如"饱霜孤竹声偏切，带火焦桐韵本悲"（《刘集笺证》第一三一七页）；"静看蜂教诲，闲想鹤仪形"（《刘集笺证》第六二九页）；"春色无情故，幽居亦见过"（《刘集笺证》第一二六三页）；"经事还谙事，阅人如阅川"（《刘集笺证》第一二六一页）；"唯有达生理，应无治老方"（《刘集笺证》第一二三四页）；"千淘万漉虽辛苦，吹尽狂沙始到金"（《刘集笺证》第八六四页）；等等。涵咏这些秀句警语，诱发人想起雪莱的名言："诗歌是最好、最幸福的灵魂。"（《诗之辩护》）犹如照亮黑夜、永炽不灭的火炬，指引人们奔向旭日升起的地方。这就是古今一脉热爱刘禹锡咏史诗，珍惜其与时生辉的省悟人生的认识意义。

刘禹锡的《竹枝词》《浪淘沙》《杨柳枝词》《纥那曲词》《踏歌词》等民歌体诗作，和白居易创作的民歌体乐府诗，齐光并耀中唐诗坛，是"诗到元和体变新"（白居易《余思未尽加为六韵重答微之》）的标志之一。而刘禹锡的这类作品植根于巴山楚水的民间沃土之中，广泛反映了这里的风物民情，诸如真挚的爱情、农家的劳动、峻美的山川、古朴的习俗等，堪称唐代巴、楚一带社会生活的剪影。其中《竹枝词》成就最卓著，影响最深远，被之管弦，播于民口，久为传唱。晚唐温庭筠把《竹枝词》流传的情形比作梁代柳恽的《江南曲》，说："京口贵公子，襄阳诸女儿。折花兼踏月，多唱柳郎词。"（《秘书刘尚书挽歌词》其二）直到宋代，"夔州营妓为喻迪孺扣铜盘，歌刘尚书《竹枝词》九解，尚有当时含思宛转之艳"（《邵氏闻见后录》卷十九），这种强大的生命力是与作品的思想内容不能分割的。刘禹锡的《竹枝词》有两组，共十一首。一为《竹枝》九篇写于夔州，另组二首创作时间与地点尚无统一的看法，然而《竹枝词》十一首可以反映出他的民歌体诗作的基本内容。如果按同类项组合大体可划为五类：

其一，歌咏男女爱情："山桃红花满上头，蜀江春水拍山流。花红易衰似郎意，水流无限是侬愁。"（原九篇之二）"日出三竿春雾消，江头蜀客驻兰桡。凭寄狂夫书一纸，家住成都万里桥。"（原九篇之四）"巫峡苍苍烟雨时，清猿啼在最高枝。个里愁人肠自断，由来不是此声悲。"（原九篇之八）"杨柳青青江水平，闻郎江上唱歌声。东边日出西边雨，道是无晴却有晴。"（原两篇之一）这四首情歌全是以女主人公口吻表现的，多侧面地描写爱情主题，或为热恋的心绪、失恋的痛苦，或是怨恨薄情郎、眷想外出的丈夫，真率自然、婉曲深挚，在清新爽朗的格调中显露了浓厚地方色彩。

其二，描写民风习俗，深蕴地域文化审美情趣："江上朱楼新雨晴，瀼西春水縠文生。桥东桥西好杨柳，人来人去唱歌行。"（原九篇之三）"两岸山花似雪开，家家春酒满银杯。昭君坊中多女伴，永安宫外踏青来。"（原九篇之五）当地百姓在春暖花开的时候，常常相聚赛歌和结伴踏青，这两首歌形象地唱出了传统的民间风俗和淳朴百姓生活的美好。

其三，感叹人心险恶，见风转舵机诈难测："城西门前滟滪堆，年年波浪不能摧。懊恼人心不如石，少时东去复西来。"（原九篇之六）"瞿塘嘈嘈十二滩，此中道路古来难。长恨人心不如水，等闲平地起波澜。"（原九篇之七）这两首诗托物抒怀、寄意幽深，被认为是诗人抨击奸党谗言陷害忠良，感慨兴革除弊的艰难，读来入情入理。但将诗理解为恋人对负心者的怨恨，也说得通。见仁见智，取决于不同人的审美视角。

其四，描绘农家劳动生活情景，表现诗人对勤劳、辛苦却温馨和谐乡民家庭的理解与欣赏："山上层层桃李花，云间烟火是人家。银钏金钗来负水，长刀短笠去烧畲。"（原九篇之九）山村风光、民族服饰、劳动方式三者融合，表现自然美与人物美。要知道，居住在山乡的金钏银钗的妇女，通常操持家务忙于针线活计，不会离开家门担担负水，俗话说："春忙，春忙，绣女下床。"农忙季节，家庭人手紧张，这些金钏银钗的秀女，只好走出家门，分担男人的一些活计。诗人高尚的审美境界，以短隽的小诗绘成了一幅明快温馨的风俗画，美不胜收，创生田园咏叹的新境。

其五，刻画游子思乡："白帝城头春草生，白盐山下蜀江清。南人上来歌一曲，北人陌上动乡情。"（原九篇之一）"楚水巴山江雨多，巴人能唱本乡歌。今朝北客思归去，回人纥那披绿萝。"（原两篇之二）诗人客居巴、楚之地十几年，那里的山川风情、江舟俚曲、街陌谣歌，使他深受熏陶。因此他能不断地领悟普通劳动人民生活与心灵的美，不断更新与扩充他的艺术观照领域，"俯于途，惟行旅讴吟是采；畎于野，惟稼穑艰难是知"；"观民风于啸咏之际"（《武陵北亭记》）。他的《采菱行》《竞渡曲》《插田歌》《畲田行》《堤上行》《淮阴行》《连州腊日观莫徭猎西山》等反映各族人民生活与情绪的诗篇，就是在这样的创作心理驱动下产生的。

刘诗的题材内容远远超出前面评介的三个方面。其唱和之诗思想内容比较复杂，名篇不可一二数；悼亡之作亦有凄怆感人的诗章；写景咏物佳品如《柳花词》《视刀环歌》《庭竹》《望洞庭》《秋日送客至潜水驿》《武陵观火》《客有为余话登天坛遇雨之状，因以赋之》等，无论触笔千姿百态的自然景观，还是着墨林林总总的民俗风情，皆能透发出清俊之思、雄放之气，骨力豪劲，气韵生动，捧读品赏，便让人悠然神往，陶醉在审美愉悦之中。此例举的篇章只是一孔之见，难免挂一漏万。集中所见，更是多不胜举。

（二）诗歌艺术特色浅析

刘禹锡的诗歌创作与中唐诸大家相较，艺术个性鲜明、自成家数，其创新之处，历代诗论家多有揄扬。明人杨慎曾通观刘的文集而后赞曰："元和以后，诗人之全集可观者数家，当以刘禹锡为第一。其诗入选及人所脍炙，不下百首矣。"（《升庵诗话》卷十二）杨氏的结论就刘诗总体评价而言，算得上独具只眼，但失于笼统，没有分析，令人难以信服。如从文学史的角度加以叩问，则可看出刘诗在驾驭体裁、役景造境、铸象生神、驱遣语言、风格色调等艺术手腕上的精湛功力。完全可以断言，他不愧是屹立中唐诗坛的巨匠大师。

第一，刘禹锡对诗歌体裁的运用表现了可贵的创造性。他的诗"无体不备，蔚为大家"，其中近体胜于古体，尤以七律与七绝著称。中唐是七律的春天，风光旖旎，佳品荟萃。刘的七律计有一百八十余首，仅次于数冠中唐的白居易。而对艺术的探索，白居易的重大成就是增强了七律的叙事功能并使之通俗化，活泼澹荡，新貌悦人。刘禹锡自开门径，远学杜甫用七律抒发身世与思古之慨，借鉴其模铸意象的方法；近取大历诗人以活句入律和将主体心灵化的创作范式，兼熔合铸，独有建树。他的怀古咏史、记游酬赠之诗均有七律杰作，其艺术的精妙之处，则是把繁富的历史内容及其对人生哲理的深广体认凝聚在超越时空观念的意象上，或者机巧地借物指点，引发读者无穷的联想以及对意蕴的寻绎。姑且不谈《西塞山怀古》《酬乐天扬州初逢席上见赠》《松滋渡望峡中》等人们熟悉的篇章，只要读读《汉寿城春望》就会领略其艺术的奥秘：

汉寿城边野草春，荒祠古墓对荆榛。
田中牧竖烧刍狗，陌上行人看石麟。
华表半空经霹雳，碑文才见满埃尘。
不知何日东瀛变，此地还成要路津。

汉寿城位于沅江下游，洞庭湖畔，唐代隶属朗州辖区，历史上曾是水陆要冲，名胜之地。诗人至此，触目所见，抚今追昔，感慨油然生发。首联起笔，以城外春天荒野之景切入，荒草野甸之上，遍地荆棘榛莽，期间隐现着废祠古墓，使临城春望颇感伤怀。继而，颔、颈两联，由四个特写镜头组接：牧童随意焚烧被遗弃的祭品，路上行人竟能见到抛在田间地头的灵物，昔时高大的装饰物、华表遭雷击损坏了半截，原本具有深远纪念功能的碑文，已为尘土所覆盖。这寂寞悲凉的画面，意在强调昔盛今衰，人文扫地。尾联诗意陡折，吐露诗人亟盼时来运转、国势复兴的夙愿。特别值得称道的是，诗篇巧思熔裁、识力精卓。如将数百年历史凝聚在一个空间里的几个意象上，同时又由超空间的意象把读者引出画面之外。这样，缅怀历史、感喟现实、期冀未来三者打成一片，使意象的喻理机能发挥到了极致。所以后人认为唐代歌手擅长七律的杜甫以外，"中唐作者刘梦得、刘文房（长卿）皆巨擘"（《诗法萃编》）。

中唐也是绝句创作的大丰收季节，以刘禹锡为代表的情韵派与以白居易为首的浅切派、韩愈为旗手的生奇派，构成鼎足之势。韩、白两派有意摆脱盛唐旧法，戛戛独造。刘禹锡共创绝句二百多首，虽少于白却是韩的两倍，其中七绝一百七十余篇。他在七绝的艺术上发扬盛唐的情韵和风调，又从巴楚民歌和新流行的乐歌曲调中汲取源头活水，合之冶炼，取得了"气该古今，词总华实"（《唐音癸签》卷七），不让开宝而独步元和的艺术造诣。其《望洞庭》《望夫石》《金陵五题》《秋词》《与歌者何戡》等七绝，无不用歌词悠扬婉转的风调表现深刻的思想，更不必说民歌体《竹枝词》等作品的情韵美了。王夫之称刘的七绝是"小诗之圣证"（《姜斋诗话》卷二）。沈德潜则说：七绝，中唐以李益、刘禹锡为最，音节神韵可追逐王昌龄和李白（《唐诗别裁》卷二十）。刘禹锡还能积极探索新的诗歌形式，他的《浪淘沙》《杨柳枝》《潇湘神》与张志和《渔歌子》等，被认为"诗与词之转变在此数调"（《四库总目提要·〈花间集〉提要》）。他晚年学习白居易，尝试填词，写了《和乐天春词，依〈忆江南〉曲拍为句》二首。这些都有力说明了他对词的形成是有功绩的。

第二，刘禹锡诗歌的艺术构思精密高奇，能够应不同作意之需，役景造境、铸象取神、独运匠心、因宜生变，酿就了大量丰神饱满、形象鲜活的艺术精品，表现出巨大的创造力。诗歌与其他艺术作品一样，无不是以个性化的形象表现丰富的生活内容和人生况味。诗人的生活体验、积学才情、美学理想、表现技能等因素又制约着作品构思的特点。刘禹锡诗歌构思之所以精到可佩，就在于他以洞察幽微的慧眼，及时精准地捕捉那些在个人生存体验中带有普遍意义的物象。如自然界里的蚊虫、飞鸢、百舌鸟等动物，经过诗人心灵的"营构"，便转化为寓有社会共识的艺术形象。他在构思过程中不但运用艺术辩证法，把丑恶东西转化为审美形象，而且面对政治迫害，选择了藏讥刺于戏谑、化冷峻为幽默的寓言形式，实现有效稳妥的讽刺目的。他的《墙阴歌》，瞿蜕园先生赞为"精思"之作，用日影变幻之速，讽喻权贵纵恣威福不要自谓长久，终究逃脱不了可悲的下场。（《刘集笺证》第八四四页）像这样摄录富有诗意的镜头，或以象征比兴、夸张变形，或用写实手法发表自己的生活与心理经验，来唤起读者心底共鸣的诗篇，俯拾即是。不过，诗人"营构"的艺术形象，有相当数量是寄寓了赞美之情，例如蜂、鹤、雕、骥、秋萤、华山等，经过艺术概括，要么染上了诗人的一缕情思，要么闪现着作者的思想火花。

　　刘禹锡早年曾师事皎然，这位诗僧对构思有过妙悟："取境之时，须至难至险；始见奇句。""有时意静神王，佳句纵横，若不可遏，宛如神助。不然，盖由先积精思，因神王而得乎？"（《诗式·取境篇》）师长的理论对他肯定有启迪，而他在以后困厄蹭蹬的生涯中始终与诗歌写作相伴，使他的构思技巧得以在理论和实践结合过程同步强化。命运之神冷落了他，艺术之神却给了他美的创造力和判断力来作补偿。他的短章简篇则以"红炉点雪之襟宇"（《姜斋诗话》卷二），一任才情"寄言无限，随物感兴，往往调笑而成"（《诗镜总论》）。其长篇巨制如《武陵观火》《韩十八侍御见示岳阳楼别窦司直诗，因令属和》《游桃源一百韵》《历阳书事七十韵》等，经过一番熔裁的功夫则展示出风雨争飞、鱼龙百变的意象世界。一言蔽之，在刘禹锡艺术观照的阃域里，不管是身临其境、耳闻目击的实地风光，还是纯系心中的虚境，都能在想象力的推动下，思接千载，视通万里，按照诗作旨趣从中撷取意象材料。他的艺术构思既学得了盛唐诗人注重兴会、崇尚自然流泄的经验，又从自己的艺术哲学修养中萌生出思辨的筋骨，于是产生了千姿百态、情理兼胜的诗歌。

第三，刘禹锡诗歌语言精练含蓄，瑰绮秀朗，清新明丽，这是历来诗论家公认的事实，而且这一特征的三个方面又是互相联系、互相发明的。如此才显示出刘诗语言的生气和活力，产生迷人的艺术魅力与审美价值。当然，不同的篇章亦各有侧重。例如《金陵五题》组诗中的《石头城》：

> 山围故国周遭在，潮打空城寂寞回。
> 淮水东边旧时月，夜深还过女墙来。

诗人以"山围故国""潮打空城"的简净语句，即刻引出了感受苍莽凄寂的环境气氛和联想豪奢一时的六朝悲剧。"旧时月"是具有高度表现力的词组，把古与今、自然与社会融为一片，构成鸟瞰故都金陵的全景图。末句一个"还"字力重千钧，意味着夜月是当年王公贵族醉生梦死的见证，也为眼前的画面着上了一层厚厚的冷色凉意，也给人们留下深沉的思索。时空是一种客观存在，它把人间善恶、美丑、功德与罪孽统统封存起来，等待文明为它们打扮。组诗第二首《乌衣巷》同样是人们久咏不迭的诗篇："朱雀桥边野草花，乌衣巷口夕阳斜。旧时王谢堂前燕，飞入寻常百姓家。"诗句精简，两联四个处所，花草冠以"野"字，夕阳点以"斜"字，荒凉破败可见。"旧时燕"与"旧时月"皆可引发沧桑浩叹，都有劲远、蕴藉之美。白居易见到这组诗摇头长吟，叹赏良久，且曰："《石头》诗云：'潮打空城寂寞回'，吾知后之诗人不复措词矣。"（《金陵五题》并引）类似例证在刘诗中可以信手拈来。陈寅恪先生曾指出，白居易"欲改进其诗之辞繁言激之病者，并世诗人，莫如从梦得求之"（《元白诗笺证稿·乐天与梦得之诗》）。

形成刘诗语言精练含蓄的原因很多，但有一点需要强调，则是他善于用典，能在经史子集、古歌民谣等书林里穿梭自如、采光剖璞，提高了语言的品位。如《重游玄都观》诗前小序从古歌里取来"菟葵燕麦"

讽喻权贵徒有虚名。《平蔡州》（其二）首联"汝南晨鸡喔喔鸣，城头鼓角音和平"，第一句来自乐府《鸡鸣歌》"汝南晨鸡登坛唤"。汝南即蔡州，鸡鸣喻天亮，一语双关，即景录事运化无迹。尤其妙用经书训诂自铸新语，"深曲精切，亦禹锡诗之所独长"（《刘集笺证》第六二九页）。他积极调遣故实来丰富自己的语言，却态度严肃、一丝不苟。《刘宾客嘉话录》说他注意"为诗用僻字，须有来处"，告诫"后辈业诗，若非有据，不可率尔造也"。他甚至作诗想用"糕"字，"寻思'六经'，竟未见有糕字，不敢为之"。后代宋祁叹曰："刘郎不肯题糕字，虚负人生一世豪。"（《野客丛书》卷六）还是宋人胡仔评语颇得其肯綮："刘梦得诗典则既高，滋味亦厚"，"正若巧匠矜能，不见少拙"（《苕溪渔隐丛话》后集卷三十三）。

刘禹锡的语言特色取决于他的创作个性，是在其精神生产运作中自然形成的。对此，他深有体会地说："因定而得境，故翛然以清。由慧而遣词，故粹然以丽。"（《刘集笺证》第九五七页）很清楚，高明的审美选择使他的诗歌语言精粹凝练、藻思瑰绮、新妍流丽三者兼得。所以唐末张为撰《诗人主客图》把武元衡称为"瑰奇美丽主"，在其名下刘禹锡是"上入室一人"。这种看法也不是没有道理的，如吴开《优古堂诗话》把李贺"桃花乱落如红雨"这为世人称道的名句，与刘《百舌吟》中"花枝满空迷处所，摇落繁英坠红雨"相提并论。而他的"沙村好处多逢寺，山叶红时觉胜春"，倩丽古雅的诗句，催发了杜牧"霜叶红于二月花"的俊语问世（《刘集笺证》第一四五六页）。较有说服力的是王维"辋川"开了唐人以组诗写景的风气，其作素被称为诗中有画。刘的《海阳十咏》可看成"辋川"嗣响之作，将两家诗放在一起，刘诗文采、辞藻的特色在比照中自现：

> 飒飒秋雨中，浅浅石溜泻。
> 跳波自相溅，白鹭惊复下。
>
> ——王维《栾家濑》

飞流透嵌隙，喷洒如丝艼。

含晕迎初旭，翻光破夕曛。

余波绕石去，碎响隔溪闻。

却望琼沙际，逶迤见脉分。

——刘禹锡《斈丝瀑》

　　两诗均调动视听感官审美功能，描绘水态，前者侧重以声形容，后者声、色互渲，造语流丽，词采葱倩。"色彩感情是一般审美感情中最大众化的形式。"（斯托洛维奇《审美价值的本质》）语言的色彩调配得恰当，能够强化美感弹性，使诗歌透发出一种生香真色之美，这就是刘禹锡运用语言的精妙处。他的《浪淘沙》《踏歌词》《杨柳枝词》等似连珠缀玉，流丽妍捷，清新秀朗。元代方回推崇刘诗"句句分晓，不吃气力，别无暗昧关锁"（《瀛奎律髓》卷四十七）；又说"似乎百十选一，以传诸世者，言言精确"（同上）。清人纪昀亦表示认同。

　　第四，白居易在《刘白唱和集解》中说："彭城刘梦得诗豪者也，其锋森然，少敢当者。予不量力，往往犯之。"这是他与诗友唱和至少近二十年后发表的见解，很有权威性。其后《新唐书·本传》《唐才子传》《唐音癸签》都接受了称刘为"诗豪"的观点。布丰有句名言，风格即人。刘禹锡诗歌风格的主要特点集中在一个"豪"字上，可诠释为豪迈雄健，遒劲宏放，是诗人高度政治热情和社会责任感、深沉忧患意识与强烈爱憎感情的真实反映，表现出一种森然的锋芒，震撼人、感染人的力量。他早年写的《华山歌》，借咏山中豪俊来自托怀抱，大气磅礴，雄伟奔放。再如晚年创作的《始闻秋风》：

昔看黄菊与君别，今听玄蝉我却回。

五夜飕飗枕前觉，一年颜状镜中来。

马思边草拳毛动，雕盼青云睡眼开。

天地肃清堪四望，为君扶病上高台。

诗篇首句中的"君"字谓秋风也，永贞元年秋诗人遭斥远窜南荒，已历二十三年重返北方复得始闻秋风，奋飞之情不禁萦怀。诗人以此表达老当益壮，屡受挫而不改素志的气概。《唐诗别裁》评曰："下半首英气勃发，少陵操管不过如是。"从《华山歌》到《始闻秋风》，恰好证实了豪健雄放的诗风犹如一条彩带，贯穿在刘禹锡一生的创作中，如果能深究一层还会发现刘诗风格的个性特征。具体反映在他身为迁客，不仅写出像《学阮公体》《咏史》（其一）、《秋萤引》等洗尽凡俗、雄劲激切而风华掩映、情韵不匮的杰作。而且以凌厉的笔姿描绘生活中逸趣横生的场面，《竞渡曲》就是一例：

> 扬枹击节雷阗阗，乱流齐进声轰然。
> 蛟龙得雨鬐鬣动，螮蝀饮河形影联。
> 刺史临流褰翠帏，揭竿命爵分雄雌。
> 先鸣余勇争鼓舞，未至衔枚颜色沮。

激烈竞争、生气奋出的情境，到今想来仍会产生强烈的共鸣。《连州腊日观莫徭猎西山》《插田歌》等作品，其风格情调也与此相仿。他的《天坛遇雨》写作年代未能确定，施补华评云："变化奇幻，已开东坡之先声。"（《岘佣说诗》）诗人的雄风豪气、胸襟魄力并没被厄运所销蚀。相反，激励着他的壮心，至老弥坚。把白居易《代梦得吟》《咏老赠梦得》与刘禹锡的《乐天重寄和晚达冬青一篇，因成再答》《酬乐天咏老见示》两相比较，明哲保身、伤年叹老的吟唱与烈士暮年、慷慨激越的高歌，形成了巨大的反差。胡震享《唐音癸签》说："刘禹锡播迁一生，晚年洛下闲废，与绿野、香山诸老，优游诗酒间，而精华不衰，一时以诗豪见推。"任何一种诗风都是在特定时代里作者的才思、品格的写照，刘诗与盛唐浪漫主义诗人的创作风格既有联系又存在区别，他的豪劲遒健取代了前人的飘逸洒脱。他的精华突出表现在辩证的卓识，坚定的信念，以天下为己任的抱负，豪犷刚强的秉性气质，等等。这些为他的诗歌创作增添了风骨的内在力度和沉雄健壮的气势。

刘禹锡的诗歌创作，在百家争胜、竞尚新创的中唐时期，虽然不能说自领风骚、压倒群雄，却能有别于乐天、韩愈诸大家，在诗史上拔戟自成一队，对晚唐及宋代江西诗派有着很多影响。刘诗成就如此卓卓的原因固然复杂，而对后人有着较大的借鉴意义、不容置疑的是：

其一，他能积极学习民歌，以增广创作的养料与活力。这点不必援引更多的例证来论述，他能够唱竹枝歌（白居易《忆梦得》诗自注）并写有《竹枝词》等许多民歌体诗篇的事实，就已经说明了问题。在《竹枝词》并引里他讲得透彻："四方之歌，异音而同乐。岁正月，余来建平，里中儿联歌《竹枝》，吹短笛击鼓以赴节。歌者扬袂睢舞，以曲多为贤。聆其音，中黄钟之羽。卒章激讦如吴声，虽伧佇不可分，而含思婉转，有《淇澳》之艳。昔屈原居沅湘间，其民迎神词多鄙陋，乃为作《九歌》，到于今荆楚鼓舞之。故余亦作《竹枝词》九篇，俾善歌者扬之，附于末，后之聆巴歈，知变风之自焉。"这里确切地表明他对民歌有浓厚的欣赏兴趣，他效法先贤学习民歌的动机和目的，是为了深入生活，开拓创作更为广阔的天地。其结果使他获得了空前的成功，"以《竹枝》歌谣之调，而造老杜诗史之地位"（《石洲诗话》卷二）。

其二，互相交流、共同提高。中唐诗人彼此尊重、相互学习之风十分流行，唱和大盛。今《全唐诗》及《外编》共存和诗二千六百多首，其中有刘诗一百四十七首，仅次白居易与陆龟蒙，居第三位。《新唐书·艺文志》所录唱和诗集二十多种，而刘与乐天、令狐楚、李德裕唱和的诗集几近四分之一。在唱和中切磋诗艺，取长补短，促进发展。刘禹锡很有感触地说："松间风未起，万叶不自吟。池上月未来，清辉同夕阴。宫徵不独运，埙篪自相寻。一从别乐天，诗思日已沈。吟君洛中作，精绝百炼金。乃知孤鹤情，月露为知音。微之从东来，威凤鸣归林。羡君先相见，一豁平生心。"（《刘集笺证》第一一一页）唱和成了创作激情与灵感的催化剂，使双方从中受益。刘的《秋中暑退赠乐天》等诗很像白体，而其讽刺诗的写作也与元、白乐府诗有些关系。白居易也承认他诗里的"得隽之句，警策之篇，多因彼唱此和中得之，他人未曾能发也"（《与刘苏州书》）。

其三，刘的诗歌理论对其创作实践有着不可忽视的指导意义。首先他主张诗歌要反映现实社会的生活内容，发挥刺美的作用，所谓"风雅体变而兴同"（《董氏武陵集纪》），"寓言本多兴"（《题淳于髡墓》），"兴"则是诗人对生活的感兴和反响。"八音与政通，而文章与时高下"（《刘集笺证》第五一三页），"指事成歌诗"（《刘氏集略说》），可见他所创作那些与政治、时世关系密切的诗歌是十分自觉的。其次是艺术构思问题，他注重诗的意境，强调围绕立意取境铸象，"锻炼元本，雕篆群形。纠纷舛错，逐意奔走"。经精心融会和剪裁，不但刻画出多姿多彩的形象，而且要做到韵味深永，"境生于象外"（《董氏武陵集纪》）。

其四，他强调诗歌语言须含蓄凝练、精微要妙，"片言可以明百意"，即辞约意丰，诗语必含有无穷的意味，启人思索。"非有的然之姿，可使户晓。必俟知者，然后鼓行于时"（同上），他怀古咏史的名篇得到识者的赞赏，确是千锤百炼的成果。他还讲究辞采，提出"以才丽为主"（《刘集笺证》第四八七页），此指"丽"须和才识结合，做到秀妍在骨，风致天然。所以他时或将清与丽并提，避免雕绘满眼、浮华俗艳。他的《竹枝词》《浪淘沙》等，便是明洁鲜耀、清新瑰丽的佳制。

其五，他提倡创新，认为诗人应具备才、学、识修养深厚的素质。用他的话讲，"工"和"达"是胜任创作的条件，但"工生于才，达生于明，二者还相为用，而后诗道备矣"（《董氏武陵集纪》）。工和达，指的是诗艺工巧、识见通达。有了这两条，诗人就能得心应手遣词取境、妙择体制声调，表现丰富的意蕴与旨趣。刘禹锡的创作实践就是他诗论的最好体现。他力倡"请君莫奏前朝曲，听唱新翻杨柳枝"（《杨柳枝词》其一），这种创新精神，也可视为对中唐诗家气象的高度概括。他诗论中的高见，"足以启蒙砭俗，异于诸家悠悠之论，而合于诗人之旨"（《叶燮《原诗》外篇）。

四、刘禹锡散文创作成果盘点

刘禹锡是唐代杰出的散文家，如今他存世的文章将近二百五十篇，其中不乏为人称道的散文名篇。值得注意的是，他从事散文写作的进程恰与中唐古文运动的发展相合拍，他的散文创作理论与实践为推进古文运动的不断深化，完善和丰富阅世不久的新型散文，做出了不可磨灭的贡献。当时著名的古文家李翱曾说："翱昔与韩吏部退之为文章盟主，同时伦辈，惟柳仪曹宗元、刘宾客梦得耳。"（《刘集笺证》第四八七页）后世也认识到了他在唐代散文流变史中的地位，宋人谢采伯《密斋笔记》云："唐之文风，大振于贞元、元和之时，韩、柳倡其端，刘、白继其轨。"不同时代人的相似看法是符合实际情况的。

刘禹锡在许多文章里所表达的文学见解，和韩、柳古文理论的基本观点是一致的。例如他对文道关系这个古文理论核心问题的意见是："乃今道未施于人，所蓄者志，见志之具，匪文谓何？是用颛颛恳恳于其间，思有所寓，非笃好其章句，泥溺于浮华。"（《献权舍人书》）这里"道"和"志"的内涵主要是针对兴邦治国、济时及物而言的，与柳宗元论及的道大体一致，体现着要求改良政治的进步理想。刘主张以文表达志向、文是寓道之具，实与韩愈倡导的"文以载道"同出一辙。

刘在强调文应润色王业，表现与政治相关之道的时候，亦没有忘记文的艺术价值。他评论名相韦处厚的文章为："公未为近臣以前，所著词赋、赞论、记述、铭志，皆文士之词也，以才丽为主。自入为学士至宰相以往，所执笔皆经纶制置财成润色之词也，以识度为宗。"（《刘集笺证》第四八七页）正因为他不是用同一个审美标准去评价各种类型的文章，所以他才能对唐代历经艰难曲折而造就出来的新型散文，备极推崇。他说柳宗元的散文成就堪与班固、扬雄比肩（《刘集笺证》第一五三五页），而把韩愈在文坛上的地位和影响，比作华岳耸天，凤凰鸣叫，充分肯定其巨大的导向作用（《刘集笺证》第一五三七页）。从中也可以觉察到他一生孜孜不息地创作散文的某些原因。当然，他写作的更大动力仍是来自革新政治的理想。他的创作实践表明，最能反映他散文思想特色的作品，一是在哲学思想的高度上探索革新理论，二是在舆论层面上揭露时弊，口诛笔伐黑暗腐朽的社会势力。

他的哲学论文《天论》三篇就是前一种的代表作。这组论文总的旨意是批判唯心主义的天命论，肃清它在政治生活中的恶劣影响。同时用曲笔控诉现实社会法制毁坏，是非颠倒，革新者无罪得祸，深慨人事自紊，并非与天有关。作者在论述过程中有破有立，提出了不少十分可贵的唯物主义哲学命题。其上篇分析了天与人即自然界和人类社会的关系，说明两者各有自己的职能。天的职能是生万物，人的职能是讲法制、治万物，天和人各有其能、各有其不能。这是他提出"天与人交相胜"学说的依据。进而，从社会治、乱的不同情形挖掘了"天命论"产生的社会根源，明确表白"人道昧"、法制废弛就必然产生天命论。这种观点在历史上曾起到进步的作用。

其中篇在"天与人交相胜"的基础上，又提出了"还相用"的独到看法。他认为天与人是万物中最突出的一种关系，而万物间无穷无尽不断变化的原因，是它们互相超胜、互相矛盾又互相作用的结果。但是，天和人不同，它是没有意志的，所以"人诚务胜乎天"。可见他已经认识到了人具有利用和改造自然的主观能动性。尤为令人惊叹的是，作者又从人们能否认识和把握自然规律的角度，追究了天命论产生的认识根源。他在论析这个问题时指出：任何事物包括天在内，都存在着数（制约事物运动规律的内因）和势（事物运动规律的外部表现）。天不能逃乎数，"数存而势生"，人与天的关系是人具备测数与势的能力，因此，人有条件自觉地按照"数与势"作用于天。他还阐明了物质世界中的有形与无形问题，他认为，世上压根就没有无形之物，"其无形者，特微眇而不及察之形也"，无形者只有附于有形，然后才显其形。柳宗元深佩其见解精到。以上两点不仅是篇中的精粹，亦是古代哲学的睿智之见。

其下篇是"人诚务胜乎天"观点的拓展，引出了"用天之利，立人之纪"的结论，并批判了历史上的有神论思想。通观三篇论文继承和发展了荀子以来的唯物主义学说，对封建政治革新有着深刻的理论意义。拘于时代束缚还无力进行完全符合科学的论证，却仍不能掩盖其思想的光华。作者以天人关系为线索纵贯三篇，而视角不断推移，逐层铺展，论析周备严密，每篇又各具重点，不蔓不枝。行文或设譬类比，或以对话荡起波澜，语兼情理，活泼生动。因而宋人叹曰："刘梦得著《天论》

三篇，理虽未极，其辞至矣！"（宋祁《笔记》卷上）

刘禹锡揭露社会矛盾、抨击弊政之文，体裁多样，不限于议论文一体。其《华佗论》和《辨迹论》可谓史论中的别裁，前者借曹操杀害华佗一事，愤怒谴责当朝统治者专横凶残的本质，为革新领袖王叔文惨遭毒手鸣冤。文章笔锋冷峭却纡回尽意，于宕折中将满腔悲愤郁勃之气泄诸笔底。后篇使用更为隐曲的手法，以古喻今。作者颂扬名相房玄龄等人政绩的真实意图，是强调当权者用人之道的关键，在于他的"心"和"道"能否为人信服，也就是他的思想品质和推行的政治路线能否取信于天下，这是调动各种贤才为国效力的保证。与房玄龄相反，那些妒贤专权之辈如李敬玄"擅能，失材臣而败随之；林甫自便，进蕃将而乱随之"，给国家带来严重灾难。作者以此影射宠信宦官、纵容藩镇、迫害革新才士的当朝统治者，暴露其罪恶，委婉抒愤。

他的《答饶州元使君书》是一篇书信体的政论文，阐发了为政治郡的见解和矫革弊政的主张："知革故之有悔，审料民之多挠。厚发奸之赏，峻欺下之诛。调赋之权，不关于猾吏，通亡之责，不迁于丰室。因有年之利以补败，汰不急之用以啬财。"作者贬官地方，对日趋尖锐的社会矛盾看得很清楚，指陈利害，言不虚发，多是利国惠民之见，《奏记丞相府论学事》也不例外。《明赘论》是议吏道的论文，婉言革新贾祸之冤，旁敲侧击官场腐朽势力之可憎。《口兵戒》《观博》《观市》《救沉志》等篇，因事立题，借题发挥，揭露丑恶含讥带讪，其间精彩议论常以点睛之笔出之。文短意长，形式灵活而文学色彩很强，颇类杂文小品。《因论》七篇，作者说非"立言"、非"寓言"，只是"有感"而作。除《原力》之外，余者六篇都与现实乖谬、官场险恶、官政失措有关涉。文章事理双写，议论与文采相得益彰，葱郁畅茂，又富辩证思想。瞿蜕园先生认定其为刘的青年时作品，由此可知他早年丰赡的才华和关切民生国运的政治素质。

在议论文之外，刘禹锡所写的书启、集纪、墓志、祭文、碑铭、壁记、杂著等形式多样的应用文中，仍有鞭挞社会丑恶的作品。如《高陵令刘君遗爱碑》热情颂美一位清正爱民、不畏权势、刚毅果敢的封建廉吏刘仁师县令，愤怒揭露豪强地主、封建权贵横行地方、宰割百姓的黑暗现实。"荣势足以破理，诉者复得罪，由是咋舌不敢言，吞冤衔忍"，嫉恶扬善，立场鲜明。作者的感时忧愤之情，在《上杜司徒书》里表现得最为突出。他对"尽诚""徇公"参加政治革新而遭打击，表示悲愤难平。于自明无罪中斥奸佞、破邪说，言多激切却讲得光明坦荡。读刘禹锡散文总会感到那充沛理致似汩汩清泉，令人神爽意远，而其英思壮采、慧心绣笔也使人赞叹不已。同期名公重臣李绛、韦处厚、令狐楚等人的文集由他作序，亦足以证明时人对他散文的重视。

刘禹锡散文艺术的主要特征，白居易《哭刘尚书梦得》诗里有过高度的概括："杯酒英雄君与操，文章微婉我知丘。"微婉是指孔子作《春秋》，以隐微深婉、曲折见意的笔法褒善贬恶，表达丰富的思想内容。白居易深知朋友的人品与文品，他对刘文的评价是公允的、可信的，今天尚能揭隐发微看其特点。如他的《祭韩吏部文》在充分赞扬其文学业绩的同时，针对韩愈喜作"谀墓"的事实，写道："公鼎侯碑，志隧表阡。一字之价，辇金如山。"顾炎武说："可谓发露真赃者矣。"（《日知录》卷十九）再如当朝大臣王质，在党争中得到牛党依重，又耍两面派大捞好处。据此，刘为之撰碑说他："雅为今扬州牧赞皇公所知，人不见其迹。"彼时李德裕为扬州牧，刘的碑文揭露王质老底，予以讥嘲。至于《子刘子自传》的许多话都含有大量的潜台词，透过匣剑帷灯式的表意方法，可以窥视宫廷丑剧。

刘禹锡曾与韩愈比较，自评写作特长："子长在笔，予长在论。持矛举楯，卒不能困。"（《祭韩吏部文》）笔是指多种体式的散文，论专指议论文。王应麟认为刘"可笑不自量"（《困学纪闻》卷十七），这是一种曲解。譬如韩愈曾豁出命来排佛，又写了奏疏《论佛骨表》和哲学论文《原道》，批判佛教义正词严，气势雄壮。但绝无刘在《天论》中那种严密的逻辑思辨和深刻的理性分析，更不用说提出像"数与势""有形与无形"这样精致的哲学见解了。章太炎说：唐代"持理"之文，"独刘柳论天为胜"（《国故论衡·论式》），确是一句公论。大体上讲，韩的说理文凌云健笔，纵横排奡，却别于刘文将情韵、哲理两相融合，形成内蕴丰富的隐喻世界，滋味百出，具有很强的美感张力。

总之，刘禹锡的说理、记叙和壁记、表奏等应用文多有创新之处，应该点出的是描摹人物善用个性化的对话及动作，逼真似肖，章法行文颇得先秦诸子的神韵，兼取骈文、辞赋的美学精髓，使其旨趣情味、辞色、文气，花烂映发，蔚为奇观。刘禹锡是中唐文坛上独树一帜的散文大家，前人已有此论，《四库提要》以为"其古文则恣肆博辩，于昌黎、柳州之外，自为轨辙"，就是颇有代表性的看法。

五、刘禹锡遗存人文丰碑简评

刘禹锡是我国古代封建士子中的一位精英，他的人生为我们民族文化绘制了一道永不褪色的风光。他的影响由唐迄今，绵延不绝，甚至远及邻国外域。他在历经磨难的生涯中，为实现早年抱定的志业，孜孜奋勉、坚毅不拔。他明确指出："君子受乾阳健行之气，不可以息。苟吾位不足以充吾道，是宜寄余术百艺以泄神用，其无暇日与得位同。"（《答道州薛郎中论方书书》）这是他高出一般封建士人的思想境界。在他看来仕途受挫并不就意味着人生价值的毁灭，只要肯利用有限的生命，在社会生活里的各种技艺上，发挥自己的创造性，便与仕途得位，实现个人的政见，有着同样的人生意义。他虽无时不在渴望使自己的政治理想变为现实，但他能够脚踏实地，不把他的志业与为官从政画等号，而将它看作积极实现人生价值的真实内容。他的这种人生态度正是中华民族精神、"天行健，君子以自强不息"（《周易·乾》）的具体反映，也是他终能在多种才艺领域内为社会做出贡献的原因，这本身就是有益于社会进步的一份财富。

宋代王安石曾发出由衷的赞叹："余观八司马，皆天下之奇材也。""然此八人者，既困矣，无所用于世，往往能自强以求列于后世，而其名卒不废焉。而所谓欲为君子者，吾多见其初而已，要其终能毋与世俯仰以自别于小人者少耳，复何议彼哉！"（《读柳宗元传》）刘禹锡能够垂范后世、流惠人间的，主要是在其以诗歌为代表的文学作品中，所表现出的刚正不阿、正道直行的政治节操，守志有恒、自强不息的人格力量，感悟人事、把握外物的真知灼见，以及巨大的艺术创作才能。换句话说，刘禹锡的影响则体现在后人对其诗文的接受情况。

其实，刘禹锡的文名和声望在他生前就已久播士林之中。白居易对其人品与诗品的推许已经述及，不再重复。柳宗元称他是"明信人也。不知人之实未尝言，言未尝雠"（《送元暠师序》）。赞美刘文"隽而膏，味无穷而炙愈出也"（《犹子蔚适越戒》）。年辈稍后的姚合对刘更是倾倒，曾以西汉贾谊之贤许之，又说："仰德多时方会面，拜兄何暇更论年"（《寄主客刘郎中》），"三十年来天下名，衔恩东守阖闾城"（《送刘郎中赴苏州》）。这些仅是时人仰慕之情的部分反映，亦可视为刘禹锡影响后代的起点。晚唐诗人杜牧、李商隐、温庭筠三大家，按其年代均与刘相接。其中李曾以令狐楚之荐欲往谒时任同州刺史的刘禹锡，事见商隐《上令狐相公第三状》，两人后来是否相见虽不得知，但在诗歌创作上却有渊源。何焯认为商隐"七言句法，兼学梦得"，还举取具体篇章加以印证（《义门读书记·李义山诗集》）。延居寿把盛、中、晚三唐七律的发展联系起来，指出"七律当以工部（杜甫）为宗，附以刘梦得、李义山两家"（《老生常谈》）。杜牧、庭筠与刘有无一日之雅，文献记载阙如。

管世铭《读雪山房唐诗钞·七绝凡例》云刘禹锡七绝"始以议论入诗，下开杜紫微一派"，又说："杜紫微天才横逸，有太白之风，而时出入于梦得。"从温的《秘书刘尚书挽歌词》二首看，两辈间的交往一定很深。他的"鸡声茅店月，人迹板桥霜"（《商山早行》）名联，明显是从刘的《秋日送客至潜水驿》"枫林社日鼓，茅屋午时鸡"点化来的。瞿蜕园先生指出：温诗《法云寺双桧》和刘的《谢寺双桧》，风格相近，温"必曾受其诗法"（《刘集笺证》第七一六页）。当然，也有人把温诗浮艳之弊上挂于刘的名头，认为"上自齐梁诸公，下至刘梦得、温飞卿辈，往往以绮丽风花累其正气，其过在于理不胜而词有余也"（范温《潜溪诗眼》）。这是一种误读，刘诗崇尚辞采，其文集中亦有如《忆春草》之类无甚思想性的诗篇，但他与"齐梁诸公"并非同辙，也不应和

"温的诗风"一概而论。何况中唐诗人特重文名而竞骋才华，即使新乐府派的作家亦无二致，后人效法却常常走样。如皮日休谈及元白诗影响："时士翕然从之，师其词，失其旨。凡言之浮艳靡丽者，谓之元白体。"（《论白居易荐徐凝屈张祜》）就很能说玥问题。

宋人对刘禹锡诗文的解读出现了多元化的倾向，他们在接受的过程中依照个人的经验，提取许多别人意识不到的东西，染上了时代与自身的色彩，王安石、苏轼、黄庭坚、刘克庄诸家则是突出的代表。作为政治家的王安石经历过变法实践的艰苦磨炼，他对刘禹锡的政治思想和高尚品格很容易产生共鸣及钦慕之情。他称永贞八司马是天下奇材，与其说是颂美，倒不如视为一位饱尝政治斗争百味人的慨叹。在诗歌创作上，他也有所继承，方东树《昭昧詹言》卷十八中云："王荆公七律似梦得。"《苕溪渔隐丛话前集》引《雪浪斋日记》说，王安石很欣赏刘的"枫林社日鼓，茅屋午时鸡"二句，亲笔书写，挂于刘楚公府第中。他的"静憩鸡鸣午，荒寻犬吠昏"（《即事》），就是脱胎于刘句（《即事》）。王、刘两人的同题诗作《金陵怀古》《望夫石》，其命意也有着相承关系。

苏轼是一位独具慧眼的文学家，似为能知刘禹锡者。《东坡题跋》说："柳子厚、刘梦得皆善造语。"指出刘《楚望赋》"水禽嬉戏，引吭伸翮。纷惊鸣而决起，拾彩翠于沙砾"是妙语。赞叹刘的《竹枝词》："奔逸绝尘，不可追也。"（黄庭坚《跋梦得竹枝词》）他的好友僧参寥认为苏轼"以少也实嗜梦得诗，故造词遣言峻峙渊深，时有梦得波峭"（《曲洧旧闻》卷九）。苏轼又是关心现实、注目时政的诗人，所以《后山诗话》说他写诗，"始学刘禹锡，故多怨刺"，以讥讪流弊。可能他深切体会到刘诗对创作的裨益，乃至"晚年令人学禹锡诗，以为用意深远，有曲折处"（《吕氏童蒙训》）。江西诗派领袖黄庭坚，从刘诗的典范作用与其诗论两个方面受益。卞孝萱先生对此作过精湛的论析，并以大量的例证阐明了刘禹锡对江西诗派的深刻影响（卞孝萱《刘禹锡与江西诗派》，收入霍松林《全国唐诗讨论会论文选》）。宋代末叶现实主义诗人刘克庄学习梦得，作讽刺诗抨击腐败政治而触怒当权，竟至废黜十年（《逸老堂诗话》卷上）。

元、明、清三代的文学家对刘的创作依然挹芬不止，或借以启发灵感，或效慕熔取技艺，或发扬变革诗体的精神，使他们在接受丰厚传承的底蕴中，迸发出新的创造力。如明代的徐渭、袁宏道等人的七绝，"以梦得为活谱"（《姜斋诗话》卷二）。清人王士禛、吴伟业等名家的诗歌，虽有辟山开道之誉，而博采综取、转化生新之利，也有刘禹锡的影响在内。特别是刘的《竹枝词》薪传不绝，随着时代的演进，再放光芒。自元末杨维桢效法刘郎，写《西湖竹枝词》二十余首，唱和者五十多人，诗语晓畅，音韵适律，乡土风情声声人耳，让《竹枝词》重新走向民间。而后接踵者高启、杨慎、尤侗、王夫之，朱彝尊、孔尚任、郑板桥、林则徐等不胜枚举。延至民国年间还有名目繁多的拟作，形成了一支连续数代的唱和队伍。

刘禹锡诗文传至国外、流惠异城亦是有据可证的。日本人林鹅峰《本朝一人一首》卷十记载平安时代日本诗人学习摹拟唐诗的盛况，刘禹锡作品虽然不及《白氏文集》那样广为流传与推崇，但是亦属于被采用较多的诸家之列。藤原公任编辑的《和汉朗咏集》，选有我国诗人三十二家，刘禹锡的诗入选篇数，名列第八位。更令人深思的是刘氏文集原有四十卷，至宋已有散佚。宋敏求搜其遗文遗诗，合为十卷，曰之《外集》，但所收作品未必皆是原十卷所零落者。宋代刻本始有《刘宾客文集》内、外集之称。元朝以来，宋刻本于世罕见，明清两代毛晋、惠栋、黄丕烈等人作过初步校勘，因系抄本，难于流传。不料，难得的宋刻本刘氏文集，民国初年却发现藏于日本平安福井氏崇兰馆内。其影印本有内藤虎跋云："宋椠《刘梦得集》三十卷，外集十卷，盖为东山建仁寺旧藏，相传千光国师入宋时所赍归。"可见这位寓居海外近千年的"游子"，对中日文化交流有着不朽之功。

中华人民共和国成立后卞孝萱、吴汝煜等先生研究刘禹锡取得很大成就，而瞿蜕园先生《刘禹锡集笺证》的出版是刘禹锡研究阶段性的巨大硕果。可以断言，在社会主义精神文明建设逐步深化的今天，刘禹锡所留下的文学遗产，为培养新的人文精神，再塑具有时代风貌的国魂，必将产生更为深远的影响。

9

欧阳修词蕴势刍议

古今声家对欧阳修词的评价，多有共识，就词自身发展轨迹而言，其创作成就在宋代词史上早有定位。这方面时有文章问世，而本篇拟对未曾涉及的欧阳修词的蕴势问题略谈拙见，以期方家赐教。

所谓势者是指诗词情意的外在表现。它反映出作品的灵魂，是构成艺术个性的重要因素，我国古代文论将它作为一种审美范畴。如王夫之就曾明确指出："文以意为主，势次之。势者，意中之神理也。"诗词创作的运思过程。"宛转屈伸，以求尽意，意已尽则止，殆无剩语。夭矫连蜷，烟云缭绕，乃真龙，非画龙也。"（王夫之《姜斋诗话》卷二）王氏的话形象说明了诗词的蕴势是作者在铸象取境、表情达意的运作中自然形成的，是作品情感意绪的属性，如同地动则生山川，而山川便展示了大地的风光、特质。可见，情意的不同表现方式即可带来蕴势的差异，而变化了的情意亦需要相适应的蕴势去展现。所以，诗词的势就成了认识作品表现技艺的门径与窗口。现存欧阳修词将近250首，几乎皆为言情绘景之作，气韵饱满、意味醇厚、深俊清婉是其总体特色。词中抒情写意之法在特定的创作心理驱动下，才巧思精，因宜生变，词作蕴势姿态纷呈，自具家数。唐代皎然把作品蕴势分为两大类，并用山容水貌加以比拟。他说："高手述作，如登荆巫，睹三湘、鄢、郢之盛，萦回盘礴，千变万态（文体开阖作用之势）；或极天高峙，崒焉不群，气腾势飞，合沓相属；或修江耿耿，万里无波，欻出高深重复之状。"[①]皎

---

① 何文焕：《历代诗话》，中华书局，1981年，第26页。

然可贵之处是以物象状势，使其内涵显豁，易为人们理解和把握。但是仅凭山姿水态来描述欧阳修的词势，就会失之笼统，很难概括出它的多样性，有必要结合作品分析不同蕴势，以领略其审美效应。

其一，在欧阳修词中较为明显的是一种翻折跌宕之势。它的特征是作品意脉走向，或如山势起伏，跌宕昭彰而韵趣高深，或似莺燕回翔，旋转翻折，荡出远神。如词中短调《浪淘沙》："五岭麦秋残，荔子初丹，绛纱囊里水晶丸。可惜天教生处远，不近长安。往事忆开元，妃子偏怜，一从魂散马嵬关。只有红尘无驿使，满眼骊山。"起笔点出荔枝产地，描其熟果的鲜美珍奇。随后一转，把相距遥远的五岭和故都长安扭结起来，给读者留下了驰骋想象的天地。换头是时间上的翻越，引出盛唐往事，展现了一幕悲剧。煞尾又折回眼前，骊山这块巨大的回音壁，成为警醒世人的历史见证。这里起落翻腾的蕴势，恰好牵引了时空大跨度的飞越，使词章包容了更多的历史内容，而词人感慨难平的心情与深沉强烈的忧患意识，也能得以有力地宣泄。

类此蕴势的篇章于欧阳修词中并不少见。那脍炙人口的名作《生查子》同样值得寻味："去年元夜时，花市灯如昼。月上柳梢头，人约黄昏后。　　今年元夜时，月与灯依旧。不见去年人，泪满春衫袖。"上下片犹如两个特写镜头，同一地点，美景相似，然而时间经年，人的情绪发生了巨变。词中乐景哀情的比衬之妙，以势论之，则是抑扬顿挫之笔造成了巨大反差，震撼着读者的心弦。这样，作品的美感弹性在欣赏中便会得到不同程度的强化。

欧阳修词的创作距花间、南唐不远，受其影响，在题材内容、表现手段等方面都不难找到他们之间的承继关系。因而清人郭麟认为词之为体，大略有四，其中"风流华美，浑然天成，如美人临妆，却扇一顾，花间诸人是也。晏、欧诸人继之"（清代郭麟《灵芬馆词话》卷一）。姑且不管郭氏的看法是属于随举一端的言论，但欧阳修描写男女眷情的词篇，委实具有"美人临妆，却扇一顾"的姿态，试读下面两首词：

为爱莲房都一柄，双苞双蕊双红影。雨势断来风色定。秋水静，仙郎彩女临鸾镜。

妾有容华君不省，花无恩爱犹相并，花却有情人薄幸。心耿耿，因花又染相思病。

（《渔家傲》）

万恨苦绵绵，旧约前欢。桃花溪畔柳阴间，几度日高春垂重，绣户深关。

楼外夕阳闲，独自凭栏。一重水隔一重山，水阔山高人不见，有泪无言。

（《浪淘沙》）

这里的前首词，花与人相互比照，上片以景语描写画境，由并蒂莲透露出主人公对情侣依恋挚爱、忠贞笃实的渴望。下片词笔突转，以主人公自白表达了伤感沉痛的心境，揭示其触物伤怀的心理过程。全词画境和心境构成强烈对比，而歇拍、过变间的一道波澜，使爱情的甜蜜与苦涩的滋味浮漾纸上。后首词主人公的心态变化更为细腻缠绵，幽怨苦恨原本萦绕心际，却又不由自主地沉浸在爱情的温馨回忆之中。然而，凭借追思终究排遣不了恋人伤别的孤寂和悲凉。词的言情表意一波三折，如云霓明灭，不停地变幻。可见，势是一种动态结构，"起落者，势也"，不知起或落，则谓之"失势"。像《浪淘沙》"五岭麦秋""万恨苦绵"，《渔家傲》"为爱莲房"具有腾转跌宕之势的作品，还有《踏莎行》"雨霁风光"，《生查子》"含羞整翠鬟"，《鹤冲天》"梅谢粉"等词篇。虽说各自的情缕意脉表现笔法不尽一样，但调遣抑扬、擒纵变化之工，加强抒情力度，形成作品的翻转顿宕之势，却是它们的共同特点。

其二，在欧阳修词里数量较多的一类作品如《蝶恋花》"帘幕风轻""越女采莲"，《玉楼春》"去时梅萼"诸词，其蕴势或如筑堤蓄水，坝高水涨，待到牢笼更多的感情，而后倾泻；或似盘马弯弓，引而不发，至篇终以重锤击鼓，可获得余音不绝的艺术效果。不妨把这种感情外现的形态叫作蓄而后发势。而曾为李清照所激赏的一首《蝶恋花》就是此种蕴势的典型篇章。其词云："庭院深深深几许？杨柳堆烟，帘幕无重数。

玉勒雕鞍游冶处，楼高不见章台路。　　雨横风狂三月暮，门掩黄昏，无计留春住。泪眼问花花不语，乱红飞过秋千去。"此作抒情的激动难抑之处，在结穴句，而"泪眼问花"的感情迸发却经历了一个渟蓄的过程。如果没有以闺阁幽深、少妇独守、情人游冶不归及黄昏雨骤、春花飞谢作铺染，那么，突发伤春自怜的怨恨就成了无本之木，枯燥干瘪，令人生厌，这就是蓄而后发之势的妙用。所以，前人对此篇的作意虽看法不一，而对词中逐步铺染，以引出深衷外露倒有相似的感受。

张惠言《词选》指出："庭院深深，闺中既以邃远也；楼高不见，哲王又不悟也。章台游冶，小人之径。雨横风狂，政令暴急也。乱红飞去，斥逐者非一人而已。"不难推想，抒情主人公的眼泪是特殊的沉忧积怨水到渠成的外露，缺少不断加码的积郁，流泪也会显得忸怩作态。黄蓼园在其《词选》里亦说："首阕因杨柳烟多，若帘幕之重重者，庭院之深以此，即下句章台不见，亦以此。总以见柳絮之迷人，加之雨横风狂，即拟闭门，而春已去矣，不见乱红之尽飞乎？"正因为词篇所表现的物境与情境在趋同中渐增强度，情感的含纳量也随之增大，这便形成了蓄势，然后发露，顿觉倍添神韵。从这个意义上说，毛先舒对词作的一段评语是值得玩味的。他认为："'泪眼问花花不语，乱红飞过秋千去'，此可谓层深而浑成。何也？因花而有泪，此一层意也；因泪而问花，此一层意也；花竟不语，此一层意也；不但不语，且又乱落，飞过秋千，此一层意也。人愈伤心，花愈恼人，语愈浅而意愈入。"[1]毛氏的分析，倘能联系全词的整体表情特征，说明势足而发的效用那就更能餍心切理了。

其实，从不同侧面层层展开，逐级推进托出词作的意蕴全貌，也是一种表情达意的态势。不过，这与蓄而后发之势是有区别的，稍事推敲这里撷录的同一题材的两首《渔家傲》，便可分晓二者之异。

七月芙蓉生翠水，明霞指脸新妆媚。疑是楚宫歌舞妓，争

---

① 唐圭璋：《词话丛编·古今词论》第一册，中华书局，1986年，第608页。

宠丽，临风起舞夸腰细。　　乌鹊桥边新雨霁，长河清水冰无地。此夕有人千里外，经年岁，犹嗟不及牵牛会。

七月新秋风露早，渚莲尚拆庭梧老。是处瓜华时节好，金尊倒，人间彩缕争祈巧。　　万叶敲声凉乍到，百虫啼晚烟如扫。箭漏初长天杳杳，人语悄，那堪夜雨催清晓。

两篇词均写七月，主旨不同，表达情思的方式也相应地变化了。第一首在写足天上人间良辰美景及点到的牛郎、织女佳期相逢之后，篇终一叹，将追慕伉俪真情的意绪溢于言表，像这样先以写景、隶事饱蕴文情，结尾直吐胸臆，无疑构成了蓄而后发势。第二首则不然，它是多侧面地表述新秋时节出现的物候、风光和民间习俗，旨在强调对物换星移、岁月流动不居和节令变化的新鲜感受。在作品里很难寻绎出先铺垫、衬托，然后言情吐意的格局，其蕴势尽管不如前首显眼，但它自有另种形态。

其三，欧阳修笔下词篇蕴势的另种表现，如《渔家傲》"七月新秋"那样，多角度、多侧面、多层次地立意写情，暂且称之为多维层展势。它的特征逼似湘、资、沅、澧众水汇集洞庭湖，也如船行江上，两岸的花竹、桃林、青山、云树纷至沓来。总之，词篇的意境和情调是在多维向度的描写中完成的。欧阳修晚年退居颍州，创作的十首《采桑子》皆以"西湖好"织入每篇首句，用联章体的形式咏赞西湖春夏景色，不仅在选材和词体方面受民间的渔歌菱唱的影响，而且词作的取势亦别开生面。如组词的首篇："轻舟短棹西湖好，绿水逶迤，芳草长堤，隐隐笙歌处处随。　　无风水面琉璃滑，不觉船移，微动涟漪，惊起沙禽掠岸飞。"简短的曲词却具有多维层展之势。因为作者对湖光水色的自然美怀有独特的高雅情趣，他在组词开头的《西湖念语》里明白地表示："昔者王子猷之爱竹，造门不问于主人；陶渊明之卧舆，遇酒便留于道上。况西湖之胜概，擅东颍之佳名。虽美景良辰，固多于高会；而清风明月，幸属于闲人。"所以，词人笔端情与景的表现方式则和其深衷紧密相系。

这首《采桑子》即可印证这样的看法。试想作者立足游船，在缓荡中调动了听、视二觉捕捉周围的景物，画面便随着船移渐次地展露。假如不是词人深切地体察身受湖上的自然风光，又怎么能以灵动的笔墨从各个向度再现多彩多姿的景色，发出来自心底的怡悦之情呢？统观十首《采桑子》就会惊奇地发现，这组联章迭唱的词作，每篇摄入的景物虽存差别，却有相类的蕴势，意象的展现无不是步换景移，从不同方位，层展渐露，罗列并置，画境逐步深广。意象间的内在联系是靠读者的想象，犹似电影若干镜头的组接。组词的总体之势与各个篇章相仿，令每首词作在统一的蕴势网络中均包含着全息的特征。

无须置辩，这是欧阳修的独创，唯其如此，才能在人与自然的关系中表现作者的一种情怀。周济评"永叔词只如无意，而沈著在和平中见"（王夫之《姜斋诗话》卷二），这与《采桑子》组词写物表情之势，无拙率之弊，有浑涵之诣，倒是相符合的。欧阳修多维层展势的词篇并没有局限在绘景之作中，其抒情为主的词同样会拾取这类例证。他的《浣溪沙》"堤上游人"笔涉岸边游客，湖面画船，空中摇荡的秋千和对酒当歌的老翁，由不同角度展现人生乐趣。《玉楼春》"别后不知"以时空交替多侧面地揭示离忧别恨，而《摸鱼儿》"卷绣帘"反复渲染、层层铺写别情，和盘托出幽怨愁苦的心境。这类作品常常令人思接千载，视通万里，神驰意远。如"论画者曰：'咫尺有万里之势。'一'势'字宜着眼。若不论势，则缩万里于咫尺，直是《广舆记》前一天下图耳"（《姜斋诗话》卷二）。

其四，欧阳修词还有一种喷薄流走势，数量不多，特征易见，看似"骏马蓦坡，可以一往称快"（王又华《古今词论》引《毛稚黄词论》），却能深秀在骨、法稳势张。如《望江南》"伤怀离抱，天若有情天亦老。此意如何，细似轻丝渺似波。　扁舟岸侧，枫叶荻花秋索索。细想前欢，须著人间比梦间。"抒情主人公是因临途伤怀，词作则抹去了分别时的许多情境，开篇直吐离愁之苦，再以凄景哀情相参照，将不可抑制、无计摆脱的满腹惆怅，一股脑儿流泻出来。他的另一首以行人口吻写的伤别之词《清商怨》也是叙愁不隔不阻，一吐为快："关河愁思望处满，渐素秋向晚。雁过南云，行人回泪眼。　　双鸳衾裯悔展，夜又永、枕孤人远。梦未成归，梅花闻塞管。"词依时间顺写，昼夜相继，愁绪与时俱增，任其折磨。白天触目生愁，郁结泪流，夜里孤枕难眠，梅花曲的凄咽之音又浮响耳畔，这对引发愁痛进而推波助澜。通首说愁，一气贯注，势如行云流水，放而不收。欧阳修词的取势勇于冲破因袭的窠臼，大胆表现开放式的心态，活力弥满，生香真色，对催发宋词新风的形成有着一定的导向作用。

再如他的《玉楼春》"东风本是"一词，由风字统摄，句不离风，意从风来，惜春贵时之情流贯全篇。而《渔家傲》"近日门前"，因溪水、荷花撩拨闺女情怀，联翩意绪，喷涌而出，势逐情起，一气呵成。像这样清新明快，词情沸涌，势若流走而旨趣浓厚的词作，自然成为"疏隽开子瞻"（冯煦《嵩庵论词》）的依据。

总而言之，不管词是抒情、写景还是叙事、议论，只要有意在，势就不会没有踪影，只因有了势，词的情致蕴意才能呈现出不同的色彩。前人谈势，说诗而不及词，大概词所描写的对象多是轻灵纤巧之物，所抒之情常为凄迷怅惘之感，所取之境又以清超幽迥者为正宗。故情思表现的技法，诗词殊异，相对讲，作品蕴势诗显而稳、词隐而活，人们容易注意诗势，忽略词势。读欧阳词感其势比花间、南唐诸人有所变化，不揣浅陋，为文以之献芹。

10

欧阳修治学品格琐议

在我国文化学术史上，北宋欧阳修是一位光耀当代文坛，泽及后人的巨匠大师。他不仅是一位名垂千古的文学家、史学家，而且是身兼多种才艺的百科全书式的学者。他在金石学、目录学、谱牒学诸多领域里取得了令人艳羡的成果。韩琦对他留给世间的文化财富曾作这样的评价："公虽云亡，其传益贵。警如天衢，深布列玮，海内瞻仰，日高而炽。"[①]而王安石称誉他的学识与建树是："其积于中者，浩如江河之停蓄，其发于外者，灿如日星之光辉"，"世之学者，无向乎识与不识，而读其文，则其人可知。"[②]由此推知，欧阳修卓而不群的文化学术建树是与他终生养成的治学品格息息相关的。今天，我们研究和学习他的优良治学品格，对提升学人素质、净化文化学术环境，有着一定的现实意义。下面琐谈浅识，望方家指教。

一、积学固本，夯实成才立业的基础

欧阳修一生服膺儒道，始终把先秦元典时期的儒家学说视为安身立命、实现生命价值的航标。时人许他"尊崇元圣"，"识远才长，文高行

---

① 韩琦：《祭欧阳公永叔文》，《欧阳修资料汇编》，中华书局，1995年，第19页。

② 王安石：《祭欧阳文忠公文》，《欧阳修资料汇编》，中华书局，1995年，第63页。

洁。笃于信道，不读非圣之书"①。自然，他的治学态度、治学品格也是仰此滋育而成的。大约就在他不惑之年，写了一首古诗《赠学者》，读之足可以领略到其中的信息。诗云："人禀天地气，乃物中最灵。性虽有五常，不学无由明。轮曲揉而就，木直在中绳。坚金砺所利，玉琢器乃成。仁义不远躬，勤勤人至诚。学既积于心，犹木之敷荣。根本既坚好，翁郁其干茎。尔曹宜勉勉，无以吾言轻。"②诗作凝练了儒学的观点，强调积学富才、夯实基础、"根本坚好"方能事业有成，大展人生风采，这是全诗的命意所在。那么，如何构建深厚坚实的学业根基，欧阳修有过很多的言说，这里特别需要提及的有三点看法。

第一，树立明确的进德修业的方向，不为世俗追求的名利所左右。在他文名风动天下之后，一次翻阅韩愈的文集，写下了《记旧本韩文后》，由衷地倾吐了内心的感言："道固有行于远而止于近，有忽于往而贵于今者，非惟世俗好恶之使然，亦其理有当然者……予之始得于韩也，当其沉没弃废之时，予故知其不足以追时好而取势利，于是就而学之，则予之所为者，岂所以急名誉而干势利之用哉？亦志乎久而已矣。故予之仕，于进不为喜，退不为惧，盖其志先定而所学者宜然也。"③欧阳修于此现身说法，警醒世人，治学修业的宗旨断不可为了捞取利禄权势以积累资本，亦不要成为沽名钓誉的路径，而要发扬"万事所共尊，天下所共传"的"韩氏之文、之道"，一言以蔽之，即孔、孟以来儒家所建立的人文传统。

有鉴于此，他反复地劝诫士人，正确的治学方向，应定位在完美地做人做事上面，这才是圣贤认同的正大之路。他的《送徐无党南归序》则表达了这种观念，认为世间的圣贤能"独异于草木鸟兽众人者，虽死

---

① 胡宿：《欧阳修龙图阁直学士制》，《欧阳修资料汇编》，中华书局，1995年，第4页。

② 《居士外集》卷三，《唐宋八大家全集》，国际文化出版公司，1997年，第1060页。

③ 《居士外集》卷二十三，《唐宋八大家全集》，国际文化出版公司，1997年，第1172页。

而不朽，逾远而弥存也。其所以为圣贤者，修之于身，施之于事，见之于言，是三者所以能不朽而存也。"但是，三者之中为文立言是附丽于做人做事之上的，否则本末倒置，为人不取。他指出，自三代、秦、汉以来，著书立说之士不可胜数，"而散亡磨灭，百不一二存焉。予窃悲其人，文章丽矣，言语工矣，无异草木荣华之飘风，鸟兽好音之过耳也。方其用心与力之劳，亦何异众人之汲汲营营？而忽焉以死者，虽有迟有速，而卒与三者同归于泯灭。夫言之不可恃也盖如此。今之学者，莫不慕古圣贤之不朽，而勤一世以尽心于文字间者，皆可悲也"①。只要浏览欧阳修的赠序题跋类的文章，这层意思，随处可见。

第二，刻苦读书、孜孜不倦，功到自然成。学术大家季羡林说："书籍是贮存人类代代相传的智慧的宝库。后一代的人必须读书，才能继承发扬前人的智慧。"（《季羡林谈读书治学》）古今时异而理同，囿于时代所限，欧阳修则谆谆诱导士子，研读儒家经典，以其精髓充实头脑，提升做人的素质。他指出"师经必先求其意，意得则心定，心定则道纯，道纯则充于中者实，中充实则发为文者辉光，施于事者果毅。三代、两汉之学，不过此也"。②这是欧阳修自己读书生涯的经验之谈，认为对极富价值的经典之作，只有把它咀嚼消化，转化为读者自身的东西，才会产生为文做事的实际功效。

显然，欲达此目标，非得孜孜矻矻、踏实刻苦地读书不可，不然难有收获。他曾作了一首《读书》诗，篇内形象地描述了治学的情状："正经首唐虞，伪说起秦汉。篇章与句读，解诂及笺传。是非自相攻，去取在勇断。初如两军交，乘胜方酣战。当其旗鼓催，不觉人马汗。至哉天下乐，终日在几案。"③其实，在他看来，读书自学是一个持之以恒的过程，治学者沉浸其间，屏弃虚浮与焦躁，功夫到了自然如愿以偿，

---

① 《居士集》卷四十四，《唐宋八大家全集》，国际文化出版公司，1997年，第1016-1017。

② 《居士外集》卷十九，《唐宋八大家全集》，国际文化出版公司，1997年，第1154页。

③ 《居士集》卷九，《唐宋八大家全集》，国际文化出版公司，1997年，第845页。

不断收取每个阶段的成果。《东坡志林》记载欧公的一段话，恰好反映出他的治学见解。其云：有位叫孙觉的士子曾向欧公请教为文的诀窍，欧阳修坦诚相告，"无他术，唯勤读书而多为之，自工。世人患作文字少，又懒读书，每一篇出，即求过人，如此少有至者"①。无须赘言，这朴实真诚的话语却透发出治学品格的光彩。

第三，积极切磋交流，博采众长，不断提高治学效用。古代《礼记·学记》向学子敲过"独学而无友，则孤陋而寡闻"②的警钟。欧阳修记取前人的治学经验，认为置身于广博无际的学海中，要获取真知灼见，就必须与他人多交流。否则，就会堵塞了吸纳他人智慧的门径，封闭自我，使自己变得狭隘浅薄、鼠目寸光。他在治学实践中体会到"积千万人之见，庶几得者多而近是"③。因为越是书籍中的精品就越具有创造个性，"孔子之系《易》，周公之作《书》，奚斯之作《颂》，其辞皆不同，而自以为经"。为学者必得兼收并蓄，熔为一炉，取精用宏才能争得独立的治学价值。若不然，单枪匹马作学问，只落得"强为则用力艰，用力艰则有限，有限则易竭……必屈曲变态以随时俗之所好，鲜克自立"④的结局。

说到底，治学品格是一个人胸怀与道德修养的一种表现形式。博采众长需要有谦虚恭谨、不耻下问的学习态度。他在撰写《新五代史·司天考一》时，便向"通于星历"的刘曦叟请教过对后周时期王朴所著《钦天历经》的看法。尤其感人的是，他已身居高位仍能以诚待人，尊重他人，欣赏他人的识见、才艺。《过庭录》载有词人张先拜访欧阳修，门人通报后，他乐得"倒屣迎之"，并情不自禁地喊出"此乃'桃杏嫁东风'郎中"。⑤《石门文字禅》载欧阳修偶然机会接触到僧人契嵩的文

---

①《东坡志林》卷一，华东师大出版社，1958年，第38页。

②《礼记·学记》，《儒家经典》，团结出版社，1997年，第332页。

③《居士外集》卷二十，《又答宋咸书》，《唐宋八大家全集》，国际文化出版公司，1997年，第1156页。

④《居士外集》卷二十，《与乐秀才第一书》，《唐宋八大家全集》，国际文化出版公司，1997年，第1159页。

⑤ 严杰：《欧阳修年谱》，南京出版社，1993年，第246页。

章，不因他攘佛的思想而鄙薄之，竟与韩琦造访，"与语终日，遂大喜"①。类此现象绝非欧阳修一时的感情用事，而是出于高度的自觉，并有明确指导思想支配自己的行为，他说："修非知道者，好学而未至者也。世无师久矣，尚赖朋友切磋之益，苟不自满而中止，庶几终身而有成。固常乐与学者论议往来，非敢以益于人，盖求益于人者也。"②这足以证明欧阳修与人为善、律己乐群的品格正是实现博取于人的保障，当然也是士林中的样板。

二、勇于创新，永葆治学的生命力

古往今来，随着社会的发展和科学的进步，人们充分认识到，创新是一切学术发展的内在动力，亦是成就大师巨匠的不竭源泉。北宋时期的欧阳修之所以成为光耀千古的文学巨匠、史学大师和学界泰斗，就是因为他的一生充满创新精神。他以卓越的才华、非凡的胆识、科学的方法，疑古辨伪，自鸣新见，探赜元典真貌，引发出新的活力，从而使他成为北宋时代政治和学术创新的重要前驱。我们这里仅探讨他的学术创新方面。

作为一代宗师，欧阳修学术创新思想特征有四：敢疑、善辨、求真、重立。

欧阳修是一位奋发有为、自强不息、渴望建功立业的儒者。而他所处的时代正是宋王朝危机四伏的时期。我们知道，宋初统治者崇尚无为政治，当时的知识分子在"人人因循，不复奋励"学风政气的影响下，士大夫论治则守旧章，论人则循资格，观人则主禄命。欧阳修清醒地看到了这种状况给国家带来的危害，他说："国家自数十年来，士君子务以恭谨静慎为贤。及其弊也，循默苟且，偷堕宽驰，习成风俗，不以为

---

① 严杰：《欧阳修年谱》，南京出版社，1993年，第248页。
②《居士集》卷47，《答李翊第一书》，《唐宋八大家全集》，国际文化出版公司，1997年，第1030页。

非，至于百职不修，纪纲废坏。时方无事，固未觉其害也。一旦黠寇犯边，兵出无功，而财用空虚，公私困弊，盗贼并起，天下骚然。"①这里他特别强调边疆少数民族的崛起对宋朝统治者的威胁，他大声疾呼，大宋王朝再也不能这样混下去了，唯一的出路就是革故创新。要革故创新就要有理论依据，封建王朝哪能会给改革家名正言顺的创新理论呢？只有到别人奉为圣典的经书中去找。为此，欧阳修举起了疑古辨伪的旗帜。在那个年代，诚如陆游所说："唐及国初，学者不敢议孔安国、郑康成，况圣人乎。"（《困学纪闻》卷八，《经说》）而欧阳修敢于藐视权威，不唯书、不唯上，把批判的矛头直指《系辞》《周礼》，以及《孟子》《书》《诗》中的传、注。欧阳修自称是孔子以后两千年来敢于疑古的第一人。他鄙视那些抱残守缺的陋儒、庸儒、曲儒，称他们只知守经以笃信，孰不知他们所顶礼膜拜的圣典，有很大一部分是汉儒之后颠倒是非的无根不实之说，是伪说之乱经也。欧阳修在易学上最大的贡献就是提出《十翼》非孔子所作，这些言论成为当时疑古辨伪思潮中引人注目的卓见。对《河图》《洛书》的真伪他也提出质疑，认为是曲儒们编造出来的。他豪迈地说，再有两千年，后人会赞同他的观点，而形成求真、求实的学风。除了经学之外，他还对传统的历史观、文坛弊端也大加鞑伐，体现了他对历史与现实中多个领域清醒的认识和冷静的思考。

难能可贵的是，欧阳修的敢疑，不是怀疑一切，打倒一切，而是以一个正直知识分子的良心和超人的学术眼光、敏锐的洞察力来"辨疑"。欧阳修不是一个急功近利的学者，他以踏实的学术功底，像一个探矿者，在浩如烟海的经史典籍中跋涉。辨是非，评得失，孰留孰舍，一一辨剖。他以创造性的劳动，成为北宋中期疑古辨伪思潮中无人可敌的伟大旗手，并开一代学术新风。

欧阳修的伟大贡献还在于他的求真和重立。他力排旧说，对传统的经籍和后儒的传注提出质疑，目的就是重新恢复古代经籍的本来面目，在原点上解读经典，此即求真的逻辑起点。在此基础上，他下大力气构

---

① ［南宋］李焘:《续资治通鉴·长编》卷一八九，中华书局，2004年。

建学术体系、匡正学术框架，借以形成新的学术范式，丰富中国文化的学术内容，这就是重立。例如，他以审慎眼光阐述易学，从《周易》论述自然和社会的变化中，得出了"理"的认识，他说："物无不变，变无不通，此天理之自然也。"①又说："夫天非不好善，其不胜于人力者，其势之然欤？此所谓天人之理，在于《周易》否泰消长之卦。"②从天理他又论到人理，正是这些建树，使他成为理学的开渠引水人。

在史学方面，欧阳修提出，纲常的变化，是历史兴衰治乱的基本原因，纲常伦理是维系社会安定的根本。从这个观点出发，他强调统治者要施德政。他说："自古受命之君，非有德不王。"③王命受于天，没有德，也不能长治久安。要施德政就要爱民，欧阳修是个不容怀疑的改革家，王安石又是他积极推荐的后辈才俊。但他看到王安石的改革有损害老百姓利益的地方，他就没有站在王安石一边，这不是什么保守，而是心系百姓。此外，对于大一统春秋笔法，他也有独到的见解。他主编的《新唐书》和独自撰写的《新五代史》讲求义例，创制新体，对于丰富发展我国封建正史的体例做出了巨大的贡献。欧阳修的学术研究，坚持求真的原则，"质诸人情"以探求经典本义，他最反对汉唐注疏的穿凿附会。在文学方面，欧阳修也表现出强烈的创新精神。他倡导古文，力矫"西昆"，是宋代诗文革新的领军人物。他以自己群峰万壑般的学术作品，使宋代的文化艺术视屏更加雄伟壮观。

真正的学术研究是需要一种境界的。欧阳修正是在清雅醇正的境界中，找到了开拓创新的快乐。他的学术追求，极少是直接的功利目标。正如他自己所说："处身者不为外物眩晃而动。"④他不畏权威，风节凛然，从革新士风入手，进而革新学术风气，其胸襟和胆识为世人所称

---

① 《居士集》卷十八，《明用》，《唐宋八大家全集》，国际文化出版公司，1997年，第893页。

② 《居士集》卷四十四，《送张唐民归青州序》，《唐宋八大家全集》，国际文化出版公司，1997年，第1015页。

③ 《新唐书》卷一，《高祖本纪》，中华书局，1999年，第13页。

④ 《居士外集》卷十四，《非非堂记》，《唐宋八大家全集》，国际文化出版公司，1997年，第1125页。

道。作为文坛领袖，在他的前后汇聚了一个新型的士大夫群体，他们旨趣相投，互相砥砺，高标儒家名教，倡导士林君子之说，为当时朝廷人伦道德建设树立风范，进而完成宋代学术创新的历史使命。

三、学以致用，抱定读书治学的旨趣

知行合一、学以致用是读书学习的最高层次和宗旨，先秦元典时期的儒家对此早有见地。荀子依据学用统一的原则在《劝学》中把"入乎耳，出乎口"与自己行动不挂钩的学习态度，称为"小人之学"，相反，知行合一是"君子之学"。他在《儒教》篇里进一步指出："不闻不若闻之，闻之不若见之，见之不若知之，知之不若行之，学至于行而止矣。"①欧阳修继承儒家治学传统，把为社会现实服务，作为读书治学的价值取向。《能改斋漫录》收录了欧公和僚友张舜民的一次相会，苏洵父子正巧也在场，欧阳修大谈为官应怎样处理政事。张表示不理解，说"学者之见先生，莫不以道德文章为欲国者。今先生多教人吏事，所未谕也"。欧公解释说，文学才艺重在完善自身素质，而政事才能使所学得的本领服务于社会。后来，有人问苏轼的从政能力是从哪里获得的，苏轼则回答"我从欧阳公处学来"。②不难看出，欧阳修为社稷天下读书治学的思想是多么明确，而且在士林中产生了一定的影响力，其突出表现有两点特别值得称道。

其一，冒难而进的实践勇气和坚韧执着的作风。欧阳修接受荀子天人观的理论，面对真宗朝伪造"天书"、假托"符瑞"狂热扇扬谶纬迷信的社会背景，以及理学派程颐的"天人无二"之说在学人中颇得认同的情况下，他无所畏惧，在《新五代史·司天考第二》的序言里，旗帜鲜明地提出了"不绝天于人，亦不以天参人"进步的天人观。在《新五代史·前蜀世家》中，他凭借"不以天参人"的观念，揭露王建父子腐

---

① 《荀子·儒效》，《儒家经典》，团结出版社，1997年，第1064页。
② 严杰：《欧阳修年谱》，南京出版社，1993年，第259页。

败政权以祥瑞欺世愚民的丑恶伎俩。欧阳修自身的行动更有力地戳穿了祥瑞灾异歪理邪说的荒谬，及其研讨学术的实践特色。如庆历二年（1042）他写的《答朱寀捕蝗诗》自述其动员组织捕蝗的经历和体会，彰显了人力民气在抗灾斗争中的作用，抒发了破迷信、战天孽的乐观情绪："吾尝捕蝗见其事，较以厉害曾深思，官钱二十买一牛，示以明信民争驰。敛微成众在人力，顷刻露积如京坻。乃知孽虫虽甚众，嫉恶苟锐无难为。"

欧阳修治学品格所展现的知行合一特征，不只在改造自然界的生产活动中有，在社会政务工作中亦到处可见。人们熟知的例证就是嘉祐二年（1057）他被任命为权知礼部贡举，他利用终生难逢的主考机会，果敢实施评价文品、人才的新标准，毅然矫革科举之弊，对奇涩险怪的"太学体"概黜落不取。结果捅了马蜂窝，榜出后士子惊怒骂街，甚至拦住他上朝的轿子，当面围攻羞辱，或暗中炮制祭文投入其家，痛加诅咒。欧公顶住巨大压力，岿然不动，致使许多颇有作为和建树的学子得以提拔，为肇基文坛新貌、铸就平易自然的宋代文风，开启了不可或缺的机运。荀子认为一个学人"口能言之，身能行之，国宝也……口言善，身行恶，国妖也"[①]。对照荀子的见解，可以说，欧阳修的言行统一、躬行实践的学者风范，委实是强国、兴国的宝贵人文财富，今天想见其人，仍叫我们肃然起敬。

其二，革弊求强的爱国热忱是其治学品格的底色。作为北宋中期的封建士子，时代向他们提出的历史使命是亟待疗救宋王朝积贫积弱的痼疾，富国强兵，扭转天下百弊丛生的局面。欧阳修不愧是中国古代的仁人志士，他敢于面对现实，把自己心系天下兴亡的责任心融入读书治学的全过程，致使他留给世人的文章著作，熠熠闪烁着人文精神的光芒。例如，他运用自己阐发的天人观，不避权势，剖析社会矛盾，抨击当权者宰割农民百姓的罪恶。他的《原弊》就以执政者"不量天力之所任"来盘剥农夫的观点，鞭挞其愚蠢和荒唐。他研讨《易》学，挖掘古籍精

---

① 《荀子·大略》，《儒家经典》，团结出版社，1997年，第1093页。

蕴，也体现出他为国家革弊致强寻求理论武器的拳拳爱国之心。他痛心宋王朝统治者针对当下兵弱财困、民病政蠹的状况竟苟且偷安，不思进取。于是作诗当头棒喝，促其醒悟，为改革新政制造舆论："天下久无事，人情贵因循……岁月侵隳颓，纪纲遂纷纭……蠹弊革侥幸，滥官绝贪昏。"①

出于这种正大光明的内心世界，因此不论立朝论奏，还是人际交往互倾情愫，均能胸怀坦荡、直言不讳、刚直不阿。前者《准诏言事上书》，后者《与尹师鲁第一书》读后可收窥豹之效，从中也必将感受到，当治学品格升华到一种道德超越的境地时，人品、学品和文品所铸就的形象，是多么的高大、洁美与神圣。联想今日学风的种种怪象，我们倍加敬重欧阳修可贵的治学品格，这是一笔永恒的精神财富，传承下来发扬光大，不断转化成建设先进文化与社会文明的滋养，是当代人责无旁贷的责任。

---

① 《居士集》，卷五，《奉答子华学士》，《唐宋八大家全集》，国际文化出版公司，1997年，第827页。

11

陆游札子写作技法指要

札子是古代臣下呈现给帝王的一种上行公牍文，前人将之归属为"奏议"体制的门类中。不过它是这个家族里的后生晚辈。查阅古代关于文体流变的论述，如颇有代表性的《颜氏家训·文章》《文心雕龙·宗经》，则将20种文体的发端起源通通归类于"五经"的名下，[①]两文中皆列"奏"之文体，却无涉"札子"的名称。再看看据体裁聚类编次、收有宋代人之前作品的大型文集，如萧统的《文选》、姚铉的《唐文粹》，亦不见"札子"这种公文。

到了我国古代文化出现鼎盛期的宋代，封建政治与官制比起以往渐趋完备。面对这种新形势，为满足君臣进一步沟通的需要，归属于奏书类的札子便应运而生。明人徐师曾在《文体明辨》中，对宋代"新式"文体札子的来龙去脉讲得更为清楚。至于对这种文体特征的认识，还需要联系具体作品。就拿北宋两位文章圣手欧、苏的代表作"《论台谏官唐介等宜早牵复札子》《贡院札子》四首"来说，便可简略感受到札子与奏议中的其他文体，有着一定的差别。撰文者为强调自己的政见、主张，有效地说服皇上接受采纳，对奏章篇幅的长短、行文的繁简、表情达意的手法，乃至布局谋篇的安排都有相当的自由度。概言之，札子文体比起书、疏、状、表，灵活随意，新巧泼辣，少些上行公牍文的僵硬呆板之气。

---

① 《颜氏家训全译》，贵州人民出版社，1993年，第148页；《文心雕龙全译》，贵州人民出版社，1992年，第27页。

虽说陆游在南宋孝宗朝入仕，当时文风与北宋已大不相同。但倘若将其札子放在欧、苏作品之间，依然风韵自饶、各具姿态。陆游一生收存在《渭南文集》三、四两卷的札子共计22篇，就其主要内容，不外乎坚持主张抗战御侮、除蠹反奸，为恢复祖业力倡矫革时弊，以推行固本强基的基本国策。诸如信诏令，慎名器、遏佞臣、容直谏，宽徭薄赋、体恤苍生百姓等远途大略，这些和当时爱国忧民忠耿之士的奏疏如出一辙。然而，作为南宋文坛的一代宗匠，从他篇章有限的札子里，同样能够洞见他独具一格的表达技法。譬如，简约条畅的叙事、简赅剀切的议论、逻辑谨严的构思和蕴藉秀雅的语言风格，都会给读者留下深刻的感悟，对今天文秘写作有着宝贵的借鉴意义。下面逐项展开阐述：

（1）叙事、议论的技法，妙在要言不烦，言简而意赅，针对当朝亟待解决的问题和盘托出，不敷粉，不躲闪，令人一目了然。进而，抓住问题的症结，揭诸矛盾属性，析薪破理，旗帜鲜明地发表自己的意见。试看绍兴三十二年（1162），陆游初为朝官所撰写的《上殿札子》三首，即是很有说服力的例证。

首章，起笔叙述含情，随颂美之词立马提出了关于加强诏令威信的尖锐现实问题，毫不掩饰地向登基时短的孝宗皇帝敲醒警钟："八月戊子宽恤之令继下""然今既累月，不知有司皆以推而致之民乎？若犹未也，是不免为空文而已，无乃不可乎？又有大不可者，陛下初继大位，乃信诏令以示人之时"。"若复为官吏将帅一切玩习，漫不加省，一旦国家有急，陛下朝令戒敕之语，将何如此，而欲使人捐肝胆以为社稷乎？"

这里，作者在议论中故设诘语，用无疑而问，使札子中心思想锋出，催发皇帝警觉，典宪政令的真正威力作用就在于贯彻执行，否则时过境迁，就会变成毫无价值的一纸空文。札子中点明大旨以后，转述史实，津津言之来做借鉴，于古今事理的比照中，阐明了解决问题的方法。

次章，意在强调革除繁文缛节，纠正官吏办事拖沓迂滞的不良风气。札子从剖析酿成积弊的根源切入，娓娓而谈，波澜层深，最终归结到"今日所当力行"压倒一切的要务，则是恢复祖宗典章制度，"以趋广大简易之域", 避免施政过程各级官吏层层饶舌, 以售其奸。损害了国家纲纪、朝廷威严。通篇行文有叙有议, 叙事本末可见, 论说入木三分, 夹叙夹议, 绝无枯燥、枝蔓的感觉。

第三章可视为前两篇的续文, 而表达技法却有变化。开篇叙事, 力举前贤功业美政。由"周文王之典""汉文、景之恭俭"、《唐太宗贞观政要之训》连类而下, 引出了北宋学者范祖禹的一段评说: "祖宗畏天爱民, 子孙皆当取法。唯仁宗在位最久, 德泽深厚, 结于天下, 诚能专法仁宗, 则成康之隆, 不难致也。"不言而喻, 以仁宗政事制度为法是这篇札子的所本。因而行文至此就势一推, 用强调复活祖宗旧制前景光明收笔。结穴处话已尽而情有余, 令当朝帝王不胜向往之至。

总之, 三篇札子瞄准时弊, 连章迭论, 刨根问底, 以叙事语气摆出事实, 用议论之笔阐明利害, 借事明理, 叙议兼行, 不啰唆, 不卖弄, 言无空发, 札子短隽而文才俊逸。为了深入认识陆游札子运用叙事、议论笔墨的独自技法, 不妨援引苏轼札子两相比较, 即可加深对问题的理解。依据苏轼《奏议集》统计, 其收存札子60余首, 不论纵谈治边安民的军国大事, 还是辩白诬妄、荐贤黜愚, 皆能援据闳博、议论风发。即使阐述难喻之旨, 亦能穷幽极微、曲尽其妙, 从而形成了雄浑卓华、汪洋恣肆的文风。例如《辩试馆职策问札子》第二首, 其写法不同于陆游一题一议、一事一评, 而就谏官诬他所撰"有涉讽议先朝的罪名", 摆出大量事实剖白自己无罪, 以及政敌诬陷、迫害他的复杂原因。

比如苏轼在札子中感谢宋哲宗明察之意, 曲吐自己蒙受不白之冤的愤懑之情: "然臣闻之, 古人曰: '人之至信者, 心目也。相亲者, 母子也, 不惑者, 圣贤也。'然至于窃斧而知心目之可乱, 于投杼而知母子之可疑, 于拾煤而知圣贤之可惑, 今言臣者不止三人。交章累上, 不啻数十, 而圣断确然深明无罪, 则是过于心目之相信, 母子之相亲, 圣贤之相知远矣。"[1]拈来论据, 巧使类比, 自己的观点水到渠成、显豁无遗。

---

[1]《唐宋八大家全集》, 国际文化出版公司, 1997年, 第3287页。

再如元祐二年（1087）四月，宋军擒获侵扰西部边境的部族首领鬼章，将其槛送京师。苏轼闻讯仅月余连上四札，其中回顾历史教训，畅论"安危之机，正在今日"的理由。尤其对加强边备，防止因功骄惰、扩边冒进等问题分析详赡、议论英发，无不尽意。

同样是谈论用兵机宜的奏章，陆游《代呈分兵取山东札子》则是截然有别。全文紧扣"以大兵及舟师十分之九固守江淮，控扼要害"，"以十分之一兵力深入敌后，以奇制胜"这个中心来论述。在对敌我形势和"偏师出境"与"雄师征伐"的利弊得失扼要比较中，只转一笔，用"富家巨室"远途经商，"率不肯以多赀付之"的生活经验略加喻证，增强论点说服力。可见，苏、陆两人札子叙述、议论各具风韵，前者叙述铺张而条分缕析，说理周彻而新意间出。文似行云流水，卷舒自如，旨趣遥深。后者笔带感情，下语工稳，叙事虽高度概括，却能以入神笔力出之，感人肺腑；议论虽爽快坦诚，却能因情达意，切心餍理。两者的不同，结缘于文学修养和个性禀赋的异样。

（2）陆游札子写作技法又一出色表现为构思特征显明。几乎每篇都能巧设文眼，并围绕这个眼目把零散材料有机串联在一起，意脉贯通，结体明密，深得札子章法技巧的三昧。如《上二府论都邑札子》，这是在孝宗隆兴二年（1164），抗战派首领张浚兵败符离、遭贬致死，其幕府被解散。而以汤思退为代表的投降派重新抬头，和谈已成定局的情势下，陆游出于爱国的赤诚，不避政治风险，挺身而出，谏言定都建康，以图恢复中原、统一祖国的大计。所以，这篇札子的构思，必然会显示出笔者写作技法的艺术腕力。

札子开篇以奏章惯用笔墨，先敷衍君、相两句，稍稳当轴者的情绪。然后一转，斩钉截铁地提出深思熟虑的主张："某闻江左自吴以来，未有舍建康而他都者。"这种即起即转，亮出别人料想不到的独见，犹似忽燃爆竹，骤响易彻，足可引起当轴者高度关注，可谓"立片言而居要，乃一篇之警策"[①]，换言之，全文内容都由这个主旨生发而来，紧

---

① ［南朝］萧统，《文选》上册，卷十七，中华书局，1977年，第241页。

紧立足这个文眼，层层推进铺展。实则文中从三国吴数落到宋高宗"驻跸临安"，却不以建康为都，导致了保江表、复中原的失策。在指出了历史教训之后，又进一步阐明了扭转被动局面的策略，即趁宋金隆兴和议之际，解决定都建康的具体办法。札子煞尾再议论一通机遇难得、不可丧失的道理，文章前后照应，形成一篇三致意，强化奏章的主题，反映作者构思的真功夫。

应当说，文眼在具体篇章中放在什么位置，固然受写作意图的制约。而文眼的位置一旦确定，必然关乎层次、段落的安排，意脉、文气的活络与贯通，所有这一切，都在构思过程搞定。看了刘熙载的说法："揭全文之指，或在篇首，或在篇中，或在篇末。在篇首，则后必顾之，在篇末则前必注之，在篇中则前注之，后顾之。顾注，抑所谓文眼者也"①，则能了悟札子的章法是由文眼镶嵌在何处决定的。而如何有益于开掘主题的蕴意，增强奏章命题的穿透力，这是文眼定位的依据。陆游的写作实践令我们深信无疑这样的道理，请看下面的例释：

《拟上殿札子》其文眼与前篇就有变化，这是札子论题的内容和表达方式的不同所决定的。此首札子是陆游准备向皇上陈述纳谏言、开言路的意见。那么怎样把进言规劝讲得有根有脉，入耳动听，这是大有学问的事情。因之，札子首段不易亮出主脑，敲山震虎教训皇上。相反，撇开命意，恭谨虔诚地援引《诗》《书》所载古代帝王从谏如流的典故，以拉近心理距离，为推出文眼做铺垫。这样构思奏章写作脉络，不仅征旧事易为信，举彼所知易为从，接下来觐见当今在位皇上亦顺理成章。而且还非常符合一位"力学有闻"却入朝任职刚刚两年的小官吏的身份与态度。说到底，只有臣下把追踪先王、虚心纳谏的重要性向皇帝都说尽了，然后方可在札子临尾将呈阅奏章的"用意俱要"道个明白，巴望皇上对臣子谏诤应该"克己以来之，虚心以受之，不惮舍短而取长，以求千虑之一得"②。这末了点题，通篇顿显精神。好似血脉贯通，奏章

---

① 刘熙载：《艺概》卷一，上海古籍出版社，1978年，第40页。

② 《陆游集》，中华书局，1976年，第1995页。

各部生气奋出，作者心迹也彰灼于文中。

当然，陆游札子也有把文眼安放在奏章的中间部分的。如《上二府论事札子》，谏言赦免北界蒙城县官。札子起笔自然要把案情摆出来、说清楚。继而才能提出己见，主张要维护《春秋》大义，不应因草芥微命而损害国家的礼仪。无疑，札子中心思想既出，随后行文内容必须履信信顺，拿出可靠论据，讲出符合逻辑、令人认同的道理。可见，文眼居中，"前注之，后顾之"，整个奏章贯上彻下都在绕着主题转，以求立论妥帖，说理透辟，谏言能被朝廷采纳。

纵观陆游札子的构思特点，皆以立意为宗。而具体篇章文眼放在何处，那常常是因事生情，随情生变，由确保进谏的说服力来定。这就是南宋文坛大笔手构思札子所表现的匠心。

（3）陆游札子语言的总体特色，可以用清整秀洁、老健遒丽、文蔚而充、才俊而逸来评价。要知道，札子是官场运行的公文，属于应用体裁，也是议论文，可视为一种特殊的古代散文。由此推知，札子语言风格比较复杂，有的与奏议文偏重书面语相差无几，以平典雅饬为美。而其末流，满纸甜软套语、谀词浮文，令人生厌。有的词理兼备，雄放宏博，切于世用。其趋于极端者，浅直刻露、木质无文，读来枯燥乏味。而陆游则是驾驭语言的巧匠，他的札子下笔遣词不吝锤炼之功，独有自家格调。

例如淳熙十六年（1189）初，当孝宗传位给光宗不久，陆游借轮对的机会，向这位新皇帝呈奏了《上殿札子》，警励他要竞奋图强，持正御宇，不可滋生奢心、有所偏好。札子中如是说：

"大抵危乱之根本，馋巧之机牙、奸邪之罅隙，皆缘所好而生。臣下虽有所偏好，而未至大害者，无奉之者也。人君则不然，丝毫之念，形于中心，虽未尝以告人，而人州四海，已悉向之矣。况发于命令，见于事为乎！且嗜好之为害，不独声色狗马、宫室宝玉之类也。好儒生而不得真，则张禹之徒足以为乱阶；好文王而不责实，则韦渠牟之徒足以败君德。其他可推而知矣。昔者汉文帝及我仁宗皇帝所以为万世帝王之师者，惟无所嗜好而已。恭惟陛下，龙飞御极之初，天下倾耳拭目之时，所当戒者，惟嗜好而已。"

这番言说，可谓在以人治国的封建社会里文人学子挂在嘴边的老生常谈，不算什么稀罕，按：以此为准。然而也不可抹杀语言运用的技巧。作者为使光宗接受谏言，力戒嗜好，连下三个相同的五言句，以说明偏好是一切罪戾的根源。短促的句式峻急有力，从节奏感染中发人深省。接着宕开一笔蓄势，以人臣偏好"未至大害"，反衬人君嗜好危害特甚。至此，抓住这个话题乘势推衍，分析危害之大，不独生活奢靡，且能导致政治昏聩腐败。正当臣下谏言引发主子怵惕之情时，随即果断开出了彻底免疫的处方："万世帝王之师"，"为无所嗜好"。跟着处方又特地提醒新登极皇帝一句话：此际，戒备嗜好的诱惑尤为重要。这样写切人、切时，反正淋漓、意脉曲折，而且措语琢句配合文情，应宜而变，句式少者只四言，多者竟至二十一言，读来长短错落，乃有明丽畅达的美文之感。

其实早有人说过，学好语言这东西不是一件容易的事情。陆游也不例外。他在青少年时期，曾拜江西诗派名家曾几为师，苦心致力于语言文字运用的精卓。人到中年，他自陈学文心得："上世遗文，先秦大书，昼读夜思，开山破荒，以求圣贤致意处，虽才识浅暗，不能如古人迎见逆决，然譬于农夫之辨菽麦，盖亦专具久矣。"以至达到了自"《六经》《左氏》《离骚》以来，历历分明，皆可指数，不附不绝，不诬不紊，正有出于奇，旧或以为新，横骛别驱，层出间见"（《陆游集·上执政书》）。经过长期勤学苦读，广采博取，风陶鼓铸，最终锤炼出温蕴精巧、雅切明畅的语言风格。

凡是略有寻味宋人札子写作技法的学人，都不难体会到，这宋代初始创生的体裁，随着众多具有深厚文学修养官吏的使用，于是这朝廷内上行公文的审美性质便积淀而成。原本臣下呈阅于帝王的札子，就必须忠信诚笃，句句着实，语言扼要、针针见血，绝不可说假话、空话、套话、弯弯绕、滥忽悠。平心而论，陆游是一位忠君爱国、抚时忧民的封建士子，富有创新力的诗人、文学家。参阅宋人札子，比较中自然会认定陆游札子，既不像有些人那样，说理叙事，澜飞涛涌，徒骋浮词，耸人听闻；又不同另些人摭拾经典，跌宕文辞，故为深涩之语骇人耳目。而是持论中肯，核实精微，语含深情，遇石而激，随事点缀，即使征引经传故事，亦能融化，铸词造句精当晓畅。可以说，陆游札子就是经过"诗化"了的散文，可观可咏。

12

陆游《水调歌头·多景楼》作意探

《水调歌头·多景楼》是南宋爱国诗人陆游的一篇著名词作，它一问世就博得同时代歌手张孝祥的赞赏，为之题序，"书而刻之崖石"，大加宣传。其词云：

> 江左占形胜，最数古徐州。连山如画佳处，缥缈着危楼。鼓角临风悲壮，烽火连空明灭，往事忆孙刘。千里曜戈甲，万灶宿貔貅。
>
> 露沾草，风落木，岁方秋。使君宏放，谈笑洗尽古今愁。不见襄阳登览，磨灭游人无数，遗恨黯难收。叔子独千载，名与汉江流。

南宋孝宗隆兴元年（1163），主战派首领张浚任李显忠、邵宏渊为正副主帅，渡淮北伐，因内部发生矛盾，兵溃符离。随后，投降派重新抬头，致使国家再遭濒危。面对这种局势，陆词深慨时艰，激励抗战派斗志，为完成祖国统一大业建树光耀千古的功勋，词中表现的爱国热情是感人的。朱东润先生对这首词的作意曾有过阐述，认为："隆兴二年（1164）陆游四十岁，任通判镇江军府事时作。那年张浚正在准备北伐，往来镇江，陆游以通家子的资格，为张浚所赏识，且与幕府中人交游甚密，因有此作。上阕点出多景楼所在地，和镇江在军事行动中所起的作用。下阕以张浚比羊祜。南宋与金的对立，和西晋与吴的对立一样，张浚的往来镇江也与羊祜的镇守襄阳一样。最后指出襄阳游人磨灭无数，独有羊祜功业，流传千古，推崇张浚，最为得体"（朱东润《陆游选集》）。这种简而赅的分析，给人以很大的启发，似成定论，其实仍有疑窦。

关于此词创作的时间，张孝祥《题陆务观多景楼长句》为我们提供了极其重要的线索："甘露多景楼，天下胜处，废以为优婆塞之居，不知几年。桐庐方公尹京口，政成暇日，领客来游，慨然太息。寺僧识公意，阅月楼成，陆务观赋《水调》歌之。"这里的"方公"，即桐庐人方滋。据《嘉定镇江志》记载，方滋在绍兴三十二年（1162）九月至隆兴元年（1163）正月，及隆兴二年（1164）八月至乾道元年（1165）曾两度就任镇江知府（前次为代理知府）。而陆游在隆兴元年五月被贬出朝，调任镇江府通判，即刻返里，直到来年二月才至郡任职。乾道元年七月陆游又"移官豫章"[①]。可见，陆游《水调歌头·多景楼》写作时间问题，如从张孝祥说，当作于隆兴二年九、十月间无疑。这恰与词的下片"露沾草，风落木，岁方秋"所描绘的秋天景物相吻合。

从当时政治背景看，隆兴二年，南宋政局发生过巨大的变化。陆游来镇江不久，张浚在三月视师江淮，招徕南北各地抗金壮勇，扩建军队，修筑城堡，增置战舰武器，奔走各地，加强备战，再度相机北伐。（《宋史纪事本未》卷77）此际，陆游确有机会拜见张浚，并受到"顾遇甚厚"的优待[②]。由于投降派汤思退一伙的极力谗害，孝宗于"四月庚申，召张浚还朝"（《宋史》卷33）。紧跟着，解散江淮都督府，罢张浚右相。七月，汤思退急于向金人求和，竟毁掉两淮边备，瓦解守军，停修城堡，撤销海、泗、唐、邓之戍。（《宋史纪事本未》卷77）张浚整军备战的巨大成果毁于一旦。八月，这位爱国抗战的首领，国家的元老重臣也含恨离开了人间。十月，因汤思退暗地勾结敌军，邀其出动胁迫南宋议和，金兵竟再次渡淮，连侵楚、濠、滁各州（《续通鉴》卷139），战争的烟幕又笼罩了大江上空。词的上片正是当时严重

---

① 《陆游集·夜闻松声有感》，中华书局，1976年，第36页。
② 《陆游集·跋张敬夫书后》，中华书局，1976年，第2286页。

的战争气氛的真实写照："鼓角临风悲壮，烽火连空明灭"，"千里曜戈甲，万灶宿貔貅"。这便进一步说明了张孝祥题序所指陆词写作时间是可信的。

结合词的创作背景来分析作品的内容，其作意就不难看出了。词作开头，诗人交代了镇江重要军事地位和多景楼的环境。进而，抓住富有时代特色的景物加以点染，从回忆古代英雄豪杰到落笔眼前干戈纷扰、兵连祸结的现状，一步步地托出了忧念时局的痛苦心境。换头，因景写情，上下片气脉贯通。"使君"二句突起波澜，歌颂与幕宾同游"胜处"的府主方滋。说他风度潇洒、气概非凡，在战事紧张的情势下，指挥若定。人们从他的身上看见了抗战救国的希望，心中自然感到安慰。最后，诗人借典发表自己登临游览的感想，深冀方滋和一切爱国的贤能志士，要以西晋名臣羊祜为榜样，统一山河，建立功业，留名史册。通首写景、叙事都摄录当年秋季的实况，找不到春上陆游从张浚及其幕僚谐游的迹象，就词的层次脉络而言，也没有回忆与张浚等交游的补笔和插叙。因而，说"使君"是"指张浚"，下片以羊祜"推崇张浚"，是令人费解的。相反，认为诗人赞美方滋倒是入情入理。查韩元吉《方公墓志铭》可知，方滋比陆游长24岁，他复知镇江府时，已经是63岁颇著政声的名臣了。把陆游诗文奏章所反映的政见与方滋从政实绩相比照，两人的相同处是很明显的。

其一，关心民瘼，力主轻徭薄赋。陆游在没有出仕之前就于《送曾学士赴行在》中发出了"民瘼公所知，愿言写肝膈。向来酷吏横，至今有遗螫"的呼声。入仕后，立朝论奏，亦在强调"观今日之患，莫大于民贫，救民之贫，莫先于轻赋。若赋不加轻，别求他术，则用力虽多，终必无益"①的主张。方滋在因言落职之后刚刚提升为知州，仍能无所惧怕，抵制上司命令，反对课税"倍取于百姓"为他州偿赋。同时，"贷常平米三千斛"，"御海堰"，使民受益。他首来镇江代理知府，上任伊始，"献议者增沙田芦场租赋"，他一连"疏五说论之"，旋即又被罢

---

① 《陆游集·上殿札子》，中华书局，1976年，第2007页。

官。但他志在除弊，后来官"假户部尚书"，"久雨，应诏论阙政，竟罢沙田芦场之赋"。

其二，御侮图强，为完成恢复大业效力。陆游初任朝官已有畅论抗金大计的札子，而驱外虏、复祖业是他萦怀终生的宿愿。方滋抗金复国的思想也每每见于言行之中。绍兴三十一年（1161）冬，金人完颜亮南侵惨败，赵构时赴建康，方滋以知庐州身份入对行宫，提出"逆亮已死，彼国方乱，宜经理淮甸，以观其变"的抗金主张，并亲手治理边备，招集民兵"以置屯田，边境大安"。对不堪民族压迫而逃归南宋的中原人民，热情加以抚恤。在知楚州时，他冒着"招纳敌人"的罪名，对"河南百余家来归，公以民避苛政不可却，散之村疃"。就在隆兴二年（1164）冬，金兵犯淮，"淮民渡江，亡虑数十万"。情急势危之时，他日夜奔劳江滨，指挥安抚工作，"为开旧港泊舟，使避风涛"，令"饥者皆得食，比去，无不感泣"。凡此种种做法和西晋羊祜出镇南夏，"绥怀远近"争取民心的策略，如出一辙。

还有，诸如抑制地方豪强，强根固本，培养国家实力等政见，方、陆两人都有共识。（有关方滋史实均见《丛书集成》本韩元吉《南涧甲乙稿》卷二十一）由此推知，陆游赞美方滋是有很深的思想基础的。况且，镇江知府的官职，对南宋负有重大的政治、军事责任，在这个位置上，足能为振兴国事、收复北方沦陷国土做出重要贡献。陆游在词中殷切希望方滋像羊祜那样建立千古不泯的功勋，是完全可以理解的。总之，就词的写作时间、时代背景、创作旨趣，以及对作品中所涉人物的综合考察，认为此词作意为颂美张浚是不妥的。

13

托物咏志　情挚意深

——读陆游《金错刀行》

金错刀行

黄金错刀白玉装，夜穿窗扉出光芒。

丈夫五十功未立，提刀独立顾八荒。

京华结交尽奇士，意气相期共生死。

千年史策耻无名，一片丹心报天子。

尔来从军天汉滨，南山晓雪玉嶙峋。

呜呼，楚虽三户能亡秦，

岂有堂堂中国空无人！

　　诗贵情真。一首具有强烈艺术感染力的诗歌，其中贯注到形象里的感情，必然是作者对于现实生活的真实感受，并与时代脉搏息息相通，从而具有深刻的思想意义。陆游的《金错刀行》，就是这样一首情挚意深、表达雄心壮气、充满时代精神的大声镗鞳之作。

　　这篇古体诗写于南宋乾道九年（1173）秋，陆游在蜀摄知嘉州事。这时，诗人已经伴随着希望与失望的悲欢，于民族灾难深重的痛苦年代，度过了他的前半生。往昔，他怀着报国的政治抱负，亟望有所作为，但在卖国贼秦桧死后，他才踏上仕途。在身任京官的短暂时间里，他积极参与抗金北伐的活动，立朝论奏，勇于畅述自己的政见。由此，博得忠耿之士的推许和赞誉。他也曾抱着收复失地、立功边廷、为国雪耻的坚强决心，远离眷恋的亲人与乡土，跋山涉水，戍守南郑。在鞍马雕弓和野帐青毡之间，他享受了一生罕有的从军的快乐。然而，偏安一隅的南宋小朝廷，只为保全少数统治者的荣华富贵，无视国家、民族的利益，心甘情愿向女真军事贵族屈辱求和，使抗战事业屡遭挫折。陆游热爱的军旅生活还不足一年，就很快地结束了。如今，他离开了抗战救亡的第一线，来作代理知州，光阴虚掷，壮志难酬，心境委实无法平静。但诗人以身许国、收复中原之志却是坚定不移的。当他想起天下还有许许多多志同道合的朋友为统一大业奋斗不息，想起中华民族历来就有热爱祖国的光荣传统和抗击外侵的英勇精神，于是信心倍增，以"金错刀"为题，托物咏志，慨然成篇。

从诗题看，行，是歌行，诗体的一种。它来源于民歌，具有"如骏马蓦坡，可以一往称快"的抒情特点（《古今词论》）。陆游发挥它的长处，自创新题，抒发雄放豪迈之情。金错刀，亦称"错刀"，一种佩刀，最早见于东汉张衡的《四愁诗》："美人赠我金错刀，何以报之英琼瑶。"（《文选》李善注引《续汉书》："佩刀，诸侯王黄金错镮。"）诗人起笔就直接点题，咏叹这种佩刀：

> 黄金错刀白玉装，
> 夜穿窗扉出光芒。

刀镮涂以黄金，刀柄镶有白玉，精美的装饰，说明刀的名贵。但这仅是表象，它的真实价值在于夜晚刀光四射，穿窗透扉，有着"宝剑之精"。据《晋书·张华传》载，晋武帝时，天上斗、牛两星座之间，常常出现一道紫光，张华问雷焕，这是什么祥瑞的征兆？雷焕告诉他，是地上宝剑精光照射的缘故。后来，雷焕做豫丰城县令，果然在地下获得了"龙泉""太阿"两把寒光逼人的宝剑。作者以爱惜的感情精细描绘刀的外貌、特征，流露出杀敌报国的英武精神。为了实现自己抗击金兵、收复失地的壮志，陆游孜孜不倦攻读兵书，同时习武练艺，"学剑四十年"（《醉歌》）。咏刀实即咏人，宝刀迸射光芒，正堪用以杀敌，不就是诗人矢志抗金、无时不思上阵效力的写照吗？可是理想和现实存在着尖锐的矛盾，诗人睹物动情，无限的忧愤涌上心头：

> 丈夫五十功未立，
> 提刀独立顾八荒。

这两句诗是叙事兼抒胸臆。丈夫，犹言大丈夫，意指胸怀大志、铁骨铮铮的硬汉。八荒，八方荒远之地。诗人二十岁的时候，就树立了"上马击狂胡，下马草军书"，扫清河洛，囚可汗、复旧京的宿愿。（《观大散关图有感》）而把持朝政的投降派，将坚持抗战的英雄志士统统视为他们议和卖国的绊脚石，肆意谗害，陆游当然也摆脱不了这样的遭遇。他二十九岁那年，应进士试，考官陈阜卿秉公持正，擢置第一，次年礼部复试又名列前茅。但因名居秦桧孙子秦埙之先，加以"喜论恢复"，这就触怒秦桧，竟遭其废黜。后来张浚北伐失利，贬谪而死，陆游又因赞助张浚抗金活动，主和派便以"交结台谏，鼓唱是非，力说张浚用兵"的罪名，罢免了他的隆兴通判官职。一年前，诗人在四川宣抚使王炎那里任干办公事兼检法官，由于上下的有力配合，南宋及敌占区广大军民的热情支持，反攻部署日臻完善，动摇金人根基、收复西北失地的希望就在眼前。不料临阵易将，王炎幕府顿时星散，陆游也南调内地。他痛心疾首："渭水岐山不出兵，却携琴剑锦官城。"（《即事》）回顾这几十年来的蹉跎岁月，诗人心潮起伏，不免独立提刀，茫然四顾。宝刀闲置，恰似英雄失路，惜刀即是惜己、惜时，物我同悲。但是，诗人决不颓丧，此刻出现在他脑际的是：

> 京华结交尽奇士，
> 意气相期共生死。

京华，指南宋都城临安。意气，即志气。从绍兴三十年（1160）到隆兴元年（1163）五月，陆游系官都下，先后担任敕令所删定官、枢密院编修等官职，有机会更多地和名臣贤士往来，结为良师益友。如海内瞩望的抗战派人物陈康伯，直言进谏揭露秦桧集团罪恶而被誉为五贤士的王十朋、查籥、李浩等人，还有许多像诗人那样有着爱国热情的士大夫。他们在驱外寇、除内奸、团结对敌、富国强兵的思想基础上建立起牢固的友谊。他们在交游中互相砥砺、激扬斗志。曾为陆游"倾倒"的正直爱国僚友王秬，在被贬离京、出佐南昌时，陆游以诗送别，深表同情："君看多故日，宁是弃言时。"又鼓励他坚定信心，为国建功："归来上霄汉，莫遣此心移。"（《送王嘉叟编修出佐南昌》）同样，当诗人政治上受到排挤打击的时候，挚友们也给予他鼓励和赞扬。他们从友谊之中汲取斗争的力量。所以，诗人在彷徨苦闷时，首先想到京华结交的"奇士"，相信他们无论在怎样的情况下，一定会把抗金复国的事业坚持到底。这里诗人把叙事、议论二者结合，在流露结交奇士而自豪的同时，倾吐个人的心愿，一笔两支，天然浑成。

当然，所谓"心愿"，是同建立功名、忠于君主结合在一起的。诗人说：

> 千年史策耻无名，
> 一片丹心报天子。

作为一个封建士大夫，在民族斗争成为社会主要矛盾的情势下，积极为解除民族危机而斗争，这是爱国的表现，尽管其间包含着封建阶级的忠君观念和功名思想。我们不能脱离具体历史时代去要求陆游不要忠君、不要追求功名，而应该看到可贵之处在于诗人的功名观是和救亡图存的复国志业相一致的。他认为："策名委质本为国，岂但空取黄金印。"（《读书》）这就与贪图一己利禄的封建官僚截然不同。而诗人的"一片丹心报天子"，也不应与封建愚忠相提并论。诗人所说"国家未灭胡，臣子同此责"（《剑客行》），"一寸赤心惟报国"（《江北庄取米到作饭香甚有感》），应是这句诗的最好注脚。诗人用议论的方式再次强调自己的宏愿，意在剖白，即使处逆境、遭厄运，铭心刻骨的抗战决心仍是至死不渝。我们可以在诗人的足迹中清楚地了解到，上述诗句并非一般书生的空泛议论。且看：

> 尔来从军天汉滨，
> 南山晓雪玉嶙峋。

乾道八年（1172）春，陆游远赴南郑，入四川宣抚使王炎幕。南郑即今陕西汉中，地处川陕的咽喉，"北瞰关中，南蔽巴蜀，东达襄邓，西控秦陇，形势最重"（《读史方舆纪要》），而且又与当时的前线距离很近。诗中的"天汉"指汉水。南郑在汉水上游，故称"天汉滨"。南山，即终南山，位于南郑东北。其山形参差耸峙，深秋积雪覆盖，色白如玉，因此用"玉嶙峋"刻画它的形态。诗人回忆南郑生活，叙述、描写双管齐下，表现了对抗战前沿阵地的留恋、向往。陆游在南郑期间没有忘记自己肩负的职责，他的爱国感情空前激荡，一方面操持军务，或出巡视察，或幕中献谋；另一方面也不忘飞鹰逐犬，通过围猎以习武练艺。大约半年的时间，他的马蹄几乎踏遍了西北前线各地。有时还凭高远眺挺拔高峻的南山，寄托对北方故土与同胞的怀念之情。

诗人在军队中深切体会到祖国人民渴望统一的强烈要求，就连处在敌人西方军事根据地长安的将吏、军民亦冒着生命危险，想方设法和四川宣抚司接头，传递情报，把家乡的特产也带来慰劳南宋军队。这些沦陷区人民的忠义之举，不但被诗人写入诗中，予以颂扬，而且愈加提高了诗人抗战斗争的胜利信心。诗人高唱："呜呼，楚虽三户能亡秦，岂有堂堂中国空无人！"《史记·项羽本纪》记范增游说项梁，曾说："夫秦灭六国，楚最无罪。自怀王入秦不返，楚人怜之至今，故楚南公曰：'楚虽三户，亡秦必楚也。'"战国时，秦灭楚是采取外交欺骗与武力吞并的软硬兼施手腕，使楚先是损兵失地、君主囚死异土而后国亡。楚国人民缅怀自己的祖国和君主，辗转传诵着"楚虽三户，亡秦必楚"，以表达报仇雪恨的坚强意志。诗人以感叹的语气，赞扬了楚国人民光复祖国的斗争精神，借此来歌颂当时南北各地同仇敌忾的广大爱国志士。自从徽、钦二帝被掳，中原河山沦陷，广大爱国志士为抗战救国奋不顾身而英勇斗争。"岂有堂堂中国空无人!"这句反问,似洪钟巨响,声震霄汉,发出了时代的强音。

诗人由歌咏金错刀抒发感慨,在回顾自己经历中倾吐报效祖国的丹心和功垂史册的志愿,进而提出了战胜寇仇的坚定信念,表现了高尚的爱国主义感情和发扬蹈励的民族自强精神。这对鼓舞南宋人民冲破主和派散布的失败空气,团结抗战,复兴祖国,是有着重大作用的。

这首诗构思新颖别致,通篇分为三个层次。第一层咏物抒怀,借刀起功业未就之叹。在诗人思绪纷飞的情况下引出第二层,说出了自己的心愿。再以回忆的时间前后顺序为线索,把中间与最后两层衔接起来,增强了摧毁敌人、完成志业的信心。整个篇章环环紧扣,层次清楚,主题鲜明。这种按作者思想活动的脉络组织成篇的方法,可以不受时间、空间的限制,在广阔的背景上依据丰富多彩的内容,展开议论和抒情,因此立论坚实、气势恢宏,有很强的感染力和说服力。

这首古体诗以七言为主,由于文势和感情发展的需要,末二句自然出现了疑问词和感叹词,使之变为九言,读起来声响气舒、格外传情。尤其每四句一换韵脚,适应诗篇内容、气势的变化,浑浩流走,好似奔腾的江河一泻千里。诗人入川之后,经历了南郑军旅生活的洗礼,眼界大开,思想比从前更为深刻。对国家民族的忠诚,誓死统一祖国的壮志以及对胜利前景的瞻望,为他雄奇奔放、宏丽悲壮的古体诗的成熟打下了深厚的基础。可见,这首诗明显地标志着陆游古体诗创作的高度成就。

14
试论陆游词

在我国悠久的词史上，崛起于南宋词坛的豪放派，声光大振，把词的发展推向了新的高峰。如果说这派词作好似一条奔腾浩荡的巨流，那么，陆游词就像春水荡漾的支脉，以其独特的丰姿，为南宋词增添了光彩。

陆游是一位以诗名家的、具有多方面才艺的爱国诗人。词也是他在文苑中栽培的一株悦人心目的鲜葩。现存陆词共百四十五首，绝大部分是他中年以后写的。尽管他自己在六十五岁时曾说过，对于词"予少时汩于世俗，颇有所为，晚而悔之。然渔歌菱唱，犹不能止，今绝笔已数年"①。但是，那些有年代可寻的词章，表明他晚岁蛰居山阴期间，仍然坚持词的创作，他一生中留下词篇的数量虽说不算宏富，却形象鲜明，个性突出。他的抗战爱国之作，纯然是从历经艰难曲折的志士心里呕出来的，意高语挚、感人至深，表达了恢复中原、振兴民族这个他终生为之奋斗不息的强烈愿望。他的恋歌情深意真，饱含热泪，控诉了不合理的婚姻制度，倾吐出自己的爱情理想，成为光耀文学史册的描写爱情题材的名篇。反映退隐生活的闲适词，充满了浓厚的泥土气息，表现了他对匡复志业欲干不能、欲罢不忍的尖锐矛盾，思想感情比较复杂。

陆游词兼有豪放、婉约两派的艺术特点，声韵精严，妙语雅洁、清新，抒情议论，因宜应变，于雄放中见曲折，寓婉转于倩丽，技法灵妙，形成了多样新颖的风格。在词家蜂起的南宋，他的豪放遒劲、清俊

---

① 《陆游集》，中华书局，1976年，第2101页。

婉丽的词作，即便放到巨匠大师之间也独标风韵。刘克庄指出："放翁长短句……其激昂感慨者，稼轩不能过；飘逸高妙者，与陈简斋、朱希真相颉颃；流丽绵密者，欲出晏叔原、贺方回之上。"（刘克庄《后村诗话》卷四）这就是说，陆词无论思想深度，还是艺术风格都达到了同类文体的时代高度。然而，前人研究陆游，一向重诗轻词，还没有人从他词的总体上系统分析，甚至在词话里仅有的只言片语，囿于时代的限制，各家意见也不够统一，很有必要作进一步的探讨。

一

作为倚声文学的词，在宋初是文人手中调笑遣兴的玩物，后经苏轼别开风气，将诗词等观，为词的成长展拓了新的领域。可是北宋末期，国运衰微、世风日颓，大晟词人醉心在征歌逐舞中增衍词调，追求字句的精工圆润，讲求音乐的美听，只是在提高词的形式美上大下功夫，在题材内容方面却仍在晏欧的范围里徘徊。女真军事贵族的铁蹄踏破了一般士大夫的迷梦，尖锐的民族矛盾使统治阶级内部分裂成势如水火的抗战与投降两大派。在复杂激烈的斗争中，铸就了李钢、胡铨、岳飞、张元干、张孝祥等一批爱国词人。陆游正是在这些先驱的熏陶下，继响而来，结合自己的生活道路，于错综交织的社会矛盾中广泛摄取创作素材，用自己的血泪谱写了不少抗战爱国之词。这些"铿然彻耳、焕然夺目"的作品，奠定了陆词的基调，与他忧国爱民的诗篇同为放翁创作的精华，"集中有此，如屋有柱，如人有骨"。（方回《瀛奎律髓》卷三十二附纪昀批）它们不仅具有南宋豪放派词作的共同思想特征，反映人民要求驱外寇、锄内奸，反对民族压迫的强烈愿望，而且其中的爱国主义是诗人从自己对时代生活的感受中提出来的，包括极其丰富的内容。

第一，鼓舞人们报仇雪耻，恢复国土，树立抗战救亡的胜利信心。梁启超读《放翁诗集》有感于"集中什九从军乐"，（梁启超《饮冰室文集》卷四十五下）高度赞扬了陆游屡屡吟咏壮岁鞍马的重大意义。放翁词里的爱国之作，也多通过歌唱军旅生活的威武、欢畅，激励人们习武图强，抖擞民族精神，动员大家奔赴杀敌疆场，建立千古不泯的功业。他在刚踏上仕途的时候，就以词鞭策僚友，要他成为一名"白羽腰间"的将军（《青玉案》）。隆兴二年（1164）陆游任通判镇江军府事。上年五月张浚领导的北伐之师兵溃符离，投降派乘机兴风作浪，不惜施展一切卑鄙下流的政治阴谋贬死张浚。同时，为媚悦女真军事贵族而屈膝求和，重新骗取宰相权柄的汤思退，"自撤边备，罢筑寿春城，散万弩营兵，辍修海船，毁拆水柜"，并"撤海、泗、唐、邓之戍"。（《宋史纪事本末》卷七十七）更有甚者，暗中与敌人勾结，邀其出动，胁迫议和。弹指之间，张浚在江淮地区招募抚辑和整军备战的巨大成果竟付之东流，而国家再遭濒危。当此之际，陆游写了一篇《水调歌头·多景楼》鼓舞抗战派重整旗鼓，再度相机北伐，完成祖国统一的大业。

> 江左占形胜，最数古徐州。连山如画佳处，缥缈着危楼。鼓角临风悲壮，烽火连空明灭，往事忆孙刘。千里曜戈甲，万灶宿貔貅。
>
> 露沾草，风落木，岁方秋。使君宏放，谈笑洗尽古今愁。不见襄阳登览，磨灭游人无数，遗恨黯难收。叔子独千载，名与汉江流。

张孝祥《题陆务观多景楼长句》："甘露多景楼，天下胜处。废以为优婆塞之居，不知几年。桐庐方公尹京口。""阅月楼成，陆务观赋《水调》歌之"。（张孝祥《于湖居士文集》卷二十八）卢宪《嘉定镇江志》卷十五载，隆兴二年八月，方滋再任镇江知府。诗人面对祖国分裂，政权偏安而不求进取的现实，登临高楼遥想俯察，触目成句。词由交代镇江的军事地位，到描写眼前干戈纷扰、兵连祸结的惨景，一步步托出忧念时局的痛苦心境。"使君"二句陡然扬起，颂扬方滋这位体国恤民的名臣贤士，在战事临头、时局紧张的情势下，从容潇洒，指挥若定，从他身上诗人看见了抗战救国的希望。陆游推崇方滋非同庸俗文人的吹捧逢迎，而是长抗战派的威风，灭卖国者的气焰，在两派斗争你死我活的时候，这词还是有现实意义的。不仅这样，诗人更进一步，深冀方滋和其他爱国的贤能要像西晋镇守襄阳的羊祜那样，为社稷整军经武、"绥怀远近"，得天下人心，为抗战复国流芳百世。在宋金两朝对抗的历史时期，陆游心目中的英雄就是驱虏杀敌，雪洗民族耻辱的仁人志士。他不止热烈地歌颂这种杰出人物，更多情况下是表明自己渴望为祖国冲锋陷阵，以扫平河洛自期的决心与勇气。乾道八年（1172）初，四川宣抚使王炎辟陆游为幕宾，从而，他有了身临前线，"灭贼报国仇"的机会了。当备战工作进展迅速，收复失地指日可待的时候，陆游把喜不可遏的心情熔铸在《秋波媚·七月十六日晚登高兴亭望长安南山》的词里：

> 秋到边城角声哀，烽火照高台。悲歌击筑，凭高酹酒，此兴悠哉。
> 多情谁似南山月，特地暮云开。灞桥烟柳，曲江池馆，应待人来。

肥沃的泥土可以栽培出绚烂、芳香的花朵，诗人豪爽壮快、发扬踔厉的军旅生活使之创作出这样峥嵘飞动、热情奔放的词章。词里的"悲歌"应与王充《论衡·自纪》"悲音不共声而皆悦于耳"中的"悲"字同义，它描绘了军乐的激越、动听。我们完全可以设想，大反攻的前夕，将士们乘秋高气爽之夜，在烽火与朗月的交辉中，登高远眺，对着进军的目标引吭高歌，以酒遣兴，此情此景是何等的雄壮、何等的豪迈！收尾用"灞桥""曲江"指代长安故地，以情人看待那里的同胞，生动表明了诗人的心早已飞向了祖国的北方。

几乎是在写这词的同时，诗人为宣抚使司新修建的静镇堂作了一篇记文，绘声绘色地描述了想象中的胜利前景："虏暴中原久，腥闻于天，天且悔祸，尽以所覆界上。而公方弼亮神武，绍开中兴，异时奉銮驾，奠京邑，屏符瑞之奏，抑封禅之请，却渭桥之朝，谢玉关之质。"从当时抗战救亡的大好形势看，诗人的想象是合理的。据陆游离开南郑十五年后所写的《昔日》诗自注云："予在兴元日，长安将吏以申状至宣抚司，皆蜡弹，方四五寸绢，房中动息必具报。"二十九年后又说："忆昨王师戍陇回，遗民日夜望行台。不论夹道壶浆满，洛笋河鲂次第来。"其下自注"关中将吏有献此物者"。可知，诗人词中所表现的内容是当时救亡图强大好形势的真实写照。他离开南郑以后，从没间断歌唱戎马生活，他的《月上海棠·成都城南有蜀王旧苑，尤多梅皆二百余年古木》怀古幽情撩起了他对抗战前线的深切思念。"折幽香谁与寄千里，伫立江皋，杳难逢陇头归骑。音尘远，楚天危楼独倚。"前线的友人，前线的生活，他是永远也忘怀不了的。有时则饱墨淋漓，畅然满志地描写他的壮岁从军经历：

羽箭雕弓，忆呼鹰古垒，截虎平川。吹笳暮归野帐，雪压青毡。淋漓醉墨，看龙蛇，飞落蛮笺。人误许，诗情将略，一时才气超然。

——《汉宫春·初自南郑来成都作》前阕

壮岁从戎，曾是气吞残虏。阵云高，狼烽夜举。朱颜青鬓，拥雕戈西戍。笑儒冠自来多误。

——《谢池春》前阕

这些爱国词作塑造的英雄形象，其意义在于，它具有藐视敌人、压倒敌人的气概；具有感发士气、民心，从南宋统治者所散布的懦怯和失败的空气中振作起来，增强对敌战斗的勇气和力量。将爱国热情托于歌词，这是豪放派的优良传统，不过陆词却有自己的特色。例如东坡词中诸如《江城子·密州出猎》就已经反映了明确的爱国主题，但苏轼只以跃马飞鹰、打猎练武来抒写自己渴望捍卫国家、立功边廷的壮志。对于鼓舞民族斗志来说，陆游直接描写刀光剑影的战争年代生活的词，就更富有现实性。《贺新郎》"曳杖危楼去""梦绕神州路"是张元干的两篇代表作。它们从民族斗争中主和与主战的路线斗争互相交错的关系上，热烈赞扬反降派淫威不屈，抗战到底的坚强意志。而陆词通过描述亲身经历的战斗生活，自写襟怀，以充满爱国激情的主人公形象打动读者。

假如把朱敦儒所谓"扰时念乱""似陆务观"（王鹏运《樵歌跋》）的词作放在这里，人们立即就能发现与陆词的区别。朱的《水龙吟》："回首妖氛未扫，问人间，英雄何处？"《相见欢》："中原乱，簪缨散，几时收？"中原沦陷，民生涂炭，引起作者巨大悲痛，但是朱词仅仅表现为期待英雄人物出世来拯救危难的祖国，缺乏陆词那种以恢复事业为已任的主人翁态度，以及鼓励人民打击敌人，战而胜之的英雄主义精神。

第二，表现诗人政治抱负和黑暗现实的矛盾，倾吐救国理想遭受挫折后的悲愤和不平。宋金民族间的矛盾是陆游生活时代的社会主要矛盾。残酷的女真军事贵族，在祖国的北方实行血腥民族统治，对南宋时而发动战争攻城略地、掳掠财富，时而用和谈麻痹南宋斗志，以赢得喘息的工夫。以汉族为主的劳动人民血汗化成的金帛，像流水一样淌进了女真贵族的无底欲壑。"九地黄流乱注，聚万落千村狐兔"（《全宋词》1073页），社会生产力遭到严重的破坏，历史的脚步被拖向后退。出身于封建士大夫家庭的陆游，在"民族高潮面前，一切阶级差别都消失了"的特定时代环境里，[①]他的最高政治理想就是为光复"两河百郡宋山川"、促进祖国的中兴大业做出贡献，进而"封侯定远，图像麒麟"（《洞庭春色》）。

当国家利益和个人奋斗目标相统一的时候，个人志愿应该受到保护和支持，何况具有文韬武略的陆游，在入仕不久便显示出战略家的军事才能和政治家的远见卓识。可是隆兴和议之后，南宋小朝廷苟且偷安的思想更为泛滥，"乾道淳熙间，三朝授受，两宫奉亲，古昔所无，一时声名文物之盛，号小元祐"。（《知不足斋丛书》中《〈武林旧事〉序》）奢靡的生活是腐败政治的反映。民族的生气、国家的前途就在这群庸碌无能的统治者的花天酒地中被断送了。"岁月惊心，功名看镜"（《赤壁问》），陆游深切体会到了"和戎壮士废"（377）的痛苦。因此，他在宣传抗战救国政治抱负的同时，不可避免地要发泄自己理想无

---

① 《马克思恩格斯全集》第二十一卷，人民出版社，1956年，第502页。

由实现的愤懑与不平。如《真珠帘》中诗人发出情急势切的质问："镜里新霜空自悯，问几时，鸾台鳌署。"在《双头莲》里大发感慨："华鬓星星，惊壮志成虚，此身如寄。萧条病骥，向暗里，消尽当年豪气。"又如在《绣停针》《鹧鸪天·送叶梦锡》等词中，诗人接连不断地惊叹岁月蹉跎而功业未就，抒发惆怅侘傺的情怀。这是封建社会有为之士遭到迫害以后的共同感受，但陆游和别人表现不尽一样。

以张孝祥为例，张的一生也有志于恢复事业，前人称他"雄略远志，其欲扫平河洛之氛祲，盈洙泗之膻腥者，未尝一日而忘胸中"。（谢尧仁《于湖居士文集序》）然而，在仕途起落变化面前，他虽曾自惜怀志未遂，而词中那种清高旷达的态度却完全显露出另一种精神境界。乾道二年（1166）他从广南西路安抚使的任上被谗落职，由桂林北上过洞庭、泛潇湘都留下了词作，对政治打击他付之一笑。其中《念奴娇》"洞庭青草"更为突出，词中那种超脱世事的情趣完全掩埋了政治失意的苦恼。而在陆词里却展示出另一种精神面貌，不论酬答唱和、送友话别，还是登临抒怀，羁旅游览之作都在对丧权辱国统治者的愤怒不满中，表现出忧民族之所忧，想国家之所想的高尚思想境界。《蝶恋花》是他乾道八年（1172）十月间离南郑赴官成都路中写的一首行旅之词。

> 桐叶晨飘蛩夜语。旅思秋光，黯黯长安路。忽记横戈盘马处，散关清渭应如故。
>
> 江海轻舟今已具。一卷兵书，叹息无人付。早信此生终不遇，当年悔草长杨赋。

陈廷焯曾评论说，放翁此阕收结二句"情见乎词，更无一毫含蓄处。稼轩《鹧鸪天》云'欲将万字平戎策，换得东家种树书'亦放翁意，而气格迥乎不同。彼浅而直，此郁而厚也"。（《白雨斋词话》卷八）陈氏的所谓"浅而直"的批评显然是错了。这首词的开头以侧笔取势，勾画出深秋衰飒的景象。羁旅辛苦，诗人却夜闻"蛩语"，不能成寐，这里诗人没有直接表露自己心事沉重，而此意确已含蓄其中了。接着，诗人回忆了南郑期间与敌人惊心动魄的遭遇战。"黯黯长安路"一句是上片的词眼，说明诗人虽然告别了前线，却仍然深挚地留恋戍边生活，并痛惋收复关中，动摇金人根基的作战计划没能见诸行动。下片紧紧扣住这份关系国家前途的作战方案大发议论。"一卷兵书，叹息无人付"，一直萦绕诗人心际的、重整河山的伟大理想无日实现了，诗人无限慨叹，对统治者无心抗战表示极大的悲愤。这里绝不是个人狭隘的情感，而是对民族兴衰存亡的关心，这难道是意"浅"吗？陆游在军中目睹了将士敌忾同仇，中原人民企盼恢复的实况，唯独统治者坐视国家衰微、民族屈辱，阻挠救亡图存的大策，使抗战志士"为国忧民空激烈"（404页）。如此，怎能要求陆游锋影不露，符合陈氏"发之又必若隐若见，欲露不露，反复缠绵，终不许一语道破"的"作词之法"呢？（《白雨斋词话》卷一）文学创作贵在真实，而愈是真实的东西，往往愈有独创性。我们从壮志难酬的怆痛中倒可以体会陆游坚定的爱国立场。诗人来成都后又写了一首登临感怀之作《感皇恩》：

> 小阁倚秋空，下临江渚。漠漠孤云未成雨。数声新雁，回首杜陵何处。壮心空万里，人谁许。
> 黄阁紫枢，筑坛开府。莫怕功名欠人做。如今熟计，只有故乡归路。石帆山脚下，菱三亩。

词中虽有理想受挫，欲去国还乡的愤怨，但怀念中原被金人蹂躏的国土和同胞，向往匡复志业仍是全词的主调。淳熙四年（1177），陆游在知嘉州的官职被黜的情况下写了《晚秋登城北门》的诗："幅巾藜杖北城头，卷地西风满眼愁。一点烽传散关信，两行雁带杜陵秋。山河兴废供搔首。身世安危入倚楼。横槊赋诗非复昔，梦魂犹绕古梁州。"诗中"一点烽传散关信，两行雁带杜陵秋"与词中"数声新雁，回首杜陵何处"互为注脚，一意两出。陆游的政治理想和爱国热情，即使处逆境，遭贬斥也毫无减退，只是又增添了一层报国无门的怅恨，这正反映了诗人理想和现实的矛盾。

他在《沁园春》中直接喊出"许国虽坚，朝天无路！"《望梅》里进一步揭露了现实的丑恶："长绳漫劳系日，看人间俯仰，俱是陈迹。纵自倚，英气凌云，奈回尽鹏程，铩残鸾翮。"若从这首词的表面看，好似撼写对官宦生活的厌倦，政治上无可奈何的哀怨。深究一层，便会发现流露在字里行间的是诗人的满腹牢骚及其对政治迫害的控诉！但用词的形式表达就显得委婉吞吐。同样的思想，在他的散文中就讲得更为直切："某箪瓢穷巷，土木残骸。早已孤危，马一鸣而辄斥，晚尤颠沛，龟六铸而不成。羽翮摧伤，风波震荡。薄禄作无穷之祟，虚名结不解之仇。"这篇《谢周枢使启》是后于《望梅》作的，可见，陆游抗战爱国词中所反映的诗人内心痛苦和矛盾，是他一生都没有解决的问题。因为抗战与投降、正义与邪恶交织在一起，互相搏斗，伴随着南宋社会的始终。

第三，政治失意、壮心不已，屡遭打击，恢复中原理想却不可摇撼的顽强精神，是陆游爱国词作的又一特色。陆游一生对待来自投降派的迫害始终是挺身而对的。他的《卜算子·咏梅》就是表现这种高贵品质的代表作。这首词的创作年代已不可考，它却反映了陆游政治生活中每个阶段的态度。绍兴十一年（1141）之后，秦桧"两居相位，凡十九年"，组织卖国政府，包揽一切大权。陆游的父兄师长备受压抑和敌视，就连他自己也没有逃出奸相的魔掌。绍兴十二年（1142），秦桧"谕考试官以其子熺为状元"，时隔十二年，他又令考官"以其孙埙为状元"。然而这次主考官陈阜卿秉公持正，依考卷定陆游为第一。秦怒，竟以"其喜论恢复"为借口，于礼部复试时废黜陆游的考试资格。这在封建社会里，对士子的打击是极其残酷的。

杜甫、元结不是也有过类似的遭遇吗？天宝六载（747），他们参加特科举考试，李林甫嫉恨贤能，玩弄诡计使其全部落榜。愤怒之下，元结说："正方终莫可，江海有沧州。"（《全唐诗》2697页）杜甫五年后遗恨未消，终于在《奉赠韦左丞丈二十二韵》里一吐块垒："纨绔不饿死，儒冠多误身。"陆游却振作自拔，"时情竟脂韦，家法独肮脏"，只是向权贵投以蔑视的一瞥，依然坚持自己的政治理想。张浚死后，主和分子说他："交结台谏，鼓唱是非，力说张浚用兵。"（《宋史·本传》）在是非颠倒的社会里，陆游因爱国又丢掉了隆兴府通判。在这"电转雷惊"的打击面前，他绝不摇尾乞怜、出卖灵魂，反倒明白表示："何人解，问无常火里，铁打身坚。"（《大圣乐》）险恶的政治风雨把他磨炼得越来越坚强了。他四十八岁那年，去南郑从军过葭萌时作了一首《鹧鸪天》，坦露自己真实胸怀。

> 看尽巴山看蜀山，子规江上过春残。惯眠古驿常安枕，熟听阳关不惨颜。
>
> 慵服气，懒烧丹。不妨青鬓戏人间。秘传一字神仙诀，说与君知只是顽。

这次诗人由夔州去南郑，取道万州、梁山军、岳池、利州等地，沿途崇山峻岭，湍江急流，陆游不以为艰难反而感到赏心悦目。独眠古驿，耳听如泣似诉的"阳关"离别曲，多情的诗人安之若素。高尚的理想，产生巨大的力量，陆游顽强精神来自他救国拯民的伟大抱负。"顽"字是他的精神支柱，鼓舞他面对任何艰难险阻都能不气馁、挺得住、干到底。这既不是"服气""烧丹"的虚妄道术所能支持的，也不是放言高论、不务实际的理学家们所能比拟的。他表达心声之词，确如瑰宝，闪烁着坚毅不拔精神的光辉。如《夜游宫·记梦寄师伯浑》，陆游以矢志不移的复国初衷策励朋友。

> 雪晓清笳乱起。梦游处不知何地。铁骑无声望似水。想关河，雁门西，青海际。
>
> 睡觉寒灯里，漏声断月斜窗纸。自许封侯在万里。有谁知，鬓虽残，心未死。

师伯浑名浑甫，是陆游在四川眉山相识的一位豪杰。王炎、范成大都很器重他，"方宣抚使临边，图复中原，制置使并护梁兵民，皆巨公大人，闻伯浑名，将闻于朝，而卒为忌者所沮"。他的"英发巨丽"的才气和遭到"排击沮挠"的命运，陆游深为"时惜"，愤然不平，二人志同道合，推为知音。这首词诗人把常绕于梦中的心事倾述给友人，互相砥砺，表达爱国衷肠至死不变。在陆游因宣传抗战，抨击恶势力的诗词招惹权贵忌恨，丢掉"礼部郎中兼实录院检讨官"职权，罢归乡里期间，他恢复中原的热望丝毫也未减退。

嘉泰元年（1201），南宋王朝伪学之禁十分森严，与陆游交情甚笃的朋友中周必大、朱燕、叶适等人都被列在"伪学逆党得罪著籍"的名单上。（《宋史纪事本末》卷八十）这场斗争危及陆游的政治处境，次年，他"奉祠岁满，不复敢请"，生活陷入了窘困的状态。可是，我们在陆游这个时期的诗文和长短句中，仍然能听到时代的呼声："今天子神圣文武，承十二圣之传，方且拓定河洛，规恢燕赵，以卒高皇帝之武功。"看到以身许国志士的决心："当年万里觅封候，匹马戍梁州。关河梦断何处？尘暗旧貂裘。胡未灭，鬓先秋，泪空流。此生谁料，心在天山，身老沧州。"（《诉衷情》）词气踔厉，好似从胸中喷出，"使人读之，发扬矜奋，起瘘兴痹"[1]，表现了一位老当益壮的勇士奋勇求战，时不我待的心理。陆游抚时忧危，热爱祖国和人民的高贵品质令人起敬，他的摅写真性情、真抱负的爱国诗词，犹如高扬爱国精神的丰碑，使千秋万代的人民铭感不忘，成为振兴中华的一份宝贵的精神财富。

当然，我们还必须看到，陆游爱国主义思想和今天相比，存在很大差别。他"一身报国"是与"杀身报主"联系在一起的，这样的爱国主义打上了封建士子忠君的印记。另外，在称赞陆游为抗战事业追求"青史功名"的时候，也要警惕反映在他词中的庸俗的名利思想。

---

① 孔繁礼、齐治平：《古典文学研究资料汇编·陆游卷》，中华书局，1962年，第212页。

二

陆游的爱国词作比较集中、强烈地反映南宋社会本质，首先肯定它的思想意义是必要的。但陆词从多方面描写千汇万状的社会生活，其文学价值也应给予足够的重视。例如兄弟情谊、游子思乡、农村风物、官宦生涯，甚至少女倩姿、飞燕、鸣蝉，日常生活中激起的一点儿浪花，头脑里闪过的一丝感想，诗人都无不捕捉，熔为辞章。而其中数量最多、影响较大的，还是他的爱情词和反映退隐生活的闲适词。

爱情像一株美丽鲜艳的花朵，以它独有的形态体现着人类一种健康纯洁的感情，展示着每个历史阶段的社会生活。古往今来，有多少艺术家用自己的才华为它歌唱，陆游就是一位以词描写爱情的能工巧匠。放翁词里，约有五分之一是写爱情的，章章寄恨、语语道情，真挚生动，是诗人爱情生活的投影，对于揭露封建婚姻给青年带来的不幸是有典型意义的。他的《钗头凤》是一首人们熟知的爱情绝唱。南宋人陈鹄、刘克庄、周密都在词话里记载了它的本事。词中陆游根据自身婚姻悲剧的真实感受，揭露破坏他们美满爱情的恶势力："东风恶，欢情薄，一怀愁绪，几年离索，错、错、错。"封建礼教戕害了多少热烈幸福的爱情？葬送了多少男女的青春？让沉忧积郁折磨他们终身。"春如旧，人空瘦，泪痕红浥鲛绡透。桃花落，闲池阁，山盟虽在，锦书难托，莫、莫、莫。"读起来令人肝肠寸断、心骨裂痛！难怪陆游六十八岁之后每隔六七年时间就来沈园故地写诗吊念情人。嘉定元年（1208）春，诗人留下了生前最后一首爱情诗："沈家园里花如锦，半是当年识放翁。也信美人终作土，不堪幽梦太匆匆。"这是一首八十四岁老人用热泪谱写的恋歌。

沈家园是诗人六十年前与唐婉别离后又邂逅的地方，它距陆游居住的村庄有十多里路程，诗人生命快要结束的时候，还来到这里，追忆往事，缅怀故人。可见，纯真的爱情，在陆游看来，比似锦的花儿更美丽。它不会因为岁月的流逝而凋谢，也不会因为境遇的改变而冷落，诗人心中的唐婉是任何势力也分不开、夺不走的。《词林纪事·卷十一》引毛子晋语："放翁咏钗头凤一事，孝义兼挚，更有一种啼笑不敢之情，于笔墨之外，令人不能读竟。"陆游生活的时代，是封建专制十分残酷，封建思想相当强大的历史阶段。陆游把对封建礼教的愤恨辗托于诗词，通过抒情主人公形象控诉封建社会吃人的本质，表现自己纯洁的精神境界，这种反封建婚姻的社会意义，恰是卫道者们不敢正视的。

中国妇女在封建社会里要受着宗法思想和制度的束缚，她们被压在社会的底层，婚姻的悲剧和不幸，大都由她们做出重大牺牲。所以，那些持有人道主义精神的词人总是在歌颂忠贞不渝爱情的同时，对妇女的遭遇表示深切的同情。陆游在《朝中措·代谭德称作》里，描述了一位珍视自己爱情的少女，她身为歌伎，却以"托春醒"的理由拒绝逢迎无聊的男人。相反，对自己的情人倒是怀着一团火似的感情。一夫多妻制的婚姻，恩格斯把它称作"历史的奢侈品"，是"富人和显贵人物的特权"①，他们常常讨新弃旧，玩弄女性，丧尽天良。陆游的《解连环》以描写女子失恋的痛苦，批判男子的忘情悖理。"漫细字，书满芳笺，恨钗燕争鸣，总难凭托。"薄情的男子狠心地将她遗弃，一场爱恋非但没有给她带来幸福，反而把她拖进了孤独、凄苦的深渊。

可是，丧失了政治、经济地位的女子，永远是弱者。她们在负心的男子面前，常常饮恨吞声，寄希望于重圆。"刘郎已忘故约。奈重门静院，光景如昨。尽做它，别有留心，便不念当时，两意初着。"这痛苦的回忆，哀怨中流露着愤恨。即使这样，恋女仍想"京兆眉残，怎忍为新人梳掠，尽今生弃了为伊，任人道错"。受情的初衷在少女的心中植根是多么坚实！男子背约没有动摇她的信念，她准备为专一的爱情"尽今生"了。背约与守信，在同一词里，就像渭水泾流一样的分明。诗人强调的是爱情的忠贞笃实，就在恋女的形象里蕴蓄着批判力量，这是陆游爱情词耐人寻味的原因之一。"在每一社会中，妇女解放的程度，可

---

① 《马恩选集》第四卷，人民出版社，1958年，第56页。

作为一般解放之自然尺度。"①陆游的《风流子》反映了妇女对自由婚姻的追求，以及她们在封建制度压迫下屈辱的遭遇：

> 佳人多命薄，初心慕德耀嫁梁鸿。记绿窗睡起，静吟闲咏，句翻离合，格变玲珑。更乘兴，素纨留戏墨，纤玉抚孤桐。蟾滴夜寒，水浮微冻，凤笺春丽，花砑轻红。
>
> 人生谁能料，堪悲处身落柳陌花丛。空羡画堂鹦鹉，深闭金笼。向宝镜鸾钗，临妆常晚，绣茵牙版，催舞还慵。肠断市桥月笛，灯院霜钟。

词中的少女希望做东汉孟光那样具有高尚道德和人格的妻子。于是，她不辞艰辛、夜以继日、寒暑不辍，终于练就了一身出色的技艺。然而，冷酷的封建社会把她推进了火坑。少女的梦想化为云烟，伉俪深情的爱情生活，只能"空羡"而已。"临妆常晚""催舞还慵"，旧社会秦楼楚馆、歌台舞榭的背后，掩藏着广大妇女的恨海愁山，她们美妙的青春、贞洁的感情统统被封建制度这条毒蛇吞噬了，剩下的只有空虚和惆怅来摧残她们可怜的生命。《白雨斋词话·卷七》评论这词是"放翁伤其妻作也。词不必高，而情极哀怨"。陆词的作意还有待考辨，但有一点倒值得人们深思，陆游的恋歌所以写得情真意切，为苦难的妇女宣泄不平，一个重要原因，是他熟悉歌伎舞女的生活，尤其自己政治失意，对于她们的悲惨遭遇更有同病相怜之感。这样就能理解充溢在词中的哀怨之情，是诗人真实生活感受的自然流露。这比起婉约派某些词人同类题材的作品要深沉、真挚得多了。不妨以"花间集之冠"温庭筠的词为例来作比较。

> 金雀钗、红粉面，花里暂时相见。知我意、感君怜，此情须问天。

---

① 恩格斯：《反杜林论》，人民出版社，1956年，第283页。

香作穗、蜡成泪，还似两人心意。山枕腻、锦衾寒，觉来更漏残。

——《更漏子》

在温词中类似这样堆砌华艳辞藻来形容妇女容颜体态、服饰闺房的作品比比皆是，读者嗅到的只是粉馥脂芳，看见的唯有鬓光钗影，灵魂空虚的娇贵妇女形象，其主题意义根本无法跟陆游的爱情词相提并论。时代生活是文学创作的泉头，它一经流入有成就的作家手笔，便会结出丰硕的果实。"士行尘杂"的温庭筠一辈子沉沦下僚，民生国事，他并不热心。爱情词出自他的手里，往往是像一堆徒有艳色的纸花，时代越向前迈进，它的面孔也就越可憎。陆游曾尖锐地批评道："《花间集》皆唐末五代时人作。方斯时，天下岌岌，生民救死不暇，士大夫乃流宕如此，可叹也哉！"正是这种对社会对文学的基本态度才使陆游的爱情词，具有自己的特色和不同流俗的社会意义。

陆游曾离家从军戍边，也作过客居异乡的游子。他有过爱情的甜蜜生活，也经受了爱情悲痛的折磨。因之，从游子役夫角度来写的爱情词，意境也颇为真切。《临江仙·离果州作》《蝶恋花·离小益作》都是乾道八年（1172）春，陆游赴官南郑途中的有怀之作，"思致精妙，超出近世乐府"。（魏庆之《诗人玉屑》卷二十一引《中兴词话》）前首上片，先从暮春景色起笔，"鸠雨做成新绿，燕泥收尽残红"。接句"春光还与美人同"，一箭双雕。春光与美人互喻，词意过渡自然，不着痕迹。跟着"论心空眷眷，分袂却匆匆"二句，看似指诗人对春归的感想，实如写眷念亲人的情怀。下片："只道真情易写，那知怨句难工。水流云散各西东，半廊花院月，一帽柳桥风。"换头二句以诗人创作上的感受比喻当时的心境，反透出一个"眷"字。"水流"句总叙心生怨恨的理由，尾二句分说，一收一放，思牵情绕，充分表达了诗人在羁旅中眷怀妻子亲人的心情。

后首写作时间稍晚，小益（四川广元县）在果州北，诗人路上只身匹马，赶到这里已近寒食节，碰上"雨过园林，花气浮芳润"的景致，精神上平添些新鲜的感觉。但是，傍晚暮钟沉沉，"凭高望断"家中的信息，离愁别绪油然而生，"三十年间，无处无遗恨。天若有情终欲问，忍教霜点相思鬓"。逼真地刻画了游子怀人的精神状态。这时，陆游渐临前线，正如列夫·托尔斯泰说过："走前半段路程的人，通常想的是他所留下的东西；而走后半段路程的人，想的则是在前面等着他的东西。"①此刻，占据诗人心头的是"杀身有地初非惜，报国无时未免愁"（71页），他劳神焦虑的是未来如何建立功业。至于个人感伤情绪仅仅是淡淡的哀愁，好似一团轻雾转眼即逝。在陆游离开前线，匡复理想无由实现的情况下，其爱情词随之也变得凄切、悲伤了。往昔怀亲念远的轻哀淡愁被一把鼻涕、一捧泪的失恋揪痛所代替。如：

> 一身萍寄，酒徒云散，佳人天远。那更今年，瘴烟蛮雨，夜郎江畔。漫倚楼横笛，临窗看镜，时挥涕，惊流转。
>
> ——《水龙吟·荣南作》
>
> 忆盈盈倩笑，纤纤柔握，玉香花语，雪暖酥凝。念远愁肠，伤春病思，自怪平生殊未曾。君知否？渐香消蜀锦，泪渍吴绫。
>
> ——《沁园春》

同是一个人的恋歌，其情调差异如此。这就生动地告诉我们，恋爱观大抵受世界观的制约，情歌恋曲也是社会思潮的反映。陆游爱情词打上强烈身世之感，展现了人物性格和心灵的洁美，这是非常值得我们称道的。别林斯基说："任何伟大诗人之所以伟大，是因为他的痛苦和幸福的根子，生长自社会和历史的深处，因为他是社会、时代、人类的器官的代表。"（别林斯基《杰尔查文的作品·第一篇》）陆游的痛苦和幸福的根子生长在南宋社会和历史的深处，这是事实。说他是时代、人类

---

① 转引自娜·康·克鲁普斯卡娅：《列宁回忆录》，人民出版社，1960年，第35页。

的器官的代表，亦是当之无愧的。他的抗战词忧国伤时，与民族斗争风云相联系，气象彪炳；他的爱情词深扎在生活的沃土中，情意真挚，曲折传出人们的爱情理想和对封建制度的诅咒。无可讳言，封建时代的病菌也必然会侵袭陆游的思想，他的《乌夜啼》《真珠帘》《夜游宫》等词有些明显色情描写，宣扬了剥削阶级寻欢作乐的低级的生活趣味。尽管这种风气普遍存在于封建士大夫阶层里，婉约派的词人比他走得更远、更偏，我们也同样地要予以应有的批判。

三

在陆词中，论质量当首推爱国之作，论数量应属退隐期间的闲适词。所谓闲适词，在内容上已非白居易指的"独善之义"而情调上更是"思澹而词迂"（白居易《与元九书》）所不能概括的，我们姑且借"闲适"二字称呼一下这些思想比较复杂的辞章罢了。自淳熙十六年（1189）冬陆游被黜回乡，直到嘉定二年（1209）病逝为止，其间除了嘉泰二年（1202）奉诏入都参加修撰孝宗、光宗两朝《实录》和《三朝史》的工作，离家将近一年，余者都消磨在山阴的农村。他晚年生活到底是简单、清闲的。经历简单，并不等于说他的思想也变简单了。在封建社会里，做官是贤能志士实现经世济民理想的通途，投闲置散就意味着政治上失掉了生命。胸怀伟大抱负的陆游，主观愿望和客观现实尖锐地对立着，这种矛盾造成的痛苦蟠结在他的心中，于是借词宣泄自己沉郁的感情，表达不甘闲适又不得不闲适的复杂心情。如《一落索》："识破浮生虚妄，从人讥谤。此身恰似弄潮儿，曾过千重浪。且喜归来无恙，一壶春酿。雨蓑烟笠傍渔矶，应不是封侯相。"

三十来年的宦海波涛逐渐洗亮了陆游的眼睛，使他在主和派的讥诮、诽谤中，看清了官场的险恶、无聊。认为避开政治斗争的旋涡，泛舟江湖，过着醉翁渔隐的生活，倒也消遥自在。然而，这并不是他心甘情愿的，词的结句透露出他心底的激愤。"不是封侯相"，寓意深远，绝非诗人认定命运，自甘暴弃。他跟亲密朋友周必大讲"志士弗忘在沟毵，固当坚马革裹尸之心；薄福难与成功名，第恐有猨臂不侯之相"。《史记·李将军列传》："广为人长，猨臂，甚善射亦天性也"，与匈奴作战屡立军功，终不得封赏，因而曾发出"岂吾相不当侯邪"的感叹。陆游以李广自况，旁敲侧击权贵们嫉贤妒能的卑鄙嘴脸。辛弃疾也愤愤不平地说过："千古李将军，夺得胡儿马。李蔡为人在下中，却是封侯者。"（《全宋词》1946 页）无论志士还是英雄，在南宋社会中怀才不遇的命运总是相同的，他们被视为和议的绊脚石而遭到排挤。在《沁园春》中陆游明确指出了官场恶势力的猖獗："亲亲散落如云，又岂料，如今余此身。幸眼明身健，茶甘饭软，非惟我老，更有人贫。躲尽危机，消残壮志，短艇湖中闲采莼。吾何恨，有渔翁共醉，溪友为邻。"

政治迫害虽然可怖，使诗人深感自己在官场里的孤危处境。但是，一位爱国志士要想忘却民族的奇耻大辱，抛开民情国运不闻不问，那将是不可思议的。在陆游的闲适词中，有相当数量的作品，貌似放达悠闲，实则包含着不为世用的积郁不平。他的《醉落魄》在狂歌醉舞中抒发悲愤难抑的心情。《诉衷情》表现了诗人对壮岁抗战事业的怀念，对退出疆场的激怨。"时易失，志难成，鬓丝生。平章风月，弹压江山，别是功名。"遁世隐身，啸咏山水，是在无可奈何的境遇中寻求精神上的出路，可是这终究不能成就民族解放的大事业。他在《鹊桥仙》中写道：

> 华灯纵博，雕鞍驰射，谁记当年豪举？酒徒一一取封侯，独去作、江边渔父。
> 轻舟八尺，低篷三扇，占断蘋洲烟雨。镜湖元自属闲人，又何必、君恩赐与。

诗人回顾平生最感快意的从戎南郑的豪放生活，旨在宣泄仕途不遇的感慨。"酒徒封侯"，而唯独具有"诗情将略"的人，沉沦埋没在荒山野水之滨，这是多么不合理的现实！诗人将浓缩在胸中的一腔愤怒，直接冲着皇帝泼去。杨慎读这词时叹道："英气可掬，流落亦可惜矣！"

（杨慎《词品》卷五）还是颇有见地的，杨氏一语道破了表现在陆游思想里英雄志业与黑暗现实之间不可调和的矛盾。

由于生活环境的改变，诗人从"处处是危机"的污浊官场中游离出来，扑进了大自然的怀抱，家乡镜湖的烟雨，禹庙兰亭的古路，秀丽的山阴风光和许多名胜古迹给诗人的创作带来了新的活力，使他写出许多充满泥土气息和有美感教育作用的闲适词。这些词细致地描绘了田园渔村的优美景色，明净悦目。如《鹧鸪天》：

> 懒向青门学种瓜，只将渔钓送年华。双双新燕飞春岸，片片轻鸥落晚沙。
> 歌缥渺，橹呕哑。酒如清露鲊如花。逢人问道归何处，笑指船儿此是家。

读这样的小词，仿佛置身于渔村水乡之中，春燕展翅劈风，互相追逐，银鸥沐浴着晚照的余晖显得分外的洁白、轻盈。柔和的凉风时断时续传送着渔歌，咿咿呀呀的摇橹声吞没了细浪吻岸的低语，这是多迷人的景色啊！"半世向丹青看，喜如今身在画中"（《恋绣衾》）。诗人以船为家，泛舟渔钓，感到生活中充满了无限的欢乐。又如《乌夜啼》："素意幽栖物外，尘缘浪走天涯。归来犹幸身强健，随分作山家。　　已趁余寒泥酒，还乘小雨移花。柴门尽日无人到，一径傍溪斜。"恬静的山村，溪水曲流，年迈的老人冒着蒙蒙细雨移栽花木。寥寥数笔绘制了一幅生意盎然的农村生活小景，意境清新，情味深浓。这些词表现了诗人对乡土，对渔夫农家生活的爱恋感情。用词写农村景物，在宋代的文人中不但婉约派罕见，即使豪放派也仅是苏轼和辛弃疾成就较大，前者别开新风，后者踵事增华，而陆游贵有自家气象。

宋代文职官员的奉禄是优厚的，甚至在离职归乡期间还能以宫观使领取半薪。陆游晚年生活比普通农民要优裕得多，但和当时士大夫相较，便显得困窘了。他的闲适词和他的诗文一样，记载了自己亦农亦渔、采药植花等劳动情形："还山荷主恩，聊试扶犁手。新结小茅茨，恰占清江口。"(《生查子》)"潮生理棹，潮平系缆，潮落浩歌归去。"（《鹊桥仙》）这里没有辛弃疾"带湖新居"的大庄园，也没有范成大石湖别墅的"东南绝境"，可是诗人安于简朴生活的愉快心情却跃然纸上，表现了老人以俭为乐的美德。嘉泰三年（1203）辛弃疾知绍兴府，见到自己倾心相慕的朋友住在破旧不堪的草房中，觉得很不过意，主动提出为陆游"筑舍"，经婉言"辞之遂止"。显然，陆词真实地反映了这种退居林下的生活和思想。老人晚年还脚踏实地做些好事，与劳动人民保持深厚的情谊。"采药归来，独寻茅店沽新酿。暮烟千嶂，处处闻渔唱。醉弄扁舟，不怕粘天浪。江湖上，遮回疏放，作个闲人样。"这首《点绛唇》不知写于何年，但他八十多岁作过采药、行医的诗歌，叙述了走街窜户、医病施药的动人情景。对于社会，陆游一生时时刻刻都不肯"作闲人"。他的闲适词散发的浓厚泥土气味和乐观健康的情调，是与他深爱祖国的山山水水，热爱生活、关心人民有着不可分割的联系，这部分作品的积极思想意义是不应忽视的。

"世路方未夷，机穽宁有极"，南宋统治集团的政海暗潮，庆元党禁的冷风阴雨，在诗人平静的退隐生活中搅起了阵阵黑浪，政治迫害对他几乎从来没有停止过。在黑暗势力的重压下，无穷的忧患使他变得狂放不羁了。因而在他的闲适词里渗透出消极遁世的没落情绪，以及顺时任天、人生虚幻的思想。"插脚红尘已是颠，更求平地上青天……三山老子真堪笑，见事迟来四十年。"（《鹧鸪天》）"仕至千钟良易，年过七十常稀。眼底荣华元是梦，身后声名不自知。"（《破阵子》）产生陆游这种消极思想的因素是比较复杂的，理想受挫，力图依靠佛老思想摆脱现实的痛苦，是社会根源。封建士子脱离人民群众，在政治斗争失利的情势下，又不能从人民群众中汲取勇气和力量来战胜个人的痛苦，则是阶级原因。从他的高祖陆轸起，几辈人都奉行道家服食、求仙等一套法术，家庭影响在陆游身上亦有表现。他有八首词宣扬了道家有关金丹、长生，遇举飞升的唯心论谬说，是他麻醉自己精神的产品。刘师培的"剑南之词"是"道家之词"的说法是对陆游词的歪曲（刘师培《论文杂记》），爱国主义和人道主义才是构成陆游词的思想基础。论道求仙只是诗人道家思想在少数词中的反映，绝非主流。我们应采取科学分析批判的态度，不能以偏概全，否定陆游词重大思想成就。

四

从现存资料看，陆游词不仅在南宋雅俗共赏，有大家之誉，而且明清两代词学研究者也大都发表过意见，给予过不同程度的肯定。然而，清末常州词派的某些人，一反前人的定评，极力贬低陆词。此派开山祖张惠言兄弟编辑的《词选》，号称"今古善本"（《白雨斋词话》卷八），却将陆词摈弃在外，一首不录。阐发此派理论的《白雨斋词话》断然否定陆词的艺术成果："放翁词，亦为当时所推重，几欲与稼轩颉颃。然粗而不精，枝而不理，去稼轩甚远。大抵稼轩一体，后人不易学步，无稼轩才力，无稼轩胸襟，又不处稼轩境地，欲于粗莽中见沈郁，其可得乎！"（《白雨斋词话》卷一）陈廷焯用辛词为准绳衡量陆游的作品，而辛词在他的眼里也不过是"才气虽雄，不免粗鲁"，可见在陈氏心目中陆词地位该低到何等程度。原来，常州词派检验词的优劣，崇尚比兴寄托，表情蕴藉，有时竟无视作品思想内容的实际，附会说词。从他们的艺术观点出发，似乎陆词的艺术性就没有可取之处。现在，我们从具体作品分析，寻求一下陆词的艺术表现手段是否像陈氏批评的那样，模仿他人、又粗又散，而没有在自己的作品上烙下独创性的印记呢。

继承与创新，在文学史上是一个带有普遍规律性的问题，就是巨擘泰斗也不能一脚踢开前人的东西，而戛戛独造。那么，陆词艺术技巧的继承与革新究竟表现在哪里？

（一）保持婉约派抒情手法，于雄放中见曲折

词坛分婉约、豪放两派由来已久。就词的表情而言，前者绸缪婉转、蕴藉缠绵，后者奔腾驰骛、豪宕雄快。陆游却是豪放派队伍中善于运用婉约派抒情方法的高手，在他的词里，我们会明显地感到，无论是爱国激情，还是生活中的忧乐，以至在困境面前的思想起伏、感情的沸腾，都能委婉吐出、曲折尽致，形成饱满多姿的抒情主人公的形象，它

如磁铁般吸引着、感染着欣赏者。如《鹊桥仙·夜闻杜鹃》：

> 茅檐人静，蓬窗灯暗，春晚连江风雨。林莺巢燕总无声，但月夜常啼杜宇。
>
> 催成清泪，惊残孤梦，又拣深枝飞去。故山犹自不堪听，况半世飘然羁旅。

"艺术就是感情。"（《罗丹艺术论》）这首词蕴含的深挚悲郁之情，使它成为脍炙人口的名篇。全词经过三次迂回转折，由景及事，由事而情，让诗人的身世之感一宕一折地从胸臆中流出。开头，一幅阴郁的画面：暮春暗夜，风雨如磐，一幢草房孤守江边，阒无声息的小屋里透出了一丝昏黄的灯光。这是诗人现实生活感受的折射，它揭示了抒情主人公悲凉的感情色彩，构成了词的第一层意思。雨过天晴，云破月来，夜空中传来杜宇声声凄厉的鸣叫，惊破了诗人的孤梦，无限的悲苦向心头袭来，清泪夺眶而出，诗人完全陷入忧戚之中，这是第二层意思。词的抒情至此深化了，由前面用景语托情，发展为抒情主人公直接叙事吐情了，这里的情不再是一般的愁绪，而是政治上孤独和寂寞造成的怆痛。最后，诗人把政治的冷落感和去国离乡的慨叹紧密结合在一起，借鹃啼而发，寓悲愤于缠绵，寄托遥深，使人倍觉词的感情沉郁，形象生动饱满。

依照常州词派的主张："词贵寄托，所谓贵者流露于不自知，触发于弗克自己。身世之感通于性灵，即性灵，即寄托，非二物相比附也。"（况周颐《蕙风词话》卷五）陆游这首词抒写由杜宇叫声触动的身世之感，徘徊婉转、自然成文，这种寄托之词不正是常派所赞誉的吗？然而陈廷焯固守"温柔敦厚"的儒家诗教，把感情热烈、充满怨愤的陆词视为粗鄙，从而也就武断地否定了陆词抒情手法的真实特点。《汉宫春·初自南郑来成都作》在抒情上亦有其代表性。上片纵笔直书、骏快奔放，极写南郑雄伟豪迈的戎马生活，在恢宏广阔的背景上塑造一位丰彩动人的儒雅将领的形象。下片突然转折，详写来成都以后的生活和精神状态:"何事又作南来?看重阳药市,元夕灯山。花时万人乐处,欹帽垂鞭。闻歌感旧,尚时时流涕樽前。"这里振奋的情绪一落千丈,大有英雄失路,悲慨凄凉之感,恰与上片形成抑扬分明的层次。词的煞尾处另作推宕,诗人情绪再次激扬,提出了本词的主旨:"君记取,封侯事在,功名不信由天。"经过几次层折顿挫便将诗人政治上遭到打击之后,产生的复杂思想感情无遗地表露出来。像这样雄放中见曲折,挥洒淋漓而又婉转致情的词篇,还有《夜游宫·记梦寄师伯浑》《绣停针》《鹊桥仙·华灯纵博》《谢池春·壮岁从戎》等不少的篇目,它们表现了陆词的抒情特色,这在陆游之前的豪放派词人作品里是难以找到的。

雄文大手的苏轼,关于他的词风素有关西大汉操铜琵铁板唱"大江东去"之喻。《念奴娇·赤壁怀古》是他的一篇迥乎前人又见颂于来者的代表作,诗人先用同样的色调绘景写人,构成一幅雄浑壮丽的画面,流露出热爱生活、向往功名的心情。然后轻轻一折,针对自己沦落失意的遭际,发出了"人间如梦"的感喟。诗人入世与出世两种矛盾思想,只经过一次转折便清楚地交代出来了。而且词中的消极悲观情绪已被追求理想的澎湃热情和达观的人生态度所掩盖,通首诗人的感情仍如东流的大江,一泻千里。而陆词的那种回环曲进的抒情方式与此大不相同。

再拿张孝祥和韩元吉两家词来比较对照。张比陆小七岁,但蜚声词坛的年代当略早于陆。[1]他的十来首表达爱国激情的词章几乎都是用长调写成的,景物描绘在每一篇中占有很大的比重,旁衬侧烘,驰骋慷慨激壮之情。《水调歌头·闻采石战胜》是诗人在绍兴三十一年(1161)冬听到宋军大破金兵于采石矶的捷讯,喜不能禁,于是,把当时兴奋的心情和乘胜杀敌报国的愿望,一气贯注在词中。这里的抒情和他的《六州歌头》"长淮望断"、《水调歌头·凯歌上刘恭父》一样,"寓以诗人句法"(毛晋《于湖词跋》),"如骏马蓦坡,可以一往称快",[2]

---

[1] 据《宣城张氏信谱传》载张孝祥生于1132年、卒于1169年。陆游现存词作于其间者,只有寥寥几篇,由此推断张声著词坛当早于陆。

[2] 唐圭璋:《词话丛编·古今词论》,中华书局,1986年,第609页。

不似陆词长篇曲折三致意的写法，倒很像苏轼词横放杰出的作风。

韩元吉也是一位在当时享有声誉的词人，黄升说他"文献、政事、文学，为一代冠冕"。（《花庵词选》）在爱国主义思想基础上他与陆游、辛弃疾结成了深厚的情谊，互有酬答之词，共勉志业。韩词健美丰腴，言情比较明快。乾道六年（1170），韩、陆同游镇江金山，均有词相赠，从中可以大体上看出各自抒怀的手法。陆作《赤壁词·招韩无咎游金山》："禁门钟晓，忆君来朝路，初翔鸾鹄。两府中台推独步，行对金莲宫烛。蹙绣华鞯，仙葩宝带，看即飞腾速。人生难料，一樽此地相属。 回首紫陌青门，西湖闲院，锁千梢修竹。素壁栖鸦应好在，残梦不堪重续。岁月惊心，功名看镜，短鬓无多绿。一欢休惜，与君同醉浮玉。"开始直写友人精明强干、声动宫禁，暗寓自己初任朝官便露头角的事实。歇拍处突然一折，发出仕路坎坷之叹。换头跃起，逆接词首，继续追怀往事，直至"残梦"句戛然而止。以下再折，上承前阕结句，志士不平的愤怨由肺腑中自然流出，感情沉着，实为一篇之主脑。末尾愁云逸去，作达观语以自解。这就是陆词婉转吐真情的说明。韩的答词是《念奴娇·次陆务观见贻念奴娇韵》："湖山泥影，弄晴丝、目送天涯鸿鹄。春水移船花似雾，醉里题诗刻烛。离别经年，相逢犹健，底恨光阴速。壮怀浑在，浩然起舞相属。 长记入洛声名，风流觞泳，有兰亭修竹。绝唱人间知不知，零落金貂谁续。北固烟钟，西州雪岸，且共杯中绿。紫台青琐，看君归上群玉。"从时间脉络单纯分析两词的结构，都起笔于回忆，收结于现实，最末提出自己的愿望，如出一辙。但韩词中诗人的情绪一直被两人的友谊所激动，不论追记以往的关系，还是倾述眼前的嘱托和鼓励，始终是兴奋的。显然，韩词的抒情方法也不同陆词那样起伏变化、流转回环。

总之，在豪放派歌手中陆游保持婉约词人的传统抒情手段是突出的。魏庆之在评陆的《月照梨花》"霁景风软"一词时指出："此篇杂之唐人《花间集》中，虽具眼未知乌之雌雄也。"（魏庆之《诗人玉屑》卷二十一）谭献认为放翁词"秾纤得中，精粹不少，南宋善学少游者惟陆"。①前人的这些看法，透露了陆游继承婉约派抒情技巧的信息。不过，他们只是从陆的爱情、咏物词的方面立论的，而忽视了抗战爱国词与闲适词也具有这种特点。它们所不同的是，前者寓婉转于倩丽，后者在豪放中见曲折。

对于韵文的抒情来说，词优越于诗，它的参差灵活的句式、独特的平仄韵律，使它有着丰富的节奏感和音乐美，宜于表达比较深长细腻的感情，所谓"诗情不似曲情多"。（杨慎《词品》卷二）形成陆词抒情特点的原因除了发挥词的这种抒情功能而外，还和作者充分地调动艺术手腕有着直接关系。首先看一看陆词表现的丰富想象力，如《蝶恋花》：

> 水漾萍根风卷絮。倩笑娇颦，忍记逢迎处。只有梦魂能再遇，堪嗟梦不由人做。
> 梦若由人何处去。短帽轻衫，夜夜眉州路。不忘银缸深绣户，只愁风断青衣渡。

这是一首写男女恋情的词。以倒叙开端，工笔刻画当年两人情相依恋的场景。在这细节描写中，表现了抒情主人公的眷念之情。接着一转，嗟叹时过境迁、好景不长，似乎对过去的一切都绝望了，从怅恨中衬出恋情的浓挚。下片围绕着诗人的想象，以灵活的笔墨，绝处逢生，逐步把抒情主人公形象丰满起来。诗人懂得，现实生活中不可挽回的失恋，只能在梦境中得到补偿。所以，这梦就特别值得珍视、追求。出人意料的是，在描述恋人的梦想之后，又生出新的枝节，连同美梦一道都被打破了。词收笔掀起的波澜，造成通首一意三折的变幻，婉转相生，饶有情味。"真正的创造就是艺术想象的活动"（别林斯基语），陆游以丰富的想象力开拓了词的意境，旁见侧出，"一步一态，一态一变"，（王又华《古今词论》）展现出一幅幅图画，有助于婉妙抒情。

---

① 唐圭璋：《词话丛编·复堂词话》，中华书局，1986年，第3994页。

例如他的一首咏梅抒怀词《朝中措·梅》，一开始就大胆地把梅比作一位俏丽、幽独的少女，在描写她悲惨命运的笔墨中揭示了她的孤傲不群、芳洁自爱的性格。接着诗人加进自身的经历，创造出以梅喻人、喻己的浑含意境："幽姿不入少年场，无语只凄凉。一个飘零身世，十分冷淡心肠。江头月底，新诗旧梦，孤恨清香。任是春风不管，也曾先识东皇。"诗人词笔巧在没有停留于一般的比附上面，去感叹自己"孤恨清香"的操守，而是匠心独运，收尾一语双关，既写人、又指花，蕴藉隽永、余味无穷。在《南乡子》中，诗人描写了淳熙五年（1178），在成都奉诏还临安前的矛盾心情："归梦寄吴樯，水驿江程去路长。想见芳洲初系缆，斜阳。烟树参差认武昌。　　愁鬓点新霜，曾是朝衣染御香。重到故乡交旧少，凄凉。却恐他乡胜故乡。"上片诗人全凭想象，以虚笔记梦，设计进京的航程，流露出发前急不可待的思想情绪。下片翻转新意，实写临行怅惘的愁苦。这时诗人入川宦游已经八年了，事业上仍然没有多大的建树，自己在朝中的老朋友，大都地位发生了变化。因而一方面盼望返回久离的乡国，另一方面由于自己的功名事业无成而无限感慨。诗人借助想象，严谨而曲折地把他的复杂感情倾吐出来。

梦境是陆游驰骋艺术想象的"用武之地"，这已成文学史上众所周知的佳话。但梦却概括不了陆游在词中表现的丰富想象。他一会儿骑鲸遨游，腾云跃渊，一会儿走进民族的历史，吊古伤怀，诗人的心灵几乎一直在飞翔。眼前的景物最易引动他的遐想，山顶的松柏能留他做客，扇面的小景会"自生风凉"，双燕逗他想到情侣，征鸿又刺激游子的乡国之思。那足以引起抗战救国联想的事物，更是一触即发，浮想连翩。如此奇思联想，真到了"精骛八极，心游万仞"（陆机《文赋》）的地步。在词中诗人的感情也随着纷至沓来的艺术想象境界，尽情披露，从而呈现出了曲折多变、摇曳多姿的面貌。

其次，比兴手法的运用，也是形成陆词抒情特点的一个重要原因。按宋人的说法。"索物以托情，谓之比，情附物者也；触物以起情，谓之兴，物动情者也。"（《斐然集》卷十八）比兴离不开情，情也需要比兴来表现它。陆游常常把自己的思想感情融会在词的形象里，寄意言外，深婉传情，收到了耐人咀味的艺术效果。他的以比兴体写的三首咏梅词，生动地体现了这一点。《卜算子·咏梅》在歌颂梅花"零落成泥碾作尘，只有香如故"之中，表现自己的高风亮节。《朝中措·梅》用梅花的形象自慨身世，《满江红·夔州催王伯礼侍御寻梅之集》是以楚山巴水间的梅花自喻，托情于物，吐露自己的心事：

> 疏蕊幽香，禁不过晚寒愁绝。那更是巴东江上，楚山千叠。敧帽闲寻西瀼路，犨鞭笑向南枝说。恐使君归去上銮坡，孤风月。
>
> 清镜里，悲华发。山驿外，溪桥侧。凄然回首处，凤凰城阙。憔悴如今谁领略，飘零已是无颜色。问行厨何日唤宾僚，犹堪折。

"疏蕊幽香"的梅花，长得娇艳，品格高雅，不幸"山颠水涯"包围了她，"晚寒愁绝"困扰着她。诗人同情梅花，意在自怜自惜，抒发"流落天涯之叹"（2457页）。"人有不可已之情，而不可直陈于笔舌，又不能已于言。感物而动则为兴，托物而陈则为比，是作者固已酝酿而成之者也。"（《围炉诗话》卷一）陆游写这首词的时候身任夔州通判，其间，他觉得自己处远州、类闲官，无法为国家做一番事业。但又不甘自弃，希望得到进取的机会："问行厨何日唤宾僚，犹堪折。"诗人通过梅花的形象，把自己的忧郁和热望一古脑儿表露出来。

闺情宫怨是诗歌的传统题材，用香草美人作比兴，屈原的《离骚》就是成功的典范。但在词中用男女之情表达忧国之思的作品，常州派曾胡乱吹捧温、冯之词属于这类的典范。其实，陆游之前并不多见，辛弃疾这方面的力作，也稍晚于陆词，因此说陆游对后人有开启之功。如在《清商怨》中，假托男女爱情的破裂，抒发由于政治变幻引起的愤怨和痛苦的心情。词的抒情主人公，在初冬乍雪的寒夜，茕独一人，投宿山驿，村醪入肠，燃起他心头的悲伤："鸳机新寄断锦，叹往事不堪重省，梦破南楼，绿云堆一枕。"恩爱一时的幸福生活彻底破裂了，在这严酷的打击下，他感到黯然神伤，遗恨无穷。朱彝尊说："诗所难言者，委曲倚之于声，其词愈微，而其旨益远。善言词者，假闺房儿子之言，通于《离骚》、变《雅》之义。"（《曝书亭全集》中的《〈红盐词〉序》）乾道八年（1172）秋，四川宣抚使司军事反攻的决策，因皇帝的食言，王炎幕府的解散而破产了。政治上的这次变动给恢复事业带来巨大损失，陆游感到痛心疾首。他从南郑前线撤下来，在去往成都的路上，不断用诗词来发泄苦闷情绪，这首词以比兴方法就更显得用意曲折。后来，诗人又以妃嫔的口吻创作了一首《夜游宫·宫词》。据《宋史·宰辅表》载："乾道九年正月己丑，王炎罢枢密使，以观文殿学士提举临安府洞霄宫。"四年前，王炎出任宣抚使时，秉承孝宗皇帝的旨意，于川陕之地准备北伐，曾几何时，竟被束之高阁了。陆游对孝宗的反复无常特别气愤，于是他以塑造失宠的妃嫔形象发泄自己的不满情绪。

独夜寒侵翠被，奈幽梦不成还起。欲写新愁泪溅纸。忆承恩，叹余生，今至此。

簌簌灯花坠，问此际报人何事。咫尺长门过万里。恨君心，似危栏，难久倚。

词首的"独"字便指出了妃嫔的厄运，她已经被打进冷宫了。现实生活中丧失了爱情，一切不幸都落到她的头上：求梦不成，痛苦无由解脱；纾忧无法动笔，泪水溅纸；她思前想后，叹惋不尽。作者笔墨层层脱换，把妃嫔的悲伤酣畅淋漓地描绘出来。下片"簌簌"二句一转，以反问句式强调了她不可改变的悲惨命运。收结三句再转，将妃嫔的悲极生怨，怨极带恨，于通篇刻画深细，隐微曲折，妃嫔的感情极尽错综复杂变化之妙。借此，形象地表现了抗战派壮志难酬的激怨。

"诗要用形象思维，不能如散文那样直说。"陆游巧于比兴，能于词中以形象委婉致情，"一转一深，一深一妙，此骚人三昧，倚声家得之，便自超出常境。"（刘熙载《词概》）"骚人三昧"并非玄妙难解，陆游在《九月一日夜读诗稿有感走笔作歌》里，阐明了这个问题，认为生活实践是它的温床。可见，比兴的运用，抒情的曲折生动，决不是诗人故意作态，单纯玩弄艺术技巧。这里固然要汲取前人的艺术营养，更重要的是取决于作者思想感情，以及对社会生活的理解。陆游说："夫文章，小技耳，然与至道同一关捩；惟天下有道者，乃能尽文章之妙。"所谓"道"，就是作者的思想修养，认识客观世界的能力。毛泽东同志指出："文章是客观事物的反映，而事物是曲折复杂的。"[1]诗人如果能够真实地抒写在现实生活中的思想变化和复杂心情，那么他的抒情必然是委婉深致、曲折感人的。杜甫的诗为我们提供了说明问题的佐证。陆游认为："少陵天下士也，早遇明皇、肃宗，官爵虽不尊显而见知实深，盖尝慨烈以稷、契自许。及落魄巴蜀，感叹昭烈、诸葛丞相之事，屡见于诗，顿挫悲壮，反复动人，其规模志意岂小哉。"杜诗沉郁悲壮的感情、顿挫跌宕的格调，出自他爱国忧民之心与卓异的才华，二者缺一不可。陆词的抒情技巧和他的文学主张是多么合拍啊！真实的感情是具有感染力的，刻意追求曲折的无病呻吟，只能令人生厌。陆游运用想象和比兴等艺术手法，以丰满多彩的形象，寄寓自己的爱国热情、身世感慨，使自己复杂而浓重的感情在词中再现出来，这种抒情技巧是富于生命力的。

（二）增加词的议论成分，朝着"以文为词"的方向迈步

词是抒情诗，"情文节奏并皆有余于诗"。（《蕙风词话》卷一）也就是说词的表情胜于诗，而且亦有言志的功能。陆游"遭时之艰，其忠君爱国之心，愤郁不平之气，恢复宇宙之念，往往发之于声诗"。[2]在复杂的生活斗争中，诗人满腔浓烈的感情，常常无法阻遏，直从胸中奔腾涌出，形成了有大量议论成分的抒怀之作。所以，议论即是直抒胸臆。

---

[1]《毛泽东选集》一卷本，人民出版社，1966年，第801页。

[2] 孔繁礼、齐治平：《古典文学研究资料汇编·陆游卷》，中华书局，1962年，第128页。

从这些词里可以看到，陆游并没有在苏轼"以诗为词"的道路上裹足不前，而是朝着辛弃疾"以文为词"的散文化方向迈进。

他的抗战词《谢池春》"壮岁从戎"、《夜游宫·记梦寄师伯浑》、《蝶恋花》"桐叶晨飘"、《桃源忆故人·题华山图》等几乎大段、整片地议论，其他题材的篇章也不乏通首以议论为主干的例子。如《鹧鸪天》"家住苍烟落照间"，开头一笔总括了隐居生活的特点，然后纵笔直书，大谈世外桃源的乐趣。收尾点题，诗人的满腔愤怨在议论中倾箱倒箧，一气泄出。他的抒怀词《真珠帘》，以"感"字为中心，挥毫泼墨，逐层议论。先由风絮联想到自己宦游颠沛的生活，进而激叹自己仕途不遇。随之归结到"自古儒冠多误"上面，大发牢骚，后悔不早些退出官场，泛舟江湖，满纸怨言，表达对统治集团的不满。这里的议论是诗人阐述对生活的感受、政治态度，绝不是直言浅语的叫嚣。

这种满怀激情地对问题发表看法，可以凸显词的思想性，增加词的感染力。如淳熙二年（1175）正月，诗人在离开荣州前所赋的《沁园春·三荣横溪阁小宴》一词，是他在失意郁愤、心事重重的情况下凭栏眺望的感想。诗人登上阁楼，放眼河山，冬逝春来、万物更新，引出他无限的慨叹。岁月的流逝，政事的变幻，而人生有期，抱负空怀，诗人更觉知己难逢，无可告诉，于是说出了这些话："当时岂料如今，漫一事无成霜鬓侵。看故人强半，沙堤黄阁，鱼悬带玉，貂映蝉金。许国虽坚，朝天无路，万里凄凉谁寄音。东风里，有灞桥烟柳，知我归心。"从词的议论中我们能够看到在封建社会里一切正直的、富有才能而倍受压抑的爱国志士的苦闷和追求。"许国虽坚，朝天无路！"这样震撼人心的呐喊，据我所知在陆游以前的词里是难以觅见的，而在其后却每每出现，这就不能否认陆词对后人的影响。诗人写给同族兄长的一首《渔家傲·寄仲高》，其议论也几成全词的骨干。

> 东望山阴何处是，往来一万三千里。写得家书空满纸，流清泪。书回已是明年事，寄语红桥桥下水，扁舟何日寻兄弟。行遍天涯真老矣，愁无寐。鬓丝几缕茶烟里。

词以散文句法开端，自问自答，朴爽直率。下面就游子的家信叙谈，笔留神往，语语有情。"行遍"句虚字落尾，洒脱自然，不受拘束。陆游晚年许多词一题一议，俊爽清圆，别具风调。如《好事近》"岁晚喜东归"、《乌夜啼》"素意幽栖物外"、《一落索》"识破浮生虚妄"等，不管是感时论事、叙友道情，还是说愁谈怨、直抒襟抱，陆游都能以饱含感情的议论手法出之，警策而生动。

文学作品是凭借形象概括生活、抒情言志的。议论这种表达手段是指作者对某个问题阐明自己的观点和态度。但诗词中的议论已不是抽象的概念和推理，而是以形象的方法传达出来的。陆词议论成功之处，主要表现在议论与艺术形象紧密结合，也就是借助形象来发议论、讲道理，这样的议论不同于论文的说理，它不会破坏词的形象，反而能深化形象的意义，加浓词的味道，启发读者的联想，为词的表现方法增添了新鲜血液。如《醉落魄》后阕："空花昨梦休寻觅，云台麟阁俱陈迹。元来只有闲难得。青史功名，天却无心惜。"这是诗人对政治上遭到打击而产生的愤然不平的态度，词中议论与形象水乳交融，不可分割。诗人用"空花""昨梦""云台麟阁""青史功名"、老天心肠等具体形象来阐明功名非人力所为，不要孜孜追求的思想。当然这是一种牢骚，并非陆游的真实思想。

在《感皇恩》"小阁倚秋空"里，诗人表白了自己要退出官场、隐居乡里的道理，而用了"壮心空万里"说明政治上孤立无援，抗金复国主张惨遭压抑。以官府和官阶仪式的具体可感的东西代表功名，以石帆山、菱角地意指家乡。正是通过形象议论，从而把要阐述的道理给读者打下鲜明的印记。又如"老来驹隙骎骎度，算只合狂歌醉舞……谁为倩柳条系住？且莫遣城笳催去。残红转眼无寻处，尽属蜂房燕户"（《杏花天》）。词里的一系列形象证明了时光易失，无计留驻。以物象说理，在陆词中随处可以碰到。"一弹指顷浮生过，堕甑元知当破"（《桃源忆故人》其三），用瓦盆摔落地上会破碎来说明人生虚妄。"鹦鹉杯深君莫诉，他时相遇知何处"（《蝶恋花》），连饮酒陆游都没有忘记用形象说话，这和李白的"岑夫子，丹丘生，将进酒，杯莫停"是有区别的。

形象是有形有貌、看得见、摸得到的，陆词中的议论有的通过具体事物，有的凭借生活场景得出某种观点。如《鹧鸪天·葭萌驿作》由"慵服气、懒烧丹。不妨青鬓戏人间"的事实，提出了"顽"能永葆青春的见解。《好事近》"平旦出秦关"，"汉家宫殿劫灰中，春草几回绿。君看变迁如许，况纷纷荣辱"，从兴衰更替的历史和自然现象，概括出个人的荣辱得失不足挂齿的道理。有时，诗人先提出自己某种看法，再用生活里的细节进行论证。如《乌夜啼》："世事从来惯见，吾生更欲何之。镜湖西畔秋千顷，鸥鹭共忘机。一枕蘋风午醉，二升菰米晨炊。故人莫讶音书绝，钓侣是新知。"劈头亮出自己政治态度，既有摆脱官场羁绊的爽朗心情，又有随遇而安的思想。接着从不同生活断面证实了自己的观点，词中虽间带写景、叙事，但总体上看，仍以议论为中心，而把各种表现手法有机地统一起来。应该指出，陆游晚年宣扬顺时任天思想的说教词，确有意思重复、形式呆板雷同之弊。然而，不能以此否定陆词运用议论的成果。

本来，议论在诗歌中早已成为重要的表现方法。沈德潜说过："人谓诗主性情，不主议论，似也，而亦不尽然。试思二雅中，何处无议论？杜老古诗中，《奉先咏怀》《北征》《八哀》诸作，近体中《蜀相》《咏怀》《诸葛》诸作，纯乎议论。"（《说诗晬语》卷下六十）苏轼矫革"词为艳科"之弊，以诗为词。因而，在扩大词的题材内容的同时，也把诗的表现手法带进词的创作里，形成所谓"以议论入词"的说法。豪放派词人又继承了苏词的传统，而陆游从中推波助澜，促进了豪放派以议论入词和词的散文化这一特征的发展。正如王文简在《倚声集序》里说的那样："诗余者，古诗之苗裔也。语其正则南唐二主为之祖，至漱玉、淮海而极盛，高、史其嗣响也。语其变则眉山导其源，至稼轩、放翁而尽变，陈、刘其余波也。"接着他指出有诗人之词，文人词和词人词，还"有英雄之词，苏、陆、辛、刘是也，至是，声音之道乃臻极致，而诗之为功，虽百变而不穷"。①

由此观之，陆词中议论的运用是出于英雄志士表达情怀所必需。而且议论在陆游手里出笔求新，富于变化之妙。譬如他不仅把叙事说理结合得非常自由，有时还把整首词写得像记叙文一样。这也是词的散文化的一种标志。《蓦山溪·游三荣龙洞》词的开头交代了时间、地点、游览前的心情，然后按时间发展的脉络记叙了游览的全部过程，有头有尾，堪称一篇小游记。其次，陆词也常常借景喻理，深化主题，或以景言情，融情入理，把写景、议论和抒情熔为一炉。《青玉案》是诗人刚出任宁德县主簿时写的一首景中含情、借景议论的词："西风挟雨声翻浪，恰洗尽黄茅瘴。老惯人间齐得丧。千岩高卧，五洲归棹，替却凌烟像。　　故人小驻平戎帐，白羽腰间气何壮。我老渔樵君将相。小槽红酒，晚香丹荔，记取蛮江上。"经过世间风雨的人，才容易产生荣辱得失无所动心的思想。词中第三句作者阐述的观点，不能说与开头景物描述没有内在联系。而下面，诗人关于仕途前程，及同僚友谊问题发表的看法，都是结合景物开展议论的，并且以虚实两种手段写景，积极发挥景理相融的艺术效果。又如像《豆叶黄》这样的短章，诗人也兼施三种手法。"一春常是雨和风，风雨晴时春已空。谁惜泥沙万点红。恨难穷，恰似衰翁一世中"。身世之感寓于景物之中，接之议论、抒情齐到，在感叹个人不幸的同时，道出了封建社会世路艰危的人生哲理。情、景、理三者结合，与用景语写情，似相仿而实不相同。后者只是由景托情或寓情于景，构成情景交融的特点，而不涉理趣。如陆游的《极相思》："江头疏雨轻烟。寒食落花天。翻红坠素，残霞暗锦，一段凄然。惆怅东君堪恨处，也不念、冷落尊前。那堪更看，漫空相趁，柳絮榆钱。"

诗人忧郁的情绪一泄于暮春景色的描绘中，这里不是借景说理，而是以景抒情。由于陆游能用常见景物表达深微的感情和生活哲理，因

---

① 唐圭璋编：《蕙风词话续编》卷一，《词话丛编》，中华书局，1986年，第4545页。

而，词中景物因情理而获生气，情理以景物更富意味。言近旨远，画外有音，使词和诗具有同样的抒情言志的功能。形象是文学的灵魂。陆游依照文学的特性，驱遣赋的艺术力量，结合叙事写景进行议论，用议论、抒情加深形象的意义，一笔两枝，触处生辉。陆词的抒情、议论等手法，宛若山间的溪径，时陡时缓，回环曲折，这恰好适宜展示诗人既豪爽奔放又深沉细腻的复杂感情，形成了陆词风格的多样性。

（三）语言显功力

陆游词的语言和他的诗一样，犹如初秋天穹里的颗颗星斗，给人以自然、清新、雅洁、明快的感觉。诗词是语言的艺术。陆游不少诗论都提及了文学语言的问题。"大抵诗欲工，而工亦非诗之极也。锻炼之久，乃失本指，斫削太甚，反伤正气。"很明显，他提倡诗词的语言要在自然中见工巧，在锤炼后显平易，经过苦心加工而不留斧凿痕迹，成为洗练、晓畅的文字。要达到这种程度，必须长期积学苦攻，一丝不苟才行。清人赵翼就看到了这个问题："以其平易近人，疑其少练。抑知所谓练者，不在乎句险语曲，惊人耳目，而在乎言简意深，一语胜人千百，此真练也，放翁功夫精到，出语自然老洁；他人数言不能了者，只用一二语了之，此其练在句前，不在句下，观者并不见其练之迹，真练之至也。"（《瓯北诗话》卷六）陆游早年学诗从江西派入手，"自童子时"就热心阅读吕本中的诗文，并汲取精髓。青年时代又拜曾几为师，"忆在茶山听说诗，亲从夜半得玄机"，呕心沥血，学得了江西派遣词造句、音律、对仗、使事等一整套诗歌创作技巧，并在自己词中施展了这些本领，使他词的语言具有锤炼之功。周密说，陆游出蜀后每怀旧游，多见之赋咏，如云："'裘马清狂锦江滨，最繁华地作闲人。金壶投箭消长日，翠袖传杯领好春。幽鸟语随歌处拍，落花铺作舞时茵。悠然自适君知否，身与浮名何重亲。'又以诗隐括作《风入松》'十年裘马锦江滨，酒隐红尘，黄金选胜莺花海，倚疏狂驱使青春，弄笛鱼龙尽出，题诗风月俱新。　自怜华发满纱巾，犹是官身。凤楼曾记当年语，问浮名何似身亲？欲写吴笺说与，这回真个闲人。'"（《齐东野语》卷十五）这是题材一致、立意相同的诗与词，假如下字炼句的技法不高，最易造成词话重复，或者拼凑字句，意浅气浮，没有真实感情。可是在陆游笔下却能神貌俱似，各有千秋。诗的颔、颈二联，大肆铺张，渲染在成都轻狂游冶的生活，紧扣顶联，又为尾联议论打基础。词的上片写的是诗前三联的内容，在仅有的七个重见字中，除了"裘马"完全复用外，其余都自铸新语。诗的"作闲人""翠袖传杯""随歌处"与词的"驱使青春""酒隐""弄笛"，皆为同事而异语。诗中"幽鸟语随歌处拍"是单句，而词的"弄笛鱼龙尽出"是含有使动词的复杂句。正因作者费了炼句炼意的气力，词的抒情性明显地浓厚了。清人史承谦说它具有东坡小词的艺术魅力，"读之神往"①。

陆游许多语出自然，脱尽雕饰的词，都是用精选过的妥帖准确字眼写成的。如《乌夜啼》："纨扇婵娟素月，纱巾缥缈轻烟。高槐叶长阴初合，清润雨余天。弄笔斜行小草，钩帘浅醉闲眠。更无一点尘埃到，枕上听新蝉。"词中咏物和生活细节的描写，字斟句酌、惟妙惟肖，"纨扇"是用细绢制成的，诗人用婵娟形容它的色彩鲜丽、样子美观，以素月描绘它的形状圆如满月。刻画纱巾的轻软精细，选择了"缥缈轻烟"四个字，"弄笔"二句是生活中两个特写镜头，精雕细刻。诗人抓住事物的本质特征，凸显它们的性状，雕琢中不失准确、清新。《夜游宫·记梦寄师伯浑》《鹊桥仙》"华灯纵博"等首，笔墨遒劲，多出壮语，但雄快能兼圆活，字字句句到口即消，毫无生涩之味，还有《鹧鸪天·葭萌驿作》《渔家傲·寄仲高》等，以口语写真情，不用典，不粉饰，应视为"不隔"之作。以上是从整首词来评品陆词造句用语的严肃认真。

语言是创造艺术形象的材料，在篇幅短小的诗词里，要做到字字敲打，准确拣出明晰精当的词语，镶嵌在最合宜的地方。陆游词中这种恰到好处，搬动不得的字句比比皆是，如"使君宏放，谈笑洗尽古今愁"（《水调歌头》）。新颖的想象，钦慕的感情，全从"洗"字上露出。诗人长期淤积的浓愁，不"洗"无法摆脱干净，只有英武豁达的知府从

---

① 孔繁礼、齐治平：《古典文学研究资料汇编·陆游卷》，中华书局，1962年，第313页。

容坐阵，指挥若定，人们因时局而勾起的忧愁才能被驱散。一个极为平常的字，用在这里立刻抖出威风，足以抵十当百。李白有"与尔同销万古愁"，"销"字意味着把愁溶于酒中，贴切生动，设使互相移植，势必两败俱伤。诸如"冬冬傩鼓饯流年，烛焰动金船"（《朝中措》），"凤尺裁成猩血色，螭奁熏透麝脐香"（《浣沙溪》），"兰膏香染云鬟腻，钗坠滑无声"（《乌夜啼》），其中动词个个是熟字，一经诗人使用，就显得词意生新，非常精确了。

陆游不仅留心推敲动词，其他词类亦不放过。韩秦华说："放翁诗善用阴字，以心地清闲，故体贴得到"，如"春在轻阴薄霭中"，"月过花阴故故迟"等"无不入妙"[1]词里阴字凡四见，而"淡霭空濛，轻阴清润"（《苏武慢》），"杏馆花阴恨浅"（《朝中措》）两处。诗词互用，各得其妙。"花阴""轻阴"在诗里用来描写春与月的态度，语轻意浓；词中却写人们对二者的感受，语意比较实在。"暗"字也是陆游词中用得次数较多的一个形容词："翻红坠素，残霞暗锦"（《极相思》）。"暗"对景来说，有力地渲染了春老花残的悲凉气氛。对人来说，是精神世界的外露。"征尘暗袖"（《齐天乐》其二）中"暗"字描述了羁旅的劳苦。"惆怅年华暗换"（《水龙吟·摩诃池》），"暗"字概括了诗人的主观感受，熟中见巧，力透纸背。所有这些，都证明了诗人运用语言的能力。

《绝妙好词笺》评陆词说："放翁、稼轩，一扫纤艳，不事斧凿，高则高矣，但时时掉书袋，要是一癖。"[2]化用故实和前人诗句，自铸新词，是当时词坛一种风尚，是经济使用语言的方法之一。陆词用典没有稼轩那么频，更扯不上嗜好成癖。而且陆词使事，大都是选择人们熟悉的，经过自己的再创造，赋予新意，含蓄而易懂。《玉蝴蝶·王忠州家席上作》当叙宴散主人送客时说："欲归时司空笑问，微近处丞相嗔

---

① 孔繁礼、齐治平：《古典文学研究资料汇编·陆游卷》，中华书局，1962年，第364页。

② 唐圭璋编：《历代词语》卷八，《词话丛编》，中华书局，1986年，第1236页。

狂。"笔调纯净，意蕴深厚，前人评它"真不减少游"。不知杜甫《丽人行》"炙手可热势绝伦，慎莫近前丞相嗔"诗句的人，同样可以理解词表达的感情。对于了解典出何处的人，读起来更觉得有味。再如《水调歌头》"不见襄阳登览。磨灭游人无数"，诗人把方滋比作羊祜，又凝缩羊祜自己的话来推崇方滋。恰当严谨，运化无迹，足可以与稼轩比试高低。"秋风霜满青青鬓，老却新丰英俊"（《桃源忆故人》其五）、"自许封侯在万里"（《夜游宫·记梦》）、"当年悔草长杨赋"（《蝶恋花》其二）等句，是从具体的历史人物、事件及其名言警句中提炼出来的，言简意赅，富于表现力。陆游说过："白乐天《寄裴晋公》诗云：'闻说风情筋力在：只有初破蔡州时'。王禹玉《送文太师》诗云：'精神如破贝州时'，用白语而加工，信乎善用事也。"（《老学庵笔记》卷十）陆游把使典和熔化前人诗句看作一码事，这对广泛利用古书文献，丰富诗词的语言，是很有效益的。由于陆游能以进山探宝、入海采珠的精神，开发语言宝藏，因而他的词锻炼得雅洁明快，朗朗上口。同时，这和他学习群众的口头语言也有直接关系。《好事近》："溢口放船归，薄暮散花洲宿。两岸白蘋红蓼，映一蓑新绿。有沽酒处便为家，菱芡四时足。明日又乘风去，任江南江北。"几乎全用口头语言说眼前事，浅显朴实，用淡墨写闲趣，文情合色。群众口头语是文学语言的不竭之泉。陆游长期生活在农村，经常和朴实的农民、粗犷的渔夫接触，他们活泼朴素、充满生活气息的语言，对陆游的"渔歌菱唱"有着很深的影响。如他晚年的《长相思》："桥如虹，水如空，一叶飘然烟雨中。天教称放翁。侧船篷使江风，蟹舍参差渔市东。到时闻暮钟。"又"云千重，水千重，身在千重云水中。月明收钓筒。头未童，耳未聋，得酒犹能双脸红。一樽谁与同？"词中句句押韵，句式回环复沓，语言通俗、嘹亮。像《渔夫》等词真似一首首民歌，人们欣赏它们，犹如身临渔村田园之中，自然清新的感觉油然而生。

（四）词律务精新

明人潘是仁说："韵学家留心宋元者，称陆务观，莫不啧啧。"（《白雨斋词话》卷一）陆游精于诗律，众体兼善，已为历代所公认。

问题是"诗词同工而异曲，共源而分派"（《词品》序），能诗者不一定就善词。尤其陆词不到其诗的百分之一点五，这样更容易引起人们的误会，以为陆游对于词的创作"不可避免地会产生许多'轻心掉之'的率作。《放翁词》里就有好些这类作品……有的声情不相称。如《破阵子》看调名该是激扬踔厉的，而他作'仕至千钟良易''看破空花尘世'两首，却全是消沉废语"①。词的声情配合问题是填词的法规，不同的词牌由于音乐腔调的差异，形成了和自己相适应的句度、声韵格律，以及表达的思想感情的不同。唐宋人作词一般根据自己要抒写的思想感情来选择词调，然后按谱填词。对此，陆游不仅能严守词的法规，并且有自己的独创。《词律》对《钗头凤》的字声用韵评论道："四段两仄韵结，用三叠字，前后同。三叠字须用得隽雅有味方佳，如此词精丽，非俗手所能，后人欲填此词务须仿其声。词句末一句上、去互叶原不妨，然观此词前用手、酒、柳三上，后用旧、瘦、透三去，何其心细而法严若此，词可妄作乎？"词必须协音合律，遵守一定的调式，而且在曲调中，音律精彩动人的地方，还要分清上、去二声。对此技法，陆游功力深湛，竟使万树为之倾倒。如《谢池春》。

> 贺监湖边，初系放翁归棹，小园林时时醉倒。春眠惊起，
> ①① 　　 ①① 　 ① 　　　　 ①△
> 听啼莺催晓。叹功名误人堪笑。
> 　　 ① 　 ① 　 ①
>
> 朱桥翠径，不许京尘飞到。挂朝衣东归欠早。连宵风雨，
> 　　 ① 　 ① 　　 ①△
> 卷残红如扫。恨樽前送春人老。
> 　 ①

这里字脚下的"①"表示去声，"△"表示上声。《词律》在这首词

---

① 夏承焘：《月轮山词论集》，中华书局，1979年，第17页。

下注云:"放翁词精匹无敌,如此词用诸去声字可爱,'醉倒'、'欠早'去上尤妙。"诸如此类的赞语不胜枚举,充分说明了陆游精于词律。在唐宋,不少词人谙熟音律,他们或创新调,或在同调里另开新体,如柳永、周美成、姜白石诸人自不待言,就是陆游也有自己的建树。如《水龙吟》,一般人是首句六字、次句七字,陆游和辛弃疾的《水龙吟》"听分清琳"颠倒二者,形成别体,从写作年代考查陆早辛迟。像这样创体,《词律》还举出好多,如《真珠帘》《双头莲》等。在一百四十五首陆词里,共使用了六十七个词调,如果除掉《好事近》十二篇,《鹧鸪天》七篇,《乌夜啼》八篇,《桃园忆故人》《长相思》《渔夫》各五篇外,平均不到两首就换一个词调,这对不精通词律、音韵的人来说,是难以想象的。诚然,陆游有些词是用来说道谈仙、或表露任天自乐消极思想的,问题的根源在于他复杂的世界观,而不能归结为他对词的创作采取漫不经心的态度。恰恰相反,他能大胆地打破前人的定格,为抒发自己的各种思想感情活用词牌。夏承焘在《唐宋词欣赏》中说,对于选调是"虽然有定而实无定","能活用形式格调的人,是作家"。他认为《六洲歌头》声情激越沉着,辛弃疾的一首"晨来问疾"却写幽隐情趣的,"可见大家运用一种形式纵横无碍地写多种情感"。既然这样,就可以理解陆游的创造精神,譬如《诉衷情》是唐教坊中的曲牌,五代人多写相思之情,北宋后始写伤春悲秋,话别叙友的内容,陆游第一个用它发表忠愤的爱国激情。所以,陆游词在声律上的成就和勇于标新立异的创作态度是不该被否定的。

结束语

过去人们对陆游词的研究,多从风格着眼,宋刘克庄首先以比较方法,提出了它风格的多样性。明人杨慎又进一步认为:"放翁词纤丽处似淮海,雄放处似东坡。"(杨慎《词品》卷五)《四库全书总目提要》在杨慎基础上分析了形成陆词风格的原因:"游之本意,盖欲驿骑于二家之间,故奄有其胜,而皆不能造其极。"这就把风格的成因主要集中在文学继承的关系上，对这种片面的观点虽然清人冯煦给予了反驳："《提要》谓游欲驿骑东坡、淮海之间，故奄有其胜而皆不能造其极，则或非放翁之本意！"（冯煦《宋六十一家词选例言》）但仍没有揭开形成陆词风格的真谛。作品的风格是一个复杂的文艺理论问题。在长期的探讨中，有一点是为人们所承认的，所谓风格是指作品表现出来的一种个人的情调与风貌，构成它的因素是多样的，一般来讲离不开产生作品的时代生活、作家思想、文艺修养。列宁说："生活、实践的观点，应该是认识的首先的基本的观点。"①广阔无垠的生活海洋，其中孕育着异常丰富的思想材料，一位作家究竟接受什么样的思想，摄采什么题材，选择哪种方法表现客观世界，都和他的生活道路、人生观、艺术个性息息相关。陆游生活在日趋衰败的南宋中期，渴望祖国统一、民族复兴，忧怀人民、热爱生活，是当时爱国词人共有的思想感情。另外，也不要忘记他个人的东西，即封建士子曲折的生活经历，政治、爱情生活的巨创和多情易感的性格，使他积"悲愤于中"，终生抱有无穷的苦闷。在文学方面，他毕生坚持"苦心耗力"学习前人成果，中经江西派大师的指教，并长期从事艺术实践，博采众家之长，融会贯通，铸成自己的创作个性。这些和"年少气锐""早负才俊"（《宋史·张孝祥传》）、具有"自在如神之笔，迈往凌云之气"（《于湖先生雅词序》），并在三十七岁就谢世的张孝祥相比，主观因素是不同的。因此他们同是写抗战爱国主题的词作，张词缺少陆游的苍凉激楚、悲愤沉痛的身世之感，而独具清隽雄奇、笔力纵横、形象瑰丽的浓厚浪漫主义色彩。陆游和苏、秦两家词风有着共同之处的原因，在于政治上苏、陆抱负相仿，三人的遭遇类似；艺术修养上，东坡、放翁"皆才雄而学赡，气俊而词伟，虽至片言只句，往往能写不易名之状与不易吐之情，使读者爽然而觉，跃然而兴"。（《尧峰文钞·蘧步诗集序》）秦观和陆游均深于音律，长于运思，词笔委婉细腻，言情叙愁真挚缠绵。因之，陆的爱国词作雄放遒劲的风格接近苏轼，而描写爱情和政治失意的词，有秦词幽婉曲折的特

---

① 《唯物主义和经验主义批判》，人民出版社，1950年，第134页。

色。然而陆游与苏、秦存在着明显的时代差异，"偏安一隅"的南宋是无法与"百年无事"的北宋中期相提并论的，骏发豪放的东坡词里，没有陆词的悲怆、凄楚；而秦词中没有陆游痛念国家民族那种感情的深沉和忠愤。可见，陆词爱国之作的慷慨激楚，恋歌情曲的婉媚哀怨，闲适咏物的清丽俊爽，这种多样性的风格，绝不是自觉地游移于苏、秦两家之间而产生的，也不是单纯地从哪家继承来的。陆词的风格反映了他对生活的理解和认识，对词艺规律掌握和运用的独特性。时代生活、作家思想、艺术个性和风格的关系，好像温度、水分和空气对于萌发的种子那样，前者诸因一旦变化，后者形态就会随之改观。历史不能重演，两个人的思想不会全等，艺术技巧在不断创新，优秀的词家只能是词史上的"这一个"。罗丹说："我们努力去了解伟大的作家吧，但是我们要小心，不要把他们贴上标签，像药剂师的药品那样。"①关于陆词风格的研究，直到今天我们还感到缺乏从具体作品着手，结合"论其世，考其志"，进行综合分析，从而得出恰当的结论，有必要更进一步地探讨。

---

① 《罗丹艺术论》，人民美术出版社，1978年，第57页。

青石论丛

下册

张家鹏 著

北方联合出版传媒（集团）股份有限公司

万卷出版有限责任公司

第三编

明清小说
专论

DISANBIAN

1

《三国演义》全景式探析

一、全新解读《三国演义》

人世间一切美好的事物，无一不是创新的结果。距今六百多年前的文学巨匠罗贯中以其惊人的首创精神，推出了我国古代长篇历史演义小说的开山作——《三国演义》。它堪称具有民族风格、民族气派的章回小说园林中的第一棵常青树，凭着它强大的生命力在我们民族精神天地里构建起一道永远抹不掉的亮丽景观。近代思想家梁启超是竭力宣传小说有着宝贵教育功能的人，他认为小说出神入化的移情作用既迅速、剧烈，又深远、持久，如磁力吸铁，有多大分量的磁，就能引多大分量的铁（《论小说与群治之关系》）。《三国演义》便是富有魔力的精神磁石，自它问世之后，差不多被整个民族代代递相承传、赏阅不衰，并且从未间断地利用时代所提供的新形式，或普及它的内容，或挖掘它的内蕴，使它在我们民族生活的每个角落和不同层次的群体之中落脚生根。它像艺术真金能经得住历史长河的千淘万漉，又似恒永的火镰，在文本与欣赏者的撞击过程中，不断地闪耀着思想的光彩。毋庸置疑，《三国演义》对促进我们民族性格的形成、激发民族精神的高扬，起着不容忽视的潜移默化的功效。非但如此，它也是"地球村"的一笔不可复制的思想财富。我们只要稍加浏览王丽娜编译的《国外〈三国演义〉研究部分论著目录》，即可感受到海外学者、方家于20世纪80年代之前对研究《三国演义》的浓厚兴味。鲍昌的见闻又恰好说明了问题的另一面："出国访问时，一位德国汉学家对我说：'中国的几部古曲小说早都译介到欧洲了。据我所知，《三国演义》和《水浒传》的读者比《红楼梦》的要多。因为《红楼梦》里的生活内容对欧洲读者比较陌生，而《三国演义》《水浒传》的人物情节都能抓住读者。'……细一想来，国内的情况也是这样。在广大读者特别是工农群众当中，对《三国演义》《水浒传》熟悉的程度，终比《红楼梦》略胜一筹。"①可见，《三国演义》作为精神食品以飨读者，它将拥有来自社会不同文化层次的广大接受者，奇妙地诱发他们的胃口，化育他们的性情。而且不同的受者群从中吸纳的滋养亦各有差异，即使相同的接受者因时空的转换，对其精神营养的选择标准也会发生改变。撇开罗贯中创作小说、铸就艺术形象的因素不谈，就欣赏的视角而言，无论是中华儿女，还是他邦外域的读者，都能产生"一千个读者会有一千个哈姆雷特"的审美效应。同时，因受到审美趣味共性的驱策，《三国演义》这部当之无愧的"真正不朽的艺术作品，当然是一切时代和一切民族所能共赏的"（黑格尔：《美学》第一卷）。它与恩格斯称颂的《浮士德》等诗作一样"是取之不尽的宝藏"②，有着"永久的魅力"。

《三国演义》所展示的创作经验，一直为后人效法。平心而论，它是人们公认的中国古代长篇章回小说，尤其是历史演义作品的百世不祧之祖。当然，它的诞生非为罗贯中一人之力，而凝聚着众多艺人的巧智和他们实践创造功夫。经数个世纪的孕育，最后由罗氏天才的艺术加工，以崭新的文学形式在世间亮相了。

（一）从史书到小说的漫长转化进程

《三国演义》一问世，人们随后就认清了它的渊源。现存《三国演义》最早的版本是明代嘉靖本《三国志通俗演义》，其书首卷刻有"晋平阳侯陈寿史传"与"后学罗本贯中编次"这两行文字。卷前蒋大器的序文也指出了小说的素材是罗贯中"以平阳陈寿传考诸国史，自汉灵帝

---

① 江云、韩致中：《三国外传》，上海文艺出版社，1986年，第13页。
② 《马克思恩格斯论文艺》第4卷，人民文学出版社，1980年，第406页。

中平元年，终于晋太康元年之事，留心损益，目之曰《三国志通俗演义》"。二者皆在强调小说脱胎于正史，在此基础上，继响者多有阐发。清代徐时栋的看法反映了旧时一般文人的见解。他认为："史事演义，惟罗贯中之《三国志》最佳。其人博极典籍，非特借《陈志》，'裴注'敷衍成文而已；往往正史及注，并无此语，而杂史小说乃遇见之，知其书中无来历者希矣。至其序次前后，变化生色，亦复高出稗官"（《烟屿楼笔记》第4卷）。足以说明，前人已经意识到了《三国演义》是史学与文学相互交融酿就的产儿。

1. 正史及其传注是《三国演义》的胚胎

任何一部历史演义小说都与正史典籍有着天然的联系，只是疏密、详略的程度不同罢了。关于《三国演义》和历史的关系，民间很久就流传着"真三国，假封神"的说法。清代章学诚站在史学家的立场上，于《丙辰札记》（《章氏遗书外编》）中说了句为人普遍认同的话，即"七分实事，三分虚构"。这所谓的"七实三虚"，则指小说的基本轮廓是忠于历史的，描写的重大事件几乎皆查有实据。史实材料的来源，首属陈寿的《三国志》和裴松之为其所作的"注"。两者在收罗记载史实故事方面有着得天独厚的机缘。我们知道，三国两晋南北朝时期，中国古代史学的发展出现了新的飞跃，史家眼界大开，撰述多途，除了继承《汉书》传统著述皇朝史外，地方志、域外史、家族史、人物传、史论、史评等书形式丰富多彩、硕果累累。据史书记载，陈寿《三国志》未成书之前，魏吴两国官修的王沈《魏书》、韦昭《吴书》均已出世，私撰的还有鱼豢的《魏略》和陈寿写的《益部耆旧传》十篇。陈寿曾身任蜀汉的观阁令史，蜀亡入晋，历任著作郎、平阳侯相等职，他对当时可以收集到的三国史料进行一番去伪存真、取精芟芜的筛选工作，到48岁著成《三国志》65篇。似因其书立言有识，取材谨慎，叙事简明，文笔流畅而不枯燥，虽以魏主为帝纪，却能总揽三国全局史事，将蜀、吴二主传名而纪实，不仅使全书体例协调，更展示出鼎足而三的政治格局，此为正史撰述中的一大创新，难怪文学批评家刘勰对荀勖、张华把陈寿比之于司马迁、班固，视为"非妄誉也"①。

囿于个人生活的主客观条件限制，陈寿根本不可能一网打尽关于三国历史的遗存资料，所以魏晋南北朝之时，写成的三国史多达15种，只是今存仅有陈氏《三国志》罢了。陈氏身后对《三国演义》的编著产生一定影响的，依时序顺次说，有东晋习凿齿的《汉晋春秋》，它补充了《三国志》缺漏的一些资料，并改变其以魏为正统的做法而尊蜀汉。后来南宋朱嘉作《通鉴纲目》，沿袭了习氏的提法，坚持以蜀汉为正统。《三国演义》"拥刘反曹"的思想倾向，应该说始萌于《汉晋春秋》。南朝宋的中书侍郎裴松之搜辑史册210多种，从中引用书籍（包括单篇文章）凡140余种，为《三国志》作注，增广异闻，称得上是一位集三国故事的大成者。《四库全书总目》第45卷评裴的"注"云："传所有之事，详其委曲"，"传所无之事，补其缺佚"，"传所有之人，详其生平"，"传所无之人，附以同类"，"网罗繁富，凡六朝旧籍，今所不传者，尚一一见其厓略，又多首尾完具"。而指出其瑕疵是"往往嗜奇爱博，颇伤芜杂"，这对备用为小说创作素材来说，倒是有益无害的事情。

如果我们把《三国演义》与《三国志》及裴氏"注"两相参阅，便很容易地看出，前者采撷后者的材料而转化为小说内容的，比比皆是。试看《三国志·曹操传》叙述其年少为人："太祖少机警，有权数，而任侠放荡，不治行业，故世人未之奇也；惟梁国桥玄、南阳何颙异焉。"裴引无名氏《曹瞒传》所云："太祖少好飞鹰走狗，游荡无度，其叔父数言之于嵩。太祖患之，后逢叔父于路，乃阳败而喎口，叔父怪而问其故，太祖曰：'卒中恶风。'叔父以告嵩。嵩惊愕，呼太祖，太祖口貌如故。嵩问曰：'叔父言汝中风，已差乎？'太祖曰：'初不中风，但失爱于叔父，故见罔耳。'嵩乃疑焉。自后叔父有所告，嵩终不复信，太祖于是益得肆意矣。"这里的太祖即为曹操，嵩就是他的父亲曹嵩，司马彪《读汉书》说嵩"质性敦慎"，看来这位老子对儿子的诓骗是只敦不慎了。《三国演义》第一回曹操刚露面，作者用几个特写镜头揭示他狡

---

① 刘勰：《文心雕龙·史传篇》，贵州人民出版社，1992年，第189页。

诈的禀性："操幼时，好游猎，喜歌舞；有权谋，多机变。操有叔父，见操游荡无度，尝怒之，言于曹嵩。嵩责操。操忽心生一计：见叔父来，诈倒于地，作中风之状。叔父惊告嵩，嵩急视之，操故无恙。嵩曰：'叔言汝中风，今已愈乎？'操曰：'儿自来无此病；因失爱于叔父，故见罔耳。'嵩信其言。后叔父但言操过，嵩并不听。因此，操得恣意放荡。时人有桥玄者，谓操曰：'天下将乱，非命世之才不能济。能安之者，其在君乎？'南阳何颙见操，言：'汉室将亡，安天下者，必此人也。'"类此，正史及其传注的记载几乎原样的移位，自然地糅入小说内容里的，所在多有，垂手可得。然而，小说素材源于史实，并非等同于史实，小说的情节内容更不是史书的移传和迁徙。这中间少不了对历史资料的艺术处理，或是抽取多种史书的材料加以整合。如《三国演义》揭穿曹操杀害杨修缘由的谜底，于第72回写曹操兵退斜谷前，以扰乱军心的罪名处死杨修之后，紧接着用不到八百字，提到六件事来暴露曹操的阴暗心理。小说内容的材料是出自《世说新语》《后汉书·杨震传》《三国志·曹操传》及裴注引《九州春秋》，由作者融会、整合，变成了小说中的精彩片段。有的将正史材料"张冠李戴"，或节外生枝、夸张虚构，为描写一段完整动人的故事情节和某个人物形象服务。如《三国演义》第5回叙述的"关羽温酒斩华雄"的故事，实则是把《三国志·孙坚传》所载孙坚的英雄业绩，移至关羽的功劳簿上，以突出关羽的神威和曹操慧眼识好汉的卓见。小说第95回，又将《三国志·张郃传》记载的战败马谡夺取街亭的辉煌战果送给了司马懿，表现仲达与诸葛亮相颉颃的军事才能。像这种移花接木的运用史料的艺术手法，在《三国演义》里并不稀罕。至于借事生发，添枝加叶，凭史实骨架植皮贴肉的例证，同样俯拾即是。就总体而言，《三国演义》的创作依托正史用其传注的材料，加以调整、取舍、提炼与虚构补充，却在历史基本事实的框架内施展艺术腕力，使小说中的情节故事没有违背重大的史实和史评的主要倾向。作者笔下呈现的对象看似偶然和特殊的人与事，实际上有着历史普遍性、规律性的色彩。完全可以断言，正史及其传注是造就出《三国演义》的胚胎，而历史事实的真实和历史本质真实的辩证统一原则，是历史题材小说《三国演义》能跨进艺术殿堂的通行证。

2. 雅俗文学对《三国演义》的孕育

世代相承的各种形式的文学创作是孕育《三国演义》小说生命的孵化器。这里所说的各种形式的文学创作，主要指传统观念中的诗文一类的雅文学及讲唱、话本和戏曲之类的俗文学。

小说作为叙事文学，它在中国走了一条与欧洲的明显不同之路。根源在于中国神话没有走向文学，历史却成了它的归宿。与此关联，史传著作担负着上承神话、下启小说的使命，变为叙事文学的艺术宝库。史传的本身蕴含着我国古代小说的编年体和纪传体的结构方式；蕴含着第三人称全知视角的客观叙述方式，以及处理好作者与文本、文本与读者关系的运思技巧。不了解史传同小说的这层缘分，就无法窥得我国古代小说的奥妙。因此，明清小说评论家总把史传与小说捆在一起评析。譬如金圣叹认为："《水浒传》方法，都从《史记》出来，却有许多胜似《史记》处。"（《读第五才子书法》）毛宗岗论《三国演义》："三国叙事之佳，直与《史记》仿佛，而其叙事之难，则有倍难于《史记》者。"（《读三国志法》）张竹坡评点《金瓶梅》时感受到："《金瓶梅》是一部《史记》……固知作《金瓶梅》者，必能做《史记》。"（《批评第一奇书金瓶梅·读法》显然，在中国古代小说的肚脐上始终遗存着母体史传的印记。

联系我国文学发展的行程，于魏晋南北朝时期，恰是文学观念渐趋树立，文史一体的局面开始裂变，为双方分道扬镳准备条件。当此之际，广泛流传开来的三国故事就成了史学和文学的兼祧，有关三国的史书不乏浓厚的文学意味，如《三国志·诸葛恪传》竟载孙权等对少年诸葛恪调侃、戏谑而充满小说韵味的逸事趣谈。相反，被今人视作古代小说的作品，彼时常以信史观之，就像裴松之注《三国志》引用较多的《世说新语》《博物志》诸书。而当时辑录大量三国故事的地方志、家族史、人物传等杂史杂传的书册，纯系文史裂变期的产物。《隋书·经籍志》没有把它们归为"街说巷语"的小说同列，但以为其中杂糅街巷之语、虚诞怪妄之说，"实虚莫辨"。

降至隋唐，三国故事逸出了史传的樊篱，在文学的艺苑中相继绽开出姿色纷呈的花朵。《大业拾遗记》中《水饰图经》所述，隋炀帝观看水上杂戏表演三国节目：曹操谯水击蛟、刘备檀溪跃马等共五出，说明三国故事流传的形式增加了新花样。唐代开元年间的佛教书籍叙述了"死诸葛吓走生仲达"的传说。刘知几《史通》第5卷"采撰"中"诸葛犹存"一目，指出"此皆得之于行路，传之于众口"，反映三国逸事口耳相传已是普遍的开心谈资。晚唐都市里讲说三国故事的受者群扩大了，讲说艺术提高了，李商隐曾写一首五言古诗《骄儿诗》，其中描述小孩子模仿心中熟悉的张飞、邓艾那种特出的样子，尽情地戏乐，"或谑张飞胡，或笑邓艾吃"。人们对诗句的"胡"字解释不一，说是指下巴颏儿底下掉着的肉，较为可信。《三国志平话》刻画张飞"生得豹头环眼，燕颔虎须"，《三国演义》保留了这种肖像描写，"燕颔"即为形容脖子长得很粗。可知小说中张飞肖像的特征在唐人讲说艺术里就有了模样。邓艾说话结巴，《世说新语》"邓艾"条云："邓艾口吃，语称艾艾，晋文王戏之曰：'卿云艾艾，定是几艾？'对曰：'凤兮凤兮，故是一凤。'"这段饶有兴味的对话，至迟到晚唐讲说艺人为了突出人物特点，趁时地派上了用场。

宋代市民娱乐活动比唐人要丰富、广泛得多了，表演三国故事的艺术种类繁多，有皮影戏、傀儡戏、院本、南戏等，而最火的还是说话艺术。孟元老《东京梦华录》第5卷"京瓦伎艺"条，记有"霍四究说三分"，证明讲说三国故事已经专业化了，而且出现了著名的表演家。涌现勾栏内的欣赏者，"不以风雨寒暑"，天天爆满。讲说内容也具有强烈的感情色彩和思想倾向，演技的魅力亦非昔日可比。苏轼《东坡志林》第1卷"涂巷小儿听说三国语"条，说他的朋友王彭讲过这样一件有趣的事，街道上那些顽皮淘气的孩子，家长们无计管教，只好给孩子点钱，叫他们到勾栏听讲三国故事。每听到刘备战败，个个颦眉蹙额，甚者伤心流泪，而曹操打了败仗，孩子们立刻欢喜雀跃，拍手称快。不难想见，宋人讲说三国故事的拥刘反曹思想，其感人力量委实不小。同样，有人观赏皮影戏看到关羽败走麦城，被东吴活捉后正要处斩之际，便痛哭央求表演者手下留情，赦免关羽。还有人看过三国戏，一时着迷，在返回家的路上模仿刘备的举止动作，没料到被人指控怀有当皇帝的野心，险些罹罪丢了性命。凡此种种，清楚地表明了唐宋数百年广大民间艺人利用通俗文学艺术形式，不断地丰富三国故事情节及其人物形象，增加美学意义。尽管他们尚未意识到所从事的艺术活动对催发历史题材小说产生的作用，但是他们对文学创作经验的积累，是从讲史艺术到小说写作之间，不可或缺的过渡与桥梁。

人们在探索《三国演义》成书过程中，往往忽略以三国历史为题材的诗文类雅文学的作用，这是不公允的。我们姑且不论《三国演义》援引了相当数量的前人诗词，构成了小说内容不可分割的有机部分，而且使小说的审美效力增值，文化意蕴加厚。更为重要的是广大艺人进行通俗文学艺术的创作，必然要受到心理机制的约束和影响。因为艺人进行创作需要摄录身外客观存在的素材，之后经过创作主体把集纳并贮存在头脑里的材料，反复地加工、熔铸，才能创作出文学艺术作品。整个过程说来简单，却要遵循在三个层面中进行两次转化的复杂的创作规律，也就是将创作主体的身外材料内化为心理场的东西，变为艺术加工的原料，再按着美的法则外化为作品的情节与艺术形象。这里的三个层面、两次转化都是围绕着创作主体而言的。从身外的东西到进入心理场的原料，再生产出新的艺术品，三个层面接续为艺术创作的流水线，这中间全仰仗主体的观照和创造思维，而创作主体观照与思维活动的实现，从始至终都需要价值判断和价值取向的参与，这是无人不晓的老生常谈。此处强调它的意图就在于说明，以三国史料为题材的诗文类雅文学的存在，对广大艺人价值观念的形成、价值取向的确立，乃至心理结构的改善都有着不容漠视的影响。

我们不妨摘录几篇《〈三国演义〉资料汇编》中的资料，借以管窥、推知古代诗文对广大艺人思想意识、价值观念的浸润、滋补。如：

> 先主与武侯，相逢云雷际。感通君臣分，义激鱼水契。遗
> 庙空萧然，英灵贯千岁。（岑参《先主武侯庙》）

丞相祠堂何处寻？锦官城外柏森森。映阶碧草自春色，隔叶黄鹂空好音。三顾频烦天下计，两朝开济老臣心。出师未捷身先死，长使英雄泪满襟。（杜甫《蜀相》）

诸葛大名垂宇宙，宗臣遗像肃清高。三分割据纡筹策，万古云霄一羽毛。伯仲之间见伊吕，指挥若定失萧曹。福移汉祚终难复，志决身歼军务劳。（杜甫《咏怀古迹》）

魏主矜蛾眉，美人美于玉。高台无昼夜，歌舞竟未足。盛色如转圜，夕阳落深谷。仍令身殁后，尚纵平生欲。红粉泪纵横，调弦向空屋……（刘商《铜雀妓》）

昔在先主，思启疆宇。扰攘靡依，英雄无辅。爰得武侯，先定蜀土。道德城池，礼义干橹。煦物如春，化人如神。劳而不怨，用之有伦。柔服蛮落，铺敦渭滨，摄迹畏威，杂居怀仁。中原盱食，不测不克，以待可胜，允臻其极。天未悔祸，公命不果，汉祚其亡，将星中堕。反旗鸣鼓，犹走司马，死而可作，当小天下。尚父作周，阿衡佐商。兼齐管晏，总汉萧张。易代而生，易地而理，遭遇丰约，亦皆然矣。（裴度《蜀丞相诸葛武侯祠堂碑铭并序》）

天地英雄气，千秋尚凛然。势分三足鼎，业复五铢钱。得相能开国，生儿不象贤。凄凉蜀故妓，来舞魏官前。（刘禹锡《蜀先主庙》）

侯之名闻于天下后世，虽老农稚子，皆能道之。然皆谓侯英武善战，为万人敌耳：此不足以知侯也。方汉之将亡，曹孟德以奸雄之资，挟天子以据中原，虎视邻国，谓本初犹不足数，而况其下哉？独先主区区欲较其力，而与之抗，然屡战而数败矣。士于此时，怀去就之计者，得以择主而事之。苟不明于忠义大节，孰肯抗强助弱，去安而即危者？夫爵禄富贵，人之所甚欲也。视万钟犹一芥之轻，比千乘于匹夫之贱者，岂有他哉？忠尽而义胜耳。侯以为曹公名为汉臣，实汉仇也。而先主固刘氏之宗种，侯尝受汉爵号矣，苟为择其所事，则当与曹乎？当与刘乎？曹刘之不敌，虽愚者知之。巴蜀数郡，以当天下之半，其成功不可待也，而侯岂以此少动其心……（《关帝志》卷三、郑咸《元祐重修庙记》）

入唐之后，以诗文褒贬三国人物、评价三国史实的甚夥，有的直说、有的曲包，上面列举的几篇犹舀江水于一勺，但都态度鲜明，爱憎之情充溢字里行间，很能打动读者。这样的诗文大量地在社会上流传，有力地推动了共识的形成，以及是非善恶标准的统一，并进一步演变为社会舆论与社会心理。试想，这对艺术的欣赏者和创作者的审美评价，能不产生强劲的导向作用吗？

事实上，到了元代以三国历史为题材的文学艺术创作又有了新飞跃。至治年间（1321—1323）刊行了《全相三国志平话》，全书约6万字，分上、中、下3卷，开篇有个"头回"，犹似后来章回小说"楔子"的前身，以司马仲相阴间断狱故事作为整个话本内容的引子。前半以张飞为主角，后半以诸葛亮为主角，组合情节、串联故事，结构布局大体完整紧凑。书中情节虽然依照历史顺序展开，但从"说话人"和接受者的审美趣味出发，打破史实的限制，表现了浓郁的民间文学色彩。作品以刘备集团为中心，把曹操集团安排在它的对立面上，描述蜀汉兴衰以及三国纷争和统一。其"拥刘反曹"的思想倾向和对明君贤相、清平政治的向往，直接影响着《三国演义》。就它的基本轮廓而言，则是迄今为止看到的最早将分散的三国故事连成一体的话本，已初具《三国演义》的情节框架和艺术造型。在中国小说史上不仅是三国题材话本系统的最优秀的成果，而且对推进长篇章回小说的成熟，有着划时代的贡献。

诚然，《全相三国志平话》中不少情节荒诞，宣扬因果报应，把三国鼎立说成刘邦杀功臣的冤冤相报后果，将三国归晋认定为天公对司马仲相的酬劳，歪曲了历史发展的本质，有些背离史实太远又无补于作品的思想和艺术性的提高。如刘、关、张太行山落草，刘备从黄鹤楼私遁，刘渊灭晋立汉，等等，一概被罗贯中编写《三国演义》时删掉。

三国故事登上戏曲舞台是从金、南宋时起步的。陶宗仪《南村辍耕录》说金院本就有《赤壁鏖兵》《襄阳会》等6种剧目，宋元南戏《宦门子弟错立身》里提到了《关大王独赴单刀会》《刘先主跳檀溪》等南戏剧目。元代在民间文学土壤上生长起来的杂剧，迎来了中国戏曲的新纪元，它以优美新颖的艺术形式表现着三国故事深广而厚重的社会内容，赢得了人民群众普遍的喜爱。据《录鬼簿》《录鬼簿续编》《太和正音谱》、王国维《曲录》等书记载，杂剧中的三国戏大约60种，现存只有21种，三分之二的部分已佚失。如《刘关张桃园结义》《诸葛亮火烧博望屯》《关云长千里独行》《关大王单刀会》《虎牢关三战吕布》等，这些现在可以看到的剧本，与《诸葛亮赤壁鏖战》《关云长古城聚义》《斩蔡阳》《七星坛诸葛祭风》《诸葛亮军屯五丈原》等现已失掉的杂剧，均为罗贯中吸纳而成了《三国演义》的重要情节。杂剧里的三国戏对小说创作的影响是其他文学艺术样式所不可取代的，它在史传和长篇章回小说之间，构建起必经的桥梁。它利用了多种艺术手段调动人们视听互动的审美感受力，极大地提高了故事情节、人物形象的生动性和典型性、思想感情的真实性和深刻性、艺术技巧的完美性和独创性，加速了包括小说在内的悬空文学的全面成熟。

《三国演义》继元杂剧之后，得其许多的沾润灌溉，小说一些具体情节内容皆是在杂剧基础上的生发和充实。《三国演义》第39回描写"博望坡军师初用兵"，表现诸葛亮初出茅庐，牛刀小试就把曹将夏侯惇的剽悍兵马烧得焦头烂额。查《三国志·先主传》乃说刘表派遣刘备扼守博望坡抵御夏侯惇、于禁等进犯，"先主设伏兵，一旦自烧屯伪遁，惇等追之，为伏兵所破"。其事与诸葛亮毫无关涉，《三国志平话》写有徐庶火烧曹仁于辛冶，诸葛亮在辛冶大破曹将夏侯惇等情节。可见，杂剧《诸葛亮火烧博望屯》是小说内容的依据，它不仅为诸葛亮大显身手张目，对于充实张飞的性格，展露其鲁莽粗豪又知过就改的戆直憨厚个性，也是至关重要的精当片段。关汉卿《关张双赴西蜀梦》写关羽、张飞死后，两个灵魂均向刘备托梦，请兄长为他们报仇雪恨。而《三国志》和《三国志平话》全无有关文字，属于关汉卿或依传说加工，或是自家独创。但《三国演义》第77回写了刘备梦境的奇遇："室中起一阵冷风，灯灭复明，抬头见一人立于灯下，玄德问曰：'汝何人，黉夜至吾内室？'其人不答。玄德疑怪，自起视之，乃是关公……关公泣告曰：'愿兄起兵，以雪弟恨！'言讫，冷风骤起，关公不见。玄德忽然惊觉，乃是一梦。"第85回又出现了关羽和张飞于刘备病榻前通报冥间消息："云长曰：'臣等非人，乃鬼也。上帝以臣二人平生不失信义，皆救命为神。哥哥与兄弟聚会不远矣。'先主扯定大哭。忽然惊觉，二弟不见。即唤从人问之，时正三更。"小说承袭了杂剧托梦的故事，表明了刘、关、张三人超乎寻常的金兰友情，托梦特写强化了形象内涵的美学意义。相似的例证大量存在，无须饶舌絮叨。

总之，倘若没有在正史及其传注基地上引发、创造出来的三国题材千姿百态的雅俗文学艺术，断乎不能诞生长篇历史小说《三国演义》。这就像禽卵未经过一定时日的孵化，它那混沌的蛋白永远不能成为脱壳而出的禽雏，永远不能获得新生命。几个世纪以来不同层次广大艺人的辛勤创作，确为孕育《三国演义》的孵化器。

3. 艺术的深加工与创作素材的转化

长期积累起来林林总总的创作素材，只有经过作者在艺术上的深加工，才能产生质的飞跃，转化为长篇章回小说这种文学的新品种。因此说，罗贯中非凡的功绩则是他充分利用已有的历史小说创作素材，与完善我们民族喜闻乐见的小说新体制，似从百花采蜜，最终酿造成人类文化的精品《三国演义》。那么，罗贯中对创作素材深加工的业绩主要表现在何处呢？

首先是选材上他慧眼独具，非同一般艺人和小说家可比。常言说，历史不是随意雕琢的大理石。选择历史题材进行文学创作，同样需要量体裁衣，认真思索和斟酌历史的遗产能否足以支持唤起作者的应有想象，描绘出符合生活逻辑的、又有着很高审美效益的故事情节和人物形象。这方面罗贯中确实十分杰出，他选定三国历史题材来写作，从而避免了我国长篇历史小说开创者容易发生的悲剧。胡适在《中国章回小说考证·〈三国演义〉序》中曾作过如下的分析：

中国历史上有春秋战国、楚汉之争、三国、南北朝、隋唐之际、五代十国、宋金分立这七个分裂时代。其中"南北朝与南宋都是不同的民族分立的时期，心理上总有点'华夷'的观点，大家对于'北朝'的史事都不大注意，故南北朝不成演义的小说。而南宋时也只配做那偏于'攘夷'的小说，其余五个分立的时期都是演义小说的题目"。"但这五个分立时期之中，春秋战国的时代太古了，材料太少；况且头绪太纷繁，不容易做得满意。楚汉与隋唐又太短了，若不靠想象力来添材料，也不能做成热闹的故事。五代十国头绪也太繁，况且人才并不高明。故关于这些时代的小说都不能做好。只有三国时代，魏蜀吴的人才都可算是势均力敌的，陈寿、裴松之保存的材料也很不少；况且裴松之注《三国志》时，引了许多杂书的材料，很有小说的趣味。因此，这个时代遂成了演义家的绝好题目了。"

历史演义小说的创作实践已经证明了胡适的话讲得太武断。但是，万事开头难，罗贯中的高明之处，是他率先从我国漫长历史所留下的浩如烟海的古籍史料及令人眼花缭乱的有关文艺作品中，抽取了最适宜加工、转化的素材，成功地开辟了历史演义小说创作的广阔之路。

其次，文学创作上的深加工不等于白手起家独自写作，而是改造现有作品，挖掘其美学潜质，使其在更高的层次上放射艺术之光，成为新的精神产品。罗贯中对《三国志平话》的结构动了大手术，改造成一部宏伟完整、严密精审的长篇历史小说，就是这种做法的体现。《三国志平话》以刘备集团为主线，按着时间顺序描述历史故事，跟随情节的推进，把人物和事件链锁式地组合在一起。全书三卷，每卷有23个题目，前33个题目的内容主要由张飞来穿线，后36个题目的范围则靠诸葛亮串联，其间凡是刘备集团的人物、事件大都浓墨详写，绘声绘色，而吴魏集团作为副线，时或展现几个颇有趣味的场景，有的则一略而过。书内所述东汉末年宦官误国、外戚擅权、董卓乱政，以及后来曹、刘、孙三方势力崛起之际，曹操平定北方，孙权独霸江东，与三国末期司马懿剪除政敌，曹魏伐蜀，晋灭孙吴等情节一概从简。而《三国演义》里却是另一番面貌，用毛宗岗的解析法，整部小说的情节脉络可细化为"六起六结"。其中写汉献帝皇位的倾覆过程"则以董卓废立为一起，以曹丕篡夺为一结"；写魏国政权由产生到消亡的经过，"则以黄初改元为一起，而以司马受禅为一结"；写东吴的兴衰"则以孙坚匿玺为一起，而以孙皓衔璧为一结"。（毛宗岗《读三国志法》）这"三起三结"的情节内容，从"平话"到《三国演义》均有重大变化。如此对小说以蜀汉为中心、以"三国"为主干，展示封建统治集团之间的政治、军事斗争，形成了一线贯通而摇曳多姿的脉络结构，是不能割舍的有机组成部分。

罗贯中对元杂剧里三国戏的深加工则因不同于"平话"的体裁，而采取了分别来吸收有用的成分，糅进《三国演义》小说之中创造整合后的情节与形象。如《两军隔江斗智》凭着史书里的只言片语，虚构了周瑜为夺取荆州巧设美人计，最后落个"赔了夫人又折兵"的下场。小说发挥了杂剧合理想象的部分，突出了诸葛亮的智和周瑜的狭。

《关大王单刀会》打破史实的框框，将出借索还荆州的事情系于鲁肃一人身上，让他暗定计谋，推进戏剧的矛盾冲突。小说基本接受了鲁肃定计的剧情，砍掉了盛赞关羽神威的乔公和极夸关羽业绩的司马徽这两个人物，只借阚泽向孙权的进言："关云长乃世之虎将，非等闲可及。"来与早已展示的关羽英雄形象相辉映。由于元杂剧特殊的文学形式所决定，每出戏剧只能集中刻画一位人物形象，重点表现其性格的某个侧面。所以，它被摄入小说之中绝不是简单地移位，而是当作艺术素材，在小说构思的通盘考虑下进行取舍增删，化为小说内容的新质。现存杂剧还有《虎牢关三战吕布》《关云长千里独行》《刘玄德独赴襄阳会》等，都与《三国演义》发生了这种联系。

再次，创作素材的深加工与其转化是同属于接受现成素材进行陶冶吸收，实现艺术生命更新的途径。但深加工重在形貌，转化却旨在内质的变态。罗贯中对《三国志平话》深加工的地方，除已谈及的总体结构之外，还有"曹公赠云长袍""关云长千里独行""关羽斩蔡""张飞拒水断桥""鲁肃引孔明说周瑜""黄盖诈降""赤壁鏖兵"等，它们分别成了《三国演义》第26、27、28回"关云长挂印封金""美髯公千里走单骑""斩蔡阳兄弟释疑"，以及第42、44、46、49回"张翼德大闹长坂桥""孔明用智激周瑜""献密计黄盖受刑""三江口周瑜纵火"等情节的毛坯。至于转化《三国志平话》内容的事例亦垂手可得，例如《三国演义》中的貂蝉形象，是作者笔下的一位丰采动人、机智勇敢、疾恶如仇又忠心报国的女中英杰。但在《三国志平话》和杂剧《锦云堂美女连环记》中的貂蝉却判若两人，说她是与丈夫吕布失散而流落他乡的女郎。偶然的机遇为王允收留。她得知吕布在长安，出于夫妻团圆的考虑，为个人得失接受了王允的连环计，她的思想境界与平庸的世俗妇女没有什么两样。然而，在小说中她的身份变为王允的歌伎，是位心中怀天下、为人讲大义的除奸英雄。同是弱质红裙的模样，经过作者点化，灵魂升华，精神超越，艺术形象有了本质的转变。

　　罗贯中转化创作素材的维度是比较灵活的，有的着眼于人物的精神面貌，有的在事件性质上做文章，还有的慧心巧思改变环境场景或故事细节。比较《三国志平话》与小说中的"刘备三顾茅庐"一段描写，便可看出转化前后的差异。追溯史实，与此事相关的记载是诸葛亮《出师表》的简要自叙："臣本布衣，躬耕于南阳……先帝不以臣卑鄙，猥自枉屈，三顾臣于草庐之中，咨臣以当世之事，由是感激，遂许先帝以驱驰。"随后《三国志·诸葛亮传》便有"由是先主遂诣亮，凡三往乃见"两句话，简单的史实在民间世代流布中横生枝叶，扬葩振藻，演变成富有故事性和传奇色彩的趣谈逸事。《三国志平话》的"三顾茅庐"即是说话艺人经锤炼后的阶段性成果。到了罗贯中手里，"三顾茅庐"的描述又有了新飞跃，《三国演义》删掉了《平话》里对表现刘备性格无关紧要的文字，以及对诸葛亮荒诞不经的无稽之谈。尤其是一改《平话》紧紧围绕刘备虔诚求贤、三访经过的叙述，而用侧笔取势，描绘了清新幽雅的卧龙岗环境、人杰地灵的风貌，役景造境，以映托诸葛亮旷世奇才的风神气度。凭此足能使我们认识到，没有罗贯中创造性地转化现存素材的深湛功力，《三国演义》的问世当是子虚乌有的事情。

　　4. 双重价值的奇迹

　　双重价值是指个人与社会价值两者的结合，是两种价值接轨后的共振效应。任何时代的文学家都不会例外，社会情绪和意识总是他思想的土壤。这异常肥沃的土壤包含着文学创作所必需的生命汁液，而文学家的产品不过是土壤上的花朵和果实。罗贯中在元末明初奉献给中华民族的这部长篇历史小说《三国演义》，无疑是一部垂诸后世而永不褪色的天才之作。然而，正如鲁迅所言："天才并不是自生自长在深林荒野里的怪物，是由可以使天才生长的民众产生、长育出来的，所以没有这种民众，就没有天才。"（《未有天才之前》，《鲁迅全集》第一卷）可以说，没有元末明初千百万民众演出的反压迫、反剥削，争取民族生存、民族解放的波澜壮阔的历史活剧，便没有人类文库中的瑰宝《三国演义》。

小说作者罗贯中是一位人们至今对其身世、际遇知之甚少的古代文学家。鲁迅先生在《中国小说史略》里摘引了郎瑛《七修类稿》、田汝成《西湖游览志余》、胡应麟《少室山房笔丛》、王圻《续文献通考》、周亮工《因树屋书影》等书中的一些资料，这些书中关于罗贯中其人的说法不够统一，而且多是语焉不详，很难准确地把握罗贯中的基本情况。继踵者一直没有停止探索这个文学史上的疑窦，问题的眉目日渐清晰，逐渐取得了一定的共识。这些研究者提出看法的凭据，在朱一玄、刘毓忱的《三国演义资料汇编》中可以查知大概。如元明之交的贾仲名，其《录鬼簿续编》云："罗贯中，太原人，号湖海散人。与人寡合，乐府隐语，极为清新。与余为忘年交，遭时多故，天各一方。至正甲辰复会，别来又六十余年，竟不知其所终。"贾仲名于《书录鬼簿后》自称"八十云水翁"，而此文写于明成祖永乐二十年（1422），推知元代至正甲辰（1364）时，贾应为22岁。用"忘年交"来猜测罗贯中的年龄，该比贾年长20~30岁。假设罗能年逾古稀，那么认为他和朱元璋（1328—1398）是同时代的人，则不无道理。联系欧阳健先生在《试论〈三国志通俗演义〉的成书年代》一文中，根据《赵宝峰文集》所附《门人祭宝峰先生文》提供的信息，推断罗贯中生年为1315—1318，而卒年是1385—1388，就更有理由相信罗贯中是元末明初的人。

明代王圻《稗史汇编》第103卷《文史门·杂书类》"院本"条目下曰："文至院本、说书，其变极矣。然非绝世轶材，自不妄作。如宗秀、罗贯中、国初葛可久，皆有志图王者，乃遇真主，而葛寄神医工，罗传神稗史。"这里评论罗贯中的话虽然不多，却透发出他的人生价值取向。一个人的活法，怎样去打发有限的时日，人的价值观会做出裁决。罗贯中"有志图王"可以做多种的理解和释义，封建时代的读书人在仕途上大展宏图，甚至出将入相，实现济苍生、安社稷的胸襟伟抱者，不是绝无仅有的。"有志图王"宜做广泛的理解，既含有谋图帝王霸业的一层意思，又包括渴望社会推行王道仁政的远大理想和政治抱负。这样的人生价值选择一旦确立，就会成为人之生命的灵魂，成为人朝着既定方向奋进、发展的内驱力。

清人徐渭仁在《徐钢所绘水浒一百单八将图题跋》中说："罗贯中客伪吴，欲讽士诚。"如果这是史实的话，正好说明了价值取向在罗贯中身上产生的动力。更何况元朝末年是一个风雷激荡的历史时期，遍地燃烧起反元斗争的烈火，农民武装斗争的势力日益壮大。元顺帝至正十五年（1355），罗贯中尚是一个血气方刚的壮夫，而刘福通继韩山童之后领导农民起义军，高举复宋政权的旗帜横扫中原。他取消元统治的年号，改元为龙凤元年，拥立韩山童之子韩林儿为小明王，改国号为宋。三年之后起义军攻占了北宋王朝的故都汴京，这是多么振奋人心的喜讯呵！在逆胡入主中原240余年之后，民族的感情第一次得到如此煽扬。义军的檄文高倡反元的宗旨："慨念生民，久陷于胡，倡义举兵，恢复中原。"（郑麟趾《高丽史》第39卷）义军的大旗特书斗争之目的："虎贲三千，直扫幽燕之地；龙飞九五，重开大宋之天。"（《辍耕录》）

历史已经把反对民族蹂躏，争得民族解放的重任交给了元末明初的一代人，为天下百姓谋求生路、寻求民族复兴的出路，是当时重要的社会价值。罗贯中怀抱的"有志图王"的英雄情结，应看作是个人与社会价值对接后的产物，而这种情结潜在的巨大能量也必定要释放出来。风云变幻的元末社会形势，不知要使仁人志士经受几番的震荡。

至正二十七年（1367），朱元璋部下大将徐达攻占徐州，活捉张士诚。曾"客伪吴"且又和张士诚建立了一定关系的罗贯中，心理上遭受冲击的痕迹是难以磨灭的。他心志里"图王"夙愿不能成为现实，但并非意味着情绪的消融。他转而用另种方式释放着英雄情结蕴藏的能量，他把自己知道的、想到的、感受到的告诉世人，这便是在为社稷苍生垦殖、播种。由此使自己的一生变为有用的一生，纵然只能效绵薄之力，也照样让他热血沸腾。王圻说他遇到换称为真主的朱元璋，即把图王之志变为"传神稗史"之态，说穿了，这是通过文学创作剖白自己的理想追求。《三国演义》表现的军事、政治斗争的真知灼见，则是他心中图王方案的折射，是他执着感情的寄托。相传罗贯中写过十七史演义，今天仍能看到的他的小说，只有《隋唐志传》《残唐五代史演义》《三遂平妖传》，也有人疑是伪作。《录鬼簿续编》还载他创作的三种杂剧：《赵太祖龙虎风云会》《忠正孝子连环谏》《三平章死哭蜚虎子》，后两种杂剧已佚失，内容不得而知。现存小说、杂剧主要倾吐开基创业的历史话题，亦可视为他借文学作品写心的又一佐证。一言以蔽之，除开文学才能，是人生和社会的双重价值，为罗贯中的文学事业带来了世罕其匹的奇迹。

5. 小说版本之一瞥

《三国演义》的版本甚夥，经研究者认真整理、鉴别之后，它的形态传承递变之迹大致清楚，可以简要勾勒如下：

第一，学者普遍认为今传最早的刊本是明嘉靖壬午年（1522）所刊的大字本《三国志通俗演义》，简称"嘉靖本"。此刊本为24卷，240则，每则前有七言一句的小目。卷首有弘治甲寅（1494）庸愚子（蒋大器）《序》、嘉靖壬午修髯子（张尚德）《引》。这个版本现易见到的有两种影印本，一种是1929年上海商务印书馆影印本，因书中缺了张尚德《引》，所以误称《明弘治本三国志通俗演义》；另一种是人民文学出版社影印本，分为线装本（1974）与平装本（1975）两种，一般认为人民文学出版社的底本是初刻本，商务本的底本是复刻本。

第二，较"嘉靖本"在卷数上有所变化的是明万历辛卯年（1591）金陵周曰校刊本，书名为《新刻校正古本大字音释三国志通俗演义》，12卷，240则，简称"周曰校本"。此刊本在承袭"嘉靖本"时，曾增加了11则故事。孙楷第在《中国通俗小说书目》第2卷"明清讲史部"中说，此本"修髯子引后，有字一行，云：'万历辛卯季冬吉望刻于万卷楼。'精图，左右有题句。记绘刻人姓名曰：'上元泉水王希尧写'。'白下魏少峰刻'。"国内北京大学图书馆有藏本。

第三，明代万历年间出现了不少书名为"三国志传"的本子。如明闽书林刘龙田刊本《新刻全像大字通俗演义三国志传》、明万历壬辰年（1592）余氏双峰堂刊本《新刻按鉴全相批评三国志传》等，统称"志传本"。需要提及的是"志传本"系统与"演义本"系统的小说不同之处，不仅一些情节、文字有出入，更主要的是"志传本"系统的书内穿插着关羽次子关索（或花关索）一生的故事。究竟两个系统的刊本孰前孰后，目前学术界还有不同的看法。

第四，小说版本形态变化早而较著者，当推明建阳吴观明刊本《李卓吾先生批评三国志》，全书不分卷，将240则合并为120回，回目也由单句改变为双句。书内每回总评，时有"梁溪叶仲子谑曰"云云，叶仲子即叶昼，所谓"李卓吾评语"，实系叶昼伪托。此刊本简称"李卓吾评本"，或"伪李评本"。

第五，至清代康熙时毛纶、毛宗岗父子以"李卓吾评本"为基础，参考了"三国志传"本，对回目和正文进行了较大的修改、增删、润色，作了详细的评点，强化了正统的封建道德色彩，提高了艺术审美价值。全书60卷120回，刊于康熙初年，简称"毛本"。从此成为三百年来最流行的《三国演义》版本，中华人民共和国成立后人民文学出版社整理本，即以"毛本"为基础。

本来"毛本"始称《三国志演义》，或称《四大奇书第一种》，只是在毛宗岗《读三国志法》行文中，偶用"三国演义"之名。明代个别刊本、清人个别笔记也有以此名称呼，都没有什么影响。自20世纪50年代人民文学出版社整理本称作《三国演义》之后，才开始为人们普遍接受。

（二）沧海横流时代的全景图

随着东汉王朝在自身运作中积弊不断膨胀，时至桓、灵二帝政治统治陷入了腐朽黑暗的怪圈而不能自拔。外戚与宦官鸡争鹅斗，彼此残杀，大肆卖官鬻爵扩充自己一方的势力。挣扎在水深火热之中的天下劳苦大众，任其宰割，生计绝望，被迫铤而走险，终于爆发了"黄巾军大起义"。王朝统治急剧土崩瓦解，而各地大大小小的军阀，纷纷乘机崛起，割据混战、逐鹿中原，中国社会开始了一个骇人听闻的动荡时代。

"沧海横流，方显出英雄本色"，以曹操为代表的地主阶级新势力，打败了士族官僚出身的袁绍、袁术，统一了北方。旋即挥师南下，却遭到了孙权、刘备联合抵抗，赤壁战败龟缩中原，孙权固守江东，刘备占据西川，天下三分鼎足势成。公元220年曹操病死，其子曹丕废黜汉献帝，建立魏国，翌年刘备建立蜀汉，第三年孙权改年号，自称吴大帝。三国分立，蜀汉疲敝，先是刘备伐吴战败病死，最终蜀汉政权被魏消灭。公元265年司马炎以禅让方式篡夺曹魏帝祚，建立晋国。十五年后晋兵占领建业，全国归于统一。罗贯中"依史以演义"（李渔《三国志演义序》），鸟瞰这段历史的发展态势，多维向度、立体交叉式地描写魏、蜀、吴各封建政治集团之间军事、政治、外交等各种手段的斗争。笔姿灵动、虚实交错、恢宏壮阔，一幅腾跃奔涌、云谲波诡的三国时代全景图，烂然夺目地呈现在读者面前。

这里就《三国演义》描写的百年中魏、蜀、吴盛衰兴亡的历史过程，拟划分四个阶段来概述全书的基本内容。第一阶段从开头到33回，始自黄巾起义，止于曹操平定北方；第二阶段为34到50回，集中叙述赤壁之战与继之而来的鼎足分立；第三阶段跨度较大，即51到115回，重点写蜀汉的事业；最后阶段是全书余下的5回，交代司马篡权、三国归晋。稍事展开，各段限内的情节筋骨可见。

1. 从皇权式微到曹操称霸中原

东汉灵帝当政，张让等十常侍专权，朝政腐败，生灵涂炭，张角三兄弟发动黄巾起义。汉室宗族中山靖王刘胜之后，已沦为贩屦织席为业的贫民刘备，与卖酒杀猪的屠夫张飞及逃难江湖的关羽，在桃园结义，发誓"上报国家、下安黎庶"，参与镇压黄巾军，论功授刘备安喜县尉。刘备到任后，与民秋毫无犯，民皆感化。时逢督邮巡县欲讨取贿赂，激怒张飞鞭笞督邮，刘备挂印而去。后随幽州牧刘虞征讨张举、张纯，因功被任命为平原县令。

灵帝死后，大将军何进扶立少帝，诏外兵入京，谋诛宦官。鳌乡侯、西凉刺史董卓趁机拥兵入京，废黜少帝，扶立献帝，独揽朝政。司徒王允与骁骑校尉曹操筹谋刺杀董卓，不果，曹操亡命奔陈留。牟县县令陈宫感激曹操替国除奸，忠义为人，毅然弃官，跟从曹操。两人至成皋投宿于操父结义弟兄吕伯奢家，误杀吕家男女八口。曹、陈二人离开吕家路遇为他们购买酒食的吕伯奢，操竟砍杀伯奢，扬言："宁教我负天下人，休教天下人负我。"陈宫看透曹操是狼心之徒，悄然自投东郡。曹至陈留发矫诏，联合诸侯共讨董卓。刘、关、张加入联军，关羽温酒斩华雄，三英合力战胜吕布。董卓逼献帝迁都，焚洛阳、屠万民、西走长安。曹操率兵追击，路遭伏击大败而归。诸侯各怀异心，联军瓦解、彼此攻伐。孙坚得玉玺返还江东，袁绍指使刘表截杀，孙坚复仇中箭丧命。

王司徒巧使连环计，把府中歌女貂蝉许嫁吕布，再献给董卓，离间二人。吕布反目杀死骄横暴虐的董卓，卓部将李傕、郭汜作乱，王允被杀，李、郭专权残暴。马腾出于义愤起兵讨伐，战败退军。曹操击破青州黄巾军，占据兖州，广纳贤才，荀彧、荀攸、程昱、郭嘉、于禁、典韦等相继来投，声势大振，威镇山东。曹操因徐州刺史陶谦部下张闿杀害其父曹嵩，兴兵攻打徐州，所到之处乱杀无辜。刘备救援陶谦，吕布又趁兖州空虚，攻破城池，随据濮阳，曹操弃攻徐州撤军去复收兖州。陶谦三让徐州，刘备力辞，引兵驻扎小沛。曹操攻濮阳中计烧伤，便诈言身亡，使吕布上当受骗，折损兵马，双方罢兵休战。陶谦病死，百姓拥戴刘备领徐州牧。曹操攻破濮阳，吕布投奔徐州刘备处，被安置小沛屯驻。

李傕、郭汜横行无忌，目无君臣，太尉杨彪施用反间计，使李、郭相残，长安城中大乱。骑都尉杨奉和国戚董承护驾献帝还东都，李、郭又合伙追杀，凡路过之处杀害老弱，捕捉壮丁充军，扩充势力，尾追天子车驾不放，造成惨重伤亡，在难危中献帝逃回荒芜残破的洛阳，处境狼狈不堪。曹操采纳荀彧之谋抓住时机首倡义兵，打败李、郭，迎奉汉献帝移驾许都，营造宫室殿宇，立宗庙社稷、修城郭府库，封董承等为列侯。曹操自封为大将军、武平侯，以荀彧为侍中、尚书令，荀攸为军师，郭嘉为司马祭酒。曹操部下其余的文武随从都安排了官职，朝廷大务从此由曹操独断。曹操用荀彧"二虎竞食"之计，欲借刘备之手杀害吕布，阴谋被识破，继纳荀彧的"驱虎吞狼"之谋，假天子诏令，命刘备讨伐袁术。吕布趁机袭取徐州，袁术约吕布夹攻刘备，吕布因袁术失信，听取陈宫之言，请刘备还屯小沛。

孙策欲继其父孙坚之业，与朱治、吕范商议决计以孙坚留下的传国玉玺为质，向袁术借兵杀回江东，先后夺得丹阳、吴郡、会稽等郡，称霸江东。袁术恨刘备犯己，派纪灵攻打刘备，吕布辕门射戟劝双方罢兵。因张飞抢夺吕布购买的马匹，招来吕布围攻小沛之祸，刘备采纳孙乾的主张，投奔了曹操，被举做豫州牧。曹操欲征伐吕布，忽闻张绣要兴师夺驾，便亲讨张绣。张绣从贾诩劝谏，举众来降曹操，张绣得知曹操调戏叔妻取乐，用计偷袭曹军，曹操损兵折将幸免于难。

袁术称帝淮南，分兵攻取徐州。吕布按陈登之策，击败袁军，袁术向孙策借兵欲报仇解恨，遭策拒绝。曹操会合孙策、刘备、吕布共破袁术。久攻寿春不下，曹军乏粮，曹操借王屋头颅平息兵怨，遂攻取寿春。随后曹操再度讨伐张绣，各有胜负，探知袁绍兵犯许都，速撤军休战。袁绍见曹操回师，改变主意，向曹操借兵借粮，请助讨公孙瓒。曹操听郭嘉之说，答应袁绍之请，并约刘备同讨吕布。吕布刚愎无谋，为部下缚献曹操，终被缢死，却收张辽为己所用。曹操获胜班师回许昌，封赏出征人员，引刘备见献帝，遂拜刘备为左将军、宜城亭侯，又以叔侄之礼待之，自此人称刘皇叔。曹操与献帝猎于许田，得意忘形，公然在围场上身迎呼贺"万岁"。献帝已看透曹操不轨之心，用伏皇后之父伏完的计谋，密赐衣带诏给国舅董承，董承暗与王子服、吴子兰、马腾、刘备等谋诛曹操。

刘备提防曹操谋害，每日于住处后园种菜，以为韬晦之计。曹操邀刘备煮酒论英雄，欲窥探其心底的秘密，刘备佯作糊涂，逐称袁术、袁绍、刘表、刘璋等人是世间称许的英雄，曹操逐个否定，说："今天下英雄，惟使君与操耳！"刘备惊惧失箸，推说因闻雷声而畏恐，打消了曹操对他的猜疑、警戒之心。刘备趁机以截杀袁术为名，率兵离开许都，程昱、郭嘉劝说曹操不可纵虎归山。曹立派许褚尾追，刘备以"将在外，君命有所不受"为由，拒不返回，重新栖身徐州。袁术欲从淮南归依河北袁绍，过徐州被刘备打得大败，退居江亭吐血而死，传国玉玺为徐缪夺得，献给曹操。荀彧为曹操策划用徐州刺史车胄除掉刘备，陈登把机密告知关羽、张飞，设计杀死了车胄。

刘备用陈登计谋，请袁绍讨曹，解己之危。经绍部下文武官员商定，决议伐曹，遂命陈琳草檄。檄中历数曹操的罪恶，檄文传到曹操手中，他正患头风病，卧养在床上，读过之后毛骨悚然，出了一身冷汗，不觉头风病顿愈。曹操自引兵至黎阳和袁军相持不战，一面派王忠、刘岱引军5万，打着丞相旗号虚张声势讨伐刘备。结果王、刘二人被生擒，刘备饶了两人性命放回许都。曹操派刘晔劝张绣归降成功后，欲遣祢衡去刘表处劝降，祢衡面对曹操尽情奚落其文臣武将。曹操强制将祢衡送往荆州去劝降刘表。表知借他手杀人，令祢衡去江夏见黄祖。黄祖怒其辱他为土木偶人，遂斩之。

董承见曹操骄横日甚，忧愤成疾，太医吉平到董府用药调治，两人谋杀曹操，不幸家奴告密，董承等人惨遭满门抄斩。曹操为斩草除根就连有"五月身孕"的董妃也不放过。然后派20万大军，分兵5路亲征徐州，刘备大败匹马投奔袁绍。曹操用程昱之谋将关羽引出下邳，围困土山之上，张辽上山劝降，关羽与之约三事："只降汉帝，不降曹操"；"二嫂处请给皇叔俸禄养赡"；"但知刘皇叔去向，不管千里万里，便当辞去"，以此作前提暂归曹操。袁绍遣颜良讨伐曹操，连斩曹军二将，曹操让关羽出战刺颜良于马下。袁绍又派文丑来讨曹操，亦被关羽斩首。关羽得知刘备栖身袁绍处，即挂印封金，保护二嫂过五关、斩六将，不惮千里之遥前来古城，欲和兄弟重新聚会。不料张飞误认二哥背信弃义，拒不准入城，正好蔡阳为外甥秦琪报仇，特来追杀关羽，蔡阳为关羽斩后张飞方释疑，兄弟情义如初。关羽到河北探听刘备消息，刘备从袁绍处脱身，与关羽重逢，关羽并收义子关平。在回古城途中经卧牛山遇到赵云，感慨油生，各叙衷情。

孙策自霸江东，偶猎于丹徒西山遇刺，重伤致死。其弟孙权继位，由张昭、周瑜分别辅佐内外之事。周瑜向孙权举荐鲁肃，鲁肃建议乘北方纷争之际，剿黄祖、伐刘表，鼎足江东，以图天下。孙权大为赞同，又将鲁肃引荐的诸葛瑾拜为上宾，听其顺从曹操、暂绝袁绍之谋。自此孙权威震江东，深得民心。

袁绍得知曹操封孙权为将军，结为外应，十分震怒，举人马70余万前来攻取许昌。曹操亲自率兵相拒于官渡，于是展开了一场惊心动魄的官渡之战。战役初期两军相持，各有胜负。袁绍谋士许攸获悉曹军乏粮的实情，力谏袁绍调整战术，分出一军直捣许昌，袁绍不纳良策反斥为"滥行匹夫"。许攸投奔曹操，进献火烧袁军乌巢粮草辎重之策。曹操当机立断，夜袭乌巢，大败袁军。不久袁绍死后诸子纷争，曹操各个击破，平定北方。

2. 孙刘联盟拒曹势成三分天下

刘备在官渡之战期间，于汝南得刘辟、龚都数万之众，趁曹军征河北，亲自引兵攻取许昌。曹操闻讯自领大军迎战，结果刘备败北，奔荆州依附刘表，屯驻新野。刘表后妻蔡氏与蔡瑁阴谋利用襄阳大会之机杀害刘备，幸得荆州幕宾伊籍透露消息，急乘的卢马跃过檀溪，化险为夷。脱险路中刘备过访司马徽，受其伏龙、凤雏得一人可安天下的指点。随后收徐庶拜为军师，击破曹仁、李典的进犯，轻取樊城之地。曹操获悉徐庶辅佐刘备，囚禁徐母，仿造徐母字体伪造唤子归来的家书，徐庶因至孝忧母而上当，不得已辞别刘备，分手时举荐诸葛亮。刘备求贤若渴三顾茅庐，礼聘诸葛亮，出于感激刘备诚意和匡救天下之志，诸葛亮隆中献策，提出了先取荆州为家，后取西川建基业，促成与曹操、孙权鼎足而三的战略方针，并且出山辅助刘备创建功业。

曹操命夏侯惇为都督领10万大军进攻新野，诸葛亮施展妙计，博望一把火，烧得曹军狼狈不堪，刘备旗开得胜。曹操愈加认为刘备、孙权是心腹之患，下令起50万大军，分5队进发，欲扫平江南。孔融谏言不听，且因其叹"以至不仁伐至仁，安得不败"，而被满门抄斩。时逢刘表病故，蔡夫人与蔡瑁、张允等仿造遗嘱，令次子刘琮为荆州之主，把荆襄九郡拱手献与曹操。曹军迅速杀奔新野，诸葛亮采用火烧水淹的战术，曹军大半焦头烂额，溃不成军。曹操得知吃败仗的消息，怒不可遏，令大军分作八路去取樊城。刘备带着百姓欲渡江到襄阳避难，蔡瑁等拒不开城门。刘备只好引导10余万军民朝江陵行进，每日只能走10余里，曹操占领襄阳、杀掉刘琮之后，派铁骑星夜追赶，至当阳县撵上刘备。曹军右冲左突，刘备军民散乱，赵云单骑奋不顾身救出阿斗。张飞立马长坂桥上吓退曹军，刘备收拾残兵退至江夏刘琦处。

曹操为粉碎刘备与孙权的联合，用荀攸之言，发檄遣使赴东吴，请孙权会猎于江夏，欲共擒刘备。同时集结马步水军83万，诈称百万水陆并进，沿江东下。孙权此时屯兵柴桑，闻知刘表新亡，刘备败退，特派鲁肃往江夏吊丧，借以探听虚实。诸葛亮窥知鲁肃心理，答应同鲁肃前往柴桑，欲和孙权结盟共拒曹军。孙权先接到曹操檄文，是战是降举棋不定。以张昭为首的众多谋士力主降曹，以顺应天意，唯鲁肃持相反意见，劝说孙权早定抗曹大计。孙权急召来吴的诸葛亮以了解曹军实况。诸葛亮未及见孙权便先与其幕下文武官员接触，于是发生了一场舌战群儒的千古美谈。正当诸葛亮驳得群儒个个瞠目结舌，尽皆失色的时候，黄盖、鲁肃引诸葛亮来见孙权。亮开始以智激权，令权勃然大怒，经鲁肃点明亮有破曹之策，才回嗔作喜，重新倾听亮的高见。但张昭等主降者再三申诉抗曹之弊，孙权仍是犹豫不决。诸葛亮洞悉东吴都督周瑜尚未下定抗曹决心，故意用把江东二乔美女奉送给曹操以求退兵的主意来激怒周瑜。孙权再议战降的决策，周瑜慨然陈说利害，孙权遂决计抗曹，封瑜为大都督、程普为副都、鲁肃为赞军校尉。周瑜立即部署作战方案，调兵遣将动止有法，就连不甘心官居其下的程普老将，也惊叹不已。

周瑜借糜竺往东吴探访诸葛亮处境的时机，邀与刘备会晤，想以此除掉东吴未来的对手。不料关羽随行不离刘备左右，周瑜阴谋不能得逞。告辞周瑜，刘备于江边舟中见到诸葛亮，亮嘱咐他以11月20甲子日后为期，让赵云驾小舟来南岸江边等候。曹操向周瑜下战书，周瑜怒斩来使，双方水军大战三江口，曹军败逃。曹操一面令蔡瑁、张允督练水军，一面派蒋干去江东劝降。周瑜巧用蒋干游说之机，精心设置疑阵，引诱蒋干盗走伪造的书信，令曹操误杀水军都督蔡瑁、张允。事发后周瑜叫鲁肃来见诸葛亮，想知道亮是否看穿了他所施展的妙计，当周瑜听鲁肃说亮无所不知后，便与亮立下军令状，限三日之内监造10万支箭，因而诸葛亮创建了草船借箭的神奇功绩。

曹操白白折了15万多支箭，深知江东有周瑜、诸葛亮用计，想以诈降用奸细内应，来通消息。就差蔡瑁族弟蔡中、蔡和去东吴投靠。周瑜识破了曹操的伎俩，将计就计，夜间和黄盖密谋火攻破曹的计划，施苦肉计让蔡中、蔡和暗报其事，如此阚泽得以潜入曹营替盖密献诈降书，瞒过曹操。阚泽自曹营返回东吴到甘宁寨里，在蔡中、蔡和面前与甘宁皆表白背吴投曹的心愿，二蔡以假当真，即时密报曹操，说"甘宁与某同为内应"。曹操为摸清甘宁、黄盖、阚泽等欲做内应的真假底细，又遣蒋干来吴刺探。周瑜正为无法让庞统过江献"连环计"以实现火攻战术而苦恼，再次诱蒋干上当，把庞统乘夜带到曹营，顺利完成了用计的构想。

曹操以为渡江南下的军事部署有了眉目，月夜之下，置酒设乐于大船之上，与随从的文武官员共赏大江月夜景色、畅想未来的美事。不禁诗兴大发，高唱即兴之作《短歌行》。扬州刺史刘馥进言，认为诗中有不吉利之语，曹操立刻杀死刘馥。曹操视察江上军务，派小股轻舟来吴军水寨前示威，吴军出击得胜。周瑜在山顶观战，看见风舞旌旗，顿触心事，大叫一声昏倒在地。诸葛亮特来探病，点出病根，由此引发了借东风的传奇描写。曹操仍蒙在鼓里，踌躇满志，骄傲轻敌，黄盖带着载有芦苇、干柴、鱼油、硫黄、焰硝的火船，射倒来江心阻船北驶的文聘。距曹寨二里，前船一齐发火，风助火势，船如箭发，黄盖火船撞入曹寨，曹军战船被铁环锁住不得逃脱，江面上立刻成了火海。东吴各路兵马四下接应，打得曹军七零八落。

诸葛亮"借来东风"便急速乘上赵云接应的轻舟，向夏口飞驰。丁奉、徐盛依着周瑜的指令分旱水两路追杀，早已不及于事了。诸葛亮回到夏口立刻布置各路兵马，准备截杀撤逃的曹军。

曹操在张辽等部将护卫之下，领着残兵接连不断地遭到孙、刘两家伏军的截击。逃至华容道，曹军人马乏困，疲癃伤残不堪入目，又遇雨天坑堑积水，道路泥陷难行。曹操喝令人马践踏而行，竟有三分之一的人马填了沟壑，逃过险峻，检点人马只有三百余骑。关羽为首的五百校刀手截住去路，曹操乞哀，张辽说情，关羽心念旧恩，长叹一声放过曹军人马。

3. 政治集团明争暗斗的社会画卷

赤壁大战过后，周瑜紧接发兵攻打南郡，与守将曹仁几经较量，不分胜负。曹仁采用曹操留下的计谋，引诱周瑜抢占南郡，结果周瑜受骗身中毒箭。周瑜借箭伤佯死，勾引曹仁劫寨，而曹仁只留少数军士守城，全力攻夺周瑜大寨。诸葛亮趁着孙、曹两军相互杀伐之际，派赵云轻取南郡，调张飞占领了荆州，遣关羽袭得襄阳，周瑜闻讯气得金疮迸裂，半晌方苏。刘备在荆州招致地方名士马良兄弟，听其建议先后收取了零陵、武陵、桂阳、长沙四郡。长沙一战又收得黄忠、魏延二将。自此，刘备广积钱粮以固根本。

孙权攻取合肥，与守将张辽大小10余战而未决胜负，待程普增援兵至，仍一筹莫展，且丧太史慈一员大将，只好罢兵撤回南徐。鲁肃两次来讨还荆州，都被诸葛亮推托过去。于是周瑜利用甘夫人新亡的机会，拟将孙权之妹许配给刘备，招其入赘以幽囚狱中，即可用刘备换回荆州。诸葛亮明知东吴招婿是个大阴谋，却定下三条计策唤赵云伴刘备同行，以促假成真，最后完婚返回荆州。周瑜枉费心机，金疮再度迸裂，又昏厥栽倒。鲁肃奉孙权之命继续索荆州而成泡影，周瑜便用虚收四川、实取荆州的诈术，来实现自己的目的。诸葛亮粉碎了周瑜的如意算盘，一连三气之后，周瑜愤愧而亡。诸葛亮亲到柴桑为周瑜吊丧，巧遇庞统劝他投奔荆州，共扶刘备。

曹操想消灭征西将军马腾的势力，接受荀攸的主张，下诏加封为征南将军，诱之进京铲除其人。马腾也在寻找杀掉曹操的机会，因带着次子马休、马铁和侄子马岱来到许昌。门下侍郎黄奎和马腾密谋杀曹之事，却走漏了风声，马腾父子被害，马岱幸免于难。马超惊闻噩耗，与镇西将军韩遂起兵复仇，取长安、下潼关，所向披靡。曹操率众迎战，被打得弃袍割须，丧魂失魄。曹操料想以力难胜，施用反间计致使马超、韩遂自相火并。曹操乱中取利，大败马超。

汉中张鲁得知马超新败，因此想用占取西川为根本，然后集中兵力抵御曹操的方略。益州牧刘璋获悉张鲁准备兴兵袭川，惶恐不宁，赞同张松的主意去许都游说曹操攻打汉中，以解西川之危。张松到了许都遭到曹操的侮慢，遂转道往见刘备。始由赵云远迎于前，继有刘备礼贤于后，张松感佩奉献西川地图，劝说刘备"先取西川为基，然后北图汉中，收取中原，匡正天朝"。张松回益州建议刘璋迎刘备入川为援，使张鲁、曹操不敢轻举妄动。刘璋对此表示认同，亲临涪城迎接刘备与庞统率领入川的队伍。张松密致书信于法正，要他与庞统说服刘备，借涪城和刘璋相会，趁时杀之。刘备执意不肯与同宗兄弟绝情，带着兵马屯驻葭萌关，拒张鲁、施恩惠、收民心。

孙权听从张昭的策划，欲推说国太病危，想见亲女，要她带阿斗回东吴探母，进而可迫使刘备拿荆州来换阿斗。孙权密遣周善去荆州依计而行，幸亏赵云于船上夺回阿斗。孙权见妹妹归来而周善被杀，召集文武官员商议攻荆州报仇。忽得曹操来犯的军情，则放下了攻荆州的打算。曹操要接受魏公的爵位，加"九锡"以彰功德，荀彧表示反对。曹操就以亲笔封记的空食盒，示意他自尽。曹军攻打孙权至濡须，数战不利，自引大军回许昌。刘备遵从庞统的主见，向刘璋索取精兵、军粮，刘璋心存芥蒂，以弱兵、少粮敷衍。刘备愤怒提兵夺得涪城，进取雒城，不幸庞统在落凤坡中箭身亡，刘备军队受挫退守涪城，派关平往荆州请诸葛亮急来助战。诸葛亮起程时再三告诫留守荆州的关羽，要他牢记"北拒曹操，东和孙权"八字，方可保守荆州。

诸葛亮令张飞取大路进军，命赵云溯江而上，会于雒城。张飞前至巴郡，蜀中名将严颜坚守城池，挡住去路。张飞施计活捉严颜，并以恩义感化，严颜投降后为张飞开路，守军望风归顺。诸葛亮带领的两路增援部队先后与刘备会合，攻下雒城、直奔绵竹。刘璋于危难之中向张鲁借兵，已投降张鲁的马超主动请缨，于是张鲁派他直捣葭萌关。刘备攻占绵竹后调遣张飞会战马超，两员虎将昼夜酣战不分胜负，诸葛亮从绵竹赶来，用计使马超归服。刘备回师兵临成都，刘璋出降，刘备自领益州牧，授刘璋振威将军使居公安。刘备大加赏赐文武官员，赵云进言，当以百姓安居复业为务，刘备纳其谏。法正与诸葛亮讨论治国条例，亮强调"恩荣并济，上下有节"的为治之道，法正拜服。

孙权面对刘备并吞西川，占据巴蜀41州的新形势，派遣诸葛瑾索还荆州，刘备答应分荆州一半，先还三郡。孙权遣官往三郡赴任，皆为关羽驱逐回吴。鲁肃派使者邀请关羽赴陆口宴会，欲软硬兼施索回荆州。关羽单刀赴会，挟制鲁肃，得以平安脱身。孙权得知鲁肃之计又成泡影，商议欲起倾国之兵夺取荆州。忽传曹操拟举兵南下，只得移兵拒曹。曹操因傅干上书劝谏遂罢南征，而王粲等文士议尊曹操为魏王，中书令荀攸以为不可，曹操怒斥欲效荀彧，攸忧愤而卒。献帝与伏后见曹操跋扈日甚，愈感惶恐不安，伏后密书寄其父，让他设法除奸，事露曹操斩伏氏宗族等200余口。

曹操采纳夏侯惇提出的发兵取汉中，胜而后攻蜀的主张，分兵三路向汉中扑来，张鲁兵败归降。主簿司马懿进言，要在刘备以诈取川而人心未服的时候，趁机速攻，曹操以士卒远征劳苦为由，按兵不动。刘备惧曹进军西川，令伊籍入吴，将交割江夏等三郡之地的消息报知孙权，并请东吴起兵袭击合肥。孙权认为曹操远在汉中，用兵合肥有利可图，立即渡江取和州，下皖城，却被张辽击败于逍遥津。曹操率大军救援合肥，孙权为挫其锐气，命甘宁率百骑夜袭曹营，竟然没损其一人一骑。两军相持月余，因曹操势大东吴求和，曹亦班师回许昌。众官议立曹操为魏王，尚书崔琰极力反对，被杖杀在狱中。随后曹操接受献帝册立的魏王爵位，盖王宫、立世子，大宴郡官。侍中少府耿纪与司直韦晃，秘密串联三位志在诛杀国贼曹操的人，于元宵节夜在许昌放火，以实现讨贼的夙愿。事败后夏侯惇尽杀讨贼5人的宗族，曹操用诡计杀害了百官中的怀疑者。

奉曹操之令曹洪领兵来到汉中，张郃与曹洪立了文状。进击巴西与张飞激战，3万军折了2万，最后失掉瓦口关逃回南郑。张郃又来犯葭萌关，老将黄忠、严颜以骄兵之计大败张郃，夺取天荡山。法正劝说刘备应一鼓作气进取汉中，刘备亲率10万大军出葭萌关下营，曹操亦领兵亲征，屯驻南郑。夏侯渊听从曹操之令，自定军山主动出击黄忠，法正叫黄忠以"反客为主"的战术，阵斩夏侯渊，攻占了定军山。曹操深恨黄忠，亲统20万大军来为夏侯渊报仇，屡战屡仆，失南郑、弃阳平，退守斜谷身受箭伤，折却两个门牙，晓夜奔逃直至京兆。刘备大赏三军，进位汉中王，以诸葛亮为军师，封关羽、张飞、赵云、马超、黄忠为五虎上将。

曹操闻知刘备自立汉中王甚怒，听司马懿的建议与东吴联手，首尾夹攻荆州。关羽奉刘备之命进击曹军，取襄阳、围樊城，军威大振。曹操急令于禁为征南将军，庞德为先锋，带领七军驰援樊城。庞德抬木棺与关羽决战，放冷箭中关羽左臂。时值秋雨连绵，于禁七军屯聚罾口川地势险隘且低之处，关羽夜放襄江洪流，水淹七军，逼降于禁，缚送荆州大牢，活捉庞德因其不屈而斩。关羽围打樊城右臂中一弩箭，华佗闻此远道奔来，为关羽刮骨疗毒。关羽据荆襄之地威骇华夏，曹操欲迁都以避关羽，司马懿陈述割江南之地以封孙权，令其发兵掣关羽之后，樊城之围可解的主张，曹操依允司马氏的建白。孙权采用了吕蒙、陆逊的计谋，送礼卑辞麻痹关羽，乘其不备袭取荆州。曹操遣徐晃急战关羽以解樊城之困，沔水大战关羽接连败退，公安、南郡两地守将又相继降吴。关羽率领余部来攻荆州，而家居荆州的将士多有逃散，进路又遇吴兵多重截杀，关羽败走麦城。廖化到上庸求派援兵，孟达、刘封坐视不救，麦城兵马只是300有余而粮草又尽，越城逃逸者难禁。关羽与关平、赵累引残卒200余人夜间沿小路向西川逃奔，陷入吴兵埋伏圈内，赵累战死、关羽父子被俘，不屈而死。

东吴为结交曹操，消除西蜀倾兵进犯的隐患，派人把关羽头颅送给曹操，司马懿揭露这是东吴的移祸之计，因而以王侯之礼厚葬。曹操头疼病发作，痛不可忍而唤来华佗。华佗提出开颅治疗，曹操疑心有意杀害他，使华佗无辜死于狱中。东吴在曹操病势日重期间，遣使上书劝曹操称帝"早正大位"，操认为孙权"欲使吾居炉火上"，但却封孙权官爵令拒刘备。曹操死后，其子曹丕继位，仅过7个多月就逼汉献帝禅让，改国号为魏。又过8个月刘备称帝以继汉统，立刘禅为太子，封诸葛亮为丞相。刘备登帝位的第二天就下诏书，欲起倾国之兵伐吴，为关羽报仇，赵云、诸葛亮等苦谏不听，学士秦宓净谏竟被打入死牢。

张飞闻关羽被害旦夕号泣，催促刘备伐吴雪恨。他令三日内赶制白旗白甲，要三军挂孝征战，鞭打请求延期制作旗甲的范疆、张达，导致两人刺死张飞投吴。刘备统精兵70余万水陆并进杀奔东吴，孙权派诸葛瑾求和，表示愿意送归夫人，缚还降将，交还荆州，永结盟好，共灭曹丕。刘备愤怒地予以回绝。孙权又派赵咨向曹丕上表，使袭汉中。曹丕册封孙权为吴王，加九锡。东吴令孙植、朱然迎战刘备，张苞、关兴小将出击，蜀兵首战告捷。孙权再令韩当、周泰领兵10万阻遏攻势，黄忠因刘备感叹"昔日诸将老迈无用"而心境不平，奋然冲锋中箭身亡，刘备悔之莫及。蜀兵八路并进，势如泉涌，吴军损兵折将一败涂地。

孙权听步骘之言绑缚范疆、张达，连同张飞首级一起遣使送还，并要交与荆州，送归夫人，上表求和。刘备仍然愤怒不已，非但拒绝东吴请求，还要杀掉来使解恨。孙权用阚泽举荐的陆逊为大都督，令掌6郡81州兼荆楚诸路军马，全力破敌保吴。陆逊改变先前孙桓、韩当的战术，牢守关防、隘口，避其锋锐静观蜀军之变。当陆逊探知蜀兵树栅连营、纵横700余里，分40余屯、皆傍山林下寨的军情之后，抓住战机全军出动，各带火种、兵器、干粮，顺风烧营、昼夜追袭，蜀军全线崩溃。刘备死里逃生败走白帝城，孙夫人听到了刘备丧命军中的讹传，西望遥哭投江自尽。刘备感愧并致、忧痛交攻，病倒白帝城永安宫内，弥留之际托孤于诸葛亮。刘备病死，太子刘禅即皇帝位。

曹丕得到刘备死讯，听取了司马懿的进言，调动一切兵力，由辽西羌兵取西平关，用南蛮孟获击西川之南，请孙权起兵攻两川峡口，差降将孟达率上庸人马袭汉中，命大将军曹真径出阳平关扫荡西川，这五路大军围剿蜀汉。诸葛亮胸有成竹，神不知、鬼不晓地暗驰檄于马超、魏延分别以奇兵、疑兵御抵羌兵与蛮兵；密令孟达挚友李严与之勾通，以收缓兵之效；速调赵云据守要隘，曹真一路不战自退。只有退吴之兵靠外交手段，派邓芝游说一洗旧怨，重结蜀吴唇齿之盟。

曹丕听知蜀吴重修旧好，采纳司马懿的主张水陆接应进讨东吴，孙权任徐盛为安东将军抵挡魏兵，蜀有赵云率军出阳平关做侧应，曹丕被迫撤退，不断遭遇吴军追杀，折了大将张辽，损了无数士卒、马匹船只和器械。诸葛亮调回赵云、魏延，集川兵50万，离成都亲自南征平息孟获挑起的边乱。诸葛亮非常赞赏马谡"攻心为上"的卓见，七擒七纵孟获，使其心折首肯、永生感戴，蜀汉后方遂得以安定。

曹丕在位7年染疾而亡，其子曹叡即位。司马懿提督雍、凉等处兵马。消息传到西蜀，诸葛亮大惊，认为懿深有谋略，倘训练成功雍、凉兵马，必为蜀中大患。于是采用马谡的反间之计，并很快生效，曹叡削去懿的一切官职，命其返回乡里。诸葛亮趁此难逢之机上《出师表》，开始北征伐魏。赵云旗开得胜，力斩西凉大将韩德及其随征的4个儿子，诸葛亮自引中军亲临前线指挥作战，大败魏国驸马夏侯楙，智取南安、天水、安定三郡，收复了诸葛亮从出茅庐以来，至此才遇到的足可传授平生之学的罕见名将姜维。

蜀军声威大震，远近州郡望风归降，诸葛亮尽提汉中之兵，前出祁山，已临渭水之西。曹叡任曹真为大都督、郭淮为副都督、王朗为军师，率20万大军迎战，两军阵前诸葛亮骂死王朗，曹真、郭淮又接连吃了败仗。曹叡急忙下诏恢复司马懿官职，加拜平西都督率军拒蜀。就在司马懿刚刚接到复职诏书，便获得了魏国金城太守孟达暗中投蜀、欲举金城、新城、上庸三处军马径取洛阳的情报。他当机立断，采用先斩后奏的手段消灭了孟达，紧接着马不停蹄直奔街亭杀来，欲扼住蜀军的咽喉之路。诸葛亮深知司马懿必夺街亭要冲之地，选派参军马谡前去把守，临行前再三嘱咐，唯恐发生失误而导致全盘皆输。马谡反复表态，胜此重任并主动立下军令状，让诸葛亮无虑。然而马谡自以为是，违背诸葛亮关于在要道之处扎寨的军事部署，丢却要路，占山为寨，遭到魏兵合围，断汲水源，最终惨败，失了街亭。诸葛亮急速撤军，亲到西城县搬运粮草，而司马懿所率15万大军突临城下。千钧一发之时，诸葛亮设下空城计避免了一场灭顶之灾，连夜退回汉中挥泪立斩马谡，上表自贬三等。

东吴鄱阳太守周鲂引诱魏兵深入重地，孙权派陆逊总领70余万兵马，令朱桓在左、全琮在右、自居中军，三路进兵破敌。魏军统帅曹休不听贾逵劝阻贸然轻进，于石亭被打得溃不成军。孙权采纳了陆逊的建议，派使入川请蜀伐魏，诸葛亮正计议兴师，忽报赵云病故，悲痛之中再上《出师表》，二出祁山。诸葛亮依姜维之计，献诈降书骗得曹真，重创魏兵。但因陈仓久攻不下，蜀军粮道受阻，诸葛亮乘胜退兵，火烧敌军伪装运粮的车辆，以引蛇出洞的战术杀掉魏军骁将王双。

孙权称帝，立孙登为皇太子，任顾雍为丞相、陆逊为上将军。蜀派使入吴祝贺，约定兴兵伐魏，陆逊虚作起兵之势，遥与西蜀相应。诸葛亮利用陈仓守将郝昭病重的时机，里应外合轻取重镇，又令魏延、姜维攻占了散关。诸葛亮率师出陈仓、斜谷，三出祁山屡败司马懿，后主刘禅下诏恢复诸葛亮丞相职务。蜀军于胜利之中气势大振，突然张苞身死成都的消息传来，诸葛亮悲伤成疾不能理事，再度退兵汉中。

建兴八年（230）魏任曹真为征西大都督、司马懿为副都督，引兵40万伐蜀，前军径奔剑阁，欲攻汉中。诸葛亮预见月内必有秋雨滂沱，只派千人扼守陈仓古道，自领大军安居汉中，以逸待劳，伺魏兵撤退追击取胜。大雨连降月余，魏兵远去诸葛亮方从箕谷、斜谷分兵，四出祁山。司马懿料知蜀军必自两谷进发，事先与曹真分别埋伏两谷之地，诸葛亮推知魏兵的动向，却因部将陈式不听指挥，4000蜀兵折在司马懿手中，而曹真大寨则被蜀军劫占。诸葛亮知曹真卧病不起，火上浇油用书信羞恼曹真，使之亡命。双方斗阵司马懿被挫败，撤到渭滨南岸坚守不出。蜀主刘禅轻信谗言下诏命诸葛亮回朝，蜀军以减兵增灶法安全退兵。

诸葛亮班师回朝处死妄奏进谗的宦官，回汉中后整军经武，第二年春天复兴师伐魏，五出祁山。为解决军中乏粮，趁陇上麦熟，以疑兵掩护，出动3万精兵割尽陇上之麦，运往卤城打晒。魏兵夜袭卤城中了埋伏、狼狈逃离，雍、凉两地援军还没等站住脚，也被蜀兵杀得横尸遍野。正当魏军陷于窘境，蜀国都护李严谎报东吴欲起兵伐蜀的军情。诸葛亮被迫撤兵，且诱张郃进入剑阁木门道的埋伏圈内，使其死于乱箭之中。

三年后诸葛亮率34万大军，分五路六出祁山。首战司马懿识破诸葛亮声东击西的计谋，蜀兵折损万余人马。跟着司马懿用诈降则被诸葛亮看穿，魏兵吃了败仗，从此固守大寨不出迎战。诸葛亮制造木牛流马运输军粮，魏军夺得几匹回去，如法仿造亦用运粮。诸葛亮巧用木牛流马的机关，为蜀军获取了万余石粮食。诸葛亮还令高翔佯作运粮往来于上方谷内，司马懿从俘虏的蜀兵口中听说了诸葛亮在上方谷的西安营，因而决计通过攻取祁山大寨引蜀兵解救之法，烧掉蜀军上方谷的积粮。结果司马氏父子闯入诸葛亮设好的套子里，于上方谷内面对冲天大火，父子抱头痛哭，忽然骤雨倾盆司马父子死里逃生。魏军于渭北据守免战，任凭诸葛亮怎样羞辱搦战，都无济于事。因军国大事日夜操持使诸葛亮心力交瘁，积劳成疾，哪怕其生命即将结束的时候，仍在一丝不苟筹划后事，最终病死于五丈原。诸将遵照诸葛亮遗计退兵，吓跑了前来追击的司马懿，斩了叛将魏延。

魏景初三年（239）春曹叡病死，太子曹芳即皇帝位，司马懿与曹爽辅政。起初曹爽专权，司马懿推病休养，其二子皆退职闲居。曹爽亦曾遣心腹去司马府中探看虚实，却为懿所蒙蔽。司马懿麻痹曹爽放松警惕，窥其离都城外出打猎的机会，发动政变，将曹爽兄弟及其同党一网打尽，灭其三族、尽抄家财，从此魏国大权旁落司马氏手中。懿死后其长子师、次子昭相继专权。

吴太元二年（252）孙权病亡，孙亮继帝位，太傅诸葛恪、大司马吕岱辅政。司马师兄弟认为吴主幼懦，有机可乘，遂由司马昭总领三路军马伐吴。东吴诸葛恪派兵拒敌，大败魏军于东兴。恪就势伐魏围攻新城数月不下，退兵过程又被追杀，惨败而归。吴主孙亮不满恪专权恣虐，恪因之遭谋杀而其家老幼皆被斩首。

魏将夏侯霸系曹爽亲族，惧司马懿诛爽三族祸连自身，遂领本部人马造反，战败后投降蜀汉。姜维欲继诸葛亮之志，尽忠竭力重兴汉室，认为魏国政局动荡、战机到来，率兵出征想取雍州，却遭魏军阻截围攻，兵败牛头山退走阳平关。姜维不堕锐气再度起兵朝魏军钱粮丰足的南安进发，司马昭统军迎战，姜维计斩魏军猛将徐质，把司马昭死死围困在铁笼山上。但因配合作战的羌兵受了蒙骗，战局遂转，蜀兵折损严重，姜维于撤退中射死魏国左将军郭淮，大灭了敌军的威风。

魏主曹芳嫉恨司马师跋扈专断，书血诏欲讨司马氏，事露曹芳被废，立曹髦为帝。淮南毋丘俭兴师问罪，司马师讨平淮南军，自身病亡，司马昭继兄掌握朝中大权。姜维借机起兵速进，径取南安，于洮西大败魏兵，乘胜攻打狄道城，中了邓艾的暗算，败退于汉中。姜维重整旗鼓与邓艾较量，偷袭南安不果，大败而退。魏镇东大将军诸葛诞出于义愤兴兵讨司马昭，昭挟曹髦亲征，诞兵败阵亡。姜维得知魏国动乱，瞄准了魏军屯集粮草的重地长城，筹划烧其粮草，直取秦川。蜀兵进击城下，急攻猛打火烧危城，邓艾父子带兵骤至解救了倒悬之危，司马昭又来助战，姜维伐魏乃成画饼。

吴主孙亮为大将军孙綝所废，扶立孙休为帝。孙休与老将丁奉谋杀孙綝，并派人到成都通报司马昭不日篡魏，必侵吴、蜀以示威的消息。姜维欣然上表伐魏，祁山前两军斗阵邓艾失利，困境之中邓艾施以反间计，重金收买蜀宦官黄皓，散布姜维想要投魏的谣言，刘禅传旨召回姜维。

司马昭骄横无忌，魏主曹髦不忍坐受废辱，仗剑升辇领数百宿卫官兵伐昭，为中护军贾充指使随从刺死辇中。贾充等劝司马昭受魏禅，昭认为时机不妥，立曹奂为帝。姜维不放过用兵的有利形势，三路进军杀奔祁山。邓艾企图运用诈降赚得姜维，反为蜀军将计就计，邓艾险些丧生，其参军王瓘在绝境中自杀。魏兵伤亡惨重，蜀军折了许多粮车、栈道，恐汉中有失而撤离祁山。姜维调人修复栈道、集结粮草兵器，统率30万兵马伐魏。邓艾猜中姜维的战术，洮阳一仗蜀兵溃败，夏侯霸阵亡。姜维分兵偷袭祁山魏兵大寨，反败为胜。刘禅听黄皓的谗言，急令蜀军撤回。

姜维为避宦官黄皓的谗毁之祸，听取了秘书郎卻正的建白，带领8万军队往沓中种麦屯田，以图保国安身。姜维先后九伐中原与邓艾等魏将斗智斗勇，终因蜀主昏庸，奸佞当道，朝官无直言，百姓有饥色，国势江河日下，姜维无力扭转乾坤。

4. 丧德失政分久必合的大趋势

司马昭闻知姜维沓中屯田连扎40余营，如长蛇之势，认为是心腹大患。于是拜钟会为镇西将军，邓艾为征西将军，分兵两路伐蜀。姜维获悉情报后表奏刘禅请速下诏扼守阳安关、阴平桥，力保汉中安全。禅只听黄皓妄言，请来城中师婆预料国家吉凶。师婆入宫坐于龙床上，禅亲自焚香祷告，师婆披发光脚跳跃在宫殿里，盘旋在案桌上，闹腾一阵过后，大叫说："我是西川土神，陛下欣乐太平……数年之后魏国疆土亦归陛下，切勿忧虑。"禅从此深信师婆鬼话无疑，姜维累上急表全被黄皓隐藏起来。

钟会连克数城，攻下阳安关进驻汉中。姜维从沓中冲出邓艾的阻击，直奔剑阁遏住钟会的攻势。邓艾却不避高山峻岭从阴平小路出汉中德阳亭，准备以奇兵偷袭蜀都。他命令其子邓忠领5000精兵凿山开路，搭造桥阁，自选3万人各带干粮绳索进发，20余天在巅崖峻谷里走了700余里。遇摩天岭邓忠与开路壮士皆哭泣，邓艾取毡自裹身体先滚山下，将士效法而行，凡无毡衫者皆用绳索束腰，攀木挂树鱼贯而进。魏军过了摩天岭一鼓作气攻下江油、涪城，形势严峻，刘禅再想找师婆卜吉凶，师婆早就逃之夭夭了。卻正保奏诸葛亮之子瞻率兵拒敌，诸葛瞻父子战死绵竹。邓艾指挥人马进取成都，谯周劝谏刘禅投降，禅第五子刘谌痛骂腐儒误国，与其妻愤然自尽。

姜维在剑阁接到刘禅令其归降的诏书，将士无不咬牙切齿，愤怒已极。姜维目睹将士爱国之情，把生死置之度外，欲用计力挽狂澜。他赴钟会大营请降，为之筹谋剪除邓艾之策，钟会折箭发誓愿结生死之交。钟会利用司马昭疑忌邓艾自专之心，设法激怒昭，以夺得邓艾兵权。邓艾父子被押往洛阳，钟会入成都尽收其军马。司马昭亦疑钟会著意谋反，同曹奂御驾亲征，兵出长安。姜维劝钟会立即讨司马昭，活埋其心有敌意的部将。消息泄露，姜维领武士往杀魏将，突然一阵心疼昏倒在地，半晌苏醒过来，钟会已被乱箭射倒，姜维拔剑上殿心疼加剧，无奈自刎身亡。邓艾父子也在绵竹被追杀，刘禅则遣往洛阳。

司马昭设宴款待刘禅，先以魏乐舞戏，蜀降官皆有感伤之意，唯独刘禅面露喜色。接着昭令蜀人伴蜀乐歌舞，蜀官无不流泪而刘禅嬉笑自若。昭叹曰："人之无情，乃至于此！虽使诸葛孔明在，亦不能辅之久全，何况姜维乎？"于是问刘禅："颇思蜀否？"刘禅说："此间乐，不思蜀也。"司马昭收川有功遂封为晋王，不久中风而死，立长子司马炎为世子，仿效曹丕绍汉故事，得了皇位，称国号为晋。

吴主孙休认为晋必伐吴，忧虑而死，立孙皓为帝。皓凶暴残忍，酷溺酒色，丞相濮阳兴、左将军张布劝谏，皓怒斩二人，灭其三族，廷臣全都缄口不敢再谏。皓为所欲为，大兴土木造昭明宫，奢侈无度公私匮乏。他还召来术士令筮著问天下事，术士回禀得筮吉，不久吴主辇车当进洛阳城了。皓派陆抗屯兵江口以取襄阳，晋调羊祜率兵拒之。羊祜防守有方，深得军民之心，吴兵降去听便，裁减戍防官兵垦田800余顷。初到襄阳时军无百日之粮，一年工夫军粮竟有10年之积。羊祜与陆抗时有礼节往来，双方相安无事。皓令陆抗伐晋，抗表奏羊祜以德治军理民不可讨伐。皓疑抗与敌人勾结，罢其兵权，皓10余年杀忠良直谏之臣40多位，莫有敢表示异议者。羊祜奏请晋主兴兵击吴，但司马炎没有及时采纳，祜临死荐杜预率兵，深有选人之明。襄阳人在岘山为羊祜立碑四时祭之，人们见碑思人无不流泪，曰"堕泪碑"。

吴主孙皓荒淫暴虐日甚一日，每与群臣宴皆令沉醉，宴罢则纠弹官员过错，对有过失者或剥其面，或凿其眼，国人皆惶恐不安。司马炎看到时机成熟，下令进讨东吴。皓用岑昏主意造连环铁索横江截挡晋国王濬战船，又把铁锥置江水中，臆想破掉船舰。濬造大筏上缚草人，披甲执仗，筏上作火炬长10余丈，灌上麻油，筏撞铁索燃火炬，须臾烧断。王濬船至石头城，孙皓仿效刘禅的做法，抬着棺材自缚请降。至此，各霸一方的政治势力已成为历史，天下重新归于一统。

（三）小说意蕴如棱镜透析的光谱具有多重色彩

《三国演义》与其他的伟大作品一样，所蕴含的思想是极为广阔而深厚的，人们可以从不同的审美视阈按着自己认定的价值标准，判断与概括小说的主旨和思想性，因而得出了相互不同且各自言之成理的看法。诸如有人主张小说借助描写三国之间错综复杂的矛盾和斗争，揭示了封建社会的黑暗和腐朽，谴责了封建统治阶级争权夺利、尔虞我诈的丑恶本质，及其残暴地宰割人民的罪行；有人认为作品颂扬和赞美了人的智慧与才能，描述割据势力的政治、军事、外交的种种事件，旨在表现历史上各类斗争的经验和智慧，充分肯定了人的才智的价值；还有人认为《三国演义》是讴歌忠义观念和忠义英雄的史诗，表彰始终不渝的珍贵挚情成为全书的重要思想。当然说作者是在元末农民起义的时代背景下，用历史的思想透镜从三国的史料中解析出"拥刘反曹"的主题，表达人民强烈的民族意识，以及对开创太平盛世明君能臣的思慕，更是很久以来一种普遍认同的结论。除此之外，认为《三国演义》是一部博大精深的军事教科书；是一部民族的雄伟的历史悲剧；是总结自周秦之后中国封建社会不断地从统一走向分裂，又不断从分裂走向统一的历史发展必然趋势，昭示分久必合历史哲学的小说作品；等等，均有独到的见地和精当切理之论。

前文说过，罗贯中在转化正史素材进行小说创作时，更多地受到讲史话本、元杂剧和两晋至元末期间大量存在的民间故事、传说的影响，在小说意蕴的底片上作家的思想浸染着千百年来广大民众的心理情绪，这就会丰富作品的韵味，增添其思想的厚度。还有，历史小说的写作不能抛开基本的历史事实于不顾，因此作家的人生价值取向、传统的人文精神和严酷无情的史实必将发生冲撞，作者在正义良知、人伦道德、理想愿望被强权邪恶、兽性暴力、冷峻现实无可奈何地践踏和粉碎时，不能不呼唤失落的东西，而慨叹无法改写的历史。这或许是小说的思想性"横看成岭侧成峰"的另一个原因吧。所以说《三国演义》的意蕴如能略作分析便可看出那带有鲜明感情色彩的多重性特征，就像棱镜折射的光谱，让人领悟到事物表面之外的东西，下面对《三国演义》作以简要的剖析。

1. 仁君之魂在于天下为公

《三国演义》中的刘备是中国封建社会普天之下平民百姓一直渴慕的仁君代表，作品不厌其烦地表现这位仁君的品质和业绩，以使人们承认他就是世间难觅的济时兴邦的国君。刘备在小说里亮相的背景是东汉末年朝政窳败、生灵涂炭，黄巾起义爆发，社会扰攘不宁。当此之际他在桃园结义时展示给世人"上报国家，下安黎庶"的志向就显得格外生辉，而远不是市井伙伴凑聚起来蹈空虚说，互相标榜吹牛。一旦他踏入仕途肩上有了社会的责任，便身体力行实践自己的政治抱负。他任安喜县尉"署县事一月，与民秋毫无犯，民皆感化"（第二回）。真是为任一方，惠及一地。徐州牧陶谦三次让贤，刘备固辞不受，陶谦死后，徐州百姓拥挤在州府哭拜曰："刘使君若不领此郡，我等皆不能安生矣！"（第十二回）刘备到新野后，"军民皆喜，政治一新"（第三十四回），老百姓用歌谣颂扬他："新野牧，刘皇叔；自到此，民丰足。"（第三十五回）表明他"仁德及人"，"远得人心，近得民望"，即使大难临头也会得到百姓的支援而走出困境。小说第十九回写他逃难"途次绝粮，尝往村中求食。但到处，闻刘豫州，皆争进饮食"。第三十一回写刘备为曹操打败逃至汉江，"土人知是玄德，奉献羊酒"。刘备受到百姓的拥戴是他爱民行为博得的一种回报，然而刘备对百姓的态度不仅是封建官吏一般的尽职觉悟，还有来自更高层次上的理论认识。

早在先秦儒家学说的创始人孔子那里就谈了民心向背的政治意义："丘闻之，君者舟也；庶人者，水也。水则载舟，水则覆舟，君以此思危，则危将焉而不至矣。"（《荀子·哀公》）孔子看到民心重要，还指明了获得民心的途径："为政以德，譬如北辰，居其所而众星共之。"（《论语·为政》）仁政德治是维系人心，取得政治上成功的决定性因素。孟子继承了孔子的思想，进一步提出了"民为邦本"的观点，这些则变成了刘备爱民的指导思想。小说写刘备带领百姓逃离樊城，"扶老携幼，将男带女，滚滚渡河，两岸哭声不绝"，刘备目睹百姓遭此磨难，痛不欲生，竟要投江而死，不肯连累百姓。曹操大军穷追不舍，刘备

"拥民众数万"向江陵进发，步履维艰，每天只行10多里，众将皆提议："倘曹兵到，如何迎敌？不如暂弃百姓，先行为上。"刘备泣曰："举大事者必以人为本。今人归我，奈何弃之？"原来宽仁厚德、关爱百姓是和成就伟大的事业密不可分的。

刘备选贤任能、尊重人才、爱惜人才也同样是为了实现平生所追求的大事业，他对待贤能之士仍然是坚定不移地以仁德相处结交。徐庶来新野辅佐刘备，大败曹仁的进攻，扭转了与曹军作战的被动局面，这是刘备梦寐以求的事情。但徐庶误中曹操奸计准备到许昌援救老母的时候，孙乾密劝刘备切勿放走徐庶，诱发曹操杀害其母，使徐庶"为母报仇，力攻曹操"。刘备果断地表态："不可。使人杀其母，而吾用其子，不仁也；留之不使去，以绝其子母之道，不义也。吾宁死，不为不仁不义之事。"（第三十六回）他得知诸葛亮是旷世"奇士"，"有经天纬地之才，盖天下第一人也"，即虚心往聘，三顾茅庐恭求"济世安民之术"。张飞不理解刘备的良苦用心，表示："量一村夫，何必哥哥自去，可使人唤来便了。"刘备严厉地斥责说："汝岂不闻孟子云：'欲见贤而不以其道，犹欲其人而闭之门也。'孔明当世大贤，岂可召乎！"（第三十七回）正是刘备以礼贤下士，体国为民的仁德之道打动了诸葛亮，所以他才能放弃隐居生活，与刘备结下鱼水之情，为蜀汉事业竭忠尽智，奉献出毕生的精力。刘备与五虎将等豪杰之士能够肝胆相照，心心相印，亦是共同追求救国救民的事业所产生的巨大凝聚力使然。赵云跟随刘备是经过认真选择与思考而决定的，他最初在袁绍部下，"因见绍无忠君救民之心"，则抛弃袁绍投奔公孙瓒。在他和刘备相识后两人执手垂泪告别时，赵云又感叹："某曩日误认公孙瓒为英雄；今观所为，亦袁绍等辈耳！"（第七回）他于卧牛山下再遇刘备慨然表露衷曲："云奔走四方，择主而事，未有如使君者。今得相随，大称平生。虽肝脑涂地，无恨矣。"（第二十八回）赵云目的明确：伴随刘备是"从仁义之主，以安天下"，解民于倒悬之危。因此在刘备的行事举措中，凡是出现了赵云认为有悖于"救百姓、安天下"原则的，都能直言不讳地提出批评。由于君臣相得、为着共同的目标励精图治，终于战胜了无数的艰难险阻，把诸葛亮隆中决策的蓝图变为生机勃勃的现实景象，"东西两川，民安国富，田禾大成"（第七十七回）。

正当蜀汉事业如日中天的时候，关羽背离了"北拒曹操，东和孙权"（第六十三回）的镇守荆州的八字方针，败走麦城被俘丧命。刘备对情同手足的兄弟的不幸遭遇感到五脏俱焚，极度悲痛。他刚闻关羽死讯就"大叫一声，昏绝于地"。苏醒之后，又对劝他的诸葛亮说："孤与关、张二弟桃园结义时，誓同生死。今云长已亡，孤岂能独享富贵乎？"紧接着"见关兴号恸而来"，"大叫一声，又哭绝于地"，"一日哭绝三五次，三日水浆不进，只是痛哭；泪湿衣襟，斑斑成血"。（第七十七、七十八回）刘备笃于金兰情谊，信守桃园结义的誓言："二弟若死，孤岂独生！"应该看到作为一个封建君主，决心为臣下守义殉身，委实难能可贵，具有美学上的巨大感染力。然而，就小说作品里的封建君主而言，不论用事实判断还是用美学判断，都不能抹掉刘备身上的头衔来谈其审美价值。他要愤起倾国之兵大举伐吴，这是不计后果，把苍生社稷的利益抛到九霄云外，只想报仇泄愤的盲动，显然与他为之奋斗的政治理想格格不入。赵云面对刘备丧失仁君应有的理智而做出的错误决断，勇敢而坦诚地说出了自己的看法。请看：

> 国贼乃曹操，非孙权也。今曹丕篡汉，神人共怒。陛下可早图关中，屯兵渭河上流，以讨凶逆，则关东义士，必裹粮策马以迎王师；若舍魏以伐吴，兵势一交，岂能骤解。愿陛下察之。先主曰："孙权害了朕弟；又兼傅士仁、糜芳、潘璋、马忠皆有切齿之仇；啖其肉而灭其族，方雪朕恨！卿何阻耶？"云曰："汉贼之仇，公也；兄弟之仇，私也。愿以天下为重。"先主答曰："朕不为弟报仇，虽有万里江山，何足为贵！"（第八十一回）

向来把儒家的政治道德观念视作灵魂的刘备，却心态扭曲，以手足私情取代"天下为重"的公理，公私错位、本末倒置、轻重莫辨，忠耿之言只能成为耳旁风。诸葛亮苦谏数次无用,学士秦宓豁出命来进言,非但不听,反而要斩首示众。"宓面不改色,回顾先主而笑曰:'臣死无恨,但可惜新创之业,又将颠覆耳!'"秦宓的话自有深意,在他看来,现今的刘备绝非是当年桃园结义的三兄弟里的一条汉子,而是一代开国的君主,要拿江山的老本为结义兄弟复仇,重情守信的人格是完善了,但代价太大了。更何况蜀汉的主要敌人是篡汉的曹魏,伐吴的政治损失也是无法估量的,所以秦宓因谏丢命,却含笑以赴。诸葛亮十分理解秦宓的话,他在急救秦宓的表文中讲得明白:"迁汉鼎者,罪由曹操;移刘祚者,过非孙权。窃谓魏贼若除,则吴自宾服。"秦宓带有刺激的话倒是"金石之言",如能听取"则社稷幸甚! 天下幸甚!"刘备把表文扔到地上,堵住大家的嘴,摆出来非干不可的架势了(第八十一回)。这位仁君开始在错误的道路上往下滑了。东吴派诸葛谨利用外交手段化解蜀吴矛盾,他的陈述与蜀中文武官员的谏言不谋而合,并且东吴在实际行动上"愿送归夫人,缚还降将,交还荆州"(第八十二回)。刘备一口回绝了东吴提出的条件,反映出仁君刘备丧失理智已到了相当的程度。伐吴之战旗开得胜,关羽的直接仇人潘璋、马忠、糜芳、傅士仁全都被杀,受到惩罚,江南震动、孙权心怯,忙派使者送还张飞之首,交出凶手范疆、张达,再次申明"欲还荆州,送回夫人,永结盟好,共图灭魏"(第八十三回)。蜀汉谋臣马良认为仇人尽戮,其恨已雪,伐吴目的已经达到,可以班师罢兵了。然而不体恤江山社稷的君主对国家的危害比丢魂的平民更可怖,猇亭、彝陵之役70万蜀兵伤亡殆尽,蜀地百姓多年的血汗积蓄付之一炬。这位仁君刘备逃命到白帝城,临终之前总算冷静下来意识到自己铸成的大错,是"不纳丞相之言,自取其败",遗诏告诫刘禅"惟贤惟德,可以服人"(第八十五回)。

《礼记》曾说:"大道之行也,天下为公,选贤与能。"(《礼记·礼运》)选用贤能的人才观和以社稷百姓利益为重的得失观,是儒家"天下为公"的含义。《三国演义》中的仁君刘备犹如一柄双刃剑,他那以天下为己任,选贤用能开创清平世界的功业,寄托了封建时代广大人民的希望和要求;而他漠视百姓社稷利益,本末颠倒,公私错位,情理失衡的错误行径所导致的悲剧，同样具有不可抹杀的思想认识价值。

2. 忠义的人格价值引起读者的思考

忠与义二者皆属儒家伦理道德范畴，因时代生活的变迁、传统文化的演进，它们的内涵亦在不断地更新和扩充。《三国演义》的忠义观就已超越了先秦儒学的旨意，带有一定的民间传统色彩和时代气息。不过二者在小说里被紧紧地黏合起来，成为人格构建上价值取向的核心内容，也是小说意蕴中颇为耐人寻味的部分。忠义观仿佛是《三国演义》品评人物的斤两，写人论事往往与之联系，而且突破了封建正宗意识，不论男女老少和人物的身份高低，只要在为人处世中展现出忠义人格价值的，一概褒扬颂美，反之，则不失时机地奚落嘲讽。读了《三国演义》像下面的剪影恐怕要激荡起受者心中的波澜。

魏将邓艾率兵偷渡阴平之后带着疲惫不堪的两千余人，星夜倍道急攻江油城。其城守将马邈明明知道汉中丢失，军情吃紧，却到军寨中点完卯即回家和妻子围着火炉饮酒。他的妻子很纳闷，于是引发了夫妻心灵碰撞的镜头：

> 其妻问曰："屡闻边情甚急，将军全无忧色，何也？"邈曰："大事自有姜伯约掌握，干我甚事？"其妻曰："虽然如此，将军所守城池，不为不重。"邈曰："天子听信黄皓，溺于酒色，吾料祸不远矣。魏兵若到，降之为上，何必虑哉？"其妻大怒，唾邈面曰："汝为男子，先怀不忠不义之心，枉受国家爵禄，吾有何面目与汝相见耶？"马邈羞愧无语。（第一百十七回）

朱熹说："尽己之谓忠。"（《论语集注》）"义，宜也。"（《中庸》）这是忠义的基本含义，即为尽心尽意地完成自己的职责，依据行为和道德规范支配自己的实际行动。马邈拿着将军的俸禄，却把作为守城将军应尽的义务和责任忘得一干二净，难怪他的妻子怒斥他是不忠不义的无耻之徒。果然家人慌张地报告马邈，说邓艾的部队攻下了城池，他便拜伏在敌人的脚下，"泣告曰：'某有心归降久矣。今愿招城中居民，及本部人马，尽降将军。'"马邈妻子看到城破夫降，自缢身死，邓艾"感其贤，令厚礼葬之，亲往致祭"。马邈妻子那忠义的人格价值，用邓艾的反应映衬得更为珍贵。

小说第七十四回写关羽围攻樊城，与前来增援的曹军部将于禁、庞德展开了一场激战，最终于、庞二将被擒。在人格与生命的选择面前，庞的态度明朗，毫不折腰投降。关羽说："汝兄现在汉中，汝故主马超，亦在蜀中为大将；汝如何不早降？"庞德大怒曰："吾宁死于刀下，岂降汝耶！"庞临刑骂不绝口，引颈受斩。关羽怜而葬之。于禁表现则是另副面孔："禁拜伏于地，乞哀请命。关公曰：'汝怎敢抗吾？'禁曰；'上命差遣，身不由己。望君侯怜悯，誓以死报。'公绰髯笑曰：'吾杀汝，犹杀狗彘耳，空污刀斧！'令人缚送荆州大牢内监候。"于、庞两相对照，人格的美丑不言而喻。后来关羽失荆州，东吴把于禁从牢中送归魏王曹丕。曹丕因其人格卑微令他守陵墓，还在陵屋的粉白的墙壁上画了关羽水淹七军及活捉于禁的故事。壁画中关羽俨然上坐，庞德愤怒不屈，于禁拜伏于地，哀求乞命的样子，十分逼真生动。禁见了羞愤生病，不久死去。小说以诗的形式评论说："三十年来说旧交，可怜临难不忠曹。知人未向心中识，画虎今从骨里描。"书中对丧失忠义气节的人，采取嘲弄讽刺的方法真可谓无所不用其极了。

司马昭手下有个中护军贾充是一个为虎作伥，帮司马昭篡夺曹氏政权特别卖力的爪牙，就是他亲自指使成济用戟将曹髦刺死辇中。曹髦死后，尚书仆射陈泰要求处死祸首贾充，司马昭出面袒护拿成济做替罪羊，平息事端。小说对贾充这个小丑进行绝妙讥刺。东吴最后的皇帝孙皓是个残忍暴虐，常用剥脸面、挖眼睛来惩罚朝臣以逞凶的昏君。晋军攻取吴都后他主动投降，是货真价实的丧失国格与人格的双料混账。这个混账被押送到西晋首都洛阳，全书结尾有个简短的场面描写：

> 皓登殿稽首以见晋帝。帝赐坐曰："朕设此座以待卿久矣。"皓对曰："臣于南方，亦设此座以待陛下。"帝大笑。贾

充问皓曰："闻君在南方，每凿人眼目，剥人面皮，此何等刑耶？"皓曰："人臣弑君及奸回不忠者，则加此刑耳。"充默然甚愧。（第一百二十回）

这是同类比照，以丑衬丑的加倍法，挖苦嘲弄贾充卑鄙龌龊的人格。小说还有不少令人解颐的讽刺，对没有忠义人格价值者想方设法地出他们的洋相，但是《三国演义》较多地还是正面歌颂忠义的人格价值。

小说第三十六回描写徐庶母亲忠义人格的风采，虽寥寥几笔则能浮漾纸上，给人留下强烈的印象。曹操依着程昱的谋划把徐母骗到许昌，假惺惺地对徐母说："闻令嗣徐元直，乃天下奇才也。今在新野，助逆臣刘备，背叛朝廷，正犹美玉落于污泥中，诚为可惜。"因而劝徐母用信唤回儿子，皇帝将给重赏。徐母佯作不知地问："刘备如何人也？"操曰："沛郡小辈，妄称'皇帝'，全无信义，所谓外君子而内小人者也。"徐母厉声曰："汝何虚诳之甚也！吾久闻玄德乃中山靖王之后，孝景皇帝阁下玄孙，屈身下士，恭己待人，仁声素著，世之黄童、白叟、牧子、樵夫皆知其名：真当世之英雄也。吾儿辅之，得其主矣。汝虽托名汉相，实为汉贼。"说着拿起石砚去打曹操，以激怒曹操使之杀她，可让其子专心辅佐刘备。程昱看清了徐母的招数，提醒曹操若杀徐母必令其子"死心助刘备以报仇"，反倒"招不义之名"。后来徐庶让程昱假造的其母手书赚到许昌，徐母怒责儿子不懂"忠孝不能两全"之理，愤然自缢。徐母深明大义的精神千载之下，亦叫人啧啧称羡。无独有偶，第一百十四回说到曹髦被害，其身边随众顿时逃散，尚书王经赶来大骂贾充"逆贼弑君"的罪恶。司马昭气愤地将王经全家捕起来，王经正在法官的厅下，忽然看见母亲被捆绑着押送而来，此时王经母子的人格经受着严峻的考验：经叩头大哭曰："不孝子累及慈母矣！"母大笑曰："人谁不死？正恐不得死所耳！以此弃命，何恨之有！"次日，王经全家皆押赴东市，王经母子含笑受刑。满城士庶，无不垂泪。王经母亲坚信为忠义捐生就是死得其所，作者认为母子俩的人格精神"应同天地"长存。还有一个很能引人遥想的插曲：当司马懿夺取了曹爽兄弟的兵权，灭了曹氏三族，人们都唯恐祸连自身之际，小说插入了饶有意味的片段：曹爽从弟文叔之妻，乃夏侯令女也，早寡而无子，其父欲改嫁之，女截耳自誓。及爽被诛，其父复将嫁之，女又断去其鼻。其家惊惶，谓之曰："人生世间，如轻尘栖弱草，何至自苦如此？且夫家又被司马氏诛戮已尽，守此欲谁为哉？"女泣曰："吾闻'仁者不以盛衰改节，义者不以存亡易心'。曹氏盛时，尚欲保终；况今灭亡，何忍弃之？此禽兽之行，吾岂为乎！"懿闻而贤之，听使乞子以养，为曹氏后（第一百七回）。文叔的妻子孀居守寡和三从四德封建观念的毒害不是一码事，而是不以功利为价值的道德追求，恰似儒家指出的"义之所在，不倾于权，不顾其利"（《荀子·荣辱》）。因此诗曰："弱草微尘尽达观，夏侯有女义如山。丈夫不及裙钗节，自顾须眉亦汗颜。"处于男尊女卑的封建文化环境，《三国演义》倒能多次表现魏、蜀、吴各方女性的忠义品格，应该指出这是一个突破，有力地说明了小说描述的忠义行为和思想显示出开放性、灵活性的特点，如司马懿说的："彼各为其主，乃义人也。"（同上）忠义断非土特产，而具备普遍的意义。应该强调的是，小说的忠义精神主要体现在蜀汉集团中叱咤风云的人物身上，诸葛亮的忠、关羽的义更是为读者喜闻乐道的美德。

《三国演义》中诸葛亮这个名字一出现就与忠联系着，刘备向司马徽表示苦于无处求贤，徽立刻提醒他说："岂不闻孔子云：'十室之邑，必有忠信。'何谓无人？"进而点到了如今天下的奇才，"伏龙、凤雏，两人得一，可安天下"（第三十五回）。可知小说里的人才素质标准包括忠的品德。刘备三顾茅庐见到诸葛亮真诚剖白志在拯救苍生百姓，而且"泪沾袍袖，衣襟尽湿"（第三十八回），诸葛亮才吐出了"愿效犬马之劳"的誓言。自此诸葛亮的余生历尽艰辛、奔波劳碌，为蜀汉事业的开创和巩固，忠心耿耿、呕心沥血、运筹帷幄。白帝城托孤时，君臣之间披肝沥胆、推心置腹地交谈确为感人的一幕：

（刘备）取纸笔直写了遗诏，递与孔明而叹曰："朕不读书，粗知大略。圣人云：'鸟之将死，其鸣也哀；人之将死，其言也善。'朕本待与卿等同灭曹贼，共扶汉室；不幸中道而别。烦丞相将诏付与太子禅，令勿以为常言。凡事更望丞相教之！"孔明等泣拜于地曰："愿陛下将息龙体！臣等尽施犬马之劳，以报陛下知遇之恩也。"先主命内侍扶起孔明，一手掩泪，一手执其手，曰："朕今死矣，有心腹之言相告！"孔明曰："有何圣谕！"先主泣曰："君才十倍曹丕，必能安邦定国，终定大事。若嗣子可辅，则辅之；如其不才，君可自为成都之主。"孔明听毕，汗流遍体，手足失措，泣拜于地曰："臣安敢不竭股肱之力，尽忠贞之节，继之以死乎！"言讫，叩头流血。

这里暂且不去猜度刘备是真话直露，还是故意作戏别有用心，只想说作品描写这个动人的场景，对刻画诸葛亮忠贞的人格是非常得力的，也把忠的思想境界和价值淋漓尽致地表露出来。以古代传统文化来解读它，该是"忠能固君臣，安社稷，感天地，动神明，而况人乎，忠兴于身，著于家，成于国，其行一也"（《忠经·天地神明》）。

诸葛亮辅佐刘禅的过程可视为实践尽忠诺言的表现，他殚精竭虑重新调整外交关系，积粮草、治军旅，安定蜀地、平定南方，北伐中原以求"兴复汉室"，兑现"报先帝而忠陛下"的承诺。他的遗表堪称忠义人格的自白，一息尚存还不忘嘱咐刘禅要"清心寡欲，约己爱民；达孝道于先皇，布仁恩于宇下"（第一〇四回）。诸葛亮以自己的行动为构建高尚的人格画上了完满的句号。魏主曹叡临死的时候幻想司马懿能做诸葛亮第二，他在许昌的宫殿里也握着司马懿的手说："昔刘玄德在白帝城病危，以幼子刘禅托孤于诸葛孔明，孔明因此竭尽忠诚，至死方休。"（第一〇六回）他告诫这个身任太尉的人，要"竭力相辅"自己的儿子。但司马懿的人生哲学和人格构建的价值取向，与诸葛亮对照实在各具特色。司马懿的人生天平上让其子孙过把做帝王的瘾是压倒一切的。老子说"知人者智"，曹叡向司马懿托孤，只能反映他不睿。放下这些不谈，从曹叡临终遗言上看，诸葛亮的忠贞人格于当时就产生了引人向善的效果。

至于关羽的义要比诸葛亮的忠在内涵上复杂得多，作品开始写刘、关、张兄弟三人的结义，既有严肃地确立平等互爱、齐心协力的友善关系，又有表明信守救困扶危、休戚与共、反对邪恶、维护公德的盟誓手段，既是封建社会人民群众朴素的民主思想和平等要求的表现，又是组织力量、巩固团结、联合起来反抗剥削压迫的政治要求，另外还是为自己主子效命的一种宣言。总之，它是封建社会小私有者的意识形态，常常以个人恩怨评判是非得失，封建统治者利用其狭隘性与局限性为自己服务。关羽的义在小说里最闪光的表现是集中于第二十五回到二十八回内。他保护刘备的妻小，死守下邳，曹操用计将他围困在土山上，张辽以死战有"三罪"、投曹有"三便"对他劝降。他出于现实的考虑提出了不违桃园结义原则的"三约"，作为投曹的条件。他身在曹营心在汉，曹操送给他的金银、锦袍骏马都没有触动他的心。当他闻知刘备的消息便果断地挂印封金，夺关斩将，回到刘备的身边同甘苦、共患难，开创蜀汉大业。

然而关羽的义不等同于儒学解释的说法："义者，心之制，事之宜也。"（《孟子集注》）意谓用心裁制利欲，立身行事符合公理。关羽的义定位在以"我"为中心的个人恩怨上，个人恩怨成为支配他行为的原动力。曹操广施恩惠收买他，他自然地为曹操效劳，斩颜良、诛文丑，解白马之围。龚都揭他的疮疤，骂他是"背主之人"，他无言以对且坚持不改。赤壁之战，关羽在华容道上放走了曹操，这是由个人恩怨导致敌我不分的后果，异化为损害集体事业的反对力量。说穿了，《三国演义》中关羽身上体现的义，是报恩的同义语，与江湖上流行的道德精神有相通之处。如果渗透到个人之间相互帮助，回报和温情之中，不无一定的积极意义，而扩展的范围越大，包括集体、国家在内，它的误区则愈明显，有害的毒素就越多。

3. 智勇是人的一种魅力

《三国演义》的读者都不能否认，对小说中人物的喜爱憎恶感情，虽然为全书拥刘反曹的思想倾向所制约，但是那些富有智慧和勇敢的人物形象，总会使读者挂怀难忘，产生审美的愉悦之感，这就是人的一种魅力，是生命的价值。小说往往在对三国间政治、军事、外交尖锐复杂矛盾斗争的描写中，突出智能与勇武的重要性，令充满智勇美德的形象大放异彩。毛宗岗《读三国志法》叹道："遍观乎三国之前，三国之后，问有运筹帷幄如徐庶、庞统者乎？问有行军用兵如周瑜、陆逊、司马懿者乎？问有料人料事如郭嘉、程昱、荀彧、贾诩、步骘、虞翻、顾雍、张昭者乎？问有武功将略迈等越伦如张飞、赵云、黄忠、严颜、张辽、徐晃、徐盛、朱桓者乎？问有冲锋陷阵、骁勇莫挡如马超、马岱、关兴、张苞、许褚、典韦、张郃、夏侯惇、黄盖、周泰、甘宁、太史慈、丁奉者乎？问有两才相当，两贤相遇如姜维、邓艾之智勇悉敌，羊祜、陆抗之从容互镇者乎……求之别籍，俱未易一一见也。"毛氏评价小说里的重要人物不能说个个恰如其分，倒是别具慧眼。其中把张飞与赵云等相提并论，称之为兼具武功将略的拔尖人才，真是没有辜负罗贯中塑造这些形象的一片苦心。

张飞与读者见面的第一个印象是豪侠粗犷的莽汉，"豹头环眼，燕颌虎须，声若巨雷，势如奔马"的外在形象风度，生动揭示了猛张飞的内在个性。当董卓怠慢了刘备，他"便要提刀入帐来杀董卓"（第一回）。他听到"督邮逼勒县吏，欲害刘公"，则"睁圆环眼，咬碎钢牙"，痛打贪官。后来战场上露面的张飞是"手持蛇矛丈八枪，虎须倒竖翻金线，环眼圆睁起电光"（第五回），活现了猛张飞的声威。中国古代儒家认为智、仁、勇是"三达德"，勇敢而无智谋的军官只是一介武夫，这号人绝不会成为世人仰慕的名将。

罗贯中笔下的张飞神奇地表现出武夫变名将的经历，小说写张飞擒刘岱是他由武功向将略跨出的一大步。刘岱原为兖州刺史，虎牢关讨董卓时也是一镇诸侯。曹操派他与王忠攻打徐州，关羽活捉了王忠，令张飞只准生擒刘岱以留作收买曹操军心的工具。刘岱知张飞勇猛，坚守军寨任其叫阵挑战，挫折中张飞意识到单凭武力无济于事，开始了运用智慧的力量。他饮酒诈醉痛打军士，故意使受罚军士逃奔敌营报告预定劫寨的情报，诱导曹军中计，轻擒刘岱。消息传来，刘备喜不自禁，对关羽说:"翼德自来粗莽,今亦用智,吾无忧矣!"(第二十二回)刘备的话短意长,在干戈扰攘、机诈丛生的社会环境里,仁、智、勇"三达德"里缺任何一项都难以成事。

大闹长坂桥的成功,与其说是张飞凭借勇武,毋宁说是他使用智谋的作用。张飞带领20余骑来长坂桥阻截曹操百万之众,单靠拼杀只有死路一条,已经尝过智斗甜头的张飞又向前迈了一步。他让20余骑砍下桥东树林的枝条,拴在马尾上在林中来往驰骋,冲起尘土以为疑兵,这是他阻击战的第一步。然后是他选定了阻截敌军的最佳位置,立马桥上。倘若于桥前桥后都不能实现一对一的较量,敌军没料到他已把握了可以利用的积极因素。曹操大兵追至桥边看到林后灰尘大起,疑有伏兵,立即勒马不前,扎住阵脚,疑兵之计生效了。张飞"见后军青罗伞盖、旄钺旌旗来到,料得是曹操心疑,亲自来看",抓住了对方心理,厉声大喝,先声夺人。果然又生效了,张飞从曹操头上的青罗伞撤掉的现象上捕获了其中的信息。因此趁热打铁,强化声威,三吼之后!"曹操身边夏侯杰惊得肝胆碎裂,倒撞于马下",曹操回马而走,众军一齐往西奔跑。张飞看到曹军退去,阻击成功,忙叫20余骑解掉马尾树枝,迅疾拆断桥梁,向刘备回禀详情。刘备随即指出拆桥失策,多谋的曹操一定会料知"我无军而怯",必来追赶(第四十二回)。据水断桥表现了张飞今非昔比,谋略有长进,但比起其兄刘备仍差一大截。

义释严颜标志着张飞已经发展为武功、将略二者兼备的杰出军事人才。他不仅活捉了智勇双全的蜀中名将,而且忍辱负重以上宾之礼款待敌手,令其心悦诚服地归降,使巴郡到雒城间的关隘望风归顺,未再厮杀。张飞这次的自我超越连诸葛亮也没想到,他还惊问张飞如何会神速挺进,了解详情后,他向刘备贺道:"张将军能用谋,皆主公之洪福也。"(第六十四回)毛宗岗对此大发感慨:"翼德生平有快事数端:前乎此者,鞭督邮矣!骂吕布矣!喝长坂矣!夺阿斗矣!然前数事之勇,不若擒严颜之智也;擒严颜之智,又不若释严颜之尤智也。"(《三国演义的政治与谋略》第六十回)

成熟老练的名将张飞在巴西瓦口关碰上了悍将张郃,他把自己贪杯嗜酒的弱点，转变为诱敌中计的有利条件。当年他醉酒失了徐州，这回攻夺要隘时表面是积习不改，醉酒失态，假戏真演使刘备惊慌。诸葛亮深知今昔张飞判若两人，在酒上大做文章，结果用草人打扮的假张飞，赚得了骁勇善战的真张郃。经过千锤百炼的张飞，由一介武夫成长为英名盖世的"五虎将"，这种生命意义的飞跃，关键就在于智、勇价值的实现。凡是作者笔底闪烁光辉的人物，不管是文臣，还是武将，都倾注了饱满的热情描写他们大智大勇的事迹。如赵子龙大战长坂坡、张辽威震逍遥津、老黄忠计夺天荡山、徐公明大战沔水、徐盛火攻破曹丕等武功将略的表现举不胜举。而文臣谋士的智勇较量也不乏精彩的笔墨，这里仅以邓芝为重修吴蜀盟邦的外交活动来推知其余。

当彝陵之战的余烟还没有彻底消失，吴蜀两军的杀伐声仍在耳畔回荡之时，看东吴是怎样接待这位倍受敌视的使臣的：

> 忽报西蜀遣邓芝到。张昭曰："此又是诸葛亮退兵之计，遣邓芝为说客也。"权曰："当何以答之？"昭曰："先于殿前立一大鼎，贮油数百斤，下用炭烧。待其油沸，可选身长面大武士一千人，各执刀在手，从宫门前直摆至殿上，却唤芝入见。休等此人开言下说词，责以郦食其说齐故事，效此例烹之，看其人如何对答。"权从其言。

面对剑拔弩张、杀气逼人的场面，一位手无寸铁的书生做出了什么样的反映呢？芝整衣冠而入。行至宫门前，只见两行武士，威风凛凛，各持钢刀、大斧、长戟、短剑，直到至殿上。芝晓其意，并无惧色，昂然而行。至殿前，又见鼎镬内热油正沸。左右武士以目视之。芝但微微而笑。近臣引至帘前，邓芝长揖不拜。权令卷起珠帘，大喝曰："何不拜！"芝昂然而答曰："上国天使，不拜小邦之主。"权大怒曰："汝不自料，欲掉三寸之舌，效郦生说齐乎！可速入油鼎！"芝大笑曰："人皆言东吴多贤，谁想惧一儒生！"权转怒曰："孤何惧尔一匹夫耶？"芝曰："既不惧邓伯苗，何愁来说汝等也？"权曰："尔欲为诸葛亮做说客，来说孤绝魏向蜀，是否？"芝曰："吾乃蜀中一儒生，特为吴国利害而来。乃设兵陈鼎，以拒一使，何其局量之不能容物耶！"（第八十六回）

孙权视邓芝从容不迫、谈笑自若的神态举止，听其不卑不亢、堂堂正正的对答，自觉惶愧失礼，马上叱退武士，命邓芝上殿，赐坐交谈，冷静而坦率地讨论修盟国事。邓芝超凡的智勇征服了孙权，圆满地完成了外交任务，维护了国家的尊严，赢得了信任和赞佩。孙权对其臣属感叹："孤掌江南八十一州，更有荆楚之地，反不如西蜀偏僻之处也：蜀有邓芝，不辱其主；吴并无一人入蜀，以达孤意。"（同上）由此足以证明智、勇直接关系到各种势力的消长强弱，事态发展的走向，功业的大小、成败。小说里诸如王允除奸施妙计、鲁子敬力排众议、阚泽密献诈降书、庞统巧授连环计、张永年反难杨修等皆是文人谋士智、勇品德前后辉映的美文。《三国演义》是用乱世特殊社会条件作背景，描写智、勇的鲜菹美实，平添了赞扬智、勇的强度。尤其对诸葛亮智谋的歌颂，从隆中茅庐内纵论天下到五丈原料理后事，处处烂然在目，感人肺腑。书中其他雄杰才俊像魏之曹操、司马懿，东吴的周瑜、吕蒙、陆逊，蜀汉的庞统、姜维等较之于诸葛亮均显失色。而诸葛亮形象的智慧光环，挖到根上也不过是我国古代人民群众长期社会实践斗争积累的经验硕果和智力的结晶。

4. 历历呈现的深重罪孽

莎士比亚说过："智慧和仁义在恶人眼中看来都是恶的。"（《李尔王》第4幕第2场）而虚伪残忍的封建统治者也格外地嗜好干虚伪残忍的事。《三国演义》深邃的意蕴既有对仁德、忠义、智勇的颂扬，同时也有对丑恶、罪孽、黑暗腐朽的暴露和鞭挞。因为小说概括了较长时期封建社会统治阶级内部各个政治集团之间各种形式的斗争，通过评价这些斗争，肯定与否定了各个政治集团及其重要人物，反映了中国古代广大人民群众的某些情绪和愿望。所以作品意蕴的多样性和复杂性，及对罪恶批判的深度和广度都是不难看出的。小说第一回揭示了黄巾起义、社会动乱的根源是"桓帝禁锢善类，崇信宦官"，灵帝在位"宦官曹节等弄权"，"朝政日非"，"天下人心思乱"。地方军阀扩张自己的势力，残民以逞、窃权称雄。董卓是最先暴露野心家凶相的军阀,试看他独秉朝政的恶行:自此每夜入宫,奸淫宫女,夜宿龙床。尝引军出城,行到阳城地方,时当二月,村民社赛,男女皆集。卓命军士围住,尽皆杀之,掠妇女财物,装载车上,悬头千余颗于车下,连轸还都,扬言杀贼大胜而回;于城门外焚烧人头,以妇女财物分散众军。

董卓为了进一步篡夺朝中大权,决定挟持皇帝从洛阳迁都长安。司徒荀爽提出迁都使"百姓骚动不宁",董卓毫不掩饰自己的狼子野心,怒吼:"吾为天下计,岂惜小民哉!"竟在光天化日之下洗劫洛阳城:卓即差铁骑五千,遍行捉拿洛阳富户,共数千家,插旗头上大书"反臣逆党",尽斩于城外,取金费。李傕、郭汜尽驱洛阳之民数百万口,前赴长安。每百姓一队,间军一队,互相拖押;死于沟壑,不可胜数。又纵军士淫人妻女,夺人粮食;啼哭之声,震动天地。如有行得迟者,背后三军催督,军手执白刃,于路杀人(第六回)。

董卓临离洛阳时将宫殿官府、居民房屋纵火焚烧,"二三百里,并无鸡犬人烟","尽为焦土"。董卓死后其部下鹰犬李傕、郭汜自相残杀,在长安城混战,"乘势掳掠居民","但到之处,劫掠百姓,老弱者杀之,强壮者充军"。兵燹不断、战争频仍,倒霉的还是广大人民,他们背乡离开,衣食皆无,"饿莩遍野"。正如作者叹曰:"生灵糜烂肝脑涂,剩水残山多怨血。"(第十三回)

继踵董卓而称霸的曹操,他逞凶作恶的方式要比董卓乖巧,智慧与仁义成了为他行凶服务的工具,他把"扶持王室,拯救黎民"的旗帜高高地举起,将"仁义"二字吵嚷得震天响,干的倒是封建统治者无一例外的罪孽。他为了报私仇,发誓要"悉起大军,洗荡徐州",命令夏侯惇等先头部队"但得城池,将城中百姓,尽行屠戮"(第十回)。

战乱的年代社会生产凋敝不堪,人民挣扎于苦难的深渊,封建统治者却从来不放过奢侈享乐。建安初年,昔日繁华富庶的两京之地,弹指间只剩下颓墙坏壁、满目蒿草。"洛阳居民,仅有数百家,无可为食,尽出城去剥树皮、掘草根食之",又多死于废墟瓦砾之间。曹操拥兵自重,全然不管这些,拉着皇帝做资本移驾许都,为满足个人的威福,不惜劳民伤财，大兴土木，花费3年工夫造起一座铜雀台，其台左右分别建有玉龙台和金凤台，"各高十丈，上横二桥相通，千门万户，金碧交辉"。其台建成之日曹操"头戴嵌宝金冠，身穿绿锦罗袍，玉带珠履"，大宴文武百官（第五十六回）。封建统治者和任其宰割的劳苦大众相比，势同天堂与地狱之差。《三国演义》这样的描写虽然不多，但以此叫人自然想到了鲁迅的话："所谓中国的文明者，其实不过是安排给阔人享用的人肉的筵宴。所谓中国者，其实不过是安排这人肉的筵宴的厨房。"（《坟·灯下漫笔》）我们在小说集中描写的封建统治阶级内部斗争背后，仿佛看到了千百万人民在可怜地充当着他们不能没有的牺牲品。

作品在揭露封建统治阶级罪孽的过程中，还透发了一种令人痛心的消息。阴险狡诈的统治者总是利用老百姓的情绪，在不择手段地玩弄着唯利是图的把戏。百姓对杀人不眨眼的刽子手董卓恨得咬牙切齿，各地方的军阀就把自己伪装成反卓的代表，嘴里喋喋不休地讲着漂亮的言词，甚至慷慨激昂、痛哭流涕，拉起一干人马加入讨卓队伍，准备人伙分红，或浑水摸鱼，各自的心底都藏着不可告人的鬼胎。讨卓的"十八路诸侯"中，袁术"总督粮草，应付诸营，无使有缺"。但长沙太守孙坚愿为先锋攻打汜水关，将士奋勇直杀到关前。袁术生怕孙坚力量壮大，拒不按时发放粮草，终令孙坚军队乏食，不战自乱。华雄领兵杀来，孙坚士卒到处逃窜，大将祖茂命归九泉，这个江东猛虎变成了落魄之犬（第五回）。孙坚兵屯洛阳意外地在水井中捞得皇帝的玉玺，便与程普等商量决定背弃盟约，"速回江东，别图大事"。袁绍暗获密报向孙坚软硬兼施索取玉玺，孙坚赌咒发誓，一口咬定说没有，最后两家摊牌，险些动武，至此讨卓联军迅速瓦解（第六回）。孙坚为保住玉玺与刘表开战死于乱箭之下，袁术又以发兵救助为诱饵，将玉玺从孙坚之子孙策那里骗得，三番两次赖着不还。英国思想家弗兰西斯·培根说过："本性常常是隐藏着的……但很少能根除。"（《随笔集·论人生》）《三国演义》描写封建统治者形形色色的罪恶，总是自觉或不自觉地透过他们的鬼蜮花招，揭露其世人皆为己用的反动本性。他们驱使百姓攻城略地，用人民的鲜血生命耀武扬威。曹操偷袭乌巢烧了袁绍的粮草，马不旋踵追击袁军，一次杀了八万余人，血流在河沟里都漫了出来（第三十回）。袁绍为了给自己争面子，重振威风，纠合"二三十万，前至仓亭下寨"，到头来还是被杀得"尸横遍野，血流成渠"（第三十一回）。封建统治集团间互相混战、互相吞并，为的就是一己的私利，仰仗武力来实现家天下的野心。有时候他们也变换手法，以另种方式害人以树立自己的威严，消灭异己的力量。曹操杀祢衡而不沾血即是政治老手表演的把戏。

　　洁身自好，年方24岁的处士祢衡，就连"豪气贯长虹""文章惊世俗"的孔融都认为他是"淑质贞亮，英才卓跞"，"忠果正直，志怀霜雪；见善若惊，嫉恶若仇"（第二十三回）的人间奇士，"此人宜在帝左右"以备顾问，发挥其才智而为世用。他确实染有书生的狷介骨鲠、睥睨流俗的意气，但他绝不是阴谋家、野心家，不是能对曹操在政治上构成任何威胁的人物。只是他不能乖乖地听从曹操的驱使，"不作曹瞒之党"，便被视为绊脚石，必得清除而后快。然而曹操还要借刀杀人，收到一石双鸟的政治效果，用祢衡的命坑害自己的政敌，正如有人问刘表："祢衡戏谑主公，何不杀之？"表曰："祢衡数辱曹操，操不杀者，恐失人望；故令作使于我，欲借我手杀之，使我受害贤之名也。"后来曹操听说黄祖斩了祢衡，他付之一笑，说："腐儒舌剑，反自杀矣！"

　　曹操本来是祢衡悲剧的罪魁祸首，他倒把罪责抖搂得一干二净，同时想叫那些不识时务的书生慑服于他的淫威。棘手的是，世间最不易征服的则是人心，书生不会因统治者的屠戮而改变做人的原则，这也是培根讲的那种"很少能根除的本性"。不是吗？孔融并没有从祢衡的不幸中记取教训。曹操独霸中原踌躇满志，正欲乘时扫平江南之际，曹氏身边的文臣武将拣自己主子喜听之言去描绘胜利前景唯恐不及。他却跳出来给主子泼冷水，说："今丞相兴此无义之师，恐失天下之望。"曹操叱退他，他还感到言犹未尽，激于忧患而仰天叹曰："以至不仁伐至仁，安得不败乎！"曹操对这种有碍树立自己权威的人是从不手软的，他"尽收融家小并二子，皆斩之"，仍觉未解心头之恨，"号令融尸于市"（第四十回）。小说写孔融是位体国恤民的封建社会的官吏，在"北海六年，甚得民心"，他的身家性命遭受残害，究其底细还是他的友人京兆脂习常常提醒他的那句话"刚直太过，乃取祸之道"（第四十回）。

孔融及其家庭的灭顶之灾，再一次说明了封建统治者总是要求他的臣民，只能俯首帖耳地效犬马之劳，绝对不允许有半点的违连和异言，否则毫不容情地被赶尽杀绝。卖身投靠的许攸因说了一句自我表功的话，曹操不动一丝恻隐之心就结束了他的性命。荀彧、荀攸之流竭忠尽智地替曹操卖力，稍微逆主子的心思则被弃之如敝履。封建社会中的大大小小的统治者有哪一个不是与曹操同出一辙？又有哪一个在改朝换代混战中的获胜者与曹操的本性存在质的差别？然而蜀主刘备倒是一个例外，这恰好反映了小说作者的一种思想倾向，梦想看到与曹操之类截然不同的封建统治者，一位仁慈宽厚、安邦救民的开明君主，实际上只是引发好心的人做美梦。

5. "拥刘反曹"思想倾向解谜

刘备是罗贯中在小说里惨淡经营、精心刻画的重要人物形象之一，作者在道德、政治、性格上全方位地对他不遗余力地加以美化，处处和曹操构成鲜明直截的对照，竟至形成了全书不能抹杀的拥刘反曹的思想倾向性。

其一，两人性格的比较。小说第六十回叙述刘备对西进攻取益州重大问题上的表态，高度概括了他和曹操两人性格的差异："今与吾水火相敌者，曹操也。操以急，吾以宽；操以暴，吾以仁；操以谲，吾以忠；每与操相反，事乃可成。若以小利而失信义于天下，吾不忍也。"简言之，宽仁忠义是刘备性格的本质特征，而曹操截然相反，诡谲欺诈、奸雄刁悍是其本色。

由人性的存在所决定的一个人性格集中体现于人和其他人的关系上。曹操和陈宫在逃难中得到吕伯奢的热情款待，可是曹操心生猜忌杀了吕氏全家，明知错杀却只图个人安然无恙，再去砍死恩人吕伯奢。陈宫大为不满，责其"知而故杀，大不义也！"曹操理直气壮道出了他的人生信条："宁教我负天下人，休教天下人负我。"（第四回）刘备栖止新野小县，曹操正欲自引大军鲸吞弹丸之地，生死存亡千钧一发。诸葛亮提出了趁刘表病危速取荆州以拒曹操主张，而且反复叮嘱："今若不取，后悔何及！"刘备果断表示："吾宁死，不忍作负义之事。"（第四十回）两类不同的性格直接派生了各自的道德价值取向。

其二，道德相形见美丑。道德是一个人的行为准则，一旦道德被视为嘲笑的对象，那么干什么损人利己的事情都会无所顾忌而心安理得，小说里的曹操就是这号人。他拿人家的脑袋为自己的阴谋诡计派用场的处世原则，实在叫人不寒而栗、心惊肉跳。小说第十七回写曹操率17万军队与袁术兵相拒月余，粮食将尽，形势严峻，仓官王垕请示曹操出主意，操令用小斛向各寨发放。王垕明知这将激变军心，后果不堪设想，但主子有令只好照办，等各寨将士怨声四起的时候，"操乃密召王垕入曰：'吾欲向汝借物，以压众心，汝必勿吝。'垕曰：'丞相欲用何物？'操曰：'欲借汝头以示众耳。'"不管王垕怎样申明自己无罪，曹操还是按照自己的思路把王垕脑袋揪下来悬挂高竿之上，以平息将士的怨怒。第七十二回说他"恐人暗中谋害己身，常吩咐左右：'吾梦中好杀人，凡吾睡着，汝等切勿近前。'他放风之后，昼寝故意把被踹落到地上，引逗憨厚的近侍趋前为他盖被，他突然从床上跳起剑斩近侍，复上床睡，半响而起，佯惊问：'何人杀吾近侍？'众以实对，操痛哭，命厚葬之，人皆以为操果梦中杀人"。

更有甚者，曹操从不放过任何机会来扫荡自己的反对势力。建安二十三年（218）侍中少府耿纪和司直韦晃等人痛恨曹操奸恶行为，计划正月十五夜间城内大张灯火庆赏元宵之时，以放火为号起事诛杀国贼曹操。事败后"曹操于教场立红旗于左、白旗于右下令曰：'耿纪、韦晃等造反，放火焚许都，汝等亦有出救火者，亦有闭门不出者。如曾救火者，可立于红旗下；如不曾救火者，可立于白旗下。'众官自思救火者必无罪，于是多奔红旗之下。三停内只有一停立于白旗下。操教尽拿下于红旗下者。众官各言无罪。操曰：'汝当时之心，非是救火，实欲助贼耳。'尽命牵出漳河边斩之，死者三百余员。"（第六十九回）这纯粹属于宁肯错杀若千个无辜者，绝不漏掉一个反对派的刽子手的逻辑。小说描写曹操嗜杀成性的地方俯拾即是，因衣带诏案杀害汉献帝周围一伙人可算得上有代表性的一例。曹操用宴请众大臣饮酒的场面，当众给太医吉平施刑，并声称"为众官醒酒"，为解他心头之恨，砍断吉平九指之后又令割掉他的舌头，吉平凛然撞死阶下。曹操将国舅董承及王子服等五人，"并其全家老小，押送各门处斩，死者共七百余人"。（第二十四回）曹操仍"怒气未消，遂带剑入宫"。他令武士处死董妃时，献帝以董妃身孕五个月为由请"丞相见怜"。伏后哀告"待分娩了，杀之未迟"。操表示"欲留此逆种，为母报仇乎？"遂令武士把董妃勒死。人性是道德之本，丧失人性的曹操是不可能把人性与人道放在眼里的，小说通过曹操的形象愤怒鞭挞历代封建统治者奸诈凶狠的滔天罪行。

作者刻画刘备形象则选用多种事例突出其仁君的高尚美德，这里既有身边的小事又有关系千百万生灵的大事。刘备投靠刘表不久，赵云把谋反扰民的降将张武的坐骑夺来交给了刘备。刘备识得这是雄骏罕见的千里马，遂将此马送给刘表。刘表幕僚蒯越善于相马，认定这匹名叫"的卢"的良马，骑则妨主存在丧生的危险。刘表闻之而惧，把马还给了刘备。荆州幕宾伊籍出于关心刘备的安全，向刘备转述了蒯越的话，刘备只是表示感激对他的关爱，不想把马转给别人。事后刘备在新野小镇骑此马，化名叫单福的徐庶告诉刘备，他有一种妙法可免除此马妨主之祸。刘备请他指点，单福说："公意中有仇怨之人，可将此马赐之；待妨过了此人，然后乘之，自然无事。"刘备听了气愤地说："公初至此，不教吾以正道，便教作利己妨人之事，备不敢闻教。"（第三十五回）凡人皆知，生活中出现的祸福吉凶常常是对人道德的检验。刘备曾趁许昌空虚的机会，亲自引兵来袭，不料与曹操大军相遇，被打得七零八落，身边仅有关羽、张飞、赵云等数人跟随。刘备深情地说："诸君皆有王佐之才，不幸跟随刘备。备之命窘累及诸君。今日身无立锥，诚恐有误诸君。君等何不弃备而投明主，以取功名乎？"（第三十一回）遇到困境首先想到部下的前程命运，其先人后己的品格感动得"众皆掩面而哭"。至于撤樊城不忍随行百姓遭难而欲投江自尽，陶谦三让徐州而固辞不受，徐庶因母遭难不予挽留，张松拜见则谦虚恭敬以礼相待，等等，都与曹操构成对比，美丑善恶泾渭分明。特别使人回味的是两人临终都袒露了各自灵魂的真实面貌，曹操"命诸妾多居于铜雀台中，每日设祭，必令女伎奏乐上食"，还有遗命安排在城外设疑塚72处，不让后人知道他的墓地，严防被人掘坟。这是极端自私者的自白，生前暗算人家一辈子，死后不得不防备被别人算计。刘备的人生体验却是另种境界，嘱咐儿子："勿以恶小而为之，勿以善小而不为。惟贤惟德，可以服人。"两种人物、异样灵魂，褒贬毁誉之中肯定了民族文化的道德价值标准。

其三，奸雄与英雄的政治色调。曹操和刘备同为镇压黄巾起义的政治暴发户，在群雄角逐中都大展长才，卓越侪类。如小说第二十一回描写曹操煮酒论英雄，他借着酒兴，评点袁术、袁绍、孙策、刘表、刘璋、张绣、张鲁、韩遂等所谓诸路英雄，逐一贬损之后，以手指刘备，接着又自指说："今天下英雄，惟使君与操耳！"英雄是一个历史的范畴，不同时代有着不同的理解，在曹操看来能于杀伐和欺诈的尖锐复杂的搏斗中最终成为强者、胜者便是英雄。可见曹操心目中的英雄和仁德不搭界却与强权穿着连裆裤，自然扭曲为奸雄。曹操本人对此也很认账，小说开宗明义第一回他刚露面就作了交代："汝南许劭，有知人之名，操往见之，问曰：'我何如人？'劭不答。又问，劭曰：'子治世之能臣，乱世之奸雄也。'操闻之大喜。"奸雄是与残酷社会相适应的时代骄子，曹操是自觉地充当乱世的骄子。它的政治基本色调是为填充永远也填不满的欲壑，调动封建统治者全套的斗争手段，不休止地干他所追逐的事情。小说第十回是描写曹操奸雄形象的转折点，他以东郡太守的资格和济北相鲍信共破青州黄巾，他略事耍奸，则赚得降兵30余万，捞到镇东将军的名爵。进而在兖州招来文臣武将，为扩张势力积攒了底垫，开始主动出击，讨袁术、占徐州、擒吕布、灭袁绍、吞荆州、败乌桓、大破西凉、平定汉中，挟天子以令诸侯。其间他不受礼法约束，不顾廉耻声价，将权谋机诈和残暴专横紧密结合，有效地诛锄异己，实现自己的野心。作者用曹操许田射猎对献帝的侮慢不尊，以及勒死董妃、杖杀伏后，以天子车服銮仪抖擞威风等情节，将他乱臣贼子的政治面目暴露无遗，作者那种痛恶和批判的态度亦随着对曹操形象的塑造同步地趋于鲜明、强烈。

相反，小说却把刘备作为仁民济物的英雄来描写，他的政治基调是"汉室倾颓，奸臣窃命"之时，当"以天下苍生为念"（第三十八回），"上报国家，下安黎庶"（第一回），"匡扶汉室"。在军阀混战、社会裂变的东汉封建王朝末年，皇帝仍然没有完全丧失政权统一的象征意义，王道仁政更加成为百姓梦想的天下太平、安居乐业的一种清明政治。维护皇权、推行王道仁政几乎贯穿在刘备一生的行动之中，成为他终身担负的重大使命。由于曹、刘两人政治追求的定位之差，必然导致两人政治行为的对立。霍布斯说："欲望是无所不在的豺狼。"（《利维坦》第11章）曹操在个人欲望的驱动下或装出宽仁爱民的姿态以蒙骗淳朴善良的老实人，或施展狡诈的花招揩干手上的血迹，扮演百姓的保护神，事实上他对天下的百姓暴戾恣睢，为所欲为。刘备却能够尊重民意，爱惜民命，以民心向背为依归，不因一时的得失成败而放弃这个原则。所以刘备的人马无论开赴何处，都是"纪律严明，秋毫无犯"，如遇灾情，则"开仓赈济百姓"（第六十五回），在遭受战乱骚扰之地，即"招谕流散人民复业"（第二十一回）。老百姓也把他视为"仁慈之主"，他到了西川，百姓扶老携幼，满路观瞻，"焚香礼拜"。

刘备安邦保民的政治追求一直被他周围的人所接受与坚持，逐步发展成维系蜀汉集团的一面旗帜。刘备死后诸葛亮举着这面旗，宵衣旰食，勤奋治蜀，"两川之民，忻乐太平，夜不闭户，路不拾遗。又幸连年大熟，老幼鼓腹讴歌……米满仓廪，财盈府库"（第八十七回），创获了国富民强的升平景象。还是这面旗的指引，安抚蛮方，使孟获宗党"欣然跳跃"，感戴恩德，南疆从此稳固（第九十回）。既而北伐"攘除奸凶，兴复汉室"，不辜负先帝"临崩寄臣"的"大事"（第九十一回）。六出祁山虽没实现刘备心中平定中原、讨贼复兴的宏愿，但诸葛亮弥留之际告诫他的接班人姜维，仍是"竭忠尽力，恢复中原，重兴汉室"（第一百四十回），给后主遗表的中心旨意不外乎是振邦兴国，"约己爱民"。小说作者对刘备及蜀汉集团政治理想的欣赏，同样体现了作品拥刘反曹的思想倾向。

　　总而言之，罗贯中塑造的曹操形象反映了封建时代的人民群众对暴君、暴政的深恶痛绝；而刘备的形象倒是人民群众渴望改变自己不幸的处境，又找不到政治出路的情况下幻想出来的"仁政""仁君"的写照。从具体的历史环境来考察，封建统治者个个只能类似曹操而不会心同刘备，两者在群雄搏斗中皆为争王图霸，谁都要利用一切机会发展自己，消灭敌对势力。曹、刘两个对立的形象，实质上是现实生活与传统文化中美好理念的矛盾反映。民本德政、宽仁爱民、忠诚信义、救危济困、孝悌礼让等是传统文化中心态文化层的重要理念。历代封建统治者总是将其当作装饰自己的光环，衣钵相传，翻新出奇，就连极端利己主义者的曹操，亦不忘以之相标榜，"把自己的利益说成是社会全体成员的共同利益，抽象地讲，就是赋予自己思想以普遍性的形色，把它们描绘成惟一合理的、具有普遍意义的思想"（《德意志意识形态》，《马克思恩格斯全集》第3卷第54页）。可是历史的客观存在却是美好理念的异化，专制暴政、机变权诈、弱肉强食、贪婪残忍是封建社会起着支配作用的力量。人民群众对封建社会罪恶的愤怒与批判，不可能超越封建主义的历史范畴，他们无法摆脱现存的社会，只好在精神领域内挣脱环境的压迫，把希望寄托在超现实的理想之中。

　　《三国演义》拥刘反曹的思想倾向就是对封建社会种种罪恶的批判和否定，对人民群众理想价值观念的欣赏与肯定，这是文化属性及其调控功能在历史小说创作上的生动体现。因为文化是人类智慧的结晶，包含理念在内的精神创造是文化精髓的一部分，也是人的本质力量的显现形态。人民群众在封建社会中的美好追求，本质上所体现的即是关系现实社会"应当如何"的价值观念，是推动历史发展的内驱力。这也是曹操与刘备两个人物形象在今天依然具有认识意义和审美作用的文化因缘。无可否定，精神创造的机理是相当复杂的社会现象，拥刘反曹思想的形成更有它自身的多种因素和历史过程。直接影响小说创作的历史著作就存在着曹、刘孰为正统的问题，陈寿《三国志》尊魏为正统。东晋王朝偏安江左，习凿齿的《汉晋春秋》改蜀汉为正统。北宋司马光虽贬斥曹操为乱臣贼子，肯定刘备即使"颠沛险难而信义愈明，势逼事危而言不失道"(《资治通鉴》卷五十七），却还是把曹魏视作正统。南宋朱熹作《通鉴纲目》与司马光看法相左，明确以蜀汉为正统。清代史学家章学诚针对几经变化的原因作了深刻的阐述："陈氏生于西晋，司马氏生于北宋，苟黜曹魏之禅让，将置君父于何地？而习与朱子，则因南渡之人也，惟恐中原之争正统也。诸贤易地而皆然。"（《文史通义·文德》）《三国演义》的拥刘反曹思想不能说与封建正统观念没有瓜葛，同样也不必否认小说的拥刘反曹是一种浸润着民族思想感情的封建正统观念。从三国故事流传直至长篇历史小说的诞生，中经民族矛盾异常尖锐、突出的宋、元时代，在社会心理长期驱使下，曾把企图重建汉朝而又偏处西南一隅的刘备集团当作汉族政权的象征，而将盘踞中原的曹操集团影射为金、元的政治力量。拥刘反曹糅进了借古讽今及民族反抗的情绪，陆游的诗句"邦命中兴汉，天心大讨曹"，就是正确理解这个问题的启扃之钥。

封建正统观念本是为封建王朝统治辩护的工具，它用一家一姓的"统"系强调现有政权合法化，以消除一切"犯上作乱"的不轨行为。《三国演义》拥刘反曹则不能简单地认定是这种思想的变种。刘表、刘璋皆是"汉室宗亲"，作者只因其没有刘备的美德而并不加以褒扬。孙权、曹操同是割据一方，但前者不像曹操凶恶奸诈，作者没有把批判的矛头指向孙权。而曹操其人从历史舞台进入小说世界，他酷虐奸诈性格的典型意义不断地为世人所关注与深化。我们姑且不说刘义庆《世说新语》、殷芸《小说》、裴启《语林》等这些实录名人"言语应对"（《世说新语·轻诋篇》刘孝标注）著述中的记载，但见距曹操不过六七十年的陆机评语："曹氏虽功济诸夏，虐亦深矣！其民怨矣！"（陆机《辨亡论》）便可推知贬曹的思想渊源久远，后来逐渐酿成民间情绪，为历代艺人和罗贯中挖掘贬曹的审美价值提供了多方的支持。所以，拥刘反曹的思想是在中国封建社会特殊历史阶段铸就的"合金"，是维护民族独立、反抗阴险残酷暴政和封建正统等思想感情的复合体，三位一体，兼观则全，缺一乃偏，这就是《三国演义》拥刘反曹思想倾向的谜底。

（四）千钧笔力、淋漓翰墨绘制小说艺术奇观

《三国演义》思想内容博大精深，给人以多种多样的启迪，而且它丰厚的意蕴经过人类生活激浪不断地淘漉，将会继续发现新的精神宝藏，发挥更大的认识作用。因此，人们把它称为封建社会中百科全书式的作品、民族历史的启示录，以及恢宏壮阔、情深意远的历史画卷，一点儿也不为过。正如不断增值的传世画卷一样，《三国演义》的价值，是其题材内容、思想意趣、表现形式、艺术技巧诸多因素交织配合的效益。人们阅读作品所接受的思想陶冶与艺术感染，两者很难剥离，并有情感共振效力，欣赏文学作品总要说及它的艺术成就，原因就在这里。

1. 千姿百态、精彩绝伦的战争描写

《三国演义》叙事内容首屈一指的是写战争，它几乎反映了自东汉末年到西晋灭吴，将近一个世纪内的全部战争生活。整部小说描述了40余次战役，上百个战斗场面，在古今军事文学作品中不仅表现战争绵延时间之长，发生次数之多，展示规模之大，是罕与其匹的，而且对于战争形式的千姿百态、施展计谋的千变万化、制约胜负因素的千头万绪等方面的描写，亦是精彩绝伦、文坛独步，赋予了军事题材小说创作前所未有的认识价值和美学意义。

其一，罗贯中以全景式笔墨在不同战役和各种类型武装冲突的具体描写中，形象而深刻地揭示了军事斗争的复杂性、特殊性和规律性，提高与丰富了人们对军事文学的鉴赏力。小说中三大主要战役就颇诱人探赜索隐。官渡之战、赤壁之战、彝陵之战分别决定着魏、蜀、吴政治集团的命运，成为三国形势发展进程的明显界碑，前后连为一脉则标示出三方鼎足格局，由趋成到失衡的轨辙。曹操与袁绍间的官渡之战是在黄河流域展开的一次震荡整个中原地区的大战役，它以袁氏集团彻底崩解，曹操独霸北方而终结。其中白马之战、乌巢劫粮、官渡劫寨又是全部战程中双方实力与战略战术运用上的阶段性较量。双方起兵之初，小说于第二十二回对袁、曹营垒军事、政治、经济、自然等相关情况作了交代。

从陈登对刘备谈话中清楚可见袁绍优势，"虎踞冀、青、幽、并诸

郡，带甲百万，文官武将极多"，而且政治舆论也占上风，攻打曹操是"讨汉贼以扶王室"。袁绍部下记室陈琳的"伐操檄文"讲得更透彻，征讨曹操是维护"王道兴隆"的正义之举，而曹操是"赘阉遗丑"，"好乱乐祸"的"逆暴"，是天下共诛之的国贼。袁、曹之战就实力对比亦属"以众克寡，以强攻弱"。然而袁氏集团的弊端同样显而易见。曹操读陈琳檄文"毛骨悚然，出了一身冷汗"，他仍清醒地认识到："有文事者，必须以武略济之。陈琳文事虽佳，其如袁绍武略之不足何！"言外之意，政治舆论的"文事"固然能令人产生畏惧之心、悚然之情，但铁腕人物更相信武力的作用。荀彧分析袁氏集团："兵多而不整，田丰刚而犯上，许攸贪而不智，审配专而无谋，逢纪果而无用。此数人者，势不相容，必生内变，颜良、文丑，匹夫之勇，一战可擒。其余碌碌等辈，纵有百万，何足道哉！"

此所以得到曹操的赞赏，理由就在于政治舆论抹不掉袁氏集团存在的招来厄运的致命伤。政治制约着战争，而战争是由多种复杂要素构成的社会现象，官渡之战的前景事先竟被荀彧言中了。

白马之战，袁氏集团内部的重重矛盾始见端倪。袁绍优柔寡断，不能审时度势，执迷于刘备鼓吹的"曹操欺君之贼，明公若不讨之，恐失大义于天下"（第二十五回）这类空头政治，结果闹得损兵折将，所幸还没有伤元气。乌巢劫粮是关系到官渡之战最终命运的一仗，战前双方谋臣沮授和荀攸对形势的看法，不谋而合：曹军无粮"利在急战"，袁军足粮"宜且缓守"。袁绍对正确意见置若罔闻，把沮授"锁禁军中"，堵塞言路。曹操识高一筹，急攻速战，争取主动。但战势发展瞬息万变，以7万曹兵与70万袁军周旋，"自八月起，至九月终，军力渐乏，粮草不继"，以致曹操"意欲弃官渡退回许昌"（第三十回）。严峻的斗争时刻，曹操取荀彧之谋，实施出奇制胜的战术原则，在粮草军需上做起文章。袁绍接二连三地失误，又把许攸推向曹操的怀抱，乌巢劫粮水到渠成。失掉了乌巢屯粮，袁绍继信谗言，引发猛将张郃、高览的叛变，两人反戈一击，官渡劫寨接踵而来，袁绍一败涂地。作者在官渡之战相继出现的三大战役曲折复杂的斗争形势变化中，揭示了军事斗争的一个带有规律性的见解：指挥艺术在战争中具有特殊的作用，一军统帅战略战术的运用能力和主观能动性的发挥程度，对战争胜负的影响举足轻重。这在彝陵之战的描写中尤为集中、突出。

小说第八十二、八十三回写刘备伐吴出川之后，所向披靡，关兴、张苞连战连胜，潘璋、糜芳、傅士仁、马忠、范疆、张达均被杀死，甘宁阵亡，吴军前线将领韩当、周泰等人个个惴惴不安。这些扣人心弦的查无实据的夸张情节，是第八十四回描写刘备指挥错误，陆逊烧营的反衬之笔，收到了抑扬兼施的表现效果。东吴起用陆逊为大都督，命令前线将领各守险要，不准出战。时至炎夏，为避暑热和取水方便，刘备令营寨移于林木荫密之处。马良把蜀军扎下的营寨绘成图本送往在东川视察隘口的诸葛亮，想听他的看法。诸葛亮览讫图本拍案叫苦，说："包原隰险阻而结营，此兵家之大忌。倘彼用火攻，何以解救？又，岂有连营七百里而可拒敌乎？"（第八十四回）果然不出所料，陆逊一把火几乎使刘备全军覆没。彝陵之战兵法的智慧主要反映在陆逊的指挥才能上，而刘备的错误根源在于骄傲自负，这与官渡之战袁绍因庸碌固执而栽跟头还不是一码事。作者借刘备之口写其心态，马良劝谏他说："陆逊之才，不亚周郎，未可轻敌。"刘备立刻驳斥："朕用兵老矣，岂反不如一黄口孺子耶！"马良见吴军乘高守险拒不出战，恐有谋略，提醒刘备当心。他却说得轻松："彼有何谋？但怯敌耳。向者数败，今安敢再出！"马良要把蜀军营寨分布图送给诸葛亮察看，他自夸："朕亦颇知兵法，何必又问丞相？"（第八十三回）刘备这种轻敌自傲的情绪倒颇似赤壁之战的曹操。

周瑜能够利用蒋干两使东吴，奇迹般地赚得老奸巨猾的曹操错杀水军将领蔡瑁、张允；误中黄盖苦肉计，轻信阚泽的诈降书；接受庞统的连环计，最后全盘输得精光。这并非是曹操谋略不足，身边缺乏智者，程昱、荀攸不是明确提出了船只连锁，如用火攻难以回避吗？曹操的病根还是骄矜自大，目中无人。他平定了北方，荆州不战而降，新野、当阳之战刘备被打得落花流水。步步得手令曹操头脑发热，自以为囊括四海、吞并天下之愿即将成为现实。官渡之战中他那副日夜惕励、不逸安处的神态已为踌躇满志、得意忘形所替代。战前他在月色之中置酒设乐于大船之上，欣然自喜地对众官说："吾自起义兵以来……誓愿扫清四海，削平天下；所未得者江南也。今吾有百万雄师，更赖诸公用命，何患不成功耶！"他又指夏口盛气凌人地表示："刘备、诸葛亮，汝不料蝼蚁之力，欲撼泰山，何其愚耶！"（第四十八回）

由此观之，官渡、赤壁、彝陵三大战役败北一方的问题却发生在全军统帅身上，从而揭示了这样的道理，战争胜负的命运总是与统帅的军事才能拴在一起，而其军事才能的发挥程度，却与盘根错节的多种因素紧紧纠缠。小说既写出了战争中带有普遍性的表现，又触及每次战争的特殊性和复杂的背景。三大战役中袁、曹、刘的指挥失误都与固执己见、自以为是有关。但袁绍器浅气浮缺少统帅应有的素质；而曹操因胜利冲昏头脑，迫不及待地要攫得具有国色天香的二乔，以过上骄奢淫逸、颐指气使的霸王生活；刘备欲为弟复仇，意气用事，一意孤行。三者不同的因却结出了相似的果。

战争是政治的继续，武力博斗和政治攻势从来就是相互渗透、相互配合的，寻找战争失败的原因也需要查政治账。袁绍满足于政治上做书面文章，实际表现是政治糊涂虫，集团自我内耗，损己益仇，为敌手提供了可钻的空子。曹操在官渡、赤壁两次战役中都精心玩弄"挟天子以令诸侯"的政治把戏，大唱"与国家除凶去害"（第四十八回）的政治高调。然而赤壁之战中这个政治老手却在孙刘联盟强大的政治攻势面前吃了大亏。孙刘两家在共讨汉贼的政治方向上携起手来，又把关键人物的切身利益和讨伐汉贼的事业挂钩，使政治攻势有了坚实的心理基础。诸葛亮用曹操欲夺二乔"以乐晚年"来激周瑜下定破曹的决心，和鲁肃劝孙权抗曹的理由："如肃等降操，当以肃还乡党，累官故不失州郡也；将军降操，欲安所归乎？位不过封侯，车不过一乘，骑不过一匹，从不过数人，岂得南面称孤哉！"（第四十三回）皆是灵活而切实的政治动员，它潜在着巨大的合力，是可以产生战斗力量的精神依托。《三国演义》全面深刻地反映军事斗争的复杂与神秘、特殊与共性，这是令人叹赏的重要方面。

其二，《三国演义》描写战争是经过作者精心设计的一个严密有序的叙事系统，明显表现了超常的艺术创造性，令人叹为观止。全书以官渡、赤壁、彝陵三大战役为中心，以虚实、正侧结合的笔墨，把大中小不同规模与类型的战争组接为相对独立的系列，波澜起伏、跌宕生姿，又前后黏合，形成一个灵动有机的艺术整体。郑铁生在《〈三国演义〉艺术欣赏》一书中对此作过精心的剖析，读后犹如鸟瞰小说中头绪繁多的战争描写，顿觉脉络清晰，全貌在胸。如果分别以三大战役为主脑，各自环套成相对独立的链条，那么官渡战役系列，从头说起是东汉末年官军应诏征剿黄巾军的战争。

作品头回已写黄巾军各路主力遭到镇压，而遍及地方州郡的黄巾军屡仆屡起，到小说二十六回还说"汝南有黄巾刘辟、龚都甚是猖獗。曹洪累战不利，乞遣兵救之"，这时白马之战进入了尾声。但是征剿黄巾军和官渡之战没有直接的因果关系，其意只昭示读者，王朝腐败引发黄巾军造反，地方豪强利用镇压黄巾军捞取政治资本，发展个人势力，拥兵自重割据一方。董卓是最早暴露野心的军阀，他与朝廷内外罪恶势力勾结，变为独揽朝政的天下罪魁祸首。十八路诸侯讨董卓，虽与征剿黄巾军之战性质截然不同，后者却是前者滋生的恶果，也是国家内战的升级，成了军阀们野心膨胀，萌发"别图大业"，甚至问鼎之念的催化剂。从此豪强火并，军阀混战，一发而不可收拾，在兵费日炽，硝烟弥漫中拉开了三国鼎立的序幕。

讨伐董卓的过程中出现不少动人心魄的战斗场面，如孙坚激战汜水关、关羽温酒斩华雄、刘、关、张三英战吕布，曹操追击董卓均写得情貌生色，引人入胜。和讨伐董卓之战有着瓜葛的军阀间摩擦，也此起彼伏。刘表截击孙坚讨玉玺，袁绍与公孙瓒磐河厮杀，李傕、郭汜叛乱袭长安等，搞得国无宁日，百姓不得安生。而军阀则是处心积虑地寻衅开战，扩大自己的势力范围，曹操强加罪名袭徐州，张邈乘虚破兖州等皆归这类战事。处于强凌弱、大奸小的军阀纷争局面，曹操武攻文斗、兼施并用，迅速崛起壮大。当汉献帝被那李傕、郭汜叛军追打得焦头烂额之际，曹操采取"奉天子以从众望"的"不世之略"（第十四回），保护皇帝"车驾幸许都"。这是曹操建立霸业的转折点，是决定他终生命运的一着棋。

自此以后，他握着皇帝这张挡箭牌，冲着独立山头的几股势力奔突杀伐，各个击破。于是先后发生了败袁术、灭吕布，招安张绣、驱逐刘备，为官渡之战与袁绍在中原争雄扫清了道路。简言之，以平定中原为归宿，宛转相生的大小战争套接成串，按其辐射和影响的大小为尺度，官渡之战应定位在这个系列的最高层次，官军征剿黄巾军，李傕、郭汜作乱，各路豪强间混战，则是最末一档，而曹操捣毁袁术、消灭吕布、吞噬张绣、驱散刘备势力可算作中间的层次了。

与官渡之战系列相比，赤壁之战和彝陵之战系列各有自己的特殊性，而且两者环套，其临界区有着两属的性质。赤壁战役系列的发端是曹操攻打刘备的新野、当阳之战。两战败北的刘备走投无路，曹操威逼孙权投降，这为孙、刘联合抗曹造成了形势逼人的外部条件和历史选择的机遇，这两战是本系列的第三层次。三方抢占荆州，刘备攻取西川的战争，背景比前者复杂，历史地位亦不能相提并论。它们连同赤壁之战最终形成了鼎足而三的均势，天下三分是其共振效应的结果，在层次上低于赤壁决战，却高于决战前奏的新野、当阳之役。曹操离间韩遂、马超，平定关西之战和曹、刘争夺汉中的军事较量，是维持和巩固三国均势的战争，它们虽脱离了赤壁之战系列，其牵涉的问题却较深广，包蕴的意义远胜于那种称作第三层次的战争。

关西韩、马的势力不足以倾覆曹操，但有钳制之效。周瑜劝谏孙权抗曹时指出："操今此来，多犯兵家之忌：北上未平，马腾、韩遂为其后患。"（第四十四回）徐庶在军中传言西凉州准备谋反，杀奔许都，曹操闻之大惊，急聚众谋士说："吾引兵南征，心中所忧者，韩遂、马腾耳。"（第四十八回）这些都证明平定关西对三国局势非谓无足轻重。曹、刘争夺汉中要地更是与鼎足格局相系，汉中毗连曹、刘双方势力范围，南是益州、北为雍州，是两者共用的门户和屏障，汉中大战谁也不会善罢甘休。刘备为此主动向东吴割让江南三郡，赢得了孙权的配合，使其出兵江北与曹操展开了一场合肥之战。此役以双方罢兵告终，实为汉中大战的派生之仗。紧跟汉中争夺战而来的是三方参与的襄樊之战，它上承赤壁之战的续篇抢占荆州的战争，下启三大最高层次战争之一的彝陵之战，就一定意义上说，是全书的战争描写以成其链条，以成其表现战争的艺术大系统。

襄樊之战的结束为吴、蜀争夺荆州带来了一个句号，而它引出的彝陵一仗竟让鼎足均势开始倾斜。其后的安居平五路、七擒孟获、六出祁山、九伐中原，蜀汉集团拿出了全部的解数亦无力回天，坡在不停地往下滑，直到邓艾、钟会灭蜀，算是滑到了谷底。彝陵之战系列的态势可以说襄樊之争是伏脉，曹魏灭蜀是终结，其间的七擒孟获、九伐中原皆属第三层次的战争，都植根于六出祁山之役，只不过枝条旁逸的位置不同罢了，西晋灭吴是分久必合的战役，与小说前部分写军阀割据纷争相呼应，似乎历史在战争的拉动下实现了一个圆圈运动。

不过，让人惊叹的是在战争描写的大系统中，犹如因峰回路转而呈现出的瞬息万变的迷人景象似的，时而两军对垒、剑拔弩张；时而金戈铁马、气吞山河；时而运筹帷幄、妙计迭出；时而单枪独骑、冲锋陷阵、夺关斩将。斗争手段与形式因地制宜，随时应变，有马战、车攻、火烧、水淹，有单一型较量以决雌雄，有复合型的打法，互相交叉，制服敌手。整体战术的运用更是巧智百出、新人耳目，真是"无穷如天地，不竭如江河"（《孙子·兵势》）。或是攻城略地、设伏劫营，或是围城打援、击其必救，或是"以逸待劳，以饱待饥"，或是攻心为上，先声夺人，或是"前扼其亢，后扣其背"。变化无穷却变中寓有不变之理，即是"善战者，立于不败之地，而不失敌之败也"（《孙子·军形》）。作者精心地把每场战斗、每次战役合理地编织成一个艺术审美的大系统，其中旁见侧出，虚实映衬，环环相扣，巨细得体，使得各个环节上无论是小搏斗、大征战都写得自具特色，毫无雷同。笔路圆熟，处处生辉，读过之后不禁啧啧称羡，不愧千古一绝。

其三，战争过程的描写时插"闲笔"，冷热相济、张弛迭乘，开创了军事文学审美的新天地。《三国演义》描写战争过程不管是从大系统来考察，还是对具体环节的评价，都绝少有平铺直叙的交代、呆板单调的叙事，而是在紧张激烈的斗争中节外生枝，故作推宕，不但形成了写战事的波澜和旋律，而且读者的审美心理必须与恰当的艺术节奏合拍共振，才能发生强烈的美感效应。清代毛宗岗评点小说时曾领悟了这种妙道，如小说第六至七回写因玉玺"孙坚匿、袁绍争、刘表截"，惹得孙、刘两家立马展开了一场恶战。袁绍屯兵河内，由于粮草缺乏巧借公孙瓒之力谋得冀州，酿成袁绍与公孙激战磐河。

豪强之间争雄逞威的刀光剑影方歇，嗣响而来的是司徒王允和貂蝉策划连环计，以芟夷董卓的邪恶势力。因此作者笔下别开生面，"以衽席为战场，以脂粉为甲胄，以盼睐为戈矛，以颦笑为弓矢，以甘言卑词为运奇设伏"①。作品前后章回从内容到风致两相比照，映带生趣，如毛宗岗氏所言："前卷方叙龙争虎斗，此卷忽写燕语莺声，温柔旖旎，真如饶吹之后，忽听玉箫，疾雷之余，忽见好月，令读者应接不暇，今人喜读稗官，恐稗官中反无如此之妙笔也。"（同上）毛宗岗的话贵在充分肯定了冷热相济之法，为《三国演义》带来了小说创作的独特的美学功能。

毛氏也注意到了作者于描写战争的大系统与局部链环上色彩情味的调剂。刘备得知蔡瑁谋害他，急乘的卢马驰至檀溪边，千钧一发之际骏马跃溪而过，"迤逦望南漳策马而行"，来到隐者司马徽的生活环境，他顿感人生的另一番滋味。于是毛氏就小说的变化笔调在第三十五回的回首总评里指出："玄德于波翻浪滚之后，忽闻童子吹笛，先生鼓琴，于电走风驰之后，忽见石案香清，松轩茶熟，正在心惊胆战，俄而气定神闲，真如过弱水而访蓬莱，脱苦海而游阆苑，恍疑身在神仙境界矣！"②推而广之，小说笔锋一转令第三十五回煞尾处新野之战的硝烟突起，接下来曹、刘争夺樊城的喊杀声犹在耳畔萦回，转而出现在读者面前的是卧龙岗秀丽幽静的自然风光和闲逸旷达的人物情貌。正当读者悠然神往沉浸在这清韵古雅的人文环境之时，雷震霆击的战斗场面又不意而至，

---

① 毛宗岗语，见《三国演义的政治与谋略》，三环出版社，1991年，第11页。
② 毛宗岗语，见《三国演义的政治与谋略》，三环出版社，1991年，第59页。

自周瑜与黄祖的夏口激战，到曹、刘双方长坂坡的生死搏斗，紧张得叫人喘不过气来。

联系不同章回内描写战争过程穿插"闲笔"的各种情境，很自然地使人认识到"闲笔"不闲，它乃是深化战争描写的必要手段和富有创意的技巧。如果赤壁鏖战的整个进程，没有周瑜和蒋干久别重逢的故友饮酒作歌、醉态狂放，就不会生发曹操误杀蔡瑁、张允和东吴巧用的反间计。没有庞统栖止荒山草舍的挑灯夜读，东吴连环妙策的实施也成了无稽之谈。同样，战前短暂的平静，出现曹操站立船头对月吟诗带有抒情色彩的插曲，为他骄矜自大，谋略失误，乃至一败涂地的原因埋下了一个根苗。像这类看似与描写战争本身脱节，实则正是揭示战争复杂性的表现艺术，拉动战争进程逐步深入的有效助力。

其四，描写战争中间安排的其他活动，还有着其他妙用。当官渡之战已经拉开序幕，曹操围剿徐州急不可待之时，作者于峻急中故作回荡之姿，插入一段狷介高才的祢衡尽情奚落曹氏集团的文臣武将，赤身裸体骂曹操："汝不识贤愚，是眼浊也；不读诗书，是口浊也；不纳忠言，是耳浊也；不通古今，是身浊也；不容诸侯，是腹浊也；常怀篡逆，是心浊也！吾乃天下名士，用为鼓吏，是犹阳货轻仲尼，臧仓毁孟子耳！"荀彧斥他为"鼠雀之辈"，他反唇相讥："吾乃鼠雀，尚有人性；汝等只可谓之蜾虫！"作者还不厌其详地补叙了黄祖杀死祢衡之因，他称黄祖："汝似庙中之神，虽受祭祀，恨无灵验！"（第二十三回）

夹在战争系列中间的这种笔墨，固然如音乐之有休止，书法显露的飞白，能够调节读者的兴味，另有不容忽视的功用是为军事文学着上可贵的人文色彩，使人感受到干戈硝烟、杀戮暴行只能扭曲人性，却无计铲除社会对人文精神的依赖。曹操火急赴汉中，路过蓝田蔡邕庄还和杨修津津乐道曹娥碑文。蜀、吴重修盟好，在殷勤谨慎地礼待东吴来使张温的饯宴间，秦宓尚高谈阔论，引《诗经》以征己之"天辩"，为弱蜀争得尊严。这些笔墨的人文气味很浓，《三国演义》战争描写意蕴的厚重感，舍此则不可思议。

2. 老辣遒劲、其丽在神的人物形象刻画

《三国演义》是我国古典小说中出场人物最多的一部作品，全书勾勒出400多个人物形象，如果把凡是有姓名者均计算在内，则几乎接近千人。其中有相当数量的人物，面孔鲜活，特征突出，早已深入人心，成为几百年来人们津津乐道的艺术审美形象，以及品味人生、感悟社会的精神资源。如毛宗岗《读三国志法》所称述的"古今来贤相中第一奇人"诸葛亮，"古今来名将中第一奇人"关羽，"古今来奸雄中第一奇人"曹操。这三个分别被视为"智绝""义绝""奸绝"的人物之外，毛宗岗还感慨颇深地说："然吾自三绝而外，更遍观乎三国之前，三国之后，问有运筹帷幄如徐庶、庞统者乎？问有行军用兵如周瑜、陆逊、司马懿者乎？问有料人料事如郭嘉、程昱、荀彧、贾诩、步骘、虞翻、顾雍、张昭者乎？问有武功将略迈等越伦如张飞、赵云、黄忠、严颜、张辽、徐晃、徐盛、朱桓者乎？问有冲锋陷阵、骁勇莫当如马超、马岱、关兴、张苞、许褚、典韦、张郃、夏侯惇、黄盖、周泰、甘宁、太史慈、丁奉者乎？问有两才相当，两贤相遇如姜维、邓艾之智勇悉敌，羊祜、陆抗之从容至镇者乎……"真是好像"入邓林而选名材，游玄圃而见积玉，收不胜收，接不暇接，吾于三国有观止之叹矣"。[①]

毛氏主要以封建文人的社会学观念把小说里的人物归类称赏，给人以开径独行、灿然生新之感。其实《三国演义》人物形象的魅力，在很大程度上是作者抓住历史人物的主要性格特征，汲取历代民间艺人积蓄的成果，活用各种表现技巧，创造出一大批具有特征化性格的艺术典型。他们在我国古代文学的人物画廊中是一组独标风采的审美形象，因为他们大都是性格既鲜明突出又比较单一而稳定，其主要特征支撑着整个形象，犹如古典式的雕塑于静穆的状态中给人一种单纯、和谐、崇高的美感。长期以来，评论家普遍称他们为类型化的典型，或说是有着"类"意义的特征化艺术典型，认为人物性格的刻画没能触及理智与情感的冲突、主要特征与次要特征的矛盾和现象与本质的矛盾，好像我国

---

① 《三国演义的政治与谋略》，三环出版社，1991年，第10—11页。

戏曲中程式化、脸谱化的表现方法，容易产生明朗、强烈的印象，而今天的读者却感到缺少欣赏趣味的厚度。如果我们客观地从文学艺术发展的历史来衡量，罗贯中的艺术创新之举，功不可没。我们民族的审美实践早已证明，作者塑造的人物形象不仅适应了古代读者的审美心理，而且起着很大的导向作用，作者运用的艺术技巧至今也是值得借鉴的。

第一，以事写人，结合具体事件表现人物性格特征。小说是叙事文学，一部作品通常是选取一个或几个典型事件，在递相连续，纵横交织的广大事件网络中划定一个段限来，使之成为"独立自足的世界"（朱光潜《谈文学·选择与安排》）。《三国演义》是军事题材的历史小说，叙事的段限是由固定的历史时期决定的，叙事的内容以军事斗争为主。描写战事就成了刻画人物的重要手段之一，而人物活动及其存在的关系又使得战争描写更为具体生动，二者相辅相成，这是《三国演义》对小说表现艺术的一大创新。如官渡、赤壁、彝陵三大战役的主要参与者，个个历历在目，呼之欲出，在人物关系和战事的发展变化中铸合着人物的性格。

袁绍为一方统帅，与曹操逐鹿中原，当曹操攻吕布、剿刘备之时，不能以全师袭曹操的老巢许都已经丧失了良机。然而起四州人马70余万驻屯官渡坚拒曹军于前，倘若以偏师袭许都断曹军于后，即使曹操不败也断不可取胜。战事因袁绍失误朝着有利于曹操的方向深入地发展，而袁绍其人志大才疏、庸而无谋的特征也逐渐暴露出来。他部下谋臣中的佼佼者有田丰、沮授、许攸、郭图，而田丰直言进谏竟被投入狱中，沮授献策反遭囚禁，"见审配罪许攸之书"，便认为许攸袭许都之谋是"作奸细"，听郭图诬陷之语，迫使张郃、高览投降曹操。在多重复杂的人际关系中袁绍疑神疑鬼、浮躁寡断的性格大白于天下。同时，田丰、沮授的忠义，郭图、审配的自私也得到了表演。叙战事、写人物，一箭双雕、两全其美。

赤壁之战涉及的重要人物当中，周瑜的复杂性格表现得淋漓尽致，他对曹斗争妥善地部署了"苦肉计""诈降书""连环计"，显示了英才将略，而对诸葛亮却几次设计谋杀，暴露了他的心胸狭隘、忌才妒能的特点，对老将程普的傲慢能克己谦恭、坦诚相见，展示了尊长礼贤的雅量大度。在赤壁之战的人物关系网里，诸葛亮的智，鲁肃的诚，蒋干的愚，黄盖的忠，曹操的骄横狂妄、刚愎自用，孙权的临危不乱、沉着雄健的性格特征，相映生辉。不同人物的活动又把战争各方联系起来，全面地呈现出战争的势态、变化。由人生事，人在事中，风神情貌，如在读者眼前。

彝陵之战重点写东吴军事新秀陆逊，他受命于危难之时、败军之际，上任后果断改变孙桓的单纯防御策略，采取坚守待变的方针，诱发刘备的战术错误，准确无误地抓住了蜀汉出现的骄兵、疲兵的弱势可攻的空隙，以迅雷不及掩耳之势，将刘备的70多万大军几乎全部葬送于700里连营的火海中。大获全胜并没冲昏青年将领的头脑，进兵离夔关不远的鱼腹浦，尝到诸葛亮石阵的威力后，年轻气盛的统帅主动班师，以防曹魏侵犯。可见一位谙熟兵法、深谋远虑又少年老成的军事家陆逊的形象，连同彝陵之战牢牢地嵌在人们的心里。

小说用事写人不是专指在战斗中刻画人物形象，政治、外交、用人、理天下等各类事情均离不开对人物形象的描写。不过，传神之笔通常是出现在广阔社会背景下的充满矛盾斗争的具体场面，从某个侧面挖掘人物的精神世界，揭示其性格特征。比较有代表性的例证是邓芝不辱使命，重修吴蜀两国之盟，赵云截江跳于吴船上夺回阿斗，关羽应鲁肃之邀，只驾扁舟单刀赴会，曹髦不甘坐受废辱，驱车前往云龙门讨伐司马昭，羊祜镇守襄阳、陆抗兵屯江口，两军对垒各以修德固防，等等，神貌各异的人物形象在这些动人心弦的场景里真是活灵活现，令人触目感怀。有效地发挥以事写人的表现腕力，所选择的事或是具有典型性的细节，或是富于传奇色彩的故事，使用笔墨不多却能逼真地在一种情境中写出一个人的性格。

第二，善用夸张、对比、烘托等艺术技巧塑造带有特征化性格的人物形象。《三国演义》借人物自身的言行及特定的氛围将其思想性格特征加以浪漫主义的夸张渲染，这样的事例可以信手拈来。小说第四十二回"张翼德大闹长坂坡"，只以张飞"声如巨雷"的三次大喝，就吓得曹操"诸军众将一齐望西奔走","人如潮涌，马似山崩，自相践踏"，而张飞威武勇猛的性格也随之跃然纸上。作者刻画关羽形象更是多处妙笔生新，夸张渲染得奇矫老练。小说第五回写"关羽温酒斩华雄"，先创造了特殊的气氛，华雄用长竿挑着孙坚的赤帻来寨前大骂搦战，接着连斩俞涉、潘凤两将，"众皆失色"，而袁绍又空叹"吾上将颜良、文丑"可惜都不在场。写足了大敌当前人人惴栗、一筹莫展的情势，突然绝处逢生，"阶下一人大呼出曰：'小将愿往斩华雄头，献于帐下！'"袁术但以关羽是马弓手叱喝："安敢乱言！与我打出！"经曹操说服，以及关羽一再请战才得以出阵，与华雄交手。至于战斗场面关羽武艺如何高强，华雄怎样被斩未涉一语，反从虚笔取势，"众诸侯听得关外鼓声大振，喊声大举，如天摧地塌，岳撼山崩，众皆失惊"。关羽提着华雄的脑袋回来，曹操在战前叫人给关羽酾热的一杯酒尚是温的，可谓夸张渲染得十分美妙。

第七十五回描述关羽"刮骨疗毒"，将这种手法推向了极致。名医华佗动手术之前便指出箭伤的严重非同寻常，有乌头药毒"直透入骨"，两次提醒关羽治疗手段"但恐君侯惧耳"。关羽不仅没有把华佗的话放在心上，而且拒绝将自己的胳臂套在柱环里，用被蒙上脑袋进行手术。故事情节到此，已让读者为关羽的手术提心吊胆了。然而出乎预料的是关羽一面与马良下棋，一面"伸臂令佗割之"。"佗乃下刀"，割开皮肉露出骨头，尖刀刮骨发出窸窣之声。作者马上用比衬之笔渲染："帐上帐下见者，皆掩面失色。公饮酒食肉，谈笑弈棋，全无痛苦之色。"手术刚刚完毕关羽则大笑而起，毫无痛意。华佗为之惊叹："某为医一生，未尝见此。君侯真天神也！"这里以正面勾勒关羽神态的同时，利用目击者的反应，特别是华佗于手术前后道出的话，使得关羽顽强刚毅、豪壮无畏的性格在夸饰心惊肉跳的一场手术中充分地表现了出来。小说写曹操奸诈、刘备仁爱、诸葛亮睿智、司马懿老谋深算，以及许褚、马超等众多战将的剽悍骁勇等都在不同程度上使用了夸张渲染的笔墨。

小说以对比、烘托刻画人物形象的地方亦是信手拈来，奇文可喜。毛宗岗深悟对比、烘托表现手法的审美意义，他在《读三国志法》和不少的回首总评中就是如法地鉴赏小说作品的。像毛氏给曹操的奸雄身份定位，说他是我国古籍史册里相继出现的奸雄当中，智足以揽人才而欺天下者莫如曹操："听荀彧勤王之说，而自比周文，则有似乎忠；黜袁术僭号之非，而愿为曹侯，则有似乎顺；不杀陈琳，而爱其才，则有似乎宽；不追关公，以全其志，则有似乎义。王敦不能用郭璞，而操之知人过之；桓温不能识王猛，而操之知人过之。李林甫虽能制禄山，不如操之击乌桓于塞外；韩侂胄虽能贬秦桧，不若操之讨董卓于生前。窃国家之柄，而姑存其号，异于王莽之显然弑君；留改革之事，以俟其儿，胜于刘裕之急欲篡晋，是古今来奸雄中第一奇人。"（《读三国志法》）毛氏多重对比的详论技巧与《三国演义》相较，如出一辙。他在第三十一回的回首总评提到了小说对袁绍和曹操两人言行前后的对比描写，"孟德既胜乌桓，曰：'吾所以胜者，幸也。前谏吾者，乃万全之策也。'遂赏谏者曰：'后勿难言。'本初败于官渡，曰：'诸人闻吾败，必相哀，惟田别驾不然，幸其言之中也。'乃杀田丰，为明主谋而忠，其言虽不验，而见褒；为庸主谋而忠，其言虽已验，而见罪。何其不同如此哉！"

小说前后映衬对比突出人物个性差异，几成融贯全书的写法，第十一回"吕温侯濮阳破曹操"，表现吕布勇而无谋。第五十八回写潼关之战，马超驰骋疆场，勇猛强悍不减吕布，但他能认准曹操紧追不舍，逼得曹操割须弃袍，精明机智的禀赋是吕布所不具备的。再如第五十三回关羽攻打长沙义释黄忠，表现出他的高傲自负，而第六十三回中张飞攻打巴郡义释严颜，表明他粗中有细的性格已经成熟。从全书看，刘备的仁慈善良、宽厚爱民的品格总是与曹操的阴险狠毒、冷酷自私对照来写的。诸葛亮光彩夺目的形象，更是由多角度、多侧面的许多人物映衬比照塑造成的。如周瑜虽然是富有雄才大略的英雄，但在对待诸葛亮的态度上暴露出器量狭小、嫉贤妒能的特点。

相反，诸葛亮却表现出沉着老练、精细果敢的性情，赤壁之战中始终掌握主动权，保持联盟抗曹。大战结束，局势有了新变化，诸葛亮反客为主，将计就计步步进逼，搞得周瑜心劳日拙，临终之际长叹抱恨苍天之语："既生瑜，何生亮！"而诸葛亮"智多星"的本色也为读者认同。曹魏的司马懿是诸葛亮后期的劲敌，得力的比衬人物。他的见识手腕、老奸巨猾的谋略是周瑜不能与之比配的。然而经过和诸葛亮的严峻较量，他只好认输："吾不如孔明也。"（第九十五回）诸葛亮既死还出现"死诸葛吓走生仲达"的情节，司马懿见到蜀军的安营下寨之处，再次赞叹诸葛亮是"天下奇才"（第一百四十回）。

如果说周瑜、司马懿是以敌对营垒的人物来比衬诸葛亮，那么庞统则为用同一集团内的英才去美化诸葛亮的强中只有强中手的光辉形象。小说第三十五回司马徽曾对刘备说："伏龙、凤雏，两人得一，可安天下。"这位唤作凤雏的庞统于赤壁之战中因谋施连环计使曹军遭致惨败，展示了他的超凡才略。投奔刘备后，过了一段时间受到赏识，建议攻取西川，直接参与军事指挥，表现出足智多谋的超常本领。可惜他不听诸葛亮的劝告，轻举冒进，造成落凤坡中箭身亡的不幸结局。究其因由，不排除庞统"疑孔明之忌己，欲功名之速立"，而产生的躁进之心。庞统之死给蜀汉集团带来了不可弥补的重大损失，"庞统若不死，则收川之事委之庞统，而孔明可以不离荆州。纵使抚川之事托之孔明，而荆州又可转付庞统，虽有吕蒙、陆逊，何所施其诡计哉？故凡荆州之失，与关公之死，不关于吕蒙之多智，陆逊之能谋，而特由于庞统之死耳。然则谓孔明之哭庞统，即为关公哭也可，即为荆州哭也可！"[1]显然，诸葛亮的远见卓识、经略长才在周瑜、司马懿、庞统等的映衬、对照下，声光大耀，峰峦俊拔。

第三，小说中主要人物的性格经过多层面的反复强化与深化，进行高度的艺术概括，使其趋于复杂化与个性化。曹操、诸葛亮、关羽、刘备、赵云、周瑜等艺术形象的刻画就是不断精心皴染而充实丰满起来的。曹操一出场，作者用他儿时佯装"中风之状"诓骗叔父的诡诈之举，印证他"有权谋，多机变"，这是他终生性格发展的逻辑起点，由此衍生出奸雄特征的丰富内涵。小说表现他的奸诈较有代表性的情节是

---

① 毛宗岗语，见《三国演义的政治与谋略》，三环出版社，1991年，第119页。

第十七回中，麦熟季节他率兵讨伐张绣，下令"大小将校，凡过麦田，但有践踏者，并皆斩首"。不料曹操骑的马忽为田中鸠鸟所惊，窜入田内践坏一片小麦。立即唤来行军主簿治他的罪，主簿不赞同议罪，他竟欲拔刀自刎，表示以身殉法。经众人急忙救止，他却演了一出割发权且代首的闹剧。第三十回描述官渡之战，曹操得知许攸来投靠他，他"不及穿履，跣足出迎，遥见许攸，抚掌欢笑，携手共入"，"先拜于地"，看着是肝胆相照，至诚相待。然而这全是演戏，等谈及军粮实情，曹操则瞪着两眼说谎话，哪知人间有"羞耻"二字呢？打败袁绍后于其军营"图书中检出书信一束，皆许都及军中诸人与绍暗通之书。左右曰：'可逐一点对姓名，收而杀之。'"曹操一反常情，表示："当绍之强，孤亦不能自保，况他人乎？"命令尽烧书信，不许追究。但是曹操心里明白，袁绍虽败，其势还相当强大，只能伪装宽宏大量，暂时稳定内部。第三十三回写曹操追讨袁谭兵至南皮，时逢天寒河冻，粮船不能行。他令本地百姓敲冰拽船，百姓闻令逃窜，气得他"欲捕斩之"。当百姓怕被追捕杀害，有的自投曹营，他倒亮出了菩萨心肠告诉百姓："若不杀汝等，则吾号令不行；若杀汝等，吾又不忍，汝等快往山中藏避，休被我军士擒获。"好人由他做，恶名让人担。百姓没看透狐狸的心，皆感动得流泪而去，事后百姓被捉，只能怪自己笨拙，隐藏得水平不高。第六十九回记叙了曹操镇压耿纪、韦晃等人纵火起兵反曹的事，可以看出曹操诡谲狡诈的招数，确实活现出历代封建统治玩弄百姓的骗术。

与奸诈密不可分的是曹操的阴险凶狠，小说随着情节的纵深进展，多面着色绘制其脸谱。作品在第四回末尾写他杀吕伯奢一家，便以浓重的笔墨为其脸谱先抹上了一道油彩。第十七回揭露他用仓官王垕的人头来平息军中缺粮引发的怨怒，说明他损人利己到了无所不用其极的程度。第二十三回写他借刀杀祢衡的卑鄙手段，把他伪善的遮羞布撕得粉碎。刘表听说黄祖杀了祢衡还"嗟呀不已"，而曹操知其被害，却情不自禁地笑曰："腐儒舌剑，反自杀矣！"人性良心在曹操的身上已经扭曲变态，成为人们辨识封建统治者本质的准确无误的试剂。第四十回写曹操杀孔融父子，其意告诉人们这样一个道理，生活在封建社会里有头脑的人又不肯做封建统治者的哈巴狗者，孔融就是他们命运的活标本。不过哈巴狗也不是那么好当的，第四十八回扬州刺史刘馥说了一句让曹操扫兴的话，便把命丢在曹操的槊下。大概因刘馥"久事曹操，多立功绩"，为收买人心起见，曹操流了几滴鳄鱼泪，还用"三公厚礼葬之"。第六十一回写处死荀彧采取了杀人不见血的高招儿，荀死后曹操按刘馥先例如法炮制，"命厚葬之，谥曰敬侯"。第六十六回荀攸之死是因知主子不满意他的看法，忧愤之中结束了性命。足见曹操就连稍有违迕的奴才也决不放过，而忠实的奴才亦深知主子的为人，用不着主子杀他，自己知道什么时候是卸磨的驴。第七十二回写曹操与刘备争夺汉中失利，准备撤军的时候，以散布谣言惑乱军心的罪名，处死了杨修。紧接着作者补叙六件往事揭开了曹操杀害杨修的谜底，使其奸伪凶恶的本来面目愈加昭彰。第七十八回描述曹操病危之际连誉满天下的名医华佗，也因遭到猜忌而冤死狱内，证实曹操一生总以自己的奸恶之心度人。在他的眼里似乎阴谋诡计无处不在、无时不有，离开人间之前，他还防范身后遭人暗算，"设立疑冢七十二"，以防叫人家知其葬处，被人掘墓。看来封建统治者活得太累了，所怀害人之心反倒为自己的精神增添了无限的重荷，最后以害己告终。

曹操是封建专制社会制度铸就的统治者中一个活生生的典型人物，他能操纵国家机器，执掌生杀予夺之权，单凭狡诈凶残是不够的，尤其在群雄激烈地角逐搏斗的情势下，他还须具备非凡的气度与雄才大略。这是矛盾的对立统一在典型人物身上的集中体现。小说头回写他踏入仕途担任洛阳北部尉，敢于不避豪贵，棒责犯禁的中常侍蹇硕之叔。董卓弄权威慑朝野，在朝众官为司徒王允祝寿，相聚只会流泪痛哭为天下不幸而悲哀。身为骁骑校尉的曹操，却非同庸官，抚掌大笑数落满朝公卿："能哭死董卓否？"自报奋勇献刀行刺（第四回）。事败后，逃往陈留发矫诏，举起"忠义"大旗，招募讨卓志愿兵。小说第六回描写董卓洗劫洛阳迁都长安，袁绍统领各路诸侯坐视不追，任其逃离。曹操义愤填膺，怒斥袁绍："竖子不足与谋！"亲率部下将领星夜追击董卓。结果惨遭吕布等人的伏击，曹操中箭落马，死里逃生。此举反映曹操为国讨贼不计安危得失的英雄气概，虽败犹荣。联系作品前一回写曹操不顾袁术、袁绍的反对，支持关羽出战华雄，并力主不论贵贱，得功者赏的原则。两相映照，曹操的卓见锐气崭露峥嵘。

具有不俗的抱负和眼光方可开创超凡的大业，小说第十回写曹操在兖州所以能广纳贤士，招来荀彧、荀攸、程昱、郭嘉、刘晔等文臣，又得于禁、典韦等出众的猛将，是顺理成章的。第十二回写曹操获许褚，赏劳甚厚，这便成了许褚始终不渝效命主子的情义基础。第十四回出现了义士徐晃投奔曹操，特意由晃之故友满宠的嘴里说出"良禽择木而栖，贤臣择主而事"的话，宣扬曹操明主的身份。第二十回里谋士程昱劝曹操说："今明公威名日盛，何不乘此时行王霸之事？"由此推知，曹操智勇杰出、知人善任，一世枭雄的形象已经产生了广泛的社会心理和影响。程昱的话断不可能是蹈空虚说，曹操也不是头脑冬烘的庸夫俗子，"朝廷股肱尚多"，自己羽翼还未丰满，是"未可轻动"的。他善于化解旧怨，变消极因素为有利条件。刘备兵败投其门下，他不顾智囊团的反对，信用不疑。第二十一回描述的青梅煮酒论英雄的故事，逼真地再现了曹操这位"非常之人，超世之杰"（陈寿《魏书·武帝纪》）的形象。他能不顾下属们的妒意，对待关羽恩宠倍加，尽管没能软化关羽忠于结义之心，却使他情愿充当曹操的清道夫，灭了强敌颜良、文丑，为曹操粉碎袁绍集团立了头功。他对作檄文大骂自己，又"辱及祖父"的陈琳，在一片"劝其杀之"的喊叫中，不但"赦之"还"命为从事"，这种处理问题的方法是需要何等的魄力与器识啊！小说描写他逐一消灭北方各个割据势力，生动地展现其料敌决胜之智、临阵指挥之勇、英雄豪杰之概。总而言之，曹操性格的特征就在于奸诈专横与雄才大略两者的水乳交融，这是曹操艺术形象美学意义的生命线，割舍任何一面即非其人。

清代沈宗骞在《芥舟学画编》中指出："夫以平庸之笔，写平庸之人，犹之可也。若以平庸之笔，写非常之人，如何可耐……天地之间，惟人也得其秀而最灵，而造化之妙又惟笔能参之。今以笔写人，是以灵致灵，而徒凭死法，既负人且负笔矣。"《三国演义》主要人物形象都没离开反复皴染的写法，而人物性格不同，用墨也有变化。诸葛亮形象的皴染就和曹操不同，他是作为正面歌颂的人物，朝着赞扬善的审美方向，分别在德与智的层面上，"先起轮廓，然后加皴。由淡至浓，层层皴出"（清·布颜图《画字心法问答》）。诸葛亮在未出场之前，先从司马徽、徐庶之口透露信息，为人物露面铺垫。三顾茅庐起到了"千呼万唤始出来"的艺术效果，而隆中对纵论天下大势，展示出智者形象的轮廓。离开山林隐遁之所，博望坡一把火将智者面貌映得更为清晰。他出使东吴舌战群儒、智激周瑜，联吴抗曹运筹赤壁大战，忠与智的品质齐光并耀，集于一身。继之得荆州、占蜀地，辅佐刘备父子，创建蜀汉事业。彝陵战后，以坚韧不拔的意志支撑艰难国势。安居平五路、七擒孟获、六出祁山，直到临终留下的"臣死之日，不使内有余帛，外有赢财，以负陛下"的遗言，与"再不能临阵讨贼"的遗憾。使得一位克己奉公、竭忠殚智、"鞠躬尽瘁，死而后已"的卓越政治家、军事家形象，经逐层皴染分外光彩夺目。

赵云形象的塑造技法亦类诸葛亮，重在胆与识、忠与勇的不同层面着力皴染，表现人物的纯全之美。自然两者也有不同，赵云亮相来得痛快，磐河之战公孙瓒急难之时，他突如其来解救了公孙氏，爽直地表白"忠君救民"之心。跟随刘备成为蜀汉集团的栋梁，跃马疆场，攻无不克、战无不胜；做人谋事，谦虚谨慎、清廉自律；参与国政，直言敢谏、公而忘私，是《三国演义》描写的数百名武将中卓尔不群的人物。相对而言，关羽性格比赵云复杂，虽号称"义绝"，其英勇盖世、忠贞不移、坚强不屈的美德比赵云光彩，但居功自傲、刚愎自用，导致军败身亡的悲惨下场是复杂性格裂变的结果。作者对他的皴染，以及对周瑜、司马懿等人的皴染，多从美丑双向选取着笔的侧面，逐层皴染，以突出人物性格的丰富性和复杂性。这样用墨方法又贴近刻画曹操形象的技巧，使人物的主、次要特征都得到展示，从而成为富有美感弹性的艺术典型。

3. 锦峰绣壑、宏伟缜密的结构布局

《三国演义》是历史小说，作品艺术结构的基本框架不能无视历史的真实，但是小说中时空关系绝不是历史现实时空关系的直接投影，而是依据作家的审美感知，以独自的艺术方式去把握历史。毛宗岗认为："三国一书，乃文章之最妙者，叙三国不自三国始……不自三国终也"（《读三国志法》），而是从东汉末年黄巾起义，豪强争霸写起，以西晋统一全国收束。在这漫长的时期内，罗贯中将出现于各个空间的众多人物、纷繁复杂的事件，以时间为线索编织成井然有序又相互交叉展开的故事情节，好像连绵起伏的锦峰秀壑，前后贯串、主次依托、曲折多变，形成宏伟壮阔、缜密精巧的结构布局。

前人对《三国演义》的结构艺术有过较为仔细的剖析，指出全书有"六起六结"的发展脉络："其叙献帝，则以董卓废立为一起，以曹丕篡夺为一结；其叙西蜀，则以成都称帝为一起，而以绵竹出降为一结；其叙刘、关、张三人，则以桃园结义为一起，而以白帝托孤为一结；其叙诸葛亮，则以三顾草庐为一起，而以六出祁山为一结；其叙魏国，则以黄初改元为一起，而以司马受禅为一结；其叙东吴，则以孙坚匿玺为一起，而以孙皓衔璧为一结。凡此数段文字，联络交互于其间，或此方起而彼已结，或此未结而彼又起，读之不见其断续之迹，而按之则自有章法之可知也。"（同前）毛氏洞悉了由小说的主要事件和人物构成了多重脉络线索承接递进、交织并行的特点，是很有审美眼力的，但规定脉络线索的依据不统一，又不分其主次，让人有美中不足之感。

那么全书的主脉何在？副线又怎样认定？虽说欣赏者会有自己的理解和观点，然而大都认为魏、蜀、吴三方鼎足势力的形成、发展和衰亡的历史过程，以及围绕这一过程的矛盾斗争就是小说的主脉。

副线是系在主脉上，它的产生和走势均受主脉的制约，而每条副线又有着独自的存在价值和作用。毛氏所说的第一条脉络是以东汉皇权的存亡为标志，集中表现在汉献帝与豪强董卓、曹操、曹丕的矛盾。这是全书最先生成的一条副线，其作用在于引发小说情节的主干，涉及的内容不多，却是作品主脉不可缺少的引线。如果把不同社会势力和政治集团间的矛盾斗争作为认定脉络线索的依据，应该说第二条副线是指曹操集团与各方豪强争雄角逐的进程和结局。它和小说的主脉扭合在一起，包容着五彩缤纷的事件和人物，曹操形象特征在与各路豪强的斗争中逐渐显露出来，它对主脉产生了充实与强化的作用。第三、四两条副线分别为刘备集团、孙权集团的兴衰及其和异己势力斗争历程。第三条副线在全书延伸得最长，从头一回"桃园结义"始至第一百一十九回"曹魏灭蜀"止。它包括毛宗岗所指出的"叙刘、关、张三人"与"叙诸葛亮"的两条脉络。以小说的宏观布局来审视，刘备集团居其中心地位，而诸葛亮又是蜀汉事业的核心，他的隆中对堪称全书之本，"其余枝节，皆从此生"。联系小说的情节内容，便可惊奇地发现诸葛亮出山之前的部分，是隆中决策开头所分析形势的细化与印证，而他出山后的作品主要故事则是决策内容的演绎与铺展。有人认为"看《三国演义》就是看诸葛亮"，就小说情节布局和精彩内容安排的位置来讲，此议并不为过。

《三国演义》把曹操集团放在刘备集团的主要对立面上，孙权集团则为刘备对抗曹操的同盟者，所以小说的第四条副线相对较短，内容含量也不多，却是为作品主要人物活动提供广阔社会舞台，反映三国故事演变背景的不可缺少之笔。纵观全书，第二、三、四条副线和主线重合的那一段，正是三国鼎足势力形成到开始崩解的重要时期，即从"赤壁之战"到"彝陵之战"，可以说，这是作品声光大振的部分。小说第五条副线是司马氏权势代魏吞吴、统一天下的进程，它以"黄初改元"起，至"孙皓自缚"降晋结。它的萌芽状态是在小说第八十回"曹丕废帝篡炎刘"与第一百零六回"司马懿诈病赚曹爽"区间，随后到全书结束方由隐变显，化作一条实线，为小说描绘的从分裂到统一的社会生活画卷，添上了收笔的彩墨，使之成为一部完整严密并饱含着无穷余韵的文学巨著。

谈及小说的艺术结构，不容忽视的另一个问题，是罗贯中把历史现实的时空转化为小说世界时空的艺术经验，对后世历史演义小说和传记文学的创作是有着宝贵的借鉴意义的。《三国演义》出于表现拥刘反曹思想倾向的需要，将综合实力与所占地盘都远不能和曹操、孙权集团相比的刘备集团摆在中心地位，进而处理三个政治集团的对抗与同盟的关系，于是小说的时空安排就有了根据。作品里明确记叙的时间是东汉灵帝建宁二年（169）起，以晋灭东吴为止，史实发生在晋武帝太康元年（280），共历111年。小说结构布局不是历史现实时空的均匀对称，而偏偏要在表现人物性格的情节上添枝加叶，使小说的"审美空间"扩张了，"审美时间"亦放慢了脚步，和审美不搭界的现实时空却被略去或凝缩。

如小说第三十四回之前，自东汉末年写到官渡大战后曹操平定北方，与作品所描写的历史事件相对应的时间为169—200年左右，历时31年。第三十四回到五十回写赤壁之战，计14回包容着8年的时间。第五十回到八十五回，写至彝陵之战结束，计35回容含14个年头。第八十六回至一百二十回描述三国鼎立的崩解到天下一统的进程，时达58年。很明显，写赤壁、彝陵两次大战之间的历史故事，小说平均每年便用了两回半的篇幅，这是全书"审美时间"行进得最慢的一段。奇妙的是小说类似此段情况的还有第三十七回"刘玄德三顾草庐"至一百零四回"陨大星汉丞相归天"，共计67回，涉时为207—234年，经历27个春秋。

作品于此段限内描写的故事多与诸葛亮一生事业关联，在小说世界的时间链条上必然要加密负载审美的信息量，扩大审美空间幅度。在这里读者可以品味实践隆中决策的艰难征途上，接连不断出现的来自不同政治集团内各种人物的风采，以及惊心动魄、形神各异的社会景观。例如诸葛亮出山乍用兵、舌战群儒、智激周瑜、草船借箭、智算华容、三气周瑜、占荆襄、取西川、夺汉中、建立蜀汉政权、巧布八阵图、安居平五路、七擒孟获、六出祁山等，丰功伟业光耀人寰。三个政治集团的领袖人物曹操、刘备、孙权的形象经过特定社会生活环境的熔炼与陶冶，其特征性格得到全面深刻的展示。其他如谋臣策士、英豪战将等也都在贯连承续、起伏跌宕的情节中相继表现了个性风采。求是而论，《三国演义》为组接历史故事和塑造典型形象双管齐下的结构艺术，成功地创造了叙事文学的表现技巧。

从微观细部透析《三国演义》的章法结构，更会看到其几乎达到了无懈可击、精致完美的程度。凡是作品描写的主要人物与事件，都能做到前有交代或伏笔，后有结局或照应，来龙去脉、错综变化，却条理清晰，本末了然。此处信手拈来，以小说对关羽失荆州、走麦城，惨败身亡悲剧命运的叙述为例，说明人物描写的章法意脉锤炼之工。关羽在荆州之战前处处表现为勇猛刚强、武艺超群、能征惯战、智勇兼备的名将，这与他的下场是多么的矛盾、多大的反差呀！但是罗贯中却不动声色地把二者处理得顺理成章。

小说第六十三回写诸葛亮离开荆州向关羽交割印绶时，亮擎着印提醒他说："这干系都在将军身上。"关羽开口便讲："大丈夫既领重任。除死方休。"亮听关羽"说个'死'字，心中不悦"，跟着问他保守荆州的方略，他表示曹兵来犯，"以力拒之"，曹、吴联手进犯，则"分兵拒之"。亮明确指出："若如此，荆州危矣。吾有八字，将军牢记，可保守荆州。"关羽心中无数，还追问："那八个字？"亮似用千钧重锤敲击他说："北拒曹操，东和孙权。"言为心声，两人的对话，暗示后来关羽把军师嘱咐抛到九霄云外的思想基础。

第六十五回记叙了一件叫人深思的事，关羽不顾守荆州的重任，派义子关平去成都请示刘备，要求入川与刚归蜀的马超比武。可谓顾盼自雄，竟容不得强如自己的人存在了。第七十三回关羽高傲自大、目中无人的态度有了明显的暴露。他得知黄忠被封为"五虎大将"，"遂不肯受印"，扬言："黄忠何等人，敢与吾同列？大丈夫终不与老卒为伍！"

关羽奉命攻打曹军守地襄、樊二城，战略目的是"使敌军胆寒"，瓦解曹魏与东吴的暂时联盟。曹仁被关羽打败，襄阳为蜀军占领，获胜之际不能忘记用兵的战略原则。于是随军司马王甫建议关羽："将军一鼓而下襄阳，曹兵虽然丧胆"，然而"东吴吕蒙屯兵陆口，常有吞并荆州之意"，"糜芳、傅士仁守二隘口，恐不竭力，必须再得一人以总督荆州"。又进一步强调关羽所遣的守将潘濬是个"平生多忌而好利"的人，"不可任用"，应派"为人忠诚廉直"的赵累代之。王甫看到了关羽在保卫大本营，扼守要冲的用人上有失误，严肃提出来希望及时纠正。关羽却掉以轻心，拒绝采纳正确意见，为丢掉荆州、进退失据埋下了祸根。况且，关羽进取襄樊之前，东吴诸葛瑾曾前往荆州说亲，通报孙权愿意自己的儿子娶关羽之女为妻，"两家结好，并力破曹"。关羽无视联吴拒曹的良机，反而勃然大怒嚷道："吾虎女安肯嫁犬子乎！"如此无礼之举彻底激怒孙权，决意联曹夹击关羽，袭取荆州，所以，关羽没理由忘却后顾之忧。

作品正面着力铺染关羽攻打樊城的战绩，水淹七军，捉于禁、杀庞德，威震华夏，吓得曹操慌了手脚打算迁出许都。面对大好的形势，关羽变得更加盛气凌人，不可一世。东吴陆逊于是利用关羽不断滋长的错误情绪，曲意奉承颂美，"以骄其心"，使之撤掉荆州守卫之兵，前赴樊城听调。关羽果然在扭曲的心理支配下，上当受骗。小说也开始陡转急折，由暗点关羽失败的潜在之因，变为明写他在曹操、孙权双方凌厉攻势的夹击中，节节溃败的狼狈情态。第七十六回写关羽在败逃的路上忽闻荆州被吕蒙占领，公安、南郡的守将傅士仁、糜芳降吴，顿时"怒气冲塞，疮口进裂，昏绝于地"。众将救醒，公顾谓司马王甫曰："悔不听足下之言，今日果有此事！"听了探马禀告吕蒙攻取荆州之策，又跺脚叹道："吾中奸贼之谋矣！"与前文伏笔呼应，事态发展由隐而显，言之成理。

小说第七十八回写刘备听到关羽兵败遇害的噩耗，哭倒于地，半晌醒来被扶入内殿。诸葛亮劝曰："王上少忧……关公平日刚而自矜，故今日有此祸。"再次遥应前文，明指悲剧的成因是当轴者自身弱点的恶性膨胀，大力强化了人物性格特征。像这样刻画人物，几度旋曲，却能文理自然、章法缜密的例证在《三国演义》中屡见不鲜。作品描写事件亦有功力，如常山蛇阵，首尾、中间，萦回相应，文脉可寻。姑且看看具体情节，说明言之有据。

魏国邓艾率兵伐蜀，出人意料地运用奇策，偷渡阴平而获得成功，这种罕世之举，小说写得非常精妙，不容生疑。小说第一百零四回写诸葛亮弥留之际，叮咛姜维："蜀中诸道，皆不必多忧；惟阴平之地，切须仔细，此地虽险峻，久必有失。"这是全书首次出现关于偷渡阴平可能性的信号。接着露面的是与偷渡阴平干系重大的人。第一百零七回在魏将夏侯霸投奔蜀国和姜维相见时谈及："魏国新有二人，正在妙龄之际，若使领兵马，实吴、蜀之大患也。"一是钟会，另一位则是邓艾。后者"素有大志，但见高山大泽，辄窥度指画，何处可以屯兵，何处可以积粮，何处可以埋伏。人皆笑之，独司马懿奇其才、遂令参赞军机"。

后来司马昭看到蜀主刘禅溺于酒色，信用宦官黄皓，姜维避祸屯田沓中，认为伐蜀时机成熟，派钟会、邓艾分兵进犯。姜维退保剑阁，辅国大将董厥提醒姜维："此关虽然可守，奈成都无人；倘为敌人所袭，大势瓦解矣。"维曰："成都山险地峻，非可易取，不必忧也。"此处以反衬之笔，突出诸葛亮遗言的深远意义。

小说第一百十七回始描写邓艾领将士不避险阻，偷渡阴平，乘其不备袭取成都。当邓艾与两千部下度过"峻壁巅崖"的摩天岭时，"忽见道傍有一石碣，上刻：'丞相诸葛亮武侯题'。其文云：'二火初兴，有人越此。二士争衡，不久自死'。艾观讫大惊，慌忙对碣再拜曰：'武侯真神人也！'"这是正面照应诸葛亮临终之言，恰与前文正反跌宕，激起波澜。邓艾暗渡阴平要隘时还见到了一个大空寨，诸葛亮生前曾拨一千士兵在此守险，后来蜀主刘禅废之。无疑，这是又掀一道余波，使行文荡出神韵来。最后以邓艾偷渡阴平成功，逼降刘禅作结。叙事之妙草蛇灰线，伏笔潜流在情节推进过程中逐渐显露。事有根脉，前因后果的逻辑关系，或暗示或明点，一丝不苟。一部长篇巨制的历史演义小说，宏观纵览，气脉阔大，峰回路转迤逦入胜，结构创新，运思迥与人殊，微观斟酌，组织精严，承转起合，灭尽裁缝针线之迹，章法整齐而有疏散、宕折之趣。话说回来，整部作品的思想意蕴和艺术开发都是前无古人、后启来者的，这使其成为我国古代小说之林中一棵永不凋谢的长青树。

二、精彩片段解读

煮酒论英雄

一日，关、张不在，玄德正在后园浇菜，许褚、张辽引数十人入园中曰："丞相有命，请使君便行。"玄德惊问曰："有甚紧事？"许褚曰：

"不知。只教我来相请。"玄德只得随二人入府见操。操笑曰:"在家做得好大事!"唬得玄德面如土色。操执玄德手,直至后园,曰:"玄德学圃不易!"(学习种菜)玄德方才放心,答曰:"无事消遣耳。"操曰:"适见枝头梅子青青,忽感去年征张绣时,道上缺水,将士皆渴;吾心生一计,以鞭虚指曰:'前面有梅林。'军士闻之,口皆生唾,由是不渴。今见此梅,不可不赏。又值煮酒正熟,故邀使君小亭一会。"玄德心神方定。随至小亭,已设樽俎(古代指盛酒、盛肉的器皿,后常指宴席):盘置青梅,一樽煮酒。二人对坐,开怀畅饮。

酒至半酣,忽阴云漠漠,骤雨将至。从人遥指天外龙挂(龙卷风),操与玄德凭栏观之。操曰:"使君知龙之变化否?"玄德曰:"未知其详。"操曰:"龙能大能小,能升能隐:大则兴云吐雾,小则隐介藏形(介,指龙身上的硬壳、鳞片,隐介即隐藏起来);升则飞腾于宇宙之间,隐则潜伏于波涛之内。方今春深,龙乘时变化,犹人得志而纵横四海。龙之为物,可比世之英雄。玄德久历四方,必知当世英雄。请试指言之。"玄德曰:"备肉眼安识英雄?"操曰:"休得过谦。"玄德曰:"备叨恩庇(叨,谦词,受到好处),得仕于朝。天下英雄,实有未知。"操曰:"既不识其面,亦闻其名。"玄德曰:"淮南袁术,兵粮足备,可为英雄?"操笑曰:"冢中枯骨(冢,即坟墓),吾早晚必擒之!"玄德曰:"河北袁绍,四世三公,门多故吏;今虎踞冀州之地,部下能事者极多,可为英雄?"操笑曰:"袁绍色厉胆薄,好谋无断;干大事而惜身,见小利而忘命:非英雄也。"玄德曰:"有一人名称八俊(指刘表年轻时喜结交朋友,曾与汝南陈翔、同郡范滂等名士,号称'江夏八俊'),威镇九州刘景升可为英雄?"操曰:"刘表虚名无实,非英雄也。"玄德曰:"有一人血气方刚,江东领袖孙伯符乃英雄也?"操曰:"孙策藉父之名,非英雄也。"玄德曰:"益州刘季玉,可为英雄乎?"操曰:"刘璋虽系宗室,乃守户之犬耳,何足为英雄!"玄德曰:"如张绣、张鲁、韩遂等辈皆何如?"操鼓掌大笑曰:"此等碌碌小人,何足挂齿!"玄德曰:"舍此之外,备实不知。"操曰:"夫英雄者,胸怀大志,腹有良谋,有包藏宇宙之机,吞吐天地之志者也。"玄德曰:"谁能当之?"操以手指玄德,后自指，曰："今天下英雄，惟使君与操耳！"玄德闻言，吃了一惊，手中所执匙箸（箸，筷子），不觉落于地下。时正值大雨将至，雷声大作。玄德乃从容俯首拾箸曰："一震之威，乃至于此。"操笑曰："丈夫亦畏雷乎？"玄德曰："圣人迅雷风烈必变（语出孔子《论语·乡党》，说孔子遇到疾雷暴雨必定改变脸色，以示对上天的敬畏），安得不畏？"将闻言失箸缘故，轻轻掩饰过了。操遂不疑玄德。后人有诗赞曰：

勉从虎穴暂趋身，说破英雄惊杀人（杀，煞，用在动词后表示程度深）。巧借闻雷来掩饰，随机应变信如神。

天雨方住，见两个人撞入后园，手提宝剑，突至亭前，左右拦挡不住。操视之，乃关、张二人也。原来二人从城外射箭方回，听得玄德被许褚、张辽请将去了，慌忙来相府打听；闻说在后园，只恐有失，故冲突而入。却见玄德与操对坐饮酒。二人按剑而立。操问二人何来。云长曰："听知丞相和兄饮酒，特来舞剑，以助一笑。"操笑曰："此非'鸿门宴'，安用项庄、项伯乎？"玄德亦笑。操命："取酒与二'樊哙'压惊。"关、张拜谢。须臾席散，玄德辞操而归。云长曰："险些惊杀我两个！"玄德以落箸事说与关、张。关、张问是何意。玄德曰："吾之学圃，正欲使操知我无大志；不意操竟指我为英雄，我故失惊落箸。又恐操生疑，故借惧雷以掩饰之耳。"关、张曰："兄真高见！"（引自《三国演义》第二十一回）

【解读】

这是作者运用"以外显内"的心理描写，与烘云托月式的景物点染，来表现人物性格的一段美文。故事是在特殊的背景下发生的。曹操自迎奉汉献帝移驾许都之后，执掌朝廷大权；玩弄"挟天子以令诸侯"的政治手腕，发展自己的势力，野心家的真实嘴脸日渐暴露。许田围猎，曹操目无天子，飞扬跋扈的骄横之态已令汉献帝胆寒。于是把以血写的密诏交给国舅董承，切望他"殄灭奸党"。董承暗结吴子兰、马腾、刘备等人谋诛国贼曹操。此时刘备为吕布所败，暂时委身事操，唯恐操对他猜忌，非但义举破灭，而且一生抱负也付之东流。故作"韬晦之计"，他每天于下处后园种菜，以麻痹曹操放松警惕，待机而动。

面对这种冰下潜奔急流的情势，突然，曹操手下两员悍将许褚、张辽出现于正用种菜掩护自己的刘备跟前，并声称"丞相有命，请使君便行"。刘备搞不清两人的来头，陡然一惊。紧接着就故事情节的逐步展开，作者选以刘备惊恐的外在神态，揭示其紧张、惶惑的心理活动。因为刘备整天最大的心事是怕灭奸除贼的图谋泄露，稍有风吹草动，必然会产生反应。刘备本来闷在葫芦里不知曹操唤他的用心，不料，曹操见他竟然笑了起来，说："在家做得好大事！"这语气听起来好像话外有音，刘备立刻意识到唤他是否与讨贼密诏有关。作者将刘备内心的隐秘用霁时"面如土色"来反映，而且这次惊恐是在曹操笑声中出现的，染上了阴森可怖的气味。不过，刘备毕竟是一世豪杰，他从曹操的举动和话题里基本认定了唤他是为陪酒聊天，经过心理调整便稳住了心神。

两人饮酒过程中话题扯到了世间英雄的内容，操命刘备"试指言之"。刘备首提袁术"可为英雄"，当即引起曹操的见笑；再提袁绍"可为英雄"，曹操又是带着轻蔑的笑声否定了他的看法。当刘备说："如张绣、张鲁、韩遂等辈皆何如"时，操狂傲得"鼓掌大笑"。这接二连三地笑傲群雄，倒使刘备显得简单，给他带来了一种安全感。曹操得意地谈起英雄的标准，刘备也放松了心理，追问曹操："谁能当之？"万没料到，"操以手指"他，然后自指说："今天下英雄，惟使君与操耳！"刘备平静的心，顿时如狂飙掀浪，不自禁地又"吃了一惊，手中所执匙箸，不觉落于地下"。刘备惊恐的外在神态逐级推进，由惊惧到丧魂落魄，不觉失态，充分说明了其内心承受的压力逐步加剧，竟致远超负荷，无法承担。

作者的匠心在于，刘备的惊恐之状是和曹操的频笑之态正反对举、连贯呈现的。两相比照，曹操居高临下，踌躇满志，睥睨一切的样子，刘备置于人家的手掌之中，戒心惴惴，唯恐计谋失密的忐忑神情，显得分外生动、真切，饶有意味。惊与笑，恰好是两人心境、性格的形象写照。刘备对匙箸因惊落地的失态表现，当即觉得有自我暴露破绽之嫌，马上冷静下来，借雷声从容掩饰，巧妙应付说："一震之威，乃至于此。"只言片语胜过千言万语，刘备旨在表白自己胆小到这种程度，还何谈英雄呢！并且内心的隐秘被包装得严严实实，连老奸巨猾的曹操也信而不疑，还自傲地笑问："丈夫亦畏雷乎?"一个精明机智，一个奸猾傲慢，不同的性格特征十分鲜明。

为了推动情节的展开，文中采用了景物点染，用墨不多，波峭奇崛，收到了取神象外的艺术效果。正当刘备与曹操开怀畅饮，心中疑团已经消释之时，"忽阴云漠漠，骤雨将至。从人遥指天外龙挂，操与玄德凭栏观之"。曹操因景生议，兴致勃勃地谈起龙的变化，进而以龙比之世间英雄，指令刘备说出己见。这样用风云变幻、电闪雷鸣的自然景物，为曹、刘二人谈论"英雄"的话题创造了紧张、沉郁的氛围。曹操的阴险冷酷、刘备的沉重惊恐皆与自然环境协调一致，给刻画人物性格、敷衍故事情节平添了不少色彩。一声巨雷把故事情节推向了高潮，刘备借之饰惊，曹操也因此显威。写景之笔稍事拟声取象，略作点染却有深远的韵致。

风雨过后，又写关羽、张飞撞园来见兄长，曹操再度发笑，说出"此非'鸿门宴'"进行调侃。宴毕席散，关羽对兄长表示"险些惊杀我两个!"刘备又将借雷饰惊告诉了关、张二弟，博得两人同声称赞。这些文字是"煮酒论英雄"故事的不可缺少的补笔，它揭示了故事的性质，令人产生心有余悸之感，深化了读者对人物性格的认识。整个故事的内容在《三国演义》的情节安排上起着生发下文的作用，它不仅为接写刘备引军遁离曹操张本，也替袁术、袁绍、刘表、孙策、刘璋等人最终的结局作了伏笔，而刘备终成蜀主，雄立一方，由此已透出了消息。

三顾草庐

却说玄德正安排礼物，欲往隆中谒诸葛亮，忽人报："门外有一先生，峨冠博带，道貌非常，特来相探。"玄德曰："此莫非即孔明否?"遂整衣出迎。视之，乃司马徽也。玄德大喜，请入后堂高坐，拜问曰："备自别仙颜，因军务倥偬，有失拜访。今得光降，大慰仰慕之私。"徽曰："闻徐元直在此，特来一会。"玄德曰："近因曹操囚其母，徐母遣人驰书，唤回许昌去矣。"徽曰："此中曹操之计矣！吾素闻徐母最贤，虽为操所囚，必不肯驰书召其子：此书必诈也。元直不去，其母尚存；今若去，母必死矣！"玄德惊问其故，徽曰："徐母高义，必羞见其子也。"玄德曰："元直临行，荐南阳诸葛亮，其人若何？"徽笑曰："元直欲去，自去便了，何又惹他出来呕心血也？"玄德曰："先生何出此言？"徽曰："孔明与博陵崔州平、颍川石广元、汝南孟公威与徐元直四人为密友。此四人务于精纯，惟孔明独观其大略。尝抱膝长吟，而指四人曰：'公等仕进可至刺史、郡守。'众问孔明之志若何，孔明但笑而不答。每常自比管仲、乐毅，其才不可量也。"玄德曰："何颍川之多贤乎！"徽曰："昔有殷馗善观天文，尝谓'群星聚于颍分，其地必多贤士'。"时云长在侧曰："某闻管仲、乐毅乃春秋、战国名人，功盖寰宇；孔明自比此二人，毋乃太过？"徽笑曰："以吾观之，不当比此二人；我欲另以二人比之。"云长问："那二人？"徽曰："可比兴周八百年之姜子牙、旺汉四百年之张子房也。"众皆愕然。徽下阶相辞欲行，玄德留之不住。徽出门仰天大笑曰："卧龙虽得其主，不得其时，惜哉！"言罢，飘然而去。玄德叹曰："真隐居贤士也！"

次日，玄德同关、张并从人等来隆中。遥望山畔数人，荷锄耕于田间，而作歌曰：

苍天如圆盖，陆地似棋局；世人黑白分，往来争荣辱；荣者自安安，辱者定碌碌。——南阳有隐居，高眠卧不足！

玄德闻歌，勒马唤农夫问曰："此歌何人所作？"答曰："乃卧龙先生所作也。"玄德曰："卧龙先生住何处？"农夫曰："自此山之南，一带高冈，乃卧龙冈也。冈前疏林内茅庐中，即诸葛先生高卧之地。"玄德谢之，策马前行。不数里，遥望卧龙冈，果然清景异常。后人有古风一篇，单道卧龙居处。诗曰：

　　襄阳城西二十里，一带高冈枕流水：高冈屈曲压云根，
流水潺湲飞石髓，势若困龙石上蟠，形如单凤松阴里；
柴门半掩闭茅庐，中有高人卧不起。修竹交加列翠屏；
四时篱落野花馨；床头堆积皆黄卷（黄卷，指书籍），座
上往来无白丁；叩户苍猿时献果，守门老鹤夜听经；囊里名琴
藏古锦，壁间宝剑挂七星。庐中先生独幽雅，闲来亲自勤耕
稼；专待春雷惊梦回，一声长啸安天下。

　　玄德来到庄前，下马亲叩柴门，一童出问。玄德曰："汉左将军、
宜城亭侯、领豫州牧、皇叔刘备，特来拜见先生。"童子曰："我记不得
许多名字。"玄德曰："你只说刘备来访。"童子曰："先生今早少出。"
玄德曰："何处去了？"童子曰："踪迹不定，不知何处去了。"玄德曰：
"几时归？"童子曰："归期亦不定，或三五日，或十数日。"玄德惆怅不
已。张飞曰："既不见，自归去罢了。"玄德曰："且待片时。"云长曰：
"不如且归，再使人来探听。"玄德从其言，嘱付童子："如先生回，可
言刘备拜访。"

　　遂上马，行数里，勒马回观隆中景物，果然山不高而秀雅，水不深
而澄清；地不广而平坦，林不大而茂盛；猿鹤相亲，松篁交翠（篁，竹
子）：观之不已。忽见一人，容貌轩昂，丰姿俊爽，头戴逍遥巾，身穿
皂布袍，杖藜从山僻小路而来。玄德曰："此必卧龙先生也！"急下马向
前施礼，问曰："先生非卧龙否？"其人曰："将军是谁？"玄德曰："刘
备也。"其人曰："吾非孔明，乃孔明之友：博陵崔州平也。"玄德曰：
"久闻大名，幸得相遇。乞即席地权坐（权，姑且），请教一言。"二人
对坐于林间石上，关、张侍立于侧。州平曰："将军何故欲见孔明？"玄
德曰："方今天下大乱，四方云扰，欲见孔明，求安邦定国之策耳。"州
平笑曰："公以定乱为主，虽是仁心，但自古以来，治乱无常。自高祖
斩蛇起义，诛无道秦，是由乱而入治也；至哀、平之世二百年，太平日
久，王莽篡逆，又由治而入乱；光武中兴，重整基业，复由乱而入治；
至今二百年，民安忆久，故干戈又复四起：此正由治入乱之时，未可猝

定也。将军欲使孔明斡旋天地，补缀乾坤，恐不易为，徒费心力耳。岂不闻'顺天者逸，逆天者劳'，'数之所在，理不得而夺之；命之所在，人不得而强之乎'？"玄德曰："先生所言，诚为高见。但备身为汉胄，合当匡扶汉室，何敢委之数与命？"州平曰："山野之夫，不足与论天下事，适承明问，故妄言之。"玄德曰："蒙先生见教。但不知孔明往何处去了？"州平曰："吾亦欲访之，正不知其何往。"玄德曰："请先生同至敝县，若何？"州平曰："愚性颇乐闲散，无意功名久矣；容他日再见。"言讫，长揖而去。玄德与关、张上马而行。张飞曰："孔明又访不着，却遇此腐儒，闲谈许久！"玄德曰："此亦隐者之言也。"

三人回至新野，过了数日，玄德使人探听孔明。回报曰："卧龙先生已回矣。"玄德便教备马。张飞曰："量一村夫，何必哥哥自去，可使人唤来便了。"玄德叱曰："汝岂不闻孟子云：'欲见贤而不以其道，犹欲其入而闭之门也'。孔明当世大贤，岂可召乎！"遂上马再往访孔明。关、张亦乘马相随。时值隆冬，天气严寒，彤云密布。行无数里，忽然朔风凛凛，瑞雪霏霏；山如玉簇，林似银妆。张飞曰："天寒地冻，尚不用兵，岂宜远见无益之人乎！不如回新野以避风雪。"玄德曰："吾正欲使孔明知我殷勤之意。如弟辈怕冷，可先回去。"飞曰："死且不怕，岂怕冷乎！但恐哥哥空劳神思。"玄德曰："勿多言，只相随同去。"将近茅庐，忽闻路傍酒店中有人作歌。玄德立马听之。其歌曰：

壮士功名尚未成，呜呼久不遇阳春！君不见：东海老叟辞荆榛（东海老叟，即吕望，亦称吕尚、姜太公），后车遂与文王亲；八百诸侯不期会，白鱼入舟涉孟津；牧野一战血流杵，鹰扬伟烈冠武臣（鹰扬，鹰奋扬之态，形容威武）。又不见：高阳酒徒起草中，长揖芒砀"隆准公"；高谈王霸惊人耳，辍洗延坐钦英风；东下齐城七十二，天下无人能继踪。二人功迹尚如此，至今谁肯论英雄？

歌罢，又有一人击桌而歌。其歌曰：

吾皇提剑清寰海，创业垂基四百载；桓灵季业火德衰，奸臣贼子调鼎鼐（古时以宰相治理国事，如鼎鼐之调五味。）。青蛇飞下御座傍，又见妖虹隆玉堂；群盗四方如蚁聚，奸雄百辈皆鹰扬。吾侪长啸空拍手，闷来村店饮村酒；独善其身尽日安，何须千古名不朽！

二人歌罢，抚掌大笑。玄德曰："卧龙其在此间乎！"遂下马入店。见二人凭桌对饮：上首者白面长须，下首者清奇古貌。玄德揖而问曰："二公谁是卧龙先生？"长须者曰："公何人？欲寻卧龙何干？"玄德曰："某乃刘备也。欲访先生，求济世安民之术。"长须者曰："我等非卧龙，皆卧龙之友也：吾乃颍川石广元，此位是汝南孟公威。"玄德喜曰："备久闻二公大名，幸得邂逅。今有随行马匹在此，敢请二公同往卧龙庄上一谈。"广元曰："吾等皆山野慵懒之徒，不省治国安民之事，不劳下问。明公请自上马，寻访卧龙。"

玄德乃辞二人，上马投卧龙冈来。到庄前下马，叩门问童子曰："先生今日在庄否？"童子曰："现在堂上读书。"玄德大喜，遂跟童子而入。至中门，只见门上大书一联云："淡泊以明志，宁静而致远。"玄德正看间，忽闻吟咏之声，乃立于门侧窥之，见草堂之上，一少年拥炉抱膝，歌曰：

凤翱翔于千仞兮，非梧不栖；士优处于一方兮，非主不依。

乐躬耕于陇亩兮，吾爱吾庐；聊寄傲于琴书兮，以待天时。

玄德待其歌罢，上草堂施礼曰："备久慕先生，无缘拜会。昨因徐元直称荐，敬至仙庄，不遇空回。今特冒风雪而来。得瞻道貌，实为万幸！"那少年慌忙答礼曰："将军莫非刘豫州，欲见家兄否？"玄德惊讶曰："先生又非卧龙耶？"少年曰："某乃卧龙之弟诸葛均也。愚兄弟三人：长兄诸葛瑾，现在江东孙仲谋处为幕宾；孔明乃二家兄。"玄德曰："卧龙今在家否？"均曰："昨为崔州平相约，出外闲游去矣。"玄德曰："何处闲游？"均曰："或驾小舟游于江湖之中，或访僧道于山岭之上，或寻朋友于村落之间，或乐琴棋于洞府之内：往来莫测，不知去所。"玄德曰："刘备直如此缘分浅薄，两番不遇大贤！"均曰："少坐献茶。"张飞曰："那先生既不在，请哥哥上马。"玄德曰："我即到此间，如何无一语而回？"因问诸葛均曰："闻令兄卧龙先生熟谙韬略，日看兵书，可得闻乎？"均曰："不知。"张飞曰："问他则甚！风雪甚紧，不如早归。"玄德叱止之。均曰："家兄不在，不敢久留车骑；容日却来回礼。"玄德曰："岂敢望先生枉驾。数日之后，备当再至。愿借纸笔作一书，留达令兄，以表刘备殷勤之意。"均遂进文房四宝。玄德呵开冻笔，拂展云笺，写书曰：

> 备久慕高名，两次晋谒，不遇空回，惆怅何似！窃念备汉朝苗裔，滥叨名爵，伏睹朝廷陵替（衰微低落），纲纪崩摧，群雄乱国，恶党欺君，备心胆俱裂。虽有匡济之诚，实乏经纶之策。仰望先生仁慈忠义，慨然展吕望之大才，施子房之鸿略，天下幸甚！社稷幸甚！先此布达，再容斋戒薰沐，特拜尊颜，面倾鄙悃。统希鉴原。

玄德写罢，递与诸葛均收了，拜辞出门。均送出，玄德再三殷勤致意而别。方上马欲行，忽见童子招手篱外，叫曰："老先生来也。"玄德视之，见小桥之西，一人暖帽遮头，狐裘蔽体，骑着一驴，后随一青衣小童，携一葫芦酒，踏雪而来；转过小桥，口吟诗一首。诗曰：

> 一夜北风寒，万里彤云厚；长空雪乱飘，改尽江山旧。
> 仰面观大虚（大虚矢空），疑是玉龙斗；纷纷鳞甲飞，顷刻遍宇宙。——骑驴过小桥，独叹梅花瘦！

　　玄德闻歌曰:"此真卧龙矣!"滚鞍下马,向前施礼曰:"先生冒寒不易!刘备等候久矣!"那人慌忙下驴答礼。诸葛均在后曰:"此非卧龙家兄,乃家兄岳父黄承彦也。"玄德曰:"适间所吟之句,极其高妙。"承彦曰:"老夫在小婿家观《梁父吟》,记得这一篇;适过小桥,偶见篱落间梅花,故感而诵之。不期为尊客所闻。"玄德曰:"曾见令婿否?"承彦曰:"便是老夫也来看他。"玄德闻言,辞别承彦,上马而归。正值风雪又大,回望卧龙冈,悒怏不已。后人有诗单道玄德风雪访孔明。诗曰:

　　　　一天风雪访贤良,不遇空回意感伤。冻合溪桥山石滑,
　　　　寒侵鞍马路途长。当头片片梨花落,扑面纷纷柳絮狂。
　　　　回首停鞭遥望处,烂银堆满卧龙冈。

　　玄德回新野之后,光阴荏苒,又早新春。乃令卜者揲蓍(揲蓍,卜卦的方式),选择吉期,斋戒三日,薰沐更衣,再往卧龙冈谒孔明。关、张闻之不悦,遂一齐入谏玄德。正是:高贤未服英雄志,屈节偏生杰士疑。未知其言若何,下文便晓。

　　却说玄德访孔明两次不遇,欲再往访之。关公曰:"兄长两次亲往拜谒,其礼太过矣。想诸葛亮有虚名而无实学,故避而不敢见。兄何惑于斯人之甚也!"玄德曰:"不然。昔齐桓公欲见东郭野人,五反而方得一面。况吾欲见大贤耶?"张飞曰:"哥哥差矣。量此村夫,何足为大贤!今番不须哥哥去;他如不来,我只用一条麻绳缚将来!"玄德叱曰:"汝岂不闻周文王谒姜子牙之事乎?文王且如此敬贤,汝何太无礼!今番汝休去,我自与云长去。"飞曰:"既两位哥哥都去,小弟如何落后!"玄德曰:"汝若同往,不可失礼。"飞应诺。

　　于是三人乘马引从者往隆中。离草庐半里之外,玄德便下马步行,正遇诸葛均。玄德忙施礼,问曰:"令兄在庄否?"均曰:"昨暮方归。将军今日可与相见。"言罢,飘然自去。玄德曰:"今番侥幸得见先生矣!"张飞曰:"此人无礼!便引我等到庄也不妨,何故竟自去了!"玄

德曰："彼各有事，岂可相强。"三人来到庄前叩门，童子开门出问。玄德曰："有劳仙童转报：刘备专来拜见先生。"童子曰："今日先生虽在家，但今在草堂上昼寝未醒。"玄德曰："既如此，且休通报。"分付关、张二人，只在门首等着。玄德徐步而入，见先生仰卧于草堂几席之上。玄德拱立阶下。半响，先生未醒。关、张在外立久，不见动静，入见玄德犹然侍立。张飞大怒，谓云长曰："这先生如何傲慢！见我哥哥侍立阶下，他竟高卧，推睡不起！等我去屋后放一把火，看他起不起！"云长再三劝住。玄德仍命二人出门外等候。望堂上时，见先生翻身将起，一忽又朝里壁睡着。童子欲报。玄德曰："且勿惊动。"又立了一个时辰，孔明才醒，口吟诗曰：

> 大梦谁先觉？平生我自知。
>
> 草堂春睡足，窗外日迟迟。

孔明吟罢，翻身问童子曰："有俗客来否？"童子曰："刘皇叔在此，立候多时。"孔明乃起身曰："何不早报！尚容更衣。"遂转入后堂。又半响，方整衣冠出迎。玄德见孔明身长八尺，面如冠玉，头戴纶巾，身披鹤氅，飘飘然有神仙之概。玄德下拜曰："汉室末胄、涿郡愚夫，久闻先生大名，如雷贯耳。昨两次晋谒，不得一见，已收贱名于文几，未审得入览否？"孔明曰："南阳野人，疏懒性成，屡蒙将军枉临，不胜愧赧。"二人叙礼毕，分宾主而坐，童子献茶……

（引自《三国演义》第三十七回、第三十八回）

【解读】

"三顾草庐"是几百年来人们津津乐道的三国故事。它在小说中对刘备、诸葛亮形象的塑造，阐述蜀汉事业的发展，以及魏、蜀、吴三方势力变化趋向的影响都是极为重要的。作者神思遨游、殚精竭虑地调动适宜的艺术手段，饱墨淋漓地创造出既符合生活逻辑，又具有很高审美价值的情节，获取了永久性的艺术魅力。

刘备创业之初曾亲至隆中拜访诸葛亮，请其出山相助，以建树恢复汉室的不朽功业，在史料中是有明确记载的。《三国志·蜀书·诸葛亮传》说，刘备驻扎新野时，徐庶前来投奔，博得刘备的器重。他向刘备荐举诸葛亮，称誉亮为卧龙。刘备叫徐庶把诸葛亮带来，庶曰："此人可就见，不可屈致也。将军宜枉驾顾之。"于是刘备才"诣亮，凡三往，乃见"。诸葛亮在《出师表》内亦称"三顾臣于草庐之中"。裴松之在亮的《本传》注引《魏略》和《九州春秋》还有另种说法，其云诸葛亮曾经去樊城向刘备提出过将游户转为当地户籍，以便从中抽丁征兵的建议，刘备还采纳了这个意见。罗贯中却将史料为我所用，凭借"三顾草庐"一事，着力表现刘备惜才选能、求贤若渴、真诚待士的明君美德。同时，为小说逐步展开描写诸葛亮的经天纬地之才、忠贞奋勉的美德、兴蜀的丰功伟绩吹响了前奏曲。因此，作者以潇洒俊逸又熨帖入微之笔，于这一精彩片段中强化了铺垫、烘托、对比、润饰等艺术效果。

刘备尚未动身去拜见诸葛亮之前，小说于第三十六回临尾处，通过徐庶之口就使其人的声望深深触及刘备之心。"此人乃绝代奇才，使君急宜枉驾见之。若此人肯相辅佐，何愁天下不定乎！"徐庶的话立刻与刘备记忆中水镜先生之语"伏龙、凤雏，两人得一，可安天下"对接起来，催发了刘备前谒诸葛亮的决心。然而，徐庶担心诸葛亮不肯出山，他的话成为泡影，特意乘马来劝诸葛亮。结果，他的密友断然回绝："君以我为享祭之牺牲乎！"搞得徐庶"羞惭而退"，也为刘备求才访贤之难，重重地垫上了一笔。就在刘备"正安排礼物，欲往隆中谒亮"之际，行文再度盘旋，出现了司马徽对刘备兄弟三人评说诸葛亮："每常自比管仲、乐毅，其才不可量也。"关羽听了大不以为然，认为管、乐是春秋、战国名人，功盖寰宇，与之相比，岂不太过。这便引出司马徽自抒己见："可比兴周八百年之姜子牙，旺汉四百年之张子房也。"听过之后"众皆愕然"，诸葛亮的匡世奇才愈加坚定了刘备礼贤意愿。刘备矢志三顾隆中草庐，至此就作好了铺石垫路的文章。

与铺垫手法相关联的则是情节推进过程中烘托技巧的运用，其中包括自然景物和展现在卧龙冈各种人物的描写。刘备一顾草庐时急切地想见到诸葛亮，卧龙冈景物虽美，外物场难入心理境。一顾扑空，内心失落之感引发的精神空虚亟待填补，返回的路上固然要几步一徘徊，顾盼之姿、恋恋不舍之情浮漾纸上。此刻刘备回望的美景："山不高而秀雅，水不深而澄清；地不广而平坦，林不大而茂盛；猿鹤相亲，松篁交翠。"这正是以清幽的雅境烘托超凡拔俗的贤才高士。刘备二顾草庐，时值隆冬，天寒地冻，朔风飞雪，放眼望去"山如玉簇，林似银妆"。此处景物烘托的旨意和"一顾"有着两点变化，首先说明刘备不避风雪，冒着严寒去访贤，什么困难也阻挡不了他求才的决心与诚意。另者暗示刘备迫切招揽的人才，其品格、心灵的洁美如"玉簇、银妆"。人景俱佳，二美相衬，可谓人杰地灵。

文中还多次利用次要人物烘托诸葛亮的人格魅力和拔尖的才略。一顾中写了博陵崔州平的形象，"容貌轩昂，丰姿俊爽，头戴逍遥巾，身穿皂布袍"，刘备认为必定是诸葛亮。判断错误使刘备的心理经受了一次从惊喜到失望的冲击，也表明了诸葛亮的形象超出了刘备的想象。这误中生奇，是在不露痕迹地表现刘备对诸葛亮认识的不断深化。

二顾中发生了"三误三奇"，这些误导的途径与前文亦有不同。先是闻其声误其人，刘备听罢酒店两人作歌，则推断"卧龙其在此间乎！"原来，却是诸葛亮的密友颍川石广元与汝南孟公威。不过，崔州平是因形而误，石、孟二人是以言致错，由貌到神，逐层烘托，渐渐贴近主要人物诸葛亮。再是草庐内的误认，童子的话、门上的对联、少年抱膝吟歌，三者扭在一起，形成散点聚焦。眼前现实的识别，应该是没错了，何况司马徽描绘的诸葛亮亦是"抱膝长吟"呢，最后还是错了！接连两误，越误越奇，访贤求才似乎也变得比事先预料的难度还要大，诸葛亮也变得比预想的要更神奇。然而，作者又变换笔法，远镜头、广角度，全方位地勾勒出一个形象："小桥之西，一人暖帽遮头，狐裘蔽体，骑着一驴，后随一青衣小童，携一葫芦酒，踏雪而来。"口诵咏雪叹梅之诗。刘备相其貌，真是清高闲适，而闻其歌又是雅音隽永，因而认定："此真卧龙矣！"到头来，还是误认，前次是以弟为兄，这回则将岳丈当女婿。两顾草庐先后四误，被错认者与主人翁的关系是逐渐拉近，而诸葛亮的影子就在步步烘托中清晰地呈现出来。

刘备屈尊枉驾、礼贤下士的态度，在与情同手足的兄弟对比上，表现得更为鲜明、动人。一顾碰壁，刘备"惆怅不已"，张飞讲得干脆，"既不见，自归去罢了"。关羽比三弟留有余地，表示"不如且归，再使人来探听"。兄弟间的差异判然可辨。二顾冒犯风寒，张飞心理承受不了，不是怕冷，"但恐哥哥空劳神思"。刘备求贤心理有着政治追求的强大支柱，为实现恢复汉室的既定政治目标，就是刀山火海也在所不辞。他听张飞说："量一村夫，何必哥哥自去，可使人唤来便了。"刘备自有政治家不可动摇的价值取向，兄弟的感情用事，断不能冲击他求贤的心理，"孔明当世大贤，岂可召乎！""如弟辈怕冷，可先回去"，不然"勿多言，只相随同去"。在招贤求才的问题上，兄弟之间也只能保持一致。

刘备在草庐内向诸葛均讯问其兄熟谙韬略情况，张飞又不耐烦地说："问他则甚！风雪甚紧，不如早归。"刘备当即"叱止之"。三顾之时，连知书达理的关羽也提出了异议："兄长两次亲往拜谒，其礼太过矣。想诸葛亮有虚名而无实学，故避而不敢见。兄何惑于斯人之甚也！"刘备用齐桓公五访东郭野人的求贤典故，表明自己招引贤才的大事还只是刚刚起步，绝不可半途而废。张飞使起匹夫之勇的性子，嚷着："今番不须哥哥去；他如不来，我只用一条麻绳缚将来！"刘备用文王谒姜子牙的史实，来对照自身的行为，"文王且如此敬贤，汝何太无礼！"刘备礼贤爱才之情，常常植根于类如齐桓、文王的大事业上，在兄弟三人态度的对比中，这是非常明确的。

刘备三顾草庐的情节描述明显地穿插更多的诗歌，加强对行文的润饰，丰富情节的意蕴，内含世情哲理，映托人物形象。刘备兄弟身临隆中，声声入耳的便是农夫歌唱的"荷锄者之歌"。唱者自云为卧龙先生所作："苍天如圆盖，陆地似棋局……南阳有隐居，高眠卧不足！"古朴自然的诗句，创造了一种闲适自得的气氛。在"荣者自安安，辱者定碌碌"的对举中，折射出隆中风韵，与淡泊世情、隐遁山林的高士诸葛亮的身影。接下来是描绘卧龙居处的一首歌行体："襄阳城西二十里，一带高冈枕流水……专待春雷惊梦回，一声长啸安天下。"诗歌以景取境，工笔细描卧龙冈自然风貌，奠定了一尘不染、清幽闲雅的基调。转而境中寓人，点明居者的高洁情趣、不凡的心志和富赡的才能。煞尾重锤擂鼓，用象征笔法预言卧龙腾飞，君臣际会、龙虎风云，诸葛亮大展鸿图，创建蜀汉事业。

刘备二顾草庐，路经道旁酒店，听到店内传来的"壮士功名歌"和"隐者之歌"。前者化用李白的《梁甫吟》流露壮士渴望功名的情怀。诗中运用吕尚、郦食其的典故，表达明主难遇，待时建功的感慨和志愿。后者倾吐隐者的衷曲，虽有抚时念乱之情，却怀远祸避灾之心。面对动乱不宁，干戈扰攘的世道，只好独善其身，保持自洁的操守。两诗从正反不同的方面，揭示诸葛亮出山前的矛盾心理，隐约抨击社会的黑暗。刘备闻诸葛均歌咏"凤翱翔于千仞兮，非梧不栖……聊寄傲于琴书兮，以待天时"，所以能误认是其兄，就在于这首骚体小诗表露的主旨，恰与刘备碰心。隐士企盼明主，明主何尝不期待贤才出山辅佐，共建伟业呢。诸葛亮岳父黄承彦所吟"一夜北风寒，万里彤云厚……骑驴过小桥，独叹梅花瘦"，抒发士人的雅趣和高旷纯洁的审美情味，透露隐者内心世界的洁美。第三十七回末尾的七律是为刘备风雪访孔明，不遇空回、跋涉徒劳而发出的慨叹，表达了贤才难觅，惜才情深的心理感受，是为下一步写君臣相得打下厚实的思想基础。三顾时刘备等候诸葛亮醒来，听到他吟诵的大梦歌："大梦谁先觉？平生我自知。草堂春睡足，窗外日迟迟。"这是韵味曲包、寓意遥深的五绝。明写日常生活琐细的现象，暗指在如梦的人生中一旦彻悟，就能抖擞精神，信心倍增，实现超越自我。久蛰草堂的卧龙，"春睡已足"，就要乘时腾飞了。总之，小说借助诗歌含蓄蕴藉、审美空间深广的特点，在三顾草庐情节展开过程中相继插入体裁各异的诗歌，由淡到浓，多侧面地层层润饰、渲染，使即将亮相的人物形象气韵生动、精神饱满。

赵子龙单骑救阿斗

却说玄德引十数万百姓、三千馀军马，一程程挨着往江陵进发。赵云保护老小，张飞断后。孔明曰："云长往江夏去了，绝无回音，不知若何。"玄德曰："敢烦军师亲自走一遭。刘琦感公昔日之教，今若见公亲至，事必谐矣。"孔明允诺，便同刘封引五百军先往江夏求救去了。当日玄德自与简雍、糜竺、糜芳同行。正行间，忽然一阵狂风就马前刮起，尘土冲天，平遮红日。玄德惊曰："此何兆也？"简雍颇明阴阳，袖占一课，失惊曰："此大凶之兆也。应在今夜。主公可速弃百姓而走。"玄德曰："百姓从新野相随至此，吾安忍弃之？"雍曰："主公若恋而不弃，祸不远矣。"玄德问："前面是何处？"左右答曰："前面是当阳县。有座山名为景山。"玄德便教就此山扎住。时秋末冬初，凉风透骨；黄昏将近，哭声遍野。至四更时分，只听得西北喊声震地而来。玄德大惊，急上马引本部精兵二千馀人迎敌。曹兵掩至，势不可当。玄德死战。正在危迫之际，幸得张飞引军至，杀开一条血路，救玄德望东而走。文聘当先拦住，玄德骂曰："背主之贼，尚有何面目见人！"文聘羞惭满面，引兵自投东北去了。张飞保着玄德，且战且走。奔至天明，闻喊声渐渐远去，玄德方才歇马。看手下随行人，止有百馀骑；百姓、老小并糜竺、糜芳、简雍、赵云等一干人，皆不知下落。玄德大哭曰："十数万生灵，皆因恋我，遭此大难；诸将及老小，皆不知存亡：虽土木之人，宁不悲乎！"

正凄惶时，忽见糜芳面带数箭，跟跄而来，口言："赵子龙反投曹操去了也！"玄德叱曰："子龙是我故交，安肯反乎？"张飞曰："他今见我等势穷力尽，或者反投曹操，以图富贵耳！"玄德曰："子龙从我于患难，心如铁石，非富贵所能动摇也。"糜芳曰："我亲见他投西北去了。"张飞曰："待我亲自寻他去。若撞见时，一枪刺死！"玄德曰："休错疑了。岂不见你二兄诛颜良、文丑之事乎？子龙此去，必有事故。吾料子龙必不弃我也。"张飞那里肯听，引二十馀骑，至长坂桥。见桥东有一带树木，飞生一计：教所从二十馀骑，都砍下树枝，拴在马尾上，在树林内往来驰骋，冲起尘土，以为疑兵。飞却亲自横矛立马于桥上，向西而望。

却说赵云自四更时分，与曹军厮杀，往来冲突，杀至天明，寻不见玄德，又失了玄德老小。云自思曰："主公将甘、糜二夫人与小主人阿斗，托付在我身上；今日军中失散，有何面目去见主人？不如去决一死战，好歹要寻主母与小主人下落！"回顾左右，只有三四十骑相随。云拍马在乱军中寻觅，二县百姓号哭之声，震天动地；中箭着枪、抛男弃女而走者，不计其数。赵云正走之间，见一人卧在草中，视之，乃简雍也。云急问曰："曾见两位主母否？"雍曰："二主母弃了车仗，抱阿斗而走。我飞马赶去，转过山坡，被一将刺了一枪，跌下马来，马被夺了去。我争斗不得，故卧在此。"云乃将从骑所骑之马，借一匹与简雍骑坐；又着二卒扶护简雍先去报与主人："我上天入地，好歹寻主母与小主人来。如寻不见，死在沙场上也！"

说罢，拍马望长坂坡而去。忽一人大叫："赵将军那里去？"云勒马问曰："你是何人？"答曰："我乃刘使君帐下护送车仗的军士，被箭射倒在此。"赵云便问二夫人消息。军士曰："恰才见甘夫人披头跣足，相随一伙百姓妇女，投南而走。"云见说，也不顾军士，急纵马望南赶去。只见一伙百姓，男女数百人，相携而走。云大叫曰："内中有甘夫人否？"夫人在后面望见赵云，放声大哭。云下马插枪而泣曰："使主母失散，云之罪也！糜夫人与小主人安在？"甘夫人曰："我与糜夫人被逐，弃了车仗，杂于百姓内步行，又撞见一枝军马冲散。糜夫人与阿斗不知何往。我独自逃生至此。"正言间，百姓发喊，又撞出一枝军来。赵云拔枪上马看时，面前马上绑着一人，乃糜竺也。背后一将，手提大刀，引着千馀军，乃曹仁部将淳于导，拿住糜竺，正要解去献功。赵云大喝一声，挺枪纵马，直取淳于导。导抵敌不住，被云一枪刺落马下，向前救了糜竺，夺得马二匹。云请甘夫人上马，杀开条大路，直送至长坂坡。只见张飞横矛立马于桥上，大叫："子龙！你如何反我哥哥？"云曰："我寻不见主母与小主人，因此落后，何言反耶？"飞曰："若非简雍先来报信，我今见你，怎肯干休也！"云曰："主公在何处？"飞曰："只在前面不远。"云谓糜竺曰："糜子仲保甘夫人先行，待我仍往寻糜夫人与小主人去。"言罢，引数骑再回旧路。

正走之间，见一将手提铁枪，背着一口剑，引十数骑跃马而来。赵云更不打话，直取那将。交马只一合，把那将一枪刺倒，从骑皆走。原来那将乃曹操随身背剑之将夏侯恩也。曹操有宝剑二口：一名"倚天"，一名"青釭"；倚天剑自佩之，青釭剑令夏侯恩佩之。那青釭剑砍铁如泥，锋利无比。当时夏侯恩自恃勇力，背着曹操，只顾引人抢夺掳掠。不想撞着赵云，被他一枪刺死，夺了那口剑，看靶上有金嵌"青釭"二字，方知是宝剑也。云插剑提枪，复杀入重围；回顾手下从骑，已没一人，只剩得孤身。云并无半点退心，只顾往来寻觅；但逢百姓，便问糜夫人消息。忽一人指曰："夫人抱着孩儿，左腿上着了枪，行走不得，只在前面墙缺内坐地。"

赵云听了，连忙追寻。只见一个人家，被火烧坏土墙，糜夫人抱着阿斗，坐于墙下枯井之傍啼哭。云急下马伏地而拜。夫人曰："妾得见将军，阿斗有命矣。望将军可怜他父亲飘荡半世，只有这点骨血。将军可护持此子，教他得见父面，妾死无恨！"云曰："夫人受难，云之罪也。不必多言，请夫人上马。云自步行死战，保夫人透出重围。"糜夫人曰："不可！将军岂可无马！此子全赖将军保护。妾已重伤，死何足惜！望将军速抱此子前去，勿以妾为累也。"云曰："喊声将近，追兵已至，请夫人速速上马。"糜夫人曰："妾身委实难去，休得两误。"乃将阿斗递与赵云曰："此子性命全在将军身上！"赵云三回五次请夫人上马，夫人只不肯上马。四边喊声又起。云厉声曰："夫人不听吾言，追军若至，为之奈何？"糜夫人乃弃阿斗于地，翻身投入枯井中而死。后人有诗赞曰：

战将全凭马力多，步行怎把幼君扶？
拼将一死存刘嗣，勇决还亏女丈夫。

赵云见夫人已死，恐曹军盗尸，便将土墙推倒，掩盖枯井。掩讫，解开勒甲绦（绦，丝编的腰带），放下掩心镜，将阿斗抱护在怀，绰枪上马。早有一将，引一队步军至，乃曹洪部将晏明也，持三尖两刃刀来战赵云。不三合，被赵云一枪刺倒，杀散众军，冲开一条路。正走间，前面又一枝军马拦路。当先一员大将，旗号分明，大书"河间张郃"。云更不答话，挺枪便战。约十馀合，云不敢恋战，夺路而走。背后张郃赶来，云加鞭而行，不想跐跶一声，连马和人，颠入土坑之内。张郃挺枪来刺，忽然一道红光，从土坑中滚起，那匹马平空一跃，跳出坑外。后人有诗曰：

> 红光罩体困龙飞，征马冲开长坂围。
> 四十二年真命主，将军因得显神威。

张郃见了，大惊而退。赵云纵马正走，背后忽有二将大叫："赵云休走！"前面又有二将，使两般军器，截住去路：后面赶的是马延、张顗，前面阻的是焦触、张南，都是袁绍手下降将。赵云力战四将，曹军一齐拥至。云乃拔青釭剑乱砍，手起处，衣甲平过，血如涌泉。杀退众军将，直透重围。

却说曹操在景山顶上，望见一将，所到之处，威不可当，急问左右是谁。曹洪飞马下山大叫曰："军中战将可留姓名！"云应声曰："吾乃常山赵子龙也！"曹洪回报曹操。操曰："真虎将也！吾当生致之。"遂令飞马传报各处："如赵云到，不许放冷箭，只要捉活的。"因此赵云得脱此难：此亦阿斗之福所致也。这一场杀：赵云怀抱后主，直透重围，砍倒大旗两面，夺槊三条；前后枪刺剑砍，杀死曹营名将五十馀员。后人有诗曰：

> 血染征袍透甲红，当阳谁敢与争锋！
> 古来冲阵扶危主，只有常山赵子龙。

赵云当下杀透重围，已离大阵，血满征袍。正行间，山坡下又撞出两枝军，乃夏侯惇部将钟缙、钟绅兄弟二人，一个使大斧，一个使画戟，大喝："赵云快下马受缚！"正是：才离虎窟逃生去，又遇龙潭鼓浪来……

却说钟缙、钟绅二人拦住赵云厮杀。赵云挺枪便刺，钟缙当先挥大斧来迎。两马相交，战不三合，被云一枪刺落马下，夺路便走。背后钟绅持戟赶来，马尾相衔，那枝戟只在赵云后心内弄影。云急拨转马头，恰好两胸相拍。云左手持枪隔过画戟，右手拔出青釭宝剑砍去，带盔连脑，砍去一半，绅落马而死，馀众奔散。赵云得脱，望长坂桥而走。只闻后面喊声大震，原来文聘引军赶来。赵云到得桥边，人困马乏。见张飞挺矛立马于桥上，云大呼曰："翼德援我！"飞曰："子龙速行，追兵我自当之。"

云纵马过桥，行二十馀里，见玄德与众人憩于树下。云下马伏地而泣。玄德亦泣。云喘息而言曰："赵云之罪，万死犹轻！糜夫人身带重伤，不肯上马，投井而死，云只得推土墙掩之。怀抱公子，身突重围；赖主公洪福，幸而得脱。适来公子尚在怀中啼哭，此一会不见动静，多是不能保也。"遂解视之，原来阿斗正睡着未醒。云喜曰："幸得公子无恙！"双手递与玄德。玄德接过，掷之于地曰："为汝这孺子，几损我一员大将！"赵云忙向地下抱起阿斗，泣拜曰："云虽肝脑涂地，不能报也！"后人有诗曰：

曹操军中飞虎出，赵云怀内小龙眠。

无由抚慰忠臣意，故把亲儿掷马前。

（引自《三国演义》第四十一、第四十二回）

【解读】

小说对长坂坡这场恶战的描写，塑造了蜀汉集团的虎将赵云勇冠三军的光辉形象，歌颂了他奋不顾身、藐视强敌、忠贞坚毅、果敢机警的英雄美德。

曹操亲统大军南征，正逢荆州之主刘表病亡，其妻蔡氏以次子刘琮嗣位，投降曹操。刘备被迫离新野、弃樊城、走当阳，曹军势如潮涌，紧追不舍，席卷而至。刘备身边的文士简雍、糜竺，武将赵云、糜芳，家属甘夫人、糜夫人和阿斗，还有跟随的士兵、百姓，全部被凶悍的曹军冲得七零八落，不知去向。在撤退的行进路上，赵云担负着"保护老小"的重任。但军民退到当阳县景山附近，赵云在夜间四更时分就与曹兵展开殊死的搏斗，杀到天明已不见刘备家属。偌大的战场、混乱的局面，要寻到甘、糜二夫人和小主人阿斗谈何容易！

然而，出于对刘备集团救国安民事业的赤胆忠心，赵云单刀匹马、将生死置之度外，屡闯敌阵，左冲右突，在乱军中救出了简雍，夺回了为曹军俘虏的糜竺，找到了甘夫人，又杀开血路，护送二人直到长坂坡。随后马不停蹄，再度投入战斗，刺死敌将夏侯恩，获得青釭宝剑，如虎添翼。终于在一堵烧毁的土墙下看见了抱着阿斗的糜夫人。腿带枪伤的糜夫人怕成累赘，把阿斗交给赵云后，转身跳进枯井之中。赵云推倒土墙，掩盖住糜夫人的尸体，怀揣阿斗，枪刺剑砍，冲出重围。其间赵云"砍倒大旗两面，夺槊三条；前后杀死曹营名将五十余员"，踏过刀山火海，最后抱着阿斗安然无恙回到刘备身边。罗贯中在描写这场纷繁复杂、惊心动魄的混战情景，以及表现赵云虎将美德和英雄性格时，匠心独运，技巧高妙，略加品味便会令人啧啧称美。

首先是刻画人物形象以侧笔取势，造成悬念，引人入胜。刘备的队伍为曹军击溃之后，幸好张飞保驾，且战且退，直到天亮才甩掉尾追和阻截。歇马检点随行人员，刘备发现原来跟同撤离的百姓、家眷，并糜竺、糜芳、简雍、赵云等千余人皆不见踪影，不知存亡。正凄惶悲痛之时，突然又传来了使人恼恨的消息。糜芳一口咬定说："赵子龙反投曹操去了也！"在严峻的生死存亡大决斗的情势下，这消息如晴天霹雳，立刻引起强烈的反响。尽管刘备深信："子龙是我故交，安肯反乎？""子龙从我于患难，心如铁石，非富贵所能动摇也。"但是糜芳不断声称是他亲眼见到赵云投奔西北曹军方向去了。张飞不仅没有怀疑糜芳说出的情报，而且分析说赵云"今见我等势穷力尽，或者反投曹操，以图富贵耳！"所以，他听不进刘备的解释和看法，愤怒地表示："待我亲自寻他去。若撞见时，一枪刺死！"说着带领20余骑到长坂桥，他横矛立马于桥上，向西张望动静。

作品在正面描写赵云驰骋沙场，不顾安危，奋力拼搏寻救甘、糜夫人、阿斗和战友之前，先以侧笔大力渲染人们对他失踪的误解，形成审美悬念，以便在误解与实际的强烈反差中显示人物的光辉与高大。当文中写到赵云怀抱着阿斗，不断杀退蜂拥而来的曹军兵将，直透重围的时候，为突出赵云神勇无敌的虎将形象，再用侧笔来从旁衬托，加强美学效果。作者摄入了这样的特写镜头："曹操在景山顶上，望见一将，所到之处，威不可当，急问左右是谁。曹洪飞马下山大叫曰：'军中战将可留姓名！'云应声曰：'吾乃常山赵子龙也！'"曹洪回报曹操。操曰："'真虎将也！吾当生致之。'遂令飞马传报各处：'如赵云到，不许放冷箭，只要捉活的。'"赵云的骁勇善战、英姿豪气的神貌，凭借曹操的从旁赞叹，愈加光彩焕发，如在眼前。

赵云单骑救阿斗的情节也有很大篇幅的正面描写，不过作品采取先侧后正，再由正面刻画转入侧烘旁衬，正侧配合，笔姿灵动，优势互补。在正面描写的行文中虽有浓墨重彩的铺叙，却能用于揭示人物性格的关钮之处，详者扣人心弦，略者意脉贯通，疏密相间，选材用墨使读者颇有披沙拣金之叹。就在糜芳、张飞愤怒声讨赵云投敌叛变的同时，作者以分叙的方法详写了濒危中赵云的心理活动："主公将甘、糜二夫人与小主人阿斗，托付在我身上；今日军中失散，有何面目去见主人？不如去决一死战，好歹要寻主母与小主人下落！"他回顾左右，虽然只剩下"三四十骑相随"，也毅然决然拍马冲入乱军中寻觅。在张飞、糜芳态度的衬托下，赵云忠于职守的思想、坚贞顽强的品德真是闪闪发光。还有赵云夺得青釭宝剑，找到糜夫人与怀护阿斗杀出重围的曲折过程，皆属不吝笔墨的详述，有力地表现了赵云的英武豪壮、忠义机警的性格。总而言之，刻画人物形象少不得工笔细描，而扩展人物活动的天地，丰富故事包蕴的内容，又需要简笔概叙，两者相间迭乘，故事才能舒卷百态，流利生动。

赵云单骑救阿斗的这段故事头绪多，出场的人物也不少，但作者组织安排得井井有条，严密工巧。全段以刻画赵云的人物形象为主线，由赵云这个中心人物把发生在不同时间、不同地点的人与事贯穿起来，形成完整的、相互联系又富有活力的有机体。刘备与撤退的百姓、士兵、家眷、身边的文武官员失散之后，第一个露面的虽是糜芳，但与他俱来的却是赵云投降的假情报。以此引出赵云往返冲杀、搭救刘氏集团中落难的人物，枪刺剑劈曹军的将领，故事情节亦在深入展开。简雍中枪卧在草中是赵云见到的，并由他的口中赵云得知了甘、糜二夫人被曹兵追击，放弃车仗抱着阿斗逃跑。甘夫人和糜夫人失散的消息是护送车仗、中箭倒地的军士告诉赵云的。于是依据军士提供的线索，赵云找到甘夫人，又解救了被曹军捉住，捆在马上的糜竺。糜夫人和阿斗的下落是赵云从逃难的百姓口中听到的。繁多的头绪，各方面的情况由赵云一线串联，详尽周到、一笔不漏。清晰的脉络，圆活流走的文势，纷披开张却不散乱的内容，构成一段古今奇文，堪称叙事文学中的精品。

舌战群儒

却说鲁肃、孔明辞了玄德、刘琦，登舟望柴桑郡来。二人在舟中共议。鲁肃谓孔明曰："先生见孙将军，切不可实言曹操兵多将广。"孔明曰："不须子敬叮咛，亮自有对答之语。"及船到岸，肃请孔明于馆驿中暂歇，先自往见孙权。权正聚文武于堂上议事，闻鲁肃回，急召人问曰："子敬往江夏，体探虚实若何？"肃曰："已知其略，尚容徐禀。"权将曹操檄文示肃曰："操昨遣使赍（赍 jī，把东西送给人，这里指送交文书）文至此，孤先发遣来使，现今会众商议未定。"肃接檄文观看。其略曰：

> 孤近承帝命，奉词伐罪。旌麾南指，刘琮束手；荆襄之民，望风归顺。今统雄兵百万，上将千员，欲与将军会猎于江夏，共伐刘备，同分土地，永结盟好。幸勿观望，速赐回音。

鲁肃看毕曰："主公尊意若何？"权曰："未有定论。"张昭曰："曹操拥百万之众，借天子之名，以征四方，拒之不顺。且主公大势可以拒操者，长江也。今操既得荆州，长江之险，已与我共之矣，势不可敌。

以愚之计，不如纳降，为万安之策。"众谋士皆曰："子布之言，正合天意。"孙权沉吟不语。张昭又曰："主公不必多疑。如降操，则东吴民安，江南六郡可保矣。"孙权低头不语。须臾，权起更衣，鲁肃随于权后。权知肃意，乃执肃手而言曰："卿欲如何？"肃曰："恰才众人所言，深误将军。众人皆可降曹操，惟将军不可降曹操。"权曰："何以言之？"肃曰："如肃等降操，当以肃还乡党，累官故不失州郡也；将军降操，欲安所归乎？位不过封侯，车不过一乘，骑不过一匹，从不过数人，岂得南面称孤哉！众人之意，各自为己，不可听也。将军宜早定大计。"权叹曰："诸人议论，大失孤望。子敬开说大计，正与吾见相同。此天以子敬赐我也！但操新得袁绍之众，近又得荆州之兵，恐势大难以抵敌。"肃曰："肃至江夏，引诸葛瑾之弟诸葛亮在此，主公可问之，便知虚实。"权曰："卧龙先生在此乎？"肃曰："现在馆驿中安歇。"权曰："今日天晚，且未相见。来日聚文武于帐下，先教见我江东英俊，然后升堂议事。"

　　肃领命而去。次日至馆驿中见孔明，又嘱曰："今见我主，切不可言曹操兵多。"孔明笑曰："亮自见机而变，决不有误。"肃乃引孔明至幕下。早见张昭、顾雍等一班文武二十馀人，峨冠博带，整衣端坐。孔明逐一相见，各问姓名。施礼已毕，坐于客位。张昭等人见孔明丰神飘洒，器宇轩昂，料道此人必来游说。张昭先以言挑之曰："昭乃江东微末之士，久闻先生高卧隆中，自比管、乐。此语果有之乎？"孔明曰："此亮平生小可之比也。"昭曰："近闻刘豫州三顾先生于草庐之中，幸得先生，以为'如鱼得水'，思欲席卷荆襄。今一旦以属曹操，未审是何主见？"孔明自思张昭乃孙权手下第一个谋士，若不先难倒他，如何说得孙权，遂答曰："吾观取汉上之地，易如反掌。我主刘豫州躬行仁义，不忍夺同宗之基业，故力辞之。刘琮孺子，听信佞言，暗自投降，致使曹操得以猖獗。今我主屯兵江夏，别有良图，非等闲可知也。"昭曰："若此，是先生言行相违也。先生自比管、乐——管仲相桓公，霸诸侯，一匡天下；乐毅扶持微弱之燕，下齐七十馀城：此二人者，真济世之才也。先生在草庐之中，但笑傲风月，抱膝危坐。今既从事刘豫州，当为生灵兴利除害，剿灭乱贼。且刘豫州未得先生之前，尚且纵横寰宇，割据城池；今得先生，人皆仰望。虽三尺童蒙，亦谓彪虎生翼，将见汉室复兴，曹氏即灭矣。朝廷旧臣，山林隐士，无不拭目而待：以为拂高天之云翳，仰日月之光辉，拯民于水火之中，措天下于衽（衽 rèn，与席同义，坐卧铺垫物）席之上，在此时也。何先生自归豫州，曹兵一出，弃甲抛戈，望风而窜；上不能报刘表以安庶民，下不能辅孤子而据疆土；乃弃新野，走樊城，败当阳，奔夏口，无容身之地：是豫州既得先生之后，反不如其初也。管仲、乐毅，果如是乎？愚直之言，幸勿见怪！"

孔明听罢，哑然而笑曰："鹏飞万里，其志岂群鸟能识哉？譬如人染沉疴，当先用糜粥以饮之，和药以服之；待其腑脏调和，形体渐安，然后用肉食以补之，猛药以治之：则病根尽去，人得全生也。若不待气脉和缓，便投以猛药厚味，欲求安保，诚为难矣。吾主刘豫州，向日军败于汝南，寄迹刘表，兵不满千，将止关、张、赵云而已：此正如病势尪羸（尪羸 wāng léi，瘦弱、瘠病）已极之时也。新野山僻小县，人民稀少，粮食鲜薄，豫州不过暂借以容身，岂真将坐守于此耶？夫以甲兵不完，城郭不固，军不经练，粮不继日，然而博望烧屯，白河用水，使夏侯惇、曹仁辈心惊胆裂：窃谓管仲、乐毅之用兵，未必过此。至于刘琮降操，豫州实出不知；且又不忍乘乱夺同宗之基业，此真大仁大义也。当阳之败，豫州见有数十万赴义之民，扶老携幼相随，不忍弃之，日行十里，不思进取江陵，甘与同败，此亦大仁大义也。寡不敌众，胜负乃其常事。昔高皇数败于项羽，而垓下一战成功，此非韩信之良谋乎？夫信久事高皇，未尝累胜。盖国家大计，社稷安危，是有主谋。非比夸辩之徒，虚誉欺人：坐议立谈，无人可及；临机应变，百无一能。——诚为天下笑耳！"这一篇言语，说得张昭并无一言回答。

座上忽一人抗声问曰："今曹公兵屯百万，将列千员，龙骧虎视（龙骧 xiāng 虎视，比喻雄才壮志，亦形容气概威武。龙虎，喻指豪杰之士。骧，头仰起），平吞江夏，公以为何如？"孔明视之，乃虞翻也。孔明曰："曹操收袁绍蚁聚之兵，劫刘表乌合之众，虽数百万不足惧也。"虞翻冷笑曰："军败于当阳，计穷于夏口，区区求救于人，而犹言'不惧'，此真大言欺人也！"孔明曰："刘豫州以数千仁义之师，安能敌百万残暴之众？退守夏口，所以待时也。今江东兵精粮足，且有长江之险，犹欲使其主屈膝降贼，不顾天下耻笑。——由此论之，刘豫州真不惧操贼者矣！？"虞翻不能对。

座间又一人问曰："孔明欲效仪、秦之舌（仪、秦，即张仪、苏秦，皆是战国时以雄辩著名的说客），游说东吴耶？"孔明视之，乃步骘也。孔明曰："步子山以苏秦、张仪为辩士，不知苏秦、张仪亦豪杰也：苏秦佩六国相印，张仪两次相秦，皆有匡扶人国之谋，非比畏强凌弱，惧刀避剑之人也。君等闻曹操虚发诈伪之词，便畏惧请降，敢笑苏秦、张仪乎？"步骘默然无语。

忽一人问曰："孔明以曹操何如人也？"孔明视其人，乃薛综也。孔明答曰："曹操乃汉贼也，又何必问？"综曰："公言差矣。汉传世至今，天数将终。今曹公已有天下三分之二，人皆归心。刘豫州不识天时，强欲与争，正如以卵击石，安得不败乎？"孔明厉声曰："薛敬文安得出此无父无君之言乎！夫人生天地间，以忠孝为立身之本。公既为汉臣，则见有不臣之人，当誓共戮之：臣之道也。今曹操祖宗叨食汉禄，不思报效，反怀篡逆之心，天下之所共愤；公乃以天数归之，真无父无君之人也！不足与语！请勿复言！"薛综满面羞惭，不能对答。

座上又一人应声问曰："曹操虽挟天子以令诸侯，犹是相国曹参之后。刘豫州虽云中山靖王苗裔，却无可稽考，眼见只是织席贩屦之夫耳，何足与曹操抗衡哉！"孔明视之，乃陆绩也。孔明笑曰："公非袁术座间怀橘之陆朗乎（怀橘：陆绩六岁时，曾在袁术处把待客人的橘子，从中拿3个藏在怀中，带给母亲，不巧拜辞时堕地，传为孝亲美谈。这里含有调侃揶揄之意）？请安坐，听吾一言：曹操既为曹相国之后，则世为汉臣矣；今乃专权肆横，欺凌君父，是不惟无君，亦且蔑祖，不惟汉室之乱臣，亦曹氏之贼子也。刘豫州堂堂帝胄，当今皇帝，按谱赐爵，何云'无可稽考'？且高祖起身亭长，而终有天下；织席贩屦，又何足为辱乎？公小儿之见，不足与高士共语！"陆绩语塞。

座上一人忽曰："孔明所言，皆强词夺理，均非正论，不必再言。且请问孔明治何经典？"孔明视之，乃严畯也。孔明曰："寻章摘句，世之腐儒也，何能兴邦立事？且古耕莘伊尹（"耕莘"句：语出《孟子·万章》："伊尹耕于有莘之野。"莘，古国名，商汤娶有莘氏之女；伊尹是陪嫁臣，后汤重用他，任以国政），钓渭子牙，张良、陈平之流，邓禹、耿弇之辈，皆有匡扶宇宙之才，未审其生平治何经典。岂亦效书生，区区于笔砚之间，数黑论黄（数黑论黄；黑指墨，黄指藤黄，均是绘画颜料。数、论，指摆弄文具和议论书本），舞文弄墨而已乎？"严畯低头丧气而不能对。

忽又一人大声曰："公好为大言，未必真有实学，恐适为儒者所笑耳。"孔明视其人，乃汝阳程德枢也。孔答曰："儒有君子小人之别。君子之儒，忠君爱国，守正恶邪，务使泽及当时，名留后世。——若夫小人之儒，惟务雕虫，专工翰墨；青春作赋，皓首穷经；笔下虽有千言，胸中实无一策。且如扬雄以文章名世，而屈身事莽，不免投阁而死，此所谓小人之儒也；虽日赋万言，亦何取哉！"程德枢不能对。众人见孔明对答如流，尽皆失色。

时座上张温、骆统二人，又欲问难。忽一人自外而入，厉声言曰："孔明乃当世奇才，君等以唇舌相难，非敬客之礼也。曹操大军临境，不思退敌之策，乃徒斗口耶！"众视其人，乃零陵人，姓黄，名盖，字公覆，现为东吴粮官。当时黄盖谓孔明曰："愚闻多言获利，不如默而无言。何不将金石之论为我主言之，乃与众人辩论也？"孔明曰："诸君不知世务，互相问难，不容不答耳。"于是黄盖与鲁肃引孔明入。至中门，正遇诸葛瑾，孔明施礼。瑾曰："贤弟既到江东，如何不来见我？"孔明曰："弟既事刘豫州，理宜先公后私。公事未毕，不敢及私。望兄见谅。"瑾曰："贤弟见过吴侯，却来叙说。"说罢自去。

（引自《三国演义》第四十三回）

【解读】

本段文字是赤壁之战的重要组成部分。赤壁之战是小说描写的一次规模宏大、气势雄伟、波澜壮阔的战争，但从始至终贯穿着斗智的活动："舌战""智激""奇谋""密计""诈降""连环计"，递接为智战的链条。因此说，诸葛亮舌战群儒是赤壁之战的序幕，经此一战重创了以张昭为首的东吴主降派的气焰，踢开了孙刘联合抗曹的第一块绊脚石，为大战的胜利奠定了基础，"舌战"也就成了智战链条上极其美妙、瑰奇的一环。它展示了卓越的政治家、外交家诸葛亮的高大形象，肯定了他主张抗曹、反对投降的正义性与进步性，从一个侧面反映了他奇才、智绝的品格。

这段文字开端点出了"舌战"的背景，中原霸主、朝中奸相曹操新得荆州、收编了刘表水陆两军之后，兵威大振，于是对孙权集团实施军事讹诈。东吴内部在曹操威胁恫吓、强大军事压力之下，引发了文官主降、武官主战的尖锐矛盾，孙权徘徊歧路、犹豫未决。一旦主降派得势，不只江东将变为曹操的囊中物，诸葛亮的隆中决策也要化为泡影。舌战绝不是儒生斗嘴架、摇唇鼓舌卖弄才学，而是关系到孙、刘两大集团生死存亡、前途命运的大事。

舌战双方阵容分明，一方是"峨冠博带，整衣端坐"，主动进攻的群儒，另一方是被迫出击、孤军奋战的外交家、政治家、军事家诸葛亮。以一对七，众寡悬殊，形势严峻。不过，在张昭等人的眼里，对手是镇定自若、气度非凡、胸有成竹的"强敌劲旅"。所以张昭先发制人，企图压倒对手的气势。诸葛亮不能坐等围攻，立刻反唇还击，两人三次交锋，舌战逐步升级。张昭三问的内容不尽相同，核心只有一个，就是贬低诸葛亮的身价，迫使对方无地自容。他先以诸葛亮自比管、乐为引题，进而以刘备军事失利为把柄，最后得出诸葛亮名实不副、"言行相违"的结论。诸葛亮针锋相对，毫不躲闪回避。用"取汉上之地，易如反掌"表明自己充满自信的心理，然后以高屋建瓴之态，强调刘备"躬行仁义，不忍夺同宗之基业"，暗指得道比争城夺地更重要。这是刘备"屯兵江夏，别有良图"战略部署的民心支持，是稳操胜券的力量源泉，是军事斗争的灵魂。余者皆是用兵作战的方法问题，正像治病救人，需要对症下药，不能凭主观臆断，脱离实际去蛮干。诸葛亮抓住了张昭提问的根本要害，是拣着芝麻丢掉西瓜，指出这正是以"坐议立谈"为能事，为天下人耻笑的"夸辩之徒"。诸葛亮三答有着不容否定的内在逻辑性，使张昭弄巧成拙，作茧自缚。

继张昭而起，向诸葛亮发难的是虞翻，这轮交锋是两问两答。虞翻表面上以尊重事实的态度，让诸葛亮说明如何看待曹操百万雄师的威力。诸葛亮抛开曹军表面的虚假声威，透视事物的本质，一针见血指出"虽数百万"，实质是"蚁聚之兵"，"乌合之众"，"不足惧也"。虞翻用刘备兵败之短，嘲讽"不惧"是"大言欺人"，实际上是效法张昭的论辩伎俩，在刘备兵败问题上大做文章。诸葛亮越过一层，分析失败的原因是"残暴"对"仁义"的肆虐，这种失败是暂时的退却，是"待时"反攻的策略，在众寡悬殊的情势下是必要的，并不意味畏敌逃跑。顺势揭露江东主降派的丑恶嘴脸，拥有御敌抗曹的优越条件，而"欲使其主屈膝降贼"，叫发难者自惭形秽。

步骘接踵而来，与诸葛亮只舌战一个回合。他的打法别开生面，避开曹、刘的话题，以苏秦、张仪讥笑诸葛亮，谈锋直逼对手本人。诸葛亮不是让人牵着走、被动地回答论敌的提问，而是对准他的致命伤狠狠一击，以苏、张的"匡扶人国之谋"与东吴主降派"惧刀避剑"卑鄙行径加以对比，讽刺他们因曹操诡诈就"畏惧请降"的无耻丑态。

步骘败下阵来，薛综又冲了上来，他与诸葛亮唇枪舌剑，斗了两个回合。第一个回合他把话题重新拉到曹、刘身上，问如何评价曹操。诸葛亮斩钉截铁地表示："曹操乃汉贼也。"薛综也毫不掩饰以时世演变为根据进行反驳，认为曹操势力的勃兴是顺天时、得民心的。诸葛亮举起刘氏集团维护汉室的这面政治大旗，以君臣大义声讨曹操欺君背祖的罪恶，怒斥薛综"无父无君"，利用封建道德思想武器置论敌于死地。陆绩见薛综"满面羞惭"，败下阵来，马上出来挑战。他以曹、刘两人门第身世的尊卑贵贱断定其成败，企图驳倒对手，扭转败局。诸葛亮改变战法，先用嗤笑表示蔑视，给论敌一个下马威，继而在曹、刘身世对比中戳穿曹操"汉室乱臣""曹氏贼子"的本质。最后，以刘邦出身卑微而终成帝业的铁证，彻底否定了凭身世贵贱论英雄的荒唐谬说。只一次交锋，陆绩就瞠目结舌，招架不住了。

随后严畯、程德枢跳出来先后向诸葛亮发难，皆撇开与曹、刘有关的内容，而利用治经为学的老生常谈虚张声势，表明东吴主降派阵脚已乱。诸葛亮迎头痛击这些酸腐之论，以史为鉴强调了真正的人才应该是能"匡扶宇宙"，"忠君爱国，守正恶邪"，为民造福的人。无疑，这是在撕掉东吴主降派伪装才子的外衣，大出他们的洋相。张昭为代表的东吴主降派文臣看起来夸夸其谈、自鸣得意，实质上只是一些徒自夸辩斗口、无益于社稷百姓的腐儒。在东吴群儒的比照中，诸葛亮的形象分外可敬可佩。

诸葛亮舌战群儒的惊人之处，是他那政治家和外交家的远大战略眼光。他毫不留情地回击群儒的挑衅，目的不是单纯地搞臭他们，维护刘氏集团的尊严，不辱使命。更重要的则是清除东吴文士恐惧曹操的变态心理，为下一步说服孙权，联合抗曹创造条件。所以，舌战过程诸葛亮排除干扰，紧紧抓住曹军是否强大，曹操野心能否得逞这个关键问题，层层削笋，直到令群儒众皆失色，无言以对，充分表现了他的智慧与谋略。诸葛亮能战胜群儒的一个主要原因是在论辩中，善于透过事物的表面现象，把握其本质，理顺纷繁复杂事物之间的关系，在敌人的暂时强大中看到了无法克服的矛盾和潜伏的危机，在自我的失败中看到了有利的转化因素和胜利的前景。他不以一时一事谈得失，不以出身贵贱论英雄，主张务实，重视实践，反对脱离实际的空谈者以舞文弄墨欺世盗名。他阐述的观点和分析问题的方法，体现了一定的朴素的唯物论思想。诸葛亮的形象可以说是中国传统文化积淀的硕果，在他的身上既显示了春秋战国以来涌现出的政治家、外交家的风范，又体现了纵横家、谋臣策士的超伦辩才。毋庸讳言，这个人物形象也反映了浓厚的封建意识与一定的历史局限性。

孔明挥泪斩马谡

却说孔明回到汉中，计点军士，只少赵云、邓芝，心中甚忧；乃令关兴、张苞，各引一军接应。二人正欲起身，忽报赵云、邓芝到来，并不曾折一人一骑，辎重等器，亦无遗失。孔明大喜，亲引诸将出迎。赵云慌忙下马伏地曰："败军之将，何劳丞相远接？"孔明急扶起，执手而言曰："是吾不识贤愚，以致如此！各处兵将败损，惟子龙不折一人一骑，何也？"邓芝告曰："某引兵先行，子龙独自断后，斩将立功，敌人惊怕，因此军资什物，不曾遗弃。"孔明曰："真将军也！"遂取金五十斤以赠赵云，又取绢一万匹赏云部卒。云辞曰："三军无尺寸之功，某等俱各有罪；若反受赏，乃丞相赏罚不明也。且请寄库，候今冬赐与诸军未迟。"孔明叹曰："先帝在日，常称子龙之德，今果如此！"乃倍加钦敬。

忽报马谡、王平、魏延、高翔至。孔明先唤王平入帐，责之曰："吾令汝同马谡守街亭，汝何不谏之，致使失事？"平曰："某再三相劝，要在当道筑土城，安营守把。参军大怒不从，某因此自引五千军离山十里下寨。魏兵骤至，把山四面围合，某引兵冲杀十馀次，皆不能入。次日土崩瓦解，降者无数。某孤军难立，故投魏文长求救。半途又被魏兵困在山谷之中，某奋死杀出。比及归寨，早被魏兵占了。及投列柳城时，路逢高翔，遂分兵三路去劫魏寨，指望克复街亭。因见街亭并无伏路军，以此心疑。登高望之，只见魏延、高翔被魏兵围住，某即杀入重围，救出二将，就同参军并在一处。某恐失却阳平关，因此急来回守。——非某之不谏也。丞相不信，可问各部将校。"孔明喝退，又唤马谡入帐。谡自缚跪于帐前。孔明变色曰："汝自幼饱读兵书，熟谙战法。吾累次丁宁告戒：街亭是吾根本。汝以全家之命，领此重任。汝若早听王平之言，岂有此祸？今败军折将，失地陷城，皆汝之过也！若不明正军律，何以服众？汝今犯法，休得怨吾。汝死之后，汝之家小，吾按月给与禄粮，汝不必挂心。"叱左右推出斩之。谡泣曰："丞相视某如子，某以丞相为父。某之死罪，实已难逃；愿丞相思舜帝殛鲧用禹之义〔舜帝殛（jí）鲧：相传远古时洪水泛滥，舜派鲧治水，失败后被杀，舜用其子禹继承父业，治水终获成功〕，某虽死亦无恨于九泉！"言讫大哭。孔明挥泪曰："吾与汝义同兄弟，汝之子即吾之子也，不必多嘱。"

左右推出马谡于辕门之外，将斩。参军蒋琬自成都至，见武士欲斩马谡，大惊，高叫："留人！"入见孔明曰："昔楚杀得臣而文公喜（楚杀得臣而文公喜：楚国大将成得臣，由于对晋作战失利，回国被迫自杀。晋文公听到这个消息很高兴）。今天下未定，而戮智谋之臣，岂不可惜乎？"孔明流涕而答曰："昔孙武所以能制胜于天下者，用法明也。今四方分争，兵戈方始，若复废法，何以讨贼耶？合当斩之。"须臾，武士献马谡首级于阶下。孔明大哭不已。蒋琬问曰："今幼常得罪，既正军法，丞相何故哭耶？"孔明曰："吾非为马谡而哭。吾想先帝在白帝城临危之时，曾嘱吾曰：'马谡言过其实，不可大用。'今果应此言。乃深恨己之不明，追思先帝之言，因此痛哭耳！"大小将士，无不流涕。马谡亡年三十九岁，时建兴六年夏五月也。后人有诗曰：

> 失守街亭罪不轻，堪嗟马谡枉谈兵。
> 辕门斩首严军法，拭泪犹思先帝明。

（引自《三国演义》第九十六回）

【解读】

"诸葛亮挥泪斩马谡"是《三国演义》中描写得十分生动传神而又特别耐人寻味的精彩片段。故事的缘起是这样的：魏主曹丕死后其子曹叡即位，诸葛亮惨淡经营，励精图治，蜀汉国力得到一定的充实。为了实现刘备恢复汉室的遗愿，诸葛亮上《出师表》，兴兵北伐。他率军讨魏，旗开得胜，大败魏国驸马夏侯楙，智取南安、天水、定安三郡，收服姜维，击败魏国大将军曹真。消息传至魏国，曹叡震惊，太傅钟繇保举已被朝廷罢官、闲居乡里的司马懿重新复官。曹叡准奏，加封司马懿为平西都督，领兵拒蜀。司马懿韬略过人，就在动身赴任过程中，迅速消灭了欲反魏投蜀的新城太守孟达，随后率大军直扑街亭。

街亭乃诸葛亮伐魏用兵的咽喉要地，对蜀、魏谁胜谁负至关重要。诸葛亮点将时，蜀汉参军马谡主动请缨，并立下军令状，表示有拒敌制胜的充分把握。诸葛亮爱才惜才，素对马谡十分信任和倚重。但固守街亭干系甚重，司马懿又非等闲之辈，所以对马谡一再叮嘱，又派王平相助，诸葛亮才安下心来。然而，马谡到街亭后，自以为是，大意轻敌，把诸葛亮的叮嘱早已抛到脑后，又拒绝王平的劝阻，不在五路总口下寨，而屯兵山上。司马懿老谋深算，兵到街亭，"先断汲水道路"，后"把山四面围定"，再沿山放火，致使山上两万蜀兵狼狈逃窜，街亭失守，整个蜀军惨遭重创。司马懿率15万大军以风雷闪电之势追至西城之下，在这千钧一发之际，诸葛亮巧施空城计吓退魏兵，连夜撤回汉中，毫不手软地砍了马谡的脑袋。

在这斩马谡短小精悍的情节中，作者把情与法的矛盾、爱与恨的冲突、痛与悔的心理写得淋漓尽致，层次分明。首先，他把一个"斩"字写得一波三折。军事失利，如何处置败军之将，这不是简单地杀与赦的问题，而是情与法谁战胜谁的问题。作为卓然超群的政治家，诸葛亮把此事处理得法度严、情义重、众人服。他先是唤来王平，细审街亭失守的实况，查明事实责任。又唤来马谡入帐，申明法度，痛责其罪。他说："街亭是吾根本，汝以全家之命，领此重任。汝若早听王平之言，岂有此祸？今败军折将，失地陷城，皆汝之过也！若不明正军律，何以服众？"当看到马谡愿意服法，诸葛亮挥泪动情地说："吾与汝义同兄弟，汝之子即吾之子也"。至此，情与法的矛盾在身家性命、妻儿老小的问题上得到初步解决。

不料，正当辕门问斩之时，参军蒋琬高喊刀下留人。他不是从私情而是从国家利益出发请求赦免马谡。他认为天下未定，不能杀戮智谋之臣。诸葛亮以出色政治家的远见卓识，从人才和法制关系上权衡得失，立斩无赦。他说："昔孙武所以能制胜天下者，用法明也。今四方分争，兵戈方始，若复废法，何以讨贼耶！合当斩之。"于是马谡被就地正法。正是在这个一波三折、步步深入的描写中，诸葛亮的思想风貌和政治品格被鲜明地凸显出来。

其次，作者把一个哭字也写得有声有色。当马谡的首级被武士置于阶下，诸葛亮大哭不已。他之哭内涵有三：一哭为痛。痛失人才，痛失功臣。马谡是西蜀后期一位重要的军事将领，他熟读兵书，颇懂战术，作战亦很勇敢。当年诸葛亮南征蛮兵，马谡提出的"攻心为上、攻城为下，心战为上、兵战为下"的战略与诸葛亮不谋而合，使诸葛亮大加赞赏，以参军用之。正是执行了这条正确的战略战术，才有七擒七纵孟获的历史佳话，使蜀汉南部免受侵扰，后方安定。为了除掉司马懿这个蜀中大患，又是马谡献反间计，使曹叡削了司马懿的官职。而这样一个有才能的人，恃才骄矜，铸成失街亭的大错，为严肃军律法度不得不斩。爱才惜才的诸葛亮怎能不痛彻心肺，大哭不已呢！二哭是悔。当年刘备白帝城托孤之时，曾提醒诸葛亮，马谡言过其实，不可大用。而今此言正好应验。诸葛亮悔恨自己忘记了先帝的嘱托，悔恨自己用人不当，他爱才识才，却不如刘备看人入木三分，以至于破坏了全局的战略布置，悔之晚矣。三哭因责。马谡请缨时即已露出轻敌傲慢的态度。他对诸葛亮轻狂地说："我自幼熟读兵书，颇知兵法，难道一个小小的街亭都守不住吗？"诸葛亮进一步叮嘱他，司马懿绝非等闲之辈，更有张郃等名将相随。马谡却说："休道司马懿、张郃，便是曹叡亲来，有何惧哉！若有差失，乞斩全家。"其刚愎自用、恃才妄诞之态溢于言表。作为成熟的政治家，诸葛亮对此是应该有察觉的。但他被过去的"当世奇才"的印象所误导，虽然千叮咛、万嘱咐，又采取了各种补救措施，但都没有从根本上制止失误。看来智者千虑亦有一失。所以在痛悔之余，他严厉地责罚自己，他哭自己不识贤愚、用人失察，造成如此重大的损失。通过这三哭，使诸葛亮严于律军、律己、大公无私和襟怀坦荡的政治品格更加丰满高大，栩栩如生。

再有，这个小片段中铺垫和对比的手法也用得别开生面。街亭战役，蜀军大败。但在箕谷撤军中，赵云一人断后，斩将立功，所辖部队不曾折损一人一将，军资亦不曾遗失。诸葛亮大喜，亲引诸将出迎。赏黄金五十斤、绢万匹。赵云力辞不收，请求把赏资寄存国库，候冬季来临之时赐予诸军。本来要写挥泪斩马谡，却先写喜迎赵云，重赏其军。这一喜一斩、一赏一罚，对比强烈，更烘托了挥泪斩马谡的悲剧气氛，也使诸葛亮赏罚分明的治军方略更好地凸显出来。

2

凌濛初笔下人物形象十谈

【程宰】

程宰是一个走南闯北的商人形象。这一人物出自明末凌濛初编著的《二刻拍案惊奇》卷37，原文的题目是《叠居奇程客得助，三救厄海神显灵》。全篇说的是程宰兄弟从徽州到洛阳经商，在困窘中巧遇海神并得其救助的故事。

这一人物形象还是很有典型性的。汉代以来，我国的传统观念都是重农抑商，以商人为各业中之末流。宋元以后，商品经济发展，都市繁荣，商人阶层日益扩大。特别是明代以后出现了资本主义的萌芽，人们的观念大大地改变，由鄙视到重视，在程宰的家乡徽州竟"以商贾为第一等的生业，科第反在次着"。社会生活的这些变化，使世代儒门的程宰兄弟也被卷进了商品经济的大潮。他们的成功与失败、欢乐与痛苦日益为人们所关注，正因为如此，程宰这一文学形象才具有普遍的意义。

古人讲稼穑之艰难，而经商亦难，这是程宰神奇的经历所反映的经济生活的现实。程宰弟兄以数千金为本，千里迢迢到辽阳贩卖人参、貂皮等，往来数年，耗折了资本，竟困顿到无法回家的程度，在辽阳沦为大商贾的佣工，替人家管管账目，盘算盘算本利，靠菲薄的佣金勉强度日。而塞外天气早寒，又赶上风狂雨骤，程宰因寒气逼人，夜不能寐。他拥被在床，忆及家乡亲人，又看看自己眼下凄凉景况，不禁浩叹数声。作者在这个典型环境中，仅用寥寥数笔，便活脱脱地刻画出一个蚀本破落的商人形象，使人们不仅同情程宰的遭际，也为商界瞬息万变的经营方式而啧舌。

正当程宰在饥寒冻馁中挣扎的时候，以扶困济危为己任的海神却光顾他了。她不仅给予程宰温暖的爱情、美味的珍馐，还帮助他做成三笔买卖，先是以低价买进黄柏、大黄千余斤，因赶上辽东疫疠盛作，货物供不应求，赚银500两。接着又贩进受潮的彩锻，这件买卖在颇懂生意经的程宰看来简直是把钱往水里扔。不想程宰时来运转，正赶上朱晨濠叛乱，朝廷急调辽东兵南下，戎装旗帜之类所需大批绸缎，这一下又让程宰赚了千余金。第三次程宰买进白布六千匹，又赶上明武宗驾崩，程宰又赚了三四千两。如此稀奇古怪的巧遇，使程宰得利非常。四五年间，辗转弄了五万至七万两。这当然都是海神帮助的结果，剥去故事本身扑朔迷离的神话色彩，我们从这一笔笔的买卖中感受到价值规律不可抗拒的力量，在商品经济的大潮中遨游是多么艰险啊！

程宰食足钱丰，便思归故里，海神与之洒泪诀别。在归途中，程宰三次遇难，又得海神救助，使其得以寿终正寝。

就整个人物形象来说，作者写得最精彩的是程宰爱财重利的性格。自古商人都是重利爱财的，而凌濛初笔下的程宰尤其入木三分。当海神施法术变出无数珍宝和直堆到屋梁边的金银时，作者写道："程宰是个做商人的，见了偌多金银，怎不动火？心热口馋，支手舞脚，却待要取。美人将箸去碗内夹一块肉，掷程宰而说道：'此肉粘得在你面上吗？'程宰道：'此是他肉，怎粘得在吾面上。'美人指着金银道：'此亦是他物，岂可取为己有，若目前取了此，也无不可，只是非分之物，得了反要生祸。'"这段有血有肉的描写不仅揭示了资本主义商品经济萌芽的社会背景下商人的特质，而且也赋予了人物形象的时代色彩，使其具有一定的典型性和审美的厚重感。作者借海神之口对见钱眼开的商人给予了有分寸的批评，凸显了海神的人文品格，这对今人来说也是有教育意义的。

【顾芳】

明代凌濛初编著的《二刻拍案惊奇》第15卷《韩侍郎婢作夫人》，塑造了颇能反映旧社会民意的府吏形象——顾芳。作品说他是弘治年间直隶太仓州府里的一个典史，是供官府驱使的差役。这类人在封建专制时代，多是狐假虎威，助纣为虐，欺诈百姓，无恶不作，为平民大众所切齿痛恨的。然而，顾芳却判若来自不同生活领域的人，他心地善良、廉洁自重，不图私利而甘愿替民排忧解难，堪称封建社会百姓心目里的理想人物。

作者为了追求艺术效果，有力地表现顾芳的美好品质和鲜明个性，特地将他放在一个变异出奇的生活环境里，于矛盾冲突面前让他站出来表态，以其言行自我画像。首先是他对饼铺主人江溶的不幸遭遇的态度。江溶本是太仓城外一个勤劳忠厚的卖饼老汉，平素顾芳经过江家常来歇脚，逐渐彼此了解，两家妻室也相处较好。不幸，横祸飞来。海贼诬江溶是窝家，衙门不辨真假就立派捕人抄家，不但江家财物被洗劫一空，还把老汉抓进官府治罪。顾芳出于公正友善，不惧风险，不怕牵连，除在江家设法打发捕人、安慰老汉的妻女之外，又径直来见捕盗厅官，说明江溶冤枉，无辜罹祸，请求不要动刑拷究。接着，在知州大堂上为江老汉喊冤叫屈，辨白无辜。当天还请来同衙差友通报情况，恳求众人在次日江溶过堂时为他说公道话。一个普通的胥吏差役并无什么权势，在官府里亦无地位。所以，顾芳两次三番强调老汉善良无罪，反招来了知州的厌烦，竟怀疑他私受贿赂、贪赃枉法。可见，替人排忧解难，单凭善良的心地和对弱者的同情是无济于事的。只有不计得失，笃守友情而勇于坚持正义的人才会见之于行动。在顾芳的努力下，江老汉得以安全获释，重返自家。从而化解江溶遭难的这件事，初步展现了顾芳的品质和性格特点。

对江家特殊酬谢的态度则进一步表现了顾芳的品德。江溶与老伴反复商量酬报办法，但家遭捕人掳掠，贵重物品打劫一空，委实无力用财物答谢，最后决计将年方17岁的独生女嫁给顾芳做妾。夫妻两人找女儿商量之后，选个吉日把女儿送到顾家门上，向顾芳夫妇说明来意，愿自己女儿与"娘子铺床叠被，做个箕帚之妾"，而且表示"若不受老汉之托，死不瞑目"。顾芳面对这种报恩的做法，开始是严肃拒绝的，正色说出"顾某若做此事，天地不容"。随后见老汉十分执着，暗想"若不权且应承，老汉又去别寻事端来谢，反倒多事"。于是收拾好一间小房，单独安排江溶女儿居住。江女空房独守，顾芳"不曾起一毫邪念，说一句戏话，连江女房里脚也不跨进去一步"。时过月余，备办些礼物，雇一乘轿，径送江女回家。一夫多妻制，恩格斯称它为"历史的奢侈品"，是"富人的特权"，这虽是不合理的婚姻，却成了封建社会普遍存在的现象。江家老夫妻征求女儿的同意，把她送给恩人做妾，这在当时社会里不能说是乱伦悖理的事，更何况顾芳妻从中周全，一心想玉成此事呢。但是，顾芳有着不可动摇的处世原则和做人的道德准绳。他对妻子说："江家不幸遭难，我为平日往来，出力救他，今他把女儿谢我，我若贪了女色，是乘人危处，遂我欲心。与那海贼指扳，应捕抢掳，肚肠有何两样？"由此可知，顾芳为吏清廉，乐于助人，扶危济困，消灾弭难。而他心地纯正，不贪财慕色，更不想用别人的痛苦来换取自己的腐烂生活，这是顾芳让人敬重的根本性格特征。

当然，像顾芳这样的人，在封建官吏的行列中是很难寻觅的，他只不过作为平民百姓的理想而存在于小说里。正因缺乏生活依据，作品后部分才出现了神明暗助江氏女，止息了徽商的淫念，使她做了吏部侍郎的夫人，进而顾芳德行得到皇帝奖赏，做了礼部主事之类的奇谈怪论。小说这些败笔严重削弱了形象的真实性，冲淡了作品的感染力。

【郭七郎】

在明末凌濛初编著的拟话本小说集《初刻拍案惊奇》卷22中，有一个令人耳目一新的人物形象，他就是从富甲天下的巨商子弟沦为艄工水手的郭七郎。作者通过这个富家没落子弟形象，深刻地揭露了封建社会的腐败、糜烂，以及人间的世态炎凉，给人以深刻的启迪和教益。

郭七郎是唐代湖北江陵人。他的家是"楚城富民之首"，"有鸦飞不过的田宅，贼扛不动的金银山"。经过战乱和沉船的偶然事件，郭七郎变成了一个身无分文的乞丐，生活的巨大反差形成了他前后截然相反的两种性格。作者就是通过富裕与贫穷这两个阶段来刻画这一破落子弟形象的。当他富裕时，他的性格特点主要表现在三个方面。

其一，是他的刻薄与狡诈。郭七郎家资巨万，产业广延，江淮河朔的商贾多是借贷他的本钱。可他却"大等秤进，小等秤出，自家的，歹争做好，别人的，好争做歹"。靠这种狡诈欺心的算账法，他的资财越积越多，这是他性格的一个方面。

其二，大凡富家子弟大都是挥金如土，生活腐化，郭七郎当然也不例外。他去京都讨债时，每日在妓女堆中鬼混，对妓女王赛儿一次赏银就给十两。此外还和那些王孙贵族赌博、饮酒作乐，极尽风流快活。三年就花去五十万两雪花银。这还不算，当他听说用钱可以买到官时，又用贿赂打通关节，用五千两银子买了个横州刺史。原来粤西横州刺史郭翰方得除授，患病身故，做官的文书还在吏部，吏部主事受了郭七郎五千两银子的贿赂，就把郭七郎的籍贯改注，把文书给了郭七郎，从此七郎改作郭翰。这廖廖数语对封建社会卖官鬻爵的描绘简直是入木三分。

其三，人们常说财大气粗，有了钱又有官，那更是气盛得很了。郭七郎得了横州刺史，"千欢万喜"，"连身子都麻木起来"。那些欺乡诈民的流氓无赖都聚在他的身边，大吹大擂，胁户谄媚。郭七郎本人更是气色骄横，旁若无人，排场威风，日逐卖弄，此是这个富家浪子性格的第三个特点。

但是，天有不测风云，人有旦夕祸福。正当郭七郎满面春风地去上任时，战乱使他的家财散尽，弟妹身亡，一场意外的沉船事故又使他身上的余财丢光，母亲病故，此时的郭七郎一贫如洗了。原指望在地方上起个文书，前往横州任上再搜刮钱财，无奈丁母忧不得上任，好容易熬了两年期满，没有文书，亦不得补官。破落后的郭七郎受尽了各种窝囊气，他去找州牧接济，衙役看他寒酸样子不给通禀，好容易哀求衙役递了帖上去，州牧又不肯见他。在无路可走的情况下，他当街拦轿又被州牧的衙役乱棒打走。这情景和当年他从京都出来上任的场面相比简直是天壤之别。不仅官府如此，店主人也寻事吵闹，不肯让他吃白食，市井闲汉更是用刻薄的语言嘲讽、挖苦他。在走投无路的情况下，他上船当了艄公和水手，靠自己的劳动，赚来几吊工钱糊口度日。其状貌气质和从前判若两人了。

郭七郎从富人的天堂跌到现实的生活中，尝尽人间的冷暖苦甜，心灵产生了巨大的震荡。他的遭遇虽属偶然事件，却昭示了一个必然的生活道理：荣华富贵如过眼云烟、风花雪月，稍纵即逝。只有劳动的双手才是取之不尽、用之不完的真正的财富。郭七郎的形象不仅揭露了封建社会的腐朽、黑暗，也给那些养尊处优的浪子们当头棒喝，其警世劝俗的作用是不容忽视的。

【金定】

金定是明代凌濛初《二刻拍案惊奇》中的《李将军错认舅》这篇话本小说的主要人物。他聪明机智，坚韧不拔，敢于和命运抗争，具有鲜明的市民阶层的思想意识。他的性格特征是随着作品关于他和翠翠爱情悲剧的描写逐步展现的，那饱满的形象，栩栩如生的情节，为古代文学画廊又增添了一个新角色。

生活经验表明，每个人的命运都是和自己个性联系着的，人的性格常常迫使人们在一定环境条件下做出各自不同的选择，性格是人们行动的一种依据。从金定和翠翠生死不渝的爱情的形成过程看，便不难把握金定思想性格的诸多表现及其对刻画形象的作用。

第一，聪明机智是金定性格的重要组成部分，也是他爱情生活产生、发展不可缺少的因素。金定家境贫寒，父母是没钱没势的平民百姓。才貌双全的翠翠对他爱慕，首先是因为他十分聪明，在学堂生童当中非常出色。作为一个孩子，金定能把自己和翠翠的关系想象成相互依偎的桃柳，并以投诗的方式流泻心底的隐秘，以此促发了同窗学友翠翠的恋情，应该说这不是多见的生活现象，非早慧聪颖的孩子是无法实现的。两人结为夫妻刚刚一年就遭逢战乱，翠翠被占据淮安的李将军抢走，美满婚姻顿化云烟。金定不忘亲人，时隔七年找到李将军门上，巧藏真姓，将妻称妹，得以叩开戒备森严的将军大门。他又用自己的干才赢得李的信任，凭此安身，才有可能与咫尺天涯的妻子以诗唱鉴，互表心迹。乃至他临终时能把遗愿说与身边的妻子，使两人终能葬在一处，成为相恩相爱的鬼夫妻。可见，实现难得的爱情需要金定的聪明机智，而维系两世姻缘也离不开金定的这种品格。

第二，迎难而上、坚韧不拔是金定性格的又一方面。早在订婚之际，他晓得金刘两家贫富悬殊，父母无力为他娶亲。但他知难不退，宁做赘婿也要和翠翠同享相得之乐。后来，李将军拆散了这对伉俪，金定念念不忘被夺去的妻子，只待战火方熄、道路方通，就离家出访。他一路上渡长江、赴润州、来平江、奔绍兴、投安平、到湖州，最后找到了李将军的住所。两年光景跋山涉水，草眠露宿，身上盘缠花光即行乞度日。不论怎样艰难，几多困苦，他的心里只有一个念头，不见妻子决不罢休，真是"心坚铁石，万死不辞"。他寄身仇人李将军门下，犹如深入虎穴，但他冒难而进，明知山有虎，偏向虎山行。这种无畏的精神和坚韧不拔的意志是统一的，凭此，才敢于向命运挑战，敢于和恶势力斗争。

第三，金定的可贵品质不仅表现在对爱情的忠诚和专一，为合理幸福爱情不屈不挠地斗争。更为难得的是，他的妻子被李将军霸占，使他失去亲人，孤栖独处，但是他没有受传统的贞节观念的影响而改变心中翠翠的形象，动摇妻子在自己心中的地位。相反，一如既往地思慕她、热恋她，哪怕走遍天涯海角也要寻回她。甚至他在仇人的门下做记室，与自己妻子生活在同处，眼睁睁看着亲人翠翠被藏在深阁，"绣围锦帐，同人卧起"。对此，他也同情妻子的不幸，从没迁怒于翠翠。基于这种信任，他们的爱情才会产生飞跃，他们以死来殉纯真、高洁的爱情，争得了九泉之下的新生活，实现了天长地久的爱情。这种爱情观不受腐朽封建传统束缚，而反映出明代市民阶层的思想意识，具有鲜明的时代色彩。

金定是古代社会生活中极其普通的小人物，他的一生没有英雄的壮举，也没有志士的闪光，有的只是普通人的苦难和不幸。但是作者把小人物的平凡生活加以艺术的概括，进行别具匠心的审美处理，从金定的形象里发掘社会人生的底蕴，展露古代下层人民的美好品德和理想，其形象的感染和教育作用是显而易见的。

【柳太守】

柳太守是封建社会典型的贪官污吏形象。这一形象出自明末著名话本小说家凌濛初笔下，原文载《二刻拍案惊奇》卷1，题目是《进香客莽看金刚怪，出狱僧巧完法会分》。

真、善、美的东西总是在同假、丑、恶的东西相比较而存在、相斗争而发展的。世界上有善良的人们和美好的事物，同时也存在着可憎恨的压迫者和黑暗势力，柳太守就是这些压迫者和黑暗势力的代表人物之一。作者是从三个方面来塑造这一反面人物形象的。

首先，写他的贪婪。柳太守是河南卫辉人，补了常州府太守之任，当他准备赴任时，听说与常州接壤的苏州府有一件稀奇的宝贝，乃是唐代著名诗人白居易手书的《金刚经》，价值千金，此物藏在太湖洞庭山某寺中。这柳太守虽不好古董，但听说价值千金，便千方百计要弄到手，先是希图频对人表白，或有奉承他的就送了来。此招不灵，又传出密示，让本府富翁买来送他，无奈寺中住持以镇寺为名，坚不肯卖。那富户只好用百余两银子来打点这个贪官。这柳太守见了白物，才略略收了贪婪之念，但仍然贼心不死。

其次，写柳太守的奸诈和残忍。柳太守让富户明买《金刚经》不能到手，便设谋陷害住持。当时江阴县解到一起盗窃案，内中有一个行脚陀僧。阴险恶毒的柳太守就让狱卒收买这个犯人，让他举报寺里的住持，把寺庙说成窝赃之所。可怜无辜的住持被下到大牢中，受尽折磨，柳太守又让手下人示意住持的徒弟，献出《金刚经》就可出狱，就这样，柳太守如愿以偿。

再次，作者用画龙点睛之笔细致地刻画了柳太守的愚昧和无知。书中写道："太守在私衙，见说取得《金刚经》，道是宝物到了，合衙入眷，多来争看。打开包时，太守是个粗人，本不在行，只道千金之物，必是怎地庄严，看见零零落落，纸色晦黑，先不象意（趁心如意）。这个蠢猪一样的柳太守还自作聪明地说：'凡是不可徒慕虚名……说什么千金百金，多被这些酸子传闻误了，空费了许多心机！'"这些语言描写不仅刻画出柳太守的无知和浅薄，这几句话也是他贪赃枉法的自供状！那些家眷们见这些经卷没什么好看，又听说和尚为此坐监，便善心大发，一齐撺掇，叫还了经卷，放了和尚。太守也想道没什么紧要，便把经卷发与原差，给还本主，一场冤狱至此完结。

像柳太守这样的人物形象还是很有代表性的。在封建社会中这样的贪官污吏比比皆是，作者通过这一形象，深刻地揭露了封建官僚机构的丑恶和腐败，对他们敲诈勒索、草菅人命的罪恶行径给予了有力的鞭挞。当然，这个形象塑造也有不足之处，总的来看，对人物的刻画还显单薄，全文写得也不那么集中，这是作者历史与艺术功力的局限性，我们就不能苛求了。

【罗惜惜】

罗惜惜是明末凌濛初编著的《初刻拍案惊奇》卷29《通闺闼坚心灯火，闹图圄捷报旗铃》中的女主人公。这是一个聪明、美丽、大胆、执着地追求自主婚姻的痴情女子形象。她对恋人情深意笃，随时准备以死殉情。她鄙视其父嫌贫爱富的行为，并以出格举动与之抗争，从这个纯情女子身上，我们可以明显地看到同封建礼教、传统偏见相对立的进步的思想倾向。

为了塑造这个封建礼教叛逆者的形象，作者把罗惜惜放在一个特殊的典型环境之中。她出身于一个崛起的"白屋人家，家事尽富厚"。她受过较好的教育，从小便寄在邻居张家的书馆中就读。她与恋人张幼谦既是同年同月同日所生的邻居，又是同一书馆的同学，两人青梅竹马，两小无猜，犹如同林宿鸟，这使他们的爱情有比较深厚的感情基础。随着年龄的增长，了解加深，在你欢我爱的交往中，两人私订终身，并海誓山盟，至死不渝。

在中国古代文学作品中，爱情专一，宁为爱情而献身的痴情女子数不尽数，而凌濛初笔下的罗惜惜却独具特色。

首先，在对待婚姻爱情的观念上，她比同时代女子有着更深刻的认识。她的恋人张幼谦家道衰微、生活淡泊，张父"靠着人家聘出去，随任做书记，馆谷为生"。这种家境在当时社会中地位是比较低下的，生活也不安定。罗惜惜对这一切了若指掌，仍把"丘比特的箭"射向张幼谦。她爱恋人"人材俊雅，言词慷慨"，文章出众，更重要的是她对张幼谦了解、熟悉，有感情基础。所以她对巨富的辛公子毫不动心，当嫌贫爱富的父亲把她另许辛家时，她决心以死殉自己的爱情。她在给情人的词中写道："幸得那人归，怎便教来也？一日相思十二时，直是情难舍。本是好姻缘，又怕姻缘假。若是教随别个人，相见黄泉下。"这种不以金钱地位为筹码，渴求以感情为基础的婚姻观念，在当时和后世都是十分可贵的。

其次，这位女主人公在对待爱情的问题上比其他作品中的同类形象更泼辣、更大胆、更现实，表现出敢恨敢爱、敢作敢为的性格特点。这种性格的形成也是有一个过程的。当惜惜15岁时，罗父因其年长，不让她去书馆读书了，张幼谦偷寄诗词以诉衷肠，惜惜当时还不敢尽情地宣泄自己的感情，"只是偷垂泪眼"，"竟无回信"。随着年龄的增长，惜惜愈益成熟，爱情的根扎得更牢了。她17岁时，张幼谦外出归家，罗惜惜主动赠给情人金钱十枚，相思子一粒，以表达自己对情人的思念和渴求早日团圆的感情。17岁的少女，正是羞羞答答、扭扭捏捏的年龄，即使心中有情，多不敢直抒胸臆。惜惜却毫不遮遮掩掩、装腔作势，而是把自己的感情向情人宣泄无余，其泼辣、大胆由此可见一斑。

特别是当罗父毁弃口头约信，将惜惜改聘辛家，惜惜不仅表示以死相对抗，而且要在死前私会情人。她对传递音信的杨妈说："若得张郎当面一会，我就情愿同张郎死在一处，决不嫁与别人，偷生在世间的。"这是一个多么刚烈的痴情女子，而且她说到做到，她传信给情人，以绣楼三灯为号，约会情人，以身相许。并一而再，再而三地在她的闺房中偷吃禁果，达到"不顾死活"的程度。不幸二人的隐情终于败露，张幼谦锒铛入狱，惜惜立即跳井自杀，被奶妈和丫环救起。正当危难纷乱之际，张幼谦金榜高中的喜讯传来，经县宰周旋，张、罗终结百年之好。至此，罗惜惜的反抗性格得到了充分的表现。

在封建社会中，父母之命、媒妁之言不知扼杀了多少青年男女的爱情乃至生命，而罗惜惜不顾封建礼法的束缚，用各种方式的反抗来主宰自己的命运，这一文学形象是有进步作用的。当然，作者在塑造这一形象时也有不尽完美之处，罗、张私订终身，进而私会，这在当时是大逆不道的，作者却视若平常，还凑成大团圆结局，这在一定程度上贬损了女主人公反封建的意义。

【满少卿】

满少卿是明代凌濛初编著的《二刻拍案惊奇》中《满少卿饥附饱飏，焦文姬生仇死报》中的人物。这个形象久为人们称道，是因为他能够引起读者特有的审美感受。作者笔下的满少卿是在困境中发迹的一个书生，因他禀性狂放、轻薄自私，登第入仕之后便暴露出忘恩负义的真实面孔，竟成为封建士子阶层中颇有典型性的负心汉。

这个负心汉的性格形成是有其生活基础的，亦经历一定过程。原来，满少卿出身于北宋淮南望族并世有显宦的封建大家庭中，他虽仪容俊雅、饱读诗书、"怀揣满腹文章"，却恃才自负，以为自己迟早必登高第，终日吟风弄月，放浪江湖，与族中孜孜不倦求功名的守本分子弟迥然不同。况且他幼丧父母，不治家事，连个妻子也娶不得，自然招来族中人的冷落和鄙视。这样的家庭养成了他纨绔子弟的恶习，同时，也正是这种充满着浓厚势利观念的环境，使满少卿不得不离开家门企图寻找出路。结果，在社会的舞台上他的命运发生了曲折的变化，他的内心世界得到逐步展现。

　　先是他投奔出镇长安的父亲旧友，指望获得周济，不料来到长安就扑了空，这个世交已经丢官远走。年轻浮浪的满生还天真地认为，只要寻着熟人便会财物广有，一切顺遂。于是辗转各地去找相识。眨眼间，时进腊月，他囊空如洗，在前往关中的路上，被一场大雪阻在凤翔的一家饭店里。没几天，店主知道他无钱付给饭费，随即断了他的饭食。这个封建家庭里的书生、阔少，此际才尝到了世路艰辛的滋味，明白了尽管"胸藏学问，视功名如拾芥"，"怎奈世情看冷暖"，"未遇之时，免不了受此穷途之苦"。满生身陷困境，无限悲伤，不觉放声大哭。饭店隔壁的一位姓焦老汉听到"如此啼哭"，慷慨解囊，不仅为他支付饭费，数日后，又把他接到家里做客。满生绝处逢生，受此厚待，感激不尽。

　　再说，焦老汉有位未曾许人的闺女文姬。她年方十八，美丽、聪慧，与满生两人一见钟情，瞒着老汉海誓山盟私订终身。等老汉察觉真相，虽对这种轻率之举特别气愤，但经反复掂量，还是决定招满生入赘，成全婚事。处境尴尬的满生得知老汉"如此玉成"，拜谢之余，一再表示将来就是粉身碎骨，也当奉侍老汉终身。又对文姬发誓说："若有负心之事，教满某不得好死。"新婚之后，两人如胶似漆，满生日夜攻读，老汉自是欢喜。两年过去了，满生科考高中，才得功名，就赶忙返回凤翔，与岳父、妻子团聚，同庆登科之喜。可见，稍经磨难的满生，不能说他的性情没有变化，岳父的恩德，妻子的情义，在他的心上留下了烙印，他的品格里还有着书生学子的善良。因而，他回京得授临海县尉，首先要做的事情是接岳父、妻子同赴任所。甚至族中哥哥强让他回乡探亲，他仍一门心思要到凤翔。

　　然而，在金钱美女的诱惑面前，那一点点善良显得十分苍白无力，在一时感情冲动之后，便消失了。相反，浮浪轻薄、卑鄙自私的禀性，在封建宗法势力的庇护下，却主宰了满少卿的灵魂。他的叔父满贵官至枢密副院，致仕家居，得知侄子在外登第，一改过去不理睬他的态度，为他与名门大族朱从简大夫次女订婚。满生衣锦还乡，对此姻缘他在权衡利害之后便答应下来。随着与朱氏成亲，焦氏父女被他抛到九霄云外。当他官运亨通，以鸿胪少卿出知齐州之时，备受苦楚的焦家父女相继死去。文姬终由厉鬼幻化成生人索去负心汉的性命。

在封建社会里，像满少卿这类人所在多有，已成社会公害。作者将这种生活现象加以集中、提炼，塑造成负心汉形象，使读者在其暴露丑恶嘴脸的艺术感性显现中得到启发和思索，进而憎恶、鞭挞负心汉。这就是满少卿形象独特的审美意义。

【王生】

王生，名杰，字文豪，是一个不甚得意的书生形象。出自明末凌濛初编著的《初刻拍案惊奇》卷11，原文的题目是《恶船家计赚假尸银，狠仆人误投真命状》。

在中国古代文学作品中，书生的形象不计其数。但这些书生大都生活在特殊的文学创作的天地中，有理想的才貌，又总能遇到绝色佳人，在科场又有如意的收获，结局自然都是花好月圆了。而凌濛初笔下的这个书生却别开生面。他既无潘安之貌，亦无子房之才，更没有私会佳人的浪漫史。他是生活在市民阶层中的一个普普通通的读书人，为了塑造这个有血有肉的普通书生形象，作者从封建社会都市生活的特点出发，用细腻的笔触，把王生放在复杂多变的人际关系中，多方面地展现主人公的性格。

第一个层次主要写王生与卖姜人的关系。王生家道不甚丰厚，又养活妻女、内外安童养娘数口，所以他为人处事未免"小家子相"。为了几块姜的价钱，和卖姜人争执不下，最后竟乘着酒兴，把卖姜人打了几拳，推倒在地。赶巧这卖姜人又是有痰火病的，这便惹来了大祸。作者用廖廖数笔，便生动地刻画出这个王生气量狭小、好冲动、修养差的性格特点。但他毕竟是饱读诗书的人，在本质上还是善良、朴实、憨直的。因此，他见卖姜人倒下，赶紧叫仆人抬进客厅，用茶汤救醒他。当卖姜人苏醒过来，他当面赔礼，招待酒饭，临走还送卖姜人白绢一匹，以作为调理之资。作者通过这些细节的描写为我们展现了一个知书而未尽礼，善良憨直而又好冲动的书生形象。他身上虽然有好些缺点，但让人感到更亲切更真实。

第二个层次通过船家与王生的关系，进一步挖掘了王生的性格特征。船家在船上得知了卖姜人与王生之间的摩擦和事情的经过，又巧遇渡口漂来一具尸体，便买来卖姜人的白绢与筐，设陷阱敲诈勒索王生。船家诈骗的手段并不高明，王生只要到现场稍加察看便可真相大白。但这个书生胆小怯懦，怕事惊慌。听船家一说卖姜人发病，便"惊得目瞪口呆，手脚麻软，心头恰象有个小鹿儿撞来撞去"，自己不敢到现场查看，派人到船上只是看到一具死尸，并未真正验明是否是卖姜人本身，便认了罪过、用银两收买船家，使船家勒索得以成功，又埋下了此后牢狱之灾的祸根。

第三个层次作者通过王生与恶仆胡阿虎的关系，进一步展现了王生的怯懦、急躁和办事粗率的性格。王生女儿病危，仆人胡阿虎饮酒误事，训斥一顿是应该的，但这个恶仆已露出了威胁家主的口风，这时再毒打势必要激化矛盾，结果王生被胡阿虎告发，身陷大牢。

第四个层次写王生与县官的关系以及他在狱中的表现，进一步突出了王生的懦弱、心胸狭窄和遇事糊涂、草率的性格。只是因为卖姜人重返王生之家，到知县大堂做证，才使"负屈寒儒，得遇秦庭朗镜，行凶诡计，难逃萧相明条"，至此，王生的这场劫难才算告一段落。经历了这场磨难，王生戒了好些气性，感愤前情，决心要荣身雪耻，从此闭门读书，十年之中，遂成进士。

作者通过这一人物形象，向人们提供了生活教训和做人的准则。它告诉人们要不断加强自身的道德修养，为人处世宽怀大度、谨慎立身，万不可冲动莽撞、意气用事，以免给奸佞之徒造成可乘之机、给自己和社会造成不应有的损失。从这个意义上说，这一人物形象是有认识价值的。

【闻俊卿】

闻俊卿是一个才貌出众的巾帼英雄形象。她女扮男装，入馆求学，文武全才；她跋涉京师，不辞千辛万苦，克服各种阻难，为父亲辩白冤狱，其精明干练令人刮目相看；她还按自己的意愿选婿择偶，获得了自由美满的婚姻。这个德、才、貌样样兼备的奇女子在女儿国中实在是不多见的。这一人物形象出自明末凌濛初编著的《二刻拍案惊奇》卷17，原文的题目是《同窗友认假作真，女秀才移花接木》。

闻俊卿本是一个妙龄女子，可她的所作所为却不同凡响，所以作者在塑造这个人物形象时处处突出一个"奇"字。在闻俊卿身上，我们可以概括"四奇"。她丰姿绝世，貌冠三乡，却是将门将种，从小习得一身武艺，不仅精通刀枪剑戟，骑马射箭更是超群，为了卜算自己未来的恋人，她在百米外射一乌鸦，竟射中鸦头，这等神手真是"矢不虚发，发必应弦"，此一奇也。

她女扮男装入馆读书，数年间竟学得满腹文章、博通经史。她虽是红装女儿，志气却胜过男子，她把自己改名"胜杰"，取胜过豪杰男子之意。她以此名字去考童生，一举中的，做了秀才。她还要去考举人，在父亲劝导下，为防止露出女身真相，惹来麻烦，才忍痛舍此功名，此二奇也。

当她的父亲被诬陷入狱，全家慌作一团时，她临危不乱，利用官场的昏暗上下打通关节并不辞辛苦千里赴京城诉冤。她有智有勇，在两位学友的帮助下，利用封建官僚间的钩心斗角，巧妙地为父亲辩白冤屈。她的才干、学识和精明练达的气魄，不仅俯视巾帼，直欲压倒须眉，此三奇也。

她的学友杜子中评价她说："有才思的人，做来都是奇怪的事。"的确，人有奇才奇貌，必有奇异之举，这奇异之举集中反映在她处理自己的婚姻问题上。闻俊卿久与男人为伴，同窗苦读，渐渐地产生了感情，便欲在两位学友中选择一个恋人，可又怕伤了另一位学友的感情，于是就用射箭占卜的办法暗订终身。当她入京师为父亲奔波时，与学友杜子中同室而居，不巧被杜子中看破了女儿之身。这女秀才不待父母之命，也不用媒妁之言，更不选什么良辰吉日，便以身相许，自成夫妻了。这在封建社会中简直是惊世骇俗之举。更奇的是她不但主宰自己的命运，自决婚姻大事，还要为他人作线，以移花接木的办法，成就了学友魏撰之与景小姐的婚姻。此四奇也。

在长期的封建社会中，女子备受压迫和歧视，毫无社会地位可言。而作者着意塑造了这个才貌双全的奇女子形象，其本身就是对封建传统观念的挑战和批判。同时，作者通过这一形象对在封建礼教束缚下的广大青年男女追求自由美满婚姻给予了同情和支持。在同类妇女形象中，祝英台是童叟皆知、家喻户晓的。而凌濛初笔下的女秀才比祝英台更豁达，更开朗，亦更有女丈夫气概。她的命运也比祝英台幸运得多，从读书到去社会上闯荡，未受一点阻碍，甚至未成婚而同居也得到老父的理解和支持。这一方面说明明代中叶以后，由于资本主义萌芽的产生，市民阶层的思想意识已经启发和影响了各个阶级乃至整个社会，表明封建传统观念已受到不小的冲击。而另一方面我们也不能不看到，一个时代的思想终究是统治阶级的思想，在明代封建阶级的卫道士力量还是很强的。作者写闻俊卿未经过重大斗争便获得了自己追求的一切，这在一定程度上贬损了这一形象的反封建意义。

【杨素梅】

杨素梅是封建社会中追求自主婚姻和个性解放的大家闺秀形象。这一人物出自明末凌濛初编著的《二刻拍案惊奇》卷9，原文的题目是《莽儿郎惊散新莺燕，㑧梅香认合玉蟾蜍》。

婚姻爱情问题是文学园地中永远开不败的鲜花，而这篇爱情小说的痴男痴女却独具特色。女主人公杨素梅是一个受过良好教育的大家闺秀，她从小失去了父母，寄居在兄嫂家中，这种生活境况使她养成了孤僻好静的性格。她大门不出，二门不迈，每天不是写些诗词歌赋，便是绣花做针线。她的思想感情被牢牢地束缚在封建礼教的藩篱之中。而才华横溢的少年书生凤来仪的出现，在她长期受压抑的思想感情的堤坝上开了一道闸门。她的情感如潮水般奔涌而出。她开始茶饭不进，每天失魂落魄，几番上楼，虽不曾交口，但遇着便眉目传情。这种神交对于爱恋着的青年男女无异于火中加柴，使他们的爱情更热烈、更大胆、更执着。两人书信往来，以诗词传情，进而交换信物，暗订终生，并急于见面相会，以进行感情的交流。杨素梅在给凤来仪的信中写道："徒承往复，未测中心。拟作夜谈，各陈所愿。固不为投梭之拒，亦非效逾墙之徒，终身事大，欲订完盟耳。"

这种主动邀约的举动，对于大家闺秀来说，未免急切和莽撞，但在特殊历史条件下，这种特殊的恋爱心理也可以理解。在封建社会中，青年男女绝少有接触的机会，他们对第一次相遇的异性往往一见钟情。何况杨、凤二人一个花容月貌，一个风流潇洒。姣好的形象是爱情的重要纽带之一，他们自然是男欢女爱。加之两人都是寄人篱下，杨素梅在兄嫂面前无法表露感情，凤来仪在舅舅舅母面前自然也不能暴露内心世界，他们都急于找到未来的归宿，这种长期被禁锢的感情遇适当的机会便撞击出耀眼的火花，所以杨素梅大胆出格的举动，看来也是可以找到生活依据的。

历来好事多磨。正当杨、凤二人觅着佳期，急欲欢会之时，被凤来仪的朋友窦家兄弟给冲散了。从此，一对情人天各一方，杨素梅被外祖接到了冯家，凤来仪以金姓进京赶考，一举成名，做了三甲进士。冯家与金家的长辈为一对少男少女缔结了姻缘。杨素梅并不知道行聘的就是凤来仪的舅舅、她和心上人就要结为百年之好，反而每天啼哭，她对丫鬟龙香表示："若要另嫁别人。临期无奈，只得寻个自尽，报答那一点情分便了。"这充分表现了杨素梅对爱情的执着和诚笃，为心上人甚至要以死殉情。至此，她情浓、意坚、刚烈的性格得到了完美的体现。月下老没有辜负这对痴男痴女，二人终结连理，成为夫妻，幸福美满，这大团圆的结局使一般人在心理和感情上得到了满足。

在同类文学形象中，杨素梅的形象还显得单薄和肤浅。特别是两性关系的描写显得俗气，这是作者阶级和历史的局限性所致，我们就不能苛求了。

3

《二度梅全传》评析

小说作者是惜阴堂主人，姓名、生平无考，约为清代中期小说家。

全书四十回，约十五万字，叙述中唐时期梅良玉一家遭奸臣迫害终得昭雪的曲折故事。

唐肃宗时，有位清廉正直的地方官梅魁，世居江南常州，科举出身。任山东历城知县十年，忠勤爱民，政声流布，被提升为吏部都给事。

奸相卢杞擅权专政，和礼部尚书黄嵩等奸邪小人沆瀣一气，残害忠良。梅魁想实现削除佞贼、整顿朝纲的夙志，入京时将妻邱氏、儿子良玉打发回原籍，自己做好为国尽忠的准备。

他到京都数日便触怒了卢杞一伙，因而，奸党暗施诡计，诬梅魁有里通外虏的罪行，竟将他斩首示众，又差校尉去常州捉拿家眷，企图斩尽杀绝。梅魁妻儿闻讯先遁，梅妻逃往山东节度使邱山任所，暂且安身。其子良玉携书童喜童投奔仪征岳父侯鸾处避难。侯鸾其人阴险狠毒，是个地道的势利鬼。良玉二人来到仪征城内已是有所耳闻，喜童很有心计，恐生不测，自请假充良玉先往拜见。侯鸾得知亲家罹难，果然把脸一变，将假公子监禁牢中，欲交与卢杞请赏。喜童入狱，服毒自杀。

良玉无奈，隐姓埋名流落扬州，在走投无路的情况下于寿庵寺院内自尽，幸被和尚搭救，后为其父同年好友、因受卢杞迫害而削职归里的吏部尚书陈日升收为家童。翌年二月，陈日升在家中后花园赏梅，触景伤情，感慨油生，无限往事涌上心头。于是决意在十二日梅魁过世周年的时候，借助梅花祭奠亡友之灵。不料，突然天降一场风雨冰雹把梅花打落尽光，日升悲怆不已，由此产生了弃家修行、云游四海之念。家人苦苦劝阻，故发誓须在三日内梅花复开，才能消除这个念头。良玉听到这消息，赶忙撰文祷天，梅树果借三春之暖二度开花。良玉所作所为皆被日升女儿杏元察觉，并把此中隐情告诉了父亲，两家关系因之大白。

日升留良玉和己子春生同窗攻读学业，又将杏元许配给他。时隔不久，国家边事失利，番邦向唐朝索取美女，卢杞奏请以陈家女杏元前去和北番。陈家获讯，痛感骨肉离散的悲苦，心痛如割。良玉假托日升表侄与春生长途伴送杏元，过邯郸、登重台，拜望故乡。良玉、杏元信誓旦旦，赠爱物、吟别诗，表达至死不渝忠贞笃实的爱情。三人到了雁门关又痛哭一场，凄惨分别。杏元身入番地，拜过昭君庙，跟着再上扎天山，在落雁岩纵身投崖，捐躯殉节。当此之际，昭君显灵，派遣神将力士救护，腾空驾云，送往河北大名府邹伯符御史家，邹妻郑氏把她收为义女，留与己女云英做伴。

就在良玉、春生从边关刚刚踏上归途，忽然又传来陈日升因反对以女和番激怒了君相，夫妇二人被收进天牢，而且朝廷还要缉拿日升子侄的消息。在逃难中两人不幸离散，良玉被误为盗贼抓到官船上，多亏船中左都御史冯乐天弄清真相，举荐他随自己得意门生邹伯符御史赴河南道任所做幕僚。良玉明敏谨慎，勤于政务，深为伯符所推重，邹伯符产生了想为女儿选做佳偶的念头。正巧，邹被内调回朝，临行时派良玉前往大名府送家书，信中备叙了替女择婿之事。良玉在大名府邹家与收养在那里的杏元重逢。邹妻知道了事情的原委，将杏元、云英一同许配给他。

离散后的春生在逃难中倍感艰危，便投水寻死。恰逢渔家周婆母女船行河中，救了他的性命，周渔婆又把女儿玉姐许他做妻。时至年根岁底，周渔婆准备为他俩完婚。一天，有个州府太守的公子江魁，依仗父势欲强行霸占玉姐。春生、周渔婆拦街向节度使邱山喊冤，邱审理后，重责江魁，使周渔婆家团圆。邱山本是良玉舅父，在节度使衙门内堂春生与梅夫人相遇，夫人弄清了他的身份，便留他在署内攻读，邱山还以己女云仙相许。

后来，遇朝廷开科取士，良玉、春生以地方上高才的资格，分别用化名入京应考，良玉高点头名状元，春生得中第二名榜眼。卢杞见春生才貌双全，与黄嵩商议欲为己妹强行择婿，被春生断然拒绝；卢杞恼羞成怒，捏造罪名，严加迫害。因此激起了在京考试众士子的公愤，终于酿成了午门前痛打卢、黄两贼的事件。随后，肃宗查明真情，怒斥二贼欺君误国、倒置纲常。三法司进而追究了二贼勒逼姻事，附党谋害梅、陈二人的罪恶。肃宗降旨，将黄嵩全家抄斩，家财抄没入官；卢杞处以绞刑，其妻儿发回原籍，由地方官收管。

梅、陈两家因此俱得平反昭雪，朝廷追封梅魁，擢拔陈日升，良玉、春生亦俱授官职。皇帝赐良玉一口尚方宝剑，准他归葬先考期间巡视地方州县，惩办贪官污吏和土豪劣绅。一路上，他处罚了赃官，褒奖了廉吏，微服私访处斩了侯鸾，遵旨追授喜童七品官职，建坊立墓为之纪念。良玉回京复命，他与春生各自完婚，两家皆得团圆欢聚。

平心而论，才子佳人这类小说的内容多是写男女婚恋的悲欢离合，着意渲染郎才女貌，对封建末世的各种丑态秽行也进行了一定程度的暴露，在思想倾向上有着一致性，《二度梅全传》当然也不例外。不过，值得着重评析的是它有自己用笔的侧重点。梅氏父子是全书的主要人物，通过描写这个封建官僚家庭成员在不幸遭遇中的表现，为我们展示了一定范围的社会生活面，在斥责封建官场邪恶势力及贪官污吏罪行的同时，旨在鼓吹忠孝节义的封建伦理道德。

应该说，作品对于认识封建社会的腐朽本质还是有意义的。梅魁是个忠君爱民、直言敢谏的清官，小说第一回写他身为县令"只吃民间一杯水，不要百姓半文钱"，"不剥削黎民脂膏，馈送权贵"，不巴结上司、谋干迁擢，不做"没天理、丧良心的事"。平素生活简朴，清白自守，约束很严。他为夫人上寿以及祝贺自己擢升朝官而备办的酒宴，皆是两把菠菜、八块豆腐、半斤猪肉和两斤水酒。他不图生活的享乐，却恪守做人的原则。在奸相卢杞弄权，肖小奸佞跋扈的黑暗世道面前，他明知奸党权大势重，站出来斗争就要招致杀身灭门之祸，但他硬是冒险而进，自觉地除奸保忠，维护"人臣之大道"。这样的官吏在封建末世的统治阶级队伍里是极为罕见和相当孤立的。书中第五回梅魁在都察院拜会几位效忠皇帝的知己者，向他们大谈削奸贼、除民害，因没人买账，不欢而别，便是有力的佐证。实际上，梅魁反奸的唯一武器只是用死来感悟皇帝，这种缺乏深广社会基础的忠奸斗争的描写，是苍白无力的，很难收到感染人、教育人的艺术效果。梅魁这个昙花一现的廉吏命运除了让人感到官场斗争的残忍可怖，几乎没有什么值得回味的东西。

如果说梅魁是忠的化身，那么其子良玉则是孝的榜样。作者原本想把他打扮成一个能继承父业、深明大义的孤忠之后，特地用梅魁之口大加夸赞："我孩儿将来竟有下官之风，非是那不肖之辈。"然而，他在完成父业的斗争中委实缺少应有的才智和胆识。相反，遇事惶恐无策，临难寻短见倒是他的表现。试看，他与喜童逃往仪征县令侯鸾处避难，没见侯之前，饭店主人向他们介绍了侯的为人劣迹，他不假思索，认为"我岳父哪有这等狠心"，店主人的话"无非是虚假之词"。喜童却能深看一层，指出"如今时势，做官的大概只以势利为先，不以伦理为重"，其见识远在公子哥之上。结果，喜童以性命做代价换得了他的虎口余生。父亲的被害，喜童的惨死，非但没有激起他坚强的斗志，反而，他"只觉心酸"，"泪如雨下"，"思想从前何等荣耀，今日四海无家"，若被卢贼拿住，"还有多少刑法，怎么受得，只好趁此无人知道，不免寻个自尽"。如此窝囊、懦弱的书生，怎么能是心狠手辣、权倾朝野的奸邪的对手。但是作者回避了这个矛盾，以自己设计的模式让他的孝道大显灵通。

良玉父亲的同年故交陈日升想借梅花祭奠其亡灵，天不做美，一场风雨打落了梅花。这急得良玉"满眼流泪，跌足捶胸，昏倒于地，半晌方醒"。他的孝敬之心感天动地，致使上帝"赐他梅开二度"。这个孝子还擅长诗文，有着与众不同的意态和谈吐，凭着这些博得了陈杏元的倾心、冯御史的举荐、邹御史的器重，在一次次偶然的机遇中成长起来，由一个普通的落难公子变成了皇帝的肱股大臣。作者企图以良玉的发迹史让读者领悟到忠孝之家所得的善报。因此，良玉成了作品里的一个概念化、公式化的人物，一个进行伦理道德说教的工具。他后来接受钦命巡视天下，"逢州过府，遇县过县"，抑恶扬善，威风凛凛，这正好为我们认识封建社会大小官吏那副狐假虎威的虚伪嘴脸提供了范例。

小说安排喜童做良玉替身，为主子捐生，陈杏元和番北上跳崖自尽等情节，其指导思想无非是第三十八回中天子对良玉说出的那句话："忠孝节义皆出自卿家一门，也可敬可羡。"难怪本书名称又叫《忠孝节义二度梅全传》，其理由就在于此。作者把喜童探险赴难写得很主动，他明知假扮公子拜侯鸾凶多吉少，搞不好还会危及公子，弄巧成拙。所以，事先到药铺买好砒霜，做了必死的准备。见到侯鸾，侯没能看出他一丝破绽，他却能一眼认定侯是奸险之徒。作者用喜童的死来宣扬"报主之义"的封建道德，而客观上恰恰在读者心中燃起了憎恶封建道德、憎恶封建官场趋炎附势的怒火。

比较而言，在梅氏家庭成员中没过门的媳妇陈杏元倒是一个较有血肉的人物。她是名门闺秀，美丽、聪明、贤惠、刚烈。她凭少女的敏感，在陈家第一个发现良玉身份的奥秘。她许身良玉之后，无论发生了什么情况，都一直保持着爱情的初衷。她被送往"寒苦沙漠"的北疆去和番，就在生离死别的临行之际，还嘱咐弟弟："梅家哥哥他乃是个落难之人，恐他早晚愁苦，你也要劝解他些。兄弟，你把梅家哥哥当做嫡亲的手足，愚姐就是死在九泉之下，亦得瞑目甘心矣。"行至邯郸，良玉、杏元登上重台，赠别诗、留信物，海誓山盟，"相抱痛哭不止"，深情依依，催人泪下。值得注意的是，在杏元用生命去殉自己真纯的爱情时，作者忽然让昭君显圣，借神灵使两人的爱情喜获大团圆结局。形式上看似保全了杏元的名节和爱情幸福，两全其美；究其实，乃是十足的败笔，只能说明作者为了宣传封建道德，不惜损害杏元的形象，胡编乱造歪曲生活的故事。

作品的写作手法，总体上看没能摆脱才子佳人小说的窠臼。为了迎合市民阶层的欣赏习惯，作者竭力追求叙事效果，以奇引人，在偶然性事件上大做文章，用荒诞离奇的情节宣扬善有善报、恶有恶报，故弄玄虚，违背生活逻辑，给作品涂上了一层神秘色彩。也正由于作品依据市民阶层的审美愿望，以无中生有的笔法进行大胆的虚构，尽管其中夹杂着闲笔、俗笔，却也增强了故事的连贯性和曲折性，使故事有头有尾，具备完整的结构。

小说涉笔的人物近三十个，而对良玉、杏元等人物性格的刻画能继承话本和拟话本的表现技巧，注意从人物具体言行与活动过程表现其思想面貌，不少地方把人物的表情、对话及心理活动相结合，并运用了环境点染和人物间的陪衬来描写各自形象的特点，虽称不上妙笔，亦不无借鉴作用。

4

重评《聊斋志异》席方平的形象

　　席方平是《聊斋志异》第十卷中短篇小说《席方平》的主人公。他是一位坚守孝道，替父申冤，面对黑暗、凶残、暴虐无道的丑恶势力，不惧千难万险，勇于斗争，敢于胜利的富有反抗精神的人物形象。

　　作家笔姿灵动，通篇简笔叙述，以事传人。用浓墨点染，使故事情节奇幻多趣，艺术形象饱满、生动，而人物性格生气焕发，小说思想意蕴的审美价值亦随之提升。

　　小说开端直接以主人公姓名切入，顺势点出其籍贯，转而交代了他父亲的秉性与被迫害的不幸遭遇，只用数语引出了席方平魂赴冥司替父申冤故事的缘起。这寥寥数语已透露出主人公为维护血亲的生存权，到阴曹地府打官司讨公道、自觉尽人伦孝道的高尚品质，其刚烈、坚毅的性格亦初显端倪。随着主人公冥司告状情节的逐步推进，在充分暴露冥司上上下下各级衙门、各类角色卑劣下作、狡诈狠毒真面目的同时，人物形象内涵也得以不断地充实。

　　席方平先是来到阴间，刚进冥府，即见因在狱中的父亲被折磨得狼狈痛苦之状。又听其父控诉所有狱卒全都受贿，并按行贿者授意日夜拷打不止，几成瘫疾的悲情。于是他大骂狱卒践踏王法，任意肆虐，又把申冤的希望寄托在城隍身上。不料，当迫害他父亲的本乡富豪羊某得知他代父到城隍申冤，立刻买通了城隍府的内外。被买通的城隍昧着良心，判定席方平所告无凭、无理取闹。席愤懑不已，认为在城隍面前有冤难申，必须上告找郡司说理。

　　他忍着悲愤，摸黑赶路，一夜竟走了100多里，到了郡城，托付官府差役把诉状呈交给郡司。郡司根本不加理睬，拖延半个月，始得审问。审问中竟然不问青红皂白，暴打了席方平一顿。然后在诉状上批示：此案应回城隍复审。席回去后等待他的是桎梏重刑。随后派衙役押送他返回阳界。所幸衙役仅遣至阴府门前便溜走了。席决定不返回阳间，继续留在阴间申诉，非要讨个公道不可。

席方平来到了阴间最高衙门冥王府，控告城隍、郡司贪赃枉法，残酷荼毒百姓。冥王初始拘禁了城隍、郡司，准备令他们对质。而此时城隍、郡司偷偷指派心腹，与席套近乎，拉拢关系，答应他只要撤诉保其安全回家，还送给千金，以表慰问。席断然拒绝。小说至此一直表现他告状过程中态度的坚定以及誓与恶势力斗争到底的顽强精神。作品故事情节也几乎用正面叙述，以此显示主人公单纯硬汉子的性格，而后征用侧笔旁衬，反映告状情势的复杂、险恶，亦有力展现了主人公在现实斗争生活的磨炼中思想日渐成熟，人物形象的本质特征也随之显露。

最初，旅馆主人坦诚向席表示，认为坚持告状、拒收千金馈赠是意气用事儿，很不明智。何况冥王也在背地里毫无节制地接受贿赂，推知诉讼的前景是自投罗网。果然，冥王开庭审案，不顾是非曲直，一上来就对席痛打二十大板。席厉声质问："小人何罪？"冥王装聋作哑，仍是施刑不止。当此之际，席方平心里顿时明白了，阴司最高统治者也是不折不扣的贪贿龌龊、狡诈狠毒的丑类。缘此，他反语相讥，揭露阴司的真实嘴脸："我席方平受刑活该！谁叫我一文不名竟敢来阴司告状！"这下子撕掉了阴司统治者的遮羞布，狠狠地捅到了这群歹毒者的痛处。冥王对此大发雷霆，下令对其施以毒刑。

作品运用细节描写来表现对席施以毒刑的场景，着意揭示冥王凶残的本性和席方平的性格特征。第一道毒刑是把席放在火床上炙烤，直到骨肉焦黑为止。第二道刑罚是锯解肉体，即将人捆绑在木板上，利锯从头顶隆隆拉下，直到将肉体劈开，一分为二为止。身受这等酷虐刑罚的席方平，他的表现如何？小说用对话正面凸显其顽强不屈的性格，这就是冥王前后两次追问席："还敢讼否？"席总是斩钉截铁地回答："必讼。"

小说还一而再地用旁白烘托席的非凡品格，如冥府鬼卒对其受刑剧痛竟没叫一声，鬼卒啧啧称赞说："壮哉此汉！"当利锯拉到胸下时，又有一个鬼卒说："此人大孝无辜，锯令稍偏，勿损其心。"锯解肉身之后，还有一鬼卒送给席一条丝带，说："赠此以报汝孝。"席"受而束之，一身顿健，殊无少苦"。席方平经历了冥司诉讼一连串的不幸遭遇摧残，他开始觉醒，看穿了阴司统治者的本来面目。伴随思想的提高，抗争策略也有所出新。因此施刑过后，冥王再追问"尚敢讼否？"席便痛快地说"不讼矣"，他开始寻求抗争的主动权。

应该指出，小说以事传人的高明之处，是在故事情节的起伏跌宕中刻画动态发展、活生生的艺术形象。即使贪贿凶恶的冥王也能对席玩弄新的伎俩。当席打算找二郎神申冤，在阴间路上急忙奔走之时，冥王的两个隶卒又把他抓回。席暗自揣度，以为"王益怒，祸必更惨"。没料到，冥王满脸温和，好言相告："汝志诚孝，但汝父冤，我已为若雪矣。"冥王以此麻痹席的同时，再令鬼卒押送他还阳。就在经过的村庄里，突然把席推坠入一门中，使席身变为婴儿。然而，在抗争中成长起来的席方平已非从前可比，他主动地选择了绝食不乳，让灵魂离体，坚持寻找灌口二郎，申冤报仇。

小说以素描手法写席魂离婴儿躯体之后，巧遇二郎神，然后不惜笔墨，在二郎神的判词内容上，倾注了作者的满腔愤怒与积怨，把富豪羊某以及幽冥阴间各级统治者种种罪恶，揭露得淋漓尽致，对其该当的惩罚量刑精准，令天下平民百姓拍手称快。判词的语言严整典博，辞采峭拔，文字量占全篇的五分之一左右，对于作品的思想性与审美情趣大有增色。

一直以来，广大读者认为《聊斋志异》中这篇作品的思想内容与其教育作用阐发得较为深刻恰当，认为小说利用阴曹地府的黑暗腐朽、贪虐残暴，曲笔影射现实社会的各种丑态与罪恶。尤其是阴司统治者赖以横行无忌、为所欲为欺凌宰割无辜百姓的管理体制和相应的机制，都是清代初期王朝政治的投影。作品中地主恶霸、乡绅富豪，幽冥里的狱吏走卒、城隍郡司，乃至高高在上的冥王，他们狼狈为奸、狡诈百出的统治手腕和封建社会历朝历代剥削阶级官僚府衙何其相似乃尔！

无须讳言，品尝文学作品，特别是凭借想象、虚构艺术塑造而成的人物形象，欣赏者见仁见智，是不可回避的事实。所以，我说很多读者迄今为止对席方平这个典型形象本质特征的评价尚未到位。通常认定小说直线推进的传奇情节，层层深入表现席的反抗精神和万劫不回的复仇个性，恰可视为我国长期封建压迫和统治，致使广大贫民百姓陷入水深火热煎熬之中，他们对官僚统治阶级的仇恨刻骨铭心，与日俱增。而作者笔下的席方平那种"大冤未申，寸心不死"的顽强无畏的行为和决心，完全反映了人民群众的期盼。人民群众赞美他、支持他，他的形象具有典型意义、带有深刻的社会内涵。应该指出，类此看法没有错，却与作品的实际内容出现了不够吻合的罅漏。

回过来斟酌作品情节的开端，马克思明确指出："人性是一切社会关系的总和。"我们要把握一个人的思想脉搏、心理特征，最可靠的途径莫过于考察他的人际关系网中的位置。以此为原点向外辐射，在人生舞台上勾勒出他的形象、他的社会行为轨迹以及驾驭行为的内驱力、人文价值的取向、心灵世界的闪光点等。唯有这样，才能正确地、实事求是地评价一个人行为的思想动机、社会意义和实践效果。

席方平的人际关系特别简单，小说只讲"其父名廉，性戆拙"，其他亲人作品一概未涉及。换言之，生活中父子相依为命，且因父亲和乡里已经死去的富豪羊某在其生前有利益冲突，于是，为富不仁的羊某死后多年乃贿赂幽冥魔鬼用棍棒毒打其父致死。席方平赴冥司惊心动魄的告状情节由此展开。那么，叩问一句，席此举的精神动力是什么？属于什么性质的行为取向？

问题答案清楚明确，席方平代父申冤，替父讨公道是孝儿的义行，是光明磊落的正义之举。其价值取向早在原始儒家那里已有定评："君子务本，本立而道生。孝弟也者，其为仁之本与。"（《论语》第一篇第二章）可见，席方平代父申冤是践行仁义的真实写照。作品开头虽没有明说，但字里行间却蕴含着孝儿的身影。就是这位席方平在经受几度摧残之后，仍不改代父申冤的初心，以至于感动冥王厉鬼道出了天良之语："此人大孝无辜"，"赠此以报汝孝"。就连冥王也不得不承认"汝志诚孝"。

小说在这里一而再地反复肯定席的孝行义举，不仅与开端暗点席的孝心相呼应，而且也为作品煞尾给席方平形象定性做铺垫。读者必得留心，二郎神判词在历数阴司各统治者罪行及其惩处决定之后，接着揭露羊某罪恶和相关罚则："宜籍羊氏之家，以赏席生之孝。"而对席生父亲的处置意见亦颇值得品味："念汝子孝义，汝性良懦，可再赐三纪。"父亲有个恪守孝道的儿子，也能得到增寿36年的恩典。小说结尾，作者用异史氏的话，深切、庄重地表达了自己的感慨："忠孝志定，万劫不移，异哉席生，何其伟也！"如此颂美孝道，从头到尾、由暗到明、一篇三致意，集中表现了席方平这个人物形象的特质。孝是其信守不变的节操，为代父申冤、讨回公道，维护父亲的生存权，赴冥司投诉屡遭迫害和摧残，而矢志不移，堪称一位刚烈顽强、具有仁德情怀与抗争精神的义士。

作为文学艺术中这个典型人物形象的意义，抛开塑造人物形象的艺术技巧不谈，其思想认识价值有两点不可忽略。一是前文提到的对封建社会现实及其官僚统治集团极为丑恶、阴鸷、贪得无厌本真嘴脸的认识，令读者警省和惕励。这方面想必读者都会有深刻的感悟，故不再赘言。二是很少有人说及的事实，则为席方平形象丰富了传统孝德的内涵。尽管《聊斋志异》从面世到今天，有成千上万的读者欣赏过《席方平》这篇小说，却因没有细读深叩，或者没有留下文字形式的心得体悟，以致认真乏人，辜负了蒲松龄的良苦用心，借此略谈拙见，斗胆填补空白。

众人皆晓，孝亲、孝道是中华传统文化中的重要伦理道德观念，远在周朝便开始用孝表示对祖宗神的敬服，渐而表示对在世的父母尽到赡养的责任。降至原始儒家充实了孝的内涵，强调对父母长辈应有感情投入，孝敬之心。孔子主张"父母在不远游"（《论语·里仁》），"三年无改父之道，可谓孝矣"（同上），皆是在行为和精神思想领域对孝道的诠释。

汉代有《孝经》问世，把推行孝道视为基本国策，连皇帝谥号前一律加上"孝"字。并提出了影响后代的观点，把孝亲与忠君合而为一，用义来衡量孝。宋代之后的理学家们将孝遵为人们内心恪守的道德准则。明清易代之时，社会经受了天崩地解的大动荡，传统观念的孝义注入了新的因素。与蒲松龄几乎同时代的思想家黄宗羲认为，凡是为国家民族利益而牺牲，都算是尽了最高的孝道。（《孟子·师说》）可见，蒲松龄把捍卫父亲的生存权、为父申冤复仇当作孝道加以宣扬、颂美，这是以文学艺术形式丰富孝德内涵，富有鲜明的时代色彩。

我们从生活在山东淄川县的蒲松龄的人生前四十年的切身遭遇中，会对问题有着进一步的理解。满洲贵族入主中原的过程，伴随着一场大规模烧杀、抢劫和淫掠，农奴制度的政治压迫和经济盘制，蒲松龄和他的亲属们也没能逃过这一劫。就在蒲松龄三十一岁（康熙十年）从江南辞幕还乡后，清政府加强田赋征收，大举丈量土地，借故将蒲绑赴县衙，在牢狱中大肆折磨。康熙二十年，由于蒲的妹夫数年前投充旗下为奴，忽然逃回家，竟使其妹家五口妇幼皆受"逃人法"的虐害。社会上的贪官酷吏就是替清朝皇帝卖命的一群豺狼，蒲家乡淄川县"有积蠹康利贞，旧年为漕粮经承，欺官害民，以肥私囊，遂使下邑贫民，皮骨皆空"（《与王司寇》）。

蒲清醒地看到"官虎吏狼比比皆是"的现实社会，百姓性命难保，为了生存、为了活命，平民百姓只能醒悟起来，父子相依、亲朋一心、街坊邻里乡谊情深，拧成一股绳争得一口饭、一寸帛，不做冤死鬼，祈做世上人。这就是蒲松龄为孝注入的新精神、丰富的新内涵，把捍卫生存权视为尊亲、敬老责任的思想基础和强大的内驱力。

5

以笑写心，狐媚彰显人性

——略谈婴宁形象的美学创新价值

婴宁是蒲松龄《聊斋志异》第二卷短篇小说《婴宁》中的主人公。《聊斋志异》这部文言短篇小说集，绝大多数篇章不过千余字，婴宁是全集中最长的一篇，蒲氏竟用四千字刻画婴宁形象，成为花妖狐媚所幻化少女中特别具有人性风采的艺术典型。其浓郁的审美情趣，充分显示了小说的美学创新价值。

众所周知，鲁迅曾以"用传奇法，而以志怪"（《中国小说史略》第22篇》）高度概括《聊斋志异》的创作方法。可以想见，蒲松龄对富有浪漫色彩创作方法的选择，就意味着为短篇小说的撰写开拓了广阔的美学创新空间。蒲氏笔下婴宁形象的塑造便是颇有代表性的例证。作品通篇近二十处出现"笑"字，以笑写心，由外显内，揭示婴宁微妙复杂的心理动态，凭此，逼真似肖地表现出狐女婴宁鲜活的性格特征，触发读者产生深挚的审美感受。下面回到作品中，去品赏婴宁的形象，体悟其独具的美感。

小说开端推出一个生活中的特写镜头，聪明绝顶、尚未婚配的少年书生王子服，元宵节自逛灯会，偶遇妙龄女郎，手指间夹着一枝梅花，面颜秀美，笑容可掬，堪称绝代佳人。书生触目为之倾倒，眼睛直勾勾地盯着不放。慧心机灵的女郎从书生火辣辣的眼神中已猜透了他的心思，于是故意将花儿丢在地上，笑语引起书生注意，随后主动溜开了。书生拾起女郎丢在地上的花儿，无限怅惘袭上心头，仿佛丢了魂儿似的，没精打采地返回家里。

这是小说主人公出场的第一次亮相，为下文充分展开婴宁形象的刻画，埋下了重要的伏笔。作为主人公陪衬人物的王子服身家处境的简介，与其举止神态、心理情绪的勾勒，不只是烘托婴宁俏丽娴雅所必要的笔墨，还有更深的用意是，以之展现出现实生活的镜头，给读者留下难忘的艺术真实之感。

再看对主人公的素描，手拈的那枝梅花既是人格风度的象征，又是情感信息传递的信物，在审美上发挥了一石双鸟的功效。而两次点出了笑，更显示了不同的欣赏作用。前者笑容可掬，是女郎平素闲适安详、轻松愉快心态的真实流露，是青春向美心绪的自然外现，而"笑语自去"是主人公动了心思之后所选定的行为方式，是意味深长的表情动作。

我们先撇开主人公是山居狐媚幻化成女郎的因素不谈，只说她是一位青春少女，在元宵节"游女如云"的情况下去赶灯会，如果单纯为了观花灯消遣散心，也就不必手拈梅花没事找事添麻烦了。实际上正是女郎用心良苦的设计，借助一枝梅花可标榜自己的清高娴雅、不同流俗，以吸引少年男子的眼球。果然，少年书生王子服一见钟情，婴宁敏锐地从少年注视她的灼灼目光中明白了书生已陷入迷恋的状态。于是，她手中的那枝梅花就转化为爱情的信物，承担着小说故事情节由开端到发展的引线作用。

当小说描述王子服寻得婴宁居处，两人重逢，书生以私下保存的上元节婴宁遗地的那枝梅花为由头，向婴宁倾吐衷曲，进而两人商议婚事。就在这小说情节临近高潮之际，作品接连描述，婴宁之笑多达十余次，极力以笑揭示人物的内心活动，反映性格特征。莎士比亚说："心里高兴，我就笑，决不去窥探人家的颜色。"[1]婴宁的笑，就带有这种强烈的主观色彩。看看作品的具体描写，审美感受便会鲜活而深刻。

王子服来到了婴宁家的门前，看见了元宵节逛灯会所遇的女郎，正

---

[1]《莎士比亚全集》第二册（《无事生非第一幕第三场》），人民文学出版社，1978年，第87页。

准备往自己头发上插杏花。忽然抬头，正好望见坐在门前石台上小憩的少年书生王子服。于是她赶忙拿下头上的杏花，不再簪了，含笑拈花走进屋内。这正是婴宁一眼瞥见了月余音讯隔绝的意中人的第一个反应。那一股暖流顿时涌上她的心头，甜蜜幸福的情感化为脸上的笑容，这是人之常情，更是人性化狐媚形象美学创造的新硕果。

应当指出，作品表现婴宁各色的笑貌情态，却总是与深沉、厚重的人性相关联，于欢乐戏谑的笔调中融入人生况味和生命价值之思。这是婴宁形象美学创新的应有之义，但如此创作功力，却很少有人谈及。

小说情节进入高潮后，人物形象的外在表现和心灵的折射也历历呈露，显显在目。从婴宁母亲始叫婢女"唤宁姑来"，随之便可听到屋外隐隐约约传来笑声。母亲告诉她"汝姨兄在此"，屋外就"嗤嗤"笑个不停。婢女急忙推她进屋，她还捂着嘴笑不停。这里短短数语连下三个"笑"字，由笑声写到笑态，活见了一个追求美好生活、人性尚未折损的青春少女就要和心上人重逢那一刻的情绪特征。感情吞噬了理智，甜蜜笼罩了心头，剩下来的只有莎翁说的"心里高兴我就笑"。

婴宁真的与意中人会面了，母亲斥责她叽叽喳喳笑个没完。太有失体面。婴宁当然也意识到母亲教训得在理，只好"忍笑而立"。作为长辈的老媪乘时说出了与后生的亲戚关系，引出王子服憋了很久的心里话。老媪也就势把所愿所想一股脑儿地倒了个干净。接着出现了书生又用火辣辣的眼神儿盯住婴宁不放，而原来本就勉强忍笑而立的婴宁，在婢女挑逗下又怎能不大笑？好在婴宁自知激情难抑，借故看桃花，以袖掩口，细碎莲步，刚迈门外"笑声始纵"。

作品对婴宁这一连串的行为描写，真实精准地揭示了开朗、健康、直率、坦诚、青春少女的心态，如果在今天评品婴宁的禀赋生性，应该说无可挑剔，可心可爱。但在蒲氏生活的歧视妇女的封建社会季世，小说塑造这种少女形象，纯系以美学创作手段反映人生的理想。歌德曾说："人们认为可笑的事物比其他任何东西都更清楚地反映出人的性格。"（《箴言录》）

完全可以想见，婴宁成长的环境是鸟语花香的山水自然，与市井少女抬头是店铺林立，放眼是满目商品的生活天地判然有别。最能使青春初醒的婴宁感到兴奋、激动、有趣而从心里发笑的事情，就是找个心上人相依相伴，这是无须讳言的头等大事。所以说，作品描述婴宁时时处处都在笑，其实，无时无处不与少年书生的爱情相瓜葛。说到底，婴宁和王子服相爱互恋过程的笑，是健康心理活动的外在表现，两人奇妙动人的故事，正是作家爱情理想的艺术体现。

不过，作家的过人之处是把狐媚幻化为青春女郎。她的笑不仅迷倒了王子服，征服了少年书生的灵魂，而且世世代代既能赏悦普通读者之心，又可确餍思想者之望。这个秘密是小说以笑实现人物之间情感的交流、心灵的沟通，渐渐地令情侣的理想追求产生同频共振，凝聚成强大的战胜困难的力量。王子服逗留婴宁家的第二天，两人的爱情故事就有了突飞猛进的进展。婴宁的笑是彼此心照的传媒，是心心相印的催化剂。下面所呈现的一幕幕，则是很好的佐证。

王子服至舍后，步入花径，仰视在树上的婴宁，姑娘见他来了，"狂笑欲坠"，又"且下且笑，不能自止"，当她下到将要着地儿之际，放开手就从树上掉下来了，笑声才止。子服上前搀扶她，偷偷捏了一下她的手腕，借此她又笑起来，靠在树上，笑得无力迈步。书生待她笑声稍停，则从袖中掏出了珍藏月余已经枯干的那枝梅花，这感情信物挑明了书生与女郎的缘分，已经发展成了情侣关系。在此基础上，小说情节惊现波澜。婴宁来到王子服家，子服母亲问及婴宁身世而起疑窦。子服舅家吴生亦来参详，查访其身世问题，乃至王母怀疑婴宁就是鬼魅，想方设法公开审验。最终还是婴宁自身人性化的所作所为征服了王家老母的心，选定她为儿媳。

不消说，婴宁被王母认可接纳做自己宝贝儿子的媳妇，没有什么秘诀和招法，就是发自内心率真淳朴、憨直厚道的笑。这充满人情味的笑，足可以消解对她的疑虑与猜测。诸如，她知道王母、吴生私下议论她是无家无亲的孤魂野鬼。她没有表现出一丁点儿的骇意和悲伤，只是没完没了地憨笑。王母故意安排她夜间与小女孩同寝，天刚亮便来观察动静。但见她一大早忙着刺绣，手法"精巧绝伦"，还是甜丝丝地笑，那笑脸俏丽，越是发狂似的笑越是妩媚动人。就连街坊邻居的女孩少妇都争先恐后与之交好，结成伙伴。甚至，婴宁在盛装打扮准备结婚典礼时，也笑得前仰后合，没法抑制，婚礼只好作罢。

卢梭认为，人类先于理性而存在的是人的天然本性或感性。婴宁养母曾一针见血地指出，自己抚养长大的女孩"颇亦不钝，但少教训，嬉不知愁"。事实上，聪明可爱的婴宁没经受过封建礼教的训导，嬉戏善笑的人性美幸而得以完好无缺地保留下来，所以才能被同伴欣赏厚爱。假如再透过一层，从美学创新的高度叩问狐媚婴宁艺术形象的美感来自何处，审美价值取向又凭何而定？

简言之，我们能够在民族传统文化这个根上找到哲学依据，找到启扃之钥。无疑，这也是作家蒲松龄的可贵创举。儒家原典期的集大成者荀子，在他的《王制》篇中说："水火有气而无生，草木有生而无知，禽兽有知而无义；人有气、有生、有知亦且有义，故最为天下贵也。"[1]可见，"义"是人的根本属性，是人性的特质，而义者，宜也。即在社会生活中、人际关系中，懂得该做什么，不该做什么。

狐媚婴宁形象说她彰显人性，则是作品通过各色的笑和相关的行为表现，无不带有人性化色彩，无不是人性生动形象的写照。然而，蒲氏的高明之处还在于，不仅描述了婴宁与意中人相爱相恋终成眷属过程的美善人性，而且极为重要的，又从她婚后所作所为肯定她人品的高尚、人格的完善。

如西邻家的儿子心怀邪念而受到应得的惩罚。不惧烦难安葬长久暂厝荒山的生母和养母，并岁岁寒食节祭扫不误。还有婆母王氏认为西邻儿子虽然丑恶，但他起邪念盯着儿媳，儿媳不该以笑脸应对，为此吃官司，丢人现眼，招惹是非，太拙劣。于是婆婆叮嘱婴宁："人罔不笑，但须有时。"因而儿媳"竟不复笑"。基于此小说煞尾异史氏有感而发："观其孜孜憨笑，似无心肝者，而墙下恶作剧，其黠孰甚焉！至凄恋鬼母，反笑为哭，我婴宁殆隐于笑者矣。"

---

[1] 章诗同：《荀子简注》，上海人民出版社，1974年，第85页。

孟子曾驳斥把"食色"看成人性的观点，认为"恻隐之心""羞恶之心""恭敬之心""是非之心"，人皆有之。无此四者，非人也。联系作品，写婴宁对笑的变态，由肆意言笑到竟不复笑，这其中的制约力就是人性使然。正是异氏史一语道破天机："我婴宁殆隐于笑者矣。"用当今的话说，便是这位由狐媚幻化的青春女郎，以充满人情味的笑，屏蔽了狐媚非人性的信息，待到婆母和丈夫"皆过爱无有异心"，也就用不着孜孜憨笑，因为婴宁已经转化成了"四心"完备的、有血有肉、活生生的人了。

我们再要指出，婴宁除了具有孟子所界定人性的"四心"之外，蒲氏运用烘云托月之笔，强力凸显其爱美之心。例如，她慧心巧手以纺织刺绣等方式创生的艺术美来表现自己的心灵美。她爱花成癖，走遍亲戚朋友、街坊邻居物色稀罕品种，甚而"窃典金钗，购佳种；数月，阶砌藩溷无非花者"。我们知道，似此爱美之心是与她自幼生活的幽雅洁美环境相关联的。作品写婴宁意中人王子服进入远离闹市的南山深处，扑面而来的是"乱山含沓，空翠爽肌，寂无人行，止有鸟道"。而被丛花乱树拥抱着的"小里落，下山入村，见舍宇无多，皆茅屋，意甚修雅"。婴宁家居的园亭"门前皆丝柳，墙内桃杏尤繁，间以修竹，野鸟格磔其中"，"门内白石砌路"，"夹道红花片片坠阶上，曲折而西，又启一关，豆棚花架满庭中"。其居室内"粉壁光明如镜，窗外海棠枝朵，探入室中，裀籍几榻，罔不洁泽"。

这样的山庄家居既有桃花源怡然自乐的生活情调，又有天然风光、美丽如画、令人心醉的诗韵。如此环境造就了婴宁爱美之心，就像清代《聊斋志异》评论家但明伦评价《婴宁》的环境描写时所说："未见其人，而先见其里落之花，见其门前之花。则野鸟格磔其中，固早有含笑捻花人在矣。"可见，婴宁天真活泼、开朗乐观、机敏巧慧、追求美好生活情趣和自我灵魂修为的性格特征，恰是蒲松龄在美学视域中独运机杼，多维向度，集中表现狐媚婴宁人性风采的艺术结晶。

平心而论，蒲松龄生活的清代前期，以花妖狐魅反映世态人情，可以绕开禁区，规避麻烦，托物言志，放笔写心，在亦真亦幻、虚虚实实中生新出奇，使婴宁的艺术形象深蕴着耐人寻味的审美价值。

具体可以从两方面来看：第一，王子服与婴宁的爱情故事，旨在宣扬摆脱封建礼教束缚、自由恋爱成婚的美满幸福生活，是凭借执着追求、无所畏惧争取而能梦想成真的人生选择。这对饱受程朱理学腐朽思想毒害、渴望获得自立自由做人权利的青年男女无疑有着一定的启蒙作用。第二，弘扬为人要努力向善，夫妇间应忠贞不渝，血亲间该敬长爱幼，人与人之间须乐群友善。坚守真善美不动摇，总能逢凶化吉，辨妖物为祥云，鬼魅也会成为心慈手巧、俏丽温情的贤妻良母。

有人要说类似陈腐的警世劝俗的说教，有什么审美价值可言。鲁迅告诉我们，蒲松龄拟晋唐小说"用传奇法，而以志怪"是文学审美的一大创新。"出于幻域，顿入人间，偶述所闻，亦多简洁，故读者耳目，为之一新。"（《中国小说史略》第22篇）《聊斋志异》确已占据中国文言小说美学的制高点。狐媚婴宁艺术形象的审美意蕴，随着时代的发展，必然会开掘出新认识、新高度。

第四编

文化滨海拾贝

DISIBIAN

1

回归汉语雅正传统

——评《中华古典诗词比兴转义大辞典》

　　由国学大师傅璇琮领衔，与著名学者艾荫范、刘继才联袂主编，150余位专家学者组成的团队共同编纂的我国首部《中华古典诗词比兴转义大词典》（以下简称《比兴大词典》），经东北大学出版社甫一推出，就引起了古典文学研究、诗词创作与研究、接受美学研究、出版界、文化教育与媒体传播等众多领域的关注，其思想价值、学术价值、出版价值不容低估，对于传承中华优秀传统文化，推动当代文化建设与繁荣，具有发人深省的启示作用。

　　先说辞书编纂出版利在当代之理，可从以下两方面来审视：

　　第一，中华民族伟大复兴首先是文化的复兴。古典诗词作为中华传统文化的精粹部分，具有深刻的文化内涵，承载着厚重的民族精神，是中华民族子孙永不贬值的人文财富，其精神感召力和凝聚力在文学家族中独占鳌头。当今，在经济全球化大背景下，不同模式的文化在不断进行碰撞和融合，汉语作为中华文化的符号系统，犹如通向四面八方的桥梁，连接着世界各个角落，海外"汉语热"恰似中华文化走向世界的有力推手。《比兴大词典》这部多功能辞书的问世，不仅为国人提供了丰盛的精神大餐，也为世界上喜欢汉语的朋友们提供了学修汉语言文学和中华文化的经典工具，其功之大难以罄言。

　　第二，母语是民族文化的基因，是语言充满创造力的源头活水。当下，我们的母语面临着冲击和挑战。例如铺天盖地的网络语言，干扰了现实生活中母语使用的规范性，违背了传统的语言表达习惯，导致中文词语遭到畸形变异恶俗的污染。又如，荒腔走板的外来语、肆意破坏母语使用规范的广告语，以及在弘扬"真我光环"笼罩下涌现的庸俗化词语等，不停地侵蚀着母语健康的肌体。这部大词典的出版，说到底是完成了一项难能可贵的母语建设工程，对于抵制语言变异带来的负面影响，捍卫母语的雅正传统，具有正本清源、拨乱反正的重大意义。

再看辞书编纂出版功在千秋之由。我们民族的语言文字是世界上使用人数最多、延续传统最久的一种交际工具。每个词语都积淀着表述意义、价值意义、审美意义和民族的思想品质。一言以蔽之，中文词语具有无穷魅力，是中华民族赖以安身立命的根基。从这个意义上说，母语兴，国运兴；母语兴亡，匹夫有责。这部词典的作者们，响应时代召唤，高瞻远瞩，在深切感到书写中华民族文明史的文言文渐去渐远的时候，在年青一代受到社会浮躁心理、急功近利情绪影响而对母语情怀缺失的时候，应时代之需，不忌惮辛劳，查阅历代诗词作品旁及文献典籍，挖掘裒辑，用心血乃至生命打造成辞书精品，为力求母语永葆青春、增强国民善念、开发国民智力做出了不可磨灭的贡献。他们的作为与这部词典一样，功在千秋，泽及后人。

《比兴大词典》的作者们，紧紧抓住开拓创新这一时代主旋律，用创造性劳动凸显辞书编纂工作新视域。概言之，有如下三点可道：

其一，《比兴大词典》虽然是在30多年前《古典诗词比兴小辞典》基础上扩撰而成的，但傅璇琮先生以新时代构筑文化强国的高度责任感，重新启动了这一工程。词目增加至1500余条，文字量从30万字扩充到150万字，收录的词目涉及诗、词、曲、赋、文诸多领域。这不仅是量的变化，而且在体例设计、选词标准、释义规则、学术品位等多方面判然出新，开辟了辞书编写的新视域，使《比兴大词典》具有了开创性特质，填补了我国汉语工具书编纂方面的多项空白。

其二，在内容方面，《比兴大词典》对词条的解释不局限于本义和引申义，还对其比兴、象征、拟人、拟物、借代、暗示、隐喻、双关、对比、联想、烘托、渲染等多项表意方法作了归纳。查询词条时如遇生僻字词，则有注音释义相助。同时，还列出了大量可供品鉴的诗词语例。例如词条"霜",《比兴大词典》列举了15种用法,搜寻出108个语例。在15个义项中,除了"霜"的原始义项之外,有13个是由词义生发的比喻义,另有一个是在具体语境中带有引发情感表达的起兴之意。在比喻义项中,又细化为相近喻义的不同指意。例如,在第6—9个喻义的用法中,同为表现颜色光泽特征,又剖分为4个意蕴不尽相同的用法,揭示出喻义内涵的丰富性。与此同时,作者们借助现代科技手段,对已有辞书中的错误予以更正;对相同的义项,找出大量鲜活的例证予以充实。缘此,这部词典兼具了字典、词典、类书的性能,既可为读者阅读、鉴赏和研究古典文学作品提供一部多功能的工具书,也为诗词创作者提供了开阔眼界、启发灵感的秘籍。

其三,该辞书最大的创新亮点是裒辑词条,以"比兴转义"为取向。这不仅是对辞书编纂视域的新突破,亦是对探索古典文学、古代文化研究新路径的宝贵尝试;因为"比兴"内涵多元,意蕴深广。《周礼》记载,乐师之长从事诗教便使用了"比兴"术语。其初始指意是《诗经》的语用功能,伴随历史演进,转指诗篇命意的讽喻作用,及至后来才指诗歌艺术的表现方法,其间还将比兴视为修辞手法。总之,文学创作、文学批评的水准不断提升,而学人思维的目光对比兴关注度略无减弱,其内涵不断丰富,外延不断扩展,乃至与传统文化多个支系打成一片,致使比兴成为学术难攻的"堡垒"。睿智的词典主编将比兴与转义"联姻",既化解了词条释义的难题,又促发辞书形成了学术上新的生长点,令辞书学术价值产生飞跃,成为名副其实的认识、探赜中华生态文化的窗口。

这部辞书之所以取得如此显著的成绩,有几点经验和启示特别值得当代学人借鉴和思考。

首先,所有参加编写工作的专家、学者虽有繁重的科研、教学任务,但出于对文化创新的认同,对抢救文化遗产紧迫性的认知,全身心投入编纂工作,并把这项工作视为不留遗憾的光荣任务。主编们不顾老迈,孜孜矻矻,昼夜兼程,一直战斗到辞书付梓、成果问世方休。他们的文品、学品及人品,值得我们敬重。

其次，这部大词典断断续续历经 30 余载的苦心打磨，凝聚了四代人的心血和努力，具备较高的学术水准。纳入国家出版基金资助项目，获得了强大的精神支持与财力支撑，这是顺利完成科研任务可效法的经验。

最后，利用现代科技手段组织编撰工作。写作团队建立了一个 QQ 群，每每碰到问题都会放在这个平台上，参与讨论的或几人或几十人，虽地处天南地北，却宛如同室，互相揣摩推敲，落实了词条筛选和释义必得科学、精准的原则。在初稿完成及此后审稿统稿过程中，也充分利用了电子软件及其他搜索引擎，为高效优质地完成任务提供了科技支撑。

总而言之，完全可以断言，这部辞书如能继续打磨完善，必将成为传世之作。

（本文原载光明日报 2018 年 8 月 1 日）

2

诗画相生，与时偕行

——评《中国题画诗发展史配图新著》

　　题画诗是中国特有的诗歌样式。诗与画原本是功能不同的两个艺术门类，"诗笔宜表情"，是"语言艺术"，"画笔善写形"，是"造型艺术"，若在追求的艺术效果上有共同点，诗与画二者便可结合一体，实现功能互补。近期，学者刘继才所著《中国题画诗发展史配图新著》出版。该书积作者多年研究而成，共3卷160万字，是一部系统研究中国题画诗的专著，获得了国家"十三五"重点出版物、国家出版基金项目等支持。

　　《中国题画诗发展史配图新著》力图探明题画诗源头，揭示其发展规律，确立其独特艺术价值和文学史地位。题画诗作家群是作者关注的重点，通过打捞题画诗创作相关材料，梳理其间关系，援例求旨，讲述"诗画外的故事"，有了艺术史的厚重感。作者没有按惯例以各个朝代为纲，而是在"大文化"视域中，概括不同时期题画诗艺术特点，比如春秋战国时期题画诗开始萌芽；魏晋南北朝时期，题画诗伴随文人审美心理变迁不断发展；隋唐五代，随着文化交流，题画诗彰显成熟风韵；宋元之际，社会生活发生重大变化，题画诗迈上新台阶；明清两朝，经济社会发展使题画诗以新的活力开创了欣欣向荣的繁盛期；现当代以来，题画诗因历史潮流和时代发展呈现出延展新变的特征。这一梳理不是简单的时间划分，而是作者在大量材料分析研究基础上得出的结论。

　　在文体文风上，作者不过多使用学术词汇，在"看得懂"基础上，努力让书中文字也有题画诗一样的审美体验。比如对各时期题画诗艺术特点的概括、阶段性成果的总结，引用古诗景语，让读者在审美想象中，生发出诗的浪漫和画的色彩，展现中国题画诗"因艺术氛围的变化而生新"的内涵。

《中国题画诗发展史配图新著》是跨学科成果，既是文学研究，也是综合性的艺术研究。本书不仅涵盖常见的绢帛、纸质绘画题诗，也扩展至为雕塑等艺术品的题咏之作。也许受此启发，该书在传播形态方面也是跨媒体的。书中配有300余幅名画、书法图片，还增加视频二维码，使画面动起来、文字活起来，拓展了读者的阅读体验。

11年前，作者曾著有60余万字《中国题画诗发展史》，《中国题画诗发展史配图新著》在此基础上重新架构而成。很多新补内容，如选材立意、论人评诗，都是为了更加准确地反映文学艺术发展演进规律。作者写作扎实，但对题画诗人及其作品的选取仍有遗珠之憾，个别论断评析，见仁见智，有值得商榷之处。

（本文原载《人民日报》2022年03月29日）

3

长篇历史小说《隋炀帝》创新精神浅叩

以隋炀帝为创作题材的作品，在我国的文学艺苑里留下了一道永远抹不掉的风光。不仅因其数量之多，自成家族，而且囿于长期以来所形成的特定的艺人视角，始终围绕着这个君王的罪恶不断地开掘和生发。千百年来，呈现在读者面前的是一个纵欲淫荡、昏庸残暴的封建专制者的典型。当代作家王战君先生却具睿智卓识，慧眼瞩目审美对象，多维向度、艺术地再现了隋炀帝的一生，真实地刻画了历史人物的全貌。既反映了其人骄奢荒唐，灭纲常、丧人伦的奸心秽行，以及好大喜功，兴徭役、开边衅、自蹈灭顶的可悲下场。又描写了他的美姿仪、多才情的个性，及其亲率大军南征北伐，在戎马战斗中所显露的军事统帅的文韬武略，还有他善驭众、有胆识的帝王之智。为了成功地表现隋炀帝这一自身充满矛盾的特殊人物，作者匠心独运，广泛汲取了史传文学和同时演义小说的艺术经验，推出了高品位的文学新作，拓宽了长篇小说创造的疆域，提供了不少颇有价值的表现技巧，令人耳目一新。其中在叙事体例、选择史料、编织故事和塑造形象上，不拘泥于古代历史小说的传统创作方法，而以工妙灵动的笔墨，独辟蹊径，确有自家气象。本文在小说《隋炀帝》多方面的成就中，拟就此点略谈管见。

一

通常来讲，我国古代小说有文言与白话两大系统，二者题材相同而渊源各异，前者脱胎于史传，后者是说话技艺发展的产物。历史演义小说虽然总体特色是以历史时空为框架，用野史、传说、奇闻逸事为血肉，把演述历史事件、帝王、英雄作为主要对象。但是在叙事传人的体例和方法上，它更多的是接受话本小说的影响，作者对时空观念与其具体的操作安排方面，都和史传文学的要求大相径庭。读过王战君先生的历史小说《隋炀帝》，我们不难发现作者对历史材料的筛选、史料的整合与重构，故事表述的技法，以及在继承历史演义小说传统的基础上，贴合自己的审美视角，大胆借鉴史传文学的写作特点，其创新精神可见。

首先从时空观念上看。小说《隋炀帝》与历史演义小说不同，它严格地遵守史传的叙事体例——系年展开故事，按史实脉络推进情节，时、地清楚，首尾贯通，有条不紊。全书共40章，分两大板块。书中主要人物和情节均有据可考，枝节的点染和虚构，亦和子虚乌有不同，仍不失整体上的真实。上卷15章为一大板块，起自隋文帝开皇八年（588）初春，迄至开皇二十年（600）11月，计有12年，正是杨广本人20岁到32岁的一生重大转折期。时间段限交代明确，情节内容则以杨广谋取储君之位的斗争进程为纵轴，依次编织了与之有密切关系并见诸史书的故事，集中反映了兄弟之间为当太子而发生的残酷激烈的角逐。作者采撷史料，重新组合，将杨广最终获胜之由，描写得入情入理。而多数情节所涉及的时间、地点和史料保持一致。

像开皇八年，隋炀帝挂帅平陈取得成功，捞到易储斗争重要资本。这样的大事自不必说，就是杨广矫情饰节，沽名钓誉，外交权贵杨素，内拉母后为援，收买东宫秘书朗姬威，分化太子府内部力量，诱其栽赃陷害太子杨勇等谋反内容，也和《隋书》《资治通鉴》的有关记载相吻合。小说下卷也独成板块，从第16章写杨广登上太子宝座，寻求淫乐之事始，到第40章说及绞死杨广之后，又略写一笔萧娘娘的命运为止。时间脉络，上接开皇二十年（600），下至唐贞观五年（631），历时30余年。期间小说情节的主线则由10余件事毗连而成。诸如杨广北征突厥；独孤后病中干政、临殁悔悟；杨广谋害、拉杀文帝；汉王杨琼起兵讨广；杨广巡幸洛阳、建东都、修造显仁宫；开运河、造龙舟、南游江都；杨玄感借骑兵智胜契丹；杨广西巡、打败突古浑、西域27国使者前来朝拜；杨广下诏讨伐高句丽、接连三次出征；杨玄感造反兵败始末；杨广巡游北疆、遭始毕可汗围困雁门；反隋烽火四起、穷途末路之际杨广游江都，最终恶极被铢；等等。这些事件，除杨玄感借兵败契丹纯属张冠李戴而未系年之外〔据《旧唐书》卷75《韦云起传》载，隋大业元年（605），契丹侵扰营州，隋炀帝明通事谒者韦云起，发突厥兵以击讨之〕，余者都是依史编年叙述，以古迹材料为基础，创造细节、添充内容，使之兼备文学审美功能和一定的写实性。由此观之，王战君先生的《隋炀帝》叙述技巧有取法史传之处，是毋庸置疑的。

然而，这种借鉴如能放在迄今已有的"隋炀帝族"的文学作品中去考察，就会认识它的创新意义。此族中较早的作品有唐宋传奇《开河记》《迷楼记》和《山海记》，似出于对短命的隋王朝覆灭原因与教训的探索，三篇小说主题相近，几乎都在揭露野心家、阴谋家的滔天罪行和丑恶本质上着墨，反映黎民百姓对暴君的切齿痛恨和愤怒反抗的情绪，几乎为"隋炀帝族"的文学作品奠定了基调。后来影响较大的明末齐东野人的《隋炀帝艳史》，也不过是唐宋传奇三姊妹篇思想主旨的深化罢了。正像王战君先生指出的那样："提起隋炀帝凡人皆知他是一个遗臭万年的淫暴之君。然而他的文治武功，对国家统一、民族进步的历史建树，却罕见于文艺作品。"（王占君《隋炀帝》卷首语）

小说恰当地效法史传体例的表现手法，有益于把人物放在历史进程中，多侧面、多纬度地描写其一生活动，还其本来面目。应该强调，若想改变已经定型化的人物形象不是一件易事。史传的叙述体式可以增加描写的严肃性，给读者堂皇正大之感。强化历史的真实感和内容的可信度。当然，王战君先生的《隋炀帝》是文学作品，不是历史教科书，其中，张扬古代历史演义小说传统的特征同样是不可忽视的。

二

小说《隋炀帝》全部故事的基本轮廓和发展线索，主要人物的活动及其命运大体来自正史资料，但绝不是隋代历史和隋炀帝生活经历的再现和重复，而是服从塑造人物的需要，按照历史生活的本质进行了精练的概括和合理的虚构，既尊重了历史，又带有浓厚的传奇色彩。换言之，作者在创作艺术上充分调动两种自由手段，一是从历史事实中选择了有代表性的事件，就真实的历史人物和生动具体的事物加强了描绘的自由；二是在不违背历史真实及主要人物基本性格的前提下，有效地发挥了小说文学典型化手段的自由，在组织材料、编写故事的创作艺术上，发扬了历史真实与艺术真实相统一的优良传统。对此，稍加推敲又可分为三类情形：

第一，用移花接木的方式把史实改头换面，突出人际关系的某种特色，使人物性格协调、鲜明，小说描写与杨玄感有关的故事情节便是有代表性的一例。杨玄感是权倾朝野、老奸巨猾、上柱国杨素的长子。而杨素与杨广勾结，成为杨广夺取太子地位和登基称帝这一连串阴谋活动的最得力的支持者，是杨广政权内部的核心人物。可知杨玄感被杨广委以重任，封为礼部尚书是情理中的事。当社会危机严重，阶级矛盾尖锐之际，统治集团的内部必然发生分化，这是带有普遍性的社会规律。于是杨玄感趁杨广二征高句丽、腹地空虚的机会，起兵黎阳反对杨广。统治集团的大分裂，给杨广政权以沉重打击。作为表现杨广一生功罪与性格全貌的长篇历史小说《隋炀帝》，对于这样的重大事变和杨玄感其人与杨广间的关系是不容回避的。作者深谙此理，覃思精虑，巧用史料，旨在表现杨玄感和隋炀帝之间错综复杂的矛盾发展过程及其斗争的特征。

小说在第30章把大业元年隋通事谒者韦云起领突厥骑兵两万，诈称欲往营州和高句丽交易，乘机偷袭契丹的史实，移到杨玄感身上。第34章写隋炀帝派玄感往东莱郡督造三百艘战舰，严苛催办，无情残害役夫之事，实则利用史载大业五年（609）幽州总管元弘嗣去东莱督工造船，残酷奴役民夫的材料〔据《隋书·元弘嗣传》载，大业五年（609），隋炀帝命曾任幽州总管元弘嗣，到东莱（今山东掖县）督造三百艘大船，督工及其残酷云云〕。如此处理，继写玄感起兵就不感突兀，便顺理成章了。相类的例证不少，像第24章姬威进宫拉杀文帝，第31章杨约、宇文化及离间西突厥内部，使处罗可汗降隋的故事等皆为嫁接法。

第二，生枝添叶法。以巧饰细节来烘托人物，丰富故事情节，增强文学性。全书采用这种描写的地方随处可见。作品第4章写杨广让宇文述与杨树弟弟杨约赌博，藉此结交拉拢杨树，以及杨勇用姬威之谋，施计和高俊攀亲两个故事平叙推进，细节增饰绘声绘色，交互映衬，引人入胜。作者巧设事件，实中藏虚的妙用，不是在各章中孤立的存在，往往是前有起因，后有结果。第8章描写太子府内部出现裂痕的经过，从杨勇回府捉奸到怒刺姬威，施以腐刑，连续组接了几个细节，扣人心弦，给读者留下很深的印象，也为后来在一系列情节里写姬威的表现张本。这里仅以第24章姬威杀害文帝的细节为例，即可想见其余了。书中描述："姬威两手紧紧扼住文帝咽喉，此刻，他想到了杨勇阉割他时的情景。他把遭受的一切不幸，包括性压抑的苦闷，全都向文帝发泄。十指犹如钢钳，深深箍进肉中。文帝胸部发闷，胸膛像压上一块磨盘。渐渐脸部紫涨，眼球突出，喉咙中发出痰涌的怪声。似在向姬威求情，又似在诅咒……不一时，文帝双手无力地垂下，他尽管留恋这个世界，也无可奈何地撒手而去。"

当然，不同章内添设的情节，亦起到强化人物个性、烘染传奇色彩的作用。第1章有杨广等人遇雨，他拒穿油衣，却亲手给年纪最小的近侍、17岁的王义披上，竟使兵士激动得齐声欢呼的细节描写。第15章又虚设了杨广平嵩山之乱凯旋，在百姓围观啧啧称羡时，他把自穿锦袍披在85岁老丈身上的特写镜头。前后的细节点染，以杨广为一老一少送温暖的外表行为和内在的丑恶本质相对照，其矫情伪善的面孔浮漾纸上。

第三，煽扬扩充法。即抓住史家中富有典型意义的材料，构建传奇性的情节，充分展现人物的精神面貌。在史料里，有关杨勇嫡配元氏之死的文字并不多见，只说她突罹疾病，两天工夫就丧命了。独孤皇后认为是被杨勇毒害，而元氏又是父母替长子所娶的嫡妻，因生恨意。小说将此当作决定杨氏兄弟争权夺势取得胜负的关钮，所以联章铺染，创造出曲折跌宕的故事。作品第2章始由杨勇纳云妃事，引出元妃与独孤皇后的亲属关系。第3章叙述了身卧病榻的元妃向前来探望的独孤皇后倾吐委屈，激起独孤氏的不平，为后面情节做铺垫。第10至第13章再以元妃大做文章，先写被收买后的姬威不忍毒死元妃，随后又中扬约、宇文述之计，把浸过毒药的珍珠衫送给元妃。真相已露，姬威让小桃把砒霜暗藏在杨勇寝室内，最后栽赃陷害得逞，杨勇获害命之罪受刑罚、陷困境，在母后逼迫下，杨勇太子之位被废，终于垮台。简单的史实素材，经小说浓墨重彩地渲染、发挥，使独孤皇后、杨勇、姬威、宇文述等人的性格得以绝好地展现。小说中有关云昭训的、杨广北击突厥、矫诏弑父、暗害杨素、胁迫宣华夫人等情节，都在不同程度上施展了这种艺术手腕。不言而喻，小说《隋炀帝》积极驱遣古代历史演义小说的创作方法，在遵循固有史实和历史生活、人物性格自身发展逻辑的同时，巧妙处理虚实二者的辩证关系，展示了独自的艺术风采。

三

一般人认为，历史演义小说创造中的一个比较棘手的难题，就是如何将构建故事情节与塑造人物形象完美地统一起来。凡能做到二者兼善的作品，自然可称为艺术精品。王战君先生的历史小说《隋炀帝》恰好在描写故事和刻画人物关系的处理上，显示了可贵的创造能力。进而言之，作者在叙述故事时，大力描绘能够表现人物的重要场面，注意在历史事件发生、发展的具体时间内，创造有利于刻画人物个性的典型环境，通过人物语言、行为揭示其性格心态。在描写人物活动时，重在表现人与人的矛盾冲突、人物自我心理的冲突，用这些冲突反映历史事件，构成故事情节。这种人事双写、相辅相成的妙用，在作者笔下是那么的娴熟精到。不妨以作品描写主人公杨广的部分篇章为例来分析我们的观点。

小说整个情节的切入是相当的利落，巧思熔裁，出手不凡。犹如当代的影视艺术，一开头故事就在进行之中，呈现给读者的是意蕴深含的场面，绝代佳人云昭训和多情浪子杨广偶遇。随着人物出场，矛盾斗争由此引发。而皇都郊外，骊山脚下的明媚春光和笼罩着斗母宫的神秘气氛，又为矛盾展开的环境背景涂上了一层带有时代特点的底色。在杨广前往云府求亲的途中，出现了太子杨勇打猎的队伍。同胞手足为攫得美人，竟刀枪相见，恨如仇敌。惊心动魄的场面，人物得以足够的表演。兄弟两人轻薄好色的秉性已初露端倪。之后，一个是毫不掩饰暴露自己的本质，另一个是长袖善舞，蒙骗世人耳目。

情场首战失败的杨广羞愤交织，从此演出了一幕幕追逐声色与权势的活剧。宫廷内外的生活天地则成了帝王之家斗争的舞台。来自统治集团的一组组人物，在走马灯似的连续递接的场景里，钩心斗角，扮演着不同角色，相互比衬映照，表现出鲜活的个性。文帝在去凤栖宫路上碰到扑蝶的陈如水、蔡茗玉而心生爱慕，不料引起忽然而至的独孤后的愤慨。凭借短瞬间的场面，帝后间的冲突则打上了人物性格的烙印，暗示了深刻底蕴。以崇尚简朴著名的文帝尚且如此，说明皇室的腐化淫逸。独孤后向来就痛恨男人宠爱姬妾，自然要对文帝父子严加督查和管束。而文帝在这位强悍任性、动辄感情用事的皇后面前，又十分软弱惧内，这就决定了独孤后在决定皇子们的命运的问题上起着举足轻重的作用。作者描写帝后两人亲临太子府、晋王府查访的情境，进一步暴露了杨勇贪欢寻乐、不思进取的恶德，以及因之招来父母的忌恨。

杨广矫情饰非、假立名节的得手，导致了父母的误识，成为他摘取平陈帅印的有力垫脚石。如果说作品第3章文帝发布平陈御旨的一幕，是以对比来描写杨勇的庸碌无能和杨广的奋勉图强，那么接之描写兄弟俩各拉高俊、杨素为外援，讨好母后做内助的情景，则是在深化读者对萧墙内斗争环境典型化的认识。帝王之家的斗争无伦理道德可言，骨肉亲情已为残酷阴险的毒害所代替，权势是驱动统治集团人际关系的杠杆。弱肉强食只是斗争的一种表象。杨广平陈取胜的军事行动真实地体现了他的足智多谋和文经武纬之才；杨勇内部的分裂和不甘失势的挣扎，深入地反映了他的率意任情和愚顽鲁莽。

　　两相比较，杨勇的垮台是必然的，虽有高俊支持，终究是扶不起来的阿斗。易储的实现并不是杨广追求权势和享乐的终点，也看不出这个历史人物的全貌。小说下集写他虐母弑父，夺嫂、烝母、淫女，建东郡、修运河，把天下做游乐场，四处寻幸，以及安顿北疆、经营西域、三征高句丽等系列情节，都是在逐步丰富这个集罪恶、才能于一身的杨广其人的独自形象。不必赘述，小说一笔两枝来叙事传人的手法，就是由人物冲突抽引出串串事件，又在故事展开的各个具体场景里刻画人物神貌言行。矛盾不断地化解与酿成，情节不断地延展和推进，步步起伏，层层波澜，阅过一境忽换新境，流动不居，奇而却真，收到了人事兼济的艺术效果。

　　然而，作品塑造形象的过人之处，远不限于此。更应称颂的是小说写出了生存在封建统治集团所属的典型环境里的人，他们个性的表现非同社会下层人物相比，而是伴随着灵魂的扭曲、心理的裂变和自我矛盾的痛苦，以及非人既人的种种怪相丑态。独孤氏身为皇后，她具备着世罕其匹的条件来实现对儿子们的母爱。因她在皇室的特殊地位，使她的人生价值观只体现在对权势和财富的占有欲上，小说多处写她以私情干政，乖戾恣睢的行径和由此酿就的家庭悲剧。权势和财富迷了她的心窍，甚至自己尝到苦果的时候，也还是执迷不悟。直到她就要撒手占有的一切、离世而去的时候，她那变态的心理和做母亲的起码良知才开始复归，这是多么令人深思的人类现象啊！

　　杨广的形象更富有认识意义，他是日趋腐化了的统治集团中的代表人物。他集中了过去封建帝王残暴阴狠的统治手段和穷奢极欲、荒淫糜烂的罪恶生活。但是他不是一个庸夫俗子，确是具有雄心魄力、谋略才能的统治者，是隋代统治集团所构筑的社会怪圈内的产物，他的个性自然特异。文帝死后，他胁迫宣华夫人干着烝奸丑事，没有丝毫的羞耻，却心安理得地引古证今。宣华夫人羞愤而死，这个淫乱的君王倒显得情有独钟，悲伤痛苦，不能自拔。他在游乐中触目民艰而决计兴修运河，事竣河通，他却用之极尽享乐挥霍之能事。西巡威武，为了引发临城商贾的贸易热情，竟不顾民瘼财力大肆铺张，以夸饰泱泱大国之君的派头。凡此种种，所在多有。杨广形象还有着另层余韵，封建社会的怪圈能把一个人的才情变成丑恶，将其智谋化为鬼蜮伎俩，雄心胆略异化成害人的虎狼疯狂。读了《隋炀帝》，掩卷遐思，慨叹不已，小说深厚的意蕴和不平凡的艺术魅力在敲击着读者的心灵。

4

用闪光的足迹召唤后人

——评《爱国者，中华的脊梁》

如何运用文学作品向青少年进行爱国主义教育，这是永远也说不尽的话题，凡是关心下一代成长的作家、前辈都在努力探索着有效的途径。当代诗人于波别开生面，用少先队员朗诵诗的形式，把饱满的爱国激情与英雄们动人的故事凝诸笔端，以事省人，以情动人，为正在成长的广大青少年献上了一份弥足珍贵的厚礼。

首先，就思想内容而言，作品具有丰富而深刻的教育意义。书中收录了31篇以近现代爱国者为题材的朗诵诗。从第一个睁眼看世界的林则徐，到把一腔热血倾洒在青藏高原的共产党人孔繁森，读者可以清楚地感受到一个个鲜活的历史人物及当代英豪向他们走来。这些人物高扬爱国主义的旗帜，用闪光的足迹召唤着后来人，以聪明才智、青春生命托起中华民族明天的太阳。时代需要英雄，而英雄又把历史的启迪留给后人。从作者讴歌的古今人物身上，读者足可领悟到爱国主义深刻的时代内涵。

其一，在书中描写的近代史人物身上昭示了这样的道理，中国共产党成立之前，先驱们虽然一次次斗争，却未能使古老的中华免遭祸辱。只有中国共产党推翻了三座大山，构建了社会主义大厦，劳苦人民才有了自己的国家，才有了真正的人格和尊严。所以，爱国首先要爱党、爱社会主义。

其二，在社会主义的中国，人民民主专政的国家政权是与人民的利益高度统一的。民损则国损，民富则国强。因此，为人民服务就是爱国的表现。诗人笔下的中华脊梁无一不为人民的利益而牺牲，每个人的业绩就是中华民族史上的一抹亮色，英雄群体铸就了爱国主义的雄伟丰碑。

其三，当代精英的伟大品格还让我们懂得，而今中国，爱国主义与建设中国特色社会主义的实践是紧密相联的。只有像英雄们那样在各自的岗位上勤勤恳恳、敬业务实、甘于奉献，才称得上崇高的爱国主义美德。书中作品题材重大、思想深厚、情感真挚。一首诗就是一曲爱国主义的赞歌，一首诗就是一尊爱国者的塑像，而凝固在亿万人民心中。

其次，从诗歌的艺术形式上看，作品的独创性是难能可贵的。作者用朗诵诗的形式向广大青少年进行爱国主义教育，这是睿识之举、理想之途。我们知道，诗歌是富于音乐性的语言艺术，而朗诵诗这种特殊的诗歌形式，不仅诵读上口、听来悦耳，而且朗诵时伴随着情节动作，产生了将诗歌戏剧化的特点。这样通过朗诵形成一幅幅"有声画"，把听者吸引到诗歌的境界中，接受形象、生动的感染，从而多维度地发挥了诗歌的德育和美育功能。换个角度说，从朗诵诗的审美对象看，少年儿童天真活泼，初怀理想，勇于追求，童心童趣热烈，可塑性很强。他们对文艺作品的欣赏，时常表现出一种爆发式的饥渴心理与高昂激动的情绪，这和少年儿童崇敬英雄，渴望成为英雄不无关系。《爱国者，中华的脊梁》朗诵诗读本，正以浩荡激越的感情表达英雄的丰功伟绩，这和少儿的审美特征恰好合拍，诗意诗境必然在其心灵中引起共鸣。

再次，诗歌语言个性鲜明，凝练精美，明朗晓畅，颇见功力，其中《气贯海天》《千秋侠骨香》《终是人民评说》等篇章是很有代表性的。例如诗人写邓世昌殉国："黄海的万顷波涛／呜咽着，呜咽着／收下这壮烈的儿子／而历史又忍泪，庄严地／把他的英魂高高托起／浩渺海天间／我们世代都看见他／——那是我们民族的胆／敌人也永远会看见他／——那是一道难逾的城！"类此沉雄遒劲、到口即消的诗语，俯拾皆是。一般说诗歌讲究韵味，语言弹性很大，须经细品才能把握其意蕴。这本诗集锤炼语言的过人处，就在既注意声调抑扬变化和音韵的美感，又能严择精选词语，克服了语言弹性限制，使叙事语言简洁明快，饱含深情；抒情语句生动形象，具有表现力；议论话语则因事而发，议中寓情，从而形成了事、情、理三者交融，富有个性的语言特色。

5

《唐诗宋词分类描写辞典》序言

　　素有文学遗产瑰宝之誉的唐诗宋词，在我国源远流长的韵文创作史上，犹如拔地而起的两座并峙的峰峦，以其独自的风采，奇光并耀祖国的文学史册，乃至在世界文坛上亦赢得了辉煌的一席。

　　当我们步入这块充满馨香气息的诗词艺苑里，品味着璀璨夺目的名章俊语，便会惊叹诗家歌手对人生、社会的积极思考，对人类心灵的深刻挖掘与探索。对林林总总自然景观和千汇万状生活画面的逼真描绘，这些对古代诗歌形成先进思想体系起到了不可忽视的作用。其中有相当部分已经成为我们民族的精神财富，滋养着世世代代的中华儿女。就是在今天，唐诗宋词亦能激励我们爱国主义的思想感情，增强分辨是非善恶的能力，培养健康的审美情趣，陶冶和净化人们的灵魂，以及点燃智慧的火花，启发人们的奇思遐想。如果从文学的表现艺术来审视，阅读唐诗宋词就好像打开了百宝箱，顿觉珍品纷呈，绚丽夺目。其间精彩简妙的叙述，肖似传神的描写，挚切动人的抒情，犀利透辟的说理，确如串串珍珠玛瑙，俯拾即是。

　　古人的思想资料是宝贵的，可以化为社会主义精神文明建设的给养。文学语言表达艺术的基本规律，古今也有相同之处。熟悉并掌握一定数量的诗词、佳联、名句，懂得表情达意的技法，对于从事现代各种文体的写作，同样具有很大的借鉴意义。特别在文章中，巧引和点化诗句，可以"立片言而居要"，收到一语警策、全篇生辉的效果。因此，为了给广大读者检索和引用诗词名句提供方便，丰富青年学生文学语言的储备量，为提高其写作能力助一臂之力，帮助研究者较为系统地收集诗词表现技巧的素材，我们在全面普查唐诗宋词的基础上，编写了这部《唐诗宋词分类描写辞典》。

近年来，文学描写辞典、诗词文、名言警语辞典相继问世，而诗词分类描写词典迄今尚未见到。我们认为要动手编写这样一部辞典，必须有自己的特点，要突出广泛性和系统性，以确保其应用价值。于是，我们立足思想与艺术两方面，从《全唐诗》《全宋词》中汲取菁华，筛选出近6000个词条。这里有为人们熟知的巨匠大师的佳篇名句，亦有鲜为人知的中小作家及无名氏作品中的俊语，在内容上开拓了新天地。至于词条分类，我们以实用为前提，力求合理、系统、详细。总设绘景状物、场景记叙、人物摹写、情感抒写、喻理警世五大门类，下设含有细目的各项。词条按类划归细目之内，可详见书首目录表，在此不再赘述。

在编书过程中，最感棘手的问题是条目的归类。为了有所遵循，我们寻根溯源，远绍《艺文类聚》，近考《渊鉴类函》《古今图书集成》《四部丛刊》中诸如《分类补注李太白诗》《分门集注杜工部诗》等书的体制。依据唐诗宋词名联佳句所描写的具体内容，推及辞典的功能和适用对象的需要，几经反复，才理顺了各门类项目之间的关系，确定了辞典体制的基本框架。应该说明，在描写辞典中诗词要比散文、小说的条目划类更为困难和麻烦。闻一多先生曾把好诗比作灵芝，强调其不可随意地肢解、剖分。诗词的意境是通篇形象与情韵的集中表现，要在一首诗词里抽起几句，然后依其大旨定位，往往会脱离原作的主题，实属不得已而为之。更何况，一个辞条中的几句诗词，常常是写物不专，含情非一，以致借物喻理，因事抒情，具备"象外之象""味外之旨"的特性，很容易引起见仁见智的分歧。这样只能就某个角度提炼辞条的意思，也兼顾全书各类条目的分布状况，酌情定类，这是编者的苦衷。

一本书的体制总是与编写的目的紧密相关的。要确保这部诗词分类描写辞典拥有广大的读者，成为雅俗共赏的书籍，扩大利用频率和社会效益，我们罄其所能对辞条进行了语译，并指出了它的表现手法。一般来讲，语译文言文可以采取字不离句、句不离篇的直译，也允许删补、调换，实行意译。无论哪种方法均不可违背"信、达、雅"的原则。平心而论，语译诗词是一件费力不讨好的事情。因为每首诗词语言的本身都有着独特的美感，是很难用另一种语言方式来传递的。倘若坚持尝试，也必须在句式的转换、命意的统一、意象的印合、境界的融通上，苦心地琢磨，认真地推敲。足见，摘句今译，又加分析它的表现技巧，势必令我们大胆而谨慎地走一条崎岖不平的羊肠小道，时刻左顾右盼，以防跌跤。所以，当读者在辞条语译的行文里发现我们蹒跚的步履时，也就毋庸置笑了。

编写这部辞典所利用的第一手材料是《全唐诗》《全唐诗外编》中的5万首左右的诗歌，以及《全宋词》《全宋词补辑》中的20800余首词作。从如此浩瀚的篇章里，淘漉出6000个既有思想性又在表现技巧上有代表性的佳句作词条，无疑如从大海中探取骊珠，委实没有把握。失珠得贝的现象定不可免。加上时间和力量的限制，错误之处也会存在，诚望读者批评指正。假如本书能给大家，特别是青年学生一些帮助，我们深感欣慰。

6

《中国文化概论》序言

《中国文化概论》是我国高等教育学科目录中的一位姗姗来迟者。我们对它的名称虽说不算陌生，但是有关设课的基本宗旨、讲授的范围对象、学习的方法要求等问题，未必已有清楚的了解，故于章节展开之前，予以说明。

一、设课目的与意义

文化是人类社会不可分割的组成部分，是人类以自身的要求为尺度改造自然界所获得的一切结果，当然也包括人类作用于自然界的活动本身。可见，文化是与人类及其社会活动同步产生的，并在人类世代的实践活动中不断积存和发展，反过来它又制约着人类生活，决定着人类的智能开发、物质生产、精神状态和生存质量。马克思主义认为："人创造环境，同样环境也创造人。"[①]每一时代的文化现状和发展态势，均与那个时代历史条件和社会生活相适应。

环顾全球，人们深切地感受到，当今世界科学技术迅猛发展的巨澜滚滚而来，知识经济航船的风帆已经露出了地平线，而"信息高速公路"的完善和更新，"数字地球"概念的问世，预示着高科技成果向现实生产力的转化越来越快，世界各国必将争先抢占科技、产业和经济的制高点。与此同时，冷战结束之后世界形势的格局也发生了深刻变化。

---

① 《马克思恩格斯选集》第一卷，人民出版社，1972年，第43页。

政治的多元化、经济的一体化、知识的网络化，加速了国家间的频繁接触与交往，"地球村"综合国力的竞争空前激烈。所谓综合国力，是指一个主权国家赖以生存和发展所拥有的全部实力，是一个国家政治、经济、军事、资源、教育、科技等各个方面相互作用的综合体。一言以蔽之，文化是综合国力的重要标志。它不仅对经济实力、国防实力诸多方面的增长起关键作用，而且还能化育出鲜明的思想旗帜，共同理想、共同目标和永葆生机的国魂，乃至成为我们雄立于世界民族之林的强大精神力量。显而易见，开设"中国文化概论"课的目的和意义就在于：

首先，加大学习和研究中国文化的力度，全面而准确地认识中华民族传统文化，以便剔其糟粕、取其精华，积极促进社会主义新文化的建设。任何时代、任何民族，其新文化形成的立足点无疑是千百万人民的实践。然而社会实践不能割断历史，要受到民族文化传统的影响，特别是优秀的传统文化非但不是新文化的对立物，反而是新文化得以建设、得以发展的必要中介和不可缺少的思想资料。中国文化是中华民族在悠久历史进程中的伟大创造物，是民族大家庭共同的智慧与创造力的结晶。它凝聚着整个民族长期面临种种挑战而积淀下来的有效的集体经验和特性，具有十分宝贵的历史文化资源的价值。张岱年先生在《传统文化的发展与转变》中指出：中国文化的优秀传统内容丰富，其中"人际和谐""天人协调"是两个基本的思想观点。当今时代，要开创人类社会的美好未来，应该进一步阐扬这种观点。为了能够充分开发利用我国传统文化资源，就必须从学习中国文化、认识我们民族文化特征入手，进而研究传统文化，力求正确地衡估、扬弃，坚持不懈地改造、创新，这是实现中国传统文化现代化之必然过程，是建设社会主义新文化所不可回避的工作。

无数事实表明优秀传统文化仍有着巨大的历史穿透力，对生活在今天的中华民族依然发挥着极大的激励功能，这是建设新文化的内驱力，是来自外部动力所无法取代的。不过，传统文化是在历史上形成的，是精华和糟粕、真理和谬误、进步和落后的东西交织并存的文化。我们要建设面向现代化、面向世界、面向未来的中国特色社会主义新文化，只能从历史实际出发，对中国传统文化加以马克思主义的辩证分析、综合与转化，圆满完成时代赋予我们的重任，为增强综合国力强根固本。

其次，坚持广泛深入地学习和研究中国文化，是保持文化的民族性与独立性的前提。我国在社会主义新时期，实行对外开放政策，外来文化必然会凭借书刊、表演团体、现代大众传媒、电脑网络等途径，对中国文化产生强有力的碰撞与冲击。这是一件好事，有助于我们吸纳、融摄外来优秀的现代异质文化，在与中国文化逐步的整合中开花结果，为建设社会主义新文化增添新质。但是其中的负面效应亦不容忽视，伴随有益文化的涌入，一些消极落后，甚至腐朽反动的文化思潮便乘机而入，侵蚀人们的灵魂，一种盲目推崇西方文化的媚外心理也有所蔓延，中国文化的独立性受到了严峻挑战。党和政府一再强调："历史和现实都告诉我们，国家要独立，不仅政治上、经济上要独立，思想文化上也要独立。"由此可知，以开放为特征的文化独立，既是建设中国特色社会主义的内在要求和弘扬中华民族精神的保障，又是民族自立、国家主权的重要体现。

其实，人类文化发展的经验告诉我们，世界文化迷人的魅力就在于全球各国保持着各自文化的独立性，这众多的不同文化交汇在一起，异彩纷呈、绚丽夺目，并在互相滋润、互相补充中共同繁荣和发展。人类文化领域里的此种壮观景象，实为世界多样性的生动反映。越显示民族性的文化，它就越具备世界性。有着数千年历史及辉煌成就的中国文化，不但是中华民族的传家宝，更是对人类文明和进步奉献的一份厚礼。英国科学家罗伯特·坦普尔在《中国——发现和发明的国度》一书序言里说，"现代世界"赖以建立的基本的发明创造，可能有一半以上来自中国。几经锤击和锻炼的中国文化，及其培育成长的中华儿女，具有"康复和更新的本质"，不会只满足光荣的历史，还要再创灿烂的未来。早在20世纪20年代，世界著名哲学家、史学家威尔·杜兰就预言："这个拥有如此物质、劳力和精神资源的国家，加上现代工业的设备，我们很难料想出可能产生的那种文明是什么样的文明。很可能将会比美国更富有，很可能将会与古代的中国一样，在繁荣和艺术的生活方面，居于领导世界的地位。"①毋庸赘言，我们民族的精神资源就植根在现实生活和传统文化的沃土里。

再次，学习与研究中国文化，有利于我们以理性态度和务实精神去继承传统，积极参与国际交流与合作，共创人类文明的大业。文化的兼容性是其本质特征的一个重要方面，事实上各国、各民族的文化都有自己的特点和长处，一切富于生命的文化，无不是在跟异质文化的交流、融合中充实壮大起来的。因此说，世界各种优秀的文化成果均为人类可以共享的财富。但是旧中国曾经长期闭关锁国，从帝王到臣民认识发生错位，夜郎自大成了一种流行的心态。一旦西方文化强烈的冲击波使人们固有的心态失衡，则又滋生出洋奴思想。现实的开放环境、外来文化的冲击波似乎再次让一些人失去了自制力，或主张重新儒化，或强调必得西化，以往的痼疾同时并发。

要根治业已存在的心理障碍，有效的办法莫过于认真贯彻落实党和国家早已确立的文化方针与政策："坚持马克思列宁主义、毛泽东思想的指导地位，是我们立党立国的根本，也是社会主义文化建设的根本，决定着我国文化事业的性质和方向。只有这样，我们的文化建设才能沿着正确的道路健康发展，抵制和消除一切落后的、腐朽的思想文化影响，不断创造出先进的、健康的社会主义崭新文化。"因而我们需要以科学的理性批判态度，剖析中国传统文化的长短处，不因昔日的辉煌而唯我独尊，亦不因遗留的赘疣而妄自菲薄。在真正认识自我的基础上，切切实实地搞好传统文化的当代转换，不断开拓国际间的文化交流活动，展示中国文化的民族形式、气派与风格，民族精神、非凡智慧和创造伟力，以及伦理道德和人生价值观念等内容。通过交流我们将赢得世界文化的一片天地，形成中国离不开世界，世界需要中国，各国各民族文化互促并进的云蒸霞蔚的崭新气象。

最后，学习与弘扬优秀传统文化是净化文化环境、促进文化自身协调发展的长远大计。改革开放的深入、市场经济体制的建立，推动了商

①《光明日报》1999年2月4日4版。

品经济的逐步繁荣，人们的生活节奏加快了，已有的生活方式也正在发生变化。人们头脑里的道德伦理观、人生价值观、真善美的理念和审美情趣等方面均与以往有了不小的差异。社会转型时期的政治经济条件酿就了令人欣喜的文化新貌。诸如科技教育的进步、学术思想的活跃、大众文化的异军突起皆是举世瞩目的文化成就。然而毋庸讳言，商品经济好像一把锋利的双刃剑。它能肯定人的价值、尊严和力量，把竞争机制引进社会的各个领域，调动人们发挥自己的聪明才智、主动性和创造力。它的另一面将会不疲倦地刺激人们追求利润，假使利润原则无限渗透到人的心灵世界，就必然导致一切向钱看，"孔方兄"则毫不掩饰地摧残人格与尊严，毁掉了许多不该没有的东西。由于社会快速发展，旧的东西消失了，新的结构还没来得及形成，文化融合大于文化净化，丑恶与消极现象成了建设新文化沉重的包袱，净化社会主义文化环境便成了我们刻不容缓的任务。

我们再从文化自身的组成来考查，科技文化和人文文化本是人类文化的两大部类。二者相辅相成、密不可分，只有协凋发展社会生活才不至于偏离正常的轨道，人类的未来才有希望。但是科学技术作为最富革命性的生产力，为人类创造出巨大的物质财富，提供了日益众多的方便和享受。于是相当一部分人的头脑里萌生了"科技万能论"的思维定式。在物欲的驱动下真理不抵有用，有用视为真理，有些人富贵则淫，贫贱则移，威武则屈，这就说明了科技文化为人类提供的工具理性，是无法取代人文文化给予人类的价值理性。一个失却道义感和敬畏心的人，便会成为只知一己之利的"铁石心肠"（高尔基语），这号人为了追逐私利，竟不计违法乱纪的罪恶后果。至于人们能见到的享乐主义、游戏心态、休闲风习、唯美时尚等，这类在我国超前发作的"现代病"症状，就不足为怪了。

要净化社会主义的文化环境，实现文化自身的协调发展，应该标本兼治，既要运用法律武器强化社会规范，又要进行理智启迪和情感诱化。这是一项艰巨而长远的育人工程，在综合治理中，以马克思主义作指导，继承、弘扬优秀传统文化仍不失为具有可行性的方略。因为优秀的传统文化就是在同传统文化中的糟粕相斗争而发展成熟起来的，用它来抵制消极和腐朽的文化则会更有针对性与说服力。关于不同文化的协调发展问题，中国传统文化中就有不少对宇宙、人生、社会多方面综合思考的论述，不仅记录着光耀史册的科技成果，而且留下了古人探寻与营建人类安身立命的精神家园的珍贵资料。这些对我国社会主义新文化的建设有着不可抹杀的作用和意义。

二、讲授的范围和对象

中国文化，书内或称中国传统文化，在五光十色的人类文化中是属于历史悠久、极富魅力、影响深远的那个部分。虽其个性鲜明、自具特征，却依然可从其独有的形态与风采看到人类文化的共性。所以，在确定本书讲授中国文化将涉及的范围和对象之时，必须先将"文化"这个基本概念加以解释。

人文社会学科领域的某个概念，在不同角度的多维视野中完全可能做出不同的结论，这是习见的事情。然而，像"文化"概念这样长期地为人们广泛关注，已经有了几百个定义，还在不断推陈出新而难达成一致的看法，却委实罕见。周谷城先生在《中西文化的交流》中十分幽默地说道："所谓文化，无论是中国的或世界的、东方的或西方的，都只能是个概括的、复杂的统一体，绝不是铁板一块，针插不进、水泼不进的东西。"这话至少表明关于文化的新见解仍没画上句号。

回顾人类思想史，在西方，"文化"一词是由拉丁文 cultura 转化而来的，原形为动词，含有耕种、居住、练习、注意、敬神诸义项。后来"文化"的转义即指对人才智与举止锻炼、性情陶冶和品德教养等意思，逐渐引进到语言中来。至 17 世纪西方神学观念的牢笼已被冲破，文化作为独立概念才被提出和使用。其外延与内涵较比过去要丰富得多了。近代资本主义的兴起，对封建传统文化的反思和批判，引起了人们对文化问题的重视。因"地理大发现"所兴起的海外探险和殖民扩张活动，使欧洲学者们有可能获得不同国家、地域、民族的文化材料，或对某种文化实施从生活习俗到政治制度等全方位的调查研究，以致在横向的共时态与纵向的历时态探索中，看到了人类文化色彩斑斓的多样化状貌，有力地加快了文化研究的步伐。

19世纪下半叶，"文化"概念成为人类学家和社会学家热心讨论的题目，一些新兴学科的产生，人们观察问题角度的变换，对文化的认识发生了极大的歧义。1871年英国的泰勒出版了《原始文化》一书，提出了著名的观点："文化，就其在民族志中的广义而言，是个复杂的整体，它包含知识、信仰、艺术、道德、法律、习俗和个人作为社会成员所必需的其他能力及习惯。"[1]这一提法被现代人类学家视为经典的文化定义。进入20世纪之后，西方对文化概念的研究日趋深化，就总体而言，文化定义的历史演变过程是由狭义的文化概念向广义的文化概念发展，而在文化观念上，则是从小文化观念向大文化观念转变。

"文化"是中国古已有之的词汇。《易·贲卦·象传》中曾在一个句子里把"文"与"化"联用："观乎天文，以察时变；观乎人文，以化成天下。"句里的"天文"指日月星辰运行、分布所展现的天象，寓有天道自然规律之意；而"人文"指社会生活中纵横交错的人际关系，如君臣、父子、夫妇、兄弟、朋友等相互间形成的尊卑长幼的关系网络，是人伦社会秩序的反映。"化成"意指教化成为稳定的人伦道德和礼仪制度。显然，这里基本蕴含了后来产生的"文化"一词的意义，即为与武力征服相对而言的文治教化。如汉代刘向《说苑·指武》："凡武之兴，为不服也，文化不改，然后加诛。"西晋束皙《由仪》："文化内辑，武功外悠。"南朝齐王融《〈曲水诗〉序》："设神理以景俗，敷文化以柔远。"等皆是例证。可见中国古代"文化"一词的含义，起始就属于精神活动的内容，而西方与之对应的词汇却从人类物质生产活动不断生发、引申到精神领域之内，词的含义比中国古代"文化"更为广泛。

近代以后，随着西方人文社会学科的传入，我国学者们对"文化"

---

[1] 黄淑娉、龚佩华：《文化人类学理论方法研究》，广东高等教育出版社，1998年，第25页。

的定义也各抒己见，众说纷纭。其中梁启超可称得上是位开拓性人物，他认为："文化者，人类心能所开释出来之有价值的共业也。"[1]他拟写一部体系庞大的《中国文化史目录》，计划包括朝代、种族、政制、法律、军政、教育、交通、国际关系、饮食、服饰、宅居、考工、通商、货币、农事、学术思想等28篇，此足以表明梁氏的文化内涵，是指人类历史的一切内容。另一位学者梁漱溟于《中国文化要义》里指出："文化，就是吾人生活所依靠的一切。""文化之义，应在经济、政治，乃至一切无所不包。"与两位梁氏为代表的广义文化观点不同，陈独秀等人反对将文化看得过于宽泛的见解，陈氏认为文化的内容"是文学、美术、音乐、哲学、科学这一类的事"[2]。尽管在初始阶段学者们对"文化"概念的理解与阐述分歧很大，但是他们以勇于探索的精神，为中国文化研究首开了一块园地。

20世纪80年代初，中国大地上骤然掀起了酷似春潮的文化热。已有更多的人参与了对"文化"定义的讨论，从事着文化学的专门研究，取得了可喜的成绩，"文化的层次说"就是明显的一例。研究者看到了现行的广义文化概念，把人类社会历史实践所创造的物质和精神成果，连同一切社会现象、社会过程、社会事物，统统纳入"文化"的定义域，很难将文化和其他人类现象区分开来；而狭义文化的界定，排除了人类社会历史实践过程中物质生产活动及其结果的部分，仅仅归结为与精神生产活动关联的精神生活和结果，堵塞了从更大的视野内考察文化，不利于从根本上揭示文化的本质，全面评价文化的历史地位。文化是人类智慧和创造力的体现，文化的核心问题归根结底就是人。"文化的层次说"是以剖析文化结构来探索人的创造思想、心理，创造行为、手段和最后成果，对研究文化向纵深方向发展有积极意义。目前，为多数人认同的是文化结构四层次说。

---

① 《什么是文化》《文化运动与社会运动》，覃光广等《文化学辞典》，中央民族学院出版社，1988年，第109-110页。

② 《什么是文化》《文化运动与社会运动》，覃光广等《文化学辞典》，中央民族学院出版社，1988年，第109-110页。

第一，物态文化层。此是与自然物质相对而言的、由人类改造自然物质而创制出来的有着物质实体的文化事物，也就是马克思所说的"第二自然"。物态文化的本质是具有物质性，既指可为人感知、又能于各种物质作用中表现出实在的功能。这种物质性与自然物质性的区别在于，它是自然性和人工创造性的结合。当自然物质性满足不了人类需要时，人类才去创造物态文化，从而获取人造物质功能，实现人的生存与发展需要。因而可知，物态文化是整个文化创造的基础，直接反映了社会生产力的水平。

第二，制度文化层。人们在社会实践中建立的规范自身行为及调节相互关系准则，是构成制度文化的基石。人类在征服自然和自我发展的过程中，必然发生带有重复性、持续性的复杂社会关系，进而建立起人们在一定的限度内所共认、共同遵守和共同维持的社会秩序，形成各种制度。因为人们同自然界发生作用的距离不同，所以各种社会关系有着层次上的差异。与生产实践直接相连的是社会的生产关系或经济关系，在此之上的是社会政治关系和法律关系，继而为社会思想关系等。社会经济制度、政治法律制度，民族、国家、宗教社团、科技教育、艺术组织等，均是各种关系准则逐步规范化的结果。制度文化对人的心理特征、社会行为、价值取向皆有重大影响，往往也决定着人们的生活态度和行为选择。

第三，行为文化层。人的行为是一种复合事物，行为文化并非泛指人的所有行为活动，例如表现在幼小孩子身体的、那些凭其天性的活动，或因不懂遵从文化规范的随意活动都不能视为文化行为。这一文化层特指人类在长期社会实践、社会交往中约定俗成的习惯、风俗、礼节仪式等行为表现，包括行为活动规范与行为活动方式。这是一种社会的、集体的行为，要受到特定的社会组织和社会文化机制的制约。换言之，人类的行为规范和模式尽管是多样化的，但在本质上是与社会机制和文化机制相适应的。正因如此，行为文化具有鲜明的民族、地域特色，"在时间上是传承的，在空间上是播布的"（钟敬文语）。

第四，心态文化层。这是文化的核心层，文化的精华部分。其内容是由人类长期社会实践及意识活动孕育出的价值观念、思维方式、审美趣味、道德情操、宗教情绪、民族性格等，以及由此产生的文学艺术所构成的。心态文化可再分为社会心理和社会意识形态两个亚层次。社会心理是人们在社会生活中，由所有社会关系综合作用、自发产生并相互影响着的心理反应。它包含着未经过理论加工和艺术升华的流行着的朴素社会信念、社会价值观念、社会道德观念和社会情趣等。社会心理突出的特征是具备自发朴素性、日常经验性和大众认同感，并与行为文化互为表里。社会心理在文化中地位重要，"甚至在法律和政治制度的历史中都必须估计到它，而在文学、艺术、哲学等学科的历史中，如果没有它，就一步也动不得"①。

　　社会意识形态是经过系统加工的理论形态上的社会意识，是政治思想、法权观念、道德、哲学、宗教、艺术等各种社会意识形式的总和。作为意识形态的文化成果，或以语言的逻辑论述形式，或以语言、线条、色彩、音响等的形象描绘形式，通常靠著作、艺术品等物化形态，流传世间。意识形态是一定的社会存在的反映，它的各个部分都受到经济基础的制约。但它具有相对的独立性，它的各个部分又互相影响、互相作用。与社会存在联系较密切的政治思想和法权观念，对其他部分意识形态影响就最大最直接，而自身独立性则较差。离经济基础较远的哲学、宗教、艺术等，凭着社会心理和政治思想、法权观念的中介作用和社会存在发生关系，所以其独立性较强，自身的内在规律性亦相对明显。

　　文化结构的四层次说，是对以往广义文化的解析，是大文化观念的具体反映。本书讲授的范围只在"文化四层次说"的视域之内，论述的重点对象则是文化的核心部分，心态文化层的内容。文化是一个生生不息的运动过程，它存在于空间与时间之中。文化是随空间区域的不同而形成了不同的文化类型。文化在时间的链条里经历着自身的起源、演

---

① 《普列汉诺夫哲学著作选集》第二卷，生活·读书·新知三联书店，1961年，第273页。

化、变迁的不同发展阶段和不断发展历程。本书不像文化学那样从文化的总体上论述其一般结构和功能，揭示人类文化进化的一般法则和历史，而是专论生息在东亚大陆上的汉族与55个少数民族所构成的中华民族，共同创造的光耀人寰的中国传统文化。

中国是举世公认的人类文化最早独立的起源地之一，辽阔的疆域为中国文化提供了极其广大的生存扩展空间和一种足可自成体系的文化生态环境，这是中国文化生长更新过程中必要的地理条件资源禀赋。然而中国文化之所以称为传统文化，是因为从它出现到今天，仅以氏族社会晚期算起，就有上下五千年绵延不绝的历史轨迹，前后相继、统续一贯的文化脉络；在其自身继承与变易的不断发展中，形成了特定的内涵和占主导地位的基本精神；人们能够在有形的物质文化和无形的精神文化，以及其生活方式、风俗习惯诸多表现上，切实地感受到深厚凝重的文化积淀，高度稳定的文化结构；那源自黄河流域的华夏文化逐步融会了众多的民族文化，构成了中国文化庞大多元形态的复合体，全面反映与代表着各个民族和中国社会的整体意识，充分显示出中华主体文化强劲的凝聚力和多样少数民族文化极大的向心力；而贯串着中国文化的始终，并对民族发展影响深远的伦理性，则是我们文化得以延续的重要传统力量；中国文化在演进道路上的每个阶段，总是不间断地以吸取遗产为基础，陆续地输入新思想、新血液，继往开来，充实壮大，乃至结出了现实文化的丰硕之果。也就是说具有旺盛、持久活力的现实中国文化，正是由历史不同时期恒常持续、细缊化育的产物。

出于上述考虑，为了使教育对象系统了解和基本掌握中国文化的概貌，本书内容大体由三个板块组成。第一板块先介绍中国文化渊源及背景，再从纵向揭示其从远古到近代的继承、变易之发展历程。第二板块转入横向上概括勾勒出中国文化主要门类的成就，基本特点和在整个传统文化中所处的位置。最后一个板块阐发中国文化的特征与精神，以及中外文化交流、中国传统文化现代化问题。全书立足现实，力图在展现一幅多姿多彩的历史画卷的同时，引起读者对中国传统文化进行整体性的反思，以增强民族自信心、自豪感，加深认识传统文化的当代转化工作的重要性与迫切性，将开设课程的目的、意义落到实处。

三、学习的方法及要求

中国文化包容着中华民族历经数千年文明史所积累的高山大海般的知识，即使一个人穷其毕生精力，亦只能汲取与占有极微小的一部分。学习《中国文化概论》绝不同于它的某个专题研究，我们需要依着本书知识结构体系的特点，运用相适应的学习方法，注重基本的教学要求，力争圆满地完成学习任务。对此，提出以下几点想法：

第一，处理好点与面的关系。本书内容结构，前面已有述及，是由三个板块组合的。但三者是以彼此相关、左右联系、互为照应的方式来表现中国文化概貌的。我们强调学习过程中处理好点与面的关系，就是要对书本内容既应进行微观局部剖析，又该做宏观整体的鸟瞰，两相结合才会拓宽思想，易于获得新的启示与发现。不过，产生这种点、面关照的理想效果，起码要抓住双重整合的两个环节。第一个环节是必须看到在庞大而复杂的中国文化体系中，可以从其内容要素、类型特征、发展道路、基本精神等方面，解析成若干个条块。但要全面深透地认识中国文化，不能见树不见林，孤立地掌握各个条块的问题，应以弄清条块问题为基点，进一步运用系统整合的方法，从部分与整体、条块与系统、外层与内核的关系中寻求内在联系，挖掘新的问题。第二个环节是在各个相对独立的条块内，给予系统整合。例如，就中国文化的基本内容而言，有民族的语言文字，风俗习惯，传统的伦理道德，浩如烟海的古籍文献，异彩纷呈的文学艺术，深邃迷人的宗教哲学，惠及全球的科技工艺诸项，其中任何一项还可划为几个分支系统。如果我们能在每个分支系统和各项范围内，或者是把它们捆在一起，分别进行共时的静态分析与历时的动态分析结合，这对揭示中国文化特色和其自身固有的丰富多样的联系，是大有益处的。

第二，把握住史与论的关系。对中国文化以"概论"的形式进行描述与评价，虽然不同于文化史的写法，却也无法抛弃大量史料和各类文化现象。因此，我们研习课程要防止出现两种偏向，一是丢掉史实和事例，仅仅从概念到概念的推理论证，或是走捷径，把现成的结论原封不动地接受过来。这样做不符合认识事物的规律，不懂得史实材料与问题本质之间的必然联系。恩格斯说："历史从哪里开始，思想进程也应当从哪里开始。"[①]离开中国文化的历史具体材料，就无法达到对其本质的认识。然而也须避免另种倾向，即为眼花缭乱的历史材料所淹没，不会凭借理论武器穿透材料，找出事物的本质和规律。正确的途径应当是以马克思主义为指针，运用其立场、观点、方法，观察分析问题，突破学习中单纯记忆事例的层面，而要把事例材料作为认识本质的向导，探索隐藏在各种文化现象背后的内在逻辑规律。学习中国文化的任务，不是把我们的头脑变成堆放史料的仓库，而是对中国文化的各种材料做出正确的理论分析和规律性的总结，以便服务于现实的文化建设。所以研习活动，提倡史、论并重，不可偏废。

第三，摆正课内外的关系。"中国文化概论"是一门综合学科，涉及内容之广泛是其他学科所罕见的，学好本门课程的难度也相对地加大了，理顺课内外的关系，成为不容忽视的问题。由于教学时数和课内固定钟点的限制，教师只能讲解书里的重点、难点和疑点，余下的内容在课堂中是难以涉及的。而课内教师讲授的这些被称为"压缩饼干"的东西，接受者当堂全部理解都很困难，过后遗忘更为寻常。为了在有限的时间内取得较大的收效，经验证明，课内接受者要抓住听、思、记三要素。听要聚精会神，眼、耳、脑并用；思是把自己置于问题的情境中，将输入头脑的信息进行判断、选择、归纳综合，如此于思维的动态中获取见解和观点，深刻而持久；记指作笔记，这是学业成绩金字塔的基石。记的技巧在于以思考、理解为前提，择其精华、繁简得体，为课外复习打开思路创造条件。

"中国文化概论"课程的特殊性，决定着充分利用课外时间学习的意义。因为课外不但需要识记课上的内容，更重要的是有两件事情必得

---

① 《马克思恩格斯选集》第二卷，人民出版社，1972年，第122页。

去做。其一，阅读课内没有讲到的书中内容及指定的参考书，或与课程相关的文献资料。应时代之需，提高人的素质是本课的存在价值。世界科技朝着综合化发展的趋势，迫使通才教育付诸实施。我们学习的课本只是社会科学与自然科学构成的多层次、多序列的立体知识骨架，其中的血肉有待学习者下大气力去填补。这样本课才能起到走向通才教育的门径作用。其二，进行必要的社会考察。常言道："读万卷书，行万里路。"古人深知读书与社会实践在学习中的互补效应，"力学而得之，必充广而行之"（程颐语），"纸上得来终觉浅，绝知此事要躬行"。①中国文化本来是中华民族巨大而递增的创造性与实践性所积累的财富，要想得其三昧，不深入社会、了解国情，接触书本之外的知识，是肯定办不到的。更何况，文化中的众多要素，是以非文本的形式存留在社会生活中，而且处于变动不居的状态。书本中已有的关于某些文化要素的描述，跟生活里的真相比较，大有相形见绌之感。学习中国文化不能放弃到社会进行实地考察，这是获新知、得新见的难以代偿之途。

第四，注重学与创的关系。当爱因斯坦的相对论学说为世人公认之际，他对前来谒见的艳羡者意味深长地表白：人们占有了一滴海水在研究，就以为懂得了海洋，而相对论是发现了一滴海水之外的大海，它只告诉了人们海洋的消息。中国文化似浩渺的大海，我们的祖祖辈辈创造了它，也时时依靠着它的养育。我们学习《中国文化概论》好像借助课本这滴水，去探知祖国传统文化大海的消息，以便继承前人业绩，力争开创未来。尽管人生有涯，学海茫茫，我们也绝不能丢掉民族遗产，甘当民族的败家子。而要以顽强的毅力和坚忍不拔的精神，勤奋学习，刻苦钻研；要脚踏实地，力戒自满，一步一个台阶，不断攀登。我们的先辈在这方面曾为后人树立了许多光辉榜样，明末清初学者顾炎武便是其中的一位。

他是著名的"通儒"，在天文、历算、舆地、音韵、金石、考古、诗文等文化领域造诣高深。他仍认为"有一日未死之身，则有一日未闻

---

① 陆游：《示子遹》，朱东润《陆游选集》，上海古籍出版社，1962年，第177页。

之道"，"君子之学，死而后已"。然而学习中国文化不是经管古董和文物，"传统并不仅仅是一个管家婆，只是把它所接受过来的忠实地保存着，然后毫不改变地保持着并传给后代。它也不像自然的过程那样，在它的形态和形式的无限变化与活动里，永远保持其原始的规律，没有进步"①。如果我们把传统文化视为负担而抛弃它，那么不可遏止的民族文化沙漠化倾向将会产生。相反，我们只是辛苦勤劳地固守传统文化的田园，又必然窒息了它的生命，使其成为人类文明博物馆里的陈列品。我们唯有而且能够站在自己本土文化的大地上，放眼世界，兼取一切外来优秀文化，与我们的传统结合起来，走自己独立发展的道路，才能再创民族的辉煌文化，奋力赶超世界的前列，为人类文明进步做出新的贡献。

---

① 黑格尔：《哲学史讲演录》第一卷，生活·读书·新知三联书店，1956年，第8页。

7

中华文化发展概览

中华文化在漫长而曲折的发展进程中，恰如一个具有生命的机体，从始至终表现出一种整体的连续性，又带有特征纷呈的阶段性。在探讨中国文化自身演变的脉络时，当然可以采取不同角度加以概括。譬如以古代学术传统，或依据对文化概念的理解来描述中国文化流变的分期，均有足够的道理与可取之处。但是，我们考虑到中国文化是客观的历史现象，是中华民族薪传不息的遗产，因此，我们试在不同的历史段限内论及文化承继和创新，勾勒出各自的面貌，以逻辑与历史结合的分析方法，前后贯通，藉此来呈现中华文化发展和演进的历史进程。

一、上古时期

中华民族是一个古老的民族，曾以惊人的智慧和劳动创造了光辉灿烂的古代文化，为丰富人类的文化宝库，做出了可贵的贡献。中国与古埃及王国、古巴比伦、古印度，素称"四大文明古国"。迄今为止，能够保持完整的文化传统，并形成不同于西方、独具民族特色文化的国家，只有中国。追本溯源，从中国文化的萌芽到奠基，应该说这是在我国先秦时期就已经完成的了。这是一个遥远的文化期，大致上可分为上古、夏商与西周、春秋战国三个阶段。上古是指原始社会，中国文化就从这里发源。

原始社会分为原始群和氏族公社前后两期。我国的原始群时期是从距今约一百七十万年前的"元谋直立人"出现算起。经过长期的艰苦劳动，猿人逐渐发展为"古人"，也称早期智人。直到距今约四万至五万年前，我们的祖先才由"古人"进化到"新人"，亦叫晚期智人，相当于旧石器时代晚期，氏族公社开始代替了原始群。氏族公社制社会又分为母系氏族公社和父系氏族公社两个时段。我国的母系氏族公社在黄河中下游和长江流域，距今约七千至八千年，即新石器时代的中期，便发展到了繁荣阶段。反映这个时期的经济文化状况的遗址，现于我国境内星罗棋布，其中最有代表性的是"仰韶文化"。传说中的女娲、有巢氏、燧人氏、伏羲氏、神农氏大约是母系氏族的首领。

从距今约五千年起，黄河、长江流域的母系氏族先后瓦解，代之而起的父系氏族社会伴随着铜石并用时代的到来及迅速发展。目前的考古资料表明，"龙山文化"基本展示了父系氏族社会的经济与文化。传说中的黄帝、颛顼、帝喾、尧、舜、禹，可能是父系氏族时期的氏族首领。父权制确立后，促进了社会经济的发展，乃至劳动产品有了剩余，为私有制产生提供了物质条件。公社或部族之间不断发生争夺人口和财富的战争，又加速了氏族制度的崩溃。公元前21世纪之前，原始社会遂告解体。

源远流长的中华民族文化，它的源头是来自以血缘为纽带的原始人群，他们群居而生，依靠采集植物果实、根茎，猎取鸟兽鱼蚌为生活资料。在不断寻求劳动工具和猎取食物的生产斗争中，引起头脑思考，积累生活经验，学会了打制粗糙的石器和钻木取火。于是，我们的祖先就以大自然认识者和改造者的姿态，迈入了文明的门坎。如果说工具的产生是人与动物初始分手，那么火的使用则是人与动物的最终诀别，我们民族文化就从这里起步了。

氏族公社的形成，将松散的原始群转变成以血缘为纽带的人类共同体。人们陆续地定居下来，从事以渔猎牧畜为主的集体劳动。石器、骨器等生产工具不断地改进，出现了养蚕缫丝和麻丝纺织工艺，开创了原始的制陶业和冶铜业，发明了建筑技术，盖房筑室聚为村落。在原始物质文化渐趋丰富的同时，原始精神文化犹似物质文化的孪生姊妹，二者在同步中产生与发展。原始精神文化主要表现形式是原始的宗教和艺术。已发掘的出土文物证明，我们的先民在原始宗教崇拜的对象中，自然崇拜、祖先崇拜和图腾崇拜这三大类，占有突出的地位。

宗教崇拜是一种思想观念的反映，社会物质文明处于蒙昧状态，简单的思维能力使先民无法与天接触，无法对时有变化的自然现象，及其自身的生命现象做出科学的解释。起初，他们头脑里产生了自然神的观念和生命崇祀的庄严情感。由于在征服自然中人们认识水平的提高，催发了抽象思维和类比联想等能力，进而把自然现象与自己的生命联系起来，认为人与某种动植物之间有着特殊的血缘关系，每个氏族都来源于某种植物或动物，图腾信仰从而问世。图腾也就被看作某一氏族的祖先和保护神，图腾崇拜实为祖先崇拜和自然崇拜相结合的产物。母系氏族方兴未艾之际则是图腾信仰的时代，所谓"圣人皆无父，感天而生"（《春秋公羊传》），指的就是女祖先与图腾的感生关系。图腾信仰支配着母系氏族社会人们的思想意识，对巩固和发展氏族制度，实行氏族外婚制，衍生图腾神话，促进文化艺术的发展起着进步作用。

原始艺术是氏族社会不能忽视的精神文化，它包括绘画、歌舞等形式。仰韶文化彩陶上的鱼纹、鹿纹、蛙纹等动物形象和象征木草、谷物的植物纹，以及三角形、斜线与圆点等构成的图案，与陶器中蒜头细颈壶、船形壶、葫芦瓶，还有华县太平庄出土的大鹰鼎和半坡的鸟头、人头的简朴陶塑等，皆是我们先民早期的绘画与雕塑艺术品，是其审美意识的具体表现。原始歌舞又不同于静态的艺术品，它用一种热烈的活动表达愉悦的感情。从发展上看，歌唱是音乐中最古老的形式，声乐应先于器乐，而有了歌舞才会由顿足击掌渐进为乐器伴奏。在出土的彩陶上，仍留有原始歌舞的遗迹。青海大通县上孙寨古墓中有一件内壁绘制五人连臂踏歌图案的彩陶盆，周围三组，共十五个舞人。在特殊的构图和韵律中流露出一派活泼欢快、生机盎然的人类童年的生活气息。龙山文化陶寺遗址出土的木鼓、石磬等乐器和甘肃曾发现的鱼形彩陶埙，都充分说明了我国歌舞艺术历史的久远。

半坡遗址陶器上留下的"T""Z"等三十来种的刻画符号，考古学者认为可能与制陶纪事有关。从同址发现的圆形房屋、圆袋形窖穴、圆形灶坑及彩陶上圆形人面，还有陶片上的图案与有关孔眼数字，推知先民早于新石器时代已具有了数学知识。

从考古文化分析，中华民族文化在初始形成的时候即呈现出多元状态。现已发现旧石器时代地点多达四百处左右，遍及祖国各地。在黄河、长江流域、东南沿海、西南、北方等地区所发现的新石器时代文化遗存，就有着不同的文化类型。可见中华先民共同体形成过程是与多元文化的融合密不可分的。

其次，神话传说和民族学、民俗学研究成果表明，远在氏族社会，我们的先民分属华夏集团（河洛文化区）、东夷集团（海岱文化区）、苗蛮集团（江汉文化区）三大文化集团。华夏集团发祥于黄河中上游，是以炎帝与黄帝为首领的两个部落氏族联盟而成的，仰韶文化、龙山文化是其代表。东夷集团分布于黄河下游、黄淮之间的广大地区，传说太昊是活动于淮河流域氏族部落首领，少昊是活动于黄河下游东夷族的首领，后来蚩尤成为东夷部落联盟的领袖，大汶口文化是其代表。苗蛮集团分布在长江中下游，是古苗蛮族各部居住地，《战国策·魏策》说："三苗氏，左洞庭，右彭蠡。"传说伏羲（或说伏羲即为太昊）、女娲皆属于这个集团，屈家岭文化、河姆渡文化是其代表，后来的楚文化则植根于此。三大文化集团在部落联盟间的兼并战争中逐步融合，涿鹿之战，炎黄联盟战胜了蚩尤，东夷集团并入华夏族。稍后的阪泉之战，黄帝击败炎帝，继而华夏集团对苗蛮征战，经过连续胜利，黄帝被尊奉为华夏族的祖先，华夏文化集团也在中华多元文化中成为主流，以致影响中国文化发展的格局。这亦告诉我们，从远古时代起各族人民为创造繁荣昌盛的中国文化都做出了贡献，中华民族皆以"炎黄子孙"而深感自豪。

二、夏商与西周

大约公元前21世纪，夏启继禹登上天子位，从此开始了父死子继的王位继承制，我国历史上第一个奴隶制王朝便产生了。约公元前16

世纪，桀为商汤所灭，夏朝遂亡，共传13代、16王（禹不计内）。

夏文化史书记载不详。自1959年始考古工作者积极探索，现已有了重大进展，认定二里头文化最具代表性。它介于河南龙山文化与早商文化之间，主要分布在夏活动地区豫西、晋南一带；夏王朝是中华民族有史以来最早的国家，在上层建筑领域里建立了权力机构和常备军，有了法律（禹刑）和监狱（夏台），制定了贡赋，颁布了历法。从生产力水平的程度来看，青铜器是预示文明社会的来临，而考古与史书资料均证实我国的青铜时代最迟是从夏朝开始的。这些足以说明夏代正改变着原始文化，为殷商西周时期形成中国文化的特殊面貌，迈出了必不可缺的一步。

商代是继夏之后的奴隶制王朝，公元前16世纪起自汤，前11世纪亡于纣。商是居住在黄河下游的一个古老部落，传说始祖名契。商人主要从事游耕农业，长期流动不定，从契到汤十四世，共迁徙八次，汤建国后传至第十代君王盘庚，都城先后由亳，经四迁到奄，盘庚从奄迁殷（河南安阳小屯村），直至商亡达273年，未再迁都。因此商亦称殷或殷商。商朝的经济文化与前代相比发生了巨大的变化，农业生产在国家经济中居于重要地位，卜辞有许多关于君王祈求丰年的记录。用多种谷类酿酒，也可从侧面反映农业的发展。君王祭祀用牲，每次少则数头，多达千头以上，说明畜牧业的发达。手工业已能铸造精美的青铜器、白陶和彩陶。商代城市规模有了很大的改观，同时出现了商业贸易。

与经济发展相联系，商代文化气象一新。甲骨文标志着中国文字已经成熟，甲骨文的内容涉及商代的政治经济、天文历法、军事、宗教等方面，是我国目前发现的最早文献记录。殷墟出土的文物中已有成组的乐器，如陶埙、石埙、石磬、铜铃，铜铙，编钟、编磬、编铙等，由此推知史料记载商朝有著名的《舞雩》、"濩"一类的歌舞是可信的。绘画雕刻能用不同的技法和质料创制出独具风格的艺术品，司母戊鼎则是光辉灿烂的青铜文化的象征。

中国文化从萌芽到定型，殷商时代是个转折点，因为出现了明显的观念形态的文化，这就是一般狭义文化概念所指的内涵。商人的观念形态突出表现在尊神重巫、天命神权思想，具有强烈的神本文化色彩。《礼记·表记》说："殷人尊神，率民以事神，先鬼而后礼。"商人天神至上的迷信观念与原始宗教既有联系又有区别。他们认为上帝统率诸神，主宰着自然力与人事，鬼神与上帝是联系着的，所以人间的事须先卜问上帝和鬼神，求得指示而后行动。这种宗教观念的流行，固然受生产力与科学水平发展的限制，但更符合奴隶主贵族的利益，与社会统治思想的煽扬息息相关。

周人入主中原不仅改造了殷商的观念形态文化，而且创造了崭新的制度文化，对中国传统文化模式的建构产生了深远的影响。周是居住在今陕甘黄土高原、渭水流域一带的古老部落，与商部落出现的时间大体相当。传说弃是周的始祖，经 14 代传到文王。历经长期的艰苦创业，周族势力强盛起来，武王即位兴兵伐商，公元前 11 世纪牧野之战一举灭纣，遂建周朝。公元前 771 年幽王被犬戎所杀，西周灭亡。西周是我国奴隶社会高度发展、空前兴盛的时期。奴隶制国家机构与政治制度逐步完备，统治机器日趋强化。意识形态、思想观念输入了新鲜血液，加速了神本文化向人本文化的过渡。

这方面主要表现为：第一，发展了殷商的天命神权思想。鉴于夏、商两代灭亡教训，提出了"以德配天""敬德保民""明德慎罚"的主张。换言之，周人开始不完全信赖天命，而引进"有德"解释王朝兴替、人事盛衰等社会现象。周人虽然仍在借重"天"的权威维护统治，但在天人关系上强调尽人事而待天命，反映了主体意识的初步觉醒。这也成为儒家将"德"阐发为伦理范畴、主张"德治"的依据。

第二，损益殷礼，创建礼制，完善典章制度。殷商以礼表示对上帝和先祖的敬重，认为礼能同上天参配，享国久远。周人把礼推演为区别贵贱亲疏的行为规范和等级名分制度，"礼不下庶人，刑不上大夫"（《礼记·曲礼》）。周礼内容名目繁多，"经礼三百，典礼三千"（《礼记·礼器》），几乎囊括了政治、伦理、道德及各种典礼仪式。周人的高明之处，还在于把典礼仪式与创作的相应舞乐结合成一体，统称为礼乐制度。以此来规范人们的行为准则，感化人心，加强等级观念，后来儒家的礼乐学说则有了根。

第三，利用从氏族组织蜕变而来的血缘宗族关系和祖先崇拜观念，发展了宗法制，以实现巩固分封制，维护奴隶主贵族世袭统治的目的。宗法制后来长期为统治阶级利用，其强调伦常秩序、注意血缘身份的观念积淀于民族的思想意识里，使中国传统文化深深打上了宗法文化的烙印。不言而喻，西周的制度文化、行为文化和观念文化，对中国文化的定型具有重要意义。

三、春秋战国时期

周平王于公元前770年放弃西周京都丰、镐之地，东迁成周洛邑，东迁后的周朝，史称东周。东周包括春秋和战国两个时代。从公元前770年到公元前476年（周敬王四十四年），因约与孔子所修订的鲁史《春秋》年代，起于鲁隐公元年（前722）、迄鲁哀公十四年（前481）相当，故称为"春秋"；从周元王元年（前475）到秦始皇二十六年（前221）中国统一，称战国时代。春秋战国之际，社会形态正在发生深刻的变化，周王朝急遽衰微，奴隶制日益瓦解，封建制度逐渐确立，五霸兴替，七雄并峙，征战频仍，兼并盛行。整个社会各种矛盾盘根错节，时代风云动荡不安，清代赵翼在《二十二史札记》里叹道："从春秋到战国，是历史上万古未有之奇变。"引起社会大裂变的现实，是生产力发展的必然后果。铁器和牛耕的利用，农业和手工业的分工，井田制崩溃、私田出现，地主与雇农、自由民和自耕农的并存，使社会各阶层对经济要求趋向多元化，进而推动了政治变革的步伐。

旧制度、旧传统的分崩离析与各种新的社会思潮的涌现，引发了"礼崩乐坏"局面的形成。奴隶主贵族的文化专制制度被打破，原来的"学在官府"变为"学在四夷"（《左传·昭公十七年》）。"私学"的兴盛，思想的解放，为文化人脱颖而出，发挥聪明才智提供了千载难逢的契机。诸侯国对人才的渴求，更助长了士阶层的声势，而世守专职的宫廷文化官员的下移，又迅速扩充了士人阶层的队伍。一个流派纷呈、百家争鸣、学术昌明的文化盛世诞生了，它以空前的活力和创造性完成了中国文化奠基的历史重任。

诸子蜂起、百家争鸣对文化建设的重要性包含有多层指意。首先是文化目的性明确，不同的学派都有关注社会现实，力求匡救时弊的共同愿望。其次为士人的理想抱负、人生价值提供了可在不同的政治集团与士人之间通过双向选择来实现的条件，这能激发士人的内驱力，披荆斩棘、勇于创新。再次，众多的学术派别于竞争中求发展，在特色上比高低，著书立说，驳难论辩，从而形成了相互批判、相互吸收、兼容并包、优势互补的格局，孕育了中国传统文化的强大生命力。

我们所说的"百家"则是极言思想、学术流派之多。司马谈《论六家之要指》概括为儒、墨、名、法、阴阳、道这六家，后来刘歆与班固又增添了农、杂、纵横、小说四家，合称诸子十家。各家内又往往分出支系，如"儒分为八，墨离为三"，号称"世之显学"。每一个学派个性特征鲜明，自具家数，最有代表性的是儒、墨、道、法四家。

儒家学派的开创者孔子，"仁"是其思想体系的理论核心、最高范畴和基本内容。中庸辩证是其认识世界、对待自然、社会与人生的基本方法。他将宗法制度"礼"与"仁"结合，形成"仁礼"一体。在政治、伦理、天人关系和人性修身等问题上，表现出了既复古保守又维新开明的两重性。正是孔子学说的博大与多面性的特征，为后世儒家学派留下了发挥各自理论的广阔余地。但孔子的礼乐、中庸、德治仁政和维护君臣、父子、夫妇等伦常关系的基本主张并未变化，贯串中国封建社会的始终，使儒家文化成为传统文化的正宗。

道家以老子、庄子为代表，二者皆以"道"为中心观念，崇尚自然无为，以虚无为本，因循为用。这与儒家重现世事功，重实践有为，讲礼教文饰等是明显对立的。不过道家探讨宇宙本源，以自然无为的道取代了神话中的人格神，体现了人类对自然认识的深化和理性精神的发展。道家学说中提出的一系列相互依存、相互渗透的对立范畴，则是先秦时期理论思维水平显著提高的见证。

墨家于战国时期和儒家并著，影响皆大。创始人墨子倡言"兼爱"

等学说，在如何对待传统的宗法制度和礼乐文化的问题上，儒墨两家展开了一系列的论争。墨家以平等的无差别的兼爱批评儒家区分亲疏厚薄的亲亲之爱。以强调物质生产，反对生存基本需要外的消费，抨击儒家糜费财物、厚葬久丧、繁饰礼乐的做法。儒家反唇相讥，认为墨家只见功利而不懂文化，只求社会均等齐一而抹杀尊卑贵贱的等级差别。儒、墨是先秦最早形成的两个学派，双方论战揭开了百家争鸣的序幕。墨家学说代表着小私有者、小生产者的利益，其尚力非命、义利并举的思想和道家也迥异其趣，而天志、明鬼的天道掩盖了自家学说以力代命人道观的光辉。自汉"尊崇儒术"后，墨家沦为绝学。但本学派在逻辑理论和自然科学领域内做出了杰出贡献，历代农民起义所宣扬的公平互爱，鬼神、符命的论调，或可从中闻到墨家的回音嗣响。

法家思想源于春秋管仲、子产，战国末期韩非子汲取商鞅、申不害、慎到的"法""术""势"各家之长，建立系统的法家理论。力倡君主集权，以法为教，奖励耕战等观点，鼓吹严刑峻法和文化专制主义，成为秦王朝统治天下的指导思想。历代统治者亦多采用儒、法兼施的治国驭民之术。

显而易见，关注社会人生是诸子学说共同探索的课题，而各家所建树的理论与追求的理想人格，恰好使中国文化在奠基之时，从不同侧面得以深化和升华。概而观之，儒、法的人道观，道、墨的天道观，二者均有契合之处。至于重义讲仁儒、墨相互联系，重视功利墨、法两家沟通，鄙弃物质利益、追求精神完美儒道大体趋同。各家各派标新立异，却又为对立面打开了一片新的天地。如《汉书·艺文志》说："其言虽殊，辟犹水火，相灭亦相生也。仁之与义，敬之与和，相反而皆相成也。"孔墨老庄等学派的开创者都以渊博的学识、伟大的创造性编纂了中国文化的"元典性"著作，大致确定了中华民族文化的走向，再吸纳、糅合与生发，不断增添新质，使中国文化的雏形格外厚实。德国学者雅斯贝尔称春秋战国为人类文化史的轴心期，中国、印度、西方在相互隔绝的条件下同时创造了三大文化圈。

在政治思想、学术研究产生飞跃的同时，文学艺术、天文、医学、兵法、数学、工程技术、冶铁煮盐、纺织漆器等制造业和饮食服装、生活习俗诸多领域都有巨大的发展和变化，成为中国文化植本扎根的沃土。

四、秦与两汉

公元前221年秦王政建立了中国历史上第一个专制主义君主集权的一统帝国。公元前206年秦王朝为起义军所灭，共统治15年。

公元前202年刘邦称帝，定都长安，史称西汉。公元前8年其政权为王莽新朝取代。公元25年刘秀于洛阳称帝，史称东汉。至公元220年曹丕代汉止，两汉与新朝共历421年。

秦汉王朝的先后建立，充分表现出新兴地主阶级好像一只真老虎，以生气奋出、威武强大的雄姿登上了政治舞台。秦王政凭借历史提供的大舞台，为巩固地域辽阔、民族众多的泱泱大国，促进社会生产力的发展和思想文化的统一，首先推行了一系列的重大改革。两汉继起，在废除秦朝苛政的同时，踵武增华，继续充实和完善已有的各种制度，终于铸就了气象恢宏的中华民族统一文化。从巍峨壮观的秦长城、誉为"世界第八大奇迹"的兵马俑，到文史并茂、煌煌巨著的《史记》《汉书》，以及反映帝国声威气魄的汉大赋，无不昭示了一统帝国文化雄伟宏阔的时代风貌，以及中华统一文化形成期所创造的伟业。在致力于中国文化统一期间，秦汉两代以其锐意进取、勇于开拓的精神，奋力活跃中外经济、文化的交流，著名的丝绸之路，自西汉始便成了中国联系中亚、西亚，乃至欧洲的重要纽带。我们的民族文化也因能陆续吸纳外邦邻域的文明成果，而变得越来越丰硕与绚丽。

秦汉时期对中国文化统一所做出的努力和贡献，归纳起来主要有：

其一，健全中央集权制度，"海内为郡县，法令由一统"（《史记》）。秦王政首定"皇帝"尊号，成为独揽政、军、财一切大权的封建专制最高统治者，建立"家天下"。改革战国以来的国家官僚机构，以三公九卿组成中央政府，废止分封制，推行郡县制。分天下为36郡，后增至46郡。郡下设县，县下设乡，乡下有亭、里、什、伍等组织。中央官吏与郡县两级主要官职一律由皇帝任免，只能按皇帝命令办事，这样构成了完整严密的金字塔式的统治网。汉代统治者继承并巩固了君主世袭的"家天下"和封建官僚统治体系，中国封建社会一直沿用这种君主集权制统治模式。

其二，确立封建土地所有制。公元前219年秦王朝在《琅琊刻石》中宣布："皇帝之功，勤劳本事，上农除末，黔首是富。"三年后颁布"使黔首自实田"的法令，用以巩固封建生产关系。汉兴继续维护封建土地所有制，使秦汉时期地主土地在封建土地私有中占据主导地位，从而导致了地主土地所有制，借助土地兼并，引起自耕农不断分化、破产，促成了地主经济与小农经济互为盈缩的周期性震荡。秦汉确立的封建土地所有制，也成了中国封建社会的根本经济制度及其政治制度与思想文化制度的基础。

其三，运用国家政权，统一思想文化。秦王政统一六国后，针对"田畴异亩，车涂异轨，律令异法，衣冠异制，言语异声，文字异形"①的现实，雷厉风行，革弊鼎新。（1）"书同文"，用统一文字促进民族文化的凝聚。（2）"行同伦"，规定以吏为师，以法令为教材，用伦理规范统一文化心理。（3）"车同轨"，规定以六尺为大车两轮间的宽度，限定车辆形制。修筑以咸阳为中心，向四方辐射的驰道，加大中央和地方文化交流的力度。（4）"度同制"，统一货币和度量衡，在经济生活上为文化统一提供条件。（5）"地同域"，统一"西南夷"和"百越"，收复河套以南地区，传播中原文化，有利民族融合。这些措施对中国文化的发展、民族文化共同体的形成，无疑是具有划时代意义。

然而，秦始皇用"焚书坑儒"的罪恶手段，在意识形态领域内实行专制，严重地禁锢了人们的头脑，窒息了学术思想的发展，首开封建君主推行思想专制、对文化人大施淫威的恶例。

其实，解决思想文化的统一是实行专制主义君主集权统治所不可回

---

① 许慎：《说文解字》，中华书局，1963年，第315页。

避的课题。汉初思想家陆贾常在刘邦面前称说《诗》《书》，提醒这位开国之君不能单靠武力维持政权，曾著《新语》，力图用学术理论为封建统治者"定天下，安社稷"服务。汉武帝之时，国运隆兴，强化中央集权，维护封建秩序和国家统一，更需有强大的精神武器。董仲舒敏锐地觉察到了时代赋予的历史使命。他趁武帝召贤良策问之机，在《对策》中提出："《春秋》大一统者，天地之常经，古今之通谊也。今师异道，人异论，百家殊方，指意不同，是以上亡以持一统……臣愚以为诸不在六艺之科，孔子之术者，皆绝其道，勿使并进。"董仲舒由政治上的大一统引申出思想文化统一的必要性，当然符合统治者的愿望。

汉初承秦制设有博士制度，武帝建元元年（前140）丞相卫绾奏请罢黜不治儒家经典的博士。六年后武帝采纳董仲舒建议，罢黜百家博士，只立五经博士，推行"以经取士"的选官制度，确立了儒学和儒家经典的权威性统治地位，而儒家之外的诸子学说，因与士子进身无缘，便日渐衰微。《汉书·董仲舒传》称其"推明孔氏，抑黜百家"，后世把这一政策概括为"罢黜百家，尊崇儒术"。

五经之说始于陆贾《道基》篇："后圣乃定五经，明六艺。"后圣指孔子，自此汉儒将原本不专属儒学的《诗》《书》《礼》《易》《春秋》，皆认为是孔子所定，西汉统治者还将其尊为儒家经典。到了东汉，五经之外又加《孝经》《论语》，合称"七经"，传经与注经蔚然成风，"经学"则成了汉代至清代的官方哲学。董仲舒对中国文化统一确有着一定的贡献。他步武陆贾等人之后，建立起以儒家思想为主，兼采阴阳、道、墨、名、法各家，将天人感应作为核心的神学目的论体系。从天人感应出发把阴阳说与儒家君臣父子伦理观连成一气，推演出"三纲"理论和以刑辅德的观点。董仲舒的聪明之处在于：寻求到了一种符合封建经济、君主集权和宗法伦理的文化形态，为皇权的神圣性、一统帝国与封建秩序的合理性提供了理论依据，又试图借助"天"威适当限制帝王的行为，防止暴政的出现，与民族心理素质相合拍。所以，虽没有采用秦王朝的极端专制手段，却顺利完成了中华民族文化统一的历史重任。

然而在儒学"定于一尊"的文化环境中，西汉末年经学内部又爆发了今古文之争。今文经学与古文经学，本来只是字体不同，前者诸经均用汉代通行的隶书写定，后者诸经用战国时六国文字写成。董仲舒是今文经学大师，今文家开始一统天下。哀帝时刘歆向朝廷建议为"古文经"设立学官，于是引起"经今古文"两派的论争。时至东汉古文经因有贾逵、马融、许慎等大家出现，日渐抬头。特别是郑玄师事马融，网罗众家，遍注古、今文群经，成为汉代经学的集大成者，号为"郑学"。

"经今古文"之争，除了关于字体、文字篇章、版本等形式，以及名物、制度、解说等内容外，还存在学术研究原则与方法的分歧。简言之，今文经学注重微言大义的阐发，与现实政治结合紧密，有附会和神化孔子和经学之弊；古文经学重训诂、明典章制度，研究经文含义多从历史上找根据，学风朴实却失之烦琐。

与大一统帝国相联系，文化的各个园地里花烂映发，硕果可喜。文学艺术品种出新，乐府机关规模巨大，科学技术揭开了新的篇章。西汉造纸术的发明，为世界首创；东汉科学家张衡天文历算造诣精深；《九章算术》标志着我国古代数学完整体系的形成；张仲景和华佗齐光并耀于古代的医学史上。

五、魏晋南北朝

东汉灵帝中平元年（184）爆发了黄巾农民起义，致使汉王朝濒颓，名存实亡。封建军阀乘机兼并，遂有魏、吴、蜀鼎足而三。西晋统一后的短暂小康，恰似昙花一现，王室贵族自相杀戮，北方部族入侵中原，"五胡十六国"的大混战，把中国重新推入了长期分裂与动乱的苦难深渊。江左东晋是匆忙的历史过客，引来了宋、齐、梁、陈的依次兴替。北方十六国割据过后，北魏、东魏、西魏、北齐、北周又相继更迭，直至隋帝国统一中国，前后历时397年。这段历史的政治经济、思想文化，呈现出与社会形势相适应的复杂特点。经学一统天下的文化格局崩解，代之而起的是玄学、清谈成风，佛教、道教盛行，各种异端思想接续亮相，乱世中的文化发生了多元走向，思想文化的有机体进入了旺盛的分蘖阶段。魏晋南北朝成为中国文化的转折期，全面直接地开启唐宋文化的全盛时代。

魏晋南北朝时期因政局动荡，环境险恶，迫使人们不能不对理想与现实、文化与政治的关系进行深刻的反思。而天人感应神学目的论的说教与谶纬神学的虚伪和荒诞，以及烦琐注经无补于世的弊端，在统治阶级腐败与罪恶面前暴露无遗，于是经学思潮连同汉代封建统一帝国的崩溃而消亡。一种非经学的、杂糅儒道百家、综合地表现时代精神的玄学，成为一股强劲的新文化思潮。比较而言，经学思潮是立足于信仰的神学，是维护封建大一统的产物。玄学思潮则是立足于理性哲学，为适应重建君主集权大一统格局的需要，着重于批判和调整，是社会危机和人们精神境界追求的产物。综上所述，这就是玄学思潮代替经学思潮的历史动因。

肇始于魏晋正始年间的玄学，它的重要特征是援道入儒，用老庄思想解释儒家经典，具有高度抽象思辨形式。其"贵无"的提出主要意图是探求理想人格，反映出对个体人生意义价值的思考。玄学作为一种思潮，它有更为开放的系统，对魏晋文化的发展影响至深。

其一是玄学汲取道家思想之长，以恬淡自然的人生态度取代儒家崇尚繁文缛节的情趣，弥补了儒家以名教压抑人性的缺陷。令人远俗就雅，越名任心，对外发现自然美，对内体悟人格美，在人和自然之间创造出艺术美。

其二是玄学的本体论集中表现其思维特点，突破了直观外推式的经验思维模式，而以抽象的哲理对看不见、听不到、绝言超象的本体进行思考，促进了我们民族思辨能力的发展，丰富了中国哲学的内容。

其三是玄学的"贵无"论有力地熏陶了魏晋人的心态，使之在无限的内心世界，发现了个体存在的价值。同时，其心灵境界也变得更为开阔。从此，生命意识和人生观念构成了中国士人玄、远、清、虚生活情趣的底蕴。

总之，在中国文化发展进程中，玄学思潮所积累的精神财富是经学思潮不可比拟的。南北朝之时，佛教以玄学语言阐述佛理，在玄佛合流中，伴同佛教的兴盛而玄学渐趋衰微。不过儒道结合的玄学，却是宋明理学熔儒、佛、道为一炉的先导。

魏晋南北朝时期也是道教创制和佛教在中国立足生根，两家（儒家、道家）、两教（佛教、道教）、一学（玄学）相互激荡的年代。道教是中国本土宗教，产生于东汉，至南北朝终结了它的开创期，成为具有完整意义的官方宗教。道教与传统文化关系密切，道家哲学是道教思想和宗教理论的重要来源，儒家亦是道教不可缺少的辅助者，汉代经学和伦常道德观念，同样是道教采撷思想资料的对象。如果说道家和神仙家的理论引出了道教的超人世的空间性，那么儒家学说赋予了道教以现实性和人间性。然而道家是学术派别，道教却是宗教教派，二者泾渭分明。儒家在对待现实、人生等重大原则问题上与道教更有天壤之别。

玄学兴起，祖述老庄，颇有《文心雕龙·论说》所言的"与尼父争涂"之势。然而玄学既不同于汉代正宗儒学理论，也有别于先秦的老庄道家思想，倒是折中儒道，调和名教与自然，表现出儒、道两家在冲突中的进一步渗透与融合。

佛教是西汉末、东汉初开始传入我国的外来宗教，南北朝之际儒佛冲突集中表现在入世与出世的不同人生目的，以及佛教教规与传统伦常关系的矛盾上。此时佛、道两教也发生了争夺社会地位的冲突，而且道教协同儒家指责佛教为夷狄之教，不适于中土华夏。佛教却有意向中国文化靠拢，翻译佛经大都依傍道家思想和比附中国传统的固有名词概念，又在玄学方法论的影响下，竭力提倡对佛教精神的了解，强调以"得意"为宗旨，或是直接用玄学思想解释佛教教义。

总而言之，以两家、两教、一学为代表的各种学说观念，以及进入中原的不同民族的风情习俗，在生活的调色板上碰撞、交融，为中华民族文化走向辉煌平添了新的色调与光彩。敦煌千佛洞和云冈石窟的开凿，志人、志怪小说的产生，田园山水诗的开创，画坛顾恺之等"三绝"的妙作，《文心雕龙》《水经注》等名著，祖冲之对数学、历法的贡献，凡此种种，无不是在意识形态结构的激烈振荡中，亢进的文化活力孕育出的科技、文艺的精品。

六、隋唐两宋

在人类的文化史上赫然醒目地记录着这样的事实：古希腊罗马创造了奴隶社会的科学文化高峰，而封建社会的科学文化高峰则产生在中国。这可从581年隋帝国建立，结束南北对峙，全国归于统一算起，到1279年南宋被灭亡止，共698年，历经隋、唐、五代、两宋及其先后存在的辽、西夏和金朝。此时的西方，在中世纪愚昧、黑暗帷幕的笼罩下，宗教统治摧残着文化生活，整个欧洲文明跌进了雪压冬云的冰冻季节。恩格斯曾描述说，它从没落的古代世界承受下来的唯一事物，就是基督教和一切残缺不全而且失掉文明的城市。而中华民族却雄姿英发，以时代巨人的步伐，跨入了一个科学文化博大精深、灿烂辉煌的全盛期。英国科技史专家李约瑟博士在《中国科学技术史》中指出：当时的"中国保持一个让西方人望尘莫及的科学知识水平"。事实上，中国几乎在所有经济文化领域都有重大成就。我们仅从几个颇具代表性的方面来看，便可想见中国文化全盛期的壮观景象。

第一，农业技术的领先地位。农业是古老的中华民族立国之本，农业科技使我国领先进入封建社会。隋至两宋，农业科技大展新貌。举世闻名的大运河，是中国重新走向统一及千百万人民共同劳动与智慧的结晶。其功多有，而农田灌溉受益非小。唐宋两代视水利为农业命脉，《新唐书·地理志》载，唐朝兴建较大水利工程计264处。北宋王安石改革制定了农田水利法，"自是，古陂废堰，悉务兴复"[1]。至于改良土壤和谷物品种，更新施肥技术，创制生产工具，等等，从没间断，促进了农业的发展。唐代贞观年间，斗米值三四钱，传为历史佳话。宋代水田亩产有高达六七石，明清两朝也不过如此。中国农学著作发表之早、数量之多堪称世界之最。继《齐民要术》之后，唐宋有《四时纂要》《耒耜经》《农书》等刊行。

---

[1]《宋史》第58册，中华书局聚珍仿宋版印，第3页。

第二，手工业技术独占鳌头。诸如陶瓷工艺名扬海外，唐三彩在异邦贵比黄金。蚕丝织品亦是西方各国期求之物，长期保持了"丝绸之路"的繁荣。造船业在唐时就举世无匹，到了宋朝航海贸易的大船，能容六七百人和大量货物，仍为世界之冠。采掘冶炼业，宋在前代基础上，技术改进，产量几倍增长。其中铁的年产量时或高达14万吨，而这个数量是刚进入资本主义时期的英国、俄国都远没有达到的。一些富有创造性的新技术、新工艺、新产品在其他手工业部门中也屡见不鲜。

第三，科学发明与创造对人类文明发展的重大贡献。中国数学有比西方早几百年的优异成果，唐代重视数学超过以前各朝，科举中设有"明算科"。北宋贾宪、南宋秦九韶都走在世界数学领域的前列。中国医药学自成一家，为世界称道。孙思邈《千金方》与王焘《外台秘要》是集唐以前医学大成的两部名著，两宋的《铜人腧穴针灸图经》和《洗冤录》，在医学上又填补了新的空白。《唐新本草》和北宋的《开宝本草》《证类本草》所收药物均有增益，对丰富药物学宝库均有功绩。沈括论著犹如百科全书，其《梦溪笔谈》被誉为"中国科技史上的坐标"。正是在科学水平全面提高之时，中国古代四大发明中的火药、指南针、活字印刷术，均于北宋时来到人寰，它们不仅推动了我国生产力的飞跃，更为欧洲科学文化带来了黎明，成为文艺复兴运动的催生婆。

第四，发达的教育事业，人间绝无仅有。中国教育至唐代形成了中央与地方完备的官学系统制度，对学制管理、教学内容、考试制度皆有严格规定。宋沿唐制更有重大改革，除办学始有固定经费，入学放宽受教育者的出身等级限制，增设学校科目诸项外，还有朝廷屡屡发起的兴学运动，各地书院与官学争胜。宋徽宗年间，仅由地方官府廪给的州县学生就近16万之多，这是当时世界上独有的教育奇观。

第五，文学艺术大放异彩，为人类文明增添瑰宝。唐诗宋词在文苑里好似拔地而起的两座并峙的峰峦，以其独自的丰采在世界文坛上赢得光辉的一席之地。唐宋两代诗词作品浩如烟海，诗家词客又似繁星丽天。上自帝王将相，下到伶工婢妾、商贾僧道、医卜渔樵。学者文人是其主流，卓然独树一帜者数以百计。李白、杜甫、白居易、苏轼、陆游、辛弃疾等饮誉海内外。佳作名篇风行各国，历久不衰。

　　唐宋两朝也是古典散文的创新期，作品宏富，形式内容千态万状，名家竞起，蔚为大观。清嘉庆年间编纂的《全唐文》共1000卷，南宋吕祖谦编的《宋文鉴》150卷，清代庄仲方辑的《南宋文范》70卷，虽非宋文全貌，已足令人惊叹。尤其韩愈、柳宗元、欧阳修、苏轼为代表的唐宋八家之文，不但领风骚于当代，而且永远惠泽于后学，可谓震古烁今，百世宗师。毋庸赘言，唐宋既是诗的国度，也是文的国度。

　　与诗文相映成辉的唐宋书法、绘画、雕塑、建筑等艺术，也如阳春花木，欣欣向荣，一展唐宋文化的神韵风采。

　　第六，市民文化兴起与繁盛。早在唐代，繁华的都会和城镇就已出现了活跃的市庶百姓的文化娱乐生活。讲唱艺术和参军戏开始流行民间；"踏歌"活动成为民俗习尚；街头、广场表演的歌舞戏，引来了"马围行处匝，人簇看场圆"①的热闹场景。当然，这种文化娱乐还没有形成独立的市民文化形态。降至宋代，市民阶层迅速壮大，城镇里供给市民的游艺场所"瓦舍"，变成市民表演文艺的摇篮，瓦舍中设有几十座演出不同伎艺节目的勾栏棚，杂剧、小说、讲史、傀偏戏、杂技、诸宫调、滑稽表演等情调热烈，五彩缤纷。其粗犷朴野、鲜活泼辣的风格与形式，是市民追求直接感官享受的反映。市民文化的强大活力和广阔的普及性，为白话小说的发展与古典戏曲的成熟打下了深厚的基础。

　　第七，理学的建构是中国传统文化趋于成熟的标志。宋儒论学以阐发义理，兼谈性命为主，故称理学。这是以儒家伦理道德为核心，汲取佛、道二教思想所熔铸的新儒学体系。唐代李翱引佛教之"性"义，诠释孔孟之性论，萌发了理学的天理性命之学。北宋周敦颐实为理学开山祖，南宋朱熹建立了以理为本的天人合一的宇宙论，给传统儒学赋予了哲理性和思辨性，完成了精致而完备的理论体系之建构，被视为理学的集大成者。

　　理学的根本目的是实现封建道德准则，有利于封建文化专制，但它

---

①　常非月：《咏谈容娘》，《全唐诗》，中华书局，1960年，第2125页。

强调以自律与道德自觉来完善理想人格，对形成中华民族注重气节操守，注重社会责任的文化性格具有不可抹杀的意义。

中国文化全盛期的景象不止所列的几项，如典章制度的改创、历史学科的成果诸多方面尚未涉及。至于造成文化全盛的原因，应说的问题更多。统而述之，不外乎封建帝国经济繁荣、国力强盛而产生雄大的气魄、坚定的自信心和开拓进取的精神。对内广开才路，通过科举选用包括庶族寒门子弟在内的拔尖人才；实行相对开明的文化政策，放宽文禁，使儒释道等思想得以传播，令文人学者敢于思维、讲学、鸣辩，在积累文化遗产的同时，大胆创新。对外加强与不同民族和国家的联系，进行频繁的文化交流，不断消化吸收新的精神养料，丰富和发展自己，可谓"有容乃大"。因此，在唐文化金光熠熠的根基上，迎来了如陈寅恪在《宋史职官考证序》中所指出的那种"华夏民族之文化，历数千载之演进，造极于赵宋之世"的盛状。

七、元明清

黑格尔说："凡有限之物都是自相矛盾，并且由于自相矛盾而自己扬弃自己。"（黑格尔《小逻辑》）作为代表中国封建后期主要文化形态的理学，由于专制主义长期统治所造成的思想文化日趋于单一化的形势，道学理论体系在运作中没有条件自我扬弃。相反，沉淀下来的消极方面倒加强了封建社会的历史惰性，促使了传统文化的衰落与分化。同时，不断出现的一些具有启蒙思想的人，对理学、封建专制主义和封建蒙昧主义展开了批判，力图寻求并建立新的思想文化体系。我们把这样的历史阶段叫作中国文化的转型期。这是从1271年元帝国建立，到1840年鸦片战争爆发，我国古代社会最后一段路中发生的复杂文化现象，其间元明清三朝，又有各自不同的文化特征。

中国自古以来就是一个多民族的国家，民族融合始终没有间断，辽金元时期的民族大激荡是较为典型的一次。当女真贵族入主中原百余年后，来自大漠以北的蒙古族势力便席卷了中华大地，金与西夏、南宋走完了自己的历史行程。元帝国以其空前的强大，声威远震西欧和北非。它的大一统局面为兄弟民族的融合和经济文化交流铺平了道路。但是，它那集民族压迫和阶级压迫为一体的残酷政治统治，激起了各族人民强烈的不满情绪。而元世祖忽必烈利用程朱理学，以"汉化"了的文物制度实行思想统治，对明清的文化格局影响很大。元代社会环境巨大的变化，中西交通的沟通，促成都市经济畸形发展，使传统意识和风习发生了动摇与变易。虽然元统治者接受了儒家思想道德观念，但对人们头脑束缚的程度远远不及前代，这给过去遭到轻视的戏剧、散曲、小说等"俗文学"的蓬勃发展，带来了新的机运，为后世文学朝着通俗化、大众化的方向迈进开了先河。

元曲是元代文学的主流，杂剧是其最高成就的标志。元统治者长期废止科举选士制，迫使部分文人儒生与民间艺人结合，把瓦舍勾栏当作安身立命之所。在新的艺术形式杂剧中痛快淋漓地倾吐自己的爱与憎，反映社会底层的心声。元杂剧成了愤怒的艺术，成了表现震人心魄的时代精神之文化武器。元代社会则是具有中华民族特色的戏曲艺术得以成熟的催化剂。

相对说来，元代文化政策比较开放，文化交流规模盛大。宗教信仰自由，佛、道、回、基督等教，兼容并存。内迁的少数民族杂居融合于汉人之间，浸润阿拉伯和波斯文化传统的回民，以新形成的民族出现在中国历史上。在文化的相互传播交流中，外国的医学、天文、数学、建筑、铸造、印染等科技传入我国，丰富了中华民族的主体文化。郭守敬汲取了阿拉伯天文学成果，制定了高居世界领先水平的《授时历》就是明显的例证。中国的四大发明和历法、数学、算盘、瓷器、绘画等，亦在俄罗斯、阿拉伯和欧洲流传开来，对推动人类文明的发展，关系尤为重大。根据威尼斯旅行家口述，由罗斯梯齐亚诺记录成书的《马可·波罗游记》，为西方人心中留下了一道永远抹不掉的东方文化迷人的景观，并成了滋补文艺复兴的文化佳品。

14世纪前半叶，布衣出身的朱元璋一跃变为明代开国的集权主义者。他竭力强化独裁政治，杀功臣、兴冤狱、建立"锦衣卫"等机构，实行恐怖的特务统治。思想文化专制也极为严酷，洪武年间盛行的文字狱骇人听闻。进而严格控制学校教育，三令五申士人"一宗朱子之书"，"非濂洛关闽之学不讲"①，国子监不准议论时政，否则其教官与学生或坐牢或枭首，这样，传播文化育人之地，变成了摧残士子身心的牢狱和奴化教育的场所。科举取士规定从"四书""五经"里出题，考生只能根据朱熹的注解发挥，以防止异端思想滋蔓。考生答卷体裁是统一的制义文格式（后演化为八股文），天下文士儒生，皓首穷经，八股之外，一无所知。

明清两代文化专制衣钵相传，后者更是变本加厉。特别是顺治、康熙、雍正、乾隆四朝，文字狱愈演愈烈，无论数量还是规模都是空前的。首先是搜缴和禁毁"遗书""禁书"，乾隆时借编纂《四库全书》之机，在全国范围内搜缴"违碍书籍"，罄其全力剪除"异端"学说。在近二十年的禁书活动中，皇帝奏准禁毁书籍达三千余种，总数十五万多部，销毁书版八万块以上。况且皇帝一再严令"实力查办"，"务期净尽"，"民间尚有违禁潜藏者"，除本人遭祸外，还将罪及督抚。在这样可怖的气氛中，民间自毁之书更无法统计。这是牵涉全国范围的最大文字狱，而像康雍时期的"明史案""《南山集》案""查嗣庭案"等有史料记载的大小案例，在清代已逾百起。文化专制主义的结果是士风、文风堕落，社会风气败坏，思想僵化、学术文化凋零，中国传统文化如暮霭沉沉，了无生机。然而与封建制度同步走向衰落的传统文化，必将伴随社会生产关系的变革，在自身的崩解过程中不停地推陈出新。

自明代中叶起，社会经济出现了资本主义萌芽，市民意识开始觉醒，士大夫中的讲学辩驳之风重新抬头。一批富有创新精神、追求个性自由的学者、艺术家，如杨慎、唐寅、祝允明等以他们的创作向世人透露，新的社会思潮正在形成的消息。在这种风气之中，王守仁以"心学"反对程朱理学，创"致良知"认识论学说，高扬人的主体性，反映了市民阶层反叛意识，成为明清时期早期启蒙思潮的哲学基础。其门生

---

① 陈鼎：《东林列传》，江苏广陵古籍刻印社据康熙刊本影印，1982年。

王艮深化了王守仁学说的反理学思想，发展为"王学左派"。这派传人李贽蔑视"六经"，猛烈抨击程朱理学"存天理，去人欲"的主张，他的反叛精神在思想界引起了极大反响，并直接影响了文学创作。

万历年间"公安三袁"受李贽"童心说"的滋润，提出"独抒性灵"的文学主张，创作出清新活泼的写景抒情之文。晚明张岱小品文承其余绪，成绩斐然。公安派的理论与实践就连清代郑燮、袁枚也莫不沾洽。明中叶后反映现实矛盾，表现民主思想的戏曲、小说亦不断涌现。汤显祖《牡丹亭》明确提出"情"是创作的总根，有意识与"天理"对立，还魂的爱情故事，深刻地折射出整个社会要求变易的时代心声。世情小说《金瓶梅》、拟话本"三言""二拍"等，都是资本主义萌芽在社会现实生活中的写照。

明清之际，社会出现了"天崩地解"般的动荡，以黄宗羲、顾炎武、王夫之三大思想家为代表的一批具有启蒙主义思想的先进人物，对早期启蒙思潮推波助澜，对封建君主专制和程朱理学发起了猛烈批判。他们指出君主专制是天下万民受害的根源，反映了新兴市民阶层的民主思想和要求。他们反对封建蒙昧主义，提倡"经世致用"的治学态度，痛斥道学家"空谈性理"的腐朽学风，并注意从当时自然成果中吸收思想资料，从哲学高度对封建统治思想口诛笔伐，使理学身受重创，在挣扎中一蹶不振。即使在18世纪清廷强化思想专制的情势下，我们仍能在《儒林外史》《红楼梦》等文学作品和戴震等思想家的著作中，看到早期启蒙思想成果在继续发展。

明清交替之时，西欧各国资本主义生产关系先后冲决了束缚其发展的封建经济的网罗，揭开了世界近代历史的第一页。此时封建生产关系却还支配着中国经济，早期启蒙思想尽管增添了不少的文化新质，但仍然没有跳出传统文化的局限。不过，早期启蒙思潮是资本主义取代封建主义的历史进程在思想文化方面的反映，是中国传统文化向近代文化转型的足迹。

明清两朝又是中国传统文化总结和整理的时期。两代统治者对文人学士均采取笼络和高压相结合手段，为减少在野的反对力量，调动巨大的人力物力对历代典籍文物收集、考辨，编纂大型类书和丛书。明代《永乐大典》这部类书，是当时世界上最大的一部百科全书。清康雍年间出世的《古今图书集成》是汇中国古代经、史、子、集之大成的又一部类书。乾隆时期编纂的《四库全书》几乎囊括了中国历史上所有的文献典籍，是迄今为止世界上数量最大的丛书。《康熙字典》则是世界上最早的字数最多的大型字典。

总结与整理传统文化，还表现在对古籍的训诂、注疏和考订方面。在康雍乾三朝文人学者大规模的工作中形成了以考证为特长的"乾嘉考据学派"。这派卓有成效的建树为后人继承和弘扬传统文化，保留其长远的价值，做出了很大贡献。同时，也使得清代学术思想文化具有弥足珍贵的特色。

古代科技在明朝获得了不少新成就，除了已有的科技水平显著提高之外，还出现了总结性的科技著作。这里姑且不谈紫禁城、十三陵、明长城的建筑，以及郑和下西洋的科技地位，只就科技巨著略加提及。李时珍《本草纲目》是综合16世纪以前中国药物知识，和自己毕生的实际观察、临床经验而写成的医药宝典。宋应星《天工开物》详细记述了我国古代农业和手工业技术，被誉为"中国十七世纪的工艺百科全书"。徐光启《农政全书》，几乎全面论述农业科学的各个领域，是集古农学大成的巨著。徐弘祖《徐霞客游记》是一部重要地理学名著。方以智《物理小识》是自然哲学专著。明代科技著作并非上述几部，需要指出的是中国封建社会晚期，文化发展偏离了正常轨道，致使自然科学滑落。进入清代，多种因素加速了传统文化中积弊的暴露。

明代嘉靖元年（1522），麦哲伦绕行地球成功了，清初崇德五年（1640），英国发生了资产阶级革命，世界格局出现了空前的变化。西方人由《马可·波罗游记》唤起的对东方黄金国的梦想，等来了付诸实现的年代。步西班牙沙勿略后尘，包括人们熟知的利玛窦、汤若望等人在内的大批西欧耶稣会士，于明清之际来华，奏响了西学东渐的序曲，这些耶稣会士来华的宗旨是传教，传播知识是他们打开中国大门、立足中国的手段。然而，欧洲与中国在文化传统、知识体系、风俗习惯上均有明显的差异，更何况有关天文历法、数学、地理、机械等自然科学知识，都是当时中国的文人学士前所未闻，一旦接触，顿感大开学术视野。时值中国士林学风陷于空疏颓败之境，有识之士大倡"实用""经世"之学，西学无疑给他们带来了拯救时弊的希望。于是徐光启、李之藻、杨廷筠、方以智、黄宗羲、顾炎武、王夫之、梅文鼎、王锡阐等人，不同程度地吸纳西学，发展中国的学术文化，尤其徐光启、李之藻诸人以博大胸怀对待外来文化。他们勇于采长补短，正视本国文化落后之处，又不因己有所短而妄自菲薄，对吸取西学提出了先"会通"、后"超胜"的口号，表现出自强自尊的民族精神。他们在翻译、运用西学的实践中，也掌握了以实证方法和数学语言为主要特征的近代科学思维方式。

可是，清代的闭关锁国政策也堵塞了耶稣会士传播西学的涓涓细流。西方近代化的飞速进程不可避免地要对清王朝这个垂死的封建帝国予以冲击，等到殖民主义者把中国视为商品倾销地的时候，中西文化的碰撞与交流，传统文化的蜕变与新生将要付出惨重的代价。

8

散议中国史学发展大观

中华民族是一个富有历史传统的民族，崇古重史是被公认的中国文化特点之一。"以史为鉴，以古为镜"，几乎成了历代统治阶级普遍认同的经邦治民的共识。因此，修史之业世代承传，踵事增华，备受关注，而相应的修史制度渐趋完备，内涵深广的史学典籍汇为渊海，记录和保存了中国传统文化的丰硕成果。这对我国古代物质与精神文明的建设，曾起过积极的作用。然而，文化的历史本质，在于后来者对前人成果的转化和超越。充满活力的文化总是在改造旧东西、建设新东西的过程中得以产生和强化的。可见，史学的积存对具有创造力的民族来说，将是一笔永恒的财富。

一、从史官的出现到史书的诞生

在我国古代史中，史官这种特定身份的人起初被称为"史"。他们职掌着沟通人神之间的事，直接参与卜筮、星占、圆梦、望气等活动，所以古代常把祝史、卜史、巫史连称，其职务范围既烦且广，不限于一般的掌书记事之官。据《太平御览》引《世本》说，远在黄帝时代就出现了像仓颉、沮诵两个任史官的人。从古典文献中可知，夏商之际充当史官的人亦不会少。时至周代，史官制度已经确立，因职责分工趋细，名目自然增多，故有大史、小史、内史、外史、侍史、御史、女史、柱下史等名称。其中大史、内史地位很高，前者负责记述各国及本国大事，保存档案，兼管祭祀、整理或发明文字、编写国史等工作；后者是君王最高级的秘书，掌握朝廷内部文书档案，草拟王命，还可奉王命出使异邦。出于古制，二者有批评、监督帝王之责，他们常在帝王的左右，也有大史记事、内史记言之说。至于外史"掌三皇五帝之书"，系指档案史料，小史掌邦国之志，女史掌王后的礼书内令，柱下史掌图书档案，侍史则为贵族家的私人秘书。御史在战国时期国内与国际重大会议上扮演着记录官的角色。

就总体趋势而言，史官职权范围愈古愈广，时代愈后则愈小，但其作为神职性质一直延续到春秋时期仍没有改变。司马迁曾说："仆之先人非有剖符丹书之功，文史星历近乎卜祝之间，固主上所戏弄，倡优蓄之，流俗之所轻也。"（《汉书·司马迁传》）我们在汉太史公的牢骚里，清楚地感受到了史官神职性质久而未泯的踪迹。由此推知，现存我国古代最早的官方文书卜辞与金文，它们载有祭祀、农事、戎事及王命、庆赏、功德诸多内容，必出自史臣之手。虽说卜辞、金文所记的内容大都是当时的事情，然而它们含有记事文的基本要求，成为后来史事记载的先导。与卜辞、金文相比，更具有明显官书性质的《尚书》，是春秋以前历代史官所收藏档案资料的选编。这部以记言为主的历史文献，如《金縢》《顾命》这样的篇章，表述一些事情已具首尾及细节，后世撰述史作便从中引发出不少的创意。刘知几《史通》将它标为六家之一体，而章学诚《文史通义·书教下》讲得更深入："《尚书》一变而为左氏之《春秋》……左氏一变而为史迁之经传……迁出一变而为班氏之断代。"①

我们从金文与《尚书》的史料中，还可认识春秋以前所产生的历史意识和历史鉴戒的思想。如果说常见金文上所写的"其万年子子孙孙永宝用"是一种自觉的历史记载意识，那么《尚书》里的《召诰》《立政》《酒诰》诸篇，再明白不过地表现了历史鉴戒的观念。基于这种思想认识，西周末年，周王室和各诸侯国面对动荡不安的时局，奴隶主贵族统治者更为重视历史的经验教训，于是王室与各诸侯都在撰述国史。这就

---

① 章学诚：《文史通义·书教下》，辽宁教育出版社，1998年，第12页。

是当时通常称为"春秋"的史册。《国语·晋语七》记载叔向因"习于春秋",悼公乃让他"傅太子彪"。《国语·楚语上》又有申叔时建议教太子学习"春秋"的事情。《墨子·明鬼下》指出"有周之春秋,燕之春秋,宋之春秋,齐之春秋","吾见百国春秋"。孟子认为"春秋"国史的问世不是偶然的社会现象,而是"王者之迹熄而诗亡,诗亡然后春秋作。晋之《乘》、楚之《梼杌》、鲁之《春秋》一也"(《孟子·离娄下》)。显而易见,周王朝和各侯国正是为了适应社会政治文化的发展走向,才撰述名曰"春秋"之类的国史。至此,严格意义上的史书便应运而生。

二、史学进入了官修与私著并存的时代

春秋末期,孔子在参考各国史书的基础上,将鲁国史官所撰的《春秋》,依据自己的见解删削成为有着独立思想体系的历史著作,书名仍沿其旧称。孔子首创私人著史之举,从此中国史学跨进了官修与私著并存的新时代。前人关于孔子写史书的目的及其作用,曾有过不少的议论,而司马迁的看法是颇有代表性的。他强调孔子修史"据鲁亲周",尊崇王室地位,竭力维护周礼,澄清乱世政治是非,拨乱反正,以求得稳定王朝统治秩序。孔子欲以总结往昔的经验教训,利用史的方式拯救世道人心,扭转奴隶制行将崩溃的局面,这种良苦的用心虽然无法实现,然而他修史的客观意义却是不可低估的。

一是在当时各国史籍日益散亡的情况下,孔子积极主动地对官修史书进行深加工,予以其一定的思想价值,而博得世人的关注,使之长存未逸,收到保全上古文献之效。二是《春秋》"寓褒贬,别善恶"的独创笔法和编撰体例、表述方式,为后世提供了一种简明有序记载史实的范式。一些学者仿其编年体例,阐释它的"微言大义",著成《春秋公羊传》《春秋谷梁传》《春秋左氏传》,史家称作"春秋三传"。三是孔子著史立足人本,勇敢地摆脱神学羁绊,用社会的眼光记载人事的成败得失,这是在文化思想上的一大进步,对中国史学的发展产生了深远的

影响。

继孔子之后，私人撰史之风渐盛，战国时期史学园地私人撰述再添硕果，其成就较著者当推《左传》《国语》等史作。《左传》又称《左氏春秋》《春秋古文》或《春秋左氏传》，旧传作者为春秋时代的左丘明。司马迁、班固、桓谭等皆持此说，今人一般认为是一位儒家学者于战国早期编定而成的。全书采用鲁国纪年，记事基本上以《春秋》鲁十二公为次序，起于隐公元年（前722），止于鲁哀公二十七年（前468），比《春秋》多13年。叙述比《春秋》详赡，较《国语》连贯，涉及诸侯之间的聘问、会盟、征伐、蒐狩、婚丧、篡弑等内容。其间对民族交往、民族组合进程的记载，以及对战争、辞令的描写最为丰富和最具特色，远非先秦诸史能与之可比。

相传左丘明除作《左传》外，还有外传一书，即《国语》。它和记事周详的编年体史书《左传》不同，而是分国记言的文献汇编，属于国别体史书，按周、鲁、齐、晋、郑、楚、吴、越编次，共21卷。书载春秋各国的"训诫谏说之辞"，常有精辟之论，比同为记言的《尚书》更富政治见解和历史意识。在对天人关系的认识上，发展了《春秋》重人事的进步思想，几乎达到了《左传》的高度。写历史人物能相对地集中其言行，体现了向纪传体史书过渡的倾向。

《战国策》亦是国别体史书，为战国之史存世者的重要著作。相传原系战国时期各国史官或策士辑录，编者不是一人，成书不是一时，其私撰与官修的成分究竟各占多大比例，也很难坐实。经西汉刘向整理之后，编订为33篇，加以最后定名。书内主要记载谋臣辩士的活动及其权变，也记有一些军国大事和社会情况。因是纵横家之言，变春秋时代凝练委婉的行人辞令和谏说之辞为剧谈雄辩、繁富恣肆的策士说辞，于先秦史书中风采独标。1973年长沙汉墓出土的帛书《战国纵横家书》27章，有11章内容见于今本《战国策》和《史记》。

这个时期还有《竹书纪年》《世本》《逸周书》等。前者为官修魏国史书，原本记事，历夏、商、周三代，几近两千年，是萌芽形态的通史作品。原著已佚，今本为明人杂采各书补成，纪年非同原书。后两书皆为《史记》所采用者，一是记古邑、制器、氏姓流变、古帝王故事及各侯国贵族世系。《逸周书》是战国时拟周代诰誓辞命之作，为别于《尚书》之"周书"，故称。此外，《晏子春秋》《吕氏春秋》《山海经》《仪礼》等著作均从不同方面影响着后来史书的撰述。由上文可知，孔子冲破官修史书的格局，具有划时代的意义，它引发了中国史学官修与私撰长期并存的新气象。

三、史学从自立门户到多途发展的阶段

战国至汉，中经秦代，秦始皇焚书坑儒，实行严酷的文化专制，有着很强政治性的史学，当然遭受了压抑。为加大思想统治的力度，秦朝恢复周代学在官府，政教合一、以吏为师的制度。下令"史官所藏的，凡不是秦的史书，完全烧了，不是博士官所执掌的，私家所藏的诗、书、百家之言，完全送地方官烧了……有敢引用古事来反对今制的，全家处死刑"（《史记·秦始皇本纪》）。秦以暴政而速亡的悲剧恰好为汉初的封建士子开阔了历史的视野，丰富了历史意识的内涵，强化了对历史价值的认识。司马迁继陆贾、贾谊、晁错这些史论家之后，深受任太史令的父亲临终发出的战国以来"诸侯相兼，史记放绝"的慨叹所激励，牢记其语重心长的遗嘱："余死，汝必为太史，为太史，无忘吾所欲论著矣。"（《史记·太史公自序》）引发了强烈的责任感和著史的坚定决心。

这是学识深厚的司马迁能发挥巨大的史学创新精神的思想基础和心理条件。他提出："究天人之际，通古今之变，成一家之言。"①不仅是他著《史记》的目标和要求，而且反映了此前未曾有过的深刻的史学观。《史记》作为我国第一部纪传体通史，记载了由黄帝到汉武帝太初（前101）年间三千多年的历史。它所展示的综合创新的体例，深广丰富的历史内容，进步独到的思想识见，严肃深沉的批判精神，时而闪现

---

① 萧统：《报任安书》，《文选》，中华书局，1977年，第58页。

的唯物历史观，强有力地证明了中国古代史学在文化学术领域内，开始独立门户，自"成一家之言"，在新的史学之路上起步了。

《史记》凡百三十篇，有记帝王的十二"本纪"，记诸侯、勋贵的三十"世家"和不同阶层人物的七十"列传"，还有按世代、年、月载录大事记的十"表"，记述典章制度的八"书"。总之"本纪""世家""列传"是历代一系列历史人物的传记，"书"与"表"是贯串事迹演化的总线索，规模宏大的通史就成为一部古代社会的百科全书。东汉的班固把《史记》的纪传体例作了调整，以纪、表、志、传四体撰写《汉书》。

《汉书》是我国第一部纪传体断代史，有十二"本纪"、八"表"、十"志"、七十"列传"，共一百篇。全书记事起于汉高祖，止于王莽末年，内容恢宏，结构严谨。"表""志"部分在继承《史记》成果的基础上有较多创新，首开古代撰述皇朝史的先河。刘知几认为其开创之功，"自尔迄今，无改斯道"①，历朝纪传体的断代史嗣响继出。

东汉末年，汉献帝喜读典籍，颇感《汉书》"文烦难省"，便令荀悦依照《左传》体制，删为《汉纪》三十篇。这是我国最早的编年体皇朝史，虽对《汉书》未有增益，却将人物、史事连类列举，扩大了编年体史书的容量，后来著史亦有仿效。另外，东汉自明帝始到桓、灵时，连续修撰本朝纪传体史书，因著史的地方在洛阳宫中东观殿内，书成故称为《东观汉记》，这是官修纪传体本朝史的先例。

魏晋南北朝继承两汉史学独立门户、自"成一家之言"的业绩，又锦上添花，使之呈现出多途发展的繁荣景象。其显著标志为具有"两多一新"的特征。即史家著作数量多，史书内容分类多，掌史官吏编制新。据已有统计，由三国至梁陈期间，撰有东汉史十二种，三国史十五种，晋史二十三种（裴松之《晋记》未计其内），南朝史二十二种，十六国史近三十种。现存于世且为人熟知的有范晔《后汉书》、陈寿《三国志》、沈约《宋书》、萧子显《南齐书》和魏收《魏书》。就史书的种

---

① 刘知几：《史通·六家》，中华书局影印（明）张之象刻本，第一册，1961年，第8页。

类而言，有前面提及的皇朝史和其内撰述的民族史专篇，以及像东晋常璩的《华阳国志》一类的地方志，《隋书·经籍志》著录的家史、别传，刘孝标《世说新语注》引用的几十种的谱书，萧统《文选》"史论"中的文章、刘勰《文心雕龙》中的《史传》篇这样的史学批评的专文，裴骃《史记集解》、裴松之《三国志注》等多部史注。

这时期的史官编制亦有了新的变化，三国魏明帝置史官，称著作郎。晋时改称大著作，专掌史任，又增设佐著作郎。南朝各代改佐著作郎为著作佐郎，齐后三代添置修史学士。十六国、北朝大都设有史职，体制、名称多源于魏、晋而有所损益，北齐天保二年（551），效仿东汉明帝官修《东观汉记》的做法，诏令魏收设局撰述《魏书》。这是国家大力组织学者力量，官修史书，至唐正式设立了史馆，召集学者撰写前朝历史，史官制度趋于规范化。自此迄清，史官制度多沿唐制，史官名称虽因朝代而异，却职掌略同。可见魏晋南北朝是中国古代史官制度渐趋完备的转折期。

四、我国古代史学发展的黄金时代

《隋书·经籍志》以经、史、子、集的顺序，四部分书，有力说明了史学卓然成家之后，进而摆脱了经学附庸地位，逐步发展壮大为与哲学、文学势成鼎足的学术门类。从唐到明，史学迎来了自身发展的黄金时代。而每朝别具一格的阶段性成果，又令黄金时代的史学大放异彩。

隋朝帝祚短暂，皇家欲垄断修史，却未付诸实现。唐王朝以空前宏大的气魄，把隋统治者的历史意识化为修史的行动。唐太宗在宫中设史馆，雷厉风行撰述南北朝及隋代诸史，延至高宗初年，历三十载，《梁书》《陈书》《北齐书》《周书》《隋书》《晋书》《南史》《北史》八史修成，占我国古代称作正史的"二十四史"的三分之一。八史宣传"天下一家"的观念，这是历史进步思想的反映，而《晋书》著录十六国历史，则是撰写民族史上的创举。

初唐后期，刘知几潜心钻研唐前史学成就，成功地撰写了我国第一部史学批评巨著《史通》。全书阐述了史学的起源，清理了唐前史学发展的脉络，提出了史家对历史认识和撰述原则与"史才三长"等一系列重要理论。它的面世标志着我国古代史学进入了一个高度自觉的新历程，创建了古代史论与史评的新形式。

史书体裁上，中唐杜佑首撰典章制度史巨著《通典》，打破了史书编年、纪传二体并驾齐驱的格局。全书内容上自传说中的黄帝，下迄中唐初年，分为九门著录各种制度法规，附以诸家言论。这部典制体通史，影响之深，由宋到清四代典制史专著盛行不衰。还有起居注和实录，到唐代又展新貌。起居注肇始于汉武帝，唐特置起居郎与起居舍人专门负责此事。实录兴于南朝梁，唐以后久盛不衰。它是先由起居注和时政记编出的日历，放到下一朝，史官再利用日历修成前一朝的实录，可备后来撰著国史须采撷的第一手材料。唐温大雅《大唐创业起居注》、韩愈主撰的《顺宗实录》是存世的此类著作。

宋代史学与唐齐光并耀，成绩斐然，元、明两朝亦各有收获，仍能保持其发展的势头。纪传体史书于五代刘昫等人的《旧唐书》之后，宋初薛居正等未用一年时间修成《旧五代史》。仁宗嘉祐五年（1060），欧阳修、宋祁等奉敕撰《新唐书》，凡十七年之久而成。欧阳修又远绍《春秋》笔法，独写《新五代史》，唐后修成诸史，唯此书是私撰。元代脱脱奉诏主持撰修宋、辽、金三史，仅用两年七个月的光阴，《辽史》《金史》《宋史》依次完成。三史尽管草草告成，有过简或芜陋之讥，但在特定历史时期，保存了三国史料，功利长存。明代建国第二年命宋濂等修著《元史》，断续两度春秋，实阅一载工夫，全书写完。这样，加上清代张廷玉等人的《明史》，通常称谓的"二十四史"便全部面世，建构起我国史书前后衔接、蔚为大观的"正史"系列，而宋、元、明共修了八史，与唐相当。南宋还出现了具有创意的纪传体通史，即郑樵的《通志》。它继承了《史记》的传统，却突出典制的演变，为修史打开了新思路。清《续通志》是其嗣响者。

宋代编年体史书的撰著创获巨大，为我国史学再添辉煌。司马光得刘攽、刘恕、范祖禹诸人支持、协助，历十九年修竣我国第一部较为完善的编年体通史《资治通鉴》。全书记事始于东周威烈王二十三年（前403），迄宋朝建立（959），时通千余载，史事富赡，珠贯绳联，粲然可考。虽系合作，杂取各书，皆经司马光削修，繁简得体，文笔同出一辙，时有高论卓见、映带生辉，不愧是一家之言，千秋事业。《资治通鉴》既出，编年体史书得以重振，续补仿写之作不断，且逸出宋代范围。如南宋李焘《续资治通鉴长编》、李心传《建炎以来系年要录》、徐梦莘《三朝北盟会编》、朱熹《通鉴纲目》、清毕沅《续资治通鉴》、夏燮《明通鉴》，竟形成了历史编纂上的"《通鉴》学"。另值得说的是明末清初的谈迁，费三十多年工夫著就明代编年史《国榷》，不料刚刚脱稿即被全部盗走，他痛哭之后，再度惨淡经营，终于写出远胜第一稿的五百多万字的大书。

在史学繁荣的文化背景下，由《通鉴》学萌发的新生长点迅速发展为史书的纪事本末体。这类体裁以历史事件为纲调遣组织史料，以详叙重大历史事件的前因后果、来龙去脉的完整过程为特征。南宋袁枢据《资治通鉴》的内容，重新排列组合史事，写成《通鉴纪事本末》，首开此体之端。继踵者有同代人杨仲良编的《续资治通鉴长编纪事本末》、明陈邦瞻的《宋史纪事本末》《元史纪事本末》。清代到近人继作之书多种，使纪事本末体终能自立于中国史林而无愧色。

典制体史书在宋之后又结硕果。宋末元初马端临博采广搜唐天宝晚年到南宋宁宗末期的材料，写成《文献通考》，记载上古到宁宗朝典章制度的沿革，较《通典》有所增益。因两者均属典制体的通史，所以后人习惯于将《通志》与之合称"三通"。典制体的断代史在宋代也进入了新的发展时期。中唐时苏冕将高祖至德宗本朝九帝典制编写为叫作《会要》的专书，后来杨绍复续补德宗到宣宗间的史实，名曰《续会要》。北宋初王溥在两书基础上增补唐末典章而成《唐会要》，是会要类史书中的不朽之作。接着，王溥又撰《五代会要》，南宋徐天麟编写了《西汉会要》《东汉会要》。这种专详一朝典章的"会要"史书，清人为之亦勤。

基于唐代已形成体制的学术史和地理史，入宋又展新姿。唐释智昇

《开元释教录》、宋释普济《五灯会元》、释志磐《佛祖统纪》等，皆是佛教学术史书，而南宋朱熹的《伊洛渊源录》则是理学的学术史专著。明清之际，由此形式衍为学案体这类具有严格意义上的学术史书。宋乐史撰成的《太平寰宇记》，丰富了唐李吉甫《元和郡县志》的体例，提高了地理史的学术价值和实用价值。北宋还有王存的地理名著《元丰九域志》，如今仍存的宋代地方志也不下二十余种。元《大元一统志》是我国古代第一部规模巨大的全国一统志，为明清编修地理史书提供了范例。

史论、史评类的著作至宋仍在发展，或论史事与人物的成败得失，或评史书内容的真伪，阐发治史见解，诸如《唐鉴》《新唐书纠谬》《五代史记纂误》等书，都有拓宽史学评论视域之功。

综上所述，足可看出由唐到明，史学园地百花盛开、欣欣向荣。相对而言，每一朝代又自具神貌。唐代凭借国力官修史书跃上新的峰巅，伴随各种史料和治史经验的不断积累，带有总结性的著作与史评专书适时而生。宋朝是中国古代文化盛世，也是史学大丰收的季节。史书内容、体例，治史领域、方法都有突破，官修私著无不腾跃，创造伟力空前高涨。元明两代的史学仍向纵深发展，一些领域异军突起，为史学的黄金时代增添姿色。

五、我国史学的总结和转化期

明清之际，中国整个社会处于"天崩地解"的大变动时期，这为历史学家驰骋史才、发表史识提供了一个机遇。他们以求实批判的精神和经世致用的学术思想，深刻地反思明朝覆灭的历史原因与教训，黄宗羲、顾炎武、王夫之等人是其卓越的代表。于是主客双方形成合力，推动了中国史学踏上了新的里程。清康熙至嘉庆时期，统治阶级一面加强政治思想控制，屡兴文字狱；一面崇儒重道，引导稽古右文，提倡文化建设。作为中国封建社会的最后一个王朝，经漫长的历史发展过程，遗存了丰富浩瀚的史著和史料。历史学家出于统治者文化政策的制约和史学自身发展的内在需要，吸取继承明末清初通经达古、博求实证的治学方法，对古史文献、史学研究进行了整理和总结，涌现出王鸣盛、钱大昕、赵翼、章学诚等一批学识渊博，富有创见的杰出史家。与此同时，持续近百年的"康乾盛世"，终因国内不断加剧的社会危机和国外侵略势力的冲击，而呈现出日趋衰微的景象。鸦片战争之前，随着社会政治经济与思想文化的急剧变化，中国传统史学也在转变。清代末叶史学家能面对西方文化的挑战，突破传统史学的局限，吸纳近代先进的文化成果，并与我国儒家经学相融合，产生了新的史学理论和方法，写出了史学新著。应该说，这与清中叶后的史学转化不无关系。

明末到鸦片战争前，在中国古代史学的总结和转化期内，历经沧桑的古代史苑，又展露出光彩溢目的文化景观。往昔已有的各种著史体裁，在这个时期都有后继回响，使古代史学的终结尚能余辉闪耀。诸如编年体中的"实录"，现存《清实录》是卷帙最大，有着极高文献价值的实录。至于"《通鉴》学"的成就，前已说及，不再重复。纪传体的"正史"系列，尽管《明史》修撰时兴时辍、几近百年，学术价值罩有浓重的政治阴影。但是比起"《宋史》繁芜、辽金二史又多缺略"[①]，与《元史》草率致误[②]，要显得十分完善。典制体的"会要"形式，清有《春秋会要》《三国会要》《宋会要辑稿》等。而清乾隆时踵美"三通"，官修《续通典》《清通典》《续通志》《清通志》《续文献通考》《清文献通考》六书，合称"九通"。纪事本末体史书清有"辽史""金史""西夏""明史"等纪事本末专著。学术史、地理史和史学评论，更是临终奏雅，力作不少。黄宗羲《明儒学案》是我国史学第一部系统的学术史著作，他与黄百家、全祖望撰成的《宋元学案》也是史书中的杰作。《读史方舆纪要》是明清交替时关于历史地理书的第一巨制，当时誉为天下奇书之一。《大清一统志》经乾嘉两朝三修而成，促进了全国范围编修地方志的高潮，据统计清代方志达五千八百多种，远超以前历代的

---

① 赵翼：《廿二史札记》第十册，广雅书局光绪甲午中春版，第3页。
② 赵翼：《廿二史札记》第十三册，广雅书局光绪甲午中春版，第4页。

总数。顾炎武《日知录》《天下郡国利病书》，王夫之《读通鉴论》《宋论》，王鸣盛《十七史商榷》，钱大昕《廿二史考异》，对中国史学与学术皆做出了巨大贡献。章学诚《文史通义》是继《史通》之后又一部不朽的史学评论著作，全书多方面地梳理和总结了清代以前史学理论与方法，虽源于刘知几却自有创见，影响后世重大而深远。

9

试论中国古代史学精神

古代史学精神是指我们民族的灵魂在史学自身发展进程中的一种特殊表现，是中国古代史学的生命之本。史学领域有了这种精神才能使我国古代的史学家，以及广大的史书编撰者自觉、自律地生产精品，创造出永不消失的文化价值。我国史学的伟大成就是人类文化的奇观。古代史学精神亦包容着极为丰富的内涵，其中秉笔直书的求实态度、惩恶扬善的批判意识，以史为鉴的经邦致用思想、融贯诸学、吸纳百家的会通之旨，则是人们普遍认同的中国古代史学精神的重要组成部分。它们之间有互为依存、密不可分的联系，显示了我们民族灵魂的光辉，为中国古代史学带来了历久弥彰的人文魅力。下面仅就以上几点略加分述：

第一，秉笔直书的求实精神是撰写信史的基础，是史学家的崇高美德，是史学这种庄严而伟大的事业不可缺少的支撑点。远在中国史学的起步阶段，史家直笔写实的风操就产生了很大反响。《左传·宣公二年》便记载了晋国史官董狐针对赵盾执掌国政，为躲避晋灵公迫害，外逃之际，其族人赵穿杀死灵公，而他旋朝执政又不向赵穿问罪的事实，因之"书曰：'赵盾弑其君。'以示于朝"。并且录有孔子发表的议论："董狐，古之良史也，书法不隐。赵宣子（即赵盾），古之良大夫也，为法受恶。"孔子颂美史官能忠于职守，据实直书，也称赞"良大夫"宁愿自己受委屈，仍然不去践踏良史"书法不隐"的原则。无疑，他们对后人肯定会产生影响。实际上，半个世纪过后，齐国大臣崔杼杀害了齐庄公，"大史书曰：'崔杼弑其君。'崔子杀之。其弟嗣书而死者，二人。其弟又书，乃舍之。南史氏闻大史尽死，执简以往。闻既书矣，乃还"。

（《左传》）像董狐、齐大史兄弟、南史这些人为尽史官直笔写实的责任，或不畏权势，或视死如归的非凡表现，有力地推动了我国古代史学求实精神的形成。

如果说《史记》《汉书》是中国史学走向成熟的标志，那么，两部历史巨著所体现出的尊重客观事实的修史态度，毋庸置辩地说明了求实的史学精神已成为优良传统。班固与司马迁相比，其史学理念渗透着浓厚的封建正统意识，他批评司马迁说："论大道则先黄老而后六经，序游侠则退处士而进奸雄，述货殖则崇势利而羞贱贫，此其所蔽也。"（《汉书·司马迁传》）但他却服膺司马迁治史的实事求是精神，他认为："自刘向、扬雄博极群书，皆称迁有良史之才，服其善序事理，辨而不华，质而不俚，其文直，其事核，不虚美，不隐恶，故谓之实录。"（《汉书·司马迁传》）《史记》展现作者的持正不阿、敢于求实的品质，则为班固以下世世代代进步的史学家所追踪、效慕。例如被三国东吴华覈誉为"汉之史迁"的当朝史官韦曜，其主编《吴书》时，君主孙皓欲为自己父亲孙和作纪，曜不加理睬，"执以和不登帝位，宜为传"。北魏崔浩总监史任，编撰魏史，务从实录，叙述国事皆无所隐恶，并拟立石铭载以修成的《国书》，竖立在通衢大路上，结果罹祸，其三族惨遭诛夷。

可见，据实直书修成信史并非易事，常常需要以身家性命去换取。然而愈是来之艰难，愈加显得可贵，因此直笔就成了史家的人生价值取向，而且还会得到社会心理的普遍支持，其遗芳余烈，千古称道。时至南北朝，中国史学步入了黄金时代，正直的史官接武前贤，自觉地将求实精神付诸实践。唐代褚遂良拒绝太宗取阅记录他本人言行的起居注，吴兢严斥宰相张说想要稍加删削《则天皇后实录》的要求，则是颇有代表性的史家美谈。为了让流传于世的史著成为名副其实的信史，一些史学家以注史、补史的方式对存世之作进行查缺补漏，而史评家在理论层面上阐发"直笔"的史学意义和实现"直笔"的诸多制约因素，从实践到理论以多种途径来促进治史求实精神的发扬光大。远在汉代就有服虔、应劭注《汉书》，到南北朝之后注史者极盛，如《史通·补注》说：

"掇众史之异辞，补前书之所阙，若裴松之三国志，陆澄、刘昭两汉书，刘彤晋纪，刘孝标世说之类是也。"尤其裴松之为《三国志》所作的注，搜辑了陈寿没能见到的资料，多方用力："寿所不载，事宜存录者，则罔不毕取，以补其缺；或同说一事，而辞有乖离。或出事本异，疑不能判，并皆抄纳，以备异闻；若乃纰谬显然，言不附理，则随违矫正，以惩其妄；其时事当否及寿之小失，颇以愚意，有所论辩。"（《三国志》卷1）注史风气下逮清朝，蔚为大观，乾嘉史学通过训诂、校勘、注释、辑佚、辨伪等手段，树立了"无征不信"的求实学风。补史之举或增加原著材料，或补修原书缺而不备的部分，其中清代万斯同、钱大昕成就尤著。

在史学理论的天地里十分关注直笔求实精神的史评家，首推刘知几。他的《史通》中《直书》《曲笔》两篇就是很有针对性的专论。它不仅总结了唐前史家实事求是的优良传统，褒扬名垂后世的良史美德，而且深究了出现直笔与曲笔的社会根源和史家个人的素质，强调了求实精神的重要意义，似洪钟播响，回荡于唐后史学园地。延至清季章学诚从历史哲学的高度，在《文史通义·史德》中把撰著信史所涉主、客观双方统一起来思考，认为能够排除一切干扰，真实地反映历史原貌，起着决定性作用的乃是撰著者史德的巨大精神力量，即史学"心术"使然。用章氏的话讲，盖欲为良史者，当慎辨于天人之际，尽其天而不益以人也。尽其天而不益以人，虽未能至，苟允知之，亦足以称著书者之心术矣。此处说及的"天"与"人"的关系就是历史客观存在和史家主观意向之间的问题，这与刘知几关于史家应具才、学、识"三长"，及其直笔论是一脉相承的，是理论领域对贯彻史学求实精神的新探索。

第二，与直笔写实的史学观密切联系的是惩恶扬善的批判精神，个中道理是十分清楚的。我国古代著史目的本来就有着强烈的功利色彩，孟子认为《春秋》的产生是因"世衰道微，邪说暴行有作，臣弑其君者有之，子弑其父者有之。孔子惧，作《春秋》"。"孔子成《春秋》而乱臣贼子惧"。南宋朱熹进一步解释为"作《春秋》以讨乱贼"，"如《春秋》之法，乱臣贼子，人人得而讨之"，"圣人救世立法之意，其切如此"(《孟子·滕文公下》)。荀子也评价过《春秋》，指出它的重要特征是："《春秋》约而不速。"(《孟子·滕文公下》) 意谓以简洁隐约的文字表达深微曲折的丰富内容，包含着褒善贬恶、明辨是非的思想倾向性。孔子作《春秋》是想扭转当时分崩离析的政治局面，复兴周王朝的礼乐文明。然而，他要垂戒后人的同时又不得不回避和统治者利益相矛盾的东西，他煞费苦心地采取了既笔伐"乱臣贼子"的罪行，又为"尊者、亲者、贤者"讳的写作手法，寓褒贬、抑扬、讥刺于史册的字里行间，这就是匣剑帷灯式的"春秋"笔法。孔子《春秋》是中国史学发展之路的一块基石，虽说它是以委婉达意的方式表现批判精神，却对后来修史产生不可估量的影响。正如晋人范宁在《春秋谷梁传序》里说："一字之褒，宠逾华衮之赠，片言之贬，辱过市朝之挞。"可知，《春秋》初始所展露的史学批判精神，随着时间的推移，引发出的社会心理效应日趋深广。

在孔子身后五百年，西汉司马迁明确表示要继承其修《春秋》的事业，自愿担负起史家"采善贬恶"的责任。他的《史记》改变了以"春秋笔法"撰著史书，突破了为"尊者、亲者"讳的观念，闪烁着可贵的批判精神的光辉。《史记》中各类历史人物的传记，篇末大都附有"论赞"，以鲜明的立场和高度负责的态度，或褒或贬，毫不躲避。书内《酷吏列传》集中反映封建统治者的爪牙、鹰犬"以恶为治"，用严刑峻法迫害人民，在屠刀和血渍上施展淫威，勇敢揭露封建暴政的罪恶。更值得称道的是，司马迁能以良史公正无私的眼光审视笔下记载的人与事，竭力反映其原本真相。例如，对酷吏张汤无情抨击他的凶残，却为他惨遭朱买臣等三个长史诬陷至死的冤案鸣不平，而且将他廉洁美德载入史册。

司马迁评品人物不仅对当朝官吏能够摈除个人爱憎，直言不讳，就是对帝王亦用批判的态度去写他的功过是非。人们在《史记》里可以看到刘邦开国创业的功绩；也能读到关于他使酒好色流氓习气，贪图小利庸夫见识、猜疑臣下、冤杀功臣阴暗心理的客观描写。同样，司马迁认为武帝刘彻是一代英主，说过："汉兴五世，隆在建元。"但《史记》并没有放过他的穷奢极欲、迷信神仙、横暴狂妄的丑态和劣迹。与《史记》踵武相承的《汉书》，因作者班固有着明显的汉家王朝的正统思想，坚持以儒家伦理道德标准评价历史人物和事件，缺乏司马迁的胆略和睿智，制约了《汉书》的思想倾向。《史通·书事篇》引傅玄对班固的评语："论国体则饰主缺而折忠臣，叙世教则贵取容而贱直节，述时务则谨辞章而略事实。"由此证明班固撰《汉书》是站在封建正统的立场上进行批判，对事与人的褒贬不可能和司马迁同调。《史》《汉》两书在《货殖》《游侠》二传里思想分歧较为突出，而讥评帝王的丑恶、鞭挞奸佞的罪行、歌颂爱国者高尚品质、赞扬廉吏清官美德等方面，班、马两人又多保持一致，皆不愧为是具有批判精神和勇于创新的史家榜样。

继《史》《汉》之后，我国史学渐趋繁盛，史家批判武器囿于不同时代的文化环境而有所变化，但惩恶扬善的批判精神逐渐形成传统，并与著史目的之间关系咬合得更为紧密。《周书·柳虬传》所载北周史官柳虬的话："古者人君立史官，非但记事而已，盖所以为鉴诫也。动则左史书，言则右史书之，彰善瘅恶，以树风声。"这可视为上述看法的佐证。当然，如同遵循直笔撰史的原则一样，贯彻褒贬适当的批判精神也是史家的艰难责任。曾将捍卫儒家道统为己任的唐代韩愈，在《答刘秀才论史书》中也表白过畏难情绪："善恶随人所见，甚者附党，憎爱不同，巧造语言，凿空构立善恶事迹。"柳宗元针对韩愈身任史职而无所作为的消沉情绪，提出了严肃的批评，强调"史以名为褒贬"，对待摄入史书的人与事必须旗帜鲜明，或褒或贬，知难而进，不容推卸。若患得患失，"果卒以为恐惧不敢，则一日可引去"，不能身居职守，尸位素餐。①当古代史学进入成熟期之后，思想文化领域已把史学看作为政治服务的利器，褒贬善恶的批判精神成了史学的属性。只是褒贬的标准和批判的武器因时而异。

第三，以史为鉴的经邦致用精神。注重历史经验是我国传统文化的一个特点，远在古代史学萌生时期，从周器铭文的内容上便可以看到对

---

① 《柳宗元集》，中华书局，1979年，第808-809页。

祖先功德的歌颂及训诫子孙以防失坠，所谓"夫鼎有铭，铭者自名也。自名以称扬其先祖之美，而明著之后世者也"（《礼记·祭统》）。钟鼎彝器之铭是未经后人加工过的史家记事之文，继之流传下来的则为有所修改、增删《尚书》里的文章，其中《周书》部分多是重视人事，大讲历史经验教训，告诫本朝嗣王如何保守王业。产生于西周的《雅诗》作品也不难找到类似的内容，如《大雅·荡》假托周文王斥责商纣王昏庸无道之举，讽谏周厉王，应以夏桀、商纣王为戒，悬崖勒马，力挽危亡之势，即"颠沛之揭，枝叶未有害，本实先拨。殷鉴不远，在夏后之世"。①春秋时代各诸侯国的史官越发看重历史经验的价值，把探究治乱兴衰的道理当作自己的职分。楚国左史倚相因"能道训典，以叙百物，以朝夕献善败于寡君，使寡君无忘先王之业"，被楚大夫王孙围誉为国家之宝。（《国语》）晋国史墨回答赵简子向他咨询鲁国"季氏出其君"的时事，则明确指出："鲁君世从其失，季氏世修其勤，民忘君矣。虽死于外，其谁矜之？社稷无常奉，君臣无常位，自古以然。故《诗》曰：'高岸为谷，深谷为陵。'"（《左传》）史墨对历史变化的深识卓见，表明春秋时代的史官在国家政治生活中的特殊作用，以及史事帮助人们认识社会问题已展露出的强大的穿透力。

在经受了战国时期风雨的洗礼和嬴秦电闪雷鸣的惊醒之后，中国古代社会的历史意识得到迅疾的催发，以史为鉴经邦致用的思想很快成为士人们自觉的理念。汉初陆贾"祖述存亡之征"，首著《新语》，稍后贾山、贾谊、晁错、邹阳、枚乘等，惯用嬴秦覆灭为鉴，反思历史经验教训，谏言献策，希冀汉王朝推行顺应时代民心的方略，以利长治久安。不过他们的历史意识包容在重大的论政话语里，没能像司马迁那样建构起一种史学精神。他将"六经"相比照，阐述各自的人文道德的教化作用和社会功效，指出《春秋》特出的地方及"辨是非，故长于治人"。它不是"空言"说教，而是凭借褒贬人世间曾发生的史实，"深切著明而书之"，令人儆戒惕励，其效用关涉宗法制社会每个阶层的成员。"故

---

① 《儒家经典》，团结出版社，1997年，第173页。

有国者不可以不知《春秋》，前有谗而弗见，后有贼而不知。为人臣者不可以不知《春秋》，守经事而不知其宜，遭变事而不知其权。为人君父而不通于《春秋》之义者，必蒙首恶之名。为人臣子而不通于《春秋》之义者，必陷篡弑之诛，死罪之名。其实皆以为善，为之不知其义，被之空言而不敢辞。"（《史记》）司马迁已经认识到了历史变化的动因是人的作用，而规范人的行为、教育人的德行，史书是其他学问所不能代替的。

自司马迁之后，以史为鉴、经世致用的史学精神，在理论与实践两方面都得到不断的深化与加强。中唐杜佑撰著的《通典》和北宋司马光编写的《资治通鉴》就是在实践上对史学服务于现实社会的新突破。杜佑《通典》"自序"说："所纂《通典》，实采群言，征诸人事，将施有政。"杜氏的功绩是深入到典章制度层面考察经邦治乱的重大社会得失问题，如朱熹说的是"有志于世务者"的非凡贡献。至于司马光为实现志在经世的修史构想，他的《资治通鉴》对直接关系天下兴亡的政治军事用力最专，如王应麟《地理通释》所说："足为有国者成败之鉴。"在理论上探讨史学经邦致用之旨的像刘知几、章学诚这样的史论家自不必言，非史家巨子亦有精彩之论。王夫之认为经世致用是史学本质不可分割的一部分，他在《读通鉴论》卷六中说："所贵乎史者，述往以为来者师也。为史者记载徒繁，而经世之大略不著，后人欲得其得失之枢机以效法之无由也，则恶用史为？"清末龚自珍把史学致用观念提升到认识论的高度，他在《尊史》里说："出乎史，入乎道，知知大道，必先为史。"如此，史成了认识掌握道的坚实基础，洞悉世务人生须明大道，而大道却依托于史学，这是龚氏的独见。以王、龚两人的看法旨在证明从理论角度研究史学精神的不乏其人，而且视野亦日趋开阔。

第四，融贯诸学，吸纳百家的会通精神。中国古代史学中对多门学问的兼容并包事实就是一种文化会通精神的表现。随着它的加强不断地为史学注入了新的活力，促进了我国古代人民探索各科学问的积极性，也使古代史学焕发无穷魅力，成为中国古代文化和学术的百科全书。

古代史学所探索的重大课题是人文道德范围的内容，具体反映在人与家庭、社会、国家的复杂关系。《春秋》运用"寓褒贬，别善恶"的严谨文字宣传正定名分、尊王攘夷的主张。与《春秋》关系密切的《左传》记载史事十分广泛，涉及春秋列国的政治、经济、外交、军事诸多活动，但其引人注目生辉之处，则在人文道德的批判上。例如，《隐公三年》用大量事实反映统治阶级"贱妨贵、少陵长、远间亲，新间旧、小加大、淫破义"之类的"逆德"，有力地暴露了统治者标榜的"君义、臣忠、父慈、子孝、兄友、弟恭"剥削阶级伦理道德的虚伪性。特别对君民关系的认识，凭借史实表明人心向背是决定战争胜负、政局治乱的重要砝码。《庄公十年》曹刿发表的见解，《襄公十四年》记有师旷之言，无不强调得人心者得天下的民本思想。

司马迁综合创新修史之业，推出纪传体通史。他撰史的指导思想并未脱离人文关怀，他念念不忘具有强烈史家责任感的家父告诫："夫天下称颂周公，言其能论歌文武之德，宣周召之风，达太王王季之思虑，爰及公刘，以尊后稷也。幽厉之后，王道缺，礼乐衰。孔子修旧起废，论《诗》《书》，作《春秋》，则学者至今则之。自获麟以来四百有余岁，而诸侯相兼，史记放绝。今汉兴，海内一统，明主贤君忠臣死义之士，余为太史而弗论载，废天下之史文，余甚惧焉，汝其念哉！"（《史记》）《史记》本纪、世家、列传部分，上自帝王将相，下到巫医卜祝，皆以人见史，充分表现了对伦理道德精神价值的高尚追求。非但《史记》之后面世的纪传体正史递相效法，别样体制的史著也没有与之绝缘。像司马光《资治通鉴》编年体通史，对人文道德的探求力度并不比《史记》逊色。其书卷一提出的"才德观"，认为君主任用才德兼备的人来辅弼，国家方可政治清明，反之社会必然混乱。卷二说及的"信义观"，视为立国之本："夫信者，人君之大宝也。国保于民，民保于信，非信无以使民，非民无以守国。是故古之王者不欺四海，霸者不欺四邻，善为国者不欺其民，善为家者不欺其亲。"

中国史学犹如中华儿女精神家园、社会家园和自然家园的一部巨型摄像机，它记录着中华民族的精神风貌、思想历程，还反映了我国古代丰富多彩的社会生活、千态万状的自然环境。《史记·货殖列传》着重分析了社会经济活动，包含农业、矿业、手工业和商业，试图揭示它们自身演变的规则。《史记》的八书和《汉书》的十志记叙了与社会生活不可分割的多种制度。杜佑的《通典》、郑樵《通志》两部典章制度史，前后辉映，显示出史家学兼天人，会通百学、包举古今的宏大气魄。郑氏于《通典》基础上，尽"平生之精力"撰写《通志》二十略，概而言之关涉到语音文字、姓氏宗族、天文地理、都邑州郡、器服金石、职官选举、昆虫草木、艺文、食货、刑法等，几欲囊括文化领域的主要门类。郑氏在《通志总序》里自评二十略为："总天下之大学术，而条目纲目，名之曰略，凡二十略，百代之宪章，学者之能事，尽于此矣。"这虽有夸大之嫌，却非游谈无根之语。我国史学在人与自然和谐共处的古代哲学思想引导下，许多史学家接受了宇宙大一统的辩证认知的方法，注意记载自然的变化及其与社会人事的关系。在《春秋》里见到的水、旱、虫灾，雨雹、雷电、霜雪、地震，日食、月食、星变等有关文字，是古代人对自然现象初步认识过程的反映。查阅二十四史，其中有十七史的书或志都有日月星辰天文变化情况的描述。从《汉书·地理志》开创全国性区域志的体例始，魏晋南北朝时期，地理的记叙逐渐丰富，地区、山水、风俗、寺观、物产各志相继出现。可以说中国古代史学在探索天象、地理、人事的关系中，包含着多门类的自然科学知识和理论，史学在某种意义上堪称会通之学。

10

青少年视域中影视与文学作品审美意义的差异

伴随着信息社会的到来，影视屏幕以千姿百态的信息形态，展现出独特的风采，明显地改变了青少年与外部世界进行对话的途径及其媒介。广大青少年捕获信息、吸纳新知的文化兴味和审美情趣，由往昔报刊、书籍所引发的一统天下，迅速地发生裂变，向影视屏幕转移的大趋势，锐不可当。面对这种崭新而壮观的文化气象，我们出于对青少年健康成长负责的态度，需要冷静而认真地思考其中的利与弊，以便主动积极地引导青少年合理地接受来自身外的熏陶和美育，使其素质得到全面提高，成为完善的人，有益于社会和人民的人。

不容人们否定，影视文化艺术的出现是知识形态生产力一种进步的反映，它所以长驱直入社会生活的广阔天地，并表现出很大的艺术魅力和强劲的社会效应，稍事琢磨就不难发现，它拥有现代科技的保驾，较之其他文化艺术载体独具优势。

第一，众所周知，现代生活节奏的频率日愈加速，不可避免地逐步浸润着人们的情绪和心灵。原本十分脆弱的青少年心理结构，自然引起不小的反响，几乎不约而同地希望以便捷热烈的方式进行思想情感的交流，简便快速地获取信息和知识。应该承认，现代社会的信息和知识的价值，和上一个世纪相比，判若天壤。知识和信息势将取代部分的自然物质而成为财富的重要来源，可见，快速地获取和利用知识与信息，是社会竞争的必然选择，是满足生命效益愿望的起码标志。人类的物质文明、科技开发就是顺着这种脉络深化与扩展的，影视文化艺术的功能也与此紧紧捆在一起。不难推知，青少年是社会中最为敏感的部分，尽管这个群体对某种影视文化的深层意蕴还很朦胧，然而文化艺术功能的自身导向，亦能使他们趋之若鹜，毫不吝啬把那些属于自己的时间，消耗在影视文化艺术的审美观赏中，人类的文明、社会的文化生活也在潜移默化地实现变革。那些欲把青少年从屏幕前拉走的想法，不管出于怎样的良好动机，都是逆时求存的痴心妄想。

第二，影视文化艺术鲜明的自由度是其优势的又一表现。虽说影视的传播方式是"人说我看"，报刊、书籍是"你写我读"，二者均具传播信息和文化传播那种中心化色彩的特征。但是由于特殊的制作传播手段，使影视比报刊、书籍更能打破时空的限制，或者说浓缩了时空，令人类生活的地球变为一个"村落"。人们从来没有像今天这样及时地了解"地球村"内时刻的变化，领略到同时异地发生的诸多事情，丰富多彩的人间生活皆可呈现在时间链条中的每个环节上，人类的审美活动第一次品尝到了时空交汇，各个段限内多维向度的全景图。影视文化艺术的审美效用更有其吸引力的是，它那同时调动青少年受者视听感官进入欣赏艺术的情境，把青少年的审美活动带到了历史上未曾有过的崭新阶段。我们从宏观视野来看，影视文化艺术是立体地再现生活，屏幕上的物象、图景、人物是在多种艺术技巧相互配合下生成、示现的。诸如拍摄角度、照明强度、镜头结构、剪裁组接、快慢节奏、画面绘制等，都有严格细致的要求。至于作用于听觉的声响音乐和影视语言，在音色、音质、音响效果上也大有文章，特别讲究。由此可见，影视作品已形成了独立的艺术特征，具有自身的审美意义。在文化艺术的大家族中，拔载自成一队，足以与文学艺术相媲美。

第三，屏幕上的影视艺术和以书本文字为载体的文学艺术，两两相较，各自的艺术特质不难辨识。试想，屏幕上可视画面及与之相配合的音乐、话语和声响，则是在特定的多维时空中塑造的直观视听形象。高度交融的综合性是影视艺术区别于包括文学在内的其他艺术的重要界碑。影视兼备着时间与空间艺术之长，它既是空间中延续的时间艺术，又是在时间中展现的空间艺术，把时间艺术的表现性和空间艺术的造型性有机结合为一体。就此而言，作为语言艺术的文学，在催发青少年审美激情和兴趣上，要显得相形见绌。影视艺术兼容并包其他艺术的能力，也是书本文学望尘莫及的。譬如，它能直接运用音乐的节奏、旋律，还可撷取绘画的构图和色彩，亦能调动戏剧的结构和表现手段，收到显其形、展其神、活灵活现、绘声绘色的艺术欣赏效果。当然，影视艺术与文学作品有着天然的联系，毫不夸张地说，文学作品是构成影视艺术的基本元素，是其生长、开花、结果的土壤。如果离开文学的叙事手段，影视艺术将是残缺不全的肢体。正是影视艺术把文学描写相对的模糊性转化为确定性，突破了文学作品描写形象受到间接性和意向性的制约。

第四，影视形象的确定性为审美活动平添特色。它能排除许多抽象的东西，代之以具体、鲜活可见的审美感受。这是影视艺术吸纳融汇文学、音乐、舞蹈、绘画、雕塑、建筑多元艺术集于一身的结果，非但文学未有此类的优势，就是素有综合艺术之誉的戏剧亦显得逊色。文学艺术的核心元素是语言的表现技巧，影视艺术的核心元素则是影像。影视凭借镜头把文学作品里的情节、人物转化为富有动感的、逼真酷肖的活生生画面，容易为观赏者捕捉，尤其适于青少年的心理活动的特点。这种转化的深层魅力来自影视创作，能将人物内心活动、潜在意向以虚拟化技巧（如生活原貌）再现屏幕上，营造出有节奏感与冲击力的动态视觉性的艺术形式。在文学作品里用语言叙述的情节、事件，以及人物的思念、幻觉、梦境等各种意识来个"金蝉脱壳"，实现屏幕化，使得影视艺术的美学效果，给青少年敞开了一个前所未有的声像并茂、五光十色的审美天地。

既然影视文化艺术具备许多审美优势，这是否就意味着文学作品的审美作用遭到了贬值，文学艺术的美学意义逐步减弱，对青少年的教育功能将会黯然失色呢？我们对于这种类似的疑惑问题，完全有理由断言，此乃纯系杞人忧天。事实恰好相反，随着影视艺术的提高和发展，倒越是显示出文学作品独自的教育和美育的价值与作用。我们绝不可忽视和放弃青少年寻求及利用各种有效途径，接受文学作品的艺术美和其闪光的思想理念。这里为了强调影视与文学双方在青少年受者视域内的审美差异，特以阅读文学作品为例，阐述文学审美的功能作用。

其一，阅读文学作品对青少年情趣的陶冶、个性的发展、品德的修养、灵性悟性的诱发、认知能力的培养等所起到的积极效用，则是教育工作者的共识。常言道，"腹有诗书气自华"。现实生活中我们也会觉察到，文学作品能够成为人们养成屏弃尘俗、卓然独立风度的支持力量。沉浸于文学作品的审美中最易摆脱烦恼困扰，出现凝神贯注的陶然心境，这是在影视艺术的世界里不可寻得的精神绿洲。林语堂说过："读书的主旨在于排脱俗气。""苏东坡初读《庄子》，如有胸中久积的话，被他说出。""一人必有一人中意的作家，各人自己去找去，找到了文学上的爱人，他自会有魔力吸引你，而你也乐自为所吸，甚至声音相貌，一颦一笑，亦渐与相似。这样浸润其中，自然获益不少，将来年事渐长，厌此情人，再找别的情人，到了经过两三个情人，或是四五个情人，大概你自己也已受了熏陶不浅，思想已经成熟。"①

当代作家王充闾是为人熟知的一位学者、师长，他在《节假光阴诗卷里》一文中写道："数千年来，我国无数文人、骚客、旅行家，凭着他们对山水自然的特殊的感受力、丰富的审美情怀和高超的艺术手法，写下了汗牛充栋的诗歌、散文，为祖国的山川胜迹塑造出画一般精美、梦一般空灵的形象。一编在手，可以心游象外，悠然神往，把心理境界、生活情趣和艺术创造的第二自然作为三个同心圆叠在一起，不啻身临其境，而能免却鞍马劳顿，解除风尘之苦。"②这也是人们精神净化、心灵美化的过程。每当一部文学作品真正变为自己支配的文化艺术品时，我们就能深切地体会到它给自己带来的不是孤独和躁动，而是一种温馨和宁静。

又是林语堂于《宁静之道》的杂谈中，为人们养成宁静平和的心性开了一个由"六味药"配制的大处方。其中两味药是"缓缓默诵清平、

---

① 林语堂：《励志·人生》，四川文艺出版社，1996年，第318、321页。

② 王充闾：《沧浪之三水》，三联书店，1996年，第185页。

朗爽、和平的字眼、诗词、名句"①。"求心的一贯宁静，复诵古今完人修身致静名句。一字一句细细咀诵，而临绝对宁静之境。"②阅读文学作品一旦入境，便会神奇地把生活的喧嚣或寂寞的时空，换作人生享受、心神怡爽的瑰丽天地。阅读文学作品不是数点其中的人与事，更不是辞藻、语句在头脑中穿行、过滤，而是由许多心理因素参与的心智活动。阅读文学书籍在开阔知识视野的同时，还激发了审美感受，动之以情，晓之以理，塑造品格。日积月累，其举止言谈、社会行为，自然提升了文化品位，透发出文明修养的韵味。

其二，阅读是在审美中进行心理调适的一种高效之方，是保持心态平衡的高雅手段。文学作品的特质不是用形象图解思想观念，作品里的思想不是概念化的布道传经，而是感情性的思想，或者说是思想性的感情。作者笔下的形象包容着丰富的内涵，凝聚着浓郁的感情，一旦进入阅读状态，作品的形象便拨动着读者的心弦，"心胸中感到万分痛快，而灵魂上发生猛烈影响。如春雷一鸣，蚕卵孵出，得一新生命，入一新世界"。品尝到这种兴味的青少年虽然并不很多，但是在阅读过程中不由自主地去寻找自己喜欢的人物，去以别人的命运和观点比照自己的性格和看法，用赞叹、颂美、肯定、疑惑、抱怨等感情方式表达自己的体验和理解，倒是极为普遍的现象。毋庸讳言，影视艺术也有感染人的魅力，却没有文学作品对人的影响大而持久。一本文学名著可以陪伴人的终生，很多人就是在读了一本文学名著之后，开始了他生活的新纪元。

文学作品解释着社会中人的奇迹，也引来了新奇迹的诞生。马克思喜爱古希腊的悲剧作品，每年都要重读一遍埃斯库罗斯的希腊原文作品，把普罗米修斯的形象写在自己的博士论文中，这是人们耳熟能详的事情。别林斯基在谈到读《死魂灵》一书的情景时说，此书不是读一遍就能释手的，读第二、第三遍，还像读新书那样，读一遍有一遍的收获。文学作品与读者心灵之间深层的文化依存关系，不是影视艺术所能

---

① 林语堂:《励志·人生》，四川文艺出版社，1996年，第27页。

② 林语堂:《励志·人生》，四川文艺出版社，1996年，第27页。

代替的。影视艺术给予青少年许多审美乐趣和丰富的信息量，但没有阅读文学作品对读者心理结构改造的可贵效应。生活中的实况已向人们敲起了警钟，阅读文学作品兴趣和习惯的衰减和低落，恰同文化心态的浮躁、焦虑与颠狂的增长成正比。往昔青少年捧读文学名著的情况已是罕见，而喜欢通过大众传媒接受文化知识倒是青少年趋同的现象。当今世界不少有识之士正在议论如何改变和预防"道德沦落和经济增长的二律背反"的话题，强烈的物欲和疯狂地追求享乐引发青少年心态失衡和扭曲的事例，在经济腾飞的国家里屡见不鲜。要让青少年保持健康心态，不断调整改善心理结构，方法固然很多，但大力提倡、切实引导青少年阅读文学名著，增大读书的兴趣和培养良好的阅读习惯，仍不失为明智之举。

其三，阅读文学作品是在审美中训练思维能力的极好方式。文学作品给予青少年的知识和信息虽不如影视艺术多而广，但却比影视艺术系统、严密。影视屏幕的文化信息迅疾拥挤，青少年根本来不及细嚼慢咽，知识信息的消化不良反而促成青少年酿成了蜻蜓点水、浅尝辄止的学习态度。他们常常表现为似乎无所不知，稍加较真就显得委实无知。阅读包括文学作品在内的书籍，可以弥补这种缺欠。经常阅读的人善于思考问题，能够把握全局，易于发现表象内的矛盾纠葛，敏锐而准确地预测事态发展的走势，找出解决问题的门径。这是心理学家早就得出的研究结论。阅读文学作品是在审美愉悦的情境中锻炼思维能力，其中有一个实现目标的前提，就是必须首先培养青少年阅读的基本功。

实践告诉人们，同样一部文学作品，有着相同年龄和学历程度的青少年读者，阅读作品最终接受的程度，差异惊人。或读后不知所云，仿佛压根没有接触作品似的；有的能清晰地复述作品的内容，勾勒出艺术形象的概貌，把握情节起伏脉络，而且理解其意蕴，做出自己的评价。这里的奥秘是在审美过程训练思维，也须在理解作品叙述的事件、感知其艺术形象的基础上，然后把它们摄入自己的心理结构，与自己积累的知识和生活经验接轨。这样才能发生联想、想象、判断与推理，体认新信息、新材料的本质和意义。就是说，阅读审美活动不是孤立进行的，它总是和理解、思维过程连成一片，三位一体，其最终成果体现在阅读评价上，表现为对作品做出美丑、善恶、优劣、正误等事实判断、审美判断和价值判断。读者对作品理解、审美的层次越高，评价中带有的独立性和批判性则越突出，所反映的阅读思维训练就越理想。说到底，阅读思维训练的运作机制最关键的环节，亦是最棘手的难题是帮助青少年扎实地掌握相应的语言系统。

这里不仅指汉字的词义、汉语的语法，而是和广泛的社会生活领域、基本的知识领域息息相关的语言系统。试想，一个青少年读者连起码的历史、哲学、法律、民俗、自然科学等最常见与惯用的术语都不懂，又怎能把握文学作品语言所描写的艺术形象和生活图景的内涵呢？阅读语言系统的建设需要付出辛苦的代价和努力。为什么青少年喜欢观赏影视艺术，却把阅读文学作品视为"畏途"？主要原因就在于此。不过"畏途"中有锻炼思维、培养思维能力的阶梯，犹如探骊得珠，不历难涉险，焉得珍珠呢？

本文的撰写，还有另层意思，影视文化艺术比之文学作品具有较强的感官刺激，这与青少年爆发式的审美激情和青春期的特殊心理，一拍即合。社会上媚俗取利的作者投其所好，粗制滥造影视作品，诱导青少年陷入艺术欣赏的误区。污染了他们的精神家园。这和用先进文化对青少年全面进行素质教育是格格不入的，教育工作者当然不可等闲视之。

11

丰材加覃思　妙手得文章

——散议毕业论文的撰写

　　培养中文系函授本科生，于教学环节中增设撰写毕业论文的项目，确可称之为睿识之举，这是不待赘辩而自明的问题。因为毕业论文的成绩不仅能够考查学员的知识储备量及运用学得知识的熟练程度，还可以表现出学员在自己专业领域内，提出问题、分析问题和解决问题的能力。撰写论文的过程亦是在实践中学习科研的重要途径，将关涉到毕业生对承担未来事业的后劲。那么怎样才能写出有学术价值的论文呢？大概所有的"写作"教科书都回答得明白，简言之，既要占有丰富的资料，又需覃思精虑，从中提炼出独见，进而剪裁缝合，组织成篇。道理是这样的简单，作起文章来却很困难。正如古人讲过的："非知之难，能之难也。""能予人以规矩，而不能使之巧。"可见，写作论文的秘诀在于因人制宜地摸索经验，在练中求得逐步提高。这里谈的只是个人的一点儿体会，目的是想引起学员对写毕业论文的重视。

一、论文选题不可掉以轻心

　　写学术论文当然不像创作诗歌、散文，有感即发，有事则记，抓住兴会驰骋笔墨，一气呵成，如此问世的作品情真动人，读者最易于感知抒情主人公的精神面貌。学术论文就不同了，它需要作者经过一定时间的潜心研究，是根据占有材料深思自得的产品，依靠感情的力量未必能及于事。论文选题之所以重要，就是因为它决定作者的思路，决定作者把心血倾注在什么问题上。千里之行，始于足下，研究课题直接影响以后的研究方向和成果。凡是从事科研工作的人对待选题无不慎之又慎，即使功勋卓著的大科学家也毫不例外。英国现代物理学家、晶体研究荣获诺贝尔奖的著名人物贝尔纳，曾深有感触地说："一般地讲，提出课题比解决课题更困难，评价和选择课题，便成了研究战略的起点，乃至成败的重要因素。"这话讲得多么有分量啊！

18世纪时欧美有很多物理学研究者都不约而同地选择了"永动机"设计方案的课题。在法国这种方案似雪片般地飞向国家科学院，顿使研究机关为应付接待工作而忙乱不堪。后来只好下一道禁令，科学院永远不接受关于"永动机"的设计方案。美国为了证明设计"永动机"的课题是痴人妄想，政府特地制作了一台让大家参观，令迷途者醒悟。然而，科学的道路并非平坦，栽跟头也委实难以避免。牛顿是世界公认的伟大思想家。他在五十岁之前曾在力学、热学、天文学诸方面有过杰出的贡献，但年过半百便步入歧路，错把神学当作研究课题，甚至醉心探求长生不老之术。结果三十年过去了，寒来暑往，孜孜穷年，一位稀世罕见的聪明人竟堕入了迷海，痛苦地挣扎，凄惨地死去。这种历史教训不是所有人都会记取的。在我们周围不是也有人孜孜不倦地制造文字垃圾吗？这与牛顿晚年何其相似乃尔。瓦特注意热气把水壶盖顶起的现象是为了研究蒸气机，年青的牛顿思索苹果为什么会落在地上是为了寻求引力的奥秘，我们选择科研的课题也同样要有所遵循，不能排斥必要的功利。依我的浅见，论文选题应考虑这几方面的因素：

（1）注意社会效果，要具有浓郁的时代气息。所谓社会效果，不是一个抽象的概念，而是有着充实内容和具体要求的写作原则，这就是我们的科研活动应当有利于社会主义物质文明和精神文明的建设。包括语言文学专业各个学科的知识和学问，当然是属于精神文明建设范畴内的课题，只要我们用辩证唯物论的思想来研究它，就是积极的，其意义是不可抹杀的。至于时代气息的问题，不是要求学术论文充当政治的传声筒，而是要强调科学研究应当与现实社会生活联系起来。我们不赞成把学术变为追逐政治风潮的急救章，也坚决反对把科研活动搞成谈玄说虚的魔道。

（2）注意论文的学术价值。凡从事文学研究的同志，不论是古代的、现代的、外国的，或是跨域兼国的比较文学，其根本目的都是探求并认识文学这种特殊的艺术形式和社会意识形态同频共振的发展规律，实现继承和发扬其中的优良传统，为丰富和繁荣当今社会主义新文艺服务的目的。然而，从公之于世的文章来看，有的偏离了科研的方向，一味喜奇尚怪，放言高论，企图一鸣惊人，岂不知空耗精神，于事无补，诸如红学研究中的索引迷就属于这类情况。

（3）注意量体裁衣，选题大小适度。朱东润先生曾谈过论文选题的办法，他认为论文有两种写法，一是大题小作，二是小题大作。前者必须掌握大量的资料，熟悉问题研究的历史和现状，在此基础上才能高瞻远瞩，胸有全局，高度概括，把内容广泛繁杂的论题锤炼成几颗闪烁光芒的珍珠。这种论文我们初学科研的人是力不胜任的。因为没有雄厚的学识和资料的积累，写起来就会捉襟见肘，漏洞百出，要么就是随意胡诌，满纸是无根的臆说。小题大作的方法则不然，比较适合我们的情况。它本身要求选题窄一些，功夫花在对问题的挖掘上，集中笔力争取在某个问题的一两点处谈出自己的体会，这就很好了。例如，我们论述古今中外大作家创作题材内容的某个方面，或是他们的一部作品，或是一个时期的某种题材的产品，以及对中小作家的创作进行全面的详论，一般来说都应视为窄题。据富有科研经验的学者介绍，文科的学术文章通常都是评述作品起步，逐渐攀登到专题研究和有关文艺理论的探讨。学人的这些话是来自实践的心得，很值得我们记取。

二、注意收集资料，下大气力熟读原著

一位叫奥康纳的学者说过："着手写论文就像在寒冷的早晨开动一辆破旧的汽车一样，司机十分焦急，汽车因受冻而不易开，人和机器都得麻烦一阵子才能就绪上道。"其实，撰写论文并不像开动引擎那样一开始就全局在胸、目标明确。对于不是以科研为业的人来说，论文题目

的形成多是在平时读书、讨论，调查研究活动中获得的。伴随着论题的产生，作者已经了解和收集到了一定的材料，这些材料亦是选定论题的根据。可是我们往届本科学生中的部分人由于惰性作祟，巧取终南捷径，把人家研究某个问题的一些论文查看一遍，从字缝中谋求生路，移花接木，植皮贴肉，勉强拼凑成篇以应付差事。这是一种本末颠倒的撰文途径，带有腐败气味的学风，是在必刹之列。正确的路子是从积累到思索，仔细推究，直至得出平实稳健的己见才能进入写作过程。就积累素材而言，论文题目没有选定之前，是处于学习中杂观泛览、自然积累阶段，这是达到既定目标往往不可缺少的自然选择过程，对铺垫做学问的基础是有积极意义的。

我国比较文学专家杨宪益先生的治学道路，便给了我们生动的启示。他说自己小时候没从师上学就开始翻阅各种杂书，像笔记小说《子不语》《阅微草堂笔记》《梵天庐杂俎》，当时流行的"鸳鸯蝴蝶派"作品，武侠小说《施公案》《彭公案》之类的作品。后来从师跟一位秀才先读《三字经》《百家姓》《龙文鞭影》《千家诗》，后读《诗经》《尚书》《左传》《古文观止》《古文释义》《楚辞》《唐诗三百首》。入中学以后对英文产生了强烈的兴趣，除了接触中外史地和自然科学知识而外，头脑中的兴奋点已由民族文学转到西方文学方面去了。在英国留学期间又不限于学习外国文学，对西方的史地、音美、民俗学、心理学、哲学和马列经典著作无不潜心攻读过。正是这样才会有他的《译余偶记》那样的专著问世。

杨先生的治学经验说明了开始读书，范围还是广泛一些为好。"开头涉猎群书，总不免要杂一些。问题在于要先博后专。"天下事物都是互相联系的，没有"博"，"专"从何谈起呢？"研究一个文学方面的问题，往往要查一下当时的历史资料，也许还要研究一下地理，也许还要有点外文知识，也许还要研究一下古代和现代的天文历法、民间风俗习惯等，有时甚至要一点自然科学常识。所以在治学上，广泛的知识总是必要的。"可见写出有价值的论文要靠平时的积功，如果将它当作任务来完成，临时抱佛脚，那种论文必然胎里亏损，分量不足。然而我们的函授生撰写毕业论文，多数是平时缺乏自然积累，如此，要提高论文的质量，也只能在选题之后靠有意识地积累材料了，即把大量有用的资料从各种书籍、报纸、杂志里钩稽出来。这种工作也存在着方法问题，如不得法，必将造成许多麻烦。

人们采用的做法是先从"三查"入手，例如我决定论述唐代作家杜牧诗歌的抒情技巧，那么，第一步需要查阅有关收录图书目录的工具书，掌握杜牧诗集的真本与善本，以及一些重要的选本和历代留传下来的诗话等书。这项工作并不难，只要翻检《书目问答》《唐集叙录》和古典书籍、名著介绍一类的工具书，就会了解清人冯集梧注的《樊川诗集注》四卷是我们研究杜诗的理想版本。前人记载冯氏依古本做注，凡是诗中的名物、舆地、典故，难解的字、词及唐代的典章制度，均已注出，对读者了解原诗本意大有裨益。

第二查要迈开双脚到藏书较富的图书馆去查阅目录卡片。此举不可忽略，新版的图书在内容方面比旧版本常有变动，而这种版本又不见工具书中，所以图书馆的目录卡也会给读者提供新信息。像1962年中华书局出版的《樊川诗集注》就与冯集梧的《四部备要》版的注本不同。新版包括诗集、补遗、别集、外集、遗诗补录，后附杜牧卒年考和诗作评述汇编等。无疑，这些材料对认识杜牧诗歌创作的原貌，弥足珍贵。

第三是查阅有关索引，如《唐五代人物传记综合索引》《唐诗人行年考》《古代文学资料目录索引》《古代文学研究论文索引》等。三查之后便可按图索骥，顺藤摸瓜，充分利用读书卡片可分可合、可以抽象、可以补充的优点，辅以复印和笔记本为后备军，这样记录资料就能完备与方便了。

卡片的使用方法很有学问，调动得当，可大获其利。依我的拙法是在卡片的上部留块空头，标明下面所记的材料是属哪一类的。以杜牧诗的抒情而言，大体上会有类似这样的标目："抒情的形象化手法"，包括比喻、象征、想象；"抒情的映衬手法"，包括对比、反衬、垫衬；"抒情的强调手法"，包括反复咏唱、夸张、渲染；"抒情与身世"；"抒情与时代"；"抒情与其人的文论主张"；等等。总之，收集材料的范围要宽泛些，研究杜牧诗的抒情手法不能把眼睛只盯在小杜诗作的本身，还要从文学发展史的角度，找出上下之间继承与创新的关系，以及与同时代其他诗人相互间的影响和融合。当然，积累材料的过程也是一个思考推敲、加深认识的过程。倘若头开得好，就能如茧抽丝，似笋剥皮，由表及里，由此及彼，不断扩展和深入。

比较来说，收集大作家与小作家的材料办法有所差异，大家的资料需要从成帙的书籍、文章中去挑选，而小家的资料多散藏在各处，需要有大海捞针的精神认真地去采撷。荀子《劝学篇》指出："积土成山，风雨兴焉；积水成渊，蛟龙生焉。""不积跬步，无以至千里；不积小流，无以成江海。"没有不辞千辛万苦的知识积累，是任何学问也做不起来的，"真积力久"是治学之道的精要。这里强调的收集材料也包含对原著的阅读问题。萧涤非先生讲过，写论文的准备工作至关重要的事情是熟读原著和手头的其他资料，熟到呼之欲出、信手拈来的程度为好。

联系是研究的前提，能把不同事物科学地联系在一起，从中发现了新东西，这就是卓有成效的科研活动，爱因斯坦也阐述过这种观点。但是，连篇巨著读熟了很不容易，我看苏轼的"八面受敌"读书法很值得学习。概言之，则是要求多看几遍，每遍都有个侧重点，抓住作品里的一个问题就要认清它的基本面貌。这会克服一次性完成阅读法的弊端，避免顾此失彼，眉毛胡子一把抓。而且经过多次筛选，存下的部分会变为分层次、见条理的有用资料。阅读原著的另一经验是不要丢开借鉴已有的研究成果，在比较中免得走弯路，或催发产生新的思想火花。不妨举例加以说明。鲁迅的诗歌《自题小像》是人们所熟知的，其中"灵台无计逃神矢，风雨如磐暗故园"句里的"灵台"一词，传统的解释为"心灵"。1981年第6期《语文教学通讯》发表了鲁歌的看法，鲁文认为"灵台"是越王勾践时范蠡在会稽筑的层楼，那里是轩辕黄帝及其后代大禹的发源地，这与诗结尾处的"荐轩辕"有着内在联系。鲁文的观点是否能成定论还有待探讨，然而研究鲁迅诗歌的人不知道这一新见，似乎有点缺憾吧。

　　对于古人的意见同样不能轻视，拿陆游的词《蝶恋花》来说吧："桐叶晨飘蛩夜语，旅思秋光，黯黯长安路。忽记横戈盘马处，散关清渭应如故。江海轻舟今已具，一卷兵书，叹息无人付。早信此生终不遇，当年悔草长杨赋。"清代常州词派的大师陈廷焯评论道："放翁此阕收结二句，情见乎词，更无一毫含蓄处。稼轩《鹧鸪天》云：'欲将万字平戎策，换得东家种树书，亦放翁意，而气格迥乎不同。彼浅而直，此郁而厚也。'"稍加联系陆游的身世经历便可推知陈氏批评陆词"浅而直"显然是错了！诗人曾在陕南戍守边陲，与敌人发生过惊心动魄的遭遇战。但写这首词的时候正是刚从前线被撤下来，心里仍然深挚地留恋戍边生活，并痛惋收复关中，动摇金人根基的作战计划没能见诸行动。因而诗人无限慨叹，对统治者无心抗战表示极大的悲愤。这不是个人狭隘的情感，而是对民族兴衰存亡的关心，愤怒出诗人，这怎么能指责为词意"浅直"呢？

　　文学创作贵在真实，而愈是真实的东西，往往愈有独创性。我们从壮志难酬的怆痛中倒可以体会陆游坚定的爱国立场。应该肯定，我的看法是由陈氏的错误评价催生的，所以，不论从哪个角度讲，阅读原文都要参考前人的说法，甚至将几种不同的观点和材料反复比较，用心斟酌，认真鉴别，还要不惮麻烦，寻检查证核实，连类而及，去伪存真，力求有所发明和创见。

三、拟好写作提纲，确立论文主脑

　　在收集相当数量材料和熟读原著的基础上，进而运用归纳、提炼两种手段开始拟定写作提纲，确立文章的中心。拟提纲与立主脑二者在酝酿期间是交替进行、相互推动的。主脑是文章的总纲，若无中心和提纲，散漫的材料就不能有选择、分轻重、按着一定的顺序贯穿组合起来。关于这点，宋代葛立方在《韵语阳秋》中用一则故事做了解释："东坡在儋耳时，余三从兄讳延之，自江阴儋簦万里，绝海往见，留一月。坡尝诲以作文之法曰'儋州虽数百家之聚，州人之所须，取之市而对足，然不可徒得也。必有一物以摄之，然后为己用'。所谓一物者，钱是也。作文亦然，天下之事，散在经子史中，不可徒使。必得一物以摄之，然后为己用。所谓一物者，意是也。不得钱不可以取物，不得意不可以用事，此作文之要也。"苏轼所说的"事"，就是我们写论文需求的材料，在要动笔写文章的时候必须对它来进行一番提炼，从中得出写作的纲要，然后反转过来统摄和支配材料。

归纳法便是提炼材料的得力工具，它能把堆在面前的大宗材料和阅读过的内容丰富复杂的原著，按不同类型进行排队、集结，犹如数学里的合并同类项，军事行动中的按兵种集合队伍一样。例如，我们读过了宋代词人柳永《乐章集》中的200余首词，现在要抓住柳词的中心，条分缕析地进行评论，用归纳法开路，一下子就可以梳理出头绪。首先，看到了其词作数量最多的是描写羁旅行役、思亲念远的离情别绪之篇，约有110首，再从中找出最有代表性的作品，如《八声甘州》《雨霖铃》诸作。其次，是描写男欢女爱、歌喉舞姿，反映被压迫、受歧视的妇女生活之词，计达50余首，《昼夜乐》《蝶恋花》是典型的篇章。再次，是描写自然风光和都市繁华气象的作品，共有20余首，像《望流潮》《迎新春》是颇为有名的。分出上述几类而外剩余几首，如抒愤泄恨、流露怀才不遇之情的《鹤冲天》，庸俗应酬、歌功颂德的《醉蓬莱》等，它们数量不多，构成不了一大类，却又是柳词全貌的一个侧影。这样在论述中点上一笔较为妥当。

由此可知，归纳法是一种从未知到有知的推演法，我们对作家作品要进行科学的评价，经常离不开这种方法。它能使我们从客观实际出发进行实事求是的分析，从而得出正确的结论。从现有材料中归纳出一定的思想观点，进一步把提出的几方面观点集中起来，予以概括，于是得到了论文的主脑。而各个类项就是拟撰论文的提纲，其类意即是文章的分论点。实践表明，材料的归纳是一件艰难的工作，这关系到拟撰论文的立意是否新颖、简明、深刻，其关键在于提炼的功夫。

所谓提炼，是指同一个材料，同一个作家作品，可以从不同角度着眼，分析出不同的意思甚至截然相反的思想见解。李白的绝句《早发白帝城》是妇孺会诵的诗歌，但是作品表达的思想感情究竟是什么，并没有统一的看法。有人认为它是一首纪行诗，记叙李白自白帝城下三峡、过荆门所见到的地形地貌，沿江宏丽的自然景色。长江上游峻极巍峨的地势造成白帝城如同置于云际之中，绵亘的长江迂回穿行重山叠岭，临高至下，俯冲而来，别有壮观之景，李白诗艺术地再现了水旅真实之感。前些年讨论形象思维，有人又提了新认识，说《早发白帝城》是一首将听觉形象转化为视觉形象的佳作。李白形容船行进的速度快，快到通过视觉范围来描绘都难以表达的程度，因此使用听觉形象加以形容。"两岸猿声啼不住，轻舟已过万重山"，船顺流飞驰，其快无可比方。试想，当山峦间猿啼的声音还在耳边回荡，可是行船早已把重山峻岭甩得老远老远，这种通感的遣用是多么的美妙啊！

随后，又有人说《早发白帝城》是篇高明的抒情之作。诗人凭借景物宣泄特殊的心境。李白此时是位年临花甲的老人，因爱国而获罪流放夜郎。15个月以前离开妻女，孤身一人从东南押送西南，长途跋涉，艰辛备尝，身心遭受的折磨不堪忍持。恰好到了白帝城意外地得到朝廷的赦免。老人精神上如释重负，欢喜雀跃。幸而又能乘坐顺风快船准备回到亲人的身边，其心情是何等的畅快！诗中跳动的景物真切地揭示了诗人激荡的心绪。

公允而论，上述几种见解从不同角度进行分析得出各自的结论，但又都能言之成理，不为妄说怪论，是善于提炼的例证。提炼是写作过程中最重要的一个环节，我们辛苦地积累了许多材料，熟读了原著，但绝不可抓住什么东西就写什么东西，想到什么就说什么，意多乱文，违反写作的规律。清人魏禧说："善为文者，有所不必命之题，有不屑言之理，譬犹治水者沮洳去则波流大，薪火者秽杂除而光明盛也。"去掉水中的污垢，除却火中的秽杂，则流水通畅，火焰明盛。提炼得好，找到作文的纲领和主脑，然后动笔写文章，这样可用的材料就能有条不紊地摄入笔底，斐然成章。

四、应当讲究论证方法

论证方法是议论文的基本要素，它有着明确的要求。一是观点和材料要统一。切忌堆砌许多材料而没有鲜明的观点把它们统起来，写成了一本流水账。或是提出了观点，但是观点和材料之间杂乱无章，要么是观点加例子，二者单摆浮搁，缺乏内在联系的剖析、论证，结果丧失了说服力。二是论证要逻辑严密，准确有力。论证的目的是揭示论点与论据之间，上层意思和下层意思之间的逻辑关系。这种关系应该是符合客观事物的实际，反映客观事物的本质和规律的。这种关系论述得越清楚、越明确，越能提高论文的力度。三是论证要生动、朴实。程千帆先生讲初学写学术文章不能寻求标新立异、故作惊人之语。也不能刻意追求巧妙。只求得正确认识事物的本质，以恰当的语言表述出来，做到意精、文畅、篇章长短适度，就算很成功了。

至于论证的方法，我既不准备复述什么正论、驳论、归谬、喻证之类的旧说，亦不打算在这里介绍系统论、控制论、信息论在文学研究领域里的应用，以及流行西方当代的文艺批评模式，如道德批评模式、心理批评模式、社会批评模式、形式主义批评模式、神话式批评和阐释学、现象学、接受理论等研究方法。只想用李泽厚先生的话结束这篇长而不当的散议。他说要找到最适合自己的研究问题的方法，还应先研究一下自己。客观世界是复杂的，研究的方法是多样的。我们从多途径、多层次、多角度去研究同一个问题，才能反映得比较全面。而每个人采用何法，这与他的性格、气质、背景、基础、兴趣、潜力、才能是分不开的。有人适合搞考证，有人长于提出理论问题，有人擅于分析，有人喜欢概括，有人更偏于冷静的客观描述，有人则能自然地注入主观情感。坚持扬长避短，因宜生变，力争发挥自己的潜能。据此，我欢迎同志们各展所长，从科研实践中增加才力，锲而不舍，去研究一些学问，摘取劳动的果实。

12

报批国家级科研项目

——《光耀神州的红山文化》视频课脚本（节选）

片头花絮：

显示屏打上讲解题目，接下来出现辽西大地西拉木伦河，老哈河，大、小凌河流域的自然风貌。

画外音：

众所周知，大江大河是孕育人类文明的摇篮，黄河、长江是中华民族的母亲河，而流经祖国东北区域南部的辽河也是东北人民的母亲河之一。辽河由东、西辽河两大支流汇合而成。西辽河又有南、北两个水源，北部是源于内蒙古克什克腾旗白岔山的西拉木伦河，南部则是源于河北七老图山脉光头山的老哈河。两河的流域面积与辽宁省西部大凌河水系、小凌河水系的流域面积拼接起来，几乎覆盖了辽西大部分土地，并且延及内蒙古自治区与河北境内。

就是在这块土地上，中华民族北方先民于距今5000多年的史前阶段，创生了绚丽多姿、光耀神州的红山文化。

它与黄河流域的中原文化、长江流域的江南文化交汇融合，铸就了中华民族多元统一文化的自然禀赋，成为同构中华文化基因不可或缺的元素，堪称中华文化家族中的一位"骄子"。

切入课堂：

主讲人出场、问好、听众鼓掌。

主讲人说明讲解的话题，显示屏打上字幕："光耀神州的红山文化"。

主讲人：

这个话题内容深厚，富有魅力，我把它细化为十个单元，多维向度地认识它的内涵、领会它的特质、品味它的魅力。这十个单元分别为：（显示屏打上十讲的内容）

第一讲　红山文化纵览

第二讲　认读红山文化的陶器

第三讲　品赏红山文化的玉器

第四讲　巡礼 牛河梁遗址（上）

第五讲　巡礼 牛河梁遗址（下）

第六讲　辽河文化初始阶段的扛鼎之作

第七讲　中华史前文化家族中的骄子

第八讲　寻绎红山文化的余韵

第九讲　破译红山文化的价值范畴

第十讲　探索红山文化的当代意义

主讲人：下面我来讲解第一讲"红山文化纵览"。所谓"纵览"，就是要我们从总体上来认知红山文化的相貌和性质，感受史前中华北方文化的风采。这就需要从两个角度来求解。首先是了解红山文化名称的由来和空间地域的界定，其次是盘点红山文化已经面世的地下遗存，进而水到渠成地认定红山文化的基本属性。

显示屏打上：

一、红山文化名称的由来与地域的界定

二、红山文化已经面世的地下遗存及基本属性

（显示屏出现西辽河流域图，图中含有下面提到的地方）

主讲人：

红山文化，顾名思义，它是因内蒙古自治区赤峰市郊的红山后遗址而得名。那个充满传奇色彩的红山，通体则是暗红色的花岗岩质，老哈河的支流英金河像条玉带从南至西绕山而过。红山绿水，使山更媚；超凡脱俗，使水更柔。飘逸迷人，清风袭来，山水万物荡漾着空灵的回声，因而诱发出一个美丽动人的神话传说。据说远在太古洪荒，有九位

仙女犯了天规，西王母大怒，九位仙女惊慌失措，不小心打翻了胭脂盒，带着仙香的胭脂洒落在这个地区的山上，因而有了天造地设的红山。传说不足信，但它却透露了中华先民"天人合一"的思维框架。那么，这个钟灵毓秀、人杰地灵的地方又是怎样走进中华民族文化史的神圣殿堂的呢？这得从20世纪初说起。

近代中国的历史是屈辱的，在考古学领域，是外国学者最先踏上了这片领地。据史料记载，1908年，日本人类学家鸟居龙藏来华讲学期间，曾到内蒙古自治区东南部的林西县和赤峰辖区英金河畔做调查，在地面上发现了一些史前先民所用陶器的残片，这是有明确记载的关注红山文化的肇始者。

消息不胫而走，1919年以后，法国学者桑芝华、德日进两人相继在内蒙古自治区东南部发现了多处新石器时代的遗址和一些细石器。

1921年，当时应聘来华探矿的瑞典地质学家安特生到辽宁葫芦岛市一带进行煤矿勘察，借机搜寻了属于地质学和考古学方面的资料。当此之际，他在葫芦岛南票煤田附近发现了数个石灰岩洞穴遗址，而且对南票镇沙窝屯村东南1.5公里处的洞穴遗存进行了发掘。1923年，他把发掘报告发表在地质调查所主办的《中国古生物志》杂志上。这次发掘收获甚丰、意义重大，从此沙窝屯洞穴遗址便成为当之无愧的中国近代田野考古历程中第一个正式发掘的遗址。很可惜，这个早产儿问世不久便被人遗忘，那个雄心勃勃的安特生，在涉足沙窝屯洞穴遗址后，转身南下，在同年秋天发掘了河南渑池县仰韶村遗址。随着时光的流逝，人们竟忘掉了沙窝屯遗址这个在辽西野外考古发掘的长子，而只提它的小老弟仰韶村遗址。历史的云烟遮盖了沙窝屯，以致后来它完全被赤峰红山后遗址所替代。

1930年，当中国现代考古学者梁思永把目光投向西辽河，红山文化的确认便进入了一个全新的阶段。梁思永是大名鼎鼎的梁启超的二公子，20岁从清华留美预备班毕业，考入美国哈佛大学，主攻考古学和人类学。26岁获硕士学位回国，在中央研究院历史语言研究所从事考古工作。他作为中国第一位走出国门接受西方考古学正规训练的学者，来到林西县和英金河流域进行考察，他以现代考古工作者的科学眼光与真知灼见，根据当时已知的出土遗存，极具洞察力地注意到西拉木伦河南北之间史前文化的差异，并提议作为专门课题来研究。但当时国难当头，这种研究举步维艰。

九一八事变以后，东北和热河受到日本侵略者的践踏，随着文化侵略的深入，日本考古学家再次踏上这块土地。1935年，日本东亚考古学会的滨田耕作、水野清一来到赤峰东北郊的红山遗址。红山文化遗址分山前、山后，新石器时代的遗存集中分布在山后，两位日本学者发掘了山后遗址。1939年他们向世人推出了《赤峰红山后》考古报告书，这份报告书材料丰赡，成为以后多年认识同类遗存的主要依据。

不容忽视的是，我国学者知难而进，在战火硝烟中取得重要成果。20世纪40年代，我国考古学家裴文中提出，沙窝屯、红山后遗存是中原彩陶文化与北方细石器文化在长城地带相遇而产生的一种混合文化，并设想长城以北地区新石器文化由北向南移动的路线。有了这些积累和滋养，红山文化这个充满神奇魅力的称谓，经过半个多世纪的孕育之后，迎来了出生的喜讯。

红山文化的正式诞生是在中华人民共和国建立以后。20世纪50年代初，中国科学院考古研究所所长尹达先生在编写《中国新石器时代》一书时，根据卧病在床的梁思永的意见，对仰韶文化和细石器文化相互影响，而在长城地带产生了一种新型考古学文化，决定单列一章专门论述，并把这一文化形态正式命名为"红山文化"。这就为研究探索中华史前文化开拓了一片新天地，很快为考古学、人类学领域的有识之士所认同。

1951年，北京大学历史系考古专业的学生在吕遵谔先生的带领下重新发掘了后山遗址，在进一步明确这个遗址文化内涵的基础上，第一次使用了红山文化的称谓。从此，在我国研究史前文化的殿堂中，红山文化有了光彩照人的一席之地。

在我们明了红山文化名称的由来之后，便很容易认识红山文化地域范围的界定问题了。

显示屏上出现："红山文化重要遗址图"。

主讲人：

确定红山文化空间地域的一个明晰简易的方法，就是跟踪考古工作者们龙骊探珠的过程，然后把他们攻克的堡垒、收获考古成果的遗址连接成路线图，就会清楚地呈现出红山文化的界定范围。

前面已经讲过，从20世纪初到中叶的50年代，在红山文化的地域内，进行考古发掘只是牛刀小试的零星试掘活动，而且仅见于1921年瑞典学者安特生对沙窝屯洞穴遗址的发掘，以及1935年日本的滨田耕作、水野清一对红山后遗址的发掘。在日本帝国主义铁蹄蹂躏东北的岁月里，我国老一代考古学家虽有开拓性的贡献，如梁思永、裴文中提出过难能可贵的卓见，李文信、佟柱臣也在建平、赤峰发现了燕秦长城的遗址，但当时我国考古工作者没有条件，更没有可能在红山文化地域开展发掘工作。新中国成立后，考古工作者不辞辛劳，不畏艰险，踏遍山山水水，用手中的小铲去探索沉睡于地下的北方原始先民创造的文化财富。

毋庸讳言，20世纪50—60年代，对红山文化地域内的考古发掘远不及黄淮流域中原地区那样轰轰烈烈。如，60年代初内蒙古昭乌达盟文物站对敖汉旗新惠镇石羊石虎山的发掘，实属凤毛麟角。

到了70年代，红山文化的发掘呈现出雨后春笋般的蓬勃发展。伴随着全面文物普查活动的展开，考古发掘取得突破性进展，成果辉煌、国内震惊、世界瞩目。其中最为壮观、重大的是1979年开始对喀左东山嘴遗址的发掘，以及从1981年对凌源、建平两县交界处牛河梁遗址群的文物普查起步，经过10多年的发掘整理，在50多平方公里内，30多个遗址点收获了前所未有的硕果。这些遗址中的祭坛、神庙、积石冢群、"女神像"的发现，与喀左东山嘴大型祭祀遗址一起，将我国文明起源的研究提升到了一个新的层次。而1982年文物普查对赤峰市敖汉旗宝国吐乡兴隆洼遗址的发现，1983年至1993年的6次发掘，1982年对阜新沙拉镇查海村遗址的发现，经1986年至1994年前后7次发掘，不仅开扩了研究辽河流域史前文化的视野，而且也梳理辨清了红山文化、兴隆洼文化、查海文化与赵家沟文化、富河文化、小河沿文化年代先后的承接关系，以及其空间地域重合叠印的状态。

一言以蔽之，如果我们置身红山文化分布区的中心牛河梁遗址，就会发现，向东北方可通往红山文化遗址分布较密集的内蒙古敖汉旗、奈曼旗的教来河、孟克河流域；向北沿老哈河川经赤峰越西拉木伦河，可深入到蒙古草原，那是红山文化遗址分布的又一个密集区；向南由大凌河源延及渤海岸；向西南通往承德地区远至燕山山脉；向东沿大凌河川经朝阳、阜新直下辽河西岸。总之，现已发现的红山文化遗址几近千处，空间地域为北接蒙古草原，南临渤海岸，东北与松辽平原接壤，西南和华北平原为邻。广袤的面积达20万平方公里，比起辽宁版图14.59万平方公里，还要大1/4，由此可见，地域文化的空间范围与行政区划没有直接关系，而界定其疆域大小的是文化的类别属性，这是问题的奥秘所在。

显示屏上出现："盘点红山文化出土遗存和认定它的基本属性"

主讲人：

接下来让我们盘点红山文化的出土遗存并认定它的基本属性。

红山文化地下遗存究竟有多少，现在还是一个未知数，仍蒙在鼓里诱人猜想。然而，仅就已经出土面世的文物来说，其种类繁多、数量巨大的情况，实在叫人惊叹不已！如果在课堂上想一一数点，那是痴人说梦、荒唐可笑。所以我们只能就其可以反映出文化属性、有着代表性的遗存略加盘点，初步了解它的考古价值。至于近距离微观认读文物形貌和品味它的意蕴，需要在后面的单元里慢慢解读。

（显示屏上分别出现石器、陶器、玉器、墓、坛、庙、金字塔等照片或图片。）

主讲人：

红山文化出土的地下遗存，都明显地带有时代的烙印，反映出遗迹遗物的社会属性和同类文化的特质。

1. 石器

红山文化的石器是辽河流域发现最早的一种能够体现新石器文化特

征的地下遗存。它们的基本特征是打制石器、磨制石器和细石器共存，其中打制石器较多，磨制石器次之，细石器略少。这就恰好再现了红山文化是由狩猎为主的经济转向农耕经济特定历史时期先民创造智慧的积淀。我们讲文化，然而什么是文化？所谓文化，就是人们对生活环境的人化，也是生活环境的化人，是人与生活环境矛盾运动的精神积淀。就在出土的属于红山文化时代的石头上，我们能看出许多令人深思和神往的文化色彩。如，打制石器中的砍砸器、肩石锄、刮削器，磨制石器中的石耜、石刀、石镑、石凿、石斧、磨盘、磨棒，这些都与农耕种植、谷物加工及农耕生活的衣、食、住相关。

在石器中细石器较少，这是为什么？首先要知道什么是细石器，它是指先民生产出来的石器以长宽不等比例，朝着细化方向发展的石器，它是石器加工创新的产物。细石器的另一个特点则是当时制造复合型工具的重要部件，即是把它镶嵌在骨、角、木柄上，作为复合性生产工具或武器使用。这就告诉我们，农耕社会初期的人们还需要渔猎活动获得一些生活资料。像石镞、石锥、骨梗刀上的小石刃等，都和捕捉、加工猎物有关。

2. 陶器

红山文化陶器可以说遍布在各个遗址中，按着制陶的质料来分，主要有两大系列，一是泥质红陶，二是夹砂灰陶。此外还有少量的泥质黑陶和泥质灰陶。

泥质红陶系列，又分为粗泥和细泥两种。器形主要有盆、钵、瓮、长颈深腹罐、小口双耳罐、豆形器盖、无底筒形器、带盖的罐（瓮）等，形态多样，不一而足。其间还有"红顶碗"，这是红山文化的典型器物之一。

在泥质红陶中彩陶占有一定比例，以黑彩为主，也有红、紫彩。图案以龙鳞纹、勾连花卉纹、棋盘格纹三种最具代表性。

夹砂灰陶的特点是器形多为形制较简单的筒形罐，纹饰主要为压印之字形纹和平行线纹。器形除了筒形罐之外，也见有形制变化较多的斜口筒形器和带环形把手的器盖，表现出陶器制作复杂进步的趋势。

最能代表红山文化新的制陶工艺的是泥质黑陶，多为钵类或小型罐类，内外磨光，器壁厚薄均匀，只是火候稍小。

最能表现浓郁地方特色的陶器是饰有压印纹的筒形罐为主的陶器群。最能显示出文化融合信息的是泥质红陶和彩陶，在它们的器物上有着仰韶文化的影子。

与制陶相关的是红山文化的陶窑。在内蒙古敖汉旗四棱山遗址发现6座，分为单室、连室两类，窑室、火堂、火道俱全，是红山文化首次发现的窑址。这6座陶窑，分布在300平方米范围内，以烧制夹砂陶罐为主，证明红山文化的制陶业已经成为一个专门的产业，并且有了一定的规模。更令人深思的文化意蕴是，这种较高水平的制陶技术，不单单制造出适应各种生活所需要的不同制品，而且能批量生产出筒形器和各式各样的陶礼器，用来当作祭祀的祭品。

（显示屏上出现出土玉器遗址的地图。）

3. 玉器

红山文化的玉器是该文化类型特征的重要标志之一。它出土遗址之多、形态之丰富，早在20世纪80年代就引起了人们更多的注意。迄今为止，除集中出土于牛河梁地区以外，在牛河梁以西还有河北承德地区围场下伙房；以东有阜新蒙古族自治县胡头沟和福兴地；西北方向赤峰地区分布最多，诸如敖汉旗下洼、翁牛特旗三星他拉；西拉木伦河以北的巴林右旗海金山、那斯台；巴林左旗葛家营子、尖山子，林西县南沙窝子、白音长汗，克什克腾旗南台子等地。值得思索的是，为什么玉器分布的这样广而且这样的密集？同时，不同地区出土的玉器看不出有规律性的变化和差异。譬如，西拉木伦河以北出土的勾云形玉佩、马蹄状玉箍、玉雕龙和玉鸟等，都是红山文化玉器中的典型器物，它们的造型、工艺手法虽都特别的复杂、独到，却和牛河梁遗址出土的完全一致。这里只有一种答案可以解释这种现象，玉制品中已经渗透着一定的思想意识，演化为观念形态的载体。它高度的规范化、严格的规则制约机制，正透露了中国玉文化礼制时代的到来。

画外音：

简单地剖析文化，其实就是4个字："人为、为人"，或者说"人化、化人"。玉石质地坚实、润泽，形态美观、亮洁而晶莹，完全能够象征人文品格，以玉喻人，以玉化人。北方先民在改造自然、开拓生活环境的同时，也开拓了精神境界，并以此改造、教化自己，净化人们的心灵世界。这表明，这个时期他们的思维已经提升到运用类比的方式来表达心灵体验了。中国古代赋予玉器"廉而不刿""瑕不掩瑜""气如长虹"等广博的文化内涵，就是要人们为人高尚、真实坦白、器宇轩昂。北方先民用制作玉器这种充满艺术魅力的创造性劳动，为中国玉文化、也为提升中国人民的精神品质立下了首创之功。

主讲人：

红山文化玉器从造型上可分为动物形玉和佩饰玉两大类。动物形玉主要有玉龟、玉鱼、玉鸟、双龙首玉璜、大型龙形玉和兽形玉（玉猪龙）、玉鸮、玉蝉等。这些玉制品多是在写实的基础上采用简洁概括的手法，既有形似，又呈现神似，形神兼备，审美意识鲜明。在制作工艺上堪称精湛，常常是通体磨光。形态上则采用在正面磨出或深或浅的阴线，以展示玉器形体神态之妙，表现了先民慧心巧手的高超智能。有关红山文化的陶器和玉器，我们还将在下两个单元深入地认读和品鉴，这里就不多说了。

（显示屏出现积石冢群、大型宗教性建筑物的照片或图片。）

4. 积石冢群和大型宗教性建筑物

积石冢群是红山文化的墓葬，以牛河梁遗址发现最多，特征也十分明显。从结构上看，以石筑墓，以石封顶，冢内结构复杂，各墓的形制、构造和性质不完全相同。颇值得玩味的是，根据发掘墓葬的规模、位置、结构、随葬品种类和数量，大体上能分为5个等级：中心大墓、大型土圹石棺墓、甲类石棺墓、乙类石棺墓和附属墓。这些不同类型墓葬的存在，清楚地说明了墓主人生前的地位及其等级差别。中心大墓和大型土圹石棺墓中的死者，显然是部落首领、宗教主，或者说已具备了王者的身份。葬于附属墓中的人不是一般氏族成员就是家内奴隶。由此可以推知红山文化时期人们之间的社会关系和当时的社会形态。当然，这些都是有待研究的重要课题。

大型宗教性建筑物，以喀左东山嘴遗址和牛河梁遗址的女神庙、方形广场、祭坛、"金字塔"等为代表。整个东山嘴遗址就是一座大型宗教建筑物，按其布局可分为中心、两翼和前后两端等部分。中心部分基址四边是经过加工的石块砌成的石墙。基址部为平整的黄土硬面。整个遗址内出土遗物丰富多彩，除石器、陶器、玉器外，还首次出土了大型陶塑人像。其中可以辨认形体的有两类：一类为小型孕妇塑像，另一类为大型人物坐像。陶塑女像，在我国被发现的多是器物上的贴像，附件、形体结构特征简略，性别特征也不明显，雕塑手法更是原始。东山嘴的发现告诉世人，我国已有了出土的古代完整的妇女雕像。从而突破了以往仅把这种女像理解为母系社会证据的传统观念，现在应当从更广泛的角度去探索它们蕴含的社会意义。

东山嘴这个石砌建筑基址，在砌筑技术上达到了相当高的水平，建筑思想也暗合我国古代传统的设计理念。如整组建筑基本按照南北为轴，东西对称，主次分明、相互对应的布局。这是新石器时代考古史上的首次发现，为中国古代建筑体现的传统文化精神浸染了底色。

牛河梁大型建筑中的女神庙、祭坛、金字塔和神庙中的女神像等所显示出的深广内涵，我们在下一单元探知。这里只想简单说一句，像牛河梁遗址出现的宗教祭祀建筑群，它不可能是一个氏族、一个部落，乃至一个部落联盟所拥有，它只能是整个文化所代表的人们"共同体"所共有，祭祀对象也应该以这一文化共同体的共同先祖为主。

恩格斯认为："国家是文明社会的概括。"从红山文化所揭示的文化属性来看，它是新石器时代高度发达阶段的写照，它所迸发的勃勃生机和创造活力，恰恰是民族发展壮大进程中，文化能量的释放和体现，它催发了文明曙光的照临。然而，造就红山文化这种属性的深层因素，确是它的融合性和早发性，前者是必要条件，后者是必然结果。正如著名学者苏秉琦先生所言：源于渭水流域华山脚下的仰韶文化与源于大凌河流域燕山以北的红山文化，在距今6000年间各自从其祖先衍生或裂变出优生支系，它们在河北北部桑干河上游相遇，在大凌河流域重合，产生了以坛、庙、冢为象征的文明火花，又南下于距今四五千年在晋南与来自四方的其他文化相聚，形成"中国"本土文化的基质。正因为如此，1987年7月24日，中国新闻界正式向全世界发布了重要考古信息：辽宁西部山区发现了5000年前属于红山文化的大型祭坛、神庙和积石冢群遗址，考古学家依据出土遗迹与遗物初步推断，5000年前这里存在着一个具有国家雏形的文明社会，这一重大发现将中华文明提前了1000年。

13

激活古老的辽河文化（访谈录）

本报记者　赵乃林

编者按　《能否用辽河为辽宁文化命名》一文于2012年6月10日在本版刊发后，引起了省内有关部门、学界与文化界的广泛关注。近日在省内召开的文化产业发展的相关会议上，王建学教授对"以辽河文化命名辽宁文化"的观点又进行了重点阐述，得到与会专家学者的一致支持。为此，记者就这一问题又进行了更广泛深入的跟踪采访，沈阳师范大学张家鹏教授等专家学者阐述了各自的看法——

能否用辽河为辽宁文化命名？看过这个题目，沈阳师范大学中文系教授张家鹏怦然心动。作为多年潜心研究文化问题的学者，他感到一种刺激、一种诱惑，又交织着一种义务、一种责任。

2012年6月10日，省委党校教授王建学就辽河文化问题在本版"抛砖引玉"，其反响犹如一石激水，广受关注。尽管人们关于辽河文化的细节尚存有分歧，但如同张家鹏教授一样，几乎所有思考过这个问题的人都用自己的思想复制了同一个命题：用辽河为辽宁文化命名！

任何文化的生成和发展都离不开自然环境和社会结构两大因素，用地域文化的角度审视辽河与辽宁的蕴意，前者比后者更兼容着制约文化存在的两大因素。

记者：我们知道，丰富多彩的地域文化是博大精深的中华文明所独具的资源，你就此强调辽河文化属于中华文化赖以生成和发展的基质部分，这是基于怎样的认识？

张家鹏：这个话题可以从营口地区的金牛山猿人地下遗存说起。此次重大考古发现可以看到我们民族的祖先由猿人向古人（早期智人）过渡时期的历史情形。联系在云南元谋、陕西蓝田和北京地区已发现的旧石器时代初期猿人化石，不容置疑地证明了辽河流域的广大地区是中华文明的发祥地之一。尤其是红山文化遗址中面世的诸多史前珍贵文物，将中华民族的文明史提前了一千多年。这足以表明辽河文化在中华文化史上的地位。事实上，历史悠久的辽河文化早已融入中华母体文化之中，演化为不可分割的有机组成部分。但是，它与我国古已有之的其他地域文化一样，仍然保持着自身的个性和特征，在辽河大地演出一幕幕绘声绘色的文化正剧的同时，也始终不渝地为母体文化输送新鲜血液。随着辽河流域考古发掘惊人成果的不断问世，人们将越来越清楚地认识到辽河文化是当之无愧的中华文明资源禀赋的基质。今天，我们要传承和发扬辽河文化，正是开发它的内质与潜能，使之为振兴老工业基地服务。在这特定的语境下，来评估辽河文化的命名，我觉得充满了厚重的历史感和生机勃勃的时代气息。

记者：能否用辽河为辽宁文化命名？你对此给予了肯定的回答，为什么？

张家鹏：因为任何文化的生成和发展都离不开自然环境和社会结构两大因素，用地域文化的角度审视辽河与辽宁的蕴意，前者比后者更兼容着制约文化存在的两大因素，从这个意义上去理解大河是孕育人类文明摇篮的看法，是比较科学的、符合历史实际的。《汉书·地理志》就有与此贴近的见解："凡民函五常之性，而其刚柔缓急，音声不同，系水上之风气……好恶取舍，动静之常，随君上之情欲。"显然，地域文化的本质属性是深深植根在自然与社会环境之中的。又考虑到辽宁是行政区划的名称，其辖区的土地面积与辽河流域并不叠印，加之古今地理沿革，辽河文化的辐射区必然溢出辽宁的辖区，延伸到吉林、内蒙古东部、河北北部。出于这样的理由，我认为用辽河为辽宁文化命名，既尊重传统又完全符合自身生成和发展的历史事实。更何况，辽宁名称产生较晚，比较而言，称辽宁文化缺少历史的厚重感。人类历史的经验表明，一种文明的生命力总是在改造旧文化、建设新文化中得到强化与壮大。所以，因循守旧的人把历史传统视为沉重的包袱，而具有创造力的民族则把文化传统当作一笔永恒的财富。

大辽河那澎湃的浪花、吸纳百川的气度、变化不居的形态，足以代表辽河文化灵动的气韵、开放创新的品格和异乎寻常的再生能力。

记者：事实上，一种文化只有深深地钤印着鲜明的标记和个性，它才会不断地焕发出光彩和活力。辽河文化显现出怎样的基本特色？

张家鹏：我谈三点。所谓灵动的气韵，是一种充满生机与活力的生命状态，是精巧灵致、劲健质实的审美倾向，是蓬勃向上的进取精神。这一点在辽河文化的原生态就已经表现出来。人们都知道中国是龙的故乡，而"华夏第一龙"在距今8000年的阜新查海遗址中就已经"腾飞"了。那里不仅出土了龙形陶片，还在地上用石块堆塑了长达19.70米的巨龙图形。我曾到义县参观辽代的大奉国寺和万佛堂石窟群，那高达9米多的佛像或雄伟、或精巧，都灵光闪现，成为辽河文化重要的代表景观。这种灵动的气韵使辽河文化一开始就奠基在中华文化北方的高峰上，占据了关东文化的核心和典范的位置。

辽河文化的开放创新也是有目共睹的。从文化传播的路径来看，隔着滔滔的渤海，齐鲁文化挟着儒家文化强劲的渗透力，随大批移民来到辽宁，为辽河文化的底版涂上了厚厚的儒家色彩。在陆路上，顺着辽西走廊、燕山山脉，燕赵文化、秦晋文化以不同方式影响辽河文化，使辽河流域成为中原连接东北的桥梁和纽带。辽河文化自然与华夏文明筋骨相连、血气相通。这是辽河文化开放创新的源泉和基础，也是走向世界的原动力。与此同时，辽河文化不仅在陆路与俄、日、韩、朝等国进行着多方面的文化交流，从各自身上汲取丰富的文化营养，而且还把开放创新的触角伸向蓝色的海洋，通过营口、大连等窗口把辽河文化撒播到世界各地。

辽河流域又是各少数民族聚居的地区，各民族文化相互碰撞、挤压、融和，进行着不断的历史选择。古往今来，辽河的历史主角换了一茬又一茬，每一茬都创造出别具风貌的文化形态，推出高水平的文化成果。例如，努尔哈赤崛起于辽河大地，创造了满族文字、构建了八旗制度，发扬满族英勇骁健、锐意进取的文化精神，汲取汉族先进文化，创造了别具一格的满族文化，把辽河文化推向一个新阶段。至今在辽沈大地上留下的"一宫三陵"成为令辽河儿女骄傲的世界文化遗产。努尔哈赤和他的子孙们的文化建设为辽河文化抹上了厚厚的满族色彩，成为中华文化的重要补充。

辽河流域是辽宁人民生存的沃土，但这里从来就不是老天赏饭的地方。水旱风霜，异族侵略，每一次都给辽宁人民带来灭顶之灾。而每一次辽宁人民都顽强地站起来，这都得益于辽河文化异乎寻常的再生能力。20世纪初，日俄战争在辽宁爆发，腐败的清政府划辽河为界，让他们在辽东厮杀，使辽东人民饱受日俄兵祸之苦。之后，日本的军事势力、文化势力侵入辽宁乃至东北地区，进行一系列赤裸裸的侵略活动，使辽宁人民饱受摧残。经历辛亥革命以后，张家父子统治辽宁和东北，特别是少帅张学良造福桑梓，下大力气进行东北的新建设，在辽宁地区创造了十几个"第一"，把辽河文化的物态成果推进到全国领先的水平。

"九一八"的炮声使辽河儿女沦于日寇的铁蹄之下长达14年。辽宁人民一天也没有停止战斗，"良心血性，宁当战死鬼，不当亡国奴"是他们的精神写照。靠这种精神，他们和全国人民一道打败日本帝国主义，迎来中华人民共和国的春天，辽河儿女以主人公的责任感和不同凡响的再生能力，成为共和国的长子，为共和国大厦撑起钢铁的脊梁，无论前面有多少困难，辽河文化必将成为他们取之不尽的精神食粮。

文化是产生生产力的生产力，所以，振兴辽宁必先振兴辽河文化。

记者：文化作为观念形态，其本身无疑是对经济社会的反映，但是，文化又有其相对的独立性，它对经济基础有着能动的反作用。在全新的时代背景下，文化充当着时代前进的号角与旗帜。

张家鹏：是这样的。振兴辽宁老工业基地是党的十六大提出的伟大战略号召。东北要振兴，辽宁要先行。什么先行？我认为文化必须先行。因为文化是人类社会发展的灵魂，是历史前进的内驱力。先进文化的本质所体现出来的价值观念、思想方法必然对现实社会的发展起到导向作用。文化能够生产出由自然物质进化所不能生产的东西，创造出自然变化所不能达到的变化，正是从这个意义上，人们普遍认为文化是产生生产力的生产力，是总体发展战略的支撑系统与动力系统，日益成为综合国力竞争的标志和晴雨表。所以，振兴辽宁必先振兴文化。还应该指出的是，随着市场经济的发展，商品中文化含量、文化附加值越来越高。形象力，即品牌效应在市场开拓中的地位越来越突出，而恰在此时，我们提出打造辽河文化的品牌，更具有特殊重要的意义。

记者：那么应该如何打造辽河文化品牌？

张家鹏：这是一个十分艰巨而复杂的课题，我只能从宏观上谈几点粗浅的看法。首先要充分挖掘辽河文化的内蕴与实质。辽河文化是一座富矿，无论是物态的结晶，还是精神层面的成果都具有巨大的价值。如开放创新的意识、顽强的再生能力都对我们破除计划经济的影响，把思想和意识从不合时宜的观念、做法和体制中解放出来，转变思维方式具有借鉴作用。

特别应该提到的是，我们辽宁人在市场经济的大潮中更需要灵气、大气和引领潮流的先锋意识，这就要求我们把辽河文化的这些优势开发出来为辽宁振兴服务。还应挂怀而莫要忘掉的是，我们在珍视传统的同时必须善于思考问题，善于分析采用历史的文化资源，而不是简单地重复历史。黑格尔说："传统并不仅仅是一个管家婆，只是把它所接受过来的忠实地保存着，然后毫不改变地保持着并传给后代。"我们的生活每天都在变化着，我们的时代始终与时俱进，新事物层出不穷。打造一个品牌文化的过程，就是吸纳时代新精神的过程，要使辽河文化走在时代的前列，一定要有符合历史定向的新东西。说到底，要使文化有活力，还应该学会市场运作，用市场化的手段激活古老的辽河文化，使它再展新姿。

14

制造业文化是辽宁工业文明的最好表达
（访谈录）

一、制造业文化是从社会生产方式的视角命名

何谓制造业文化？将它视为辽河文化在当代的延伸与发展有无科学性、是否合理妥帖？沈阳师范大学张家鹏教授给予肯定回答。他认为，首先要强调的是，我们所说的文化，是指人对生存环境的人化，亦为生存环境化人，两者在相互作用的动态变化中创生出物质成果与精神成果，即物态文化与心态文化。因此，文化一旦产生就必然具备了人的生存属性，同时也为人们认识文化的内涵提供了多维向度的开放体系。基于此，人们完全有理由去为文化冠以不同的名号。诸如，按人文地理环境归类为内陆文化、沿海文化、高原文化，又可分为齐鲁文化、吴越文化、燕赵文化等；按社会生活领域归类可分为城市文化、乡村文化，企业文化、校园文化等；按社会生产方式或生产内容归类可分为游牧文化、农耕文化、海事文化，建筑业文化、手工业文化等。我们所说的制造业文化正是从社会生产方式的视角命名。

辽宁的制造业曾经是全省乃至全国生产力发展的引擎，创造了巨大的物质财富，也积累了深厚的文化积淀。这主要包括制造业产品的某个流程，产品进入市场成为商品的某个交易环节，管理制造业的诸多规章制度，以及社会成员因制造文化的浸润而逐渐构建起的思想框架、思维方式、价值范畴等，这些无不是制造业文化元素的集合体。所以把制造

业文化解读为辽河文化在当代的最佳标本可谓名正言顺。

其次，换一个角度来说，文化自身又具有时段性，它既是在特定的时空中产生，也是于特定的时空中吐故纳新、发展提升。辽宁老工业基地曾经创造了辉煌，但随着改革开放的深入，辉煌已成为过去。如何再造辉煌，既需要物质基础，又需要具有时代特色的文化精神的提升。党和国家振兴东北老工业基地的重大决策给辽河儿女送来了春风，辽宁产业大军和辽宁人民积极推进改革开放、自主创新，以走向世界的眼光和气魄踏上了新的征程。一个以制造业为龙头，不断跨越式发展的新的经济结构和生产方式呼之欲出。那么，在这个基础上产生的制造业文化必然带有辽河文化母体的特征。当然，这个全新的制造业文化由于新旧多种因素的限制，如初生儿一般还很稚嫩，但可以断言，随着国家和辽宁经济增长方式向集约型转变的完成，辽宁制造业文化必将表现出更加强大的生命力。

二、让八面来风锻造出优质、厚重的辽宁制造业文化

辽宁制造业文化业已面世，那么如何使它深扎根、强身躯、快成熟，提升其存在的意义、价值和效力呢？

张家鹏认为，其一，应大力营造有利于提升制造业文化的人文环境。人们普遍认为，人文环境是形成特定文化类型的最大影响因素。而制造业文化则是带有独自特色的一系列相互依存的价值观念和行为方式的总和。所以，要提升辽宁制造业文化的水平，就要倾力关注、捕捉蕴含制造业文化特质与传承价值的事物，将它们提升为文化符号。一言以蔽之，就是让有形事物的具象、隐形事物的形象，都最大限度地发挥文化符号的功能。历史的经验教训表明，只有我们把触目可见的蓄载制造业文化信息的所有元素：雕塑、街景、建筑物、艺术造型，以及倾耳可闻渗透制造业文化信息的音乐、戏曲、评书、演讲等熔铸为制造业文化的符号，辽宁制造业文化才会在改革开放的攻坚战中大放异彩。

其二，要努力促进齐抓共管的局面，以确保发展制造业文化保障机

制的建立。文化是人的智慧和社会实践的产品和结晶。一言以蔽之，文化是人的文化，而人是文化的人，所以要建设发展一种文化模式，就必须调动、发挥社会群体的智力和非智力因素。力求社会群体的每位成员能够拥有共同的信心、价值观、奋斗目标、行为规范等人文品格。显然，要提升辽宁制造业文化的品质，要先培养和造就一支有现代理念、高素质和较高文明程度的产业大军，并在这一过程中，尊重他们个性的发展，挖掘他们的创造性潜力，使他们能够在世界舞台的竞争中抢占制高点。当下，在人们的文化选择性、多变性、差异性日趋增强的情势下，社会行政管理部门、文化职能部门必须围绕人的素质提高和社会人文环境的优化，实现各个层面齐抓共管，打造全新的辽宁制造业文化。

其三，我们还必须看到，任何文化的发展和提升，都要经过纵向的积淀和横向交流的过程。前者是缓慢的量的渐变，使成果不断积累、丰富，以萌发新的生长点；后者是不同质的文化接触、交流，吸纳其中先进元素，使自身以更快的速度成长。因而，要强化辽宁制造业文化的本体，就必须总结历史的经验教训，让辽河文化得以不断发扬光大。与此同时，更要加强各个层面的交流，激发文化基因的长效机能，让八面来风锻造出优质、厚重的辽宁制造业文化。

15

古代散文体裁属性寻绎

我国既是诗的国度，又是文的国度。散文这种内涵丰富的文学样式，一直是中国古代文学作品最主要的形式之一。缘此，寻绎我国古代散文体裁的属性，回答古代散文是怎样形成的就显得尤为必要了。

一、古代散文形成步履探源

这里需要追溯散文名称问世之前的有关称谓，即可梳理出散文概念形成的脉络。

先秦两汉时期，文献、学术与文学领域相互交叉，混为一体。那个历史时期"文章"之称，即包含着文、史、哲诸方面的内容。时至魏晋六朝，由于文学观念的确立，乃出现了"笔"的概念。刘勰指出："今之常言，有文有笔。以为无韵者，笔也，有韵者文也。"（《文心雕龙·总术》）可知，此前把先秦称为文章的作品，剖分为韵文与无韵的"笔"两大类，后者乃是广义的"散文"。

还需说明，两晋骈文形体已备，骈散分途势不可遏。逮及六朝，雕章琢句，浮艳华靡之风浸淫文坛，其中，齐、梁尤甚，骈文一统天下，甚至一切实用文体无不骈化。于是隋人有矫革文风之议。初唐士子发出"文章道弊五百年"（陈子昂《与东方左史虬修竹篇序》）之叹。中唐韩愈反对骈文，力倡写作古文，主张革新文体。韩愈等人所谓古文，则是在南朝梁简文帝萧纲曾使用的"古文"一词基础上赋予新的含义，实乃与骈文相对的、那种先秦、两汉流行的奇句单行、不讲究骈偶声律的文章。这样，中国古代广义散文的概念就由强调不用韵的"笔"，发展到了摈除骈偶的古文，为宋人首推出"散文"这个名称，做了必要的先行工作。

这里说散文的"散"，宋人则取离散之意，借以区别骈偶而已。清代人注重考据学，认为文章有散体，其"散"字意义是借用《庄子·人间世》中"散木"之说，意在与"文木"相区别。郭象曰："不在可用之数曰散木。可用之木为文木。"由此推知，就是到清代，对古代散文概念的界定也没有质的飞跃，所以"散文"一词使用得不算广泛，依然多沿用古文的说法。

五四以后，新文学在成长过程中，朱自清试图回答"什么是散文"的问题。按照他的意见，古代散文是和骈文或韵文对称的，而五四之后的散文是与诗歌、小说、戏剧并举的，这是新文学的一个独立部门。后来又有人基于朱自清的说法进一步推衍，认为散文内容虽然经过取舍淘洗，但不同于小说力图经过艺术拼凑使之典型化；散文在表达方式上尽管是直接反映客观事物，却不同于戏剧让人物自己来说话，以构成冲突和故事；散文语言运用也要求洗练、精粹，但不同于诗歌讲求韵律。诸如此类的阐述均有一定道理。但还没有在文学理论的高度上论证散文的特质，当然也没有概括出古代散文体式上的属性。

二、古代散文本质属性多元化概览

（一）体裁上的边缘性

体裁上的边缘性指古代散文是文学与别的学科相互交叉处所特出的一种文体。这里有两个理由和三点事实来证明它存在的合理性。先说两个理由：

第一，从事物的普遍性来看，无论自然界还是社会事物本身的客观存在，都是相互联系、相互渗透的，文学艺术同样具有这个的特征。别林斯基在《一八四七年俄国文学一瞥》说过："有人想把艺术和不属于严格意义上的艺术的东西清楚地隔离开来，然而这些界限与其说是实际存在，勿宁说是想象地存在着；至少，我们不能够用手指像在地图上指点国家一样把他们指出来。艺术越接近到它的或一个界限，就会渐次地消失它的一些本质，而获得界限那边的东西的本质。因此，代替界限却出现了一片融合双方面的区域。"①

正是从这个意义上，我们理解散文的概念，就是因为它所包含的区域是"散"见在其他学科的各个区域之内的，但又集聚在文学的周围。这便构成了散文独特的边缘体裁。

第二，从事物的具体特点来看，中国古代散文体裁的边缘性与其独特的文化传统有着密切的联系。正如日本学者白川静《中国的文化文学》所论述的，中国古代原始"虚构文学"神话，没有像其他民族那样，形成有系列的故事群直接影响文学创作。其原因是中国神话形成的时间特别早，在中华祖先还没有形成统一的民族文化之前就产生了神话，所以中国神话一开始则是孤立传播的。等到形成了统一的民族文化，这些孤立传播的神话很快就淹没在经典和历史文献之中。这样，中国古代散文一开始就是在中国文化多个领域孕育而成的。

同时，中国文化的另一特色也为世人所认同。如吉川幸次郎1974年出版的《中国文学史》开宗明义谈中国文学特色时指出：中国文学在思想上是彻底的人本主义。因而，散文写作必须取材于生活中实际的人和事，以及在生活中总结的经验与哲理。在描写上要求并尊重明确的表现。基于此，科技著作皆有可能成为文学散文。不妨回顾一下中华文化史，古代散文的边缘性便会清晰地显露出来。大体上说，有以下三方面的事实：

其一，与历史学科交叉。我国先秦时期的《春秋》《尚书》《左传》《国语》《国策》，以及后来的《史记》《汉书》等，他们是记言记事的史书，或编年史或断代史，然而他们又具备鲜明的文学性，研究文学史的人们又把他们称为历史散文。鲁迅称《史记》为"史家之绝唱，无韵之《离骚》"则是典型的例证。人们通常把记人记事的历史性的传说、回

---

① 《别林斯基选集》第二卷，上海文艺出版社，1963年，第441-442页。

忆录称为"史传文学"或"传记文学"。可是我们断不可说诗歌文学、小说文学。因为前者并非文学所独有，历史学科亦有它的份儿。在中国文化史上，当历史与文学的滥觞期，历史散文一身兼二任，或者说是两家的"兼祧"。即使前四史面世之后，古代散文这种特性仍没有变，只不过史官去写人物本纪、世家、列传，而散文家去写人物的行状、事略、碑记等。

其二，与哲学、社会人文学科交叉。先秦乃至汉初的散文，主要见于经、史、子三部分之内的文章。就是这些哲学著作和社会人文方面的文章，因有其文学价值同样也应视为文学散文。如孟子、荀子、韩非子等著作，其内容不外是纵谈军国大事，治国治民的经济之术，贾谊的《过秦论》、晁错的《论贵粟疏》也是论述政治问题。但是这些表现哲学、政治内容的文章，都是我国散文长河中的春水，一直沾溉后来的文学家。

如果深究一层，我们还可以在祖先身上找到根由。先贤们谈论问题习惯于综合，而非强调概念间逻辑的推导。况且孔子又主张"言之无文，行而不远"（《左传·襄公二十五年》），这里的"文"则指语言要有文采。所以经学家、道学家、事功家要想使自己的应用文字和学术文字能够广泛流传，为人们所接受，自然需要讲究文采，并在剪裁、烹炼、顿挫诸法上下功夫，这些恰是散文写作艺术手法方面的基本功。可见，认为古代散文是从经史子中发展起来的，还是符合事实的。

其三，与自然科学交叉。譬如，郦道元的《水经注》既有地理学价值，又有文学性，可视为山水游记的先导。难怪刘熙载指出："郦道元叙山水，峻洁层深，奄有《楚辞·山鬼》《招隐士》之胜境。柳柳州游记，此其先导耶。"（《艺概》）至于其他自然科学，诸如唐人陆龟蒙《耒耜经·序》、柳宗元《非〈国语〉》中的《山川震》、宋人沈括《梦溪笔谈》、明人徐光启《农政全书》，其中许多篇章都具有古代散文的形、神之美，其文学审美价值不可抹杀。另外，历代笔记中那些考辨、评论的文章，取材于自然科学方面也为数不少。它们有说明性、应用性，也有幽默、俳谐性，既能增人识见，又能陶冶人的性情。完全可以说，在中国古代散文宝库中占有重要的一席之地。

一言以蔽之，古代散文是一种活动性很强的文体，能够与其他学科广泛地横向联系，其具体表现为它的"散"就在于跟多学科交叉，而又浸润着文学色彩，最终形成了名副其实的边缘体裁。

（二）内容上的真实性

散文作品无论古今，都要求内容真实，断不可凭借作者头脑玄想、虚构、梦笔生花，只允许对来自现实生活的素材进行加工、提炼，打造成文学家族的成员。这是文学批评家们一致的看法，也符合古代散文写作的实际情况。

前文已经阐明，古代散文是地道的"混血儿"，它的身上除了有文学属性以外，又具有其他学科的特征。正是这种多重性质集于一体，才决定了它存在的价值和应有的作用。换个角度说，体裁的边缘性又致使古代散文是由多成员组合的大家庭，每个成员各有自己的表现天地和不同对象所要求的真实性，所以姿态万千、绚丽多彩的古代散文一旦丧失了真实性，便文体异化而不复存在了。下面拿出例证，用事实说话，以资深入地认识古代散文本质的规定性。

试从历史散文说起。凡人皆知，历史是过去事实的真实记载。为了捍卫事实不受歪曲、不被掩盖，能够真实不诬地记录下来，史学家们竟然豁出命来践行这个原则。此乃为秉笔直书求实精神撰写信史的基石，也是史学家崇高美德和人生价值取向的集中表现。像董狐、齐大史兄弟、南史这些人为尽史官直笔写实的责任，不畏权势，视死如归的非凡表现，得到社会心理的普遍支持，其遗芳余烈，千古称道。司马迁、班固接武前贤，形成修史"其文直，其事核，不虚美，不隐恶"（班固《汉书·司马迁传》）的实录传统，为世代史家追踪效慕。足知，历史散文的真实性是无须质疑的了。

再谈游记散文，它的真实性是此类文章所写内容的应有之意。游记作者虽然笔下宣泄一定的思想情感，但是常常寄寓在记事、描写的行文中。游记的总体内容离不开旅途见闻、所游之地历史沿革、现实状况、社会习尚、风土人情及山川景物、名胜古迹等。所记述的这一切钉是钉、铆是铆，绝不可天马行空、放笔谈玄。最典型的例证当然是《水经注》和《徐霞客游记》了。前者所记1250余条河流"于四渎百川之原委、支派、出入、分合，莫不定其方向，纪其道里，数千年之往迹故渎，如观掌纹，如数家宝"（清代刘献廷《广阳杂记》卷四）。后者"其所自记游迹""凿凿有稽，文词繁委，要为道所亲历，不失质实详密之体"（《四库全书》本《徐霞客游记·序》）。总之，古代游记散文，尽管篇篇都不能保准达到核实精详的程度，但也不能罔顾真实性的原则，把游记写成记梦。

最后再谈谈阐发哲理政见、事理及人生经验之类的说理散文的真实性问题。这里举出最典型的古代政论文，如李斯《谏逐客书》、王安石《答司马谏议书》来证明说理散文，亦称论说文的真实性问题。李斯的文章是向秦王陈述自己的政见，一针见血指出驱逐客卿的命令是错误的。然后逐段论证逐客的根据，其中第二、三两段列举了大量事实，正面强调纳客利，反面推理逐客害，正反对举，事非昭晰，明摆着的事实产生了无可辩驳的说服力。这就是论据材料的真实性，决定论点的可信度，也决定文章存在的意义。

王安石所写的驳论文，先推出辨别是非的标准，即名实相副。随后以新法的实施逐条批驳司马光信中强加于新法的五项罪名。因为用事实作证，理直气壮、干脆利落驳倒了政敌的谬论。由此推知，古代阐发有关哲学、社会人文科学方面道理的散文，其真实性集中表现在论据材料的客观存在。

（三）美育上的形象性

散文作为文学的组成部分，有着独特的艺术特性。它凭借形象引发欣赏者的审美活动，以实现美育的效用。不过，形象性是文学的共同特征，而其中的小说和戏剧的形象性与散文是有区别的。前两种文体的艺术形象，或者说是审美形象，多指虚构文学典型化了的人物形象。而散文的审美形象却比较复杂，既有记叙散文的人物形象，又有游记散文的景物形象，还有抒情散文的抒情主人公形象。另有以议论、说理为主的散文，类如现代文苑中的杂文，看上去没有完整的形象。好似鲁迅说自己的杂文"所写常是一鼻、一嘴、一毛"那样，然而它们仍有感人肺腑的力量，引领读者参与审美活动，实现美育作用。这个问题罕见前人论及，于此稍事展开。

我们说艺术品具有美育的功能，根本原因是它的形象性能够激发欣赏者进入怡情悦志的审美状态，而艺术形象的创造必须借助物质媒介，包括声音、色彩、语言文字等。由于媒介的不同，艺术形象可相对分为不同类型。散文的艺术形象，是作者运用语言文字创造的表现的形象性。换句话说，凡是在散文作品中调动抒情、议论、描写等笔法，趋遣生动、鲜明、形象的语言刻画具体可感的对象，这个具体可感的对象就是散文的艺术形象。它诱发读者的情感、想象、理解等心理因素，并掺入散文艺术形象的欣赏过程，所以说作者笔下具体可感的对象，是唤起读者审美活动不可缺少的客观条件。那么，散文的形象是怎样转化成为美育形象的呢？我们举例来说明。我们拈出一篇例文，既不是写人，又不是写景，而是议论为主的说理文，也叫论说小品文。其文的形象性描写，连鲁迅说的"一鼻、一嘴、一毛"都够不上。但它有欣赏性，品读过后会引发审美情趣、审美想象。其文如下：

或问：《易》称贤人"黄裳元吉"，苟未能暗与理会，何得不求通？求通则有损，有损则元吉之称将虚设乎？

答曰：贤人诚未能暗与理会，当居然人从，比之理尽，犹一毫之领一梁。一毫之领一梁，虽于理有损，不足以挠梁。贤，有情之至寡；毫，有形之至小。毫不至挠梁，于贤人何有损之者哉。（王休《贤人论》）

这篇短小的说理文是探讨人的情感因素对贤明的人是否会造成损害。文章写作背景是魏晋时期玄学之风盛行，为适应学术论辩的新形势，作者采用主客双方辩论，以阐明自己的主张。短文前段针对《易经》坤卦"六五"爻的"象"传，称贤人"黄裳元吉"[1]提出质疑，认为这种说法不符合人的心理诉求，是捕风捉影似的虚佞之说。

---

[1]《儒家经典·周易卷之一》上，团结出版社，1997年，第23页。

后段则是对前段观点予以反驳，其论据是一种假设的条件，即为使用极细的绳索来牵引一根房梁大长木，虽是现实生活中未曾有过的，不合情理的荒唐之举，但是细细的绳索绝不能使房梁弯曲受损。作者以此为前提，用喻证法推导出自己的见解，指出贤者是很有理性的人，其人品犹如大梁。就是出现了为人处事有微不足道的心理情绪的干扰，也无损贤者的人格品质及高大形象。必须看到，短文是年仅13岁的儿童作品。就是这个儿童，受到了《易经》富有思辨色彩的说法所启发，展开审美想象。利用具象进行逻辑推演，得出自己的观点。因此，这篇反映儿童审美心理活动的论说文，竟使身为左长使的父亲王濛感到惊奇，特地送给东晋著名清谈家刘真长看。刘赞许说，这孩子是"足参微言"（《世说新语·文学》），用现代话说的意思是"完全能够理解把握玄学精深奥妙的文章辞语了"。

据此可晓，短小论文中可感知的对象，能撩拨起读者非同寻常的审美情趣。那么，只要反映与人物活动有关的散文，作品中能引发读者审美情趣的具体可感对象，便更不难发现，俯拾即是了。在此仅用历史散文《左传》为例，略加证明：

"僖公十五年"晋秦战于韩，晋侯做了俘虏。于是晋阴饴甥会见秦伯，盟于王城。期间书中记载了阴饴甥争得秦伯"复而舍之"过程中，说了一番用心良苦的话。其大意是说，晋国人对这次战争的后果有不同看法。下层人准备重新振作起来报仇，上层人认为被俘的晋侯已经认错了，秦伯会放他回国，不能以德为怨。阴甥饴用两种态度曲吐了晋国两手准备，要战还有实力在，要屈服得给面子。这辞令委婉却是绵里藏针，有着耐人品赏的审美意趣。

另例"昭公三年"有一段叔向和晏婴对话的内容，皆直言不讳述说齐、晋两个大国已经混不下去了，等待他们的悲惨结局是不言而喻的。尽管直笔写实，却将春秋末叶贵族统治者面临无可挽救衰亡颓势所流露出的感伤情绪表现得活灵活现。显然，这里的对话就为了品赏者具体可感的对象。

总而言之，凡是古代散文不管写了什么内容，表达什么意思，文中必定有内含审美意蕴的具体可感的对象。读者通过这些审美对象，陶冶性情，净化心灵，获得精神力量，实现美育的效果。一句话，美育上的形象性是古代散文一种不难解读的本质特征。

上述内容是从古代散文本质属性的事实中抽绎出来的三点看法。虽不可能概括问题的全部，却是界定古代散文的主要依据。当然，功能上的实用性、理论上的稳定性等，或视之为散文的本质特性。不过，我们认为，与其说它是古代散文的特性，不如视为古代语文教材的本质属性。对此，稍事推展一层便会有触及问题本真的认识。因为这两项意见的内涵，皆是从不同维度诠解中华文化精髓得出的结论。例如功能上的实用性的根据，则是中华文化为农耕文化，农业成为国家生存的根基，农耕铸就群体务实精神。在生产实践中人们深刻理解了利不幸至、力不虚掷。

社会生活中勤劳务实的风尚熏陶士人，"大人不华，君子务实"则是先哲们的信条。古代颜之推劝勉子孙读书学习旨在提高德行、开发心智，以利绍兴家业、自立自强。反对吟啸谈谑、讽咏辞赋的空疏无用之学，以至主张向农夫、工匠等各行业劳动者学习。（《颜氏家训·勉学》）近人章太炎指出："国民常性，所察在政事日用，所务在工商耕稼，志尽于有生，语绝于无验。"（章太炎《驳建立孔教议》）民族性格"重实际而黜悬想"。像古希腊亚里士多德式的不以实用为目的，由探求自然奥秘的好奇心所驱使去做学问，发挥理论玄思能力的文化人，把齐家治国、拯救世道人心寄托在空想谈玄之中，在中国难有立足之地。这不仅是散文写作和语文教育都排拒在外的虚幻东西，更是立世做人最忌讳的行径。

再说理论上的稳定性。推出这种看法，理由有两个，一是儒家文学功利观念所形成的"载道"理论，为历代统治阶级及其思想家都奉为圭臬，成了神圣不可动摇的理念，使之具备不容怀疑的权威性。就连顾炎武也认为，"文之不可绝于天地间者，曰明道也，纪政事也。察民隐也，乐道人之善也。若此者，有益于天下，有益于将来，多一篇多一篇之益也；若夫怪力乱神之事，无稽之言，剿袭之说，谀佞之文，若此者，有损于己，无益于人，多一篇多一篇之损也"（顾炎武《日知录》）。

与这样理论可以产生同频共振社会效应的文章，便是儒家经典。还有成就杜甫诗圣的教材，事实上使用了上千年，而未曾衰落过的昭明太子《文选》。看来，"载道"的宗旨和以儒家经典及《文选》作教材所涉及的内容，绝不是古代散文写作能承担得起的使命，说它是古代语文教材编写的指导思想和必须依赖的资源，倒也合乎情理。

要言之，题材上的边缘性，内容上的真实性，美育上的形象性，是古代散文本质属性的固有之意，亦是界定古代散文的重要依据。而功能上的实用性和理论上的稳定性却是古代散文的上位概念，即古代语文教材的明显特征。

16
科学研究的交流与合作

　　随着人类在广阔领域内的协作，整体效益越来越以其迷人的丰采光耀全球。尤其，它于科学研究中所表现出来的价值，更是引人注目，而获得科学研究整体效益的途径——协作与交流，则早已成为科研管理工作和科学、社会科学研究者的热门话题。虽说对这种问题未曾深叩熟思，但也愿意借集中研讨科研管理工作的机会以粗浅感受、刍荛之言，来献愚者之虑。

　　恩格斯有句名言："历史从哪里开始，思想进程也应当从哪里开始。"（恩格斯《路德维希·费尔巴哈和德国古典哲学的终结》）他指出哲学家黑格尔高人一筹的地方就是他的思维方式是建构在历史感的基础上的。导师的睿识卓见也是我们探讨协作与交流对科研工作影响的启扃之钥。回顾科学发展的历史便不难看出，协助与交流，对科学事业的催发是至关重要的因素。人们熟知春秋战国时期是中华民族古代文化思想十分活跃，科技、艺术长足进步的历史阶段。当时，以从事精神生产为主的士阶层的出现，养士之风的盛行，为形成百家争鸣的局面，进行繁荣的学术交流提供了条件。《史记》载有王公贵族招揽天下之士的情况，如战国后期田文等四公子，门下养士都在3000人以上。这些流品很杂的士，其中却不乏有专长的理论家，即属于儒、墨、道、法、名等各家各派的学士，有的则是天文、历算、地理、医药、农业、技艺等方面的科技专家。他们的学术思想特别活跃，面对社会实践的大舞台探索各种问题。在攻讦辩难中交流，在营建门户中协作，是诸子百家之士进行学术活动的总体特点。其佼佼者，著书立说，广收门徒，流布学术成果。

他们的共同努力为华夏民族科技文化的发展做出了巨大的贡献。

　　类此情形，我们还可以在古希腊的文明中得到深切的体会。就整个民族而言，希腊一开始则普遍地从事航海业。因之，古希腊人具有航海家那种善于从不同的文化和传统中吸取营养的能力。被欧洲人称之为"科学之祖"的古希腊第一位杰出科学家、哲学家泰利斯，他在埃及的文化中获得了几何学的知识，在美索不达米亚那里学到了天文学。完全可以断言，他是欧亚非文明共同培养出来的科学巨子。同样。雅典城邦里的柏拉图学园和亚里士多德的日克昂学园，所以能在灿烂的古希腊文化史上树起丰碑，是与献身科学研究的学人自愿组织起来，成功地协作交流，进而形成生命力很强的学派有着直接的联系。

　　然而，延续了1000多年的封建专制和宗教统治，犹如摧残百花的冽风，使人类文明跌入了雪压冬云的冰冻期。特别是欧洲各国，在愚昧、黑暗的帷幕笼罩下，令人窒息得透不过气来。恩格斯曾这样描述中世纪："它把古代文明、古代哲学、政治和法律一扫而光，以便一切从头做起。它从没落的古代世界承受下来的唯一事物，就是基督教和一切残缺不全而且失掉文明的城市。其结果正如一切原始发展阶段中的情形一样，僧侣们获得了知识教育的垄断地位，因而教育本身也渗透了神学的性质了。"（恩格斯《德国农民战争》）人们生活在这样的文化氛围之中，谁要追求真理、提倡科学，谁的身家性命就惨遭祸辱。人们避祸全身唯恐不及，谈什么科学研究的协作与交流。

　　温故可以知新，学史则能明智，先人留下的脚印会引起我们许多思索。当文艺复兴的风潮席卷欧洲之时，教会的精神专制开始土崩瓦解，而科学与技术的研究、创造在更高的层次上重新繁荣和振兴。"这是一次人类从来没有经历过的最伟大、进步的变革，是一个需要巨人而且产生巨人——在思维能力、热情和性格方面，在多才多艺和学识渊博方面的巨人时代。"[①]"那时差不多没有一个著名人物不曾做过长途旅行，不

---

①《马克思恩格斯选集》第三卷，人民出版社，1972年，第445页。

会说四五种语言，不在几个专业上放出光芒。"①相反，龟缩在书斋里固守成见或孤芳自赏、自鸣得意，不想在交流中吐故纳新，在与各种学术思想的撞击中求生存、图发展，"唯恐烧着自己手指的小心翼翼的佣人"，很快就失去了存在的价值。

人类文明的程度每登上一个新的台阶，都需要以一种合理的方式，集中人们的智慧来丰富精神产品和物质产品。科学研究的协作与交流正是在科学革命日趋深化的 17 世纪，以新的模式应运而生。过去，许多科学工作由独立研究，各自为战，逐步走到一起，建立了科学组织和团体，协同作战，集体攻关。如 1657 年在意大利佛罗伦萨成立的西芒托学院便是以实验科学为主的研究团体。十年后公之于世的《西芒托学院自然实验文集》是他们共同研究的劳动结晶，标志着实验科学所达到的新水平。稍后成立的英国皇家学会拥有为数可观的会员，学会在开发应用科学上花枝独放，颇有建树。学会干事罗伯特·胡克在 1663 年制定的学会章程里强调："皇家学会的任务和宗旨是增进自然事物的知识，和一切有用的技艺、制造业、机械作业、引擎和实验从事发明。"可知，没有来自各方面的通才专家的密切配合，相互切磋，欲实现建会宗旨，将是一件不可思议的事情。

纵观彼时出现的科学社团，尽管各自的条件和成长历程不同，但是，以集体合作创作成果来维系科学社团的存在价值，倒是他们极为相似的地方。中国有句古话："大鹏之动，非一羽之轻也。骐骥之速，非一足之力也。"（语出王符《潜夫论·释难》）科学本身的发展，要求研究者携起手来，通力攻关。19 世纪，英国剑桥、麦克斯韦创办的卡文迪实验室，丹麦哥本哈根玻尔主持的理论物理研究所，以及 20 世纪曼哈顿工程阿波罗登月计划，等等，都是比较有说服力的典型事例。为了把道理讲得深透些，不妨换个角度来推敲组织合作对科技进步的意义。

这里用人们普遍了解的电子科学技术的发展作依据，略加分析便可。古希腊人在公元前 7 世纪已经发现了摩擦琥珀能够吸引轻小物体的

---

① 《马克思恩格斯选集》第三卷，人民出版社，1972 年，第 445 页。

现象。四个世纪之后，我国先秦的学术论著《韩非子》一书有了关于指南针能够"司南"的记载。这二者是互相关涉的独立发现，是科技信息闭塞时期的宝贵收获。大约又过了两千年，英国的吉尔伯特才发现了除琥珀外，玻璃、火漆、硫黄、宝石等许多物质摩擦之后也能吸引纸屑、稻草等轻小物体。至此，人类对电的认识才向前跨越了一大步，而人类间技术研究的交流与协作，也以新的方式发挥作用。1820年，丹麦奥斯特发现电流的磁效应，首破电与磁的关系之谜。仅仅十年工夫，法拉第就发现了电磁感应，亨利使用电池铁做电铃。在19世纪后30年中，电子科技如滚动的巨澜，一浪高过一浪。留声机、扬声器、电报、电话相继来到人间。无线电通信试验成功，大功率无线电发射台矗立在地平线上，这些20世纪电子技术革命的先导，犹如束束春花把世界装点得更加美好。

不过璀璨的科技之花恰须植根在深厚的协作沃土之中，吸取来自不同方面的多种营养，才能结蕾吐蕊，灿然开放。自然科学的进步需要集体智慧的推动，社会科学的发展也离不开创造者、研究者密切合作。所以丹纳在《艺术哲学》中论述艺术品的本质时说："艺术家不是孤立的人。我们隔了几个世纪，只听到艺术家的声音，但在传到我们耳边的响亮的声音之下，还能辨别出群众的复杂而无穷无尽的歌声。像一大片低沉的嗡嗡一样，在艺术家四周齐声歌唱。"丹纳还形象地把莎士比亚喻为人们粗看起来似乎是从天上掉下来的奇迹，从别的星球落到地面的陨石。然而，"在他周围，我们发现十来个优秀的剧作家"。由此推知，精神与物质财富的创造者的功绩和荣誉，应该归功于集中在他周围与之合作的群体。这类无数的不见经传的群体实际上就是促进科学研究不断提高创新的重要因素，是科学研究中产生整体效益之本。我们在反思历史的过程中，进一步领悟了这个事理。

科研工作究其本质而论，是一种创造性的劳动，是探索科学新规律的学问。诚然，它必须要求科研人员的独立思考、独立钻研、得出独见。但是，科学工作者所进行的独自劳动，也必得以转益多师，继承他人成果为前提。这就好像蜂儿先采百花而后酿蜜一样，否则断无成就。

更何况，人际思想交流还有其特殊意义。萧伯纳说过："倘若你有一个苹果，我有一个苹果，而我们彼此交换这些苹果，那么你和我仍然是各有一个苹果。但是，倘若你有一种思想，我也有一种思想，而我们彼此交流这些思想，那么，我们每一个人将各有两种思想。"（《萧伯纳经典语录》）萧伯纳的话意在强调思想交流与物质交换的本质区别。很清楚思想交流带来的后果远不能采用简单的数量相加去计算，这是很复杂的问题。

其一，需要联系人的思维现象。思维这种精神活动明显地为人的客观存在环境所制约。因而，很容易形成一种习惯和定式。换言之，人们具有一定知识、一定经验之后，在动脑筋想问题的时候总是表现出固有的倾向性和心理准备。只要我们留意观察就不难发现，人们戴上了这类紧箍咒，就束缚了思想，通常是根据已知的条件和目的去冥思苦想，寻求答案，在自己把握的公认范围内判断是非；或是将个人的注意力放在对已有的思维成果的理解和模仿上，恪守固定程式而不求变化，一条路跑到底，甚至单凭某些感受用直觉代替理性思考。法国作家大仲马风趣地说："人的脑袋是一所最坏的监狱。"那种单一的模式化的思维方式就是一座无形无影的监狱，在限制着人的才智正常发挥。这是科研的大敌，大敌当前必须打倒它。

实践告诉我们，与人互相合作讨论问题，采长补短，是突破思维定式，打开新思路，捕捉新灵感的好方法。每个人的思维方法有一定的差异，互相接触、冲击对方，就会各有启发，放射出智慧的火花。在平素的工作和学习中，我们往往有这样的体会，本来自己认为掌握了的问题，开口给别人讲述立刻觉察到还存在不少破绽，难以令人置信。相反，一些模糊不清的思路。暂凭想当然的看法当人面发挥一通，于交流中不知不觉顿开茅塞，解决问题的点子如风发泉涌不招而至。这是改变思维方式的效应。要知道，参加讨论总是和审查自己的想法、吸收他人见解同步进行的，它可以加速反应能力的爆发，使语言和思维连成一体，得到多方面的收效。俗话说"与君一席话，胜读十年书"，"三个臭皮匠，赛过诸葛亮"，便是这个意思。不言而喻，交流出见识，交流育才干。为摆脱自我羁绊，最妙之法是让积累的知识进入流通领域，重新集合置换、嵌入，这将极大地激发思维活力，使科研工作卓见成效。

其二，许多科研课题只能在思想交流过程中完成。现代科学的各个领域、各门学科之间往往是相互渗透、相互交叉、彼此咬合的。忽视各科间的协同作战，学有专长的研究人员的互助互补，则将是自我埋没，捆自己的手脚。远在19世纪中叶，达尔文生物进化论的创立与传播，假如没有两位地质学家的协助和支持，那是不可能实现的事情。比达尔文年长12岁的查理·赖尔，在实地考察的基础上，用据今论古的方法将大量分散的材料联系起来，指出了地质变迁是地球进化过程。其代表作《地质学原理》深深吸引了达尔文，他把赖尔的学术观点、求索问题的方法，科学地移植到关于生物学研究，从而取得了举世瞩目的成就。

作为一位科研的协作者，赖尔是非常值得称道的人。他不仅以学术成果沾溉后生，并在行动上有一股奉献精神，他支持达尔文为生物进化论著书立说。帮助审阅、修改初稿，忍受精神上的折磨，放弃多年追求和信仰的物种不变的观念，顶着来自多方的压力，公开表态同意达尔文的看法。当达尔文学说在社会上引起轩然大波之后。另一位合作者、伦敦矿物学院的地质学教授赫胥黎勇敢地站出来，以他的博学和坚定的态度，有力地回击了宗教势力及保守派的联合进攻，为捍卫、传播生物进化论立下了别人无法取代的功绩。

像这种不同学科的密切配合，共同努力解决问题的例子数不胜数。1948年维纳控制论的问世，就是多学科协作的新硕果。数学家维纳虽然受过良好的教育，但是要探索在动物体内和机器中的通信与控制系统具有的相同特点，要证明生物组织的自我调节和计算机调节机器的原理是相同的，要寻求一种语言和技术使人们能够有效地研究一般的控制和通信问题，显然，靠维纳单枪匹马的冲杀是徒劳无益的。也正是他发挥了卓越的学术组织才干，和医学、生理学、逻辑学、心理学、数学、物理学、计算机学及工程技术等方面的专家、学者广泛联系，切磋研讨交流学术，最终以集体智慧创造了反映现代人类文明思维方式的新型的边缘科学。在控制论产生的近几十年，又先后出现了工程、社会、人口、法律、经济、管理、生物、医学等学科的控制论学说。它的广阔前景充分显示了多学科协作的科研成果所蕴藏的潜在威力。

一般情况下，人们铭记取得科研合作之果的代表人物，而忘记了协作群体的合力，整体效益的重要作用。所谓"明堂所赖者唯一柱，然众才附之乃立；大勋所认唯一人，言群谋济之乃成"[①]。没有群谋群力，个人的力量再大，本领再强，也难于在科研的天地里有可贵的建树。看来多学科研究者的学术交流，在边缘学科及横向科学的疆场上会同作战，这是科学发展综合化趋势的固有之意，是客观存在的规律。"声一无听，物一无文，味一无果。"（《国语·郑语·史伯为桓公论兴衰》）事物的特性经常是由多维因素决定的，而多数的科研成果不是简单孤立的事物，要揭示其本质，就必须以多维视野，从不同角度、不同层次，运用各自的理论分析，穿透研究对象。不这样，还谈何治学问呢。

1917年夏季，毛泽东同志在一位老同学的学习笔记上写道："庀千山之材而为一台，汇百家之流而成一学，取精用宏，根茂实盛，此与夫执一先生之言而姝姝自悦者，区区别矣。"科学是五光十色、丰富多彩的，即使专一性很强的研究课程也在知识的坐标上与其他学问纵横交织在一起。尤其信息时代的步伐正突飞猛进，大量新知识像潮水一般涌来，科研也相应地向深广方向进军。面对如此情势，非但要有专家通才的钻研，而且要有行之有效且形式多样的合作，才能不断地夺关闯隘，拓展新地盘。

其三，善于创造的人，就是善于用新知识分析旧事物的人。可见，知识又为创造能力的形成与发挥提供了可能。没有必要的知识作保证便奢谈科研，那不过是蹈空虚说罢了。然而，在人类大脑接受信息的潜能还未有效地被开发出来之前，科研人员是无法如愿地把自己需要的知识全部积累起来的，况且知识急剧增长的速度令人望洋兴叹。据有关资料估计，如设1750年的知识总量为1，到1900年则增之为2，1950年增加

[①]《中国名言辞典》，山东大学出版社，1986年，第357页。

到4，1960年增为8，在这段时间内知识总量第一次翻番用了150年，第二次翻番缩短了50年，第三次翻番只用了10年光景。以书刊数量来印证，有人推算目前世界各类书达3000万种，每年约增20万种。图书馆藏书量大约12年增长一倍，知识增长和科技进步始终是一对孪生的姊妹，科研工作者欲取得新的业绩，就应当持续不断地学习新知识。

现实的问题是浩瀚的书刊资料的海洋包围着每个科研人员，打算博览一切，了解一切，那是做不到的天真幻想。聪明的人不是各种知识全具备、皆精通的人，而是善于和各个学科的专家进行合作的人。解决有分量的科研课题靠互相合作，使科研成果产生社会效益，成为社会承认的财富也同样要有支持和帮助的力量来实现，否则难免不酿就苦果。生物学家孟德尔《植物杂交实验》的论文比达尔文的《物种起源》一书发表的时间只晚了7年，而进化论与遗传学又是相互关涉的问题，结果达尔文学说在学术界轰动了40年，才有人肯定他的工作。这里撇开其他因素姑且不论，在某种意义上说孟德尔的不幸和达尔文的大幸，差就差在后者得力于赖尔、赫胥黎的真诚协助。

现代计算机设计的先驱者拜贝吉，因很少有人理解他的计算机研制工作，他耗尽热血创造的辉煌结果竟被世人忘了整整一个世纪。凡此种种，不能不说这是人类财富的巨大浪费。今天，我们要以科学的方法管理科研工作，以科学发展的足迹及其与周围事物的关系中，我们认识到了整体效益的存在、互相协作的成效。无疑，这种认识，对改善我们的工作亦有裨益。

后　记

　　《青石论丛》的问世离不开令我终身铭记的恩师、学友和亲人。

　　60 年前，即 1963 年的春天，我在距盖州县城八华里的青石岭良马繁育中心从事技术管理工作。一天，来城公差之余，巧遇我在农校读书时非常敬重的园艺科名师周锦城先生（省特等劳动模范）。他殷切勉励我说："抓住深造进学的机会，趁年轻能向前迈一步，断不可半步而止。"老师的话如钉子铆进我的心中，遵师嘱我于翌年考入辽宁大学中文系。青石岭是我由农牧转而从文施教的转折点，更是我追求理想、追求创新价值的人生第一块铺路石，所以，我把凝聚大半生心血的学术文集定名为《青石论丛》。

　　在辽宁大学，我的眼界第一次被打开了！雄伟的图书馆，建筑考究的教学楼，风度翩翩的老教授……我暗下决心，一定要让思想者留给人类的宝贵遗产在我这里发光，即使荧光亦可。然而，我赶上了那个特殊的年代，新民拉练、黑山大孙家斗批改、高山子农场再锻炼……岁月如梭，蹉跎了十几年，当我年近不惑，才有机会报考文学硕士研究生，开始迈向学术研究之路。

　　在这条路上，我得到了许多恩师的教诲，如读本科时的阎简弼先生、张震泽教授，读研时沈阳师范大学徐祖勋教授、朱大成先生，他们虽已永远地离开了我们，但那谆谆教诲、化石成金的点拨为我学术研究的起步安上了腾飞的引擎，使我不停弩蹄，老而弥笃。但真正影响我一生治学策略、学术取向、价值判断的是恩师徐祖勋教授带着我们访学，从北京一路南下，先后拜见了臧克家、陈贻焮、赵启平、肖涤非、程千帆、蔡尚思、朱东润、王运熙等60多位国内社科领域的巨擘大师，他们虽然著作等身、名望甚高，但对我们几位刚入门的年轻学子不讲报酬，不计工作量，以十二分的热情不吝赐教，期望之殷，教导剀切，令我们大为感动，并化为我们生命的持力和探索事物本源推动力。如我的两论寒山诗就是受到了蔡尚思先生指点。访学使我懂得了人类对真理的追求是无休止的，探讨自然界、人类社会内在学理就是学术研究的根本，也是学人的天职。这次从北京、南京到上海长达千余里的访学，对我思维品质的改善、学养识见的扩容、人文情怀的弘毅，其作用是不可低估的。

尽管我很努力，也得到来自各方面的帮助、指导和启迪，但因为学术研究起步晚，加之天生愚钝和行政工作百务缠身，当我的学友同仁已经登堂入室，攀登到古典文学研究的某个高峰，而我却在山下摘到这筐青杏，至于它们的味道如何，还是让好心的读者去做判断吧！

在本书即将付梓之际，我特别感谢同窗学友、辽宁大学文学院博士生导师许志刚教授在百忙中为我作序，他热情的鼓励、精心的点评令我备感温暖；感谢辽宁出版集团和万卷出版有限责任公司的领导，以及张洋洋编辑和刘书吟编辑，他们把深厚的学养和创造性的劳动结合起来，对书稿结集成册的耐心与指导、对行文纠谬的严谨与精细，令我感念萦怀。特别是两位编辑老师在疫情肆虐，身体屡被冲击的情况下，加班加点，翻拍复印，一丝不苟地校对审读这几十万字的稿子，大到行文，小到词语、标点，样样亲为，其文品、学品和专业修养让我钦佩不已。

最后，感谢老伴辽宁大学张静芳教授，近50年不离不弃的支持，繁杂的文秘工作不胜其烦，但她从之如饴。这里说一声："辛苦啦！"

错误疏漏在所难免，敬请专家学者批评指正。

张家鹏

癸卯年季春